§ 얼음달 §

2016년 11월 24일 초판 1쇄 인쇄
2016년 11월 28일 초판 1쇄 발행

지은이 § 열   희
발행인 § 곽동현
기획&편집디자인 § 신연제, 이윤아
발행처 § (주)조은세상

등록 § 2002-23호(1998년 01월 20일)
주소 § 경기도 연천군 미산면 청정로 1355
Tel § (02)587-2977
e-mail romance@comics21c.co.kr
블로그 http://goodworld24.blog.me

값 10,000원

ISBN 979-11-5832-747-7

ROMANCE NOVEL
GOOD WORLD

얼음 달

열희 장편소설

(주)조은세상

목 차

서문序文, 황제의 사람 ‖ 7

1. 숙명宿命, 바꿀 수 없는 천의 ‖ 9

2. 상흔傷痕, 부디 잊지 마시어요 ‖ 19

3. 죽화우竹花雨, 마지막 소임 ‖ 35

4. 붉은 꽃血花, 무거운 꿈 ‖ 51

5. 선문답禪問答, 길 잃은 손 ‖ 71

6. 천렵川獵, 나는 예 존재하니 나를 기억한다 ‖ 77

7. 상사화相思花, 떼어놓고 오길 잘했다 ‖ 91

8. 원행遠行, 운명의 굴레 안에 갇히다 ‖ 106

9. 꼭두각시郭禿, 버 사람이다 ‖ 121

10. 별리別離, 있던 곳으로 돌아가는 것이거늘 ‖ 131

11. 우인偶人, 그 삶이 부질없지 않았다 ‖ 139

12. 화동火童, 죽은 이의 눈빛 ‖ 160

13. 희구希求, 벌인 듯 가슴을 찌른다 ‖ 180

14. 폭풍전야暴風前夜, 안을 들여다보기가 수월치 않구나 ‖ 207

15. 경천동지驚天動地, 헛꿈을 꿨구나 ‖ 223

16. 미몽迷夢, 그저 보리밥에 푸성귀만 먹더라도 ‖ 237

17. 와탑臥榻, 어리석은 사내로구나 ‖ 247

18. 열독熱毒, 어지간히도 애를 태울 게야 ‖ 268

19. 맹독猛毒, 바위처럼 견고한 어미의 안배 ‖ 298

20. 풍란風蘭, 꿰 인연을 만나 온전히 살기까지 ‖ 310

21. 야조野鳥, 꿰 한 몸 쉴 곳 ‖ 325

22. 원앙鴛鴦, 탕약이나 침술로는 고칠 수 없는 병 ‖ 336

23. 완호지물玩好之物, 헛꿈을 꾸었구나 ‖ 354

24. 혈지血池, 더욱 붉어지겠구나 ‖ 378

25. 극존極尊, 황제의 사랑 ‖ 391

26. 나락那落, 산 자도 죽은 자도 아니다 ‖ 403

27. 절정絶頂, 짧으나마 행복하게 ‖ 414

28. 힐난詰難, 허락 안 될 안식 ‖ 431

29. 초련初戀, 널 지킨 것은 나였다 ‖ 452

30. 헌천화獻天花, 자연스레 가슴에 스며드는 체취 ‖ 466

31. 팔선화八仙花, 그림 같은 광경 ‖ 483

서문序文, 황제의 사람

　미처 검이 막지 못한 눈송이 한 알이 세류의 뺨으로 날아들어 기어이 생채기를 남겼다. 세류는 뺨을 타고 흐르는 비릿한 한줄기의 온기마저 무시한 채 검을 더욱 곧추세웠다.

　검 끝에 심장이 겨눠진 흑의의 사내에게서 지독하게 단조로운 음성이 흘러나왔다.

　"날 벨 것인가."

　묻어야 할 감정이다. 허락 안 될 마음이다. 세류는 송곳처럼 날카로운 사내의 눈을 응시하며 스스로에게 다짐하듯 힘주어 말했다.

　"신臣은 황제 폐하의 사람, 폐하의 안위를 위협한다면 그 뉘라도 벨 수 있습니다."

　"황제의 사람이라……."

　지독하게 공허한 음성이었다. 이 세상의 것이 아닌 듯 처연한 음성이기도 했다.

　"그 자리를 위해, 내 어머니와 많은 이들이 피를 흘렸지. 그럼에도, 그

자리가 그리 탐나지 않았다. 황제가 된들…… 무엇이 달라지겠는가. 이미 잃은 것들이요, 이미 흘러간 세월인 것을……."

왠지 눈이 부셔서, 가슴이 시려서 더욱 세게 입술을 깨문 세류의 귓가에 서늘하나 한편 뜨겁게 들끓는 사내의 음성이 꽂혀왔다.

"황제의 사람이라 했는가. 그렇다면 내 반드시 그 자리에 올라야겠다. 너를 가질 수 있는 극존極尊의 자리에 말이다!"

그 순간, 느닷없이 강한 기가 세류에게로 엄습해왔다. 세류는 헉, 단말마의 신음과 함께 질끈 눈을 감았다.

얼어버린 달, 얼음달이 세류와 함께 그 밤을 지새웠다.

1. 숙명宿命, 바꿀 수 없는 천의

하늘하늘, 제단에 올라 신무神武를 추는 천녀天女의 치맛자락이 꽃잎인 듯 바람에 나부꼈다. 하늘님의 여인이라 그런가. 무심한 듯 내뻗어져 바람에 얹히는 손짓마저도 고결하기 그지없었다. 그 한 떨기 꽃잎인 듯, 하늘에서 내려온 선녀인 듯 찬연한 춤사위에 관중의 눈빛도 점점 더 맑아져만 갔다. 본디 순백한 이는 당연했고 그 속에 검은 때가 켜켜이 겹쌓인 이들까지도 이 순간만큼은 제 욕심 내려놓고 천녀와 한마음으로 하늘님께 치성을 올리는 것이다.

금일은 황실과 조정대신들이 모여 황제의 제3비인 효경현비 소생 현운 황자의 탄생을 축하하고 무병장수를 기원하는 탄생제 날이었다. 뉘의 배를 빌렸어도 황제의 아들은 그 태생부터 고귀한 법. 그러니 마땅히 마련된 좌석이 꽉 들어차야 하건만 드문드문 비어 있어 모양새가 보기 좋지 않았다. 특히 황실의 가장 웃어른인 태사太師 현유홍의 빈자리는 보는 이들의 눈살마저 찌푸리게 했다. 본디 황자와 공주의 탄생제는 황실 가장 웃어른이 주관하는 행사인 까닭이었다.

현유홍의 그런 행태가 황제를 무시하는 처사임을 모르는 이는 아무도 없었다. 애초에 한미한 가문 출신의 효경현비를 후궁으로 천거했던 것도 황제를 무시하는 처사요, 황자의 탄생제를 나 몰라라 외면하는 것도 황제를 업신여기고 무시하는 처사인 것이다.

그를 아는지 모르는지, 황제는 그저 천녀만 몽롱한 눈빛으로 쫓고 있었다.

'미욱하신 분, 무정하신 분……'

귀를 파고드는 달뜬 숨소리에 원화황후는 당의 앞길 속에 감춘 두 손을 꽉 움켜쥐었다.

어차피 온전히 내 것으로 차지할 수 없는 것이 황제의 마음인지라, 황제도 공평하게 그 마음 나눠줄 거라 믿으며 사는 것이 황제의 여인들이었다. 금일은 다른 비를 안고 명일은 또 다른 비를 안아도, 저를 안아주는 날에는 오롯이 저만을 바라보고 저만을 담아줄 거라고 말이다. 원화황후 또한 그렇게 믿고 바랐었다.

그러나 황제가 제 넋마저 한 여인에게 이미 내줬기에 마음 한 자락 얻을 수 없음을 알기까지는 그리 오랜 시간이 필요치 않았다. 어떤 여인을 안아도 그 입에서 나온 이름은 오직 하나, 산희뿐이었던 것이다. 안 그래도 황량한 황궁에서 저로 인해 제 여인들이 고독에 찌들어가는 것도, 고독에 찌들어 제게 불경한 죄고를 짓는 줄도 모르는 채로. 그러나 황후는 복잡한 심사와는 달리 평온하고 온화한 표정으로, 기원무를 마치고 참어(讖語, 예언)하러 다가오는 천녀를 맞이했다.

발소리도 없이 날 듯 다가온 천녀가 효경현비에게 안겨 자리한 황자의 앞에 멈춰 섰다. 이제 고작 세이레를 넘겼건만 또랑또랑한 황자의 눈이 진즉부터 기다리고 있었다는 듯 그런 천녀를 뚫어지게 응시했다. 그 눈을 빠히 응시하던 천녀의 꽃잎 같은 입술에 맑은 미소가 맺혔다.

"상서로운 달의 기운을 품으셨네요."

"달이라 하셨습니까?"

그저 천녀에게 넋이 나간 황제 대신 의문한 황후는 애써 진중하게 가라앉힌 목소리로 다시 물었다.

"달은 음기가 짙어 보통 귀히 감춰 키우는 공주가 품는 기운이거늘, 어찌 황자가 달의 기운을 품었다 말씀하시는 것인지요?"

효경현비는 제 가문, 제 아비를 닮아 물욕도 사심도 없어 다들 어떻게든 세를 키우려 안달인 비들 틈에서 저 홀로 섬인 듯 무구無垢한 이였다. 게다가 어떻게든 황후인 자신을 견제하고 흠내려 하는 다른 후궁들과는 달리 친자매인 듯 따르니 절로 정이 가는 이이기도 했다. 해서 어찌 귀한 황자가 태양이 아닌 달의 기운을 품었다 하는가, 누렇게 뜬 효경의 낯빛이 제 것인 듯 덜컥 가슴이 내려앉은 것이다.

"폐하."

자신의 입술에 모두의 시선이 쏠려 있는 것을 알 터인데도 천녀의 잔잔한 미소는 조금도 어그러짐이 없었다. 그리고 그 목소리는 황후만이 겨우 들을 수 있을 만큼 은밀하고 조심스러웠다.

"감추어 보듬으소서. 달이란 의당 그런 것……. 만월이 되어 찬란히 빛날 때까지 부디 몰래 숨겨두소서."

몰래 숨겨두라니, 참으로 알 수 없는 참언讖言이 아닌가. 게다가 탄생제에 참석한 모두가 듣게끔 참언을 해서 함께 축복하고 기원하는 것이 관례이거늘, 어찌 저리 소곤대는 것인지도 모를 일이었다.

살짝 찌푸려진 황후의 얼굴을 묵묵히 응시하던 천녀가 여전히 낮은 목소리로 덧붙였다.

"언젠가 때가 되면, 오직 폐하만이 그 뜻을 헤아리게 되실 겁니다. 황자님을 지켜줄 이, 오로지 폐하뿐이니까요."

"그래요……?"

"네, 폐하."

올 때처럼 발소리조차 없이 나는 듯 멀어지는 천녀를 뒤쫓는 눈이 무겁게 가라앉아만 갔다. 달의 기운을 품고 태어난 황자도 기이하건만 그 황자를 지키는 것이 자신이라니, 천녀가 그 하늘 눈으로 본 것이 무엇인지 정녕 두려웠다.

황제의 핏줄은 뉘의 배를 빌려 태어나도 모두 자신의 자식으로 품어야 하는 것이 황후의 대의. 그러나 자신도 지켜야 할 자식이 셋이나 있건만 이 위태로운 황궁에서 남의 아이까지 지킬 여력이 과연 있을까. 정녕 무엇을 보았기에 저리도 무거운 눈빛으로 그런 소임을 맡기는가.

황제도 같이 들었으니 나름 감상이 있을 터, 천녀에게서 황제에게로 옮겨진 황후의 눈이 질끈 감겨졌다. 천녀는 이미 가고 없건만, 여전히 춘정春情에 사로잡혀 벌겋게 달뜬 황제의 얼굴을 차마 계속 볼 수가 없는 탓이었다.

제 아들에 관한 참언은 아예 귀에 담지도 않은 게 분명했다. 그저 꽃망울처럼 붉어진 낯빛과 그 낯에 맺혀 보옥처럼 빛나던 땀방울에 홀려 여태껏 저 홀로 애태우고 있을 뿐.

'가긍(可矜, 가련)하신 분, 고약하신 분……'

그러니 제가 품은 불경한 마음과 죄도 다 당신의 탓이오, 면피하고 싶었다. 아비가 아들의 운명에 무심한데 제가 왜 마음 써야 하느냐, 몰라라 하고도 싶었다. 그러나 천녀의 천안天眼을 외면하기란 결코 쉬운 일이 아니었다. 시시때때로 속 깊이 묻어둔 불경한 마음을 되새겨야 하는 황후로서는 더욱더.

제 죄로 인해 지게 된 게 분명한 짐의 무게에 내내 꼿꼿하던 황후의 어깨가 힘을 잃고 내려앉은 순간, 아직 태양이 머무는 하늘 한쪽에서 달이 슬그머니 모습을 드러냈다. 달 기운을 품은 황자의 탄생제라 미처 지지 못한 것인지, 아니면 이르게 나온 것인지, 여전히 붉은 태양과 은빛 달이 함께인 모습이 왠지 기이하고 상서롭게만 보였다.

접아(蝶兒, 나비)인 듯 우아한 걸음으로 연회장을 벗어난 천녀의 몸이 일순 비틀, 흔들렸다.

"천녀님!"

"쉿! 조용히 해라……!"

어린 제녀들의 호들갑을 누구보다 빨리 천녀에게 다가가 부축한 홍인이 낮으나 엄중한 목소리로 꾸짖었다. 매번 엄하고 매섭게 훈육하는 제녀장인지라 입은 다물어졌으나 들썩대는 눈빛들은 여전했다. 황제보다 더 고귀한 이며 제 목숨보다 더 소중한 이가 천녀라 배운 아이들이니 당연한 반응이었다.

특히, 눈물마저 차오른 '취려'라는 제녀를 물끄러미 응시하던 홍인의 눈이 그 사이 제 호흡을 찾은 천녀에게로 옮겨졌다.

"이젠 걸음 하실 수 있으신지요?"

하늘님의 여인이라 불리니 그 걸음 하나, 손짓 하나마저도 흠이 있어서는 안 됐다. 황자의 탄생제처럼 중차대한 행사에서는 더더욱. 그래서 다른 때보다 많은 기를 소진한 천녀를 근심하면서도 애써 제 속 감추고 있던 홍인이었다.

그 마음을 아는지, 저보다 더 축축이 젖은 홍인의 손을 다정히 감싼 천녀가 문득 고운 아미를 찌푸렸다.

"홍인, 홍인도 느꼈어? 아기 황자님 말이야, 나랑 연이 깊어……."

"소인이 어찌 그를 느꼈겠습니까? 한데 연이 깊다니, 무엇을 보셨습니까?"

"본 건 없어……. 아무것도 보이지 않았어. 아직은 볼 수 없는 운명인 게지. 내가 어찌 바꿀 수 없는 하늘의 뜻인 게지……."

아무리 천안을 지닌 천녀라 해도 그 눈을 하늘이 열어줘야 앞날도 볼 수 있는 것을, 아직 때가 아닌지 그 눈이 열리지 않으니 본 것도 없는 것이다.

"보신 것도 없고 바꿀 수 없는 천의라 하시면서 어찌 그리 마음 쓰시……."

"한데 홍인, 아기 황자님의 눈빛 말이야."

걱정스러운 홍인의 말을 뚝 자른 천녀가 어쩐지 무겁고도 비장한 목소리로 말을 이었다.

"아직 제대로 개안도 못한 눈인데 너무 또렷했어, 너무도 서늘했어. 달을 품은 듯, 얼음을 감춘 듯……."

본 것이 아예 없으시지는 않구나, 그저 읍하고 기다리는 홍인의 귀에 더욱더 무거워진 산희의 목소리가 바람처럼 스며들었다.

"그런데 그 눈이 왜 그리 기껍고 정겹게 느껴졌는지 모르겠어. 처음이야, 그런 기분을 느낀 건……."

"장차 호륜을 지킬 분이라 하셨지요. 천녀님 또한 밤낮으로 호륜을 보하려 고심하시니, 은혜롭고 친애하는 마음이 드신 것은 아닌지요?"

"친애……. 그래, 홍인! 그거야! 어쩐지 아기 황자님 눈빛에 가슴이 떨렸어, 뜨거워졌어. 꼭 사랑하는 이를 만난 것처럼. 왜지, 홍인? 왜 그토록 가슴 저몄을까……?"

이번에는 홍인도 마땅히 대꾸할 말이 없었다. 그저 터지려는 성마른 숨을 재빨리 삼키며 주변을 살필 뿐. 사랑하는 이라니, 천녀의 입에서 나와서는 안 되는 말인 까닭이었다.

하늘님의 여인이라 숭배되는 것에는 그만한 제약도 따르는 법. 평생 그 실체를 확인할 수 없는 하늘님만을 그리워하고 사랑하다 죽는 것이 천녀의 숙명이었다. 제아무리 잘난 사내를 만나도, 제아무리 고독이 깊어도 그리 살다가는 것이 지당한 삶이었다. 그를 어기는 것은 목이 잘릴 죄였다.

해서, 천녀 이제 열일곱, 갓 태어난 황자와 어찌 염정艶情에 빠지겠는가 하면서도 절로 주변을 살피게 되는 것이다. 무엇을 알고나 그러는지, 어린 제녀들까지도 한껏 굳은 표정으로 주위를 살피는 것도 그런 탓이었다.

제녀들의 근심과 긴장을 아는지 모르는지, 천녀 산희는 여전히 풀지 못한 제 감정에 묶인 듯 몽롱한 눈빛으로 하늘의 은빛 달을 우러르고 있었다. 홍인은 그런 천녀를 근심어린 눈으로 바라보았다. 황자가 태어나던 밤, 밤새 별자리를 살핀 천녀가 했던 참언이 떠오른 까닭이었다.

언젠가 이 호륜의 절대자이며 극존이 될 운명을 타고난 황자. 그런데 어찌 절대자의 운명이 간두지세竿頭之勢마저 품었을까. 그리고 어찌 산희는 황자에게 사사로운 감정을 느낀 것일까.

홍인의 부축을 받아 천궁으로 향하던 천녀가 문득 한숨처럼 낮은 목소리로 속삭였다.

"어쩌면 이미 시작된 운명인데 보지 못한 건지도 모르지. 본다 해도 내가 어찌할 수 없는 숙명이라서……."

'내가 어찌할 수 없는 숙명…….'

사각거리는 치맛자락 소리에 들릴 듯 말 듯 희미한 한숨소리가 더해졌다. 그 한숨소리의 주인인 산희는 뜰에 거닐던 발을 멈추고는 천천히 눈감았다.

칠흑 같은 어둠. 밤이면 그 어둠의 힘을 빌려 더 깊이 숨어드는 천녀의 궁. 황제조차 발을 들일 수 없는 이곳에 찾아오는 객은 체취도 온기도 없이 공허한 어둠과 바람, 그리고 적막감뿐이었다. 여인이나 여인으로 살 수 없고 만인이 우러르나 철저히 혼자여야 하는 것이 천녀의 운명인지라, 언제부터인가 그 객들을 벗 삼아 뜰을 거니는 것에도 익숙해졌다. 가슴을 짓누르는 어둠과 치맛자락을 희롱하는 바람, 숨통을 쥐어오는 적막감 속에 섞인 낯선 체취와 온기를 감지할 수 있을 만큼.

천천히 뜨여진 산희의 눈이 오늘따라 더욱 짙은 어둠에 덮여 있는 옥개 (屋蓋, 지붕) 위로 향했다. 그 어둠으로도 가릴 수 없는 체취와 체온을 지닌 사내에게로.

'아니, 저이는 가릴 생각이 없는 거야. 자신이 그곳에 있다는 걸 알려주는 거야. 내가 놀라지 않게, 두려워하지 않게……'

그를 본 적도, 그가 말해준 적도 없건만 그렇다는 걸 그냥 알 수 있었다. 바람에 실려 그가 보낸 체취와 체온이 저절로 알게 해줬다. 어쩌면 그의 존재를 깨달은 그날부터 조금씩 사라지기 시작한 고독과 공허함 때문일 것이다. 그러나 그뿐, 천녀로서 가져서는 안 될 인연이다.

'저렇듯 들키지 않고 자유롭게 드나드는 걸 보면 황제폐하의 그림자무사가 분명해. 내일은 홍인에게 말해야겠어.'

저도 모르게 무거운 한숨을 토하며 돌아선 순간, 눈을 질끈 감아버릴 만큼의 강한 번뜩임과 함께 느닷없는 현기증이 밀려왔다. 금세라도 쓰러질 듯 휘청거리는 산희의 허리를 강인한 팔이 휘감아 안은 것은 바로 그때였다.

누군가 본다면 큰 사달이 날 모습이건만 산희는 그를 밀어낼 수 없었다. 아니, 그러기가 싫었다. 그와의 인연, 그 끝이 어떨지 눈앞을 스치는데도 그의 체온과 체취가 너무도 편안하고 포근해서 그럴 수가 없었다.

"괜찮으십니까?"

체온만큼이나 따뜻한 음성에 산희는 그제야 눈을 뜨며 그에게서 한 걸음 뒤로 물러섰다. 언제 이렇게 달빛이 환해진 걸까. 달빛을 이고 서 있는 그가 온전히 눈에 들어왔다.

검은 무복에 허리춤에 찬 검, 하늘을 가릴 듯 훤칠한 체구의 그는 보는 것만으로도 상대를 압도하는 사내였다. 그러니 마땅히 두려움이 있어야 하건만 그의 깊고 잔잔한 눈을 마주 보는 산희의 눈빛은 오히려 애잔하기만 했다. 그의 눈, 그의 코, 그의 입술 모두 처음 본 것이면서도 처음 본 것이 아닌 까닭이었다. 아까 느닷없는 현기증과 함께 열린 천안으로 본 것이 바로 그인 것이다.

"날이 찹니다. 그만 들어가십시오."

아무런 대답 없는 산희를 한동안 말없이 응시하던 그가 문득 누군가 다가오는 기척에 다시금 옥개의 어둠 속으로 훌쩍 뛰어올랐다.

"천녀님, 이제 그만 들어가시지요. 몸도 약하신 분께서 어찌……."

"홍인."

여지없이 시작된 홍인의 잔소리를 끊은 산희는 다시금 달빛이 흐려져 어둠뿐인 옥개를 올려다보며 혼잣말인 듯 말했다.

"보았어, 보였어……."

"며칠은 쉬시지 않고요. 그러다 큰 탈나시겠어요. 한데 무얼 보셨단 말씀이신지요?"

산희는 대답을 기다리는 홍인에게 그저 조용히 웃어주고는 천천히 몸을 돌렸다. 자신이 침소에 들어야, 있어야 할 자리로 돌아갈 그를 짐작하는 까닭에.

"무얼 보셨기에 안색이 그리 창백하셔요? 행여 악재가 닥치는 것은 아니겠지요, 천녀님?"

홍인의 근심어린 질문에 천안으로 본 그의 모습이 다시금 머리를 채워 갔다. 온몸 가득 베이고 찔려 끝없이 피 흘리면서도 초연하게 미소 짓는 그의 최후였다.

어쩌다 품어선 안 될 천녀를 마음에 품어, 황제의 그림자무사가 황제의 침전이 아닌 천궁의 옥개를 지키게 됐는가. 또 어쩌다 저는 그림자요 어둠인 그에게서 설레는 체취와 체온을 느꼈는가. 묻고 싶지도 알고 싶지도 않았다. 물어 알게 된들 무슨 소용이 있겠는가. 그것은 그저,

'숙명, 내가 어찌할 수 없는······.'

칡넝쿨처럼 얽힌 숙명은 그렇게 시작되었다.

2. 상흔傷痕, 부디 잊지 마시어요

꽁무니바람이 자줏빛 옷자락을 뒤집어놓더니 그예 금관모를 심술궂게 낚아채 저만치 날려버렸다.

"어, 어······."

관모를 주우려던 소년은 또 한 번 등을 떠미는 바람 때문에 털썩 주저앉고 말았다. 주저앉은 그대로 소년이 두 손으로 귀를 감쌌다.

'에고, 마마! 또 옷을 버리셨네요! 황후폐하께서 또 소인들 경을 치시겠습니다!'

'어찌 우리 황자마마께선 저리도 치신없으실까. 공주마마로 나셨으면 웃전들께 귀염이라도 받으실 텐데······.'

'썩 일어나지 못할까! 네 어찌 황자의 신분으로 매번 아랫것들의 웃음거리가 된단 말이더냐!'

주위에는 아무도 없고 그저 저를 얄궂게 치고 달아나는 바람뿐이건만, 잔뜩 웅크린 소년은 입술까지 부들부들 떨고 있었다.

"형님."

소년, 현율 황자가 제 관모를 손에 들고 있는 청초한 얼굴을 보고는 발딱 일어섰다. 이 각박한 황궁에서 유일하게 저를 편안하게 하는 얼굴이지만 지금 이곳에 있어선 안 되는 탓이었다.

"운아! 왜 여기 있어!"

"형님은?"

온갖 꾀를 써서 상궁나인들을 따돌렸건만, 나이답잖게 명민하고 민첩한 아우는 따돌리지 못한 모양이다. 약골에 맹물로 통하는 자신과 얽혀서 좋을 게 없으니 지금 이 순간 현운이 저를 따라 예 있는 것에 덜컥 겁이 났다. 아우마저 어미인 황후에게 미운털이 박히면 어쩌나 싶은 까닭이었다.

"어서 돌아가, 운아. 다들 널 찾을 거야!"

"형님도 같이 가."

"운아!"

후궁 중 가장 빈곤한 효경현비 소생이나, 그 명민함과 비범함 탓에 일찍부터 주시되던 현운이었다. 그러니 그 빈자리가 뉘에게든 눈에 띄어 흠 잡히지 않겠는가. 나면서부터 늘 흠 잡히며 살아서 그런지 그런 것이 저절로 추측이 됐다.

현진이 귀족자제들과 나간 엽취(獵取, 사냥)에서 낙마사고로 목숨을 잃은 것이 아홉 달 전, 금일은 그 아우인 현무가 성혼과 더불어 태자책봉식을 치르는 중요한 날이었다. 그러니 있으나 마나 한 자신과는 달리 현운은 꼭 그 자리에 참석해야 하는 것이다.

어미와 형님들조차 늘 못마땅한 듯 바라보는 저를 오히려 형처럼 지켜주곤 하는 아우였다. 어쩌다 나인들이 경시하고 대놓고 놀리는 양을 보기라도 하면 며칠 후에야 일곱이 되는 어린 나이답잖게 근엄한 기세로 꾸짖던 아우였다. 오늘도 분명 현율이 황후의 역정을 사고 그로 인해 불똥이 튄

나인들의 원망까지 들을까 따라온 게 분명했다. 그러다 저까지 책잡히면 어쩌려고.

"얼른 돌아가! 따라오면 혼날 줄 알아!"

현운의 손에서 낚아챈 관모를 쓰지도 못한 채, 현율은 온 힘을 다해 내달렸다. 벌써부터 무술사부들에게 칭송받는 현운이니 도망치기란 어림도 없는 뜀박질이었지만 숨이 제대로 쉬어지지 않을 정도로 달리고 또 달렸다. 그러나 역시 부실한 제 다리로는 무리였던 것일까.

"어, 엇!"

맥없이 풀린 다리가 꼬이면서 현율은 또다시 넘어지고 말았다. 평소라면 혹여 어미가 볼까 발딱 일어섰을 테지만, 현율은 땅에 코를 박은 채 분한 듯 동동거릴 뿐 영 일어설 생각이 없었다. 아우 하나 돌보지 못하고 제자리로 돌려보내지 못하는 것이 어찌 형이라 하겠는가. 곧 들려올 아우의 목소리가 처음으로 달갑지 않았다.

그때였다. 달큰한 향기와 함께 잔잔한 목소리가 들려온 것은.

"어서 일어나시지요, 황자님. 누가 볼까 저어되옵니다."

현율은 눈처럼 희고 고운 손에 붙잡혔던 눈을 천천히 위로 올렸다. 그 손의 주인은 얼굴 가득 꽃처럼 해사한 미소를 머금은 여인이었다.

"천녀님……!"

현율은 어린 마음에도 차마 그 손을 맞잡지 못하고 발딱 몸을 일으켰다. 그런 현율을 바라보는 천녀의 얼굴에 더 진한 미소가 번져갔다.

"어찌 예 계시어요? 형님의 성혼례에 참석하셔야지요, 황자님. 소인도 가는 길이니 함께 가시어요."

"운이, 운이는요?"

느닷없는 천녀의 등장에도 아우를 향한 기우는 사라지지 않은 탓에 영글지 못한 눈동자가 덧없이 주위를 떠돌았다. 마치 그 마음을 다 안다는 듯 천녀의 고운 목소리가 다시 들려왔다.

"현운 황자님께서는 환관과 함께 식장으로 가셨습니다. 허니, 황자님도 저와 함께 가시지요."

천녀가 다시 손을 내밀었지만 현율은 고개를 절레절레 내저으며 아예 한 걸음 뒤로 물러섰다. 나인들을 따돌리고 아우마저 따돌리느라 얼마나 힘들었는데, 그 자리로 다시 돌아갈 수는 없었다.

현율은 툭툭 발장난을 치며 시무룩한 목소리로 말했다.

"다들 마뜩찮아 하는 성혼례 같은 거, 별로 보고 싶지 않으니까."

현율은 천녀의 살가운 미소에 홀려 결국 끌려갈 것 같아서 아예 천궁 입문入門 계단에 턱을 괴고 앉았다. 그러자 사라락, 비단 옷자락이 조용히 울더니 소리도 없이 천녀가 곁에 앉았다. 그러자 아까부터 멀찍이 떨어져 천녀를 따르던 제녀들이 당황한 듯 서로 눈치를 살피기 시작했다. 급기야 제녀장 홍인이 천녀에게 다가와 조심스레 입을 열었다.

"천녀님, 어찌 그 고귀한 신위神威를 예 앉히십니까? 어서 일어서시지요."

"홍인."

푸접없는(쌀쌀한) 목소리로 제녀장을 부른 천녀가 금세 사풋 미소 지으며 말을 이었다.

"내 마음이 예 있어야 한다고 하네. 그러니 된 것이지?"

"예, 천녀님."

탐탁지 않은 표정이면서도 결국 홍인을 비롯한 제녀들이 물러나자 천녀가 현율에게로 시선을 옮겼다.

"황자님께서는 이 혼례가 마뜩치 않으시나요?"

현율은 턱을 괸 그대로 살짝 고개만 틀어서 천녀의 눈치를 살폈다.

말해도 괜찮은 걸까. 저렇듯 온화한 표정이지만 속을 보이면 어마마마처럼 호통을 칠지도 몰랐다. 그러나 현율은 자신만을 오롯이 담고 있는 따뜻한 눈에 홀려 저도 모르게 웅얼거렸다.

"이령 누이는 원래 현진 형님의 비가 될 사람이었잖아요. 아직도 현진 형님을 사련思戀하고 있는데 현무 형님이랑 혼례 올리니까. 현무 형님도 이령 누이도 다 불행한걸……."

이령이 아직도 죽은 현진을 잊지 못하고 있다 말하던 현무의 쓸쓸한 얼굴이 떠올랐다. 다음 순간 현율의 입에서 여덟 살 나이답지 않은 무거운 한숨이 터져 나왔다.

"그래도 형님은 이령 누이 사모하니까."

현율은 여전히 해사하게 미소 짓고 있는 천녀에게 다짐이라도 받듯 물었다.

"그러니까 형님은 행복하시겠죠? 그렇지요, 천녀님? 하늘님이 만나러 와주시지 않아도 천녀님은 행복하시잖아요, 하늘님 사모하시니까. 그렇지요?"

떼라도 쓰듯이 천녀의 옷자락을 움켜쥐었던 현율은 다음 순간 자기도 모르게 손을 풀어야 했다. 해사한 미소는 변함이 없건만, 자신을 바라보는 천녀의 눈빛이 어쩐지 슬퍼 보였기 때문이었다.

그래서일까. 늘 따뜻하게만 느껴졌던 천녀의 음성도 왠지 서글프게 들렸다.

"소인은 하늘님을 사모하면서 행복하길 바란 적이 없답니다. 그 마음은 하늘님이 주실 수 있는 것이 아니니까요."

"그럼, 천녀님도 행복하지 않으신 거예요?"

현율의 동그란 눈에는 아이다운 동정심이 넘실거렸다. 훗, 바람소리 같은 웃음을 흘린 천녀가 가만히 현율의 손을 잡아왔다.

"아니어요, 황자님. 소인은 행……!"

천녀가 갑자기 말을 멈추고는 현율의 눈을 똑바로 응시했다. 그 빤한 시선에 붙잡혀 괜스레 굳어버린 현율은 자기도 모르게 꼴깍 침을 삼켰다. 뭔가 무서운 기분이 들었던 것이다. 시시각각 변하더니, 뉘를 향한 서글픔인지 눈물 머금은 천녀의 눈이 그랬고, 제 손을 아프리만치 꽉 쥔 서늘한 천녀의 손이 그랬다.

"아, 아픕니다, 천녀님."

현율은 손을 빼내려고 꼼지락거렸지만 천녀는 되레 두 손으로 자그마한 손을 감쌌다. 미소만큼이나 따스할 거라 생각했던 천녀의 손은 눈처럼 서늘했다.

'어마마마 손도 이렇게 찰 거야. 분명해.'

한 번도 느껴보지 못한 어미의 체온이 손에 닿은 듯 실감이 나서 현율은 부르르 어깨를 떨었다. 천녀가 그제야 소년의 두려움을 감지한 듯 손을 놓아주며 살짝 웃어보였지만 눈은 웃고 있지 않았다.

현율은 손이 자유로워지자마자 벌떡 몸을 일으켰다. 꽃 같고 해님 같고 달님 같아서 천녀가 제 어미였다면, 하고 바란 적이 많았지만 지금은 왠지 천녀가 두려웠다. 자신을 바라보는 서글픈 눈이 가슴을 옥죄어오는 것 같아 숨이 막혔다.

"황자님……."

막 발을 떼려는 현율을 조용한 음성이 붙잡았다.

"근심하지 마시어요. 현무 형님과 이령 누이는 그리 오래 아프지 않으실 테니……."

"참말로요? 그럼 이령 누이도 현무 형님을 사모하게 되는 거예요?"

현율은 달아나려던 생각은 까맣게 잊어버리고 천녀의 곁에 도로 앉으며 물었다. 천녀는 현율을 부드러이 바라보며 미소 지을 뿐, 대답은 하지 않았다.

조바심에 재차 물으려는 현율의 눈앞에 천녀의 희디흰 손이 들이밀어졌다. 그 손바닥 위에는 천녀의 낯빛처럼 희게 빛나는 은비녀가 놓여 있었다. 그리고 잠시 후 은비녀는 눈만 깜빡거리는 현율의 손으로 옮겨졌다.

"이걸 왜, 왜요, 천녀님?"

"간직하고 계시어요. 그리고 이다음에 누군가를 사모하게 되시면, 그 여인에게 주시어요."

"사, 사모하는 여, 여인이요?"

황자로 태어나 어리광 한 번 못 부리고 일찌감치 어른의 언행言行을 강요받아온 현율이지만 어쩔 수 없이 아이는 아이였다. 저도 오늘의 현무처럼 혼례를 올려 한 여인의 지아비가 된다고 생각하니 이유도 모르는 채 낯이 붉어졌다.

현율의 상기된 얼굴을 물끄러미 바라보던 천녀가 함초롬하게 미소 지으며 대답했다.

"네, 아주, 어여쁜 여인입니다. 황자님께서 사모할 수밖에 없을 만큼 어여쁜 여인이지요. 하지만, 황자님."

현율을 불러놓고도 한동안 말을 잇지 못하던 천녀가 깊은숨을 들이쉰 후에야 다시 말을 이었다.

"그때가 되면, 부디 기억해주시어요. 오늘, 아직도 돌아가신 현진 형님을 사련하여 슬픈 이령 누이와 그 마음 알기에 아파하는 현무 형님을요."

"네……?"

아무리 어른인 척 생각하고 행동하라 강요받으며 사는 황자라 해도, 여덟 살 나이로는 천녀의 말을 이해할 수 없었다.

"사모하는 마음을 서로 나누어야 행복할 수 있겠지요. 주는 마음만으로는 황자님도 그 여인도 행복할 수 없답니다. 부디 잊지 마시어요, 황자님."

천녀는 알 수 없는 말을 무거운 목소리로 건네고는 그예 기력이 쇠했는지 제녀들의 부축을 받으며 천당 입문 안으로 사라져갔다. 그 모습을 멍하니 바라보던 현율은 저를 봐달라는 듯 반짝이는 은비녀로 시선을 떨어뜨렸다. 하늘님의 여인인 천녀는 평생 머리를 올릴 수 없다 했는데 어찌 산희는 이 비녀를 간직하고 있었을까.

고개를 갸웃했던 현율은 이내 벌떡 일어나 의약당醫藥堂 쪽으로 내달렸다. 창백한 낯빛으로 제녀들의 부축을 받으며 자리를 뜬 천녀가 걱정스러운 까닭이었다.

'천녀님도 나처럼 병약하신 거야. 의약당에 알려서 탕약을 드시게 해야 돼.'

부실한 다리로 허덕대며 뜀박질하던 현율이 막 의약당 계단을 오르려는 순간, 잘 버틴다 싶던 다리가 또 힘을 잃고 비칠거렸다.

"어, 어……!"

미처 가누기도 전에 몸이 중심을 잃고 고꾸라지기 시작했다. 계단 모서리가 순식간에 시야를 채워오자 현율은 그만 질끈 눈감아버렸다.

춘삼월, 성마르게 피어오른 푸른 싹 위에 때늦은 눈이 살포시 내려앉은 날이었다. 그리고 현운 황자의 일곱 번째 탄일인 날이기도 했다. 그 경사스러운 날과 어울리지 않게도 살아생전 죄와 업을 끊고 씻는 단세애 아래의 국형장에는 더 이상 발 디딜 틈도 없이 속인들이 들어차 있었다. 그도 그럴 것이, 호륜국 역사상 최초로 천녀가 효수당하는 날이기 때문이었다.

쉬 볼 수 없는 황제와 황후가 친히 형장을 찾았지만, 속인들의 시선은 오직 결박당한 채 목을 늘이고 있는 천녀 산희만을 바라보고 있었다.

"고귀하고 순결하신 하늘님의 여인이시여, 황제의 공덕을 위하야 하늘에서 내려오신 여인이시여! 어이해 고운 머리 흐트러져 계 앉아계시오! 그대 피 단세애에 뿌려지면 하늘님이 진노할까, 하늘이 울어댈까, 애간장이 타는구려!"

어느 배창俳倡의 노래인지, 애끓는 그 소리가 천녀의 모습을 더욱 애처롭게 만들었다.

사내와 통정을 한 더러운 몸이니 천녀의 하얀 날개옷은 가당치도 않다고 했던가. 본래는 눈처럼 희고 고왔을 옷은 덕지덕지 흙이 묻고 재가 묻어 거무추레했다. 그러나 그런 행색을 하고도 천녀는 꽃 같았고 해님 같았다.

곱디고워도 그 어떤 사내도 품지 못할 이. 그래서 더욱 높이 뵀던 참, 사내들은 분노했으나 여인들은 천녀의 초연한 얼굴을 보며 저도 모르게 눈물을 흘렸다. 복중에 아이를 품은 채 목이 잘릴 걸 생각하니 같은 여인으로서 가슴이 찢어지는 것이다.

여인은 아니나 망나니 천호도 그 야차 같은 얼굴을 잔뜩 일그러뜨린 채 그저 칼만 빙빙 돌리고 있었다. 제아무리 가축이든 사람의 목이든 단호히 쳐내는 것이 제 업이라고는 해도 여인을, 그것도 수태한 어미를 베는 것은 쉬운 일이 아니었다.

망나니의 머뭇거림이 너무 길었는가. 단세애에 노호가 울려 퍼졌다.

"당장 형을 집행하지 않고 무엇 하는가!"

황제의 서슬 퍼런 목소리에 그 곁의 황후는 움찔 몸을 떨었다. 피도 싫고 살殺도 싫다. 그러나 더 싫은 것은 본래 성품답잖게 지독한 살의를 품은 황제였다.

군이 돌아보지 않아도 시뻘겋게 충혈됐을 황제의 눈, 그 안에 담긴 정염과 투심이 너무도 선명하게 짐작이 됐다. 잘 벼린 칼날 같던 제 아비와는 달리 유순한 황제였건만 지금은 그 누구보다 살벌한 기세를 내뿜고 있는 것이다.

열둘, 산희가 풋내나는 나이에 천녀가 된 그때부터 내내 저 홀로 애태웠던 황제였다. 하필이면 황제의 권력으로도 가질 수 없는 유일한 여인을 가슴에 품어, 절정의 순간에 제 품에 안긴 여인들 모두를 '산희'라고 불렀던 못난 사내였다.

그래서 다른 사내의 아이를 가진 산희에 대한 살의가 깊고도 드셌다. 제 아들의 탄일이건만 기어이 피를 보리라 망나니를 재촉할 만큼. 황제인 저조차 품지 못한 천녀가 어떤 사내에게 제 몸을 허했는가, 천녀도 이름 모를 그 사내도 당장 그 목을 비틀고 잘라도 모자란 것이다.

"당장 죄인의 목을 치지 않으면 네놈의 목을 내 친히 치리라!"

황제가 다시 한 번 재촉하는 말에 이제껏 허공만 에두르던 망나니의 칼이 빛 밝은 태양 아래에서 멈춰졌다. 도신刀身 가득 태양의 붉은빛을 머금은 그 칼이 뚝 아래로 떨어지는 순간 황후는 제 치맛자락을 꽉 움켜쥐며 질끈 눈을 감아버렸다.

그러나 다음 순간 들려온 것은 금속성 파찰음과 천호의 황망한 신음소리였다. 눈을 부릅뜨고 있던 황제조차도 제대로 보지 못했을 만큼 빠르게 날아간 단검이 칼을 쥔 망나니 천호의 손등을 스치고 그의 도에 부딪친 것이다.

그 단검에 어찌나 매서운 기를 담았는지, 피를 먹어 드세기 그지없는 참수도가 부러질 듯 푸르르 몸을 떨었고 그 진동에 거목처럼 굵다란 천호의 팔마저 맥없이 부들거렸다.

기어이 내 팔이 부러지겠구나, 천호가 황급히 칼을 놓은 그때, 문득 황제의 목에 서늘한 검의 날이 닿았다. 자신마저 겨눠진 듯 단호한 기운이 담긴 검을 더듬고 올라간 황후의 눈이 커다랗게 치떠질 때 황제에게서 경악한 음성이 터져 나왔다.

"네, 네가, 네가 어찌!"

황제의 목에 검을 겨눈 자, 언제나 황제를 지키던 그림자무사 운부였다. 세속의 일은 나 몰라라, 언제나 맑고 잔잔했던 그의 눈은 어울리지 않게도 날카로이 빛을 내고 있었다. 마치 황제의 목을 겨눈 자신의 무거운 의지를 보여주듯이.

황후가 저도 모르게 제 앞섶을 움켜쥔 그때 운부가 나직한 목소리로 입을 열었다.

"소인의 바람은 오직 하나, 산희, 저 아이를 풀어주십시오."

같은 이름일진대, 원체가 곧고 맑은 이라서 그런가. 그가 부르는 이름은 너무도 달랐다. 지금 이 순간만큼은 금포를 휘두른 황제도, 황후도, 더럽혀진 소복의 산희보다 보잘것없는 존재였다.

'저 아이, 저 아이…….'

별것 아닌 듯해도 정 깊은 말에 황후가 굳어진 그때, 황제가 으득 손아귀를 움켜쥐며 소리쳤다.

"네놈이로구나, 네놈이었어……! 네놈이 감히 천녀와 사통한 것도 모자라 짐에게 칼을 겨누는가! 죽기를 작정했구나! 여봐라! 당장 천녀의 목을 치고 이놈을 갈기갈기 찢어 죽여라!"

그러나 형장에는 침 삼키는 소리만 퍼질 뿐, 그 누구도 움직이지 못했다. 당장이라도 황제의 목을 자를 듯 날카롭게 빛나고 있는 운부의 검, 그 검이 뿜어대는 지독한 냉기 때문이었다.

황제의 목을 파고든 검이라고는 믿을 수 없을 만큼 평온한 기운. 그래서 더욱더 몸서리쳐지게 만드는 살기. 마치 검과 하나가 된 듯 운부의 눈빛도 지독하게 평온했고 그래서 더 두려운 살기를 품고 있기 때문이었다.

제게 겨눠진 검이 한둘이 아니건만 운부의 음성은 조금의 동요도 없이 잔잔하기만 했다.

"소인의 무례를 용서하십시오, 폐하. 그 죗값은 제 목숨으로 치를 것입니다. 그러니, 저 아이만은 놓아주십시오."

"내 그를 허할 것 같은가! 뭣들 하느냐! 당장 천녀의 목을 치라지 않는가!"

사내가 투심에 사로잡히면 저리 무모해지는가. 황후는 얕게 베인 목에서 피가 흐르는데도 여전히 물러서지 않는 황제가 너무도 생경했다. 저대로 둔다면 제 목이 잘리는 것도 모르고 끝까지 천녀의 피를 갈구하리라.

황후는 차분한 눈으로 망나니 천호와 군사들을 둘러보며 명했다.

"천녀의 포박을 풀어주라! 그리고 그 누구도 내 명이 있기 전에는 함부로 움직이지 말거라!"

"황후!"

"폐하, 자중하시지요. 어찌 천녀의 목숨과 폐하의 목숨을 바꾸시려 하십니까? 그들의 죄가 크다 하나, 폐하의 성체를 보하는 것보다 큰 것은 없사옵니다."

이익, 황제가 분한 신음성을 토하고는 그사이 포박에서 풀려나 단세애의 산길로 향하는 산희를 쏘아보았다. 그를 더 분노케 하는 것은 죄인이 풀려났다는 것보다는 제 뒤의 운부를 향한 산희의 애잔한 눈빛일 터. 황제가 그 화를 참지 못하고 부르르 손을 떨어댔다.

가련하구나, 미련하구나. 황후는 황제의 손에서 슬금슬금 산희에게로 향하는 군사들에게로 시선을 옮기고는 엄중한 목소리로 고함쳤다.

"정녕 폐하의 안위는 안중에 없는 것인가!"

고개 돌리자 황후의 눈에 모든 것을 내려놓은 듯 초연한 운부의 얼굴이 들어왔다. 하필 품으면 죄가 되는 여인을 가슴에 들였는가. 다 놓은 듯 초연한 눈빛이 황후의 단단한 가슴마저 뒤흔들었다.

"어찌, 천녀와 함께 살길을 도모치 않는 것이오?"

감히 똑바로 봐서는 안 되는 황제의 여인. 그러나 운부는 황후의 눈을 똑바로 응시하며 잔잔한 음성으로 답했다.

"소인, 죄가 깊어, 살아서는 그 죄를 씻을 수 없기 때문입니다."

그 말을 맺자마자 훌쩍 뛰어오른 운부의 몸이 산희가 들어선 산길 입구에 내려섰다. 그와 동시에 황제의 노호성이 단세애에 울려 퍼졌다.

"당장, 당장 저놈을 베고 산희를 쫓아라!"

이제껏 검을 늘어뜨린 채 침묵하던 군사들이 와, 함성을 내지르며 운부에게로 몰려들었다. 곧게 세워졌던 운부의 검도 그 순간, 천천히 허공을 가르며 움직이기 시작했다.

햇살이 꽃처럼 만개한 사월, 태양의 붉은빛을 머금고도 그의 검은 맑은 기가 충만했다. 황제의 목에 검을 들이대고 기어이 피를 본 죄인의 기답지 않은, 너무도 맑은 기운이었다.

이제 곧 이승을 떠날 이답지 않게 그는 저를 베고자 짓쳐드는 살기 속에서도 초연했다. 그 모습은 단세애에 있던 이들의 뇌리에 쉬 잊지 않을 흔적을 남겼다. 그의 가슴을 베어낸 어림군御臨軍대장조차도 맑은 그 눈빛을 가슴에 아로새길 만큼 깊은 흔적을.

"악!"

짧은 신음과 함께 벌떡 몸을 일으킨 현율의 파리한 입술 사이로 더운 숨이 연신 흘러나왔다.

"마마, 괜찮으시옵니까?"

저도 모르게 축축한 뺨을 더듬던 현율은 문밖에서 들려오는 보모상궁의 목소리에 겨우 꿈에서 빠져나올 수 있었다.

"괜찮다."

또 그 꿈, 현실의 기억이 꿈으로 되풀이되는 그 꿈이었다. 벌써 수십 번도 더 만난 꿈이니 이젠 인이 박힐 만도 하건만, 매번 꿈속의 천녀가 슬프면서도 두려웠고 계단에 부딪친 뺨이 방금 찢긴 듯 고통스러웠다.

더듬더듬 뺨을 어루만지는 손가락 끝에 이제는 거의 아문 상흔이 느껴졌다. 뼈 하나 상하지 않고 이처럼 옅은 상흔만 남은 건 어린 살인 탓도 있으나 분명 천운이었다.

나인들은 소녀처럼 곱고 어여쁘기만 하던 얼굴이 이제야 소년다워졌다는 말을 위로랍시고 했지만, 이 상흔 때문에 저를 바라보는 황후의 시선이 더욱 냉담해졌다는 것을 현율은 너무도 잘 알고 있었다. 그래서 이미 살이 차오르고 온전히 아문 상처인데도 어쩌다 더듬어볼 때마다 여전히 쓰리고 따가운 상흔이었다.

그러나 뺨에 남은 상흔은, 그로 인한 통증은 사실 아무것도 아니었다. 정작 현율을 자리보전케 하는 것은 가슴에 남은 상흔이었다. 세월이 흐를수록 더욱 벌어지는 상흔, 도무지 아물 기척이 보이지 않는 깊은 상흔, 바로 그것이었다.

현율은 침상 옆의 문갑을 열어 서책 깊숙이 감춰둔 은비녀를 꺼내 들었다. 천녀의 은비녀는 제 주인의 사정을 아는지 모르는지, 그날처럼 환히 빛나고 있었다.

앞날을 본 것인가. 자신의 손을 잡았을 때 시시각각 다른 감정으로 일렁이던 천녀의 눈빛이 문득 뇌리를 스쳤다. 이제야 그 슬픈 눈동자의 의미를 반절은 이해할 수 있을 것 같았다. 머잖아 저를 사지로 내몰 아이, 그 아이를 향한 애증의 눈빛이었으리라.

그날, 볼이 찢겨진 고통 속에서도 현율은 자신이 의약당으로 달려간 연유를 잊지 않았었다. 어쩌면 국혼에 참례하지 않고 어이해 그곳에 있었는가, 다그치는 황후에게 변명하고 싶었던 것인지도 몰랐다.

하여간, 현율은 천녀에게 병환이 있는 듯싶어 의약당을 찾았다 말했고, 그로 인해 진맥을 받은 천녀는 회임 사실이 밝혀져 결국 며칠 후 효수형에 처하게 됐다. 병석에 드러누워 있어 몰랐건만, 그날이 하필 아끼는 아우 현운의 탄일이었다니 마음의 상처가 더 깊어졌다.

버선발로 끌려가면서도 너무도 고귀했다고 했던가. 귀동냥으로 들었건만, 직접 본 것처럼 천녀의 모습이 저절로 그려졌다. 저를 향한 따가운 시선들도 그저 초연히 마주했다고도 했다. 마땅히 이리될 일이었다는 듯, 평온한 눈빛으로.

살았을까. 현율은 아바마마의 그림자무사가 형장에서 천녀를 도피시키고 대신 죽었다는 나인들의 수군거림을 떠올렸다. 그 뒤를 쫓으라, 수많은 관군을 동원했으나 터럭 하나 찾을 수 없었다는 말도. 그런 기이한 참언과 함께 은비녀를 남겨두고 어디로 사라진 것인가. 답도 알려주고 떠났으면 좋으련만. 현율은 천녀가 했던 말들을 떠올리며 괜한 한기에 흠칫 어깨를 떨었다.

천녀의 말대로 현무와 이령은 사모하는 마음을 나누지 못해 아팠던 시간이 그리 길지 않았다. 그사이 갑작스러운 병으로 현무가 세상을 뜨고 그 얼마 후 이령 또한 스스로 목숨을 끊은 것이다.

남들이 고귀하고 신묘하다 해서 믿는 것과 직접 겪은 것은 달랐다. 직접 겪으니 어린 마음이라 떠올릴 때마다 요의가 느껴질 만큼 소름이 돋았다. 도대체 천녀가 저를 죽게 할 아이에게 준 이 비녀의 의미는 무엇이란 말인가.

현율은 어제 들은 것처럼 생생한 천녀의 음성을 떠올려보았다.

'주는 마음만으로는 황자님도 그 여인도 행복할 수 없답니다.'

아직은 어려 여전히 이해할 수 없는 말, 언제쯤 이해하게 될지 알 수 없는 그 말. 도저히 잊을 수 없는 그 말을 되뇌며, 현율은 손 안의 은비녀를 더욱 힘껏 움켜쥐었다.

3. 죽화우竹花雨, 마지막 소임

떨어진다. 날린다. 그리고 나풀나풀 춤을 춘다.

"산희 님, 날이 추워요. 안 그래도 기력이 많이 쇠하셨는데 고뿔이라도 걸리면 어쩌시려고……."

열어놓은 방문 밖으로 눈 구경을 하던 산희는 벌써 세 번째인 홍인의 잔소리에 곱게 눈을 흘겼다.

"잔소리도 참……. 홍인은 질리지도 않아?"

"그래도 소인 잔소리 덕에 잘 견디신 줄 아셔요. 그 연약한 몸에……."

"봐, 홍인."

또 길어지려는 잔소리를 싹둑 자른 산희의 시선이 춤추듯, 바람에 날리는 꽃잎인 듯 내려와 마당에 쌓이는 눈을 따라 천천히 움직였다.

"그분도 그 밤에 저 눈처럼 내게 오셨었어……."

금세라도 눈이 되어 사라질 것처럼 희디흰 낯빛, 너무 맑고 초연해서 이승의 사람이 아닌 듯한 눈망울. 희미한 미소마저 머금은 산희를 응시하던 홍인의 눈가가 점점 붉어지기 시작했다. 홍인은 이미 끝낸 걸레질을 하는 척 방바닥으로 고개를 떨어뜨렸다.

그 뉘도 감히 낮춰볼 수 없는 고귀한 하늘님의 여인. 허니 그를 만나지 않았더라면 이 깊고 험한 산 허름한 산사에 숨어 사는 일은 없었으련만, 그래도 그를 떠올리며 해사하게 웃는 모습이 홍인에게는 너무도 아팠다. 저리 해사하게 웃게 하는 이가 이승의 사람이 아니라 더욱 아팠다.

'그저 발길 가는 대로 떠나십시오. 그 발길 닿는 곳이 어디든 제 사부님께서 기다리고 계실 겁니다.'

산희의 형 집행 전날 밤, 저를 찾아왔던 운부의 얼굴이 머리를 스쳤다. 이리 잘난 사내라 산희가 마음을 내줬는가, 그를 향한 원망은 짙고도 깊었다. 허니 홍인의 눈빛이 퍽퍽해진 것은 당연한 일. 그러나 운부는 변함없이 맑디맑고 정갈한 태도로 덧붙였다.

'천녀를 사모한 황제폐하와 남정네들 앞에서 내 목이 잘리면, 산희에 대한 추격은 그리 길지 않을 겁니다. 그들이 죽이고 싶은 건 그 아이가 아니라 그 아이를 가진 나일 테니까.'

그 눈빛과 음성이 여전히 또렷해서 떠올릴 때마다 가슴이 에이고 눈이 뻐근해졌다. 사모하는 이를 재물 삼아 목숨 연명한 산희가 저인 듯 애달프고 그리웠다. 그래서 자신들을 이 은밀한 암자에 데려다 놓고는 통 돌아오지 않는 운부의 사부마저 그리울 지경이었다.

덧없는 감상에 사로잡힌 홍인의 귀에 혼잣말인 듯 낮고 나른한 목소리가 들려왔다.

"그 밤에도 저리 눈꽃이 날렸어. 산희야, 부르는 소리에 뜰에 나섰더니 그분이 그 눈꽃 빗속에 서서 웃고 계셨지. 그리곤 손을 내미셨는데."

잠시 말을 멈춘 산희의 볼에 미소와 함께 홍조가 번져갔다. 마치 그날로 돌아간 듯 한동안 수줍게 미소 짓던 산희가 다시 말을 이었다.

"그 손에서 비녀가 빛나고 있는 거야, 곱디고운 은비녀가……."

사모하는 이에게서 비녀를 받았던 날이니 그날을 떠올리는 낯에 홍조가 가득한 것은 당연한 일이리라.

"한데 산희 님, 은비녀라면 혹시……."

산희가 현율 황자에게 내어준 은비녀를 떠올린 그 순간, 산희가 배를 감싸며 단말마의 신음을 토해냈다.

"산희 님!"

"잠시, 잠시만 홍인……. 난 괜찮으니까 잠시만……."

산희가 다급히 부축하는 홍인의 팔을 안심시키듯 토닥이고는 천천히 눈을 감았다. 지그시 감긴 눈과는 달리 힘껏 깨문 입술, 움찔움찔 떨리는 가녀린 어깨.

홍인은 반듯한 이마에 맺힌 땀방울을 걱정스러운 눈빛으로 지켜보았다.

'또 무엇을 보고 계시기에 저리 땀까지…….'

"홍인……."

무거운 한숨을 토하고도 쉽사리 열리지 않던 그 입술이 바르르 떨리더니 한숨보다 더 무거운 음성을 흘려냈다.

"미안해……. 홍인에게 내 짐을 지게 해서……."

아마도 산희가 본 것은 홍인의 앞날인 모양이었다.

문득 가슴에 찌르르 통증이 번져갔다. 세인들은 앞날을 볼 수 있는 천녀의 능력을 동경하고 칭송하지만, 곁에서 지켜본 홍인은 그것이 결코 축복이 아님을 너무도 잘 알고 있었다. 만인의 삶을 함께 짊어져야 하는 이, 그것이 천녀라는 걸.

홍인은 점점 힘이 빠져가는 산희의 손을 꼭 잡으며 따뜻이 말했다.

"그런 말씀 마셔요. 아무리 무거워도 산희 님 것이라면 의당 소인이 함께 지는 게 맞는 걸요. 그것이 제 소임이니까요."

애써 웃고는 있지만 산희의 얼굴은 핏기 하나 없이 창백했다. 마치, 그 대로 눈이 되어 금세 녹아 사라져버릴 것처럼.

그때 문득 홍인의 팔을 잡은 손에서 산희의 것이 맞는가 싶을 만큼 강한 힘이 느껴졌다.

"잊지 마, 홍인. 언젠가, 언젠가 때가 되면……."

진정 이제는 아주 떠나려는가. 홍인은 자신에게 몸을 기댄 채 한마디, 한마디 힘겹게 뱉어내는 산희의 목소리를 들으며 천천히 눈감았다. 그 순간 열린 문밖, 천천히 날리던 눈송이들이 점점 더 거세게 나풀거리기 시작했다. 마치 비처럼, 천녀 산희가 한 사내의 여인이 되었던 밤의 눈꽃 비처럼.

황궁의 어둠을 뚫고 무거운 종소리가 울려 퍼지기 시작했다. 스물여덟 번의 종소리 중 세 번째 종소리가 울릴 즈음, 달빛마저 사라진 적석궁의 옥개에서 검은 그림자 하나가 소리 없이 땅에 내려앉았다.

그 흑영이 적석궁주의 처소로 스며들었다가 다시 옥개의 어둠 속으로 사라지기까지는 고작 두 번의 인경이 더 울렸을 뿐이었다. 그리고 또 두 번의 종소리가 더해질 때 적석궁주인 효경현비가 잰걸음으로 처소를 나섰다.

그리하여 얼마 후 효경은 황후와 마주앉아 있었다. 어느덧 인경 소리도 사라져 적막하기 그지없는 시간, 효경은 그 소리를 절실하게 그리워하고 있는 참이었다. 감히 고개 들어 그 얼굴을 마주볼 수조차 없을 만큼 황후의 침묵이 무겁고도 긴 까닭이었다. 그녀가 바짝 마른 목 안으로 침을 넘기려는 순간, 마침내 황후의 낮은 음성이 무거운 공기를 갈랐다.

"폐하께옵서 어심을 굳히신 모양입니다."

효경은 그저 입 안에 고인 침만 서둘러 삼켰을 뿐, 아무 말도 하지 않았다. 자신을 바라보는 황후의 시선, 담담하나 왠지 서글프고 단단하나 일렁이는 그 시선이 기다리라 말하는 듯한 탓이었다.

황후의 시선이 서안 위에 놓인 목갑 안으로 옮겨졌다. 그곳엔 원래는 온전한 모습이었을 테지만 지금은 반쪽이 된 황금빛 봉황상이 들어 있었다. 그것은 분명 반으로 나뉜 황제의 인장이었다.

효경이 문득 떨리는 숨과 함께 가슴에 손을 얹었다. 황제의 그림자무사가 건넨 목갑 안을 들여다봤을 때의 황망함이 새삼 다시 밀려온 것이다. 어찌하여 황제의 금인金印이 반쪽이 되었단 말인가. 또 어찌하여 황제는 그 어렵고 두려운 물건을 자신에게 보냈단 말인가. 본능적으로 황후의 궁으로 달려온 것은 황후라면 그 답을 알 것 같아서였다.

효경의 짐작대로 황후는 황제의 의중이 자신의 것인 듯 너무도 또렷하게 읽어졌다. 그래서 어찌 꼭 필요한 순간에 이리 결단을 내렸는지 고맙기까지 했다. 산희를 놓친 후 혼이 빠진 듯 반송장이나 다름없이 무기력하더니, 그래도 황제가 아예 정신 놓은 것은 아닌 모양이라 새삼 다행스럽기도 했다.

황후는 천녀 산희의 참언을 이제야 온전히 이해할 수 있었다.

'언젠가 때가 되면, 오직 폐하만이 그 뜻을 헤아리게 되실 겁니다. 황자님을 지켜줄 이, 오로지 폐하뿐이니까요.'

이런 뜻이었구나, 저도 모르게 고개가 끄덕여졌다. 현진에 이어 태자위太子位에 올랐던 현무마저 잃었는데 자신이 어찌 현운마저 맥없이 잃겠는가.

흠, 깊은숨을 내쉰 황후는 차분한 음성으로 효경에게 물었다.

"적석궁주, 혹여 천경황제의 반인을 아십니까?"

"천경황제라면, 폐하의 증조부 되시는 분 아니옵니까? 소첩, 미욱하여 그 이상 아는 것이 없사옵니다."

"본시, 황위는 그분의 형님이신 금렴 황자의 몫이었습니다. 허나 천경황제의 모후께서 친가의 힘을 앞세워 당시 태자였던 금렴 황자를 폐하고 황궁에서 내쫓았다 합니다. 허나 금렴 황자께서 워낙 비범하신 분이신지라 그 일로 말들이 많았던 게지요. 그러니 천경황제의 모후가 아예 금렴 황자를 살해할 계책을 세웠겠지요. 황실은 늘 그렇게 피를 먹으며 명맥을 지켜왔으니까요."

황후의 쓰디쓴 음성에 효경의 고개가 툭 떨어졌고 시립해 있던 연 상궁의 허리는 더욱 굽어졌다. 이른 나이에 이승을 뜬 두 아들에 대한 어미의 고통이 황후의 음성에 담겨 있는 까닭이었다. 황궁 안에 두 황자가 각기 낙마로, 원인 모를 병으로 세상을 등졌다는 말을 믿는 이는 아무도 없었다. 그것이 황실에 전해져오는 피의 저주이며 황제의 아들로 태어난 운명인가. 이제 황후에게는 태생부터 병약하여 식시食時 때마다 탕약을 받는 현율 황자만 남아 있었다.

효경은 가슴에 이는 두려움에 저도 모르게 부스스 몸을 떨었다. 황후가 그런 효경을 담담하게 바라보며 말을 이었다.

"천경황제께선 그 사실을 금렴 황자에게 알리면서 금인 반쪽을 보내셨다 합니다. 그리고 문무백관 앞에서 공언을 하셨다지요. 모후의 힘으로 황위에 올랐으니 짐은 반쪽짜리 황제요, 그러니 반인을 쓰겠노라, 나머지 반인을 가진 이가 돌아오면 그에게 황위를 넘기겠노라고 말입니다. 물론, 나머지 반인은 돌아오지 않았습니다."

그것이 저 반편 금인에 담긴 황제의 어심이란 말인가. 효경은 머릿속에 가득 차오르는 사념들 때문에 아무런 말도 할 수 없었다.

그 마음을 짐작했음인가. 황후가 목갑을 조심스레 갈무리하며 말했다.

"폐하께서 현운 황자를 지키고자 하심입니다. 더불어 장차 이 나라 황좌의 주인이 현운 황자임을 천명하심이지요."

"마마, 소, 소첩은 그 말씀 너무 황망하여 납득키 어렵사옵니다! 어찌 현율 황자가 있사온데……!"

"현율 황자는!"

황후가 차고 날카로운 목소리로 효경의 말을 단칼에 잘라냈다.

"그 아인 황위에 오를 재목도 아니거니와, 병약하여 열다섯을 넘기지 못할 거라는 어의의 공언을 궁주도 아실 것 아닙니까? 더는 그 약두거리 이름을 거론하지 마세요."

황후의 자리란 본디 그런 것일까. 자신이 배 아파 낳은 자식을 병자라 일갈하는 황후의 눈빛과 목소리는 싸늘하기 그지없었다. 그 냉기에 차마 고개 들지 못하는 효경의 귓가에 이번엔 무겁디무거운 음성이 들려왔다.

"내, 궁주께 한 가지 다짐을 받아야겠습니다."

그 음성에 실린 무게가 너무도 엄중해서일까. 효경은 차마 소리 내어 답하지 못하고 그저 목을 조아렸다.

"황제폐하의 환후에 차도가 없으니 조정대신들이 태자책봉을 재촉할 게 자명한 일, 그 자리에 제 혈육을 세우려는 황족들이 또 승냥이처럼 달려들겠지요. 현운 황자가 첫 번째 사냥감이 될 것 또한 자명한 일. 그 뉘가 봐도 비범한 황자가 아닙니까?"

제 자식을 치켜세우는 말은 아예 들리지도 않았다. 그저 황후의 눈에서 끔찍한 피바람을 본 것 같아 손이 바들바들 떨리고 애간장이 타들어가는 것만 같았다.

기어이 성마른 눈물 한 방울이 효경의 뺨을 굴러 내릴 때 황후가 탁,

서안을 내리치며 호통쳤다.

"궁주! 심중을 굳건히 다지세요! 황궁으로 돌아올 때까지 기약 없이 떠돌아야 할 황자입니다! 어찌 어미가 되어 자식을 지킬 생각은 않고 눈물바람부터 일으키는 겝니까!"

말은 그리했어도 어미로서 자식 잃는 두려움을 어찌 모르겠는가. 황후는 치받는 통증 때문에 저도 모르게 움켜쥐었던 옷섶에서 손을 내리며 차분해진 목소리로 말했다.

"내, 다짐받을 것이 있다 하였습니다. 날이 밝으면 폐하께옵서 현운 황자가 이 나라 태자임을 천명하실 겁니다. 그러니 황자는 궁을 떠나 당분간 은신해야 합니다. 이 궁에서 태자의 신분으로 어찌 목숨 부지하겠습니까? 현진과 현무가 왜 그리 허망이 갔겠습니까?"

잃어버린 자식들의 이름을 입에 담은 탓에 또 목이 막혔으나 황후는 애써 목소리를 가다듬었다.

"방도를 찾을 겁니다. 현운의 귀궁을 위해, 내 목숨 걸고 방도를 찾을 겁니다. 궁주, 답해보십시오. 궁주도 황자를 위해 목숨 걸 수 있겠습니까?"

답은 들려오지 않았으나 황후는 효경의 잔뜩 힘이 들어간 눈빛과 붉게 깨문 입술에서 대신 답을 읽었다. 그것으로 됐다.

황후는 잘 갈무리한 목갑을 진중한 손길로 쓰다듬었다. 기나긴 침묵 끝에 견디다 못한 효경이 처소로 돌아가고, 황궁을 둘러싼 적막이 파루罷漏에 의해 깨어지는 오경삼점五更三點까지 황후는 한 치의 흐트러짐도 없이 그렇게 목갑을 쓰다듬었다.

서른세 번의 종소리 중 스물아홉째 종소리가 울렸을 때, 불현듯 황후가 몸을 일으켜 밖으로 나섰다. 그 기세에 선잠 자던 연 상궁이 푸드득 어깨를 떨었다.

"태상후께 갈 것이다. 앞장서거라."

"하오나 황후폐하, 아직 파루가 끝나지……."

황후는 연 상궁의 말을 무시하고 앞서 걸었다. 그런 황후의 시야에 저 멀리 하늘에 걸린 보름달이 들어왔다.

'감추어 보듬으소서. 달이란 의당 그런 것……. 만월이 되어 그 빛을 찬란히 빛낼 때까지 부디 몰래 숨겨두소서.'

고운 빛의 보름달 때문인가, 천녀의 희고 고운 얼굴이 불현듯 눈앞을 스쳤다. 잠시 멈춰 서서 만월을 응시하던 황후가 이내 걸음을 재촉했다.

'한데, 그 천녀는 어찌 되었는가. 살았는가, 죽었는가. 살았다면 기어이 그 아이를 낳았을까.'

그 시각, 무명無名은 백오산 산잔등을 잰걸음으로 오르고 있었다. 누군가 봤다면 눈밭에 발자국 하나 남김없이 산을 날아오르는 모습에 귀신이라 식겁했겠지만, 무명의 얼굴은 조급함으로 피가 몰려 붉게 상기되어 있었다.

'운부야, 운부야!'

천운이 다해 이미 놓쳐버린 제자를 애타게 불러본들 무엇하겠는가. 그러나 그렇게 불러서 살려낼 수만 있다면 목청이 찢기고 피를 쏟아낸들 못 할 것이 없었다.

'말해보아라, 운부야! 내, 누굴 구명하랴! 네 목숨 바쳐 지킨 여인을 살리랴, 네 하나뿐인 핏줄을 지키랴……. 말해보아라, 운부야!'

정이 깊어 탈이었는가. 부모는 누명을 써서 역적으로 참수되고 저는 저 잣거리 떠도는 비렁뱅이가 됐으니 그 억울한 신세가 꼭 자신 같아서 살붙이처럼 거뒀던 제자였다. 그런 제자를 잃고 이제 제자의 살붙이마저 잃을 판이라, 바위처럼 단단하고 바람처럼 매몰찬 가슴에도 생채기가 났다.

'미욱한 놈……. 어찌 제 숨통 움켜쥘 인연을 맺어 이 노부를 고단케 하는
것이냐! 내 그리도 세상사 모든 인연엔 비싼 값을 치르게 된다 했거늘! 무정
한 놈, 아둔한 놈…….'

미리 알았다 한들 제 인연이 그러한 것을 어찌 막을 수 있었겠는가. 그
래도 그 아까운 목숨만은 어찌 구할 수도 있었으련만, 통 보이지 않던 운명
을 겨우 보게 됐을 때 운부는 이미 이 세상 사람이 아니었다. 그래서 천녀
를 거두고도 제자를 죽음으로 이끈 여인이라 애성이 짙어 그간 암자를 떠
나 있었던 것이다.

행여 늦지는 않을까 무명의 다리가 더 빨리 움직이기 시작했다. 해산까
지는 아직 일삭(一朔, 한 달)이나 남은 상황에 산통이 인 것은 생기를 다 소진
한 어미가 제 아이만은 지키려는 본능 때문일 터. 서둘러 간다면 어미의 기
를 빼앗고 있는 아이도, 아이로 인해 점점 저승 문으로 향하고 있는 어미도
어찌 살릴 수 있으리라.

그때였다. 성마른 무명의 눈이 순식간에 잦아든 것은.

'아니, 저것은……!'

무명은 종전까지만 해도 악수처럼 몰아치던 조급함을 잊은 채, 허름한
암자를 둘러싼 대숲 앞에서 발을 멈췄다. 긴 세월 이 대나무들을 벗 삼아
살았으니 달 밝은 밤, 새삼 그 운치에 끌린 것은 아니었다. 무명의 발을 잡
아챈 것은 쌓인 눈인 듯 피어 있는 죽화였다.

본시, 백여 년에 한 번 꽃핀다 하여 살아서는 한 번 보기도 힘들다는 꽃
이지만 저 대나무들이 뿌리내린 게 언제이며 무명이 그를 보아온 게 언제
부터인가. 진즉 꽃을 피웠으니 이제 곧 말라죽겠구나, 했던 것들이 오래
도 산다 싶더니만 하필 이 밤에 또 꽃을 만개하였는가. 게다가 제 몸뚱이
얼리려는 듯 눈보라 치는 이 한파에 말이다.

"길조인가, 흉조인가? 묘한 일이로고……."

넋 나간 사람처럼 죽화를 바라보던 무명이 불현듯 암자 쪽으로 휙 고개를 돌렸다.

"이런!"

장탄식을 내뱉으며 날듯이 암자 뒤뜰의 외딴방으로 내달려 문을 열어젖히자, 역한 피 냄새와 함께 죽음의 기운이 와락 쏟아져 나왔다.

무명은 저마저 넋을 놓았는가, 인기척도 못 느끼고 그저 치마 속에 대고 '더, 산희 님 조금만 더!'를 외치고 있는 제녀 홍인을 밀치고 산모를 살폈다.

'운부야, 운부야……! 이것이 너의 뜻인 게냐…….'

때 모르는 죽화에 정신이 팔리지만 않았어도 아직 숨이 붙어 있었을 여인은 지금 막 혼이 떠난 빈껍데기가 된 터였다.

"아, 아니, 대사님……! 남녀가 유별한데 어찌 산실에, 에구머니나! 무, 무슨 짓을 하시려는 겝니까!"

겨우 정신을 차린 듯 기겁하여 묻던 홍인이 무명의 손에 들린 예리한 비수를 발견하고는 새된 목소리로 꽥 소리 질렀다.

무명은 산모의 불룩한 복부를 조심스레 더듬으며 단호한 목소리로 말했다.

"자네는 나가 있게. 예 있어봐야 제 주인 몸 상한다고 행짜나 놓지 싶으니."

"억……! 그럼 정녕 그 칼로 우리 천녀님 배, 배를……!"

파리해진 입술을 제 손으로 틀어막았던 홍인이 다음 순간 걸귀처럼 무명에게 달려들어 비수를 빼앗으려 했다. 그러나 될 리가 없는 일, 무명은 혈을 짚어 홍인을 제지했다.

"잘 보게, 산모는 이미 숨이 다했네! 제아무리 천녀의 몸이 신성하다고는 하나, 썩어서 흙이 될 그 몸 보존코자 제 핏줄도 같이 죽여서야 어찌 사람이라 할까!"

무명의 호통에 황망한 눈으로 천녀를 살피던 홍인이 꽉 깨문 입술 사이로 끅끅, 목 막히는 소리를 흘려내기 시작했다. 그 마음을 짐작 못 하는 건 아니었다. 망자가 되어버린 저 여인이 어릴 때부터 지금까지 지극정성으로 받들었을 제녀가 아닌가. 그러나 그 심정 짐작한다고 해서 더 지체할 여유가 없었다. 무명은 재빨리 점혈을 풀어주고 손에 잡히는 대로 널따란 광목천을 던져 홍인의 머리에 씌웠다.

서걱, 스으윽. 결 고운 비단이 잘리는 소리가 이러할까. 날카로운 비수에 의해 여인의 살이 소복치마와 함께 갈라졌다. 무명은 아이가 잘 보이도록 더욱 살을 벌리며 다급히 외쳤다.

"어서 이리 와서 아이를 꺼내게, 어서!"

사내아이인가, 계집아이인가, 보이질 않았다. 작은 움직임도 없었지만 얕은 기가 잡히는 것으로 보아 분명, 아직은 살아 있었다. 무명은 부들부들 손을 떨며 홍인을 재차 다그쳤다.

"뭐하는 게야! 내 아무리 할아비라고는 하나 사내는 사내! 이 아이 계집아이라면 어찌 그 몸에 사내 손을 먼저 대겠는가! 자, 어……! 이런, 낭패가 있나……!"

무명은 머리에 씌워줬던 광목천을 입에 물고 혼절해버린 홍인에게 허탈한 시선을 던지며 쯧, 혀를 찼다.

어쩌겠는가. 꼴깍꼴깍 숨이 끊어지고 있을 아이를 죽은 어미의 품에서 건져내는 것도 자신의 몫인 듯했다.

"장하구나, 장해! 용케도 버텼구나. 그래, 역시 운부의 아……!"

아직은 뜨뜻한 살 속에서 조심스레 아이를 들어 올리던 무명의 눈동자가 비틀 흔들렸다.

걱정했던 대로 계집아이여서만은 아니었다. 제가 어미를 죽이고 그 배를 가르고 나온 걸 아는지, 울지 않는 것이 염려스러워서도 아니었다. 마치 다 보이는 것처럼 자신을 향한 동그란 눈과 마주한 순간, 아이가 어깨에 지고 온 운명이 보인 까닭이었다.

곱디곱게 편안하게 살아갈 운명은 아니지만, 결국엔 천하를 제 것으로 만들 사내의 여자가 될 아이였다. 불길한 것은 그 운명에 사금파리처럼 박혀 있는 또 다른 운명의 조각들이었다.

제 어미가 그랬듯 천녀가 될 운명이 보였고 사내들의 품을 오가며 웃음을 파는 기녀의 운명도 보였다. 아이를 소유하고자 피를 보는 사내들이 보였고 생기를 잃은 채 시들어가는 아이가 보였다. 운명이 보이지 않는 이는 수없이 보아왔으나 이 아이처럼 극과 극의 운명이 실타래처럼 얽혀 있는 이는 본 적이 없었다.

게다가 아이에게서 맡아지는 서늘하고 음울한 비雨의 내음, 평생을 그 비 내음 속에서 살아가야 한다는 것, 그것이 무명을 불안하게 하는 것이다.

후두둑, 후두둑, 여린 가지에 쌓였던 눈이 무게를 이기지 못해 떨어지는 소리가 대숲에 울렸지만 무명의 귀에는 들리지 않았다.

'결국 그런 것인가. 운부야, 말해보아라. 이것이 너의 뜻이더냐? 네 아이의 운명을 내게 맡기려고 때아닌 대나무꽃을 피운 것이냐.'

천녀의 주검을 잘 갈무리해서 하늘로 돌려보내줄 때도 무명은 천녀의 명복을 빌어주는 대신 제자에게 묻고 또 물었다. 가슴이 홧홧해서 찾은 대숲에서도 그 질문을 멈출 수 없었다. 아이의 운명이 무거운 짐인 듯 어깨를 짓눌러왔다.

생각해보니 운부가 자신에게로 온 것부터가 이 무거운 숙명 때문이었구나 싶기도 했다. 이 호륜에 천녀의 아이를 살리고 감출 이, 과연 자신 아니면 누가 있겠는가. 밑동까지 시들고도 죽지 않던 대나무들처럼 이미 놓아버린 삶이 질기게도 이어지더니 이런 소임 때문이었나 보다.

무명은 가슴의 열기를 깊은 호흡으로 다스리며 천천히 입을 열었다.

"아이는 괜찮은가?"

"네, 네? 아, 네, 대사님……."

멀찍이 떨어진 채 다가오지 못하고 서 있던 홍인이 화들짝 놀라 더듬거렸다. 잔뜩 겁먹은 터라 발소리, 숨소리도 내지 못했건만 무명이 돌아보지도 않고 알아채니 더욱 겁을 집어먹은 것이다.

"당부할 말이 있으니 이리 오시게."

목소리부터가 겁에 질려 있는 사람이 발이라고 쉽게 뗄 수 있을 리 만무했다. 비척비척, 쌓인 눈을 쓸어내는 빗자루처럼 홍인의 움직임이 굼떴다. 무명이 제 주인의 복부를 가축마냥 갈랐으니 그 두려움을 탓할 수는 없으리라. 그러나 지금의 무명으로서는 그 두려움까지 돌봐줄 여력이 없었다.

"잘 들으시게. 저 아이는, 고귀한 존재가 될 운명을 타고났네. 천하가 발 밑에서 우러르게 될 게야. 한데 그리 물러서야 어디 저 아이의 운명을 감당할 수 있겠는가."

"참, 참말이세요? 대사님, 진정 우리 아기씨께서……."

칼바람에 꽁꽁 언 손을 녹이러 화톳불에 달려드는 아이마냥 홍인이 두려움도 잊은 채 바투 다가서며 되묻자, 무명은 손을 들어 그녀의 입과 발을 멈추게 했다. 그리고는 그녀의 머릿속에 각인시키려는 듯 목소리에 강한 기를 실어 말했다.

"허나, 그리되기 전에 야차 같은 사내들이 저 아이의 운명을 틀어놓겠지. 그건 나보다 자네가 더 잘 알걸세. 자네의 주인이 천녀가 아니었다면 어찌 살았을 것 같은가?"

홍인이 불안한 듯 흔들리는 눈동자로 고개를 주억거렸다. 천녀가 아니었다면 꽃을 꺾어 제 곁에 두겠다고 달려들었던 사내들이 쓴 입맛을 다시며 그냥 돌아섰겠는가. 그 천녀의 태생이라 아이도 독이 될 외모를 타고난 모양이었다.

"저 아인 스스로를 지킬 수 있게 될 걸세. 내가 그런 힘을 갖게 해줄 것이야. 다만, 자네가 명심해야 할 게 있네."

"말씀하세요, 대사님."

"저 아이 부모가 운부와 천녀 산희라는 사실은 이 시각부터 잊어버리게. 또한 저 아이가 계집아이라는 것도 잊어야 할 게야. 저 아이는 사내아이일세. 절대로 잊지 말게."

동그랗게 치뜬 눈으로 보아 이해 못 한 것이 분명했으나 무명은 홍인이 물을 틈도 없이 짧게 덧붙이며 걸음을 옮겼다.

"저 아이를 지키고 싶다면 이른 대로 따르시게."

"허면, 대사님! 아기씨, 도련님의 함자는 지으셨는지요?"

망연히 바라보던 홍인이 서둘러 그 뒤를 따르며 조심스레 물었다.

뚝, 걸음을 멈춘 무명의 시선이 어스름한 새벽하늘을 빠르게 이동하고 있는 매지구름으로 향했다. 만월의 기운이 채 가시지도 않았건만 비가 올 모양이었다. 한바탕 비를 쏟아낼 검은 구름을 잠시 응시하던 무명이 혼잣말처럼 답했다.

"어차피 비 내음을 안고 살 운명이라면……. 거센 비바람은 피하는 것이 좋겠지."

"네? 대사님, 뭐라 하신 건지……."

홍인이 서둘러 물었으나 무명은 어느새 훌쩍 몸을 날려 대숲 밖의 어둠 속으로 사라져버린 후였다.

"아, 아니, 사람이……!"

빼어난 무사였던 운부의 사부라기에 그보다 고수이겠거니 짐작만 했을 뿐, 눈으로 확인하자 입이 다물어지지 않았다.

'백 년을 훌쩍 넘겨 살았다는 말, 반은 신선이라는 그 말이 참말인 걸까?'

홍인이 멍하니 무명이 사라진 곳만 바라보고 있을 때 바람인 듯 대숲을 울리는 목소리가 들려왔다.

"세류細流라 부를 것이다."

4. 붉은 꽃血花, 무거운 꿈

"폐하, 소후의 말이 들리시옵니까?"

빛 하나 들어올 데 없이 어둔 방에서 대답하는 것은 흐린 등불뿐이었다. 지켜보던 태상후전 진 상궁이 조용히 고해왔다.

"황후폐하, 태상후께옵서는 인물을 인지하지 못하신지 이미 오래되었사옵니다."

"내 그것을 몰라 여명도 전에 이리 달려온 줄 아는가? 태상후께 긴히 여쭐 것이 있으니 자네는 물러나 있게."

평소와 달리 매몰찬 황후의 명에 진 상궁도 더 버티지 못하고 물러나 갔다.

산송장이라는 말도 부족하구나, 황후는 사람이 들고 나가도 눈동자 한 번 움직이지 못하는 태상후를 살피며 새삼 탄식했다. 백세를 모진 칼바람 속에서 버텼으니 몸이야 추레해진 것이 당연하다지만, 총기라곤 남아 있지 않은 눈동자가 허망하기만 했다.

열다섯 나이에 태자비로 호륜의 황궁에 들어와 2년 만에 지아비가 태자위에서 폐위되었으니 마땅히 폐서인이 됐어야 할 여인. 그러나 교역관계와 군사적 동맹을 반드시 유지해야 하는 오고국의 공주라 그 신분 유지할 수 있었다. 비록 대외적으로 시동생이었던 이의 비가 되는 치욕을 겪었으나 그래도 그 모진 삶을 살아낼 수밖에 없었으리라. 황궁에서 쫓겨난 지아비가 언젠가는 저를 데리러 와주지 않을까, 버릴 수 없는 미련 때문에.

황후는 주검처럼 움직임이 없는 문정태상후의 나무뿌리 같은 손을 조심스레 잡았다.

"할마마마, 소첩의 목소리가 들리시옵니까? 꼭 들으셔야 합니다. 반드시 들으시고 답을 주셔야 합니다."

태상후의 마른 눈동자는 여전히 움직임이 없었다. 박제된 짐승의 그것처럼, 그저 뜨여져 있을 뿐 아무것도 보지 못하는 것 같았다. 그러나 황후는 포기하지 않고 재차 물었다.

"꼭 답을 주셔야 합니다, 할마마마. 할바마마께서 계신 곳이 어디이옵니까? 어디로 가야 할바마마를 뵈올 수 있사옵니까?"

그러나 이번에도 아무런 반응이 없었다.

아귀찬 마음이야 달라지지 않았지만, 황후는 내심 조바심이 났다. 의지할 데 없이 현운을 궁 밖으로 내보낸다면 승냥이들에게 먹이로 던져주는 것과 다를 바 없는 일. 어떻게든 '그분'을 찾아야 했다.

황후는 절박한 심정으로 깡마른 태상후의 손을 더욱 꼭 감싸 쥐며 말했다.

"할머님, 저 서정이옵니다. 문황의 손녀 서정이옵니다."

움찔, 영 움직일 것 같지 않던 희뿌연 눈동자가 흔들렸다. 저승 문에 가까워진 이에게도 제 핏줄의 이름은 들리는가보다. 그 움직임을 끝으로 또다시 화석인 듯 굳어버린 눈동자였지만 그것으로 족했다.

황후는 겨우 돌아온 노부의 미약한 정신이 사라질까 두려워 서둘러 물었다.

"할머님께선 할아버님이 어디 계신지 알고 있다 들었사옵니다. 일러주시어요. 그곳이 어디인지요?"

통 열릴 것 같지 않던 태상후의 바짝 마른 입술이 움찔거리기까지는 그리 오래 걸리지 않았지만, 그 입술만 노려보고 있는 황후에게는 너무도 긴 시간이었다.

드디어 환영인 듯 태상후의 입술이 열리자 황후는 서둘러 귀를 가져갔다. 태상후가 몇 년 만에 그토록 힘겹게 토해낸 말은 한마디뿐이었다. 황후는 그런 말은 한 적 없다는 듯 미동도 없이 누워있는 노인을 응시하며 방금 들은 말을 조용히 되뇌어보았다.

"백오산, 선오암."

다급한 마음과는 달리 황후는 태상후의 손을 조심스레 제자리에 놓아주고도 한참을 그렇게 앉아 있었다. 어쩌면 작금에 이토록 들끓는 심경도 세월이 흐르면 다 부질없는 일이 될 것임을 짐작하는 까닭일지도 몰랐다. 한 나라의 공주로 태어나 또 한나라의 태자비였던 곱고 귀한 이 여인도 세월의 무게를 이기지 못하고 지금은 저리 산송장이 되어 명줄 끊어지기만을 기다리고 있지 않은가.

그 여인, 사요진이 지금 이 세상에 저를 있게 한 여인이라는 것을 알게 된 탓에 더 가슴이 들끓는 것인지도 몰랐다. 폐위되어 내쫓긴 금령 황자의 유일한 비였고, 요양을 핑계로 이름 모를 산사에서 황후의 조부인 문황을 낳은 것이 그녀였다. 그녀와 금령의 아들 문황은 금령의 둘도 없는 붕우인 문기진의 아들로 그 태생을 철저하게 감춘 채 목숨 연명했던 것이다. 물론 황후조차도 얼마 전까지는 까맣게 모르던 일이었다.

황제가 병들어갈수록 태사 현유홍의 권세는 점점 더 살벌한 검이 되어갔다. 그에 비례해 천녀 산희의 참언이라는 황후의 짐도 나날이 무거워진 것은 당연한 일. 그 무게에 기어이 제가 무너질 것 같아 친정 아비에게 천녀의 예언을 밝히고 조언을 구했던 때에야 제 짐이 어찌 그리 무거워져만 가는지 알게 된 것이다.

'태상후께 금렴 황자, 할아버님 계신 곳을 여쭤보십시오, 폐하. 순년(旬年, 십 년) 전쯤에 그분께서 보낸 제자가 있었사온데 그 건승함이 신선 같다 하였습니다.'

천녀의 참언, 그 무게를 아는 탓인지 고심 끝에 덧붙인 아비의 말을 떠올리자 막을 틈도 없이 어리석은 자문이 뒤따랐다.

'진즉 알았다면 현진과 현무도 그분께 보내 목숨 부지할 수 있었을까.'

황후의 눈에 문득 자조적인 미소가 번졌다. 저기 저렇게 죽은 이인 듯 누워있는 이도 그 긴 세월 얼마나 수없이 이런 덧없는 자문을 했겠는가. 진즉 알았다면 달라졌을까, 하고. 지나고 나면 다 세월에 묻혀버리고 다 떠날 이들이건만 도대체 뉘를 잡아두고자 온밤을 지새우며 발품을 팔고 있는 건가. 부질없어라, 허망하여라.

망부석처럼 앉아 있던 황후가 사념을 털어내듯 벌떡 몸을 일으켰다. 그 서슬에 놀란 등불이 팔랑거리자 태상후의 얼굴에 잠시나마 온기가 이는 듯도 보였다.

황후는 태상후이기 이전에 자신의 증조모이며, 천경황제의 비이기 이전에 금렴 태자의 비였던 여인을 무거운 어둠 속에 홀로 남겨두고 단호한 표정으로 돌아섰다. 부질없고 허망한 미련을 접게 하는 아비의 말을 다시 떠올리면서.

'어찌 폐하께 이 엄비(嚴祕, 비밀)를 지금에야 밝히게 된 것인지……. 진즉

밝혔다면…….'

아비가 채 맺지 못한 그 말이 무엇인지는 굳이 묻지 않아도 짐작이 됐다. 현진과 현무의 비명횡사가 문식렴에게도 크나큰 상흔으로 남았을 터. 그래서 황후는 더 물러진 마음을 굳게 다잡을 수 있었다.

천녀가 현운의 탄생제 때 그런 참언을 한 것도, 제 핏줄의 진실을 이제 알게 된 것도 다 운명이 아니겠는가. 떠나보낸 자식들이 아깝고 원통하긴 하나, 그 아이들은 그리 떠날 수밖에 없는 목숨이었으니 그를 어찌 되돌릴 것인가. 부질없다, 허망하다.

황후는 이제 막 햇귀가 스며드는 뜰로 나서며 연 상궁에게 낮으나 굳건한 음성으로 명했다.

"속히 현율 황자의 승교를 준비하고 중신대위 합탁에게 들라 이르라. 또한, 적석궁에 기별을 넣어 출궁 준비를 서둘라 이르라."

"예, 폐하."

연 상궁의 답은 아득히 먼 곳, 가본 적도 없는 선오암에 이미 온정신을 빼앗긴 황후에게는 들리지 않았다. 황후는 마디가 하얘질 만큼 손을 꽉 움켜쥐었다.

'어디, 칼을 뽑아보아라. 내, 이번만큼은 결코 황자의 목숨을 내주지 않을 터……!'

날이 밝아 입궁을 준비하던 조정대신들에게 각기 한 장의 서찰이 전달됐다. 그것은 인장의 반쪽만 찍혀 있는 황제의 칙명이었다.

본디, 승화궁은 황제의 누이인 부용 공주의 궁이었다. 부용 공주 혼인하여 출궁한 후로는 거의 비어 있던 곳이건만 승화궁은 지난 몇 달 동안은 비었던 날이 거의 없었다. 오늘도 그곳이 본래 주인이 저인 듯 공주의 시아비가 들어앉아 있는 참이었다.

모처럼 해님이 제 기운을 다 쏟는가. 처마 끝에서 날카로이 빛나던 고드름이 뚝뚝 눈물을 흘리기 시작했다. 그를 유심히 지켜보던 나인 하나가 머 잖아 처마에서 뚝 떨어져 내리는 고드름을 제 치맛자락에 받아내고는 휴, 한숨을 토해냈다. 한여름 쏟아붓는 빗소리도 시끄럽다 성을 내는 노부의 성정을 익히 아는 까닭이었다.

때마침 날카로운 노부의 목소리가 창호를 뚫고 들려왔다.

"황제가 진정 정신마저 놓은 게 아닌가?"

목소리의 주인공은 점잖은 인상과는 달리 매서운 안광을 지닌 유홍이었 다. 그 매서운 안광을 지닌 유홍의 눈은 황제의 칙서를 불태울 듯 이글거리 고 있었다.

'짐이 나날이 기력이 쇠하여 정사政事를 돌보지 못하니 조정대신들의 근심이 어찌 무겁지 않겠는가. 이에 짐은 현진 황자 사후에 공석이었던 정윤正胤 자리에 효경현비 소생의 현운 황자를 세워 그대들의 근심을 덜어주고 짐의 소임을 다하 고자 한다. 또한, 짐이 부덕하여 황자들이 열여섯 해를 넘기지 못하고 단명하니 태자 현운은 당분간 짐의 곁을 떠나 심신을 굳건히 하게 될 것이다. 짐의 반인을 태자의 정표로 하사하였으니 이를 경시하는 자는 역모죄로 처벌할 것이다. 그대 들은 짐의 칙명을 추상같이 여겨 따로 거론하는 일이 없도록 하라.'

유홍이 이잇, 이를 갈며 칙서를 서안 위에 내던졌다.

"반인이라니, 반인이라니! 황제의 인장은 황제 그 자신일진대 스스로 반 편을 만들다니! 수치스러운 줄도 모르고 어찌 이리 빙충맞은 짓을 벌인단 말인가!"

"아버님, 송구하오나 목소리를 낮추십시오. 황제께 빙충맞다니, 아랫것 들이 들을까 두렵습니다."

아들 혁윤의 당황한 표정에 유홍이 잠시 입을 다물었다가 이내 다시 열었다.

"두렵다? 너는 이 아비가 고작 그런 것을 두려워할까 싶으냐? 이 현유홍의 아들인 네가 고작 그런 것을 두려워한단 말이냐?"

못마땅한 듯 꾸짖는 음성과는 달리 반백의 노부는 눈까지 빛내며 웃고 있었다.

"아랫것들이 들은들 대수일까? 황제가 듣는다 한들 그 또한 무에 그리 대수인가 말이다."

대량공 현유홍. 당금 호륜국에서 황제의 권력과 필적하는 유일한 존재. 아니, 어쩌면 황제를 능가하는 유일한 존재일지도 몰랐다. 황제의 숙부이며 또한 황제의 누이 부용 공주의 시아버지인 그를 일컬어 소황제小皇帝라 수군거리는 이들이 적지 않았다.

비옥한 영토는 그 끝이 보이지 않을 만큼 광활하고 웬만한 귀족 저택보다 큰 곳간채는 일 년 내내 빈자리가 없으며, 이천의 사병과 그의 사택인 대량궁에 객으로 머물렀던 수백의 문사, 무사들이 따르니 황제와 진배없다는 것이다. 물론 유홍 본인은 소황제라는 별호만으로는 만족하지 못해서 황제의 칙명에 저리도 역정을 내고 있기는 하지만.

유홍이 한 모금 문 찻물의 진한 향에 심통이 가라앉았는지 돌연 허허, 웃음을 흘렸다.

"하기야 무에 그리 노여울까? 황제의 반인이 처음도 아닌 것을. 한 번 떠난 황궁에 돌아오기가 쉬운 일인가 말이다. 내, 황제가 어리석다 한 말이 참으로 맞지 않느냐?"

"하오나, 아버님. 어찌 됐든 황제폐하의 칙명이고 폐하의 인장이 아닙니까? 소자는 금렴 황자에 대한 소문도 마음에 걸립니다. 한데 이제 현운 황자까지······."

"뭐라 하였는고? 소문? 무슨 소문 말이더냐?"

"금렴 황자께서 아직 살아 있다는 소문 말입니다. 그뿐 아니라 후사를 보셨다고."

밖에서 들을까, 여전히 두려운 듯 혁윤이 더욱 조심스러워진 목소리로 대답했다.

"금렴 황자와 태상후께서 계속 연통을 주고받았다고 합니다, 아버님. 태상후께서 어느 암자에서 몰래 아들을 낳았고 금렴 황자의 측근이 양자로 키웠다는 얘기도 있습니다. 황자의 핏줄이니 그 후손도 황족. 그들이 빼앗긴 황위를 되찾기 위해 세를 불리고 있다고······."

"그깟 헛소문을 믿는단 말이냐? 한심한 문필가들이 지어낸 허무맹랑한 얘기거늘. 설령 소문대로 살아 있다고 한들, 이미 오래전 황실과 인연을 끊은 노인이 무얼 할 수 있겠느냐? 금렴, 살아 있다 해도 이미 백세를 넘긴 지 오래거늘."

그러나 혁윤의 낯빛은 좋아지지 않았다. 떠도는 소문들 중 문필가들이 재미삼아 지어낸 이야기라고 무시하기엔 영 찜찜한 것들이 있었기 때문이었다.

"하오나 아버님······."

"그만두어라!"

엄한 목소리로 말을 끊은 유홍이 짐짓 엄한 표정으로 말했다.

"너는 이 현유홍의 독자니라. 그것이 무엇을 뜻하는지, 이 아비가 너에게 무엇을 주려는지 정녕 모르는 게냐? 육척장부라면 자발없게 행동치 말고 킷값을 하라. 내, 곧 조정대신들을 움직여 이 칙서를 파기케 할 터!"

"네, 아버님······."

마지못해 대답하는 아들을 보고 있자니 유홍의 속이 다시금 부글거렸다.

"적석궁주의 뒤를 쫓으라고 틀림없이 명하였느냐?"

"그리하였습니다."

"황후의 움직임도 살피라 명하였고?"

"명했습니다, 아버님."

내키지 않은 일을 했다는 속내를 고스란히 담은 목소리에 유홍의 눈매가 날카로워졌다. 혁윤이 자신의 반만 닮았어도 진즉 호륜을 손에 쥐었을 것이다. 살 만큼 살고 가질 만큼 가진 반백의 자신도 황제의 자리가 탐나거늘, 어찌 사내가 되어, 더구나 현유홍의 독자인 이가 저리도 욕심이 없단 말인가. 손자인 호경도 어릴 때부터 닦달하고 치세우지 않았으면 제 아비를 닮아 욕심 따윈 품지도 않은 성품이 됐으리라. 혁윤에 대한 미련은 그만 버리고 호경을 택해야 할 때가 된 것일지도 모른다.

유홍이 못마땅한 기색 그대로 쌀쌀하게 다시 물었다.

"그래, 황후궁은 어떻다고 하더냐? 아무런 낌새도 없다 하더냐? 정녕 황후의 동조 없이 황제 독단으로 칙서를 내렸단 말인가?"

"네, 아버님. 요양차 출궁하는 현율 황자를 이른 아침 배웅하시고는 줄곧……."

"현율 황자가 출궁했다고?"

눈썹을 꿈틀거리며 물은 유홍이 쪼갤 듯 서안을 내려치며 고함쳤다.

"그걸 왜 이제야 얘기하느냐! 당장 현율 황자를 쫓으라 하라, 당장!"

갑작스레 다그치는 유홍의 태도에 혁윤이 당황한 듯 엉거주춤 몸을 일으키며 물었다.

"아, 아버님, 어인 명이십니까? 현운 황자가 아닌 현율 황자를 쫓으란 말이십니까?"

금세라도 혁윤의 어깨를 잡아 뜯을 듯 닦달하던 유홍이 더욱 날카로워진 목소리로 대답했다.

"현운 황자는 적석궁주와 함께 출궁한 것이 아니다! 적석궁주는 유인책이었을 뿐! 황제와 적석 궁주성정에 둘이서 어찌 일을 꾸몄을까 싶더니 이런! 늘 병약해도 궁을 지키던 현율 황자가 왜 하필 오늘 요양을 떠났겠느냐? 이게 다 그 간교한 황후의 머리에서 나온 계책이란 말이다! 필시 현율의 승교에 운이 숨어 있을 터, 당장 쫓으라 명하라!"

혁윤이 그래도 내키지 않는 표정으로 서 있자, 유홍이 다시 한 번 서안을 내려치며 다그쳤다.

"이미 도성을 빠져나갔다면 호륜 방방곡곡을 이 잡듯이 뒤져서라도 반드시 현운의 목과 반인을 가져와야 할 것이다!"

혁윤이 서둘러 달려나가고 얼마나 시간이 흘렀을까. 그사이 마음을 다스린 유홍의 표정은 여느 때처럼 점잖고 고고했다. 찻그릇을 감싸는 손길도 목적을 위해 살육을 일삼는 이답지 않게 정갈하기 그지없었다. 오직 매서운 눈빛과 냉정한 웃음소리만이 그의 성정을 드러낼 뿐.

"본래 사냥은 이리하는 것이지. 살겠다고 달아나는 놈을 죽여야 진정 사냥인 게지!"

유홍의 차디찬 웃음소리에 문밖에 시립해 있던 나인들이 움찔 몸을 움츠렸다.

도성 밖 천민들이 모여 사는 촌락의 좁은 길을 승교 한 대가 지나고 있었다. 허름하고 우중충한 이곳과는 도무지 어울리지 않는 화려한 행차라 길에는 구경나온 사람들이 즐비했다. 승교를 뒤따르는 여인들이나 호위무사들의 복색으로 보아, 승교에 타고 있는 이는 황궁의 지체 높은 여인이 분명했다. 그런데도 구경꾼들에게 부복하라는 명도 없이 그들은 발걸음만 재촉하고 있었다.

그때 포청 고도리라 그나마 아는 게 있는 천호가 승교에 둘러쳐진 붉은 휘장을 가리키며 중절거렸다.

"아니, 저건 적석궁의 표식인데? 그러면 저 안에 계신 분이 적석궁의 왕비님이라는 건데……. 왕비님께서 이 시간에 천한 데에는 왜 납시었지?"

"적석궁의 왕비마마라고? 그게 참말인가?"

"에이, 이 사람아! 그럴 리가 있나? 그 귀하신 분이 예 무슨 볼일이 있으시겠나?"

천호의 말을 믿지 않으면서도 왕비의 얼굴 한 번 보겠다고, 길을 내주던 사람들이 이제는 너도나도 앞으로 나섰다. 천것들은 제 목숨마저 천하다고 여기는 것일까.

검을 바투 잡았던 무사가 승교의 비단휘장을 확 잡아떼 인파를 향해 내던졌다. 평생 지니지 못할 값비싼 비단이 머리 위에서 떨어지자 승교로 향했던 사람들의 이목이 그쪽으로 쏠렸다. 그 덕에 좁아지던 길이 다시 트이기 시작했다.

"서둘러라! 어서 여길 빠져나가야 한다!"

무사의 호령에 승교꾼들의 발걸음이 빨라지고 뒤를 따르는 상궁나인들과 호위대도 덩달아 잔달음을 걸었다. 물정 모르는 아이들 몇이 꽃에 끼는 벌처럼 까르르 웃으며 그 뒤를 쫓았다.

천민촌 뒤쪽의 소나무 숲에 들어서자마자 승교 안에서 초조한 여인의 목소리가 흘러나왔다.

"이 길이 맞는 것이냐? 도대체 어디로 가는 게야?"

"마마, 고되시더라도 조금만 참으십시오. 이 숲만 벗어나면 역관이 나올 것입니다."

"역관?"

적석궁주 효경의 반문에 적석궁 호위대부 제건이 다시 고했다.

"네, 왕비마마. 역관에 무사히 당도한다면 은신처로 안내할 길라잡이가 준비하고 있을 거라 황후폐하께서 이르셨습니다."

문득 효경의 아미가 꿈틀거렸다. '무사히 당도한다면' 이라는 말이 왠지 귀에 걸렸다. '당도하면' 이 아니라 '당도한다면' 이라니, 왠지 손톱만큼의 가능성으로 느껴지는 말인 것이다.

찬바람이 창호를 뚫고 스며드는데도 맞잡은 손바닥이 땀으로 축축해졌다. 애초에 현운과 따로 움직이라 한 것부터가 마음에 걸렸거늘 왜 되묻지 않았는지 모를 일이었다.

"꺄아악!"

그때, 효경의 불길한 예감을 증명하기라도 하듯 계집아이의 소름끼치는 비명소리와 말발굽소리가 숲을 가르며 들려왔다. 어느 것이 먼저였을까. 무슨 일인지 묻기도 전에 승교가 뒤뚱거리며 땅에 내려앉더니 승교 문이 들려졌다.

"마마! 뒤를 잡힌 듯합니다! 소인들이 저들의 발을 묶어둘 동안 서둘러 피하십시오!"

급박한 호위무사의 목소리는 제대로 들리지도 않았다.

'그 계집아이는 뉘 집 아이였을까.'

조 상궁의 부축을 받아 승교 밖으로 나서는 궁주의 뇌리에 방금 들었던 비명소리가 다시 한 번 스쳐지나갔다. 어쩌다 나를 쫓아 제 부모에게는 금쪽같았을 목숨을 잃었는가, 안쓰럽고 애달팠다.

"마마! 어서 이리로……. 어서요, 마마!"

"마마, 지체하실 시간이 없습니다! 어서 피하십시오!"

제건과 상궁나인들의 목소리들이 왠지 아득히 멀게만 느껴졌다. 두두 두두, 저만치 소나무 사이로 말달려오는 복면의 자객들도 환영인 양 까마 득했다. 효경은 이 모든 것이 어쩌면 허상일지도 모른다는 생각을 했다. 황제의 반인을 받았던 것부터가 그저 무거운 꿈이었을지도. 그러니, 자객 들의 창검에 가슴이 뚫리고 목이 베이는 저이들의 모습도 꿈일 거라 믿고 싶었다.

그러나 어쩌면 황후의 말에 담긴 손톱만큼의 가능성을 감지한 그 순간 이미 이리될 것을 알았나보다. 상황과는 어울리지 않게 의식은 아득하고 몸은 나른했다.

'궁주, 무슨 일이 있어도 황자를 지켜내야 합니다. 이제 황자의 목숨은 궁주에게 달렸음을 잊지 마세요.'

효경은 때마침 소나무 지붕을 뚫고 내려온 명지바람을 폐부 깊숙이 들 이마시며 출궁 전 황후와 나눴던 마지막 대화를 떠올렸다.

'소첩, 목숨과 혼을 걸어 지키겠나이다.'

다시 숨을 들이켜자 비릿한 피 냄새에 욕지기가 치밀었다. 효경은 어느 덧 붉은 피로 물든 치맛자락을 가만히 움켜쥐었다. 제 주인 지키겠다고 가 로막았던 나인들의 피였다. 제건도, 조 상궁도 그녀의 치맛자락에 핏빛 꽃 들을 남기고 결국은 쓰러져버렸다.

"역시 꿈인 게지……."

제게 겨눠진 피 머금은 검들도 꿈처럼 아득해서 훗, 실소하는 순간, 온 몸에 불이 붙은 듯 뜨거운 통증이 효경을 집어삼켰다.

'혼까지야……. 그저, 궁주의 목숨 하나면 충분할 겁니다.'

피에 젖어 축축한 흙에 뺨이 닿는 순간에야 궁주는 황후의 마지막 말을 온전히 이해할 수 있었다.

도성을 벗어난 현율 황자의 승교는 남소산의 숲길로 들어서고 있었다. 산에 들어서고 얼마나 지났을까. 승교꾼들의 거친 숨소리에 섞여서 희미하게 목탁소리가 들려왔다.

현율이 승교에 오른 이후로 아무 말도 하지 않고 있는 현운에게 속닥거렸다.

"이제 거의 다 온 것 같아. 목탁소리가 들리잖아. 난 요양하러 남소산의 절에 가는 거라고 어마마마께서 말씀하셨거든."

이번에도 현운은 아무런 말도 하지 않았다. 그저 꼿꼿이 앉아서 벽만 쏘아보고 있을 뿐. 현운은 황후가 오늘 있을 일들을 얘기할 때도 줄곧 뚫을 것처럼 벽만 쏘아보고 있었다.

'너를 살리기 위해 네 어미와 많은 이들이 제 목을 걸었다, 라니, 어마마마는 꼭 그리 말해야 했을까.'

유약하고 어리나 그래도 일 년 먼저 태어난지라, 현율은 늘 현운 앞에서만큼은 의젓한 형이 되려고 애쓰곤 했었다. 게다가 지금은 현운이 죄도 없이 도망치는 신세라서, 반드시 보듬고 지켜줘야 한다는 투지가 절로 일었다.

그런 마음이건만, 하얗게 질리도록 쥐어진 현운의 종주먹을 본 현율이 그만 흑, 흐느꼈다. 그냥 슬펐다. 힘껏 움켜쥐었으나 비었을 손이 슬펐고, 그 손이 아직은 너무 작아서 슬펐다.

어떤 말을 해도 움직임이 없던 현운의 고개가 그제야 현율에게로 돌려

64

졌다. 빤한 시선에 문득 계면쩍어진 현율이 재빨리 눈물을 훔치며 배시시 웃었다.

"아, 왜 눈물이 나고 그러지……. 나, 울려고 한 게 아닌데 아우 앞에서 치신없게 이게 뭐람……."

"형님."

현율의 눈물이나 말은 보이지도, 들리지도 않는 듯 현운의 목소리는 무덤덤했다.

"응?"

"현진 형님이랑 현무 형님, 사실은 누군가 돌아가시게 한 거지?"

현율은 갑작스런 오한에 부르르 떨며 고개를 끄덕였다. 그간 상궁나인들이 그 비슷한 얘기로 소곤대는 것을 들은 적이 있었지만 받아들이기엔 너무 어려웠던 것일까. 그저 누군가 꾸며낸 무서운 얘기라고만 생각했었는데 그것이 사실이었음을 오늘에야 안 것이다.

"왜?"

현율은 여전히 무덤덤한 목소리로 다시 물어온 운을 그저 멍하니 바라보았다. 왜라니, 태자는 장차 황제가 될 이라서 그 자리를 빼앗으려는 자들이 많다지 않던가. 함께 어마마마께 들었으니 명민한 아우도 이해 못했을 리가 없건만 왜 저리 물을까, 현율이 되물으려 할 때 현운이 먼저 입을 뗐다.

"왜 아바마마는 날 태자로 삼으시려는 거지? 그러시지 않으면 이렇게 도망치지 않아도 되잖아. 죽을 자리에 날 앉히고 살리겠다고 애쓰는 게 말이 돼? 난 태자 같은 거 되고 싶지 않아. 내가 싫은데 왜……."

현운이 말을 다 맺지 못하고 다시 벽을 쏘아보기 시작했다. 현율은 괜스레 코끝이 찡해지는 것이 또 울어버릴 것 같아 눈에 힘을 주었다.

이제 보니 아우는 무덤덤한 것이 아니라 반쯤 넋을 놓은 것 같았다. 나이답지 않게 의연하고 영민한 탓에 자신과는 달리 칭송이 자자하던 아우 아닌가. 그런데 지금의 현운은 저렇듯 떼쓰는 말투로 이미 답을 알고 있는 질문이나 하고 있는 것이다.

뭐라고 답을 해야 할까, 쉽지 않았다. 현운의 말대로 왜 죽을 자리에 앉혀놓고는 살리려 애쓰는 것인지 현율 또한 이해하기 힘들었다. 그런데도 저절로 입이 열린 것은 황제의 아들이란 어때야 하는지 지겹도록 주지시킨 황후 때문일 것이다.

"황제의 아들이니까. 왜라는 질문은 안 돼. 황제의 아들에겐 하고 싶은 건 없어. 반드시 해야 할 것들이 있을 뿐이야."

정말 듣기 싫었던 말을 제 입으로 뱉고 나니 더 끔찍한 기분이 들어서 현율이 윽, 신음소리를 내는 순간 밖에서 황제 근위대대장인 합탁이 고해왔다.

"율 황자마마, 합탁입니다. 이곳에서부터는 두 분 황자님을 따로 모실 것입니다."

드디어 헤어질 시간이 된 모양이다. 현율은 문득 쓸쓸해져서 여전히 꽉 쥐어져 있는 현운의 손을 두 손으로 감쌌다. 드넓은 황궁 안에서 그나마 의지가 됐던, 아우이자 유일한 벗이었던 이를 잃는다고 생각하니 무섭고 허했다. 그러나 현운은 그렇지 않은 걸까.

"운 황자마마, 서둘러 길을 떠나야 합니다. 소인이 마마를 모실 것입니다."

합탁이 다시 고해오자 현운은 조금의 망설임도 없이 현율의 손을 떨쳐내고 승교 밖으로 나가버렸다.

"운아!"

서둘러 승교에서 내려서던 현율은 매양 그렇듯 털썩 넘어지고 말았다. 이런 순간에도 다리가 말 안 듣는 것이 속상해서 신경질적으로 땅을 쳐대던 현율의 주먹이 문득 멈춰졌다. 따뜻한 온기와 함께 손목을 잡아온 현운의 손 때문이었다.

"형님, 이젠 넘어지지 마요. 형님이 웃음거리 되는 거, 난 싫다."

그래, 이게 운이었다. 현율은 달래는 듯, 꾸짖는 듯 바라보는 현운의 눈빛이 반가워서 와락 현운을 안으며 말했다.

"운아, 꼭 돌아와……. 꼭. 네가 돌아올 때까지 어떻게든 버티고 있을 테니 꼭 돌아와, 꼭……!"

아이답지 않은 손길로 그저 말없이 등을 다독여주던 현운이 낮으나 단호한 목소리로 말했다.

"형님, 난 태자 같은 거 싫다. 하지만 할 거야. 내가 안 하면 형님이 해야 하는 거잖아. 그러니까 형님도 꼭 버텨야 돼. 내가 돌아올 때까지……. 안 그럼 내가 이렇게 떠나고, 반드시 돌아갈 이유가 없는 거니까."

"약속할게. 꼭 버틸게, 운아……."

그때 어쩐지 본래보다 더 날카롭고 매서운 수리매의 울음소리가 희미한 목탁소리를 가르며 들려왔다. 그 소리를 좇아 합탁의 긴장한 눈이 하늘로 향했다. 그리고는 마치 사냥감을 물색하듯, 수리매가 우아하게 원을 그리며 돌 때마다 그 눈은 점점 돌처럼 굳어져갔다. 기어이 세 바퀴째 돌기 시작하는 매를 확인한 순간, 합탁이 형제에게 한 발 다가서며 다급히 말했다.

"황자님, 더 지체해선 안 됩니다. 자칫, 두 분 모두 위험해질 수 있습니다."

수리매는 천민인 척 적석궁주의 행차를 지켜보던 수하가 보낸 급전急傳

이었다. 한 바퀴는 성공, 두 바퀴는 실패, 세 번째 도는 것은 실패했으니 서두르라는 의미인 것이다. 어차피 시간을 벌기 위해 던진 미끼였으나 예상보다 너무 빨리 들킨 것이 합탁의 마음을 더없이 조급하게 만들었다.

"서두르셔야 합니다!"

현운은 뒤 한번 돌아보지 않고 현율의 곁을 떠나 합탁과 함께 말에 올랐다. 현율은 재촉하는 호위를 무시한 채 그런 현운이 검은 무복의 무사들과 함께 숲 속으로 완전히 사라질 때까지 하염없이 바라보았다. 명경처럼 맑은 아우를 두 번 다시는 볼 수 없을 것 같은 불길한 예감이 온몸을 엄습한 까닭이었다.

제 신분과는 어울리지 않게 흙바닥에 주저앉아 있는 현율의 겨드랑 사이로 커다란 손이 파고들었다.

"황자님, 어서 이 자리를 벗어나셔야 합니다. 살을 명받았으니 보이는 족족 벨 자들입니다."

무위군대장 연도부의 말에 현율은 내내 참았던 비명을 내지르고는 그대로 정신을 놓고 쓰러지고 말았다. 보이는 족족 벨 자들에게서 과연 아우가 살아남을 수 있을까, 그 두려움이 안 그래도 여리고 허약한 현율을 집어삼킨 탓이었다.

붉은 등불이 어둠을 태우며 연실 넘실거렸다. 흔들거리는 등불의 속내는 나 몰라라, 잠이 든 듯한 황제의 용안을 바라보는 황후의 입에서 무거운 한숨이 터져 나올 때였다. 문밖의 작은 기척에도 귀를 열고 있던 탓일까. 낯선 기척을 느낀 황후가 나직한 목소리로 물었다.

"그래, 어찌 됐다던가."

무심한 듯 묻는 황후의 질문에 조용히 침전에 들어선 연 상궁이 은밀한 목소리로 고했다.

"무사히 남소산에 도착하시어 길을 떠나셨다 합니다."

더 이상의 하문이 없어 뒷걸음으로 물러나는 연 상궁의 발을 황후의 낮은 음성이 붙잡았다.

"현율 황자는?"

무심한 듯 던진 질문이지만 그 속에 자식에 대한 염려가 깃들어 있음을 잘 아는지라, 연 상궁은 상세히 아뢨다.

"현운 황자님을 보내시고 잠시 기력을 잃었었으나 무사히 남소사에 당도하시어 쉬고 계시다 하옵니다. 기력을 찾으시는 대로 환궁하겠다고 전갈을 보내오셨사옵니다."

"쯧, 제 아우도 버티고 있을진대……. 알았으니 나가보아라."

연 상궁이 물러가고 다시 적막만이 황후의 곁에 남았다. 여전히 잠든 듯 미동도 없던 황제가 그 적막을 깨고 힘없이 물었다.

"효경은 그예 갔는가."

"네, 폐하."

굳게 닫혀 있던 눈꺼풀이 바르르 떨리는가 싶더니 황제의 뺨을 타고 눈물 한 방울이 흘러내렸다. 황후는 그 눈물을 무심한 듯 바라보며 차분히 말했다.

"용루를 거두시옵소서. 폐하, 현운 황자를 위해서 어심을 바위처럼 굳히셔야 합니다."

"어미를 잃고, 그 아이가 견뎌낼 수 있겠는가."

황제의 비통한 음성에 황후가 칼처럼 냉정한 목소리로 말했다.

"어미를 잃다니요? 제가 그 아이의 어미이옵니다."

황제는 다시 잠든 듯 아무런 대꾸도 없었다. 잠든 척 황후를 외면하고 세상을 외면하고 있는 것이다. 죽었다는 효경도, 생사를 알 수 없는 현운도, 그리고 제 곁을 지키는 황후도 그저 제 병을 더욱 깊게 하는 근심인 탓이었다.

"편히 쉬십시오, 폐하. 어차피, 이 무거운 짐은 애초부터 저만의 것이었으니 말입니다."

황후는 다시금 밀려온 적막과 함께 죽은 듯 잠든 황제의 곁을 오래도록 지켰다.

5. 선문답禪問答, 길 잃은 손

이제 배가 부른지, 정신없이 젖무덤을 파고들던 아기가 꽃잎 같은 입술을 헤벌리며 찡긋찡긋 배냇짓을 했다. 태어난 지 갓 보름을 넘겼으니 제대로 볼 수 없을 텐데도 마주한 눈동자가 또렷하고 맑은 것이 흑진주 같았다.

"아이고, 우리 아기씨 눈망울이 어쩜 이리 보옥마냥 빛날꼬? 산퇴(산도깨비)가 보면 훔쳐가고 싶어 하겠네."

"어허, 또 입방정인가? 다 먹였으면 이리 건네게."

저고리를 여미던 다지는 돌아앉아 있는 무명을 향해 혀를 쏙 내밀었다. 동리 사람들이 대사님, 대사님 하면서 깍듯이 대하니 저도 그리 대하고는 있지만, 마흔이 코앞인 제 지아비보다 더 앳되고 반반한 얼굴로 언행은 백발노인이니 가끔은 심술 날 때가 있었다.

"쯧쯧……. 애어미가 하는 짓 하고는."

"아, 아기씨 받, 받으세요."

등 돌리고 앉았어도 다 보이는 듯한 말에 서둘러 아기를 넘겨주려던 다지가 문득 움직임을 멈췄다. 입을 앙다물고 잔뜩 힘을 주는 것이 아기가 큰일을 보는 모양이었다.

"아유, 용변을 보신 모양이에요. 제가 깃을 갈아……."

"됐다!"

막 강보를 들추려는 다지에게서 낚아채듯 아기를 데려간 무명이 뒤도 안 돌아보고 그대로 방을 나섰다. 그 서슬에 멍해 있던 다지는 때마침 젖 달라고 칭얼대는 제 아이를 안아 올리며 중절거렸다.

"아니, 거참 알 수 없는 일일세. 그리 귀히 여기면서 어찌 분을 달고 산을 오르라지? 아기씨 얼마나 부대끼실까? 아니지, 애초에 매양 젖동냥하느라 오르락내리락하는 것부터가 그렇지. 이미 삯도 넉넉히 받았겠다, 젖 뗄 때까지 예 맡겨도 뭐라 안 할 텐데 이 추운 날 왜 저러나 몰라."

조막만 한 아이의 손에 제 엄지를 내주고도 다지의 중절거림은 멈추지 않았다.

"근데 어느 댁 자손이기에 저리 귀히 여기지? 그 홍인이라는 공양주도 언행이 여염집 여인은 아닌 것 같던데 꼬박꼬박 아기씨라 부르고……. 하기야 낯빛이 뽀얗고 귀티가 흐르는 게 여간 귀해 보이는 게 아니지. 한번 보면 눈이 먼다던 죽은 그 천녀도 우리 아기씨만큼은 아니었을걸? 몰라도 그 아비어미가 잘나도 보통 잘난 게 아닐 거야."

저를 봐달라는 듯 손가락을 꽉 쥐는 기척에 그제야 다지의 눈이 제 아이의 얼굴로 향했다. 고슴도치도 제 자식은 어여쁘다고, 아이를 바라보는 다지의 입가에 저절로 미소가 번졌다. 다지는 여전히 제 엄지를 꽉 쥐고 있는 아이의 손을 가만가만 흔들며 말했다.

"어이구, 잘 먹네. 한데 사내인 아기씨가 우리 딸보다 고우니 이를 어쩐다? 아기씨 보다가 우리 딸을 보니 눈이 어지러운 건 또 어쩌누?"

"깃을 갈아줘야 할 걸세. 분을 본 모양이야."

무명은 암자 앞에서 종종거리며 기다리고 있는 홍인에게 세류를 넘겨주고는 다시 산 아래쪽으로 몸을 돌렸다.

"대사님, 또 출타하시려고요?"

"고기와 술 좀 사러 가네."

"술까지요?"

홍인은 회색 장삼만 아니면 여인 꽤나 울리면서 노니는 한량처럼 보일 무명에게 눈을 동그랗게 떠보였다.

비록 머리를 깎진 않았으나 불상을 모시고 사는 불자는 분명하건만, 토끼며 노루며 산짐승들을 잡아오는 것은 다반사고, 산사엔 의당 울려야 할 염불소리 한 번 없었으니 그것만도 충분히 놀랄 일이었다. 그런데 이젠 술까지 마시려는가.

홍인의 찡그려진 얼굴을 쓱 돌아본 무명이 당연하다는 듯 고개까지 주억거리며 말했다.

"길 잃은 손이 들 터인데 당연한 일 아닌가?"

"손님이 오신다고요?"

이 깊은 산중에 뉘가 오신다는 걸까. 되물었던 홍인은 어느새 저만치 멀어진 무명의 뒷모습을 보며 푹 한숨 쉬고는 암자 안으로 향했다.

어둠뿐인 산에는 부엉이 울음소리만 무겁게 울리고 있었다. 어느 순간, 그 부엉이 울음소리와는 이질적인 소리가 느릿느릿 들려오기 시작했다. 그 소리는 서로에게 의지한 채 산을 오르고 있는 한 남자와 소년의 발밑에서 언 낙엽이 부서지는 소리였다. 소년, 현운은 제가 감당할 수 있는 무게가 아닌데도 고집스럽게 합탁의 허리를 끌어안은 채 걸음을 재촉하고 있었다.

황궁을 떠나온 지 얼마의 시간이 흘렀을까. 그마저도 불분명했다. 그저 매일매일을 어떻게든 살아야 한다는 일념으로 산그늘을 찾아 달리다 보니 어제가 오늘이고 오늘은 내일이었다. 다만 달라진 게 있다면 곁을 지키던 이들이 하나둘 피를 뿌리며 쓰러지고 종국엔 둘만 남았다는 것일 뿐.

언제 내린 눈인지, 숲 곳곳에 남아 있는 눈을 피해 발을 이끄는 현운의 어깨를 꽉 움켜쥔 합탁이 힘겹게 입을 열었다.

"마마, 백오산으로 가야 합니다."

그러나 현운은 아무런 대꾸도 없이 그저 발을 움직일 뿐이었다. 이곳이 어디인지도 모르는데 어찌 백오산을 찾을까. 그저 지금 당장 현운이 바라는 것은 어디든 제 몸과 합탁의 몸을 온전히 숨겨줄 곳을 찾는 것뿐이었다. 합탁마저 잃을 순 없다. 혼자가 되기엔 너무도 두렵고 무서운 세상이었다.

그런 현운의 마음을 짐작할 수 있기에 합탁은 굳어버린 오른다리를 힘겹게 옮기며 이를 악물었다. 발자국이 남는 눈을 피해 움직이는 현운의 본능이 가슴 저리도록 아팠다. 알려준 적 없건만, 스스로 생존의 본능을 깨달을 만큼 현운은 끔찍한 시간을 보낸 것이다.

얼마를 더 그렇게 걸었을까. 희미한 불빛이 두 사람의 시야에 들어왔다. 그래도 얼마 정도는 쉴 수 있다는 생각에 걸음이 빨라진 두 사람의 시야에 마치 그들을 기다리고 있는 듯 우뚝 서 있는 누군가가 들어왔다. 불빛을 등지고 있어서 얼굴도 그 표정도 알 수 없으나 왠지 두려울 정도의 위압감이 느껴져서 합탁은 현운의 어깨를 꽉 움켜쥔 채 그 자리에 멈춰 섰다. 그리고 조심스럽게 입을 뗐다.

"백오산의 선오암이라는 암자를 찾고 있습니다. 혹시 알고 계시오?"

"백오산의 선오암이라……."

합탁의 말을 느릿느릿 되풀이한 사내, 무명이 한 발 앞으로 나서며 말했다.

"백오산은 그 기세가 가파르고 깊어 암자가 들어서기 힘드네. 설령 암자가 있다고 해도 어느 땡중의 이름 없는 암자겠지."

"선오암이라는 암자가 없다는 말이오?"

그다지 연배로 보이지도 않는 자가 초면에 다짜고짜 하대를 하는 것은 의식도 못 한 채 다급히 물은 합탁이 이내 무너질 듯 휘청거렸다. 그런 합탁과 서둘러 부축하는 현운을 말없이 응시하던 무명이 한결 따뜻해진 목소리로 말했다.

"내 알기론 그런 암자는 없으나, 내 길눈이 어두워 곧잘 길을 잃곤 하니 확언할 순 없네. 그나저나 더는 걸음하지 못할 것 같으니 우선은 이곳에 드시는 게 어떤가? 혹시 아는가? 며칠 기력을 찾는 동안 자네 갈 곳도 찾아질지 모르지."

약속이라도 한 듯 합탁과 현운의 시선이 마주쳤다. 선문답 같은 대답이었으나 그 뜻을 캐물을 여력이 없었다. 이 밤에 더는, 더는 한 발도 움직일 수 없다.

"허면, 신세 좀 지겠습니다."

"그러시게나."

서로를 의지한 채 막 암자로 들어서는 순간, 어쩌다 고개를 돌린 현운과 무명의 시선이 마주쳤다. 무명의 눈빛은 어둠에 가려져 보이지 않았으나, 무명에게는 소년의 눈이 너무도 또렷하게 보였다.

그들이 홍인의 안내를 받아 시야에서 사라질 때까지 눈으로 뒤쫓던 무명에게서 무거운 탄식이 흘러나왔다.

"너무 일찍 피를 보았구나. 저 살기를 어찌 다스릴까."

그에 답하듯 산 그 어딘가에서 부엉이가 구슬피 울어댔다.

추위가 사그라지는 춘삼월 어느 날, 국형장에 수많은 이들이 몰려들었다. 효경현비를 시해한 죄인들이 단죄 받는 까닭이었다. 그들은 적석궁의 표식인 붉은 휘장을 조각내 간직하고 있던 천민들과 그 일족이었다.

그렇게 겨울은 가고 사람들의 기억에서 그 사건도 잊혀져갔다.

6. 천렵川獵, 나는 예 존재하니 나를 기억한다

해가 산등성이에서 나온 지 고작 두 시진이 지났건만 햇볕이 닿는 곳마다 지글지글 끓는 듯 무더웠다. 그나마 숲의 그늘로 찾아든 이들도 초목을 가르고 쫓아오는 후텁지근한 바람에 아예 계곡물에 뛰어들 만큼 더운 날이었다. 오늘만큼은 질척거리는 사내들의 손길을 떠나 저들끼리 천렵川獵을 나온 화류녀들도 너나없이 폭포 아래 계곡물에 이미 몸을 담근 터였다.

그래도 천렵이랍시고 작사리를 들고 설쳐대지만 날랜 물고기들이 가야금 현이나 뜯고 남정네 바지춤이나 후리던 나긋나긋한 손에 잡힐 리 만무했다. 흠씬 젖은 치맛자락이 무거워서 아예 엉덩이를 짓찧으며 까르륵 웃는 것도 잠깐, 야희가 작사리를 집어던지며 그예 신경질을 냈다.

"그깟 은린옥척, 사먹으면 되지! 난 그만둘래!"

"명색이 천렵인데 백기(白驥, 잉어)는 아니라도 잔챙이는 잡아야 하지 않겠니? 남정네들 바지춤 잡아채는 날랜 솜씨 좀 보여주렴."

계곡물에 발만 담근 채 비아냥거리는 매려의 말에 쫙 눈을 찢었던 야희가 이내 고분고분 허리까지 숙여 보이며 대꾸했다.

"네, 매려 성님. 성님은 이제 연로하시어 갓 잡은 생것이 좋으실 테니 이 년이 꼭 잡아서 올리겠나이다."

"뭐, 뭐야!"

매려의 벌겋게 달아오른 얼굴을 흥, 코웃음과 함께 외면하며 돌아선 야희의 눈이 문득 폭포 위의 바위에 고정됐다. 언제부터 거기 있었는지, 깎아지른 듯 매서운 절벽 위에 그림인 양 누군가 앉아 있었다. 너무 높아서 그 생김새는 알 수 없으나 사내가 분명했다.

'참으로 짓궂은 사내로고. 값도 안 치르고 꽃구경을 하고 있었구나.'

자신이 올려다보는데도 여전히 그 자리에서 꼼짝도 않는 사내가 얄밉기도 하고 궁금하기도 했다. 야희는 비척비척 물살을 가르며 폭포 가까이 다가가 위를 향해 소리쳤다.

"이봐요! 꽃구경 값은 치러야지요! 게 있지 말고 내려와서 물고기나 좀 잡아줘요!"

야희의 외침에 기녀들의 시선이 모두 절벽 위로 향했다. 그리고 잠시 후 매려의 새된 웃음소리가 계곡에 울려 퍼졌다.

"야희야, 벌써 노안이 오는 게냐? 아무도 없건만, 뉘한테 내려오라 그리 악을 쓴 게야?"

매려의 말대로 사내의 모습은 사라지고 없었다. 진정 헛것을 보았는가.

사내가 머물렀던 흔적이라곤 없는 절벽 위를 살피던 야희는 갑작스레 어수선해진 동무들의 기운에 뒤돌아섰다가 흡, 숨을 들이켰다. 어느새 내려왔는지, 작사리도 들지 않은 사내가 손바닥으로 물을 내려칠 때마다 물고기들이 허연 배를 드러내며 떠오르고 있었던 것이다.

그러나 야희를 숨 막히게 한 것은 그토록 잡고 팠던 물고기가 아니었다. 투명한 물방울이 햇살을 받아 반짝이고 있는 그의 얼굴, 솜씨 좋은 화공의 작품인 듯 아름다운 그 얼굴이었다.

사내들에게 술을 팔고 저를 파는 기녀다 보니 눈이 번쩍 뜨일 만큼 잘난 사내를 보게 되는 일도 종종 있는 일. 그러니 웬만한 사내에게 기녀가 넋을 잃는 것은 흔한 일이 아니었다.

게다가 훤칠한 키와 늘씬한 몸은 영락없이 사내의 그것이었지만, 세필로 그린 듯 선이 가는 얼굴은 기녀가 홀리기엔 아직 소년의 티를 간직하고 있지 않은가. 그런데도 매려까지도 저보다 열 살은 어려보이는 청년의 얼굴에 홀린 듯 눈빛이 아련해져 있었다.

"참으로 잘난 사내로구나, 참으로……."

그저 잘났다는 말로는 부족했다. 그에게선 범접할 수 없는 비범한 기운이 느껴지고 있었다. 그것은 무심한 듯 무정한 듯 바라보는 그의 눈, 그 눈 때문이었다. 어찌 저 나이에 저런 눈빛을 지녔는지, 야희는 아직은 선이 여린 얼굴에서 시선을 떼지 못한 채 홀린 듯 다가갔다.

"꽃구경 값을 너무 과하게 치르신 것 같네요, 도련님. 어찌 답례를 해야 할지요?"

그러나 청년은 아무런 대꾸도 없이 그저 담담한 시선으로 야희를 바라볼 뿐이었다. 다른 사내들 같으면 벗은 거나 진배없는 여인들을 힐끔거리느라 눈이 벌게지고도 남았을 텐데 그는 돌부처처럼 동요함이 없었다.

한창 피 끓는 나이일진대, 옥향루 제일 기녀인 저를 앞에 두고도 무심하기만 하니 야희의 마음에 슬쩍 오기가 돌았다.

"아이, 도련님. 이리 오셔서 불 좀 피워주셔요. 그래야 물고기를 구워먹지 않겠어요?"

"불이야 네년 요분질하듯 손을 재게 움직이면 될 터이니 부지런히 해보렴."

야희가 콧소리 내며 청년의 소맷자락을 잡아당기는 소향을 밀쳐내고는 청년의 팔에 착 달라붙었다. 아닌 척 풍만한 가슴을 들이댔으니 이제는 몸이 동하겠지, 자신하면서.

"말씀해보시어요, 도련님. 저리 물고기도 많이 잡아주셨으니 뭐든 드리고 싶은데……."

"적삼."

그가 짧은 대답과 함께 적삼이 흠뻑 젖어 벗은 거나 진배없는 야희의 상체를 훑었다. 그 시선에 야희가 볼 붉히며 살짝 몸을 비틀었다.

배우고 익힌 기녀의 교태는 아니었다. 진정, 그의 시선과 음성에 몸이 찌릿찌릿해지는 게 사내 손도 못 잡아본 처녀가 된 기분이었다. 겉모양도 사람의 눈을 홀려 넋 빠지게 하더니 깊고 굵은 목소리는 온몸을 저릿하게 할 만큼 귀를 사로잡았다.

야희는 그의 꿰뚫을 듯 강한 시선에 살짝 눈을 내리깔며 속삭이듯 말했다.

"속곳은 아니 필요하시고요? 원하시면 드리지요. 이리 오시어요."

또 네년이 복을 차지하려 하냐고 아우성치는 동무들을 무시한 채 야희는 청년의 손을 이끌어 계곡 옆의 덤불 속으로 들어갔다. 그리고는 보드라운 잔풀 더미에 자리를 잡고 앉으며 말했다.

"무어든 다 내어드린다 약조 드렸으니, 적삼이든 속곳이든 가져가보시어요, 도련님."

말은 그렇게 했어도 그가 조금의 머뭇거림도 없이 적삼 앞섶으로 손을 뻗자 야희는 저도 모르게 후, 더운 숨을 토하며 스르르 눈감았다.

툭, 꽈리단추가 뜯어지는 소리에 이어 고운 세모시천이 어깨와 팔에서 빠져나가기 시작했다. 한데 거침없이 적삼을 벗겨 내던 손이 어느 순간 움직임을 멈췄다. 너무 오랫동안 움직임이 없어 슬며시 눈을 뜬 야희는 어맛, 새된 비명을 내지르며 옷섶을 여몄다. 언제 온 건지, 웬 아이가 업히듯 두 팔을 청년의 목에 두른 채 자신을 빤히 응시하고 있는 것이 아닌가.

"도, 도대체 얘는 누구예요?"

"사제."

대답한 것은 청년이 아닌 꼬마였다. 청년과 똑같이 짧고 담담한 말투의 꼬마를 그제야 자세히 보던 야희의 입술이 저절로 벌어지기 시작했다. 많이 쳐도 아홉이나 됐을까. 아직 젖내가 날 것 같은 자그마한 아이건만 눈을 뗄 수 없을 만큼 또렷한 이목구비를 지니고 있는 까닭이었다.

보옥처럼 영롱한 눈과 투명한 낯빛, 앵두처럼 새빨간 입술이 청년과는 다른 이유로 야희의 눈을 사로잡고 마음을 사로잡았다. 이유는 모르나 너무도 고결하고 신성한 이와 대면한 것 같은 기분마저 들었다. 반은 드러난 가슴이 부끄럽고 수치스러울 만큼.

그래서 서둘러 적삼 앞섶을 꽉 움켜쥐었으나 청년이 거침없이 손을 뻗어 다시금 야희의 맨살이 드러나게 했다.

"도, 도련님……! 아이가 보는데……!"

청년은 야희가 항의하거나 말거나 적삼을 완전히 벗겨 내더니 그대로 일어섰다. 그런 청년을 망연한 표정으로 바라보던 야희의 입이 다음 순간 바보처럼 헤벌어졌다. 청년이 원래의 목적은 그것뿐이었다는 듯, 야희의 적삼을 손에 꽉 쥐고 꼬마는 등에 매단 채로 나무들 사이로 사라져버린 것이다.

"뭐야……. 뭐 이런 어이없는……."

여전히 벌어진 입을 다물지 못한 채 웅얼거린 야희는 문득 원하는 것이 '적삼'이라고 했던 청년의 대답을 기억해내고는 또다시 망연해졌다.

"그럼 진정 적삼만을 원했단 말이야?"

기녀가 된 후로 별의별 사내는 다 만나봤지만 제 몸이 아니라 옷가지만을 원한 사내는 처음이었다. 너무도 어이가 없어서 그저 헛웃음만 웃던 야희가 문득 그의 눈을 떠올리고는 괜스레 부르르 몸을 떨었다.

아무것도 탐내지 않는 초연한 눈빛인 듯하나, 이미 세상을 발아래 둔 듯 무료한 눈빛이기도 했다. 흔들림 없이 냉철한 눈빛이었으나 보는 이를 사로잡는 뜨거운 열기를 담은 눈빛이기도 했다.

사람을 상대하는 신분이라 그러한가. 그가 자신은 감히 넘볼 수 없는 존재임을 본능적으로 알 수 있었다. 오늘 그의 얼굴을 보고 그의 시선을 받은 것만으로도 충분히 분에 넘치는 인연임을.

쉬 잊어질 얼굴이 아닌지라 제 동무들이 기어이 찾으러 왔을 때까지 야희는 벗어진 어깨와 가슴도 잊은 채, 그가 아이를 업고 사라진 숲 근처를 하릴없이 거닐고 또 거닐었다.

옥향루 기녀 중 제일로 이름 높은 야희가 만난 이들은 열여섯의 현운과 여덟 살 세류였다.

"음……."

현운이 건넨 적삼을 받아든 무명이 이리저리 살피더니, 살짝 이맛살을 찌푸리며 마치 직접 보기라도 한 것처럼 말했다.

"이 기녀는 너무, 너무 나이가 많구나, 제자야."

"동기의 적삼이라고는 안 하셨습니다."

현운의 지적에 끙, 신음을 내뱉은 무명이 마지못해 허락한다는 듯 맥없이 손을 흔들었다.

"오냐, 오냐. 내 약조한 대로 오늘 수련은 쉬어도 좋다."

그제야 만족스러운 듯 슬쩍 입 끝을 올리며 웃은 현운이 꾸벅 인사를 하고는 돌아섰다. 그런 그의 등에는 세류가 여전히 매달려 있는 참이었다.

무명이 손에 쥔 적삼을 휘휘 내둘러 보이며 짐짓 엄한 어투로 말했다.

"세류는 언제쯤 땅에 내려올 생각인 게냐? 걷는 법을 까먹은 게야?"

무슨 찰거머리처럼 현운의 등에 매달린 세류가 무명에게 혀를 쏙 내보이고는 더 바짝 제 사형에게 달라붙으며 종알거렸다.

"사부님 나빠! 사형 좀 그만 괴롭혀!"

"허허, 저놈이⋯⋯."

이미 시야에서 사라진 제자들을 향해 너털웃음 짓던 무명이 문득 등에 느껴지는 따가운 시선에 슬쩍 고개 돌렸다. 아니나 다를까, 홍인이 무명의 손에 들린 적삼과 그의 얼굴을 번갈아 보며 묘한 눈빛을 보내고 있었다.

무명이 괜스레 헛기침을 하며 짐짓 근엄한 투로 말했다.

"오해하지 마시게. 저놈이 살기만 키우고 있어 혹여 다른 데에 마음을 두면 달라질까 해서 여인의 적삼을 벗겨오라 한 것뿐일세."

"왜 꼭 여인의 적삼이어야 하는지요?"

여전히 못 믿겠다는 투로 퉁명스럽게 되묻는 홍인의 말에 무명이 답답하다는 듯 대답했다.

"어허, 그걸 꼭 내 입으로 말해야 아는가? 저놈도 사내인 것을, 사내의 마음을 녹이는데 여인만 한 것이 있을라고. 그럼, 사내의 옷을 벗겨오라 할까?"

"허면 대사님⋯⋯."

언제 퉁명스러웠냐는 듯 서둘러 다가선 홍인이 괜히 아무도 없는 주위를 살피고는 은밀한 목소리로 물었다.

"그 살기를 다스리지 못하시면 어찌 되는 것인지요? 혹여 우리 세류 님의 삶도 고단해지는 게 아닌지요?"

"무슨 소리인가?"

"소인, 또렷이 기억하고 있습니다. 분명 우리 아기씨께서 천하를 호령할 분의 사람이 될 거라 말씀하셨지요. 그분이 현운 님 아니십니까?"

이미 마음속으로는 답을 안다는 투의 질문을 무명은 그저 묵묵히 듣고만 있었다. 홍인 또한 딱히 답을 바란 것은 아닌 듯 계속 말을 이었다.

"대사님께서 미리 언질을 주지 않으셨다면 그날 이곳에 오신 황자님을 뵙고 기함했겠지요. 소인, 제녀였으니 마땅히 황자님 알아뵐 걸 알고 알려주신 것 아닙니까? 대사님께서 황자님을 제자로 맞으시고 보호하고 계신 것도 언젠가는 호륜의 황제가 되실 분이라 그러신 것 아닌지요? 그분 나셨을 적에 산희 님께서도 그러셨지요. 장차 이 나라에서 가장 존엄한 분이 되실 거라고요."

"계속 해보게."

무명이 부정도 긍정도 하지 않고 그저 말을 재촉했다.

"현운 님과 우리 아기씨, 이렇듯 함께하시는 것이 과연 운명이구나 싶었습니다. 세류 님께서 운 님께 저리 의존하시니 그도 운명이구나, 했지요. 한데, 소인 걱정이 됩니다. 살기 넘치는 분이시면 어찌 따사로운 마음으로 여인을 대하시겠어요? 지금이야 사형 사제로 평온히 지내니 다정하시지만 행여……."

묵묵히 홍인의 넋두리를 듣고만 있던 무명이 있지도 않은 수염을 더듬듯 턱을 어루만졌다. 그리고는 먼 하늘을 우러르며 중얼거렸다.

"참으로 기묘한 일이로다. 알 수 없는 일이야……."

그리고는 애타는 심정으로 답을 기다리고 있는 홍인에게로 고개 돌리며 말했다.

"운은, 황제가 될 운명이 맞네. 세류가 황제의 사람이 될 운명인 것도 맞지. 한데, 어찌 세류가 딴 사내의 비녀를 받게 되는 것인지 내 알다가도 모를 일일세⋯⋯."

남녀지간에 비녀를 주고받는다는 것은 혼인을 뜻함이 아닌가. 운부와 산희가 은비녀를 주고받았듯이 말이다.

"대사님, 그 무슨⋯⋯! 딴 사내라니요? 설마 그예 우리 아기씨 운명이 뒤틀린 것입니까?"

사색이 된 홍인이 팔에 매달리며 물었지만 무명은 그저 '알 수 없는 일이로고'를 연발하며 혼자만의 생각에 빠져 있었다.

그런 무명의 소맷자락에 매달려 있던 홍인이 문득 표정을 굳히며 떨떠름한 목소리로 물었다.

"한데 대사님, 소맷자락에 갈무리하신 것이 혹 여인의 적삼인지요?"

사뭇 진지한 태도이기에 정말로 세류의 앞날이 틀어졌는가 가슴이 내려앉았건만, 고이 품은 기녀의 적삼을 확인하니 맥이 빠진 표정이었다. 농이다 싶으면 진지하고 진지하다 싶으면 선문답이니 이번에도 어차피 애초부터 답을 줄 생각이 없었구나 싶은 것이다.

태연한 표정으로 홍인의 손을 떨쳐낸 무명이 느릿느릿 걸음을 옮기며 혼잣말로 중얼거렸다.

"알 수 없는 일이로고. 참으로 모를 일이로고⋯⋯."

홍인은 때로는 신선 같기도 하고 때로는 기인 혹은 한낱 땡중 같기도 한 무명의 등을 쏘아보다가 푹, 한숨을 내쉬었다. 하늘님의 여인인 천녀조차도 제 운명을 바꾸지 못했거늘, 무명이라고 달리 답이 있겠는가. 그저 그의 혜안이 큰 화만은 피하게 해주리라 믿어볼 뿐.

홍인의 발자국 소리가 멀어지자마자 무명의 입술에서 내내 참았던 듯 무거운 한숨이 새어나왔다.

"딴 사내의 비녀라니, 진정 기묘한 일이로고."

표정만큼이나 무거운 목소리로 중얼거린 무명의 반듯한 미간에 문득 주름이 잡혔다.

천녀의 소생이라 그런가, 천녀가 제 딸을 보할 무엇인가를 남겨뒀는가. 세류가 커갈수록 그 앞날을 짐작하기가 어려웠다. 괜한 기우일 수도 있으나 무명은 그것이 염려스러웠다. 천녀의 핏줄이라 세류에게 눈이 멀고 그런 세류가 곁에 있으니 결국엔 운에게도 눈이 멀게 될까 싶었다. 마치 천녀의 곁에 간 후로는 전혀 앞날을 예견할 수 없었던 운부처럼 말이다.

무명은 소매에 갈무리해둔 적삼을 꺼내어 한동안 묵묵히 들여다보았다.

"거 참……. 내, 괜한 오지랖을 떨었는가?"

열여섯, 몸도 마음도 여인에 대한 호기심과 열로 들끓을 나이건만 제가 사내라는 것도, 살아 있다는 것도 잊은 듯 차디차기만 한 현운이었다. 인간이라면, 사내라면 마땅히 가져야 할 감정의 자리를 지독한 살기와 살심이 꿰차고 있기에.

비록 지금은 제 속에만 가둬뒀으나 어쩌다 생채기라도 입으면 그 상처를 비집고 터져 나올 것들이었다. 그래서 반은 농이나 나머지 반은 진심으로 제안한 내기건만, 어째 손에 읽힌 적삼주인의 앞날이 이렇단 말인가.

'설마…….'

무명은 밀려드는 기우를 떨쳐내듯 적삼을 확 내던지며 괜스레 투덜거렸다.

"쯧! 하필 골라도 금방 귀가 될 늙은 기녀의 적삼을 골라와?"

"사형."

우두커니 서서 절벽 아래를 바라보고 있던 현운이 등 뒤에서 들려온 여린 목소리에 천천히 바위 위에 몸을 앉혔다. 그제야 내내 대롱거리며 등에 매달려 있던 세류가 팔을 풀고는 그의 곁에 쪼그려 앉았다.

"사형은 왜 매일 여기 올라와? 선오암이 그렇게 좋아?"

해맑은 눈을 마주한 현운의 입가에 남들은 본 적 없는 환한 미소가 번졌다. 그 미소는 오직 세류만이 볼 수 있는 미소였다. 곧이어 그의 입에서 흘러나온 목소리 또한 남들은 들을 수 없는 다정한 목소리였다.

"그러는 사제는 왜 매번 나를 따라 여기 오는 것이냐."

현운의 질문에 세류는 잠시의 망설임도 없이 당연하다는 듯 대답했다.

"사형이 여기 오니까."

당연하다는 투의 대답에 낮게 웃은 현운이 문득 절벽 아래로 시선을 던지며 혼잣말처럼 말했다.

"여기 오면 답을 찾을까 싶어서. 애초에 내 목적지가 이곳이었으니까."

이해하지 못했을 텐데도 세류는 그저 동그란 눈을 끔뻑거릴 뿐 더 묻지 않았다, 이곳에 오면 사형이 더욱 말수가 적어지고 더욱 깊은 생각에 빠지곤 한다는 것을 잘 알고 있기 때문이리라. 그래서 현운도 굳이 설명하지 않았다. 이곳이 그 많은 목숨을 제물 삼아 찾아온 선오암이라는 것을.

8년 전, 합탁은 끝내 왼다리의 정강뼈를 절단해야 했다. 그렇게 한 다리를 잃고 사경을 헤매면서도 선오암을 찾아 나서겠다는 합탁의 고집에 결국 무명이 데려온 곳, 그곳이 이곳이었다. 암자가 아니라 백오산 산등성이에 자리한 거대한 암석, 바로 이곳 선오암.

'이곳이 정녕 선오암이란 말입니까? 이, 허허한 바위가 진정⋯⋯?'

몇 번이나 되물어도 무명은 단호히 고개만 끄덕였을 뿐, 합탁과 현운의 절망을 돌봐주지 않은 채 그저 침묵만 했었다.

'혹여 이곳에서 비범한 노인을 뵌 적은 없습니까? 백세를 훌쩍 넘겼으나 건승하다 하셨으니 분명 뵈었다면 잊지 못할 인상일 거요!'

현운은 합탁의 간절한 음성을 떠올리다 저도 모르게 질끈 눈감았다. 어린 심장에 송곳처럼 박혀 들었던 무명의 대답이 다시금 심장을 찔러대는 까닭이었다.

'찾는 것이 진정, 제가 억울하게 쫓겨난 태자라고 광분해서 날뛰던 그 미치광이인가? 그것이 진실이든 거짓이든, 자신을 금렴이라 했던 그자는 영영 찾을 수 없을 걸세. 그자는 이미 모든 한과 욕을 버리고 사라졌거늘, 이승에선 찾을 수 없는 자를 찾으려는 것만큼 아둔한 세월이 어디 있겠는가?'

신선이 노니는 바위라고 했다. 그래서 이곳에 오면 만나질 거라던 금렴 황자도 모든 한과 욕을 버리고 신선처럼 이곳에서 노니다가 아예 떠나버린 모양이었다. 허니 그를 찾으려는 것은 부질없는 일이 되어버린 것이다.

현운은 푸른 소나무에 둘러싸인 백색 암석을 둘러보던 눈을 다시금 세류에게로 옮겼다. 무료할 텐데도 짜증 한번 없이 그의 상념이 끝나길 그저 기다리고 있던 동그란 눈이 그제야 반짝반짝 빛을 발했다.

"사형, 그럼 우리 계속 여기 오자. 사형은 계속 답을 찾아. 난 계속 사형을 찾을게."

여덟 살 사제의 말투가 너무도 비장해서 한동안 물끄러미 세류의 얼굴을 들여다보던 그가 픽 웃을 때였다. 굵고 탁한 음성이 선오암의 평온을 깨며 들려왔다.

"운님!"

부목을 다리 삼아 절뚝거리며 다가오는 합탁을 본 세류가 현운의 뒤로 후다닥 숨었다. 웃음기라곤 하나 없이 늘 딱딱한 표정인데다가 저를 못마땅해 한다는 것을 아는 것이다.

아니나 다를까, 그 모습에 합탁의 눈살이 저절로 찌푸려졌다. 합탁으로서는 현운이 정확한 출신도 알 수 없는 아이와 한 몸인 듯 서로 의지하며 지내니 염려스럽고 거슬리는 것이다. 그 아이가 무명이 현운과 마찬가지로 제 살붙이처럼 끔찍하게 아끼는 아이라도 말이다. 칼날 같은 감각을 지닌 현운이 합탁의 그런 의중을 모를 리 없었다.

"새로이 들은 소식이라도 있는가."

현운이 합탁의 시선을 세류에게서 떼어내려는 듯 천천히 일어서며 물었다. 그제야 어느덧 자신보다 훌쩍 큰 키의 현운에게로 서둘러 옮겨진 눈에는 세류를 볼 때와는 사뭇 다른 사람으로 느껴질 만큼 경외심만 가득 차 있었다.

"도성에서 내려온 도붓장사에게 들었는데 곧 현율 황자님의 태자책봉식이 있을 거라 합니다. 근자에 국본을 세워야 한다는 학자들의 주청이 극심했다더니 그 탓 아니겠습니까? 조정대신들은 물론이고 황족들까지 너나없이 율 황자님의 태자책봉을 적극 천거했다 합니다."

황성의 소식을 들을 때마다 언제나 그랬듯 현운의 눈은 그저 깊게 잠겨 있을 뿐 아무런 반응이 없었다.

"율 황자님을 태자로 천거한 속셈이야 빤하지 않습니까? 여전히 병약하시어 탕약이 끊일 날이 없다고 하니 굳이 제 손에 피 묻히지 않아도 머지않아……."

잠시 말을 멈춘 합탁이 세류의 눈치를 살폈다. 다행히 호기심 많은 아이는 제 머리 위를 맴도는 청낭자(靑娘子, 잠자리)에 정신이 팔려 있었다.

합탁이 은근한 목소리로 말을 이었다.

"율 황자님마저 탈이 나시고 나면 더 이상 황자는 없으니 제 핏줄을 후계로 세우라 목청을 높이겠지요. 그런 식으로 현운 태자님의 존재를 지우려는 의도일 겁니다."

"내 존재를 지운다."

더욱 깊어진 눈빛으로 되뇐 현운이 갑자기 훗, 실소를 흘렸다. 그리고는 태양이 이글거리는 하늘로 시선을 돌렸다.

"합탁."

"네, 태자님."

"합탁."

재차 부르는 현운의 찬 음성에 합탁이 움찔 어깨를 떨었다. '태자님'이나 '황자님'이라 부를 때마다 되풀이되는 일이었다. 듣는 이 없을 때만 그리 부르는데도 말이다.

"네, 도련님."

"내 존재를 지우는 그런 수고를 과연 그들이 아직도 하겠는가. 나는 예 존재하니 나를 기억하나 그곳에는 이미 내 흔적이 없질 않은가."

황성이 있는 북쪽 하늘을 바라보는 현운의 얼굴에 차가우나 왠지 공허한 미소가 번졌다. 그 모습을 차마 더는 볼 수 없는 합탁의 고개가 맥없이 숙여졌다. 선오암 가득한 비통한 침묵을 오직 청낭자를 쫓는 세류의 맑은 웃음소리만이 달래주고 있었다.

7. 상사화相思花, 떼어놓고 오길 잘했다

어디선가 불어온 바람에 흩날린 머리칼이 뺨을 간질였다. 어둠이 내려앉은 지도 벌써 한참 됐건만 불어오는 바람은 한낮의 열기를 고스란히 담고 있었다. 그 열기 때문인지 밤하늘의 달도 오늘은 붉은빛이 맴돌았다.

굵은 나뭇가지에 몸을 뉘인 채 달을 바라보던 현운의 눈이 스르르 감겼다. 낮에 합탁이 전한 황궁 소식을 떠올리자 가시에 찔린 듯 가슴이 따끔거렸다. 그것은 지난 세월동안 황궁의 소식을 듣게 될 때마다 되풀이되어온 통증이었다. 어미가 죽고 자신이 사라졌는데도 아무 일 없는 것처럼 건재한 황성과 평온한 세상을 향한 씁쓸함이었다.

돌아가야 하는 것인가. 아니, 돌아갈 수 있는 것인가. 세월이 흐르는 만큼 확신도 점점 줄어만 갔다. 꼭 돌아오라던 현율의 얼굴과 목소리가 이제는 희미했다. 반드시 방도를 찾아 환궁시키겠노라 호언장담하던 황후의 목소리도 환청이었던 듯 아득했다.

'형님이 태자가 되신다.'

문득, 어쩌면 그들은 이미 자신을 잊었을지도 모른다는 생각이 머리를 스쳤다. 호륜의 태자는 둘이어선 안 되는 법. 이제는 황후도, 현율도 자신의 환궁을 결코 바라지 않을지도 몰랐다.

끝없는 상념과 치솟는 몸의 열기를 몰아내려면 늘 그랬듯 쏟아져 내리는 폭포물에 몸을 맡겨야 할 터. 뉘였던 몸을 일으켜 앉은 현운이 다음 순간 날카로운 눈으로 숲을 응시했다. 이름 모를 산새울음소리 사이사이로 낯선 기척이 느껴진 것이다.

지독하게 느리고 미세한 소리로 보아 조심스럽고 은밀한 접근이었다. 게다가 새털처럼 가벼운 발자국 소리가 그의 신경을 거슬렀다. 사내가 저런 무게로 걷는다면 분명 고수였다. 더구나 무명의 진陣을 뚫고 들어오지 않았는가.

'추격꾼인가.'

몇 년 전인가, 장마당에서 자신과 닮은 소년의 용모파기를 들고 탐문하는 자들을 봤다던 홍인의 말이 뇌리를 스쳤다. 거기에 생각이 이르자 갈무리하기 힘들 정도의 분노가 온몸으로 뻗어나갔다. 그 많은 이를 잃고 이 산에 스스로를 가둔 채 살고 있건만 그것으로도 부족한 것인가. 왜 이대로 내버려두지 않는가.

나뭇가지 위에 우뚝 선 현운은 검을 빼들고 그대로 어둠 속으로 몸을 날렸다.

"억!"

갑작스레 허공에서 나타난 그의 모습에 비명도 못 지르고 엉덩방아를 찧으며 주저앉은 것은 의외로 여인이었다. 현운은 땅에 나뒹구는 등롱에서 부들부들 떨고 있는 여인에게로 차가운 시선을 옮겼다.

"누구냐."

"저, 저, 저…… 저는 옥향루의 야, 야, 야희라…….”

그리고 보니 낮에 계곡에서 만났던 그 기녀인 듯했다. 그러나 현운의 눈은 더욱 날카롭게 빛날 뿐, 조금도 달라지지 않았다.

"어떻게 예까지 왔지? 세인은 결코 들어올 수 없는 곳이거늘.”

"소, 소첩은, 그저 헤매다가……. 죄, 죄송해요. 살, 살려주세요!”

눈물에 침까지 흘리며 애원하는 모습에 현운이 그제야 목에 겨누고 있던 검을 내렸다. 검이 치워지자 야희가 아이고, 앓는 소리를 내며 아예 땅에 드러누워 버렸다. 죽다 살았으니 춤이라도 춰야 할 테지만 온몸의 맥이 풀려서 앉아 있기도 힘든 것이다. 아마도 숲을 헤매다가 우연히 진의 유일한 통로를 통과한 모양이었다.

"적삼을 되찾으러 온 것이냐.”

그 말에 벌떡 일어선 야희가 방금 전 죽을 뻔했던 것은 까마득하게 잊은 듯 현운에게로 바투 다가섰다. 그리고 현운의 얼굴을 확인하고는 갑자기 몸을 배배 꼬기 시작했다.

"도련님 맞으시네요. 소첩이 너무도 궁금해서 못 견디고 이리 밤길을 나섰지요.”

현운은 그런 여인을 여전히 찬 눈으로 쏘아볼 뿐 아무 말도 하지 않았다.

"소첩의 적삼을 가져가신 도련님의 뜻을 여쭈어도 될까요? 여인을 놀릴 분은 아니신 듯하고, 소첩에게 다음을 기약하신 것인지……. 저처럼 천한 것이 감히 넘볼 수 없는 분이라고 아무리 마음 다잡아도, 도련님 얼굴이 도무지 머리에서 떠나질 않아 이러다 죽지 싶어서 아니 올 수 없었어요.”

여인의 달뜬 눈을 무심히 응시하던 현운이 옷자락을 날리며 획 돌아섰다.

"따라와라. 산 아래로 보내줄 테니."

"네? 네, 도련님."

저 혼자 걷듯이 성큼성큼 걸어가는 운을 거의 뛰다시피 따르던 야희가 그예 나무를 짚으며 멈춰 섰다.

"도, 도련님! 좀 천천히, 천천히 가시어요!"

그녀의 숨이 정말 넘어갈 듯 가빠서 현운이 걸음을 멈추자, 그새 또 가 버릴까 싶었는지 서둘러 달려온 야희가 아예 그의 팔을 감싸 안았다. 차디 차고 무심하게 보면서도 뿌리치지 않는 것을 보면 싫지는 않은 모양이야, 그 순간 야희는 아둔한 착각에 빠져서 가벼이 입을 놀렸다.

"이 동리 사람들이 전에는 산에 오르면 무명대사님의 암자가 보였는데 몇 해 전부터는 도무지 그 근처에도 갈 수 없다 하더니, 잘은 몰라도 그게 무슨 진을 펼쳐놔서 그랬나 봐요. 소첩이 온갖 부류의 사내들을 상대하다 보니 귀동냥으로 들은 소리들이 많아서. 아……! 저자에 출현하는 외다리 사내가 이 동리에 온 것도 그즈음이라던데 도련님도 그즈음부터 예 계셨던 건가요? 무명대사님의 암자를 찾을 수 없던 것도 그즈음부터라던데 무슨 연유로 세인들의 출입을 금하……!"

현운이 야희를 밀쳐내고 검을 뽑아 베기까지 걸린 시간은 찰나에 불과 했다. 그 찰나의 빛이 사라진 후 이미 냉정을 찾은 그는 피 머금은 채 파르 라니 떨고 있는 자신의 검을 무거운 눈빛으로 내려다보고 있었다. 마치 피 를 더 갈구하는 듯 살벌하게 요동치는 자신의 검이 그조차도 낯설고 생경 했다. 머리가 시켰는가, 몸이 시켰는가. 아니, 어쩌면 지난 세월동안 쌓아 온 살심이 머리와 몸을 동한 것인지도 몰랐다.

'한 번 피를 맛본 검은 계속 피를 달라 조르는 법. 검의 살기에 삼켜지지 않으려면 네 심중의 살심부터 다스려야 할 게야.'

습관처럼 내뱉던 무명의 말을 증명이라도 하듯 검의 살기가 팔을 타고 올라와 가슴을 진탕시켰다. 누르지 않으면 이내 심장이 터져버릴 듯 고통스러웠으나, 한편으로는 묘하게도 자신이 살아 있음을 그 어느 때보다 생생히 느끼게 하는 살기였다.

천천히 밤공기를 들이마시면서 가슴을 진정시킨 그의 시선이 목이 베인 채 쓰러져 있는 여인에게로 향했다. 방금 전까지도 그의 팔에 매달려 재잘거리던 야희가 찰나의 순간에 주검이 된 것이다. 눈조차 감지 못한 채 비명에 간 기녀를 대신하는 듯 먼 곳에서 구슬픈 새소리가 들려왔다.

그저 적삼 하나 내준 것으로 끝난 연이었으면 좋았을 것을, 어찌 어리석은 정염을 품고 또 어찌 어리석은 호기심을 품었는가. 그 어리석음이 안타까울 뿐, 그 주검이 안타깝진 않았다. 넘어서는 안 될 선을 넘어 이곳에 들어왔고 알아서는 안 될 것을 알고 있었으며 알려고 해서는 안 되는 것을 알려 했으니 마땅히 베어야 했기 때문이다.

그러나 가슴 한쪽이 허해지는 것은 어쩔 수 없었다. 살기 위해, 존재를 감추기 위해 앞으로 얼마나 더 많은 목숨을 베어야 하는 것인가. 봉분조차 없는 기녀의 무덤을 바라보던 현운은 쓸쓸한 미소와 함께 천천히 돌아섰다.

어느새 붉은빛이 사라져버린 달이 그의 눈빛처럼 서늘하게 빛나고 있었다.

매서운 태양빛에 내내 숨이 막히더니 한 줄기 바람과 함께 무엇인가 툭, 볼을 스쳤다. 운혜 발치께에 떨어진 자줏빛 막질(膜質, 얇은 종이처럼 반투명)의 꽃잎 한 장을 길고 흰 손가락이 조심스레 집어 올렸다. 그리고는 그 꽃잎이 어디에서 왔는지, 가늘고 수려한 눈매가 주위를 살폈다.

화려하나 사시사철 황량한 황궁. 아무리 세상 만물이 가장 활기차게 제 빛을 발하는 하계라 해도 그 황량함은 쉬 가려질 게 아니다. 지금 주위에 꽃이라고는 제 몸 감추듯 곧 질 꽃잎만 수면 위에 내놓은 연蓮의 꽃뿐.

"이 꽃이 무엇인지 아느냐?"

안 그래도 매일 보는 제 주인의 뒤태만으로도 가슴 설레는 나인들인지라, 그 시선이 저희에게로 향하니 낯을 붉힐 뿐 하문에 선뜻 답하는 이는 없었다.

흰칠한 체구에 여느 절세미녀도 감히 얼굴 들지 못할 만큼 아름다운 얼굴. 비록 병색이 짙은 창백한 낯빛에, 강직한 사내다움은 없어도 그 부족함을 능히 덮고도 남을 얼굴의 주인공은 이레 후에 태자위에 책봉될 현율이었다.

예나 지금이나 여전히 병약해서 어쩌다 한번 자리 털고 일어나는 그이지만, 더 이상 그의 앞에서 치신없다, 병약하다, 드러내고 중절거리는 이는 아무도 없었다. 그것이 태자라는 자리가 가진 힘인지, 혹은 눈을 홀리는 외모 탓인지는 모를 일이었다.

"상사화相思花라 하옵니다, 황자마마."

"상사화?"

현율의 부드러운 시선이 곡개(曲蓋, 해가리개)를 든 저에게로 옮겨지자 그 나인이 낯을 붉히며 답했다.

"예, 마마. 잎과 꽃이 함께 있는 적이 없어도 서로를 생각한다 하여 상사화라 이름 지어진 것으로 아옵니다."

"잎과 꽃이 함께인 적이 없다?"

"잎이 있을 때는 꽃잎이 피지 않고 꽃잎이 피면 잎이 떨어진다 하옵니다."

그의 빤한 시선에 나인의 얼굴은 한여름 정오의 태양처럼 붉어졌지만, 현율의 눈에는 그 나인은 들어오지도 않았다. 분명 눈은 그를 보고 있건만 정작 보이는 것은 여전히 또렷한 그날의 아우였다.

'형님, 이젠 넘어지지 마요. 형님이 웃음거리 되는 거, 난 싫다.'

어린 날의 자신이 어떤 얼굴이었는지 잊고 산 지 오래다. 이따금 보는 명경 속 지금의 얼굴에 익숙해지다 보니 자연스레 그리됐다.

그러나 그날의 현운만은 잊을 수가 없었다. 잊을 수 없어서 그리움도 날이 갈수록 커져만 갔다. 그가 아니라면, 현운이 이 황궁에 다시 돌아오는 날까지 버티리라는 의지가 아니라면 이만큼 살 수 있었을까.

현율은 손바닥 위에서 어느새 시들고 있는 상사화 꽃잎을 내려다보다가 꽉 주먹을 움켜쥐었다. 아니, 꽃잎을 손에 가뒀다.

잎과 꽃잎은 공존할 수 없고 그래서 서로를 생각한다 했는가. 그 목숨 연명하려 잊혀야 했던 아우, 그리고 그 아우가 제자리로 돌아오면 모두 내줘야 할 자신. 결코 함께 할 수 없으니 어찌 상사화와 다르겠는가 싶었다.

현율은 손에 쥐었던 꽃잎을 황량한 황궁의 뜰에 떨어뜨리며 걸음을 옮기기 시작했다.

'내 이리 너를 기다리는 것을 알고는 있는 게냐……. 한데 아우야, 돌아올 것이냐. 나는, 네가 돌아올까, 돌아오지 않을까, 그것이 두렵기만 하구나.'

칼날 같은 물줄기가 연신 머리를 때리고 어깨에 내리꽂혔다. 그러나 맨살에 부딪는 그 울림만 느껴질 뿐, 이제는 찬 기운도 통증도 더 이상 느껴지지 않았다. 현운은 몸이 굳어가는 만큼 사라져가는 의식을 붙잡으려 꽉 이를 악물었다.

벌써 몇 일째인가. 냉기에 얼어버린 머리를 애써 돌려보니 매일 두 시진 씩 이러고 있은 지가 벌써 스무날이 지났다. 범인凡人이라면 두 시진은커녕 한 식경도 못 버티고 저체온으로 생명까지 위협받겠지만, 현운은 견뎌내고 있었다. '견뎌내고 있다'는 표현 그대로이긴 했지만.

현운은 머리를 때리고 갈라지는 물줄기를 원망스러운 눈빛으로 쏘아보았다. 당장이라도 뛰쳐나가고 싶지만 기다리고 있을 무명의 매서운 죽봉을 알기에 애써 버틸 수밖에 없었다.

'세목을 하러 갈 것이다. 따르겠느냐?'

기녀를 벤 그 밤, 마치 다 알고 있다는 듯 날카로이 응시하며 무명이 던진 말은 질문이 아니었다. 질문인 양 툭 던지고는 답도 기다리지 않고 돌아섰던 것이다.

그러나 그의 등에 매달린 바랑 때문에 그저 계곡으로 목욕이나 하러 가자는 말이 아님은 짐작했지만, 백오산을 떠나 이 낯선 구룡산에 와 꼬박 스무날을 보내게 될 거라고는 생각지도 못했었다.

'씻어내라. 몸에 밴 살기와 피 냄새는 물론이고 네 마음에 이는 살기까지 모두 깨끗이 씻어내야 할 게야.'

무명의 말을 떠올리는 현운의 입이 더욱 굳게 앙다물어졌다. 지난 세월 그를 버티게 한 것은 황궁에 대한 그리움이 아니었다. 태자라는 무거운 짐에 대한 책임감도 아니었다. 어머니를 죽이고 자신마저 죽이려 한 자들에 대한 살기, 바로 그것이었다. 그들의 피로 세상을 물들일 수만 있다면 백 년이고 천 년이고 버틸 수도 있으리라. 그런데 씻어내야 하는가.

꾹 눌러놓은 살기가 무의식적으로 깨어나 온몸으로 뻗어가기 시작했다. 그리고 그 순간 무명의 죽봉이 물살을 가르고 들어와 그의 어깨를 후려쳤다.

"이놈! 살심을 씻어내라 했거늘 되레 키우고 있구나! 그만 나오너라!"

폭포에서 걸어 나오는 현운을 응시하던 무명의 입에서 끙, 못마땅한 신음이 흘러나왔다. 이제는 소진됐을 만도 하건만 현운에게서 감지되는 살기는 오히려 더 강해져 있었다.

무명은 죽봉으로 바위를 툭툭 쳐서 운을 앉게 하고는 담담한 목소리로 입을 열었다.

"허기가 지는 걸 보니 끼니때가 된 모양이구나. 어디 보자, 십 보 거리에 가토가 두 마리 있고 계서 이 보 거리에 실하게 살 오른 야저(野豬, 멧돼지)가 한 마리 있구나. 너라면 무얼 잡겠느냐?"

"야저를 잡겠습니다."

망설임 없이 대답한 그의 맨 어깨로 무명의 죽봉이 다시 날아왔다.

"이놈! 둘이 배 채우기엔 야저 뒷다리 두 개면 충분할 터인데 고작 뒷다리 둘 얻자고 살생을 한단 말이냐!"

"허면 가토 두 마리를 잡겠습니다."

홍, 코웃음을 친 무명이 다시 그의 맨살을 후려치며 소리쳤다.

"틀렸다! 야저 한 마리 살리자고 두 생명을 죽여서야 되겠는가! 크건 작건 생명은 존귀한 것을 왜 모르더냐!"

무명은 금세라도 피가 배어나올 듯 벌겋게 달아오른 현운의 어깨를 슬쩍 곁눈질하며 다시 물었다.

"어느 놈을 잡겠느냐? 가토더냐, 야저더냐?"

"둘 다 아니 잡겠습니다, 스승님."

"한심한 놈!"

또다시 채찍처럼 그의 어깨에 휘둘렀던 죽봉을 거두며 무명이 쯧쯧, 혀를 찼다.

"아무것도 잡지 않겠다? 그럼 굶어 죽을 작정이더냐?"

결국 살이 터져 피가 흘러내리는데도 현운은 통증을 못 느끼는 사람처럼 담담히 무명을 응시했다. 무명은 그 시선을 한동안 묵묵히 마주하다가 다시 입을 열었다.

"그 기녀를 벤 것이 옳았느냐, 글렀느냐?"

현운은 알 듯 모를 듯 쉬 잡히지 않는 사부의 의중을 고민하며 조심스레 답했다.

"이 제자, 옳았다고 생각합니다."

"에라잇! 누가 네게 그런 권한을 주었더란 말이냐!"

기어이 뼈까지 상하게 할 작정인 듯 강한 기가 실린 죽봉이 다시 어깨로 날아왔다. 현운이 불에 덴 듯 화끈거리는 통증을 억누르며 바로 이어서 답했다.

"잘못된 판단이었습니다."

그를 한참 동안 뚫어질 듯 바라만 보던 무명이 이번에도 죽봉을 휘둘렀다. 현운도 이번엔 참지 못하고 윽, 신음하며 몸을 뒤틀었다.

"그도 틀렸다! 그 기녀를 살려두었다면 필시 후환이 있었을 터!"

살이 터지는 통증이 아니라 이도 저도 다 틀렸다고 하는 말이 더 참기 힘들었다. 결국 그가 잔뜩 격앙된 목소리로 되물었다.

"죽여서도 살려서도 아니 된다 하시면 도대체 어찌하란 말씀입니까! 전 아무것도 해선 안 된다는 뜻이십니까!"

애끓는 목소리로 묻는 제자를 바라보는 무명의 깊은 눈에 문득 안쓰러운 빛이 스쳐갔다. 그라고 제자의 고통을 모르겠는가. 어쩌면 누구보다 더 현운의 고통과 살기를 가장 잘 이해하고 있는 것이 무명이었다. 벗어버릴 수 있다면, 잊고 살 수 있다면 좋으련만 그마저도 허락되지 않는 삶임을 어찌 모르겠는가. 세상 모든 인연을 끊고 모든 정을 끊고 살고자 했던 자신도 결국엔 이렇게 또 그 삶에 발을 들여놓지 않았는가.

무명은 무심히 쏟아져 내리는 폭포로 시선을 돌리며 담담히 말했다.

"분하고 억울하더냐? 허나, 어쩌겠느냐? 네가 품은 살기도, 그 살기를 품게 한 운명도 오롯이 너의 몫이니 이렇게라도 네가 감당할 수밖에……. 이도 저도 그르다고 널 책하는 것이 아니다. 이도 저도 그르다면 결국 어떻게 해도 답은 없는 것이 아니겠느냐?"

현운은 아무런 답을 하지 않았지만 무명 또한 굳이 대답을 바란 질문은 아니었다.

"검을 든 자의 마음은 항시 진중하고 냉철해야 한다. 더구나 네 검은 천하를 거느릴 검이니 태산보다 무거워야 한다."

'무거워야 한다, 무거워야 한다.'

그 말을 곱씹고 있는 현운의 귀에 한층 더 무거워진 목소리가 다시 들려왔다.

"검은 태생부터가 피를 갈구하는 법. 피를 취할 수만 있다면 거침이 없느니, 다스리지 못한다면 도리어 검의 살의에 잡아먹힐 것이다. 어찌 그를 인간이라 하겠느냐?"

이번에도 대답 없는 현운을 무명은 새삼 찬찬히 살펴보았다. 살아야 한다는 의지 하나만으로 피에 절은 채 찾아왔던 소년의 흔적은 어디에도 없었다. 그 소년은 이제 그 뉘라도 쉽게 지나치지 못할 고귀한 외모와 쉬 범접할 수 없는 기운을 지닌 청년이 된 것이다.

어찌 그런 운명을 타고 난 것일까. 그것이 못내 안타까웠다. 황자가 아니어도 좋았을 것을. 그저 끼니 걱정 없고 천대받지 않는 집안에 태어나 저 외모로 한 세상 노닐 듯 살아도 좋을 것을. 아니, 이제라도 제 태생은 잊은 채 그저 필부로 살 수 있다면 좋을 것을. 그러나 아무리 애쓰고 바라도 결코 비울 수 없는 각자의 그릇이 있는 게 삶이고 운명이라는 것을 무명은 잘 알고 있었다. 그래서 결국 운부도 잃었던 것이 아닌가.

언제 눈을 떴는지, 현운의 시선이 느껴졌다. 진정 살심을 거뒀는가. 무명은 명경처럼 맑고 냉철한 눈을 응시하며 말을 이었다.

"그 기녀를 벤 것이 잘도, 잘못도 아니라 너를 꾸짖는 게 아니다. 다만, 살殺의 순간, 네가 검의 주인이었는지 검이 네 주인이었는지, 그를 잊지 않았으면 좋겠구나."

그 순간, 죽봉에 살이 찢겨도 변함없던 현운의 얼굴이 저답지 않게 붉게 물들었다. 무명이 그토록 매섭게 죽봉을 내려치며 깨닫게 하려던 것이 무엇인지 이제야 깨달은 까닭이었다.

기녀를 베는 순간엔 그 어떤 고민도 없었다. 신분이 노출될까, 어쩌다 추격꾼에게까지 말이 전해질까, 그런 불안도 없었다. 정녕 다른 방도는 없는가, 한순간의 망설임도 없이 오로지 '죽여야 한다'는 살의뿐. 한순간이나마 검의 살의에 삼켜졌었다는 수치심과 함께 비로소 자신의 검이 지닌 무게가, 그 검을 다스려야 한다는 사부의 말이 가슴 깊이 새겨졌다.

현운을 묵묵히 바라보던 무명이 옷자락을 툭툭 털며 자리에서 일어섰다. 여기까지가 자신의 몫임을 너무도 잘 아는 까닭이었다. 깨우치고 행하는 것은 현운의 몫이다.

석상처럼 굳은 채 미동도 없는 현운을 슬쩍 돌아본 무명이 문득 어깨춤까지 추며 흥얼거렸다.

"어디 보자, 오늘은 암퇘지고기를 먹어볼까나?"

그제야 사념에서 벗어난 현운은 무명이 사라진 숲 쪽을 바라보며 혼잣말로 되뇌었다.

"천하를 거느릴 검이라, 역시 다 알고 계셨던 건가."

8년 전 무명은 피투성이가 되어 숨어든 두 사람에게 아무것도 묻지 않았다. 설령 물어왔다고 해도 답해줄 수 없었겠지만, 무명은 마치 그런 사정까지 다 이해한다는 듯 거처를 내주고 그를 제자로 받아들인 것이다.

이놈 저놈 마구 부르며 호되게 대하기에 설마 모르겠지 했건만 도망 온 황자임을 알면서도 그리 대했던 것인가. 그저 힐끔대는 속인들이 귀찮아 쳤다는 산의 결계 또한 자신을 감추기 위해서였는가. 사부는 역시 사람보다는 신선에 가깝다 싶어 현운은 훗, 웃고 말았다.

몸을 일으키려던 현운이 욱신거리는 통증에 그제야 잊고 있던 어깨의 상처로 시선을 내렸다. 따가운 햇볕 때문인지 어깨와 가슴을 적셨던 피는 어느새 말라있었다. 핏자국을 씻기 위해 다시 물에 몸을 담그자 살이 찢어지는 것처럼 아팠다.

"떼어놓고 오길 잘했군……."

그는 상처 틈으로 스며드는 한기에 눈살을 찌푸리며 중얼거렸다. 따라나서겠다고 졸라대는 고집에 무명이 졌다면 지금 이 상처를 세류도 보고 있을 터. 그랬다면 어쩌다 제 사형이 작은 상처라도 입을 때면 그 큰 눈 한가득 눈물을 담곤 했듯 세류는 또 펑펑 울어댔을 것이다.

그는 나이 어린 사제가 우는 게 싫었다. 그 맑은 눈이 눈물로 젖는 게 끔찍하게 싫었다.

"이씨, 빌어먹을 영감탱이! 나만 빼고 가서는 왜 여태 안 돌아와! 오기만 해봐! 가만두지 않을 거야!"

목검으로 나무를 쳐대며 소리 지르던 세류가 그래도 부아가 가라앉지 않는지 에잇, 목검을 땅에 패대기치고는 땅바닥에 털썩 주저앉아버렸다.

"안 해, 안 할 거야! 이깟 검술수련 같은 거 안 해!"

"거참! 어찌 나어린 분 입이 그리 걸은 겁니까? 도대체 그런 말들은 어디에서 배운 건지……. 스승님을 빌어먹을 영감탱이라 부르다니, 쯧쯧."

등 뒤에서 들려온 합탁의 음성에 세류가 발딱 몸을 일으켰다. 합탁의 딱딱한 표정에 절로 기가 죽어서 슬그머니 뒷걸음치면서도, 세류는 기어이 붉은 입술을 삐죽이며 구시렁거렸다.

"치, 것도 다 사부님께 배운 건데. 빌어먹을, 젠장맞을, 육시랄……."

인형처럼 생긴 얼굴로 내뱉는 말들이 하도 괴상망측해서 그저 입 떡 벌리고 보던 합탁이 흠흠, 헛기침하고는 목검을 주워서 세류에게 건넸다.

"대사님께서 돌아오실 때까지 세류 님 수련 거르시지 않게 지켜보라 제게 이르셨습니다. 꼬박꼬박 잘하신다 싶더니 오늘은 웬 농땡이십니까? 오후 수련이 끝나려면 아직 한 식경이나 남았습니다. 어서 목검을 잡으십시오."

"아저씨……."

세류가 애처로운 눈빛을 보내며 불렀지만 합탁의 꾹 다물어진 입은 조금도 움직이지 않았다. 그런 합탁을 잔뜩 풀죽은 표정으로 올려다보던 세류가 문득 무슨 생각을 했는지, 미간에 힘 팍 주고는 입을 뗐다.

"합탁."

가느다란 목소리를 억지로 쫙 깐 것 하며 제 딴에는 인상 쓴다고 쓴 것이 아무래도 현운을 흉내 내는 모양이었다. 그 모습이 어이없으면서도 너무 앙증맞아서 딱딱한 합탁의 얼굴이 저도 모르게 풀어졌다.

그러나 합탁은 이내 표정을 수습하고 엄한 목소리로 재차 말했다.

"이렇게 계속 시나브로 시간을 보낸다고 될 일이 아니십니다. 세류 님이 버리신 시간만큼 수련시간을 연장할 겁니다."

원망스러운 눈으로 바라보던 세류가 주먹을 그러쥐더니 휙 목검을 낚아

채 갔다.

한쪽 다리로 오래 서 있긴 힘드니 머잖아 가겠구나 싶어서 곁눈질하는 아이를 비웃기라도 하듯, 합탁은 아예 나무에 기대선 채 힘든 기색도 없이 세류의 검무를 끝까지 지켜보았다.

역정과 짜증을 수련에 쏟아부어서인지 세류의 얼굴은 물론이고 수련복까지 머잖아 땀으로 흠씬 젖어버렸다. 그 탓에 아이의 가녀린 몸이 고스란히 합탁의 시야에 들어왔다. 여전히 성이 안 풀리는지 기어이 목검을 내팽개치고 가버리는 뒷모습을 쫓는 합탁에게서 탄성이 흘러나왔다.

"무골은 아니거늘 저 나이에 벌써 제대로 검새를 갖췄구나! 훌륭하다, 훌륭해!"

합탁은 늘 주군의 곁에 붙어 있어서 못마땅해했던 세류의 모습을 새삼 애정 어린 눈빛으로 뒤쫓았다.

8. 원행遠行, 운명의 굴레 안에 갇히다

이른 시각 황궁의 안전에는 황제와 황후, 그리고 태사 유홍이 마주앉아 있었다. 그들이 마주하고 있는 모습은 그다지 새삼스러울 게 없는 광경이었다. 지난 몇 년간 유홍은 제 집 안방 드나들 듯 황제의 처소를 드나들고 있는 것이다. 현운 황자의 사건으로 세간의 의심어린 이목이 대량궁에 쏠린 것을 아는지라 더 이상의 음계는 꾸미지 않고 있지만, 그의 행태는 잡은 쥐를 먹지 않고 장난질인 고양이와 다를 바 없었다.

그나마 불행 중 다행인 것은 대량공 유홍의 아우인 계림공을 비롯한 다른 황족들은 유홍의 세에 눌려 아직은 조용하다는 것이었다. 물론 때를 기다리며 감추고 있을 뿐, 검은 속내는 유홍의 그것과 다르지 않았다.

"황상."

유홍이 흠잡을 데 없는 진중한 표정으로 입을 떼고는 이내 시선을 황후에게로 옮기며 물었다.

"창령주에 가뭄이 극심하여 고을 백성들의 근심이 크다는 것을 알고는 계시오? 측후소測候所에 하문하니 쉬 끝날 가뭄이 아니라 하더이다. 속히 천녀에게 기우제를 지내라 명하시오."

황실 가장 웃어른이고 황제의 고문顧問인 태사이니 그 말이 영 그른 것은 아니었다. 그러나 그 또한 호륜의 신하이고 백성일진대, 유홍의 말투와 표정에 황제에 대한 예의는 조금도 없었다. 황제가 자신을 두려워하는 게 빤히 보이니 대놓고 비웃고 무시하는 것이다.

'폐하, 신하의 간언입니다. 황제로서의 위엄을 갖추어 들으시지요.'

목구멍까지 꾸짖고 싶은 마음이 치밀었다. 그러나 황후는 시끄러운 속내를 평온한 표정 뒤에 감춘 채 태문황제의 입이 열릴 때까지 조용히 기다렸다. 안 그래도 반인을 가진 반편 황제라고 얕보는 시선 앞에서 지어미 치맛자락에 쌓인 황제로까지 낙인찍히게 할 순 없었다.

적석궁주와 현운을 그리 보낸 탓인가. 원래도 병약했던 황제는 몇 년 사이 부쩍 노쇠했다. 머리칼은 유홍보다 더 희었고 낯빛은 때깔 좋은 유홍의 그것과는 달리 거무튀튀한 것이 영 생기가 없었다.

그래도 나면서부터 황제가 될 사람이었던 고귀한 신분인지라, 내심 숙부를 두려워하면서도 겉으로는 담담한 표정과 목소리로 일말의 위엄만은 지켰다.

"그 일이라면 이미 천궁의 궁주와 의논을 끝냈습니다, 황숙."

"그래요? 그래, 어찌하기로 했는가?"

"천녀께서 직접 창령주로 가 기우제를 지낼 것입니다."

이어진 유홍의 질문에 몰래 치맛자락을 움켜쥐며 황후가 대답했다. 신하에게 하문하는 것 같은 어투에 황제가 친히 답하게 할 수는 없기 때문이었다.

"황후도 창령주로 행차하시는 게요? 천녀의 제는 늘 참석하시지 않으셨소?"

"허나 창령주는 가는 데에만 반달 가까이 걸리는 곳이라, 황궁의 안주인으로서 그리 오래 황궁을 비울 수는 없는 노릇이지요. 해서, 태자가 제 대신 다녀올 것입니다."

그 순간 유홍의 눈이 아주 찰나 번뜩인 것을 황후는 놓치지 않았다. 그러나 또 무슨 작당을 하려는지 음흉스러운 눈빛과는 달리 유홍의 음성은 평상시처럼 평온하기만 했다.

"그 먼 곳에 태자를 보내도 되겠소? 태자, 책봉식 이후로 좀처럼 기력을 찾지 못해 아직도 탕약에 의존하고 있다 하던데."

"해서……."

황후가 잠시 말을 끊고는 유홍에게 고정했던 시선을 황제에게로 옮겼다. 무기력한 눈빛으로 세 사람의 대화를 듣고만 있던 황제가 그제야 꽉 붙어 있던 입을 다시 뗐다.

"부마가 동행하도록 할 생각입니다, 황숙."

"무에요? 호경을 함께 보낸다 하셨소?"

"황제께서 아무리 고심해도 부족한 태자를 보필케 할 이가 부마밖에 없다고 하시더군요. 그러니 부디 태사께선 귀한 손자를 멀리 보낸다고 노여워 마십시오."

이번에도 황제 대신 답한 황후는 소스라치게 놀라 일그러진 유홍의 얼굴에 문득 고소한 기분마저 들었다. 거년(去年, 작년), 저들이 하나뿐인 딸 녹연과 호경의 혼사를 처음 거론했을 때 자신도 지금의 유홍처럼 황망했던 터였다. 녹연을 인질 삼듯 데려간 것을 어찌 모르겠는가.

"부마의 안보를 위해 특별히 호위에 신경 쓸 것이니 아무 걱정 마세요, 태사."

얼굴은 웃고 있으나 사뭇 강경한 황후의 어조에 유홍이 파르르 눈꺼풀을 떨었다. '특별히' 호위에 신경 쓴다는 말이 오히려 호경의 목숨을 위협하는 말로 들린 탓이리라.

그럼에도 유홍은 변함없이 평온한 목소리로 천천히 고개를 끄덕였다.

"참으로 지당하고 현명한 조치요, 황후."

황제의 처소를 나선 유홍이 문득 멈추더니 허허허, 너털웃음을 터트렸다.

"내, 황후에게 보기 좋게 당하지 않았는가?"

"당하다니요, 아버님? 무얼 당하셨단 말씀이십니까?"

내내 눈치만 살피며 뒤따르던 혁윤의 물음은 무시한 채 유홍은 혼잣말로 중얼거렸다.

"현율을 창령주에 보낸다 하면 내가 무슨 생각을 할지 뻔히 알고 있지 않던가? 그러니 호경일 동행시키는 게지. 행차를 호위하는 무사들이 언제든 호경이에게 검을 겨눌 수 있으니 잠자코 있으라는 게야."

기세등등한 황후의 눈빛에서 그 뜻을 못 읽었을 그가 아닌 것이다. 유홍은 그 뜻을 읽고도 여유만만이나 혁윤은 아들 호경의 일인지라 성마른 목소리로 물었다.

"그렇다면 큰일 아닙니까? 무슨 핑계를 대서라도 호경일 보내선 안 됩니다!"

혁윤의 새파래진 낯빛에 유홍이 끌끌 혀를 찼다. 제 아들인가 싶을 정도로 심지가 약해 저리도 부화뇌동하니 못마땅하기 그지없었다.

"태자의 원행遠行을 보필하라는 명이다. 안 그래도 우리를 향한 세간의 시선이 곱지 않거늘, 무엇을 빙자한들 믿겠느냐? 아무리 허깨비나 다름없는 황제와 태자라도 그 명은 무시할 수 없는 법. 아직은 참고 기다려야 할 때이니 경거망동해서는 아니 되느니라."

"네, 아버님. 송구스럽습니다."

말로는 꾸짖고 달랬으나 유홍의 속도 혁윤의 뒤틀린 표정과 다르지 않았다. 도대체 얼마나 더 참고 기다려야 한단 말인가. 기다림이 너무 길어 이제 몸에 매(곰팡이)가 필 정도였다.

8년은 결코 짧은 세월이 아니었다. 그러나 그 긴 세월, 현운의 목을 가져오라 보낸 추격꾼들이 감감무소식이라 불길하게 하더니, 금세 송장이 될 줄 알았던 황제와 현율마저 질기게도 그 세월을 버텨내는 것이 아닌가. 그래서 유홍은 그 세월을 그들보다 더욱 질기게, 참으로 이 악물어 인내하며 버텨야 했다.

유홍은 가슴을 치받는 부아를 애써 억누르며 천천히 심호흡을 했다. 얼마간은 더 인내할 수도 있을 것이다. 화도 빠르지만 그만큼 진정도 빨랐다. 어느새 입술 끝에 잔잔한 미소가 걸렸다. 제아무리 명민하고 빼어났던 현운이라도 열 살도 안 된 나이에 홀로 세상에 던져졌으니 살아 있기는 힘들 것이다. 설령 살았다 한들 빈 몸으로 나갔으니 비렁뱅이로나 목숨 부지했을까.

'그러지, 황후. 참고 기다리지. 그리 멀지 않은 날, 내 핏줄이, 아니 내가 이 손에 호륜을 쥐게 될 테니.'

유홍의 입술에 고고한 얼굴과는 어울리지 않는 냉소가 번졌다. 이미 반 송장인 황제는 말할 것도 없고 태자 현율도 얼마 버티지 못할 터. 진즉 들였어야 할 태자비 언급조차 없는 것을 보면 그 병세가 능히 짐작이 됐다. 더욱 거침없어진 걸음에 그의 옷자락이 바람 한 줄기 없건만 유난히 살랑거렸다.

시작은 참으로 미미했다. 두 달이 다 되어가도록 여전히 돌아오지 않고

110

있는 사부와 사형이 원망스럽고 걱정스러워서 종국엔 화가 치민 것이 시작이었고, 그러다가 내가 찾아가면 되겠구나, 결심한 것이 그다음이었다. 지금쯤 자신이 사라진 걸 알게 된 홍인이 난리법석을 떨고 있을 테고 머잖아 합탁이 그 외다리를 절뚝이며 자신을 찾아 움직일 터였다. 세류는 늘어진 바랑을 고쳐 매며 재게 발을 놀렸다.

'흥, 내가 못 찾아갈까 봐? 구룡산이든 어디든 기필코 가고 말 거야!'

그러나 산을 내려올 때면 항상 무명이 곁에 있었기에 난생처음 홀로 나선 길이 영 심란하고 겁이 나는 것은 어쩔 수 없었다. 게다가 어찌 이리 사람들이 많은지, 장마당을 오가는 사람들이 다 저만 빤히 보는 것 같아서 불편했다.

세류는 방갓을 꾹 눌러쓰며 더욱 재게 움직였다. 그때였다. 누군가 황급히 세류의 소맷자락을 잡아당겼다.

"세류 님?"

깜짝 놀라 뒤돌아본 세류는 동그란 얼굴을 확인하고는 저도 모르게 방갓을 벗으며 소리 질렀다.

"소희야!"

젖어미인 다지의 여식 소희는 세류에게는 유일한 동무였다. 매일매일 어울려 놀지는 못했어도 이따금씩 무명을 따라 동리에 내려갈 때마다 시간 가는 줄 모르고 뛰어놀곤 했던 것이다. 작년에 제 어미가 병으로 죽고 아비와 함께 동리를 떠난 후로 통 소식을 듣지 못했었는데 그리 멀지 않은 고곡군에 새 터를 잡은 모양이었다.

"예 살고 있었어? 멀리 떠난 줄 알았는데."

아비가 술에 절어 산 탓에 동리를 떠난 뒤에도 소희는 어찌 살까 걱정했건만, 못 본 사이에 얼굴빛이 더 좋아진 듯 보였다. 그러고 보니 입성도 놀랄 만큼 달라져 있었다. 늘 우중충하고 남루한 차림이던 소희가 지금은 홍색의 고운 치마저고리 차림이었다. 게다가 소희에게서 풍기는 은근한 향조차 세류의 기억과는 거리가 멀었다.

그런 세류의 기분을 읽었는지 소희가 뽀얀 얼굴로 웃으며 말했다.

"소녀는 취선루의 동기가 됐어요. 한데 세류 님께서 예는 어쩐 일이세요? 대사님과 함께 오신 거예요?"

소희는 말투마저 달라져 있었다. 자세히는 몰라도 기녀라면 남정네들 앞에서 춤추고 노래하고 술 따르는 이라고 알고 있는데 그런 기녀가 되는 걸까. 세류는 왠지 소희의 달라진 모습과 말투가 마음에 들지 않아 얼굴을 찌푸렸다.

세류가 그저 관두면 안 되냐고 물으려는 순간, 고우나 날카로운 여인의 목소리가 둘 사이에 끼어들었다.

"소희는 어서 따르지 않고 뭐하는 게야?"

화려한 차림새에 분대화장을 한 여인은 취선루의 기방행수 지련이었다. 따라오던 아이가 보이지 않아 되돌아온 참이었다.

"고향 벗님을 만나서요, 행수님."

"벗님?"

소희의 말에 그 곁의 아이에게로 시선을 옮긴 지련의 빨간 입술이 다음 순간 저절로 헤벌어졌다. 지련의 놀란 마음으로 따지면 그 입술에서 침이 흘러도 절대로 이상한 일이 아니리라.

저 역시 동기로 기루에 들어가 자랐고, 기녀가 된 이후로 수년간 동기들을 보다 보니 어느 순간부터인가 어떤 아이를 봐도 자란 후의 얼굴이 저절로 그려졌다. 그 신통한 눈썰미 덕에 퇴기라 내쳐질 이 나이에도 여전히 대접받으며 기방행수 자리를 꿰차고 있는 것이다. 한데 눈앞의 이 아이는 이제껏 보지 못한 천하절색이 될 얼굴을 가지고 있었다.

지련은 애써 표정을 수습하고는 스님이나 입을 법한 아이의 입성을 살피며 살가운 목소리로 물었다.

"소희의 동무로구나. 그래, 사는 곳이 어디니? 부모님은 계시고?"

"백오산 암자에 삽니다. 부모님은 아니 계시지만 사부……."

자신을 무슨 신기한 물건 보듯 살피는 게 마음에 안 들어서 세류가 부러 딱딱하게 대답했지만 지련이 더 들을 필요 없다는 듯 말을 끊었다.

"그래, 그럼 고아로구나. 저런, 딱하기도 하지. 네 동무 소희와 함께 지낼 수 있는데, 어떠니? 나를 따라가런?"

"행수님! 세류 님은 여아가 아니에요!"

"싫습니다."

소희와 세류가 동시에 말하자 지련의 눈에 실망과 놀람의 빛이 동시에 어렸다. 이제야 보니 소희보다 훌쩍 큰 키도 그렇고 계집아이치고는 말투나 몸가짐이 딱딱한 것이 사내아이가 맞는 듯도 싶었다. 그럼에도 지련은 세류에게서 눈을 뗄 수가 없었다.

'참으로 탐이 나는 아이로구나! 계집이 아니라니 안타깝구나. 허나……'

날큼한 눈을 반짝 빛낸 지련이 여전히 세류를 응시하며 부드럽게 말했다.

"소희야, 오랜만에 만난 동무인 것 같으니 찬찬히 인사하고 벽가네 포목점으로 오너라."

지련이 붉은 능라치마를 나풀거리며 멀어지자 소희가 미안한 표정으로 서둘러 말했다.

"죄송해요, 세류 님. 제가 대신 사죄드릴게요."

"아냐."

세류는 소희에게 다정히 대답하면서도 날카로운 눈빛으로는 저만치 떨어져 있는 지련을 살폈다. 우락부락한 두 사내와 소곤거리고 있는 지련이 어쩐지 신경 쓰였고, 그 사내들이 자꾸만 이쪽을 힐끔거리는 게 더욱 거슬렸다.

그제야 함부로 얼굴을 내보이지 말라던 무명의 말이 떠올라 서둘러 방갓을 눌러쓴 세류는 어서 그들의 시야에서 벗어나야겠다는 생각에 소희에게 빠르게 말했다.

"난 가야겠어. 다음에 또 봐."

"소녀는 곧 행수님을 따라 황성으로 가요, 세류 님. 그곳에 있는 교방에서 훈육 받게 될 거예요."

서둘러 발길을 돌리려던 세류는 도성으로 떠난다는 소희의 말에 우뚝 멈춰 섰다. 황제가 있는 곳, 너무 멀고멀어서 자신은 평생 가보지 못할지도 모르는 곳.

소희가 그 먼 곳으로 간다고 하니 이것이 마지막이겠구나 싶어 기분이 묘해졌다. 그나마 하나 있던 벗을 잃어야 한다는 사실이 슬펐다. 이대로 있다가는 못나게 눈물 보이게 될까 봐 반쯤 몸을 틀었던 세류는 손목에서 청옥팔쇠를 빼내 소희의 손에 쥐어주었다.

"내 어머니 거야. 소중한 거니까 네가 어디에 있든 꼭 찾아가서 돌려받을 거야. 그러니까, 몸조심하고 잘 살아야 돼."

세류는 소희의 대답을 기다리지도 않고 그대로 걷기 시작했다. 세류 님도요, 라는 소희의 울음 섞인 목소리가 이내 발목을 잡으려 했지만 못 들은 척 더 걸음을 빨리했다.

맺은 인연이 많지 않아서일까. 여덟 살 세류는 아직은 헤어짐에 익숙하지 못했다. 그래서, 혼자라서 낯설고 두렵지만 기필코 구룡산에 가야 했다.

이렇게 찾아 나서지 않으면 사부와 사형도 제 곁을 영영 떠날 것 같아서.

구룡산은 산남부 용응군에 있었다. 세류는 서관에서 여지도를 한 장 사들고 서둘러 걸음을 옮겼다. 밤에는 지도 보기가 용이치 않으니 해가 떠 있는 낮 동안에 지름길로 최대한 많이 이동해야 하리라. 그래도 다행히 그것이 놀이인 듯 매일 수십 번씩 백오산 자락을 오르내리며 수련 받은 터라 걷는 것이 그다지 힘들지는 않았다.

'재게 움직이면 엿새쯤 걸릴까? 밤엔 쉬어야 하니 더 걸리려나?'

산을 끼고 도는 길 위에서 생각에 잠겨 있던 세류는 갑자기 등 뒤로 다가오는 인기척에 휙 돌아섰다. 그 기세가 지나쳤는지 방갓이 비스듬히 젖혀져 세류의 얼굴이 드러났다.

"어이, 예쁜 도련님, 쉬엄쉬엄 가쇼."

"그러게. 그러다 고운 발에 발병이라도 날까 염려됩니다요."

세류는 바짝 긴장하며 한 걸음 뒤로 물러섰다. 그 사내들이었다. 기방행수 지련과 수군거리며 자신을 힐끔거리던. 계속 뒤쫓아온 것일까. 왜?

세류의 흰 얼굴이 핏기가 가셔서 더욱 파리해졌다. 그러나 두려움을 들켜선 안 된다. 사부가 늘 그리 가르치지 않았던가. 문득 그 순간 사형의 얼굴이 떠올랐다. 사형처럼 크고 강하다면 얼마나 좋을까.

세류는 전에 합탁에게 그랬듯 미간에 힘을 주고 목소리는 무겁게 깔았다.

"대체, 무슨 용무가 있어서 따라온 겁니까?"

세류의 얼굴을 멍하니 보던 사내들의 눈매가 그때의 합탁처럼 어이없다는 듯 늘어졌다. 그리고는 두 사내 중 좀 더 덩치가 큰 사내가 성큼 한 걸음 다가서며 팔을 벌렸다.

"우린 도령한테 해코지하려는 게 아니니 겁먹지 마쇼. 행수가 고이 데려오라고 그랬는데 흠 하나라도 생기면 우리 모가지가 떨어지거든. 그러니 힘 빼지 말고 어서 갑시다."

"내가 왜, 내가 왜 너희를 따라가야 한단 말이냐!"

세류가 다시 한 발짝 뒷걸음치며 소리치자 뒤처져 있던 또 한 사내가 나서며 말했다.

"도령, 부모 없이 암자에서 지낸다면서? 그러다가 머리 깎고 중이나 되려고? 우리 행수가 호의호식하게 해준다는데 뭘 그리 따져?"

"난, 난 여아가 아니란 말이다!"

주먹까지 그러쥐고 하는 말에 두 사내가 서로 약속이라도 한 것처럼 눈을 빛내며 입맛을 다셨다.

"그거야 확인해보면 알겠지. 행수가 못 믿겠다 하더니 이렇게 가까이서 보니 나도 못 믿겠는걸? 그리고 남아여도 상관 없수다. 미동美童 찾는 귀족님들이 꽤 계시거든."

당장이라도 옷 벗겨 확인할 것처럼 온몸을 훑는 사내들의 시선에 왠지 소름이 돋았다. 그게 무엇을 뜻하는지, 그가 하는 말이 무슨 뜻인지 온전히 이해하지 못하면서도 기분이 끔찍했다.

세류는 점점 더 바투 다가서는 사내들을 뚫어질 듯 응시하며 품으로 손을 가져갔다. 그러나 세류가 품에서 꺼내 든 단도는 당연하게도 사내들의 허리춤에 매달린 장검에 비하면 장난감에 불과했다.

"어이구, 우리 도령께서 위험한 물건을 지니고 계셨네."

세류는 사내의 비아냥거리는 소리를 한 귀로 흘려보내며 사부의 음성을 기억해내려 애썼다.

'상대와의 거리가 가까울 때는…… 그가 내미는 발과 마주 보는 방향으로 발과 몸을 젖히며, 그리고…… 그리고…….'

수십 수백 번 듣고 수십 수백 번 행했던 보법이 지금 이 순간엔 도무지 제대로 떠오르지 않았다. 이대로는 결국 그들에게 사로잡혀 끌려가는 수밖에 없지 싶은 순간, 세류의 귀에 희미하나마 말발굽소리가 들려왔다.

어쩌면 등 뒤에서 다가오고 있는 이들이 눈앞의 두 사내보다 더 위험할 수도 있을 테지만, 지금의 세류로서는 그런 생각까지 할 여력이 없었다. 사내들이 팔을 툭 떨어뜨리는 세류의 모습에 흡족한 듯 씩 웃은 그 순간, 세류의 자그마한 몸이 튕겨지듯 내달리기 시작했다.

"인물값 하겠다는 거요? 거, 소용없다니까!"

등에 와 박히는 조소어린 목소리를 떨쳐내기 위해 세류는 죽을힘을 다해 내달렸다.

산을 끼고 도는 길을 이 고을 사람들은 한 번도 본 적 없는 화려하고 긴 행렬이 지나고 있었다. 선두에서는 30여 명의 기마대가 길을 트고, 그 뒤를 50여 명의 군사들과 40여 명의 상궁나인, 제녀들이 보호하는 금빛 마차가 뒤따랐다.

그것이 끝이 아니었다. 식자재를 비롯한 온갖 것들을 실은 수레 여덟 대가 40명의 호위를 받으며 이동 중이었으며 그 뒤엔 다시 50여 명의 군사들과 30여 명의 기마대가 따르는 거대한 행렬이었다. 바로 십여 일 전 도성을 떠난 태자의 행차였다.

마차 안에는 태자 현율과 천녀 쌍비, 그리고 녹연 공주 부부가 마주앉아 있었다.

"태자전하, 안색이 많이 안 좋으십니다. 잠시 행차를 멈추라 할까요?"

내내 곁에 앉은 제 부인과 속살거리던 부마 동양위東洋尉 호경이 어쩌다 현율을 살피고는 걱정스러운 듯 물었다. 아닌 게 아니라 잠든 듯 눈감고 있는 태자의 낯빛은 희다 못해 퍼렇게 질려 있었다.

대답할 기력도 없는지, 태자가 말 대신 고개를 끄덕이자 호경이 열린 창 너머에 대고 소리쳤다.

"행차를 멈추어라! 잠시 쉬어갈 것이다!"

서둘러 마차 곁으로 말달려온 호위대장군虎衛大將軍 사량이 공손한 어조로 고해왔다.

"동양위저하, 한 식경만 더 가면 고곡군입니다. 계서 여장을 푸심이 어떻겠습니까?"

"태자전하의 하명이다. 당장 행차를 멈추지 않고 무얼 하는 게냐!"

사람 좋은 인상과는 다른 거센 말투에 이내 행렬이 멈추어 섰다. 그제야 감았던 눈을 뜬 현율이 상궁의 부축을 받아 마차에서 내려섰다.

한번 깊은숨을 들이마시자 갑갑했던 마차 안의 공기와는 다른 상쾌한 바람이 오그라져 있던 가슴을 서서히 제자리로 돌려놓기 시작했다.

"동양위와 녹연이도 나와서……."

마차 안을 돌아보며 입 열었던 현율은 애틋한 시선을 주고받고 있는 호경과 녹연의 모습에 쓴웃음 지으며 돌아섰다.

두 사람이 혼인한 지 벌써 1년, 열여덟 호경은 저보다 네 살 아래의 녹연을 처음부터 끔찍하게 여겼었다. 그 변함없는 애정에 결국 녹연의 마음도 열린 모양이다.

씁쓸했다. 누이가 제 지아비와 금슬이 좋아서 다행이라는 생각보다는 이제 누이도 현유홍의 사람이구나, 싶어 속이 쓰리고 허했다.

그때였다. 갑자기 선두의 기마대에서 소란이 이는가 싶더니 호위들이 다급히 현율에게 몰려들어 겹겹이 둘러싸기 시작했다. 그러나 주변의 소란스러움과는 달리 현율의 마음은 더욱 고요히 가라앉았다. 이제는 내가 사라질 때인가 싶었다. 그 어느 날 저런 숲으로 들어가 다시는 나오지 못한 아우가 그랬듯.

"무슨 일이냐?"

현율이 시선은 여전히 길 아래 숲에 둔 채로 묻자 어느새 다가온 사량이 말에서 내려 부복하며 답했다.

"웬 놈이 칼을 들고 행차로 달려들었으나 제압했습니다, 전하."

"혼자서 말인가? 어떤 놈이 감히 그런 짓을!"

소란을 듣고 나온 호경이 과하다 싶을 정도로 역정을 냈다. 도둑이 제 발 저리다더니, 제 조부가 그간 행한 일들을 알기에 그런 것이리라. 분명 이번 행차에는 아무 일 없을 거라 했건만 이 무슨 사달인가 당혹스러운 탓이기도 했다.

"한데, 너무도 어린놈인지라……. 어찌할까요, 전하."

어쩐지 황망한 표정으로 사량이 묻자 여전히 숲만 응시하던 현율의 아미가 꿈틀거렸다. 8년 전의 일로 인간이, 인간이 든 검이 얼마나 잔인할 수 있는지 이미 깨달은 그였다. 이제 그 잔인한 검을 쥐었으니 당장 목을 베라 명해야 하는 것일까.

현율은 과거의 상흔 탓에 치솟는 살의를 애써 억눌렀다.

"어리다 하였느냐? 데려와 보아라."

두 병사에게 양팔을 잡힌 채 끌려온 아이는 사량의 말대로 어렸다. 어려도 너무 어렸다. 병사가 빼앗아든 아이의 단도도 너무도 볼품없었다.

현율은 억지로 무릎 꿇려지고도 꼿꼿하기 그지없는 아이를 찬찬히 살펴보았다. 한 치 물러섬 없는 눈매는 일견 매섭기도 하나 그래 봐야 아이였다. 어찌 저런 얼굴로 사람을 벨 수 있단 말인가. 저 아인 아니다, 아닐 것이다.

"무슨 일로 그리했는지 말해줄 수 있겠느냐?"

"그쪽과는 상관없는 일입니다. 쫓기고 있어서 도망치던 중일 뿐."

두려운 기색도 없이 빳빳하게 고개를 쳐든 아이와 눈이 마주친 순간, 현율은 문득 가슴 한편이 파르르 떨리는 것을 느꼈다. 누군가 심장을 꽉 쥔 채 뒤흔들기라도 하는 듯 생생한 심통이었다. 그것은 분명 충격이었다.

9. 꼭두각시郭禿, 너 사람이다

'어찌 이리도 떨리는가. 이제 그만, 부디 그만……!'

가슴께를 누른 채 미동도 없는 현율의 모습이 심상치 않아 보였는지 사량이 다급히 현율에게로 다가왔다.

"저하, 마차로 모시겠……."

손들어 제지한 현율은 맹랑하리만치 자신을 빤히 응시하고 있는 아이와 시선을 맞췄다. 그때였다, 심통이 더욱 거세진 것은.

머뭇머뭇, 조심스러운 손이 가슴께로 향했다. 그리고 다음 순간 현율의 눈빛이 살짝 흔들렸다. 손가락 끝을 통해 전해지는 떨림, 그것이 품속 은비녀의 울음임을 확인한 까닭이었다. 은비녀가 울다니, 무슨 징조란 말인가. 천녀 산희의 은비녀를 지난 세월 습관처럼 품고 다녔으나 처음 있는 일이었다. 더욱 묘한 것은 은비녀의 울음이 왠지 눈앞의 이 아이 탓인 것 같다는 느낌이 드는 것이다.

비녀의 울음에 그의 가슴도 알 수 없는 감정들로 진탕했다. 이 아이를 만난 적이 있었던가. 그럴 리가 없는데도 왠지 낯설지 않았다. 아니, 내내 그리워하기라도 했던 것처럼 가슴이 뻐근하기까지 했다. 그 순간 이 은비녀를 사모하는 여인에게 주라던 천녀 산희의 말이 뇌리를 스쳤다.

'참으로 알 수 없는 일이지 않는가?'

아직 어린아이인 것을, 더구나 입성이나 말투로 보아 계집이 아닌 사내인 것을, 어찌 비녀는 제 주인을 만난 듯 이리도 울어대는 것일까. 이제껏 빤한 현율의 눈을 지지 않고 마주 보던 아이가 벌떡 일어선 것은 그때였다.

"이제 그만 비켜주시지요. 제 갈 길이 멉니다."

"네 이놈! 감히 뉘 안전이라고 함부로 입을 놀리느냐!"

"네 이놈이라니! 너야말로 어찌 그리 함부로 입을 놀리는 게냐!"

그 순간, 그 자리에 있는 모두의 눈빛이 마치 귀신이라도 본 듯 멍해졌다.

나이와 어울리지 않는 단도를 지닌 것부터가 범상치 않더니만, 이 화려하고 거대한 행차에 겹겹이 쌓이고도 전혀 기죽지 않는 게 보통은 아니구나 싶기도 했다. 그런데 이제는 거구에 험악한 인상의 사량에 눌리지 않고 오히려 호통 치는 모습을 보니 정녕 이 아이의 정체가 무엇인가 호기심마저 드는 것이다.

그도 그럴 것이, 세류 나면서부터 보아온 세상이란 무명이 허한 백오산과 산 아래 동리뿐이었다. 낡은 산사에 거하고 입성, 먹성 모두 지나치게 소박했지만 세류의 세상에는 황제도, 태자도 없었다. 무명은 세상을 발아래 둔 듯 거칠 것이 없었고 합탁과 홍인으로 인해 현운과 자신은 세상 가장 존귀한 존재였던 것이다.

그러나 그런 연유를 모르는 그들로서는 이 아이가 그저 신기하고 당혹스러울 뿐이었다. 그 당혹감에서 가장 먼저 빠져나온 것은 사량이었다. 그 역시나 당혹스럽긴 마찬가지이나 아무래도 이번 행차에서 태자의 안위를 책임지고 있는 탓이리라.

"이놈! 어리다 해서 그 죄를 면해줄 순 없는 법! 감히……."

사량이 여전히 뻣뻣한 세류의 등을 걷어차려는 순간, 느닷없이 달려든 천녀 쌍비가 세류를 감싸 안으며 소리쳤다.

"그만두세요! 도망치던 중이라지 않습니까!"

"천, 천녀님……!"

황망한 표정의 사량을 무시한 채 날듯이 현율에게로 다가간 쌍비가 그만이 들을 수 있는 나직한 목소리로 소곤거렸다.

"태자님, 저 아이는 저의 아이입니다. 동행해도 될는지요?"

"천녀님의 아이라면……?"

현율이 굳어진 표정으로 세류의 얼굴을 다시 찬찬히 살펴보았다. 천녀의 아이라서 저리도 신비로운 얼굴을 지녔는가. 그제야 이해가 되면서도 이유도 없이 가슴이 저릿했다.

혼인하지 않으니 아이도 없는 천녀는 신기神氣 지닌 아이를 찾아 제 후계자로 키워 그 대를 이어갔다. 당대의 천녀 쌍비도 산희에 의해 키워지다가 산희가 사라진 뒤 아홉 살 어린 나이에 천궁의 궁주가 된 것이다.

진정 천녀의 아이라서 저러는가, 진즉부터 천녀에게서 눈 못 떼고 있는 아이를 빤히 응시하던 현율이 문득 생긴 의문에 쌍비에게 조용히 물었다.

"사내아이가 아닙니까?"

"사연은 모르겠으나, 복색만 저럴 뿐, 여아가 맞아요."

그 말을 듣는 순간 잠시 잠잠했던 가슴 속 은비녀가 다시 울어대기 시작했다.

'사내아이가 아니라고……?'

그에 답하듯 다시 거세게 우는 은비녀를 달래려 현율의 흰 손이 가슴께를 조심스레 오르내렸다. 그런 현율은 안중에도 없는 듯, 무엇인가 골똘히 생각하던 천녀가 더욱 은밀해진 목소리로 덧붙였다.

"당분간은 저와 태자님만 알았으면 해요. 이유는 알 수 없으나 그래야 할 것 같아요."

천녀의 말에는 다 뜻이 있는 법. 그 신묘한 뜻은 이미 산희에게서 경험한 터였다. 현율이 고개를 끄덕이는 것을 확인한 쌍비가 서둘러 세류에게로 다가가더니 어미처럼 살가운 목소리로 물었다.

"나와 함께 가지 않겠니? 곧 날이 저물 텐데 어린 너를 그냥 보낼 수가 없구나."

그 순간, 이제껏 경계심 가득하던 아이의 눈이 봄날 눈 녹듯 부드러이 풀렸다.

'저것이 천녀의 힘인가. 나도 그 언젠가 저랬었지.'

해 같고 꽃 같던 산희를 떠올리며 저도 모르게 미소 지었던 현율은 그러나 다음 순간, 아이에게로 내밀어지는 쌍비의 손에 저도 모르게 마른침을 삼켰다.

'저 손을 잡아줄 것인가? 나는 부디 잡았으면 좋겠구나……'

희고 고운 손, 왠지 꼭 잡아줘야 할 것 같은 가녀린 손. 언젠가 자신에게도 내밀어졌던 천녀의 손. 그 손을 빤히 바라보던 아이의 조막만 한 손이 천녀 쌍비의 손에 얹어질 때 현율은 자신도 모르게 깊은 숨을 내쉬었다.

칠흑같이 어둔 밤하늘에서 저마다 뽐내듯 빛나고 있는 성신星辰들이 눈을 어지럽혔다. 그 별들에서 멀리 서쪽 산등성이에 얹혀 있는 상현달로 시선을 옮긴 현율이 문득 자기도 모르게 한숨을 토했다. 고곡군 군수의 관저에 여장을 풀었으나 통 잠들지 못하고 뒤척이다가 결국 뜰에 나서 서성이는 참이었다.

어찌하여 저 반월에 세류라는 아이의 얼굴이 겹치는지 알다가도 모를 일이었다. 아직 젖내 나는 나어린 아이이거늘, 마치 상사병에 빠진 사내처럼 그 아이를 떠올리고 있지 않은가. 현율은 세류를 떠올리자마자 부르르 떨기 시작한 가슴의 은비녀를 꾹 누르며 천천히 눈감았다.

'이다음에 누군가를 사모하게 되시면 그 여인에게 주시어요.'

산희가 말한 은비녀의 주인이 그 아이인 것일까. 한데 천녀의 아이라니, 정녕 그렇다면 그것은 차라리 저주일 것이다. 사랑해서도 가져서도 안 될 사람, 사랑하는 것만으로도 죄가 되는 사람을 가슴에 품고 사는 것만큼 끔찍한 저주가 어디 있겠는가.

언제 예까지 왔는지, 아이가 잠들어 있는 처소에 이르자 품 안의 은비녀가 부르르 몸을 떨기 시작했다. 그리고 그 순간 현율의 눈이 반짝 빛을 발했다.

'혹시……!'

혹시 산희의 저주는 아닐까 싶은 생각이 든 탓이었다. 자신을 죽음으로 내몬 것에 대한 복수는 아닐까. 가슴에 품어선 안 될 이를 품어 평생 고통 속에서 살아가도록. 마치 그의 생각을 읽고 답이라도 하듯 은비녀의 울음이 더욱 거세졌다. 심장까지 뒤흔들어 심통을 느끼게 할 만큼 거센 울음이었다.

현율은 은비녀만큼 떨리는 손을 사슬문고리에 가져갔다. 왠지 숨통마저 조여 오는 이 고통에서 벗어나기 위해서는 그 아이, 세류를 봐야만 할 것 같아서.

저로 인해 잠 못 드는 이가 있는 줄도 모르고 아이는 곤히 잠들어 있었다. 어둠 속에서도 옥처럼 빛이 나는 얼굴을 보자, 여전히 은비녀는 울고 있건만 가슴의 통증이 신묘하게도 눈 녹듯이 사라져버렸다. 그러나 고통이 사라진 그 자리를 이내 처음 느껴보는 낯선 감정이 차지했다. 그것은 묘한 설렘이었다.

이 조그만 아이에게 설렘이라니, 실소를 머금은 현율의 뇌리에 천녀 쌍비가 잔뜩 달뜬 표정으로 했던 말이 문득 스쳤다.

'아무것도 읽을 수가 없어요. 누군가 저 아이의 몸에 결계를 친 것인지……. 저 아이의 과거도, 미래도, 아무것도 보이질 않습니다. 허나, 제 아이임은 분명하옵니다. 해서 저 아이를 포기할 수가 없습니다, 전하.'

조심스레 침상에 걸터앉은 현율은 아이의 뺨으로 긴 손가락을 가져갔다.

"너는, 천녀의 아이인 것이냐, 나의 사람인 것이냐……."

가만히 세류의 뺨을 쓰다듬던 현율이 다음 순간 몸 가를 듯 날카로운 한기에 벌떡 일어섰다. 언제, 어떻게 들어온 것일까. 한기가 쏘아져오는 곳으로 고개 돌리자 한 사내가 들창을 등진 채 그림자인 것처럼 서 있었다. 보이지도 않건만 사내의 서늘한 눈빛과 그 눈에 담긴 한기가 몸을 베고 가르는 것처럼 살벌하게 다가왔다. 이번엔 정말 나마저 죽이려 보낸 자객인가, 두려움이 뒷머리를 서늘케 했다.

현율은 저도 모르게 꿀꺽 마른침을 삼켰으나 그래도 태자의 위엄은 잃지 않으려 애썼다.

"누, 누구냐? 누가 보냈느냐?"

"내 사람을 찾으러 왔을 뿐, 두려워 마십시오."

"내 사람?"

현율의 반문에 사내는 고개를 침상 쪽으로 움직여 그의 '내 사람'이 누군지 분명하게 알려줬다. 그 행동에 갑자기 알 수 없는 화가 울컥 치밀어 올랐다.

"네 뉘기에 감히 이 아이를 네 사람이라 하느냐!"

그때 현율의 목소리가 컸는지 아이가 부스스, 눈을 비비며 일어났다. 그리고는 제 시야에 들어온 현율의 등에 습관처럼 매달리며 웅얼거렸다.

"사형, 왜 이제야 왔어……?"

그 작은 몸이 오롯이 저에게 의지해오자 낯선 사내의 존재는 현율의 머리에서 순식간에 지워져버렸다. 직전까지 몸을 잠식했던 두려움과 화도 순식간에 사라져버리더니 아이의 온기와 함께 이유 모를 벅찬 감동이 온몸으로 퍼져 나갔다. 그래서 목을 감싼 여린 팔로 손을 올리려는 순간, 서늘한 바람과 함께 세류가 그의 등에서 떨어져 나갔다.

"네놈이 감히 내 아이를!"

벌떡 일어서며 사내에게 한 걸음 다가서던 현율이 다음 순간 우뚝 그 자리에 멈춰 섰다. 창으로 스며든 흐린 달빛에 드러난 사내의 얼굴, 그 얼굴이 현율을 잡아 세운 것이다.

어찌 그 얼굴을 잊을까. 8년 세월이 크나큰 변화를 가져오긴 했으나 현율은 아우 현운을 단번에 알아보았다. 아마도 어찌 컸겠구나, 어떤 얼굴이겠구나, 늘 상상하며 그리워한 까닭일 것이다. 아우도 그러한 것일까. 그래서 제 형을 알아본 것일까.

"못 본 척 잊으십시오. 아직은 때가 아니니……."

현율은 아이를 품에 안은 현운이 들창을 넘어 사라진 한참 후까지 석상인 듯 미동도 하지 못했다.

아우를 위해 연명해온 목숨, 마땅히 아우에게 넘겨줘야 할 자리, 그래서 애써 목숨 부지해온 지난 세월이 빠르게 뇌리를 스쳐갔다. 다시는 볼 수 없을지도 모른다는 불안과 절망에 빠져 시름시름 앓았던 날들도 함께. 어쩌면 영영 돌아오지 않을지도 모른다는 불안과 공포는 이제 버려도 될 것이다. 저리도 강건하고 저리도 두렵게 기를 발하니 머지않아 제자리를 찾아 돌아오리라.

그러니 마땅히 벅차고 기뻐야 하건만, 현율은 지금 자신의 감정이 무엇인지 이해할 수가 없었다. 그 긴 세월동안 단 한 번도 그런 생각해본 적 없건만, 이 순간 자신이 아우의 곽독(郭禿, 꼭두각시) 삶을 살았다는 자괴감이 드는 이유도 알 수가 없었다.

문득 아이를 '내 사람'이라 칭하던 현운의 단호한 음성이 가시가 되어 심장에 박혀왔다. 그 아이마저도 나의 것이 아니었는가, 허망했다. 아이가 떠난 것을 아는지 잠잠해진 은비녀를 더듬던 현율의 손가락이 온기가 채 가시지 않은 침상으로 쓸쓸히 내려앉았다가 다시 가슴께로 올라갔다. 그리고 그 순간 늘 부드럽던 그의 눈이 날카로이 빛을 발했다.

'저주이든 인연이든, 이 은비녀가 품에 있는 한 그 아이를 다시 만나게 되리라. 내 그때까지 어떻게든 버틸 것이다.'

지난 세월동안 아우를 위해 버텼던 그에게 이제 살아야 할 새로운 이유가 생긴 순간이었다.

"사형……."

획획, 귓전에 부딪는 바람소리 때문에 작고 여린 목소리를 못 들은 것은 아니었다. 그러나 현운은 더욱 꾹 입을 다문 채 계속 달리기만 했다. 바람을 가르며 날듯이 달리는 제 속도를 등에 매달린 세류가 감당키 힘든 줄 뻔히 알면서도, 허리에 감긴 여린 다리에서 점점 힘이 빠지는 것을 알면서도.

달려야 했다. 피가 역류하고 심장이 터질 것 같아서 미친 듯 달려야 했다.

"제기랄, 사혀……엉!"

더 참지 못하겠는지 세류가 거친 말과 함께 그의 긴 머리칼을 한 움큼 잡아당겼다. 현운은 그제야 서서히 다리에서 힘을 뺐다.

"이씨……! 사형 나빠! 왜 사형이 화내? 안 돌아오니까 찾아 나선 건데 왜 사형이 화를 내!"

화난 것을 알았는가. 저를 향한 화가 아니건만, 말 한마디 건네지 않으니 제 탓이라 여기는 모양이었다.

세류가 내려달라는 말도 없이, 폴짝 땅으로 뛰어내리고는 저도 화났다는 듯 씩씩거리며 앞서 걸어갔다.

"나 혼자 갈 거야! 사형 미워!"

어쩌면 사실은 세류 때문에 화가 났던 것일까. 겨울도 아니건만 세류가 떠난 등이 시려 왔다. 그래, 어쩌면 그럴지도 몰랐다. 다른 이의 등에 매달리는 세류를 보는 순간, 마치 제 것을 도둑맞은 듯 쓸쓸했었다. 어린 사제에게 배신당한 듯 서운하기도 했었다. 그러니 미친 듯 휘몰아치는 분노의 반은 세류 때문에 맞을 것이다. 그리고 나머지 반은…….

'결국 만난 게로군……!'

느닷없이 탄식하더니 뭐에 쫓기듯 짐을 꾸리던 사부가, 아니, 정확히는 사부답지 않게 불안해 보이던 눈빛이 뇌리를 스쳤다. 결국 만나다니, 누가 누구를 만났다는 것인지 물을 틈도 없었다.

'군수의 관저에 있을 것이다. 데려올 것인지 그대로 둘 것인지는 네 사제이니 네가 결정하여라.'

먼저 백오산으로 향하며 일렀던 무명의 말이 뇌리를 스쳤다. 구룡산에서 예까지 발 한번 멈추지 않고 조급하게 달려오더니 왜 그냥 가실까 했건만, 사부는 그 방에서 뉘를 만나게 될지도 알았던 모양이다.

'아직은 때가 아니니 뉘에게도 너를 드러내지 말거라.'

병약해서 열다섯을 못 넘길 거라던 형님을 8년 만에 만났으니 뜨거운 포옹은 못 해도 의당 반가웠어야 옳았다. 자신의 피신을 목숨 걸고 도왔던 현율이 아니던가. 그러나 사제의 볼을 어루만지던 그 애틋한 시선이, 내 사람이냐 묻던 그 은밀한 목소리가 끔찍해서 다른 감정은 느낄 수도 없었다.

내 아이라니, 내 사람이라니……. 현율의 말을 되씹으며 이를 악물었던 현운은 문득 자신 또한 세류를 내 사람이라 칭했던 사실을 떠올리고는 피식 웃고 말았다. 자신답지 않게 냉정을 잃었던 것이 새삼 무색한 것이다.

점점 더 느려지는 세류의 걸음에 현운은 다시 한 번 피식 웃음을 흘렸다. 지금 그 얼굴에 어떤 표정을 짓고 있을지 안 봐도 상상이 됐다. 다리가 아파서 사형에게 업혀야겠는데 성을 냈으니 어떻게 말하나, 그 큰 눈동자를 이리저리 굴리고 있을 것이다.

"사제, 업어줄까."

아니나 다를까. 말이 떨어지기가 무섭게 세류가 쪼르르 달려왔다. 현운은 등에 느껴지는 익숙한 체온과 맑은 기를 스스로에게 새삼 각인시켰다.

'그래, 내 사람이다. 죽는 날까지 내가 지켜야 할 내 사제다.'

현운은 이 어린 사제를 다른 이에게 잃는 일은 두 번 다시는 없으리라고 다짐했다.

10. 별리別離, 있던 곳으로 돌아가는 것이거늘

하늬바람이 길게 늘어진 앞머리를 짓궂게 흩어놓고 지나가자 그 아래 가려져 있던 눈이 드러났다. 날렵하고 깊은 그 눈은 지금 절벽 아래 계곡에 서 세목하고 있는 여인들에게 가있는 참이었다. 그 시선 끝의 여인들은 사 내가 지켜보고 있는 줄은 까맣게 모르고 실오라기 하나 걸치지 않은 채 제 젖가슴을 닦고 샅을 닦았다.

그러나 열아홉, 혈기 왕성한 나이건만 그 여인들을 지켜보는 눈은 서늘 하리만치 잔잔했다. 사실, 그 눈의 주인인 현운은 시선만 그곳에 뒀을 뿐 의식은 다른 곳을 떠돌고 있었다.

산의 진이 파해졌다. 암자 앞을 어리둥절한 표정으로 지나던 사냥꾼과 마주쳤을 때의 당혹감이 새삼 떠올랐다. 게다가 무명은 며칠 전부터 제자 들의 수련은 작파하고 오로지 암자의 아궁이와 담 등을 보수하는 일에 매 달렸다. 오늘은 또 자신의 옷가지며 서책들을 꺼내다가 남김없이 불태우는 게 아닌가. 마치 멀리 떠날 것처럼.

그사이에 안전한 생활에 인이 박혔는가. 무명이 행하는 변화들이 그에게는 전혀 달갑지가 않았다. 복수를 하겠다는 살심을 갈무리하고 나니 그저 이렇게 평생을 살아도 좋으리라는 타성에 젖게 된 것인지도 몰랐다. 그래서 불안하고 불길했다. 도대체 사부는 무슨 생각을 하고 있는 것일까.

그때 소리도 없이 다가온 세류가 그의 곁에 쪼그려 앉았다. 그제야 자신만의 상념에서 벗어나 세류에게로 눈 돌린 현운이 다음 순간 저도 모르게 픽 웃고 말았다. 계곡의 여인들을 홀린 듯 내려다보는 세류의 표정 때문이었다. 벌써 여인의 몸에 홀릴 만큼 자랐는가, 신기하기도 하고 묘하기도 했다. 세류 나이 올해 열한 살이니 호기심이 생길 만도 하다, 싶기도 했다.

그저 이대로 그 무엇도 변치 않기를 바라는 것이 정녕 과욕인 것일까. 그럴 수만 있다면 평생을 결계 안에 갇혀 살아야 한다 해도 좋으리라. 가졌던 것을 모두 잃어본 까닭일 것이다. 그는 지금 자신이 갖고 있는 그 무엇도 잃고 싶지 않았다. 특히 그 냉혹한 세월동안 제 몸에 유일하게 온기를 나눠준 사제만은 절대로.

그러나 그의 마음과는 달리 세류는 점점 그에게서 멀어지고 있었다. 하루 종일 곁을 맴돌고, 잘 때도 툭하면 품으로 파고들던 사제가 언제부터인가 저 홀로 떠돌기 시작했다. 예전에는 앉아 있는 그의 등이 보일 때마다 매달리곤 하더니 지금도 거리를 두고 떨어져 앉아 있지 않은가. 아마도 현율을 만나고 돌아온 그 즈음부터 시작된 변화일 것이다. 그 사실이 목에 걸린 가시처럼 내내 현운을 불안하게 만들었다.

그 마음을 아는지 모르는지 세류가 시선은 계곡의 여인들에게 그대로 둔 채로 물어왔다.

"사형은 저 여인들 보면 기분이 어때?"

현운은 세류의 시선을 쫓아 계곡으로 내렸던 시선을 다시 세류에게로 옮기며 말했다.

"흥미롭지. 나와는 다르니까."

그 대답에 살짝 고개 틀어 그를 바라보던 세류가 다시 여인들에게로 시선을 내리며 혼잣말처럼 중얼거렸다.

"흥미롭다, 그렇구나. 나도 그렇긴 해……."

"본디 천하 만물이 다 흥미롭고 신비로운 법. 이제야 그 이치를 깨우친 게냐?"

언제 왔는지, 세류의 곁에 쪼그리고 앉아 절벽 아래를 훔쳐보며 무명이 대수롭지 않은 듯 말했다. 그을음 냄새가 나는 걸 보니 기어이 옷가지와 서책들을 다 태우고 온 모양이었다.

현운의 빤한 시선을 알 텐데도 무명은 여인들의 나신을 훑어보며 좋구나, 그것참, 오호, 탄성만 내질렀다. 그러더니 불쑥 몸을 일으키며 근엄한 목소리로 말했다.

"세류는 나를 따르고 운은 내 곧 올 터이니 어디 가지 말고 예서 기다려라."

세류를 달고 몇 걸음 걷던 무명이 무슨 생각이 들었는지 걸음을 멈추고는 발 앞에 놓여 있는 돌멩이 몇 개를 툭 차서 절벽 아래로 떨어뜨렸다. 뚜두두둑, 돌멩이가 굴러 떨어지는 소리가 들리자 계곡의 여인들이 절벽 위를 올려다보았다.

"꺄아아악!"

무명은 이미 사라지고 없는 터라 홀로 남아 여인들의 비명을 감당해야 하는 현운의 눈살이 살짝 찌푸려졌다. 어디 가지 말고 예서 기다리라더니 이 사달을 만들어놓는가. 현운은 계곡의 소란을 외면하듯 그대로 벌렁 드러누워 버렸다.

"상단전에 기를 응집시키고 울대를 무겁게 내려앉혀야 한다. 다시 한 번 해보아라."

무명의 말대로 하자 세류의 입에서 사내의 굵은 목소리가 흘러나왔다. 제 목소리에 깜짝 놀라는 세류를 지그시 바라보던 무명이 진중한 음성으로 일렀다.

"구준히 연마하여 언제든 운용할 수 있게 하여라. 네 외향은 여인일지라도 변성법變聲法만 제대로 익힌다면 아무도 너를 여인으로 보지 않을 것이다."

"네, 사부님."

여느 때와는 달리 진중하고 근엄한 무명의 태도 때문일까. 제 친할아비를 대하듯 애교 많고 스스럼없던 세류가 평소와는 달리 공손하게 답했다. 그런 세류를 애틋한 시선으로 보던 무명이 다시 무거운 목소리로 말했다.

"돌아앉아라."

시야를 채워오는 여린 등에 고정된 무명의 시선이 한순간 복잡한 심사로 일렁거렸다. 제 손으로 어미의 살을 가르고 건져낸 핏덩어리가 어느새 이리 자랐는가. 그런 뿌듯함에 이어서, 그래도 여전히 가녀린 등이 애처롭고 안쓰러웠다. 더는 제 울타리로 보호해줄 수 없기에 더더욱 가슴이 아렸다.

무명은 애써 마음 추스르고는 세류의 등에 두 손을 가져갔다.

"내 기를 불어넣어줄 것이다. 사념과 사심을 버리고 받아들여라."

무명의 말대로 머리와 가슴을 비우자 이내 낯선 기운이 몸으로 스며들었다. 서늘하나 뜨겁고 부드러우나 강한 기운이었다. 세류는 그 낯선 기운에 놀라 굳어졌던 몸을 부드럽게 풀어 무명의 기를 받아들였다.

그렇게 얼마의 시간이 흘렀을까. 세류의 등에서 손을 뗀 무명의 얼굴은 그답지 않게 땀에 흠뻑 젖어 있었다. 힘겹게 입을 뗀 음성 또한 그답지 않게 평정심을 잃고 흔들렸다.

"잊지 마라, 세류야……. 너는 그 뉘보다 강하니, 네 스스로 길을 찾을 수 있을 게야."

그 말을 귀에 담자마자 세류의 몸이 힘없이 풀썩 쓰러져버렸다. 저 작은 몸으로 무명의 기를 감당하기란 쉽지 않은 일, 한동안 심한 몸살을 앓을 터였다. 무명은 독한 감기에 걸린 것처럼 벌겋게 달아오른 세류의 얼굴을 안타까이 바라보다가 비틀거리며 방을 나섰다.

어느새 곁에 와 앉은 무명을 확인하고 일어나 앉은 현운의 눈에 그 등에 매달린 바랑이 들어왔다.

"사부님, 어디 출타하십니까."

그 사이 텅 비어버린 계곡을 내려다보며 으잉, 다 가버렸네, 중얼거리던 무명이 슬쩍 그를 돌아보고는 먼 하늘로 눈 돌렸다.

"오냐. 내 바람 따라 구름 따라 휘적휘적 가보련다."

"언제쯤 돌아오십니까."

어조가 영영 아니 돌아올 것 같아서 물었건만 무명은 그저 잔잔한 미소만 지을 뿐 답이 없었다. 한참이나 그렇게 말없이 하늘만 보던 무명이 벌떡 몸을 일으키자 현운도 따라 일어섰다.

"진강주 석성이라는 현에 가면 검교장이 있다. 그곳 장주에게 이것을 보여주면 너의 뜻을 받들 것이다."

무명이 건넨 것은 손바닥만 한 목갑이었다. 그러나 목갑을 받아들면서도 현운의 눈은 오로지 무명의 얼굴에 고정되어 있었다. 진정 영영 아니 돌아올 사람처럼 보이지 않는가.

"사부님, 어디로 가시는 것입니까."

"세류는 며칠간 앓아누워 있을 게야. 그러니 그 아이가 운신치 못할 때 길을 떠나는 것이 좋을 것이다. 그 어린 것이 발을 잡는다면 네 어찌 편히 길을 떠나겠느냐?"

이번에도 무명은 질문에 답하지 않고 다른 말을 했다. 현운은 저도 모르게 손에 든 목갑을 꽉 움켜쥐었다. 영영 떠나는 것은 사부가 아니라 자신인 것일까. 늘 때를 기다리라고 입버릇처럼 말씀하시더니 이젠 그때가 온 모양이다.

"세류가 걸려 쉬 걸음 떼지 못할 거 안다. 허나 너와 세류가 진 짐은 엄연히 다르니 갈 길 또한 다른 법. 세류 그 아이가 네 짐까지 같이 지게 하지 마라. 그 아이의 짐만으로도 충분히 버거운 삶이니……"

해야 할 말을 다했는지 무명이 괜스레 장삼 자락을 탁탁 손으로 털고는 그럼 이제 가볼까, 라고 중얼거리며 돌아섰다. 현운은 금세라도 사부가 시야에서 사라질 것 같아서 서둘러 물었다.

"언제쯤 돌아오십니까."

잠시 멈추고 돌아본 무명이 허허허, 청명하게 웃고는 다시 걸음을 옮기며 대답했다.

"한세월 이 숲에서 잘 노닐다가 이제 내 있던 곳으로 돌아가는 것이거늘 어디로 다시 돌아오란 말이냐?"

숲을 공명시키고 귀를 울리는 음성에 현운이 잠시 눈감았다가 뜬 사이 무명은 아예 없던 사람처럼 시야에서 사라지고 없었다.

한동안 무명이 서 있던 자리를 망연히 응시하다가 목갑 안을 확인한 현운의 눈빛이 파랑처럼 일렁이기 시작했다. 그리고 다음 순간, 현운이 늘 냉정하던 얼굴을 일그러뜨리며 털썩 주저앉았다.

목갑 안에는 반쪽의 황금 봉황상이 들어 있었다. 그것은 아주 오래전 금렴 황자와 함께 사라져버린 천경황제의 반인이었다.

쌕쌕, 희미한 숨소리가 귀를 어지럽혔다. 등불이 넘실거리는 하얀 얼굴은 그의 눈을 흔들어놓았다.

침상 곁에 앉아 세류를 내려다보던 현운의 입에서 무거운 한숨이 흘러나왔다. 무명의 말대로 세류는 벌써 이틀째 앓아누워 있었다. 특별한 병증도 없이 그저 연신 잠만 잤다.

문득 세류의 맑은 눈이, 자신을 부르는 목소리가 그리웠다. 이렇게 떠나면 언제 그 눈과 음성을 마주하게 되는지 알 수 없기 때문이리라. 쉬 움직여지지 않는 무거운 몸을 억지로 일으켰지만 못내 아쉬워서 가만히 세류의 볼을 쓸어보았다. 무명의 말이 옳았다. 그 큰 눈과 마주한다면 결코 홀로 떠날 수 없을 것이다.

현운은 세류가 듣지 못할 것을 알면서도 나직한 목소리로 속삭이듯 말했다.

"돌아올 것이다, 반드시. 그러니 부디, 또 나를 찾아 저 험한 세상으로 내려가지 마라, 사제. 내가 널 찾아올 것이다."

무의식중에도 그의 말을 들은 것일까. 그 순간 세류가 더운 숨을 토해내며 잠꼬대처럼 중얼거렸다.

"사형 가지마. 가지마, 사형……."

붉은 등불 때문일 것이다. 꽃잎처럼 고운 세류의 입술이 더욱 붉게 빛났다. 그래서 애타게 자신을 부르는 그 입술에 한순간 넋을 잃은 것일까. 자신도 모르게 세류의 입술에 입 맞췄던 현운은 곧 자신의 행동을 깨닫고는 훌쩍 뒤로 물러섰다.

무의식적으로 자신의 입술을 닦아낸 그의 입가에 픽, 자조가 번졌다. 발이 영 떨어지지 않았는데 어리석은 이 행동으로 인해 떠날 이유가 생긴 듯했다. 어찌 사제의 얼굴을 떳떳이 볼 수 있겠는가.

현운은 여전히 붉은 입술로 자신을 부르고 있는 세류에게서 냉정하게 몸을 돌렸다. 그것이 그와 세류의 긴 이별의 시작이었고 귀검鬼劍이 세상에 모습을 드러낼 첫 발걸음이었다.

11. 우인偶人, 그 삶이 부질없지 않았다

　호륜 건국 이후 이러한 태자는 없었다고 황궁의 모든 상궁나인들이 속
살거렸다. 나어린 궁녀들을 데려다 남장을 시키는가 하면, 제 호위무사로
뽑는 무사들은 하나같이 여인처럼 희고 가녀린 사내들뿐이었다.

　태자가 남색을 밝힌다고 수군거리기 시작하더니 종국엔 호위무사들과
분탕질을 벌이느라 태자의 병세가 더 심해졌다는 소문이 나돌기 시작했다.
재작년 들인 태자빈이 결국 병환으로 죽자 소문은 점점 진실로 받아들여졌
다. 초야부터 외면당해서 그 화병으로 시름시름 앓다가 죽었다는 것이다.
제 얼굴이 천하일색이라 눈 홀리고 마음 홀리는 여인이 없으니 사내를 품
는구나, 다들 통탄을 했다.

　'참말인가?'

　열린 들창 너머의 태자 호위무사들을 내다보던 호경의 눈썹이 꿈틀했
다. 검을 든 무사답잖게 호리호리하고 가녀린 몸태나 뽀얀 낯빛이 여느 사
내들과 다른 것은 분명했다.

　'명줄이 짧아 죽은 게 아니라면 그 아이도 저런 모습일 테지.'

입술에 댄 찻잔 너머로 태자를 몰래 살핀 호경이 잔을 내려놓으며 물었다.

"찾아는 보셨습니까, 그 아이."

갑작스런 호경의 질문에 이제껏 누가 앞에 앉아 있는지 보이지도 않는다는 듯 찻잔만 들여다보던 현율의 얼굴이 일순 굳어졌다.

"그 아이……? 뉘를 말하는 건가?"

"찾고자 하면 어떻게든 찾아지지 않겠습니까? 찾아보시지요."

호경은 딱딱한 목소리로 모른 척 되묻는 말을 한 귀로 흘려버렸다.

'그 아이를 잊었다? 허니 저것들도 그 아이 때문이 아니다?'

찻잔으로 가려진 얄팍한 입술에 조소가 번졌다. 처음 보았을 때부터 내내 아이에게 박혀 있던 눈빛을 못 보았을 줄 아는가. 게다가 자신의 호위에게서 야심한 시각에 아이의 거처에서 나오는 태자를 보았다 보고받기도 했었다.

혹여 어딘가에 감춰둔 것은 아닌가, 의심도 했었다. 한데 아이의 발치께에도 못 따라갈 게 분명한 이들을 끌어모아 우인(偶人, 인형)놀이나 하는 걸 보면 그는 아닌 게 틀림없었다.

'쯧쯧, 운우지락(雲雨之樂)을 나눌 계집이 넘쳐나는데 사내아이 하나 때문에 반미치광이가 된 꼴이라니…….'

호경은 찻잔을 빙글거리며 옜다, 선심 쓰는 어투로 입을 열었다.

"그 아이를 만난 곳은 창령주 고곡현……. 그 일대를 수소문한다면 찾아지지 않겠습니까? 그런 외모를 지닌 아이를 누군가는 알고 있을 테니 말입니다."

잠시 반짝 눈을 빛냈던 현율이 평소 물렁한 성품답지 않게 냉기가 뚝뚝 흐르는 목소리로 물었다.

"혹여 그 아이를 찾고 있는가?"

"그럴 리가요, 전하. 소신은 그런 취미는 없사옵니다."

하기야, 자신도 그 아이에게 홀려 이유 모를 소유욕에 사로잡히긴 했었다. 어쩌면 말귀를 알아듣게 된 이후로 늘, 세상 가장 귀한 것도 네 것, 세상 가장 빛나는 것도 네 것, 세상 가장 아름다운 것도 네 것, 그러니 천하가 네 것이라 귀에 못이 박히도록 읊어댄 조부 유홍 때문일 것이다. 그래서 아이가 사라져버린 것을 알았을 때 잔뜩 울화가 치밀기도 했었다.

"전하, 소신은 이만 물러가겠습니다."

그래도 나는 계집이 좋다, 속으로 빈정거리며 말했지만 현율은 그저 뚫어지게 응시할 뿐 반응이 없었다. 아마도 호경은 진심인가, 이제라도 고곡현을 뒤지면 아이를 찾을 수 있을까 고심인 듯했다.

그런 태자를 남겨두고 태자궁을 나서던 호경의 입술이 문득 심통 사납게 비틀렸다. 어찌 사내로 태어나 계집에게 쓸 일도 없는 얼굴을 지녔는가.

"내 저 낯짝이면 도망친 계집들 찾아내는 데 도가 트는 일은 없었을 것을!"

제 분을 못 이기고 중절거린 호경이 문득 멈춰 서더니 느닷없이 허리를 젖히며 실성한 듯 웃어댔다.

"이런, 아둔할 데가! 참으로 어리석구나, 어리석어!"

저를 피해 도망쳤으나 도성을 샅샅이 뒤져 찾아낸 소희 그것이 고곡현 출신이라는 것은 진즉 들었었건만, 왜 그 아이와 연결시키지 못했을까. 그래놓고 태자에게 어쭙잖게 충고를 하다니. 호경은 어느새 힘이 들어간 다리로 더욱 걸음을 빨리했다.

문득 제 눈마저 홀렸던 아이의 얼굴이 어제 본 듯 또렷하게 그려졌다. 그래서 욕심도 뚜렷해져 오금이 저릴 정도였다. 이것이 정녕 사내아이에 대한 욕심이란 말인가.

계집이든 사내든, 그것은 찾아내 속을 보면 될 일이다. 설령 사내아이가 맞다 해도 꼭 찾아내야 한다. 태자가 그토록 갈구하는 아이를 제 곁에 세워 둔다면 얼마나 통쾌하겠는가.

"그래, 그 아이가 어디 산다고?"

호경은 소희가 채워준 잔을 단숨에 비우고 날카롭게 물었다. 난감한 듯 입술만 달싹거리던 소희가 아예 그 입을 꽉 닫은 채 젓가락으로 어적을 집어 들이밀었다. 호경은 그 손을 툭 쳐내며 더욱 날카로워진 음성으로 되물었다.

"방금 세류라는 아이와 어릴 적 동무라지 않았느냐? 말해보아라. 그 아이 사는 곳이 어디라고? 정녕 네년의 뺨을 한 대 치기라도 해야 입을 열겠느냐!"

제 수틀리면 으름장을 놓는 평소 성품으로 보아 아무래도 그냥 넘어가긴 힘들 것 같았다. 그 성품에 호되게 당했으면서도 오랜만에 듣는 이름이 반갑고 신기해서 동무였다 말한 것이 실수였다. 누구나 탐을 낼 얼굴이라 산에서 내려올 때는 항시 방갓으로 얼굴을 가리더니, 어쩌다가 저 탐욕스러운 이의 눈에 든 것일까.

소희는 쏘아보는 매서운 눈초리에 몸을 웅숭그리며 더듬더듬 대답했다.

"백, 백오산에 있는 암, 암자입니다."

"틀림없느냐?"

"네. 허나, 세류 님은 여인이 아닌데 어찌……?"

눈치를 보면서도 기어이 따지듯 묻는 말에 호경의 입가에 비릿한 미소가 번졌다. 백오산의 암자라 했다. 유별난 반응인 줄 알면서도 이미 그 아이를 손에 움켜쥔 듯 가슴이 벅찼다. 그 탓인지 눈앞의 기녀가 오늘따라 더욱 어여뻤다.

호경은 매섭던 눈빛을 부드럽게 풀며 소희의 허리춤을 안아 당겼다.

"혹여 네 그 아이를 여인으로 알고 찾는다 강샘을 부리는 것이냐? 이런 앙큼한 것 같으니!"

호경이 말은 꾸짖는 듯 거칠게 하면서도 정 깊은 손길로 소희의 가슴을 움켜쥐었다. 그 손길에 허리를 뒤틀면서도 소희의 눈은 세류에 대한 걱정으로 흐려져 갔다. 사내인 것을 알고 있다면 도대체 찾는 이유가 무엇이란 말인가. 이제는 비역질마저 하려는가. 저 홀로 달아올라 성난 멧돼지처럼 엉덩이를 파고드는 그의 교접기가 오늘따라 더욱 구역질이 났다.

소희는 세류가 해감내 나는 세상에 내려오지 말고 바람꽃처럼 그 산에 계속 머물기를 진심으로 바랐다.

칠흑 같은 어둠이 내려앉은 호주성의 성곽 위에 망부석처럼 서 있는 사내가 있었다. 성 밖 평원에 드넓게 자리한 수백 개의 불빛을 응시하며 절망하고 있는 사내는 호주도 도백道伯 권절평이었다.

절평은 마이족 진영에 가 있던 눈을 성곽 위 자신의 수하들에게로 옮겼다. 제자리를 지키고 있는 것이 기특할 만큼 병사들의 얼굴은 지치고 야위어 있었다. 당연한 일이었다. 이천의 마이족에게 성을 포위당해 제대로 먹지도 자지도 못한 게 벌써 보름이 넘었다. 그러니 머잖아 제 손으로 성문을 열게 될 것임을 절평은 너무도 잘 알고 있었다. 군량은 바닥을 드러내고 있고, 전서구로 지원을 요청했던 주위 감영들에서는 지원이 불가한 상황이니 일단 성을 포기하고 물러나라는 답신만 되돌아오고 있지 않은가.

그러나 절평은 그럴 수가 없었다. 이미 성 밖의 촌락들이 마이족의 말발굽에 짓밟히고 수많은 목숨이 그들의 칼에 베어진 것이 분하고 원통해서

143

견딜 수가 없었다. 지금도 저들에게 죽어가는 이들의 비명이 바람결에 실려 오는 것 같아서 피가 밸 듯 입술을 깨물게 되지 않는가.

절평은 갑갑한 한숨을 토해내다가 질끈 눈감아버렸다. 도무지 답이 보이질 않았다. 수하들과 성안의 백성들 목숨이 오롯이 자신의 결정에 달려 있다는 것이 감당키 힘든 짐이었다. 포기할 수도 버틸 수도 없는 이 상황이 꿈이었으면 싶었다.

그는 차라리 기적을 바랐다. 몇 년 전부터인가, 외세가 침략한 국경에 신출귀몰하게 나타나 백전백승하고 있다는 귀검鬼劍과 그의 수하들이 이곳에 나타나준다면, 그것이야말로 기적이 아니고 무엇이겠는가. 비록 진정 기적 같은 바람이나, 그것이 절평을 버티게 하는 마지막 희망이었다.

호주성 인근의 지소산 깊은 숲에 수십 개의 막사가 소리도 없이 은밀하게 세워졌다. 그 중앙에 자리 잡은 막사에는 흑색 무복 차림의 두 사내가 마주앉아 있었다. 두 사내 중 사십 즈음의 사내, 석천경이 탁상 위에 펼쳐져 있는 호주성 일대의 여지도를 꼼꼼히 짚으며 말했다.

"성으로 진입하는 길은 이곳 하나뿐입니다만, 마이족이 그 앞에 진을 치고 있어 아군과 합세하기가 쉽지 않습니다. 설령 어찌 합세한다고 해도 저들의 병력이 이천, 호주성의 병력이 삼백, 우리의 병력은 일백……. 병력 수로는 지난 어떤 전투에서보다 열세입니다."

"성안의 병력이 성 밖을 지원할 수 없는 상황이군. 그러니 일백의 우리 병력만으로 이천의 마이족을 뚫어야 하겠지……."

무겁게 가라앉은 눈으로 여지도를 쏘아보던 또 한 명의 사내가 이내 천경의 존재는 잊은 듯 꾹 입 다문 채 생각에 잠겨 들었다. 그 모습을 지켜보는 천경의 입가에 새삼스레 흐뭇한 미소가 번져나갔다.

검을 쥐고 살아가는 사내의 가장 큰 염원은 아마도 제 목 바쳐도 좋을 주군을 만나는 것일 게다. 그러나 그게 어디 쉬운 일이던가. 그런 의미에서 천경은 행운아였다.

인연 맺은 것은 금렴 황자의 호위무사였던 조부로부터 이어진 숙명 때문이었지만, 가업이 아니라도 자신이 눈앞의 사내, 현운을 주군으로 받들게 됐을 거라는 것은 의심할 여지가 없었다. 현운이 5년 전 금렴 황자의 반인을 들고 검교장에 들어섰을 때, 깊고 서늘한 눈과 처음 마주한 순간 그가 자신이 목숨 걸어야 할 주군임을 한눈에 알아보았던 것이다.

천경은 눈빛만큼이나 강렬하게 심장을 파고들던 현운의 음성을 지금도 생생히 기억하고 있었다.

'나는 앞으로 전장을 떠돌게 될 것이다. 황궁으로 돌아가는 것은 그 다음 일이다. 예 오는 길에 이민족의 침략에 피 흘린 백성들을 수없이 보았다. 그를 외면하고 내 어찌 황자의 신분을 되찾으려 하겠는가. 전장을 누비는 삶은 안위를 보장할 수 없는 법. 나로 인해 위험을 감수할 필요는 없으니 원치 않는다면 따르지 않아도 좋다.'

검교장에 머물며 장주로서 그저 저를 받들라, 보호하라, 편히 살 수도 있으련만 목숨 걸고 전장을 떠돌겠다니⋯⋯. 천경은 그 순간 망설임 없이 자신의 목숨마저 낯선 청년에게 아낌없이 걸기로 다짐했었다.

물론 검교장의 모든 무사들이 처음부터 천경과 같은 마음인 것은 아니었다. 한창 혈기왕성한 무사들이 느닷없이 나타난 열아홉 청년을 주군으로 받들기가 어디 쉬운 일이었겠는가. 그러나 지난 5년간 주변 유목민족들의 침탈이 잦아진 국경지방을 떠돌면서 치른 수많은 전투는, 그들 모두의 가슴에 현운에 대한 절대적인 충성심을 심어놓았다. 수하의 목숨보다 제 목숨을 먼저 걸 줄 아는 주군, 진정 백성을 지키려 적진으로 뛰어드는 주군,

그것이 바로 그이기 때문이었다.

게다가 수적 열세로 도저히 불가능해 보이는 전투일지라도 그는 최소의 피해로 승리할 수 있는 방법을 어떻게든 찾아냈다. 그래서 이천의 마이족과 전투를 치러야 하는 지금도 천경은 그리 염려되지는 않았다.

내내 여지도를 들여다보며 침묵하던 현운이 이번에도 방법을 찾았는지 드디어 입을 열었다.

"나는 내일 묘시에 일, 이분대원 이십을 이끌고 성문으로 진격할 것이다. 아직 동트기 전이라 놈들이 적잖이 당황할 테지."

"주군, 그러면 적진의 중앙을 뚫고 가야 합니다. 혹여 적들에게 포위되지는 않겠습니까?"

현운이 지도의 한 부분을 손가락으로 짚으며 대답했다.

"이천의 적들을 모두 상대할 필요는 없지. 최대한 단시간에 성문 진입로까지 도달할 생각이네. 자네는 내가 이곳에 도착하는 대로 나머지 대원들을 이끌고 적의 후방을 치게. 전면전은 피하고 최대한 배후를 확보하고 치고 빠지게. 우리가 활로를 만든다면 성안의 병력 또한 전장에 힘 보탤 방도를 찾겠지."

"네, 주군. 그럼 저는 분대장들에게 명을 하달하겠습니다. 쉬십시오."

천경이 물러간 후에도 여지도에 시선을 고정시킨 채 생각에 잠겨 있던 현운이 누군가 조용히 막사 안으로 들어오는 기척에 고개를 들었다. 싯대야를 들고 들어서던 여인이 그런 그와 눈이 마주치자 흠칫 멈춰 섰다.

현운이 잔뜩 긴장한 표정의 여인을 무심히 바라보며 물었다.

"누구냐."

그제야 다붓이 다가온 여인이 탁상 위에 대야를 내려놓으며 수줍은 태도로 답했다.

"소인은 이 산의 초가에 사는 공지라 합니다, 나리."

"이 산에 사람이 산다는 말이냐. 너 외에 또 누가 있느냐."

갑자기 날카로워진 그의 음성에 여인이 어깨를 움츠리며 서둘러 대답했다.

"아, 아닙니다. 일 년 전 지아비가 죽은 후론 저 혼자입니다, 나리."

주위를 살피던 중 여인을 발견한 대원이 혹여 저 여인으로 인해 적에게 막사의 위치가 노출될까 봐 데려온 모양이다.

그제야 현운의 눈에서 날카로운 빛이 가시자 여인이 휴, 낮은 숨을 내쉬고는 나긋이 말했다.

"세안을 도와드리겠습니다, 나리."

면 헝겊과 함께 다가오는 손을 툭 쳐내며 일어선 현운이 막사의 입구 쪽으로 걸어가며 찬 목소리로 물었다.

"몸을 담가야겠다. 이 산에 적당한 곳이 있느냐."

"네, 나리. 소인이 안내하겠습니다."

사분사분 대답한 공지가 그가 또 내칠까 두려운 듯 종종걸음으로 앞장섰다.

공지가 현운을 데려간 곳은 막사에서 그리 멀지 않은 곳이었다. 현운이 그간의 전투로 먼지가 켜켜이 쌓인 옷을 벗어버리고 그 물속에 걸어 들어간 직후, 옷을 개키는 척 숙여졌던 공지의 고개가 저절로 올려졌다.

달빛을 받아 훤히 드러난 나신이 잘 깎아놓은 조각상처럼 군더더기 없이 아름다웠다. 그의 쭉 뻗은 긴 다리가, 탄탄한 엉덩이와 매끄럽고 드넓은 등이 물속으로 사라지는 것이 너무도 아쉬워 자신도 모르게 뜨거운 한숨을 토해낼 만큼.

참으로 잘난 사내였다. 공지는 저리 잘난 사내를 살아생전 처음 본 참이었다. 하기야 사내라고는 일 년 전 죽은 지아비가 제일인 줄 알고 살았으니, 끌려오듯 온 숙영지에서 멀찍이 그를 보았을 때 놀란 게 당연했다. 잘난 얼굴도 얼굴이러니와 그 속을 헤집고 꿰뚫을 듯한 눈빛이라니……. 호랑이를 만난 토끼처럼 오금이 저려 차라리 잡아먹힐 때만 기다리는 심정일 정도였다.

그때 물속 깊이 몸을 가라앉혔던 그가 불쑥 수면 위로 떠올랐다. 그리고는 젖은 머리카락을 쓸어 넘기다가 홀린 듯 바라보고 있는 공지에게로 문득 시선을 돌렸다. 또 그 눈빛이었다. 속을 헤집고 꿰뚫으며 당장이라도 삼켜버릴 듯한 범의 눈빛. 그 빤한 시선에 저절로 몸이 더워졌다.

공지는 아랫배에서 시작된 저릿한 통증에 으스스 몸을 떨다가 홀린 듯 제 옷고름을 풀기 시작했다. 그리고는 결국 알몸이 될 때까지도 변함없는 눈빛인 그에게로 물을 가르며 다가갔다. 차가운 물이 몸을 휘감았건만 더운 몸은 식을 줄 몰랐다. 공지는 그저 무심한 눈빛으로 빤히 응시하고 있는 그를 돌아 그 등에 제 가슴을 밀착시키며 속삭였다.

"금야에 소첩이, 모시게 해주시어요."

지아비가 있던 여인이라 암수의 교미에는 진즉 눈떴으니 손끝까지도 음기가 짙을 터. 공지는 자신의 손길에 더욱 단단해진 등에서 아래로 손을 미끄러뜨렸다. 어느 각공刻工이 다듬었는가, 예민한 손끝으로 전해지는 작품 같은 몸태가 공지의 샅을 더욱 달아오르게 했다. 그래서 그의 목에 팔을 두르며 밀착한 순간, 그가 느닷없이 공지의 두 손목을 움켜쥔 채로 확 돌아섰다.

"나, 나리……?"

손목에 가해지는 힘이 너무도 세서 울 듯 부르는 목소리에도 그는 반응이 없었다. 그저 꿰뚫을 듯 바라볼 뿐. 그런데 그가 보고 있는 것은 눈앞의 자신이 아닌 것 같았다. 짐작할 수 없는 곳, 그 어느 곳의 누군가를 보는 듯 멀고 아득한 눈빛이었다.

한동안 그렇게 침묵하던 그가 문득 잔뜩 잠긴 음성으로 물었다.

"몇 살이더냐······."

"열여덟, 열여덟이옵니다."

"열여덟이라······."

또 한동안 멀고 아득한 눈빛으로 응시하던 그가 갑자기 얼음처럼 차가워진 눈빛으로 공지의 손을 내던지듯 놓고는 휙 돌아섰다.

"필요치 않다."

분명 반응하는 몸을 느꼈건만 내치는 음성은 거절당한 수치심으로 혀 깨물고 싶은 마음이 들 정도로 야멸치기 그지없었다. 그래도 사내이니 더 애쓰면 넘어오지 않겠는가, 한순간 오기가 생긴 것도 사실이었다. 그러나 결국 공지는 물 밖으로 나와 다급히 옷을 챙겨 입고는 도망치듯 그 자리를 떠야 했다. 그럴 리 없건만, 기이하게도 펄펄 끓는 물에 빠진 듯 온몸이 화끈거리고 숨이 턱턱 막히기 시작한 까닭이었다.

그것이, 목에 팔 둘렀던 자신의 행동으로 인해 현운의 심장이 그리움에 들끓기 시작한 탓임을 공지는 미처 알지 못했다.

뜬 눈으로 밤을 꼬박 새우고 침상에 누운 지 겨우 한식경이나 지났을까.

"성주님! 성주님!"

밖에서 들려온 요란한 목소리에 절평은 뻑뻑한 눈꺼풀을 애써 들어 올렸다. 그리고 평소와는 달리 답도 기다리지 않고 불쑥 들어선 별장別將 박양유에게 눈살을 찌푸려 보였다.

"대체 무슨 일이냐?"

"밖에 나가보셔야겠습니다. 성문 밖에 지원군이 온 듯합니다."

쉬 가시지 않던 잠기가 순식간에 자취도 없이 증발해버렸다. 튕겨지듯 벌떡 일어난 절평은 제 검을 향해 달려가며 다급히 물었다.

"뭐라! 지원군이라니! 그게 참말이더냐! 그래, 몇이나 되더냐?"

"그게……."

뛰듯이 밖으로 나선 절평을 뒤쫓으며 어물거렸던 양유가 재촉하는 그의 시선에 서둘러 덧붙였다.

"정확히는 모르겠으나, 일백 안팎이지 싶습니다."

"뭐라? 고작 일백이라 했느냐?"

황망한 표정으로 멈춰 선 절평이 이내 질끈 눈을 감았다. 고작 일백을 어찌 지원군이라 할 수 있겠는가. 부질없이 사그라질 목숨이 늘었을 뿐, 잠시나마 희망을 품었던 가슴이 급격히 식어졌다.

그때 양유가 황급히 고했다.

"한데 성주님, 그들의 복색이며 수가 아무래도 검교대劍敎袋 같습니다."

"검교대?"

"세인들이 귀검이라 부르는 자와 그 수하들 말입니다."

그 순간 차게 식어졌던 심장이 다시금 빠르게 달아올랐다.

절평이 이번엔 아예 달리기 시작했다.

"궁수들은 어서 지원사격을 준비하라! 곧 협공할 것이다! 다들 제자리를 지켜라!"

성문 성곽 위에는 이미 밖의 소란을 듣고 모여든 병사들이 빼곡히 들어차 있었다. 그들이 내준 자리에 들어선 절평의 시야에 처음 들어온 것은 이리저리 미친 듯 날뛰는 적병들이었다. 천막조차 치지 않고 야숙하던 제 동족들을 밟고 차면서 날뛰고 있는 것이다. 그들의 소란은 말에 탄 채 창검을 휘두르는 흑의의 무사들 때문이었다.

절평은 성벽에 더욱 바짝 다가서며 누구에게랄 것도 없이 다급히 물었다.

"귀검은, 귀검은 어디 있느냐! 누가 귀검이더냐!"

그러나 답을 듣기 전에 절평의 눈이 먼저 귀검을 찾아냈다. 허공으로 내던진 환도를 마치 실을 매달아놓은 듯 손 뻗어 조종하고 있는 사내, 그 사내가 저들의 수장 귀검임은 의심할 여지가 없었다. 수십의 적을 베고 나서야 제 손으로 검을 불러들이는 저 귀신 같은 검술의 사내가 아니라면 그 뉘를 귀검이라 부르겠는가.

저것이 진정 사람으로서 가능한 검술이란 말인가. 마치 경외의 시선을 아는 듯 고개 든 귀검과 시선이 마주치자 절평은 저도 모르게 헉, 숨 들이켜며 쓰러지듯 성벽에 몸을 기댔다. 그 먼 거리에도 불구하고 심장이 덜컥 내려앉을 만큼의 강한 기가 느껴진 까닭이었다. 절평은 이제야 그가 왜 귀검이라 불리는지 그 이유를 온전히 절감하고 있었다.

생지옥이 따로 없었다. 목이 베이고 사지가 잘린 시체들이 감히 똑바로 볼 수도 없을 만큼 처참한 모습으로 피의 바다에 나뒹굴고 있었다. 많은 적들이 도주했으나 포로로 잡은 것이 이백여 명, 거기에 천여 구의 시체까지 더하면 틀림없는 대승이었다.

발아래 나뒹구는 적의 머리를 내려다보던 절평의 눈이 문득 귀검을 찾아 움직였다. 그리고 다음 순간 자신도 모르게 마른침을 꿀꺽 삼켰다. 피를 뒤집어쓴 채 적들의 주검을 밟고 서 있는 그가 흡사 지옥에서 올라온 사신처럼 보인 까닭이었다. 그로 인해 성과 목숨을 지켰으니 의당 고마워야 옳으나 그보다는 두려움이 더 컸다. 그가 지닌 무공이, 그에게서 풍기는 기운이 지독하게 초인적이라 공포마저 느껴졌다. 진정 사람이 맞긴 한 것인가, 의문이 들 정도였다.

때마침 고개 돌린 그와 시선이 마주치자 절평은 또다시 흠칫 몸을 떨었다. 이 피바람을 일으킨 이답지 않게 고요하고 잔잔한 시선이 새삼 더 큰 두려움으로 다가왔다. 고작 스물 몇으로밖에 보이지 않거늘 눈빛만은 평생 전장을 누빈 노장의 그것보다 더 초연하고 냉철하지 않은가. 어찌 됐든 은인에 대해 기꺼운 마음이 이는 것은 당연한 일, 절평은 애써 웃는 낯으로 다가갔다.

"때마침 와주어 고맙소. 내, 안 그래도 귀검이 아니 오면 살아날 방법이 없겠구나 탄식하던 참이었는데……. 정말 고맙소이다. 이 은혜에 보답할 길이 과연 있을까 염려되는구려."

그간 잠 못 이루고 고생한 탓인지 초췌한 절평의 얼굴을 담담히 바라보던 현운이 천천히 입을 열었다.

"부상당한 수하들이 있소. 갚하다면 의원을 불러주시오."

눈빛이 그렇듯 심장을 오그라들게 할 만큼 깊고 서늘한 음성에 일순 움찔했으나, 그것이 자신을 배려한 청촉請囑임을 모를 절평이 아니었다. 검교대의 무용담 중 신묘한 의술을 지닌 대원에 대한 소문도 적지 않았던 것이다. 신세진 이의 부담을 덜어주려는 걸 보니 귀검이 영 냉혹한 것만은 아닌 모양이었다.

절평은 산 자 같지 않은 능력에 품었던 경계심을 내려놓으며 반가이 미소 지었다.

"의당 되고 말고요. 어서 성안으로 드십시오. 무엇이든 못 내드리겠습니까?"

"군영이 지소산에 있으니 의원을 그리 보내주시오."

이런 대승이 대수롭지 않은 일인 듯 단호히 돌아선 귀검의 등을 망연히 바라보던 절평은 서둘러 뒤따르며 물었다.

"귀검! 나와 함께 황성으로 가지 않겠소?"

'황성'이라는 말에 거리낌 없이 제 갈 길 가던 귀검의 다리가 어쩐 일인지 우뚝 멈춰졌다.

"폐하께 국경수호에 대한 방비책을 주청드릴 생각이오. 지난 5년간 귀검이 세운 공적은 이미 황궁에도 전해졌을 터, 귀검의 말 한마디가 큰 힘이 될 것이오. 작금에 그대만큼 국경의 처참한 상황을 잘 아는 이가 어디 있으며, 그대만큼 국경수호를 위해 힘쓴 이가 또 어디 있겠소? 같이 갑시다, 귀검."

절평에게 고정되어 있던 귀검의 시선이 문득 황성이 있는 북쪽으로 옮겨졌다. 무엇을 그리 깊이 고민하는가, 황제에게 가 공을 치하 받으면 대대손손 가문의 영광일 것을.

어찌 됐든, 이 자를 황성으로 데려가야 한다.

"같이 가시겠소?"

성급히 되물은 절평에게 그저 고개만 끄덕인 귀검이 날듯이 뛰어올라 말에 타고는 거침없이 내달리기 시작했다. 그 뒤를 귀검의 수하들이 말달려 뒤따랐다.

'황성으로 데려가 반드시 그분의 측근자로 만들어야 한다, 반드시. 그렇지 않으면 언제든 큰 위험이 될 터.'

귀검과 적으로 만나는 것은 상상만 해도 심장이 오그라드는 일인 것이다. 듣는 것만으로도 위압적인 검교대의 말발굽소리가 완전히 사라진 후에도 절평은 피비린내 가득한 그 자리를 뜨지 못했다.

어디선가 부엉이 울음소리가 들려오자 내내 감겨져 있던 세류의 눈이 그제야 천천히 뜨여졌다. 해거름에 선오암에 올라 기수련을 시작했는데 숲이 칠흑 같은 어둠에 뒤덮인 것을 보니 시간 가는 줄 모르고 빠져 있었던 모양이다.

정좌했던 몸을 일으키는 세류의 입에서 잔잔하고 편안한 숨이 흘러나왔다. 툭하면 제멋대로 뛰놀던 기를 얼마 전부터는 의지대로 운용할 수 있게 됐다. 무명의 기가 이제는 오롯이 제 것으로 스며들었다는 증거인 것이다.

그러고 보니 사부와 사형이 떠난 게 벌써 5년 전의 일이었다. 세류는 그때의 서러움과 원망이 새삼 치밀어 올라와서 지그시 입술을 깨물었다. 작정이라도 한 것처럼 추억할 흔적 하나 남겨두지 않아서 아예 처음부터 이곳에 없던 이들 같지 않았던가.

"빌어먹을 사부, 젠장맞을 사형……. 인사라도 하고 갔으면 좋았잖아. 다 죽어가는 날 두고 그렇게 갔단 말이지? 어디, 돌아오기만 해봐."

그러나 다음 순간, 정말 돌아올까, 라는 회의가 머리에 맴돌았다. 돌아올 거라면 그렇게 자신들이 머물었던 자리를 말끔히 비우고 떠나진 않았을 거라는 불길한 생각이 드는 것이다. 그래서 어디로 떠난 건지 알 수 없기에 이번엔 찾아 나설 수조차 없다는 사실이 분한 한편 슬펐다.

우울한 표정으로 멀리 산 아래 촌락의 불빛들을 바라보고 있을 때, 문득 빠르게 다가오는 기척이 느껴졌다. 거친 숨소리와 둔한 발소리는 정확히 자신을 향하고 있었다.

'사냥꾼인가? 홍인이나 합탁의 기척은 아닌데.'

무명이 떠나기 전 진을 파한 이후로 종종 사냥꾼이 산을 오르내리기 때문에 그럴 수도 있었다. 하지만 멧돼지처럼 씩씩거리며 자신에게로 곧장

154

달려오는 것이 영 불길했다. 세류는 검을 빼들며 기척이 느껴지는 어둠 속을 쏘아보았다. 그러나 다음 순간 달빛에 드러난 얼굴을 확인하고는 재빨리 검초에 검을 꽂아 넣었다.

짤따란 키에 옹골찬 체격의 사내는 세류도 익히 아는 사추라는 벙어리 사냥꾼이었다. 어쩌다 한번 세류와 마주친 후로 하루가 멀다 하고 사냥한 짐승들을 메고 암자에 찾아오곤 했던 것이다. 세류를 보러 찾아오는 것이 분명한지라 미운털이 박혔으나, 생김새와는 달리 낯까지 붉히며 제대로 눈도 못 마주치는 어수룩한 성격인지라 홍인과 합탁도 늘 말로만 야멸치게 대하는 자였다.

그런데 지금의 사추는 평소와는 달라 보였다. 늘 숙여져 있던 고개는 빳빳이 쳐들려 있었고 제 발끝만 보던 눈 또한 똑바로 세류를 응시하고 있었다. 더 놀라운 것은 나뭇등걸처럼 거친 손으로 느닷없이 세류의 손을 잡으려는 것이 아닌가.

"뭐하는 짓이냐!"

소스라치게 놀라 손을 쳐냈지만 그는 아예 세류의 손목을 움켜쥐고는 제게로 끌어당겼다. 재빨리 손을 빼낸 세류는 검의 손잡이를 움켜쥐며 윽박질렀다.

"한 번 더 해보아라. 내 당장 그 손을 잘라줄 터이니!"

그러자 사추가 미친 듯 고개를 가로젓더니, 저도 말 못하는 것이 답답한지 제 가슴 쳐대면서 알 수 없는 손짓 발짓을 했다. 그래도 여전히 경계심만 가득한 세류의 눈빛에 사추가 안 그래도 험한 얼굴을 잔뜩 일그러뜨렸다. 그리고는 이번엔 아예 두 손으로 세류의 앞섶을 움켜잡으려 했다.

그 순간이었다. 제 가슴으로 뻗어오는 사내의 두 손에 세류가 본능적으로 검을 뽑았다. 그것은 한순간에 일어난 일이었다. 세류가 여인이 아니라면 벌어지지 않았을 일이기도 했다. 스르르 무너지는 사추를 환영인 듯 멍하니 바라보다가 제 운검으로 눈길을 돌린 세류가 욱, 욕지기를 했다. 처음인 것이다, 이 검에 피를 묻힌 것은.

멍하니 붉어진 검을 바라보던 세류는 꺼덕꺼덕, 몸을 떠는 사추의 기척에 퍼뜩 정신을 차렸다. 끊임없이 피를 쏟고 있지만 아직 숨이 붙어 있었다. 세류는 서둘러 사추를 어깨에 둘러멨다. 비록 자신을 범하려 한 자이기는 하나 이대로 죽게 둘 수는 없었다.

날듯이 숲을 가르며 뛰어 내려가던 세류가 어느 순간 비릿한 냄새와 함께 살기를 감지하고는 더욱 빠르게 내달리기 시작했다. 그것들이 암자에서 비롯되고 있는 것에 조급해진 것이다.

서둘러 암자에 도착한 세류의 시야에 처음 들어온 것은 피를 쏟으며 뜰에 쓰러져 있는 홍인이었다. 그리고 그다음에는 합탁이 검은 복면 사내 셋의 검에 쓰러지는 모습이었다. 사추가 말하려던 것이 이것이었는가, 그제야 뒤늦은 깨달음에 심장이 뒤틀리고 머리가 쪼개지는 것만 같았다.

"홍인! 합탁!"

내던지듯 사추를 내려놓고 그들에게로 달려드는 세류의 입에서 단말마의 울부짖음이 터져 나왔다.

사내들은 호경의 명으로 세류를 납거하러 온 이들이었다. 그래서 정작, 복면의 사내들은 세류의 얼굴을 보자 검을 사렸지만, 그것으로 세류의 분노를 덜 수는 없었다. 분노에 이성을 사로잡힌 세류는 더 이상 열여섯의 꽃 같은 이가 아니었다. 맑고 투명한 눈은 살기로 번들거렸고 희고 고운 두 손은 피를 갈구하며 잔혹하게 검을 휘둘렀다. 그러니 세류가 일곱의 자객을 베어 그 피로 온몸을 적시기까지는 그리 긴 시간이 필요치 않았다.

오직 자신만 남은 적막 속에서 거친 호흡을 내뱉던 세류의 귀에 문득 가느다란 숨소리가 들려왔다. 그제야 이성을 찾은 세류는 서둘러 홍인에게로 달려갔다. 달포 전에 합탁과 부부 연을 맺어 이제 웃는 얼굴만 보게 될 줄 알았건만, 홍인이 푸른 치마를 온통 붉게 물들인 채 할딱거리고 있었다.

세류는 치맛자락과 함께 벌어진 홍인의 배를 부질없이 눌러대며 외쳤다.

"조금만 참아! 조금만⋯⋯. 홍인! 제발⋯⋯!"

"세류 님⋯⋯."

세류의 피 묻은 손을 움켜쥔 홍인의 입가에 다음 순간 죽어가는 이답지 않은 평온한 미소가 피어났다. 이 순간 홍인은 천녀 산희의 눈으로 세상을 보고 있는 것이다.

천녀를 모시며 천녀의 수족이 되어 살아도 천녀의 혜안만은 될 수 없는 제녀. 그러나 그 마음 진실하여 천녀의 신물을 얻으면 죽는 순간 천녀의 눈을 얻게 되는 것이 제녀였다. 죽는 순간 그를 얻어 무엇에 쓰겠는가 하겠지만, 평생을 천녀의 그늘에서 산 제녀에게는 그 삶이 부질없지 않았음을 인정받는 귀한 선물이었다.

'그래서, 그날 은비녀를 현율 황자님께 드리신 거로구나⋯⋯. 사추와의 인연은, 이런 뜻이었구나⋯⋯.'

언젠가 때가 되면 모든 걸 보게 될 거라던 산희의 유언이 이제야 이해가 됐다.

'이 세상에 허투루 맺어지는 인연은 없네. 언젠가는 그 인연의 깊은 뜻을 깨닫게 되는 때가 있을 걸세.'

또한 언젠가 무명의 했던 말뜻도 더불어 가슴에 박혀왔다. 또 산짐승을 지고 왔다가 자객들에 놀라 서둘러 도망치던 사추를 본 참이었다. 사추가 세류를 불러왔을 터, 그가 아니었다면 어찌 마지막 당부를 할 수 있었겠는가.

홍인은 자신이 얻은 천녀의 신물, 세류의 손을 더욱 꽉 쥐며 힘겹게 말했다.

"황성으로, 황궁으로 가세요. 세류 님 운명이, 그곳에 있으니⋯⋯."

"말하지 마, 홍인. 말하지 마!"

불귀不歸의 순간이 이미 눈앞에 있는지라 하고픈 말이 많건만 시간이 없었다. 제 아비어미가 어떤 이였는지, 제 운명은 어떠한지, 왜 황궁으로 가야 하는지 말해줄 수 없어 숨이 더 가빴다. 홍인이 이승에서 멀어지는 의식을 애써 붙잡으며 힘겹게 말했다.

"황궁으로, 은비녀를, 견뎌내⋯⋯겠다고⋯⋯."

그 말을 끝으로 홍인은 영원히 입을 다물어버렸다.

세류는 채 감기지 못한 홍인의 눈꺼풀을 쓸어내려주며 입술을 깨물었다. 끝없이 흘러내리는 눈물 때문에 진즉부터 아무것도 볼 수 없는 지경이었지만, 곧 죽을 이답지 않게 단호하던 홍인의 눈빛만은 또렷하게 눈에 각인되었다.

"그래⋯⋯. 꼭 황궁으로 갈게. 꼭 견뎌낼게. 그러니까 홍인, 이제 내 걱정 말고 편히 쉬어도 돼⋯⋯."

어스름 날이 밝았다. 여명이 올 때까지 홍인과 합탁, 그리고 사추의 무덤 앞에 내내 석상인 듯 앉아 있던 세류가 천천히 몸을 일으켰다. 흰 낯빛도, 곧게 뻗은 콧날도, 붉디붉은 입술도 다를 것이 없건만, 크고 맑은 눈은 어제와 달리 서늘하고도 무거웠다.

어느 순간 불어온 북풍이 세류의 백저포 자락을 거세게 흔들어놓았다. 그 바람에 몸을 내맡긴 채 한동안 상념에 잠겨 있던 세류가 천천히 입을 열었다.

"다시 돌아올게. 약속해줘, 홍인. 혹시 사부와 사형이 돌아오거든 내가 돌아올 때까지 꼭 붙잡고 있겠다고."

홍인을 대신해 대답하듯 대숲이 부스스 몸을 떨었다. 세류는 그대로 몸을 돌려 내달리기 시작했다. 그 순간 주인을 잃은 백오산이 구오오, 서글피 울기 시작했다.

12. 화동火童, 죽은 이의 눈빛

도성에서도 제법 큰 편에 속하는 온반객점은 솜씨 좋은 주방장 덕에 식사 때마다 손님들로 북적거렸다. 오늘도 오반을 먹으러 찾아온 도붓장수와 여행객들로 한창 소란스러운 참이었다. 그때 시끌시끌한 객점 안으로 한 사내가 들어섰다. 방갓을 쓴 백의의 사내는 사내치고는 늘씬하고 가느스름한 체구였는데 좌측 허리에는 저처럼 잘빠진 운검을 차고 있었다.

새로운 인물이 들어오면 으레 그렇듯 잠시 잠깐 사내에게로 쏠렸던 실내의 시선이 언제 그랬냐는 듯 이내 제자리로 돌아갔다. 오직 점원 아이만이 살갑게 웃으며 인사를 건넸다.

"어서 오세요, 손님! 여기에 앉으시지요. 저희 객점은 웬만한 음식은 다 되니 원하시는 대로 말만 하세요."

점원이 걸상까지 빼주며 안내한 자리를 무시하고 구석자리로 가서 앉은 사내가 방갓을 벗어 탁상 위에 올려놓았다. 그래서 그 얼굴이 드러나자, 무심코 다시 그쪽을 봤던 이들이 다음 순간 약속이라도 한 듯 모두 움직임을 멈췄다. 그 탓에 이제껏 장마당처럼 시끌벅적하던 실내가 찬물을 끼얹은 듯 고요해졌다.

"제물국수 하나, 생치만두 일인분, 소엽차……."

음식을 주문하던 그 사내, 세류가 객점 안에 제 목소리만 울리자 그제야 주위를 둘러보았다. 실내의 모든 시선이 자신에게 쏠려 있는 것은 물론이고, 열두어 살로 보이는 점원은 파리라도 기다리는 듯 아예 입까지 헤벌리고 있는 것이 아닌가. 얼굴 가리는 것에 오랜 세월 인이 박혔건만, 지방의 작은 객점들만 거쳐 온 탓에 자신도 모르게 방심한 모양이었다.

세류는 벗었던 방갓을 다시 쓰며 점원 아이에게 물었다.

"들었느냐?"

"아, 네. 제물국수 하나, 생치만두 일인분, 소엽차라고 하셨죠, 손님? 곧 준비해 올리겠습니다."

그래도 아예 넋을 놓고 있던 것은 아니었는지, 점원 아이가 제법 또랑또랑한 목소리로 말하고는 주방 쪽으로 쪼르르 걸어갔다. 그와 동시에 사람들도 다시 먹고 떠들기 시작했지만 무슨 미련이 남았는지, 이따금씩 세류를 힐끔거렸다.

세류는 울대를 더욱 내려앉히고는 목소리에 기를 실어 그들 모두가 들을 수 있게 말했다.

"도성에는 예의를 모르는 자들만 있나보군. 사람을 그리 훔쳐보는 게 예의가 아니라는 것쯤은 촌인들도 알거늘."

곱디고와 눈 홀리게 한 외모와는 너무도 동떨어진 굵고 거친 목소리에 저마다 딴청을 피우느라 다들 급급했다. 혹여 남장한 여인인가 했던 의혹이 깨지기도 했지만, 대놓고 꼬집는 말에 뜨끔 속을 찔린 것이다.

사람들의 시선에서 벗어나자 겨우 생각할 여력이 생긴 세류는 홍인의 유언을 다시 떠올려보았다. 백오산을 떠나 황성에 오기까지 수십 수백 번

습관처럼 곱씹었던 말이지만 여전히 이해할 수 없었다. 황궁이 제 있을 곳이라는 말은 무엇이며 은비녀는 또 무엇이란 말인가.

홍인이 꺼지려는 숨 애써 붙잡고 한 유언 때문이기도 했지만, 텅 빈 암자에 홀로 남은 것이 견딜 수 없어 더는 그곳에 머물 수가 없었다. 해서 황성에 왔으나 앞으로 무엇을 어떻게 해야 할지 너무도 막막했다. 당장 며칠간은 객점에 묵으면 자고 먹는 것은 해결되겠으나 언제까지나 그리 지낼 수는 없었다. 백오산에서의 삶이 못 견디게 그리운 건 그래서일 것이다. 그곳에선 단 한 번도 무엇을 어떻게 해야 할지 몰랐던 적이 없었으므로.

다시 돌아오지 않을 날들을 되돌아보다 눈시울이 붉어진 순간, 탁상에 주문한 음식들이 차려지기 시작했다. 세류는 방갓 아래 더 깊이 숨어들며 젓가락을 집어 들었다.

"저, 손님⋯⋯?"

점원 아이가 은밀한 목소리로 부르고는 더욱 작아진 목소리로 소곤거렸다.

"손님도 태자전하의 호위무사가 되기 위해 도성에 오셨죠?"

"태자전하의 호위무사?"

안 그래도 머리가 복잡한데 모를 소리를 하니 조금 짜증이 났다. 딱딱하게 굳은 목소리로 되묻자 점원 아이가 의뭉스러운 눈빛으로 세류를 살짝 훑어보았다.

"아니, 혹시 해서요. 아니면 말고요. 흠흠⋯⋯."

아이는 혼잣말처럼 웅얼거리고는 막 출입문으로 들어서는 객들을 맞이하기 위해 달려가버렸다.

태자의 호위무사를 뽑는 중인가. 그렇다면 황궁으로 들어갈 방도를 앉은 자리에서 찾은 것이나 다름없었다. 하지만 내키지 않았다. 너무 쉽게 찾아온 기회가 영 내키지 않았고, 자신을 훑던 점원 아이의 눈빛도 께름칙했다.

쓸쓸한 표정으로 만두에 젓가락을 뻗던 세류의 눈이 다음 순간 예리하게 빛나며 출입문에 꽂혔다. 그리고는 이내 치미는 욕지기에 천천히 젓가락을 내려놓았다. 막 객점으로 들어서는 십여 명의 흑의 사내들에게서 풍겨오는 역한 피 냄새 때문이었다.

물에 씻어 사라질 피 냄새가 아니었다. 저들은 피에 절어 살아온 사람들이다. 속인들은 맡지 못하겠으나, 무명의 기를 받은 후로 세류는 저절로 그런 것들이 감지됐다. 더구나 흑색 삿갓을 쓴 장신의 사내는 짙은 피 냄새와 함께, 잘 벼려진 검날처럼 예리한 살기마저 지니고 있었다. 그런데 묘한 것은 지독히 찬 그 기가 왠지 낯설지 않다는 것이었다. 그의 뒷모습도 어쩐지 그랬다.

세류의 시선을 느꼈는지 이층으로 난 계단을 오르던 사내가 문득 멈춰서서 고개 돌렸다. 참으로 묘한 일이었다. 볼 수 없는데도 그의 예리한 시선이 느껴지는 것이다. 이상하게도 온몸을 바늘에 찔린 듯 따끔거리고 저릿했다. 그러나 세류는 그 시선을 피하지 않았다.

그렇게 두 사람은 보이지도 않는 서로의 눈을 쏘아보았다. 사내의 수하가 그를 부르기 전까지.

"장주님, 여기 앉으십시오."

사내가 이층으로 사라진 후에야 세류는 참고 있던 숨을 몰아쉬었다. 그리고 그 순간 뒤늦은 후회가 찾아들었다. 사람들의 이목을 끌어서 좋을 게 없건만, 어쩌자고 저리도 위험한 기를 품은 사내와 시선을 나눴는가.

세류는 거의 손도 못 댄 음식들을 그대로 남겨둔 채 자리에서 일어섰다. 갈 곳도 찾을 이도 없기에 예서 나가면 무얼 하나 막연했지만 어찌 됐든 사내의 시야에서 빨리 벗어나야 할 것 같았다.

세류가 막 계산대에 엽전을 올려놓을 때였다. 이층에서 점원을 부르는 목소리가 들려왔다. 사내를 장주라 불렀던 그 목소리였다.

"여기 객방에 머물려 하는데 빈방이 있느냐?"

"네, 손님. 깨끗하고 안락한 방은 충분하게 있습니다."

"그럼 시침녀도 구해줄 수 있느냐?"

"물론이죠, 손님. 운향각이라는 기루에서 데려올 수 있습니다."

'기루'라는 말을 듣는 순간, 세류가 아, 탄성을 토했다. 이 황성에 아는 이라곤 하나도 없다 여겼는데 그러고 보니 소희가 있지 않은가. 분명 도성의 교방으로 간다 했으니 아무리 도성이 넓어도 부지런히 발품 팔아 수소문해보면 찾아지지 싶었다. 세류는 한결 가벼워진 마음으로 서둘러 객점을 나섰다. 자신의 꼭뒤를 뚫어지게 응시하고 있는 사내의 시선을 모르는 채로.

그 사내, 현운은 이미 비어 버린 출입문에 계속 시선을 둔 채로 점원 아이에게 물었다.

"지금 나간 자를 아느냐."

"아, 그 손님이요? 아뇨. 오늘 처음 봤습니다."

"아시는 자입니까?"

천경의 질문에 고개 저은 현운이 눈을 가늘게 뜨며 혼잣말처럼 말했다.

"묘한 기력을 가진 듯해서……."

천경이 고개를 갸웃하며 또 물어왔다.

"묘한 기력이라 하심은……."

"글쎄, 본래 제 것이 아닌 이질적인 기가 섞여 있는 느낌이랄까."

현운은 피하지 않고 마주 보던 그자의 기를 떠올리며 살짝 눈살 찌푸렸다. 갓을 썼다고는 하나 범인이었다면 그렇게 버티지 못했을 것이다. 눈빛에 미약하나마 살기를 실어 보냈으니 말이다. 게다가 낯선 기인데도 어쩐지 익숙한 느낌이 든 것도 영 거슬렸다.

"손님, 신경 쓰지 마세요. 그래 봐야 태자전하의 추문에나 한몫할 자입니다."

점원 아이가 불쑥 끼어들어 아는 체하자 천경이 눈썹을 치켜 올리며 짐짓 꾸짖는 척 물었다.

"이놈! 네 언사가 어찌 그리 불경한 게냐? 태자전하의 추문이라니?"

그러나 손으로 오는 온갖 이들을 상대해서 그런지, 아이는 겁먹은 기색도 없이 소곤거렸다.

"황성 사람들은 다 아는 걸요. 태자전하께서 여인처럼 고운 사내들만 호위무사로 곁에 두시고는 해괴망측한 놀이를 하신다고……. 아까 그자도 얼굴이 딱 그래서 슬쩍 물었더니 아니라고는 못하대요."

장주가 그 태자의 아우임을 아는지라 분대장들은 서로 눈치만 보고 있었고, 천경의 아우이자 일분대장인 준경은 목이 막히는지 아예 헛기침을 했다.

천경이 아무런 반응도 없는 주군을 슬쩍 살피고는 아이에게 엄한 목소리로 일렀다.

"태자전하의 얘기다. 필시 경을 치게 될 것이니 함부로 지껄이지 말거라."

"네, 나리."

아이가 물러가자 현운이 이번엔 정말로 혼잣말을 흘렸다.

"남색이라……. 태생부터 그러했는가, 사제를 못 잊어 그리됐는가."

답을 원하는 질문이 아니기에 다들 그저 그의 입이 다시 열릴 때를 기다리며 침묵했다. 이윽고 혼자만의 사념에서 빠져나온 현운이 수하들의 타는 속은 나 몰라라, 담담한 목소리로 명했다.

"대원들에게 보낼 음식도 준비시켜라. 술도 넉넉히 보내고."

"네, 장주님."

무장한 백여 명의 무사가 성안으로 들어오면 이목을 끌 터라 분대원들은 도성 인근 산에 막사를 세운 참이었다. 황제와 마주 서기 전까지는 절대로 그 누구에게도 그의 존재가 노출되어서는 안 됐다. 객점에 들어와서도 삿갓을 벗지 않는 것도 그런 까닭이었다.

천경이 주위를 살피고는 조심스럽게 물어왔다.

"황궁엔 언제 들어가시는 것입니까?"

"내일 권도백과 함께 입궁하기로 했다."

황궁으로 들어간다. 십육 년을 기다려온 일이니 그 말이 달콤해야 하건만, 현운의 얼굴은 그저 씁쓸하기만 했다. 저를 살리기 위해 스러져간 목숨들도 세월 따라 잊어졌는가. 백오산에서의 세월도, 전장을 집 삼아 살아온 지난 5년도 그런대로 괜찮았다. 해서, 이대로 살아도 좋겠다고 환궁의 의지는 내려놓은 지 오래였다. 한데 운명이라는 족쇄는 어찌나 무겁고 단단한지, 하필 모든 것을 내려놓은 순간에 나타나 그의 발목을 잡아챈 것이다.

'나와 함께 황성으로 가지 않겠소?'

운명과 모든 원한에서 정녕 자유로워지고 싶었다. 아니, 그리됐다고 생각했었다. 매 순간 결정은 오롯이 자신의 의지였으니 황궁으로 돌아가는 날도 자신이 결정할 것이라 자신했었다. 그러나 운명이라는 놈은 절평의 입을 통해 알려준 것이다. 결국 현운 자신의 의지마저도 운명이라고 말이다. 그러니, 겨우 돌아온 황성이 낯설고 고독한 것도 당연한 일이리라.

살기를 접고 증오를 접고, 진즉 다른 꿈을 꿨더라면 운명으로부터 벗어날 수 있었을까. 그저 한낱 필부로, 세류와 의좋은 형제로 백오산 자락에서 평생을 그렇게 사는 꿈을 꿨더라면.

"드디어, 장주님의 자리로 돌아가시는군요."

"그러게 말입니다. 소인들이 이렇게 가슴 벅찬데 장주님께서는……."

수하들의 들뜬 목소리와 시선들은 벽 너머의 것인 듯 흐릿했다. 열한 살에서 더 자라지 않고 있는 기억 속의 사제가 머리를 가득 채운 까닭이었다. 묘하게도 오늘은 세류에 대한 그리움이 더 지독해서 가슴이 저릴 정도였다. 그럴 리 없건만 세류의 체취, 빗방울처럼 투명하고 시린 그 체취가 이 객점에 떠돌고 있는 착각마저 들었다.

온반객점의 객방들 안으로 화려한 차림의 여인들이 달빛인 양 스며들었다. 그 여인들은 도성에서 몸값 높기로 유명한 운향각의 기녀들이었다. 그 중에서도 최고로 값비싼 중앙객방으로 들어선 기녀가 바로 소희였다. 아명兒名은 다지이며 세류의 젖 동무이자 유일한 벗인 그 소희 말이다.

소희는 어둑어둑한 방 안을 눈으로 더듬다가, 창가에 서 있는 인영에 하마터면 비명을 지를 뻔했다. 거목처럼 큰 키도 그러려니와, 달빛을 등지고 서 있어서 온통 검을 뿐인데도 번뜩이는 안광을 본 듯한 착각이 들었던 것이다. 귀한 분이니 잘 모시라고 신신당부하던, 그 장주라는 사내인 모양이었다.

소희는 놀란 가슴을 겨우 진정시키고 손에 든 주안酒案을 침상 곁의 탁상에 내려놓았다. 그리고는 불을 밝히려고 화등잔 옆에 놓여 있는 적린에 손을 뻗었다. 그 순간 여전히 창가에 기대선 채인 인영, 현운이 낮은 목소리로 명했다.

"그대로 둬라."

참으로 찬 목소리라 죄지은 사람처럼 쏙 거둬지는 소희의 손을 그의 질문이 따라왔다.

"다른 방에도 다들 들어간 것인가."

"네, 장주님."

"그럼 됐다. 너는 이만 물러가라."

잘못 들은 것이 아닌가 싶어 아무런 대꾸도 못하는 소희에게로 다시 단호한 목소리가 날아왔다.

"가라지 않는가."

객방에서 나와 조심스레 문을 닫고도 한동안 움직임 없던 소희가 휴, 한숨과 함께 재게 걸음을 옮기기 시작했다. 왠지 몰라도 한겨울 얼음장 같은 강물에서 겨우 빠져나온 것 같은 안도감이 느껴진 것이다. 비록 이 사내 저 사내 손 타는 기녀팔자라지만 장주라는 그 사내만큼은 피하는 게 옳지 싶었다. 그 심장까지 얼릴 것 같은 음성이라니……

소희는 행여 그가 마음 바꿔 뒤쫓아 올세라 아예 두 손으로 치맛자락을 들어 올리고는 뛰듯이 종종걸음을 옮겼다.

딸깍. 비워진 잔이 탁자에 부딪는 소리가 경쾌하기만 했다. 그러나 그 잔을 비운 이의 기분은 결코 경쾌하지가 않았다.

현운은 다시 채운 잔 안의 이강주를 입 안에 탁 털어 넣었다. 그러자 첫 잔 때보다 더 진한 계피향이 입 안을 맴돌았다. 그냥 돌려보내기는 했지만, 그 기녀의 사려심이 새삼 마음에 들었다. 그러나 그뿐, 오늘은 그 어떤 여인이 오더라도 육욕이 일지 않을 게 분명했다. 그 어느 때보다 공허하고 고독해서 누군가의 체온과 체취가 절실한데도 오늘은, 이 밤은 그저 홀로이고 싶었다.

십육 년 만에 황성에 발을 들인 그때부터 그랬던가. 아니면 난생처음 느껴본 이질적인 기에 신경이 곤두선 그때부터였던가. 그도 아니면 환상인 듯 가슴에 스며드는 세류의 체취에 지독한 그리움을 느낀 그때부터였던가.

현운은 가슴과 머리를 떠도는 상념들을 떨쳐내듯 한잔의 이강주를 다시 털어 넣었다. 그리고 기녀가 제 것으로 챙겨왔을 또 하나의 잔을 채워 자신의 맞은편에 놓았다.

'그 기녀를 너무 일찍 보냈는가.'

외롭고 쓸쓸했다. 뉘라도 저 잔을 들어 자신과 함께 마셔줬으면 싶었다. 너는 혼자가 아니니 외로워 말라고 말해줬으면 싶었다. 바람처럼 사라진 사부가 그리웠고 제 그림자를 자처했던 합탁이 그리웠고 어미 같던 홍인이 그리웠다. 그리고 사제가 너무도 그리웠다. 이제는 술 한 잔 같이해도 좋을 나이인 사제가 사무치게 그리웠다. 그 자리를 어찌 그 기녀가 채워줄 수 있겠는가.

주인 없는 잔을 들어 입 안에 털어 넣은 현운이 다음 순간 잔을 던지듯 내려놓으며 일어섰다. 이대로는 그 무엇도 할 수 없다. 잘 벼리고 잘 닦아진 마음이 아니고는 황궁으로 돌아갈 수 없었다.

서둘러 방을 나선 그가 바로 옆의 객방 문을 열어 제켰다.

"장, 장주님……!"

"어맛!"

한창 서로의 몸을 탐하던 준경과 기녀가 당황해서 허둥댔지만, 현운은 무심한 목소리로 빠르게 말했다.

"나는 지금 창령주로 간다. 최대한 빨리 돌아올 것이니 권 도백에게 연통해서 양해를 구해라."

"장주님! 그 무슨……!"

느닷없는 말에 준경이 벗은 몸 가릴 정신도 없이 문밖으로 나섰을 때 현운은 이미 자취를 감춘 후였다. 준경은 채 식지 않은 제 몸은 잊은 채, 그대로 천경의 객방을 향해 내달렸다.

화동火童을 앞세워 운향각으로 돌아온 소희를 반긴 것은 여느 때와 다른 어수선한 분위기였다. 길을 밝혀준 화동에게 넉넉히 삯을 챙겨주고 운향각 대문에 발을 디딘 순간, 기다렸다는 듯 침모 노단이 달려왔다.

"무슨 일 있어?"

어쩐지 의뭉스럽게 바라보던 노단이 소희에게 바짝 다가서며 속살댔다.

"아씨 찾아온 손님이 운향각을 발칵 뒤집어놨지. 그런 남정네를 두고 어찌 기녀가 되셨을까?"

"날 찾아온 손님?"

"이리 일찍 돌아오신 걸 보면 알고 계셨으면서 뭘. 어여 방으로 가보셔. 잘나신 도련님, 아씨 기다리느라 사팔눈 됐음 어쩌누?"

노단에게 등 떠밀려서 가자, 갓 혼례 한 부부의 초야라도 훔쳐보는 듯 제 방문을 기웃거리는 동무들이 기다리고 있었다. 이게 무슨 일인가 싶어 어리둥절한 소희를 발견한 기향이 쪼르르 다가와 호들갑스럽게 물었다.

"소희야, 저 도련님은 뉘라니? 어쩜 저리 그린 듯 고운지……. 고향 동무라는데 대체 무슨 사이기에 널 찾아 황성까지 오신 게야?"

고향 동무라면 금산이, 을진이, 선평이……. 가만히 기억을 더듬던 소희의 눈이 문득 동그랗게 떠졌다. 노단이나 기향이의 말을 되뇌어보니 저를 방 안에서 기다리고 있는 이가 뉘인지 분명해진 까닭이었다.

소희는 서둘러 호들갑스러운 동무들을 밀치고 제 방으로 들어섰다.

"세류 님!"

예상한 대로 그 뉘보다 그림처럼 아름다운 이가 그곳에 있었다. 근자에 호경으로 인해 근심한 이라서 그런가, 해사한 웃음으로 맞이하는 얼굴을 보자 팔 년 세월은 소용없이 단번에 그가 누구인지 알아볼 수 있었다.

서둘러 세류에게로 다가간 소희는 저도 모르게 세류의 손을 덥석 잡으며 눈시울 붉혔다.

"어찌, 어찌 예 계셔요? 왜 그 산에 머무시지 않고……."

반가움도 컸지만 제가 호경에게 일러준 탓에 그 산을 내려왔는가 싶어서 죄스럽기만 했다. 그 마음을 알 리 없는 세류가 소희의 눈물을 닦아주며 말했다.

"어찌 여기 있냐니, 그런 말 하지 마라. 이 낯선 황성에 너 아니면 갈 데가 없는걸."

"세류 님……."

팔 년 만에 만난 두 사람은 손을 맞잡은 채로 잠시 서로의 얼굴을 애잔한 눈으로 바라볼 뿐 더 말을 잇지 못했다.

기녀가 정확히 무엇인지 알지 못해도 제 동무가 기녀인 것이 싫었던 순진한 소년은 더 이상 없었다. 술주정뱅이 아비 곁에서 떠날 수 있고 그저 예쁜 옷을 입는 게 행복했던 소녀도 없었다. 그것이 오랜만에 마주앉은 반가움보다 더 큰 안타까움으로 다가와 두 사람을 침묵하게 했다. 왜 세상을 알고 세상의 더러운 때를 알게 되는 나이가 됐을까. 자라지 않으면 좋았을 것을.

그 침묵을 먼저 깬 것은 세류였다. 세류는 여전히 흐르고 있는 소희의 눈물을 재차 닦아주며 말했다.

"이제 자주 보게 될 거야. 그러니, 그만 울어."

그제야 마음 추스른 소희가 얼떨떨한 표정으로 물었다.

"자주 보게 될 거라니요? 그럼 황성에 머무실 거라는 말씀이세요?"

"그래."

"왜요? 백오산으로 다시 돌아가시는 게 아니고요?"

묘하게도 신경질적인 질문이었지만 세류는 담담한 목소리로 저간의 이야기를 들려주었다. 무명과 사형이 떠나고 홍인과 합탁마저 떠나 홀로 남게 된 이야기를 듣는 내내 소희는 소리 없이 눈물을 쏟아냈다. 곱디고운 이라서 저 홀로 남아 빛나는가 싶어 가슴이 아렸던 것이다. 이제 백오산으로 돌아갈 수도 없게 만든 것이 저나 다름없으니 더 눈물이 났다. 자객들은 호경이 보낸 것이 분명할 테니 말이다.

소희는 제 뺨 감싼 세류의 손을 가만히 감싸 쥐었다.

"이제부터 소희가 세류 님 곁에 있을 테니 외로워 마세요. 세류 님 거처도 제가 마련해볼게요. 행수에게 부탁하면 얼마간 자금을 융통할 수 있을 거예요."

이제는 안다. 이제는 기녀가 무엇인지, 기녀인 소희가 무슨 일을 하는지 알고 있다. 그래서 세류는 소희의 말이 달갑지 않았다. 행수에게 빌린 돈을 갚기 위해 더 많은 사내의 품에서 스러져야 함을 알기에 거부감마저 들었다.

세류는 행장 깊숙이 넣어둔 작은 더미를 꺼내 소희에게 내밀었다. 그것은 홍인이 간직하고 있던 천녀의 패물들이었다.

"이것들을 처분하면 되지 않을까?"

보자기를 펼치자 값진 장신구들이 그 안에서 저마다 고귀한 빛을 발하고 있었다. 화려하게 치장하는 게 업인 저조차도 쉬 만질 수 없는 귀한 패물들이었다. 그것을 확인한 소희의 음성이 한층 높아졌다.

"세류 님! 이걸 처분하면 집 한 채 구하는 건 일도 아니에요. 하지만 이것들도 어머니의 유품이 아닌지요? 정녕 처분해도 되는지요?"

"어머니께서도 그렇게 쓰이길 바라실 거야. 어머니를 추억할 수 있는 건 하나면 족해."

세류의 시선이 제 손목에 머물자 그제야 팔쇠를 돌려받으러 오겠다던 말을 기억해낸 소희가 서둘러 팔쇠를 빼내려했다. 그러나 세류가 소희의 손을 잡으며 고개를 저었다.

"계속 소희가 간직해줘. 내가 그걸 차고 다닐 순 없잖아."

소희는 천천히 고개를 끄덕이고는 이내 시선을 내리고 말았다. 그저 반갑고 반가워서 정신이 없었는데, 이제 차분해진 눈으로 그 얼굴을 보니 새삼 가슴이 설레었다. 어릴 때는 한 떨기 꽃처럼 고와서 홀린 듯 들여다보곤 했던 그 얼굴이 지금은 너무도 멋들어져서 차마 마주 보기 힘든 것이다. 그 마음이 어쩐지 불순하게 느껴져서 죄스럽고 부끄러웠다.

소희는 세류에게 잡힌 손을 슬쩍 빼내며 더듬더듬 말했다.

"그, 그럼 이것들을 처분해서 집, 집을 알아보도록 할게요. 오늘은 예서 주, 주무세요."

"아니야. 객점에 방을 잡을 생각이다. 그게 편할 것 같구나."

"그럼, 진지라도 드시고 가세요. 금방 상 봐올게요."

소희가 막 자리에서 일어나려 할 때 문밖에서 어수선한 기척이 들려왔다.

"소희는 이미 손님을 모시고 있으니 오늘은 제가 모실게요."

"시끄럽다! 대체 어떤 자이기에 이 계집이 나를 헛걸음하게 하는지 내 봐야겠다!"

미량이에게 윽박지르는 목소리는 호경의 것이 분명했다. 금세 얼굴에서 핏기가 가신 소희가 허겁지겁 패물들을 서랍장 안에 넣고는 방갓을 세류의 머리에 씌워주며 속삭였다.

"저자는 마주쳐서 좋을 게 없으니 제가 막는 동안 서둘러 나가세요. 객점을 잡으시면 꼭 기별 주시고요."

안절부절못하며 서두르는 소희의 마음도 모르고 세류는 거칠 것 없다는
듯 천천히 몸을 일으켰다. 문을 쏘아보는 눈빛이 매서운 게 문밖의 사내와
주먹다짐이라도 할 작정인 것 같았다.

"저자가 널 괴롭히는 것이냐?"

저보다 힘없는 여인이라고 함부로 대하는 사내들을 황성으로 오는 동안
수없이 목격한 터였다. 가만두지 않으리라, 문으로 향하는 세류를 막아선
소희가 간절한 표정으로 말했다.

"제발요, 세류 님. 저분은 황제의 사위십니다. 그러니 제발 그냥 가셔요,
네?"

소희의 말이 끝나자마자 고함소리와 함께 문이 벌컥 열렸다.

"그래, 얼마나 대단한 자인지 그 얼굴 좀 보자!"

"아이, 마마, 왜 이리 성이 나셨어요? 오랜만에 동향 동무가 올라와서 얘
기 중이었을 뿐이에요."

날듯이 호경의 품으로 뛰어든 소희가 그를 보료 쪽으로 잡아 이끌며 어
깨너머로 세류에게 말했다.

"금산아, 잘 가. 배웅 못해서 미안해."

씩씩거리면서도 못 이기는 척 소희에게 끌려가는 사내를 쏘아보던 세류
는 휙 돌아서 방에서 나섰다. 그자가 부마도위라는 사실보다는 동무를 보
호한답시고 사내에게 매달려 온갖 교태 다 부리는 소희를 차마 더는 볼 수
가 없어서였다.

"어머! 도련님 이제 가시어요? 왜 벌써 가시어요?"

"아, 부마도위님 오셨구나. 그럼 도련님은 제가 모실 테니 더 노시다 가
세요."

분내 풍기며 다가오는 기녀들을 외면한 채 성큼성큼 걷는 세류의 귀를 이 방 저 방에서 흘러나오는 음란한 소리들이 어지럽혔다. 서둘러 밖으로 나선 세류가 담을 짚고 선 채 욱욱, 헛구역질을 했다.

저리 살게 될까 봐 사내아이로 키웠다고 했던가. 제가 사내아이가 아니라는 것을 알게 된 즈음엔 홍인과 사부를 원망했었건만 지금은 오히려 고마웠다. 구역질 나는 사내들의 노리개가 되느니 차라리 그 사내들 틈에 끼어서 사내로 사는 것이 나을 것이므로.

"진정 단순한 동향 동무란 말이지?"

호경이 표정은 풀리긴 했으나 여전히 못 미덥다는 듯 날카로운 눈으로 물었다. 방갓을 써서 얼굴은 보지 못했으나 금산이라는 그자의 훤칠하니 호리호리한 외향이 영 거슬렸다.

비록 기녀이긴 하나 자신에게 처음 꺾인 여인이라 소희에 대한 강한 소유욕을 지닌 그였다. 행여 소희가 제 또래의 그자에게 딴마음이 있는 것은 아닐까 신경이 쓰이는 것이다.

"그럼요, 마마. 코 질질 흘릴 때부터 남매처럼 지낸 동무예요. 제가 마마께 어찌 거짓을 고하겠어요?"

콧소리를 내며 대답한 소희는 그제야 호경의 눈빛이 풀어지자 자리에서 일어서며 말했다.

"잠시만 기다리시어요. 술상을 들이라 하겠습니다."

그러나 다음 순간 소희는 호경에 의해 그대로 보료 위에 엎어지고 말았다. 그 세류라는 아이를 납거해오라 보낸 수하들이 돌아오지 않아 안 그래도 속이 상한 터에, 제 계집이라 믿었던 소희마저 놓칠까 불안했던 마음까지 더해서 호경의 몸은 진즉부터 들끓고 있었다.

서둘러 바지춤을 내린 호경은 소희의 치마와 속치마를 훌렁 뒤집고는 다리속곳까지 내려진 뽀얀 엉덩이에 성급히 제 몸을 가져갔다.

"너는 내 것이다! 내가 허락하기 전에는 절대로 딴 사내를 마음에 품어선 안 될 게야!"

난폭하게 부딪쳐오는 호경의 몸보다 그의 말이 더 소희를 고통스럽게 했다. 다른 기녀들은 부마의 총애를 받는다고 부러워하고, 소희 또한 이제껏 그것이 제 복이라 생각하고 살았지만 지금은 달랐다. 사내들의 때가 켜켜이 쌓여가는 제 몸이 너무도 한스럽고 수치스러웠다.

저 혼자 몸을 떠는 호경의 기척에 새삼스레 눈물이 흘러내리는 순간, 소희는 제 눈물을 다정히 닦아주던 세류를 떠올리고 있었다.

온기라곤 느껴지지 않는 암자의 뜰에 석상처럼 굳어진 채 미동도 없는 이는 황성을 떠나 잠 한숨 안 자고 예까지 달려온 현운이었다. 벌써 한식경을 그는 잡풀만 무성한 뜰에 서서 멍하니 암자를 바라보고 있는 중이었다. 초여름, 제아무리 무섭게 자라는 잡풀이라고는 해도 그 깔끔한 홍인이, 바지런한 합탁이 이리 방치할 리는 없었다. 그들이 이곳에 존재하지 않는다면 몰라도.

가슴이 홧홧했다. 아니, 서늘했다. 이미 먼지만 쌓인 방들을 확인했음에도 인정하기 싫었건만, 그들이 이곳을 떠났다는 사실을 이제 더는 부인할 수 없으니 가슴이 제멋대로 널뛰었다. 대체 어디로 간 것일까. 대체 왜 기다려주지 않은 것일까. 그 이유를 알고 싶으면서도 한편 두려웠다. 그들이 자신을 기다리지 않고 떠난 이유가 끔찍한 것일까 싶어 걱정이 됐다. 어디에서 찾아야 할지, 영 찾아지지 않을까 봐 불안했다.

그답지 않게 떨리는 숨을 토해낸 현운이 막 암자를 나서려 할 때였다.

수염이 덥수룩한 한 사내가 산을 오르다가 그를 보고는 미심쩍은 표정으로 다가왔다.

"거 뉘시오?"

"이 암자에 살던 이들이 어디로 갔는지 아는가."

위압적인 체구와 얼음 같은 눈빛에 움찔했던 사내가 그제야 경계를 풀었다.

"에유, 그분들 만나러 오신 게군……."

사내는 무엇이 그리 안타깝고 안쓰러운지 끌끌, 혀까지 찼다. 현운은 그 혀 차는 소리가 귀에 거슬려서 당장 그만두라고 고함치고 싶었다. 뭔가 불길한 기운이 스멀스멀 기어오르는 탓이었다. 그의 기분을 알 리 없는 사내가 기어이 몇 번 더 혀를 차더니 말했다.

"보름이 좀 넘었지, 아마? 이 앞을 지나는데 심가네약포에서 잔심부름하는 원이라는 년이 사색이 돼서 뛰쳐나오더라고. 그래서 들여다봤더니, 어이구, 지금 생각해도 뒷머리가 서늘하네! 죽어 나자빠진 시체들이 일곱이나…… 억!"

현운이 느닷없이 달려들어 멱살을 움켜쥔 탓에 사내는 더 말을 잇지 못하고 목 막힌 신음을 토해냈다. 얼마나 세게 움켜쥐었는지 사내의 얼굴이 벌겋게 달아올랐지만 현운의 눈에는 보이지 않았다.

"시체, 시체라고 했느냐?"

"이, 이거, 이거 좀 놓고……!"

온갖 용을 써서 겨우 그의 손에서 벗어난 사내가 컥컥 구역질을 해댔다. 아무래도 저자가 날 죽이지 싶어서 당장이라도 도망치고 싶었지만, 이글거리는 눈빛과 온몸에 박혀오는 싸늘한 기운이 그래 봐야 소용없다고 일러주고 있었다. 사내는 그나마 남은 용기로 한 걸음 뒤로 물러서며 말했다.

"그, 그게…… 나도 어찌 된 일인지는 모르오. 관에 알려봐야 죄 없는 동리 사람들만 잡아 족칠 거라고 촌, 촌장이……. 그래서 동리 사람들이 그냥 묻어줬소. 그, 그게 다요."

현운은 사내의 말이 끝나고도 그저 잡아먹을 듯 쏘아볼 뿐 미동도 하지 못했다. 믿을 수가 없었다. 당장이라도 암자에서 그들이 뛰어나올 것만 같았다. 정녕, 저 말이 사실이란 말인가.

"그중에, 이 암자에 살던 이들도 있었는가."

찔끔 놀라며 발을 멈춘 사내가 부들거리는 손가락으로 어딘가를 가리키며 대답했다.

"그, 그이들이라면 저기, 저 숲에 무덤 세 개가."

사내의 말이 다 끝나기도 전에 현운의 몸이 그가 가리킨 방향으로 쏘아졌다. 순식간에 눈앞에서 사라져버렸으니 무슨 허깨비였나 싶어 눈을 껌뻑거리던 사내는, 행여 그 허깨비가 다시 돌아올까 봐 허둥대며 산을 내려가기 시작했다.

어디선가 나타난 하얀 나비 한 마리가 겁도 없이 현운의 곧은 코에 앉더니 어디론가 다시 날아가기 시작했다. 무심히 그를 쫓던 현운은 다음 순간 털썩 무릎을 꿇고 말았다. 잡풀들에 덮인 채 봉긋이 솟아 있는 세 개의 작은 둔덕은 분명 무덤이었다. 눈으로 보고도 믿을 수가 없었다. 저 무덤을 파헤쳐서 그들의 시신을 눈으로 직접 확인해야 믿을 수 있을 것 같았다.

그저 황망한 눈으로 무덤들을 바라보던 그의 입에서 으으, 신음소리가 흘러나왔다. 그리고 그 소리는 점점 커지다가 종국엔 짐승의 포효 같은 울부짖음이 되었다.

"으아아아아! 으아아아!"

얼마나 그렇게 울부짖었을까. 백오산 숲을 진동시키며 울부짖던 현운의 몸이 그대로 풀썩 쓰러져버렸다. 힘없이 늘어진 몸이 제 것이 아닌 듯 낯설었다. 손가락 하나 까딱할 수 없을 만큼 무기력하고 나른했다. 모든 것이 귀찮고 무의미하게 느껴졌다. 자신도 그냥 이대로 긴 잠을 잤으면 싶었다. 스르르 감겨지는 눈에서 그조차도 낯선 눈물 한 방울이 볼을 타고 흘러내렸다.

그렇게 얼마의 시간이 흘렀을까. 문득 서늘한 감촉과 함께 뺨을 때리는 빗방울에 현운의 눈이 서서히 뜨여졌다. 어느새 어둑해진 밤하늘이 눈물인 듯 빗방울을 떨어뜨리고 있었다. 세류는 떠나고 없건만, 숲 가득히 사제의 체취가 넘실거렸다. 투명하고 시린 그 체취가 그의 얼굴을 적시고 몸을 적셨다.

천천히 일어선 현운은 빗줄기에 몸을 맡긴 채 무심히 무덤을 바라보았다. 그의 눈빛은 늘 그랬듯, 아니 그보다 더 무심하고 차디찼다. 고통이나 슬픔을 전혀 느낀 적 없는 듯한, 죽은 이의 눈빛과도 같았다. 그는 가진 것은 모두 잃어야 하고, 어쩌다 몰래 품은 단 하나의 온기마저 결국엔 빼앗겨야 하는 것이 자신의 운명임을 인정하기로 했다. 그래서 이제는 더 이상 그 무엇도 탐내지 않기로 했다. 그 어떤 감정도 가슴에 품지 않기로 했다.

뜨거운 기운이 혈관을 타고 온몸으로 뻗어나가던 어느 순간 팍, 그의 긴 머리카락과 옷자락이 바람에 펄럭이듯 느닷없이 솟구쳤다가 차분히 가라앉았다. 기로 온몸에서 물기를 털어낸 현운은 차디찬 눈으로 무덤을 쓰다듬고는 휙 몸을 돌렸다. 그리고 이내 빗줄기 속을 짓쳐 달리기 시작했다.

13. 희구希求, 벌인 듯 가슴을 찌른다

소희가 구한 집은 사량시장 인근의 소박한 돌담집이었다. 조금 더 조용한 곳의 넓고 좋은 집을 사고 싶었으나 그럴 수가 없었다. 바로 호경 때문이었다.

기녀 주제에 그럴싸한 집을 샀다는 소문이 돌면 자연스레 호경의 귀에도 말이 들어갈 게 뻔했다. 그러면 분명 어떤 놈의 첩실로 들어앉았냐고 찾아와 패악을 부릴 것은 자명한 일. 세류가 어찌 부마이며 소황제의 손자인 호경과 상대가 되겠는가.

세류의 만류에도 불구하고 계속 운향각에 나갈 수밖에 없는 연유 또한 그래서였다. 저로 인해 백오산을 떠난 것이나 다름없건만 또 탈이 나게 할 순 없었다. 이런 아담한 초가야 제 능력만 되면 갖고 있는 기녀들이 많으니, 계속 운향각에서 저를 상대해주면 세류는 무탈하리라.

"아얏!"

제 검지에 이슬처럼 맺혀 있는 피를 본 소희의 이맛살이 살짝 찌푸려졌다. 너무 깊은 생각에 빠져 있느라 바늘에 찔린 것이다. 옆에서 제 아이의 저고리를 깁던 찬모 옥삼네가 그예 끌끌 혀를 찼다.

"그러게 침선가에 그냥 맡기시라니까. 벌써 몇 번째요? 이리 내봐요, 괜찮은가."

"괜찮네. 살짝 찔린걸."

맞춤하던 옷자락에 행여 피가 묻을까, 소희는 서둘러 손가락을 입으로 가져갔다. 그러다 문득 며칠 전 칼에 베인 제 손가락을 입에 물던 세류가 떠올라 저도 모르게 볼을 붉혔다.

그날 소희는 함께 마주앉아 먹을 첫 석반은 제 손으로 짓고 싶어서 하지도 못하는 칼질을 하다가 살짝 베인 터였다. 그런데 크지도 않은 비명을 듣고 부엌으로 뛰어 들어온 세류가 말릴 틈도 없이 소희의 손가락을 입에 가져가는 게 아닌가.

'반빗아치(찬모)를 구하라고 했잖아. 네 손 상하면서 만든 식이를 내가 좋아할 것 같으냐?'

제 손가락을 감쌌던 입술도, 저를 염려해주던 말도 너무도 따뜻했다. 소희는 드디어 완성된 포를 제 몸에 대보고는 슬며시 미소 지었다. 틈틈이 운향각의 침모에게 바느질을 배워둔 보람이 있었다.

보드라운 천을 쓰다듬던 소희가 살짝 미간을 찡그렸다.

"한데 입으시려고 할까?"

무엇을 입어도 멋들어진 세류이지만 가진 옷이 죄다 무명뿐이라 마음이 안 좋았다. 나면서부터 그리 알고 살아서 그런지, 그 신세가 어떻든 소희에게는 세류가 세상에서 가장 귀한 사람이었다. 그런 이라서 명주비단옷만 입혀주고 싶건만, 왠지 세류가 입으려 하지 않을 것 같은 것이다.

그런 소희를 물끄러미 바라보던 옥삼네가 이로 툭 실을 끊어내고는 특유의 무뚝뚝한 목소리로 말했다.

"하는 양은 천생 지아비 모시는 아낙네인데, 언제까지 기루엔 나갈 거요? 도련님도 그렇지. 같이 사는 여인이 기루에 나가는 걸 어찌 그냥 보실까?"

"이보게! 다신 그런 소리 말아! 세류 님과 나는 그런 사이가 아니야. 어찌 그런 터무니없는 말을……!"

기함을 하면서도 도성 안을 둘러본다고 나간 세류가 행여나 돌아와 들을까 봐 소희는 큰 소리도 못 냈다.

"참, 아씨도 딱하시오. 아무 사이도 아닌 남녀가 왜 한집에 살고 계시오? 그리고 남녀지간이란 것이 아무 사이가 아니어도 한집에 살다 보면 달라지는 거지, 뭐 대순가? 호되게 손가락 찔려가면서 도련님 옷 지은 사람이 잡아떼시기는."

너무도 거침없는 말에 소희의 얼굴이 벌겋게 익었다. 꼭 제 속을 들킨 것 같아 창피한 것이다. 아닌 게 아니라 한집에서 잠들고 깨고 함께 밥을 먹고, 그의 옷을 짓다 보니 저도 모르게 지아비를 모시는 지어미가 된 듯도 했었다.

소희는 그 마음을 감추듯 개켜서 보자기에 싼 옷을 서랍장에 넣어버렸다. 그리고는 벌써 다 들킨 걸 왜 숨기냐는 듯 바라보는 옥삼네에게 다짐받듯 말했다.

"분명히 말해두는데, 다시는 그런 소리 입 밖으로 내지도 말게. 세류 님은 귀하신 분이야. 나처럼 미천한 것과 같이 입에 올려져도 괜찮은 분이 아니란 말일세."

말과는 달리 여전히 벌건 얼굴로 방을 나서는 소희의 꼭뒤를 옥삼네의 쭉 찢어진 눈이 뒤따랐다. 말투나 생김새와는 달리 정이 많은 찬모의 입에서 꺼질 듯 무거운 한숨이 흘러나왔다.

"해어화가 제아무리 고우면 뭐하나? 맘 없는 사내한테 꺾여야 하는 것을."

황궁의 정문인 태화문으로 향하는 길에 늘어선 사람들은 이리 밀리고 저리 채이면서도 목을 쭉 뽑은 채 자리를 지키고 있었다. 그들 사이의 대로로 흑의 차림의 사내들을 저마다 태운 백여 필의 말들이 막 들어섰다. 몇몇 사람이 와 환호하자 하나둘씩 그에 동조해서 함성은 점점 더 번져가기 시작했다. 흡사 전장에서 승리하고 돌아온 개선장군을 맞이하는 분위기였다.

세류는 대로변의 건물 이층에 있는 다실茶室에서 거리를 내려다보고 있었다. 이 다실은 세류가 지난 며칠간 하루에 한 번은 꼭 들르는 곳이었다. 퇴기가 운영하는 곳이라 실내의 꾸밈이나 드나드는 이들도 경박한 면이 없진 않았다. 그러나 황성의 돌아가는 사정이나 소식을 귀동냥하기엔 이곳만 한 곳이 없었다. 어쩌면 사실은 차어미인 취려에게서 묘하게도 이따금씩 홍인의 모습이 보여서 자꾸 이곳을 찾게 되는지도 몰랐다.

그때 들창 밖의 소란에 다실의 객들이 우르르 창 쪽으로 몰려들었다. 때마침 흑의의 사내들이 다실 앞을 지나는 까닭이었다. 창밖의 함성만큼은 아니어도 다실 안에도 그들을 향한 환성으로 시끌벅적했다. 그 소란 속에서 세류는 저 홀로 고요히 찻잔을 기울였다.

이민족들의 침략으로 혼란스러운 변방을 관직조차 없는 저들이 지켰다던가. 황성 어느 곳을 가도 저들에 대한 칭송뿐인지라 듣고 싶지 않아도 저절로 듣게 됐다. 세상 돌아가는 일을 모두 알기엔 외따로 산 삶이건만 그만큼 저들의 위상이 드높은 것이리라.

"어허, 어찌 그 외양마저 저리도 훌륭하단 말인가? 그저 낭인들이라고 하더니만 황제의 호위보다 더 늠름하지 않은가 말일세."

"저, 저 삿갓 쓴 분이 귀검이 맞겠지? 체구부터가 참으로 남다르군, 그래!"

낮부터 코가 벌겋게 익은 진사의 감탄사에 세류는 창밖의 흑의 사내들에게로 다시 시선을 옮겼다.

온반객점에서 맡아졌던 역한 피 냄새가 이제야 이해가 됐다. 전장에서 얼마나 많은 피를 보았기에 저리도 강한 살기를 지니게 된 것일까. 흑의의 사내들이 보호하듯 감싼 저 사내, 삿갓을 눌러쓴 사내의 날카로운 살기가 그때처럼 온몸을 찔러댔다.

다음 순간 사내의 고개가 자신 쪽으로 향하는 기색에 세류는 서둘러 몸을 낮췄다. 그 날카로운 시선에 다시 사로잡히면 제 비밀이 모두 탄로 날 것만 같아서 세류는 그가 멀어질 때까지 한참을 그렇게 고개 숙인 채 움직이지 않았다.

얼마나 지났을까. 미동도 없는 세류의 검은 방갓을 누군가 톡 건드렸다. 고개 든 세류의 시야를 채운 것은 삼십 대의 퇴기답잖게 해사한 미소의 취려였다.

취려가 세류의 빈 찬그릇에 옥로차를 채워주며 말했다.

"감추려 할수록 더욱 도드라지는 것을……. 도령은 그 방갓을 너무 믿는군요."

"다모에게는 내 얼굴이 보인다는 뜻처럼 들리는군."

조금은 날이 선 세류의 말에 취려가 교의에 엉덩이를 걸치며 훗 미소 지었다.

"꼭 봐야만 아나요? 감으로 아는 거지요. 소인은 얼굴뿐 아니라 도령의 몸도 가늠할 수 있어요."

찻그릇을 잡은 손가락에 저절로 힘이 들어갔다. 세류는 저 여인이 정녕 무얼 짐작하고 하는 소리인가, 꽉 입을 앙다물었다.

잔뜩 긴장한 듯 굳은 세류를 물끄러미 보던 취려가 입을 가리며 호호호 웃었다.

"말이며 행동이며 묵직해서 참으로 사내답다 했더니 그 방면엔 아직 숙맥이신 모양이네요. 무얼 그런 말에 긴장하시고 그러실까?"

"농이 지나치군. 자네 눈에는 내가 그런 농이나 주고받을 사람으로 보이는가?"

일부러 더욱 싸늘하게 말했는데도 취려의 유들유들한 표정은 달라지지 않았다. 오히려 가만히 손을 뻗어와 세류의 손을 감싸는 게 아닌가. 깜짝 놀라 손을 빼내려 하자 취려는 오히려 다른 한 손까지 더해 아예 세류의 오른손을 그 안에 가뒀다.

그녀의 표정이 상스럽던 조금 전과는 달리 너무도 푸근하고 아늑해서 차마 뿌리칠 수 없었다. 아니, 뿌리치기 싫었다. 바로 저 얼굴이 이따금씩 보게 되는 홍인의 흔적이었던 것이다.

취려가 가만가만히 세류의 손등을 쓰다듬으며 아련한 목소리로 속삭였다.

"소인이 도령의 어느 곳을 가장 잘 가늠하는지 아세요? 도령의 가슴이요. 왜 그리 슬픔이 많고 고뇌는 또 어찌나 많은지……. 그리움은 또 왜 그리 흘러넘치는지, 도령을 볼 때마다 이년 가슴도 짓무르는 것 같구려."

제 말을 증명이라도 하듯 눈물이 퇴기의 뺨을 타고 흘러내렸다. 그 얼굴을 그저 말없이 바라보던 세류는 서둘러 다실을 나섰다. 저를 대신해 그녀가 흘리는 눈물이 이상하리만치 아팠던 것이다.

황궁의 정전正殿인 연정전延正殿의 황좌에는 모처럼 병석에서 벗어난 황제가 앉아 있었다. 그리고 황후와 태자 현율은 물론이고 태사 현유홍을 위시한 조정대신들도 모처럼 황제가 주관하는 조례에 참석하고 있었다. 그들은 지금 호주도 도백 권절평의 보고와 견지見地를 듣고 있는 중이었다.

"하여 폐하, 국경의 수비를 더 단단히 하지 않는다면 머지않아 변방은 또다시 오랑캐의 침략에 쑥대밭이 될 것입니다. 허니 국경수비를 위한 새로운 방책이 필요하다 사료되옵니다."

절평의 말에 처음 입을 연 것은 유홍의 아우이자 태보太寶인 계림공 현제홍이었다.

"새로운 방책이라……. 몸소 변방을 지키며 겪었으니 그대가 누구보다 그를 고민했을 터. 그래, 그대의 계책은 무엇이오?"

계림공의 질문이 끝나자마자 기다렸다는 듯 절평이 대답했다.

"우선, 국경을 수비할 병사들이 너무도 적습니다. 귀족과 토호들이 노비를 늘리고 그 노비들을 사병으로 흡수해서 거느리니, 관군으로 차출할 인원이 줄어 전시에 큰 어려움이 있사옵니다. 허니, 사노와 사병의 수를 제한한다면 큰 도움이 될 거라 사료되옵니다."

절평의 말에 다들 불쾌한 기색이 역력했다. 이곳에 있는 이들 중 사노와 사병의 문제에서 자유로울 수 있는 이는 없기 때문이었다. 그들 중 가장 불편한 것은 유홍이었다. 아니나 다를까. 유홍이 매섭게 눈을 빛내며 절평에게 으박질렀다.

"어찌 스스로의 무능함을 다른 이에게 전가하는 것인가! 사류국이 멸망한 후 국경이 어수선해진 것은 하루 이틀의 일이 아니거늘, 그를 본보기 삼아 미리 대비하지 못한 것은 오롯이 그대의 책임이 아닌가!"

절평의 굵은 눈썹이 분노를 담은 채 꿈틀거렸다. 본래 황성의 본부장대장本部長大將이었던 그는 유홍에 의해 호주성으로 좌천된 황후의 외숙이었다. 물론 좌천의 이유는 허울에 불과했다. 유홍은 온갖 말도 안 되는 이유로 황후의 친족들을 변방으로 내몰았던 것이다.

십여 년의 변방생활도 원래가 대쪽 같은 성미를 꺾지는 못한 듯 절평이 날카롭게 눈 빛내며 맞받아쳤다.

"그것을 어찌 하찮은 변방의 장수에게 묻는 것이오! 국방을 튼튼히 할 계책을 마련하는 것은 조정대신들의 의무가 아닌가 말이오! 국경이 무너지고 백성들이 저들의 창칼에 죽어나갈 때 조정에서 한 일이 무어란 말이오!"

"무어라! 감히……!"

"다들 진정하십시오. 황제폐하의 앞이지 않습니까?"

이제껏 침묵하던 황후가 끼어들자 유홍과 절평의 입이 일단은 다물어졌다. 그러자 힘이 든 듯 손으로 이마를 짚고 있던 황제가 낮은 목소리로 말했다.

"그 문제는, 쉽게 답이 나올 사안이 아닌 듯하니 다들 진중히 고민해주길 바라오. 한데, 권 도백, 짐에게 보여줄 이가 있다 하지 않았소?"

"네, 폐하. 지난 5년간 호륜의 국경을 지켜낸 훌륭한 무인과 그의 수하들이옵니다. 그들이 아니었다면 마이족에게 끝내 문을 열어 호주도를 내주었을지도 모릅니다. 부디 그 공을 높이 치하하시어 그들에게 합당한 포상을 내려주시옵소서."

귀검이라는 그자 얘기로군, 조정대신들이 서로 얼굴을 맞대고 수군거리는 가운데 황후의 눈빛이 짧은 순간 번뜩였다. 일전에, 절평이 찾아와 했던 말 때문이었다.

'적으로 두기엔 너무도 두려운 자입니다, 폐하. 반드시 그자를 폐하의 사람으로 거두셔야 합니다.'

귀신처럼 검을 다룬다고 했던가. 아니, 사신 같은 자라고 했던가. 황후는 연정전 전정에 들어서고 있는 흑의의 사내들을 뚫어지게 응시했다.

조정대신들은 물론이고 이제껏 늘어져 있던 현율도 몸을 곧추세운 채 사내들을 바라보고 있었다. 공복조차 갖추지 못한 떠돌이 무인들이 백여 명이나 황궁에 들어선 것이 처음이라 신기하기도 하려니와, 그 사내들의 선두에 선 흑색 삿갓의 사내가 어쩐지 눈을 붙잡은 까닭이었다.

　현율이 괜스레 목이 타서 저도 모르게 침을 꿀꺽 삼킨 순간, 수하들을 전정에 남겨두고 홀로 정전에 들어선 삿갓의 사내가 부복하며 입을 열었다.

　"검교장의 장주가 폐하를 뵙습니다."

　떠돌이 낭인 주제에 전혀 위축되지 않은 당당한 태도가 심기를 건드린 모양이었다. 유홍이 짐짓 근엄한 목소리로 호통을 쳤다.

　"아무리 그 공이 높다 하나 일개 무인인 것을, 네 어찌 폐하의 앞에 삿갓을 쓰고 나섰단 말이더냐! 어서 폐하께 얼굴을 내보이라!"

　말은 그리했지만 속내는 제 앞에서 감히 삿갓인가, 역정 내는 것임을 좌중에서 모르는 이가 있을까. 황후의 눈살이 살짝 찡그려진 순간, 몸을 일으킨 사내가 천천히 삿갓을 벗었다. 그리하여 서늘한 눈매와 곧고 높은 콧날, 냉소를 머금은 듯 시원스러운 입매의 얼굴이 드러나자, 유홍은 숨넘어갈 듯 경악성을 토했고 연정전은 터져 나온 탄성들로 소요가 일었다. 십육 년의 세월이 흘렀으나 지난 세월은 부질없었다. 저 비범한 외모의 사내가 십육 년 전 사라진 현운 황자임을 몰라본 이는 없었다. 그러니 더구나 현율이 어찌 모를 수 있겠는가.

　팔 년 전 짧은 순간 마주쳤었지만 그 눈빛을 한순간도 잊은 적 없는 현율이었다. 그때보다 더 키가 자라고 더 눈빛이 날카로워졌다고 해도 현율에게는 똑같이 가슴을 헤집는 모습일 뿐이었다. 세류를 빼앗아간 이, 이제는 태자의 자리마저 빼앗아갈 이이므로.

　다들 헛것을 본 것은 아닌지, 그저 입만 벌리고 있는 정적의 순간에 현율의 귀에 황후의 신음 같은 목소리가 들려왔다.

"태, 태자……!"

그 순간 현율은 벼랑 아래로 추락하는 것 같은 절망에 사로잡혔다. 방금 황후가 부른 '태자'는 그가 아니었다. 황후에게 태자는 자신이 그토록 살리고자 애썼고 끝내 살려낸 현운뿐인 것이다. 왜 살았는가, 왜 버텼는가. 도대체 나는 누구이며 누구의 삶을 살았는가, 온갖 회의가 현율의 머리를 채워왔다. 나는 진정 허깨비였구나, 자조가 그의 붉은 입술을 비틀어버렸다.

"효경현비 소생의 현운 황자, 이제야 환궁했습니다. 아바마마의 반인으로 저를 증명하니 일말의 의혹도 없기를 청합니다."

뜻밖의 상황에 놀란 절평의 급한 숨소리만 간간이 들려올 뿐, 모두들 그의 손에 쥐어진 황금반인만 뚫어지게 응시하며 아무런 반응조차 하지 못했다. 모처럼 황궁에 무겁고도 서늘한 바람이 부는 날이었다.

전등나인들이 궁 안 곳곳에 등불을 켜는 시각, 황후궁에도 복이처僕伊處의 나인이 들어 등불을 밝히고 있었다. 내전을 짓누르고 있는 무거운 침묵에 불 밝히는 내내 가늘게 손을 떨던 나인이 물러가자, 그제야 황후가 굳게 닫고 있던 입을 열었다.

"이제 아버님께서 힘을 써주셔야겠습니다."

황후와 마주앉아 있는 호상한 인상의 노인, 문식렴이 황후의 의중을 모르겠다는 듯 고개 기울이며 물었다.

"어인 말씀이신지요, 폐하. 이 노부가 무슨 힘이 있을 것이며 있다 한들 어디에 그것을 쓰라는 말씀이십니까?"

본디 삼중대광三重大匡이었으나 유홍이 황후의 일가친척을 잘라내기 시작했을 때 스스로 물러난 후로 그는 그저 서책이나 읽는 노부였다. 그러나

189

그의 높은 학식과 청렴한 성품을 우러르는 학도들이 전국 방방곡곡에 있으니, 그가 스스로 관직에서 물러나지 않았다면 유홍에게는 큰 골칫덩이였을 것이다. 황후가 말한 '힘'은 그것을 이름이었다.

"학도들을 움직여 양위를 공론화시켜주세요."

"양위라니요? 그 무슨……."

"황제폐하께서 원하신 일입니다. 아버님도 아시잖습니까? 폐하께옵서는 이미 오래전 마음속으로 황위를 버리신 분입니다. 현운 황자 때문에 이제껏 버티신 거지요. 이제 운이 돌아왔으니 폐하를 그만 쉬게 해드리는 것이 옳은 일입니다."

황후를 물끄러미 응시하던 식렴이 무거운 목소리로 입을 열었다.

"허면, 현운 황자에게 황위를 물려줄 생각이십니까? 태자님은 어쩌시고요?"

"현율은……!"

내뱉듯 말한 황후가 잠시 숨을 고르고는 이내 차가운 목소리로 말을 이었다.

"태자로서 자격이 부족합니다. 현율의 추문을 아버님도 아시지 않습니까? 그 누구도 이의를 제기치 않을 것입니다."

잠시 무거운 침묵이 흘렀다. 황후의 표정은 변함없이 냉철했고 그 얼굴을 살피는 식렴의 얼굴은 평소의 그답지 않게 잔뜩 일그러져 있었다.

"폐하, 누가 뭐래도 태자님은 폐하의 핏줄입니다. 어찌 자격이 없다고 하십니까? 태자님 병약하시다 하나 큰 탈 없이 잘 자라주셨고 그깟 추문이야 그저 추문일 뿐, 증빙된 사실은 아무것도 없지 않습니까? 현운 황자 나면서부터 비범했다고는 하나, 어이해 태자님을 내치면서까지 황위에 앉히려고 하시는지 이 노부는 이해가 되질 않습니다. 어찌 태자님을 내치시려는 겁니까?"

"현율은!"

날카로운 목소리로 입을 뗀 황후가 식렴의 물러섬 없는 눈빛에 휙 고개 틀며 떨리는 목소리로 말했다.

"그 아이는 황제폐하의 핏줄이 아닙니다."

"폐하!"

자신도 모르게 새된 목소리로 내지른 식렴이 퍼렇게 질린 낯을 씰룩거리며 다급히 물었다.

"그, 그 말씀은, 어찌 그런……! 그 말씀이 진정 사실입니까!"

황후는 꽉 치맛자락을 움켜쥔 손과는 달리 애써 흔들림 없는 목소리로 답했다.

"그 아이가 왜 그리 병약한지 아십니까? 지우려 했습니다. 피로 쏟아내고 싶었습니다. 해서 온갖 독물을 다 마셨습니다. 한데도 기어이 세상에 나와 제 죄악을 잊지 못하게 하더이다. 단 한 번 품었던 욕정을 곱씹게 하더이다."

황후가 이리저리 뒤틀려 뭐할 형용할 수 없는 제 아비의 얼굴을 응시하며 다시 말을 이었다.

"저를 비난하고 싶으시겠지요? 황후로서 자격이 없다 책망하고 싶으시겠지요? 허나 그러지 마세요. 아버님께 제 죄를 드러낸 것 자체가 제겐 끔찍한 벌입니다. 전 스물다섯 해 동안 제 스스로를 그렇게 비난하고 벌하며 살았습니다. 현율이 살아 있는 것 자체가 제겐 벌이었으니까요."

식렴의 속은 들끓고 있었지만 아무런 말도 하지 못했다. 저리도 빈틈 없이 단단한 표정이지만 그 눈에 담긴 고통을 읽지 못할 아비가 아니었다.

이제야 제 살붙이이건만 매양 현율에게 곁을 내주지 않은 것이 이해가 됐다. 현운을 살리겠다고 제 자식을 이용한 것도 이해가 됐다. 제가 낳았으나 제 자식이라 인정할 수 없었을 그 마음을 듣지 않아도 알 것 같았다. 현율의 친부가 누구인지는 알 필요도 없었다. 터럭만큼의 흠도 용납 못 하는 제 성정으로 보건대 이미 이승엔 없는 인물일 게 분명했다.

식렴은 지그시 눈을 감으며 한숨처럼 말했다.

"폐하의 명대로 하겠으니, 더는 심려치 마시옵소서."

파리한 낯빛이 더욱 푸르러졌다. 늘어진 팔에 힘이 들어가더니 이내 꽉 주먹이 쥐어졌다.

"전하, 고하오리까?"

조심스레 묻는 연 상궁을 손짓으로 입막음한 현율이 그러고도 한참 동안 닫힌 문만 쏘아보았다. 방금 들은 것이 진정 환청은 아니었는가. 슬쩍 돌아보니 나인들을 멀찍이 물리고 홀로 남은 연 상궁의 낯빛이 해쓱한 게 영 심상치 않았다. 역시 잘못 들은 것이 아니구나, 생각이 들자 온몸의 피가 왈칵 얼굴로 쏠리는 것 같았다.

"내 여기 왔던 것을 어마마마께 알리지 말라. 어길 시엔 네 목이 달아날 것이다."

차가운 음성으로 말한 현율이 답도 듣지 않고 그대로 황후궁을 나섰다. 어미에게조차 수치일 뿐인 그를 비웃듯 밤하늘은 별 하나 없이 어둡기만 했다. 잠시 어둔 하늘을 우러르며 멈춰 섰던 현율은 다시 걸음을 옮기기 시작했다. 그런 그의 가슴을 뒤따르는 상궁나인들과 호위들의 발소리가 문득 벌인 듯 쏘아댔다. 네가 무슨 자격이 있어 태자의 옷을 걸치고 있는가, 손가락질하는 것만 같았다.

어디선가 부엉이 울음소리가 들려왔다. 그 소리에 뜰을 거닐던 세류의 발이 우뚝 멈춰 섰다. 세류는 저를 막아선 돌담 곁에 선 채로 어두운 밤하늘을 올려다보았다. 이 삭막한 도성에도 새는 드나드는가, 부엉이 울음소리가 새삼 신비롭고도 반가웠다. 백오산에 대한 그리움을 이렇게 달래주는구나 싶어 고맙기도 했다.

저도 모르게 어두운 소희의 방 쪽으로 고개 돌렸던 세류가 이내 무거운 한숨을 내뱉었다. 아마도 소희는 오늘도 사내에게 술을 따르고 웃음을 팔고 있을 것이다. 그 부마도위라는 자가 무슨 짓을 할지 모른다는 말에 기루에 그만 나가라는 말을 일단은 물렀지만 그것은 비겁한 후퇴였다. 소희를 진정 아낀다면 그 아이를 데리고 어디로든 숨어들면 될 일, 그러나 세류는 도성을 떠날 수가 없었다.

홍인의 유언으로 어쩔 수 없이 온 황성이건만, 막상 오고 나니 진정 제 있을 곳이 이곳이라는 묘한 기분이 들었다. 보이지 않는 어떤 숙명이 이끄는 것처럼. 해서 소희가 사내들의 노리개로 사는 것이 끔찍하게 싫으면서도 말리지 못하는 것이다. 그로 인해 골치 아픈 일이 생겨선 안 되므로.

점점 더 이해타산을 따지게 되는 자신이 싫어서 이맛살을 찌푸린 세류는 문득 지저분한 살기를 감지하고는 담 너머 어둠 속으로 시선을 던졌다. 지저분한 살기, 그것은 오직 살殺을 목적으로 키워진 짐승의 기운이었다. 제 기를 갈무리할 능력조차 없는 저급한 검사의 기운이었다.

그 시각, 사삿집 사이의 인적 없는 골목을 그림자인 양 어두운 낯빛으로 걷는 이가 있었다. 따르는 이 하나 없이 어둡고 낯선 길을 걷고 있는 이는 현율이었다. 어린 시절, 홀로 궁 안을 떠돌며 은밀한 곳에 숨기 바빴던 터라 그때부터 알고 있던 비밀통로를 통해 변복을 하고 홀로 궁을 나선 터였다.

오늘 밤만은 도저히 화려한 옷을 걸친 채 화려한 궁에 머물 수 없는 까닭이었다.

제 그른 핏줄을 알게 된 것도 충격이었으나, 저조차 몰랐던 제 치부를 이전부터 알고 있었다는 듯 재빨리 주위를 물린 연 상궁의 대처가 더 충격이었고 더 수치스러웠다. 혹여 저를 따르는 상궁나인들과 호위들도 이미 다 알고 있는 것은 아닌가, 염려스럽고 치욕스러워 차마 태자의 옷을 입고 태자의 궁에 태연히 있을 수 없던 것이다.

그렇게 제 흠을 피해 기껏 달아났건만, 어찌 발길 닿은 곳이 이 소박한 민가의 어둔 골목인 것일까. 하필 아우가 당당한 모습으로 돌아온 날, 또 하필, 고귀한 아우와는 감히 대적할 수 없는 혈통임을 알게 된 날 말이다. 마치 네 살 곳은 황궁이 아니라 이곳이라 말하는 것 같지 않은가.

'이대로 그냥 땅으로 꺼졌으면 좋겠구나. 더는 번뇌치 않아도 될 테니 그랬으면 좋겠구나. 내, 앞으로 겪어야 할 것들도 치욕뿐이거늘, 무엇을 위해 굳이 살아야 한단 말인가.'

그때였다, 목적지도 없이 낯선 곳을 홀린 듯 걷던 그의 발이 급작스럽게 굳어진 것은. 현율은 달빛 한줄기 없어 여전히 어둡기만 한 전방을 쏘아보며 가슴께로 떨리는 손을 올렸다.

무엇이 먼저였는가. 다른 골목에서 느닷없이 튀어나온 두 여인과 그 뒤를 쫓는 괴한들에 놀란 것이 먼저였는가. 아니면, 수년간 잠잠하던 은비녀가 아닌 척 희미하게 몸을 떤 것이 먼저였는가. 그것은 중요치 않았다. 내내 잠잠하던 은비녀가 삶을 내려놓을까 고민하던 순간에 다시 울어, 제 심장이 여전히 뛰고 있음을 깨우쳐준 것만이 중요할 뿐.

현율은 검은커녕 바늘 하나조차 지니지 못했음에도 두 여인과 괴한들 사이로 서둘러 몸을 내던졌다.

"꺄아악!"

때마침 들려온 비명소리에 세류의 몸이 시위를 떠난 화살처럼 어둔 골목을 향해 쏘아져갔다.

세류가 그 비명의 근원에 다다랐을 때 처음 본 것은 살벌하게 빛나는 검들이었다. 곧이어 그 검들에 겨눠진 채 어설프게 서 있는 남자와 그의 등 뒤에 주저앉아 있는 두 여인이 시야에 들어왔다. 행색을 보아하니, 청색 포 차림에 갓을 쓴 사내와 몽수를 쓴 여인은 귀족이고 벌벌 떨면서도 여인을 지키듯 꽉 끌어안고 있는 댕기머리의 어린 계집아이는 시비인 듯했다.

그들에게 검을 겨누고 있는 두 사내는 삼십 초입의 얼굴에 흉악한 눈빛을 지니고 있었다. 근자에 귀족가의 여인들에게 흉악한 짓을 하는 건달패가 있다더니 저들의 목적도 같은 모양이다. 둘 중 눈이 뱀처럼 쫙 찢어진 사내가 저와 여인들 사이를 막아선 청색 포의 사내에게 위협적으로 검을 휘둘러 보이며 으르렁거렸다.

"가던 길이나 갈 것이지, 왜 남의 유희에 끼어드는 게냐! 네놈이 정녕 칼맛이 보고 싶은 모양이구나!"

"네, 네 이놈! 내가 뉜 줄 알고 함부로 입을 놀리느냐! 목이 잘려 저자에 걸리고 싶지 않거든 당장 물러가라!"

청색 포의 사내, 현율은 소맷자락에 가려진 손을 부르르 떨면서도 엄한 목소리로 호통쳤다. 하필 호위들도 떼어놓고 나온 야행에 이런 일에 휘말렸는가. 물론 그 스스로 자초한 일이긴 했다.

평소라면 아마도 모른 척 지나쳤을 것이다. 어릴 때부터 제 몸 하나 건사하기도 힘들 만큼 병약했던 탓에 특별히 정의감이 넘친다거나 호기로운 성격은 아니기 때문이다. 그러나 지난 세월 그토록 기다려온 은비녀의 답응答應을 어찌 외면하겠는가.

"이대로 돌아가면 없던 일로 할 것이니 당장 물러가라!"

현율이 창백하게 질린 얼굴을 하고도 또다시 고함치자, 뱀눈 뒤에 서 있던 주먹코의 사내가 앞으로 나서며 흐흐흐 소름끼치는 웃음을 흘렸다.

"이런, 이제 보니 낯빛도 뽀얗고 생김도 고운 게 남복한 여인이 아닌가 싶구려. 어떻소? 이놈들과 밤새 질펀하게 놀아보시겠소?"

"이, 이놈! 감히, 감히!"

현율의 벌게진 얼굴을 재미있다는 듯 지켜보던 주먹코가 두 여인이 어느새 일어나 슬금슬금 뒷걸음치자, 픽 입술을 비틀며 말했다.

"그래, 그럴 마음이 없다 그거지? 그럼 별수 없지. 내가 가실 곳으로 보내드릴 수밖에."

말이 끝나는 것과 동시에 주먹코의 검이 높이 추켜올려졌다가 현율을 향해 내리그어졌다.

"꺄아아악!"

저 이가 죽고 결국 자신들도 죽게 되는가 싶은 여인들의 절망적인 비명 소리와 함께 현율은 질끈 눈을 감아버렸다. 끝내 이렇게 죽는 것인가, 하는 두려움과 함께 차라리 이대로 끝나면 편해질 것 같다는 생각도 들었다. 황자이되 황제의 아들이 아니며 태자이되 황위에 오를 수 없는 자신의 처지가 고단했던 것이다. 이대로 죽으면 어미와 아우, 그리고 저를 향한 애증 때문에 들끓는 가슴도 잠잠해지지 않겠는가.

그때, 품 안의 은비녀가 그를 꾸짖듯 거칠게 몸을 떨기 시작했다. 그 떨림이 너무도 강해서 저도 모르게 눈을 뜬 현율은 눈앞의 광경에 저도 모르게 헉, 가쁜 숨을 삼켰다. 자신을 향해 내려오던 검을 양손바닥 안에 가둔 이의 뒷모습이 시야에 들어온 탓이었다. 그 이는 사내의 검이 내리그어지는 순간에 비호같이 달려온 세류였다. 그 순간, 기다렸다는 듯 밝아진 달이 세류의 얼굴에 금가루처럼 쏟아져 내렸다.

"사, 사람이야?"

"곱, 곱다."

무엇에 홀린 것처럼 넋 놓고 멍하니 바라보던 주먹코 사내가 정신 차리고 검을 뽑으려 했지만, 그보다 앞서 손에 기를 응집시킨 세류가 두 팔을 툭 털었다. 그러자 검이 나뭇가지마냥 맥없이 두 동강이 났다.

"이, 이놈! 죽어라!"

넋을 잃고 지켜보던 뱀눈의 사내가 짓쳐 달려들자 세류는 막 땅으로 떨어지려는 검의 조각을 발등으로 차냈다. 다음 순간, 매서운 속도로 날아간 검 조각이 뱀눈 사내의 손등에 박혀 들었다.

"으악!"

손에 박힌 검 조각에 뱀눈 사내가 바닥에 나뒹굴며 비명을 내질렀다. 주먹코 사내도 세류의 기 때문에 터질 듯 팽창한 오른손을 늘어뜨린 채 신음하고 있는 참이었다.

세류는 귀신이라도 본 듯 부들부들 떨고 있는 두 사내를 차게 응시하며 입을 열었다.

"너희를 기억하고 있겠다. 다음엔 목이 무사치 않을 것이니 그리 알거라."

그들이 제대로 답도 못한 채 그저 신음만 흘리며 꽁지에 불이 붙은 듯 사라지고, 몇 번이나 감사하다는 인사를 남기고 두 여인이 떠난 후에야 세류와 현율은 마주 설 수 있었다.

"이제 그만 갈 길을 가십시오. 밤이 늦었습니다."

"잠깐……!"

무심히 돌아서는 세류의 소맷자락을 현율이 다급한 음성과 함께 붙잡았다. 귀신이라도 본 듯 커다랗게 치떠진 눈과 살짝 벌어진 입술. 현율의 표정에 아, 하는 탄식과 함께 세류는 그의 손을 떨쳐내며 한 걸음 뒤로 물러섰다. 자신이 방갓을 쓰지 않았음을 그제야 깨달은 것이다.

그러나 세류가 물러난 만큼 다가선 현율이 다시금 소맷자락을 잡아왔다. 다시 그 손을 떨쳐내려던 세류는 현율이 다급히 지른 말에 멈칫했다.

"나를, 나를 알아보지 못하겠느냐?"

세류는 알아보지 못할까 근심 가득한 얼굴을 찬찬히 살펴보았다. 흰 얼굴과 여인처럼 곱고 수려한 눈매, 곧게 뻗은 콧날과 붉은 입술. 무엇보다 느닷없이 시작된 원인 모를 가슴 떨림이 잊고 있던 기억을 되살아나게 했다. 팔 년 전 어느 날 느꼈던 그 낯선 감정이었다.

태자라고 했던가. 그간 묻혀 있던 기억들이 마치 기다렸다는 듯 어제 일처럼 선명하게 떠올랐다. 이리도 깊고 강인한 기억이건만 어찌 그간 잊고 있던 것일까.

"태자전하, 소인이 미욱하여 이제야 알아뵈었습니다."

"아니, 아니다. 나를 기억하고 있었다니 고맙구나. 도성에, 도성에 살고 있느냐?"

"예, 전하."

혹여 기억조차 하지 못하는가, 불안감에 파리해졌던 얼굴에 금세 화색이 번졌다. 그에 맞춰 현율의 심장은 애타게 울어대는 은비녀보다 더 거세게 뛰기 시작했다. 마치 저 아이만이 저를 뛰게 하고 살게 한다는 듯이. 은비녀를 품고 있는 한 언젠가는 다시 만나지리라 믿으면서도 어쩌면 그것은 자신의 희망일 뿐 이뤄질 수 없다고 포기했던 것일까. 눈앞의 세류가 꿈같고 환영 같았다.

행여 현운이 이끌고 온 수하들 중에 세류가 있을까, 하나하나 살피면서도 과연 만나지겠는가 실소를 머금었었고 아우에게 물어볼까 싶은 자신에게 조소를 날렸던 그였다. 그렇게 그저 꿈인 듯 잡을 수 없는 바람인 듯, 그래서 더 아련한 것이 세류였다.

팔 년의 세월에도 불구하고 첫눈에 세류를 알아본 것은 그 세월동안 지독하게 그리워한 까닭일 것이다. 사내의 것이 분명한 세류의 음성은 그다지 신경 쓰이지 않았다. 설령, 여아라 했던 것이 천녀 쌍비의 착각이었다 해도 상관없었다. 제 가슴이 이리 떨리는데, 품속의 은비녀가 이리 울고 있는데 뭐가 문제란 말인가.

반드시 저 아이를 가져야 한다. 머리가, 심장이 그렇게 다그치고 있었다. 스스로를 세상에서 가장 비천하고 죄 많은 존재라 절망했건만 세류와 마주한 순간 세상 가장 존귀하고 복된 이가 된 기분이지 않은가. 다 잃어야 하고 다 내줘야 한다는 공허함도 세류를 눈에 담은 순간 흔적조차 없이 사라진 터였다. 왠지 저 아이를 얻으면 세상 만물, 천하의 모든 것을 다 얻은 것과 진배없는 희락이 있을 것 같은 것이다.

현율은 여전히 품속에서 파르르 떨고 있는 은비녀를 꾹 누르며 애써 엄한 목소리로 말했다.

"세류는 들으라. 너를 내 호위무사로 삼으려 한다. 내 이 나라의 태자라는 것은 너도 익히 알 터, 내 명을 거스를 시 엄벌에 처할 것도 알 것이다."

세류를 잡고 싶은 욕심에 일부러 야멸치게 말했지만 마음은 불안감에 요동쳤다. 혹여 거절하면 어쩌나, 제 입으로 태자 운운하면서 거스를 수 없는 명이라 말해놓고도 영 자신이 없었다. 그래서 현율은 기껏 입은 근엄함을 벗은 힘없는 목소리로 덧붙이고 말았다.

"나는 믿고 의지할 이가 없다. 너라면 많은 힘이 될 것 같구나. 내 곁을 지켜줄 순 없겠느냐? 정녕, 진정 그랬으면 좋겠다."

천천히 고개를 든 세류의 눈에 한없이 여리고 연약한 태자의 얼굴이 가득 차올랐다. 왜 그런지 이유는 알 수 없었지만, 눈이 마주친 순간 그의 슬픔과 외로움이 저의 것인 듯 읽어졌다. 그 음울함이 가슴을 짓눌렀다.

지켜주고 싶다. 지켜줘야 한다. 가슴 저 밑바닥에서 울리는 그 소리에 세류는 결국 무릎 꿇고 말았다. 그를 이용해 황궁에 들어가면 되겠구나, 그런 계산은 추호도 없이 오로지 그를 지켜 주리라, 희구希求하는 마음뿐. 그것이 현율의 품속에서 저를 향해 애달프게 울어대는 어미의 은비녀 때문임을 모르는 채로.

"소인, 태자전하의 그 명을 받들겠습니다."

그 순간, 현율의 품속에서 내내 울어대던 은비녀가 한숨짓듯 부르르 떨더니 이내 잠잠해졌다. 그것이 안도의 한숨인지, 체념인지 알 수 없을 만큼 은비녀의 침묵은 길고도 무거웠다.

대량궁의 가장 깊은 곳에 위치한 현유홍의 침전은 자정을 넘긴 시각에도 불구하고, 곳곳에 피워진 화톳불로 인해 어둠이 자리할 곳이 없었다. 게다가 그 화톳불이 미처 비추지 못하는 곳곳마다 매서운 안광을 빛내는 무사들이 서 있어 개미 한 마리도 들어올 수 없을 듯했다.

지치고 고단한 몸을 침상에 누인 유홍은 눈을 감고도 쉬 잠들지 못하고 있었다. 현운이 얼음처럼 찬 눈을 빛내며 했던 말이 귓가에서 떠나지 않는 까닭이었다.

'제가 돌아온 것은 16년 전의 변괴를 낱낱이 밝히기 위해서입니다. 그것이 그 혈해에서 죄스럽게도 홀로 살아남은 자의 소임이 아니겠습니까?'

그 차가운 눈빛이 통 잊어지지 않았다. 그 피를 얼어붙게 하던 목소리를 뇌리에서 몰아낼 수가 없었다. 십육 년이나 궁을 떠나 변방을 떠돈 제가 뭘 어찌하겠는가 싶으면서도, 유홍은 난생처음 두려움을 느끼고 있는 것이다.

'아버님, 만백성이 현운 황자를 칭송하고 있습니다. 아버님의 큰 뜻은 소자도 익히 아나, 그만 버리시지요. 자칫 가문에 큰 화가 닥칠까 두렵습니다.'

아들 혁윤의 목소리가 바늘처럼 박혀와 머리를 지끈거리게 했다. 정녕 영 그른 것인가. 아니면 진즉 칼을 뽑았어야 옳았는가. 어차피 오래 버티지 못할 황제와 태자가 스스로 나동그라지길 기다리고 있었거늘. 무엇보다도 호시탐탐 기회를 엿보고 있는 눈들을 과하게 의식했는가 싶었다. 특히 아우인 계림공 제홍의 눈을 말이다.

어릴 때부터 겉으로는 유순하고 물욕 없는 인상의 아우이나, 유홍은 제홍이 그 순한 눈 뒤에 감춘 것들을 익히 알고 있었다. 늘 적당히 아는 척하고, 적당히 가지고 만족하는 척하면서도 그 속에 치밀한 계산을 숨겨두곤 했던 계림공이었다. 그래서 혹시라도 흠이 잡힐까 몸을 사렸건만, 조심성이 지나쳐 탈이 났는가.

마른 목을 축이려 자리끼를 찾아 일어나 앉은 유홍은 문득 목에 와 닿는 서늘한 기운에 그대로 굳어졌다. 자신의 목에 검을 겨눈 채 살귀처럼 서 있는 자는 내내 제 머리와 귀를 괴롭혔던 현운이었다.

유홍은 목에 닿아 있는 날카로운 검을 의식하며 천천히 입 열었다.

"어찌, 어찌 이러는 게냐?"

그래도 소황제라는 별칭이 부끄럽지 않은 의연한 태도에도 현운이 입술 끝을 말아 올리며 차게 미소 지었다.

"종조부님께서는 어찌 문밖에 저 많은 호위를 세우고도 잠 못 이루고 계십니까?"

그 어떤 감정도 담기지 않은 목소리가 목에 닿아 있는 검보다 더 서늘했다. 어둠 속에서도 빛을 발하는 눈빛은 당장이라도 목을 벨 듯 예리했다.

"혹여, 소자를 기다리고 계셨습니까?"

아무리 겹겹이 호위를 세워도 소용없다, 대놓고 비웃는 듯한 목소리에 저절로 이불을 움켜쥐게 됐다. 은밀히 행했던 일, 제 흔적은 없으니 증빙도 없이 섣불리 움직이지 못하리라 여겼건만 거칠 것 없는 귀검에게는 제 확신 하나면 충분한 모양이었다.

저도 모르게 부르르 떤 유홍은 애써 두려움을 억누르며 다시 물었다.

"그래서, 그래서 지금 나를 베겠다는 것이냐? 나를 벤다 한들 달라질 것은 없을 것이다. 소황제라는 별호를 가벼이 여기지 말거라."

묵묵히 응시하던 현운이 문득 목젖을 울리며 호쾌하게 웃었다. 그리고는 느닷없이 제 검을 휙 거둬들여 칼집에 꽂아 넣으며 말했다.

"소자, 지금 종조부님을 벨 뜻은 추호도 없습니다. 말씀처럼 종조부님께서 이승을 떠도 건재할 가문 아닙니까? 금일은 그저 제 추론이 맞는지 확인코자 찾아온 것이니 이제 편히 쉬십시오."

그 말과 함께 현운의 긴 손가락이 쏜살같이 뻗어와 유홍의 비유혈臂懦穴을 짚었다. 유홍의 의식이 까무룩 혼미해지는 와중에 현운은 연기처럼 창밖의 어둠 속으로 사라져갔다.

유홍이 다시 눈을 뜬 것은 한식경쯤 시간이 흐른 뒤였다. 무거운 머리를 뒤흔들며 일어난 유홍은 너무도 고요한 어둠 속에서 한동안 그저 눈만 끔뻑였다. 굳게 닫힌 창문과 쥐죽은 듯 평온한 공기가 그를 혼란스럽게 했다. 꿈이었는가. 두려움이 빚어낸 악몽이었는가.

저도 모르게 제 목으로 손을 가져간 유홍은 문득 쓰라린 통증에 미간을 좁혔다. 꿈이 아니었구나. 저 많은 호위에게 나를 지키라 했건만 부질없었구나, 두려움이 온몸을 엄습해왔다.

어둠 속에 홀로 앉은 유홍은 사신 같은 종손을 떠올리며, 그 아이를 사지로 내몰아 결국엔 사신으로 키워낸 것이 어쩌면 자신일지도 모른다는 절망에 빠져들고 있었다.

오랜만에 온기가 돌고 있는 적석궁의 뜰을 하릴없이 서성이던 천경이 막 담을 넘어드는 한기에 반색하며 그쪽으로 내달렸다. 그의 짐작대로 차가운 기를 품은 사내, 현운이 막 땅에 발을 딛고 있었다.

천경이 내내 저를 괴롭히던 조급함을 날려 보내며 물었다.

"어찌 됐습니까, 주군? 토설했습니까?"

유홍의 짓이 분명하긴 하나, 죽음으로 그 죄를 물을 일이니 확인이 필요했다. 제 주군을 사지로 내몬 이가 누구인가, 그것만 밝혀지면 당장 검을 뽑아들고 내달릴 심정이라 더욱 그랬다. 그 마음을 아는지 모르는지 뒷짐 진 채로 밤하늘을 우러르던 현운이 혼잣말처럼 읊조렸다.

"흐르는 구름도 부는 바람도 제 갈 길이 다 정해져 있는 듯싶구나……. 결국 운명은 피할 수 없는 것인가."

무엇을 두려워하고 무엇에 망설이는가. 천경은 주군의 음성에 짙게 배어 있는 고뇌를 감지하고는 저도 모르게 고개를 떨궜다. 가슴에 전해지는 것은 주군의 지독한 외로움이었다. 그것이 가슴까지 파고들어 그마저도 외롭게 만들었다.

그러나 어느새 칼바람 내뿜으며 돌아선 현운을 응시하며 천경은 그저 조용히 한숨만 내쉬었다. 그 한숨소리를 들었는지, 슬쩍 돌아본 현운이 어느덧 아무런 감정도 느껴지지 않는 표정으로 물었다.

"태사의 군대가 어디에 주둔하고 있는지, 그 수는 얼마인지 알아보았는가?"

"네, 주군. 부도산 인근에 이천여 병사의 병영이 있다고 합니다. 예서

한 시진이면 도착할 거리입니다."

"한 시진이라……."

조용히 천경의 말을 곱씹은 그가 날카롭게 눈을 빛내며 말했다.

"태사가 곧 자신의 군대를 황성으로 진군시킬 것이다."

천경은 저도 모르게 헉 거친 숨을 들이켰다.

"역모입니까?"

천경의 질문에 현운은 그저 냉혹한 미소를 지을 뿐 대답하지 않았다. 천경은 그제야 아, 하는 탄성을 삼키며 고개를 끄덕였다. 제 주군이 태사가 군대를 움직일 수밖에 없게끔 계책을 쓰려는 것을 깨달은 것이다. 아마 오늘 밤 대량궁에 잠입했던 것도 그 계책의 일환이리라.

그의 입은 쉬 열리지 않았지만, 천경은 더 이상 어떤 것도 하문하지 않았다. 주군의 의중에는 이미 모든 계획이 빈틈없이 짜여 있을 터. 자신은 언제나 그랬듯 그저 명을 기다리고 따르면 되는 것이다.

"대량궁과 부도산의 동향을 면밀히 주시하라. 부도산이 저들의 무덤이 될 것이다."

북풍처럼 매섭고 차디찬 음성이 적석궁의 어둠을 가르며 진동했다.

날이 밝자마자 현율이 첫 번째 한 일은 자신의 호위대인 호영대를 폐한 것이었다. 어차피 자신의 호위는 태자익위사太子翊衛司의 관할이었고 호영대는 세류를 대신한 우인들에 불과했다. 이제 세류를 얻었으니 닮지도 않은 인형들은 필요 없는 것이다.

그리고 두 번째로 한 일은 황후궁에 걸음 한 것이었다. 하여 지금 현율은 언제나처럼 싸늘한 황후의 시선을 받아내고 있었다. 어릴 때부터 늘 그 시선 안에 놓이면 간증병자처럼 부들부들 떨리곤 했었다. 그 모습 또한 황후의 노여움을 사는 것이라 차마 그 눈을 똑바로 쳐다보지도 못했다.

그러나 지금 현율은 황후의 시선을 조금도 두려워하지 않고 똑바로 마주 보고 있었다. 오히려 그의 눈에 담긴 뜻 모를 분노에 황후가 당황할 정도였다.

황후도 짚이는 것이 있긴 했다. 현운이 돌아왔으니 이제 제 설 자리가 사라진 것 같아 어미를 원망하고 있는 것이리라. 어찌 그렇지 않겠는가. 인간이라면 의당 가질 수 있는 마음이었다. 그러나 본디부터 제 자리가 아닌 것을 어쩌겠는가.

황후는 가슴 한쪽에서 스멀거리는 안쓰러움을 꾹 누른 채 찬 목소리로 물었다.

"할 말이 있어 왔다 하지 않았느냐? 꾸물거리지 말고 어서 말해보아라."

현율은 천천히 눈을 감은 채 후, 무거운 숨을 토해냈다. 제 가슴을 휘젓고 있는 것이 무엇인지 가늠할 수 없었다. 원망인지, 증오인지, 아니면 저를 볼 때마다 벌 받는 심경이었을 어미에 대한 동정심인지 알 수가 없었다. 분명한 것은 더 이상은 어미의 사랑을 갈구하지 않는다는 것이었다. 늘 바랐던 따뜻한 눈빛과 다정한 말도 이제는 필요치 않았다. 그가 바라는 것은 세류, 오직 세류뿐이었다. 그것으로 족했다. 다시 뜬 현율의 눈에 황후를 당황케 했던 분노는 이미 사라지고 없었다. 그저 낯선 타인을 보듯 인정 없는 무심함만이 남아 있을 뿐.

현율이 제 것이 맞는가 싶을 정도로 무덤덤한 목소리로 입을 열었다.

"이제 무엇을 하실 요량이십니까, 어마마마? 아우가 돌아왔으니 저를 폐하고 아우를 태자에 책봉하시렵니까? 아니면 그런 번거로운 절차 없이 아우에게 양위를 하실 생각이십니까?"

"그, 그것은 네가 관여할 일이 아니다!"

황후가 당황한 듯 서둘러 대답하자 현율의 입술이 비틀리며 냉소가 번졌다.

"외조부님께서 학도들을 움직이면 어마마마의 뜻대로 되겠군요. 남색에 빠진 태자는 아무도 신경 쓰지 않을 테고 말입니다. 그렇지 않습니까?"

황후는 귀신이라도 본 것처럼 하얗게 질린 얼굴로 그저 현율을 바라볼 뿐, 벙어리처럼 아무 말도 하지 못했다.

"하기야, 설령 남색에 빠졌다는 추문에 말리지 않았다 한들 제가 어디 황위를 넘볼 주제나 되겠습니까? 태생부터 자격이 없었던 것을."

충격으로 점점 커져가는 황후의 눈을 냉정히 마주 보던 현율이 천천히 몸을 일으켰다.

"그냥, 그리 계십시오, 황후폐하. 그 무엇도 하셔서는 아니 될 것입니다."

현율은 쓰러지듯 서안에 몸을 기대는 황후를 일별하고는 그대로 돌아섰다. 죄책감이나 동정심은 느껴지지 않았다. 세류를 갖기 위해서라면, 영원히 잃지 않기 위해서라면 이보다 더한 일도 할 것이다. 또다시 아우에게 빼앗기지 않으려면 그보다 더 큰 힘을 가져야 했다. 황제의 힘, 바로 그것을.

비마저 추적추적 내려 더욱 인적이 드문 밤, 계림공 현제홍의 사택인 계림궁에도 무거운 적막이 내려앉았다. 그 적막을 홀로 밝히고 있던 등불이 들창을 통해 들어오는 비바람에 부르르 몸을 떨었다.

찻그릇을 감싼 하얀 손에서 희미한 미소가 깃든 붉은 입술로 시선을 옮긴 제홍이 더 참지 못하고 흠흠, 헛기침을 했다.

"태자, 이제 그만 용건을 말해보시오. 차 한 잔 마시자고 이 할아비를 찾진 않았을 터."

"할아버님께서도 이 태자가 한없이 부족하다 여기십니까?"

밑도 끝도 없이 던져진 질문에 제홍의 깊게 주름진 눈가가 흠칫 떨렸다. 현율은 제홍이 쉬 대답하지 못하고 연신 헛기침만 뱉자 그럴 줄 알았다는 듯 픽 웃었다.

"당연한 일이겠지요. 사실, 저조차도 제 스스로가 자격이 없다 여기면서 살았으니까요. 태자라는 옷을 입기는 했으나 언제든 벗어야 한다는 생각에 그 옷에 정붙이지 못했었습니다."

제홍이 문득 눈을 가늘게 떴다. 제 종손의 눈빛이 이전과는 다르다는 것을 이제야 깨달은 것이다. 늘 무기력하고 음울해서 때론 가엾기까지 했던 이전의 눈빛이 아니었다. 황후와 황족들의 기에 눌려 객처럼 저 홀로 황궁을 떠돌던 그 눈빛이 아니었다. 무엇인가 날카로운 총기와 야심이 담긴 그런 눈이었다.

"허면 이제는 다르다는 말이오, 태자?"

이 아이가 대체 무엇을 얻었기에 이리 달라졌는가. 조용히 질문한 제홍이 문득 현율의 뒤에 석상처럼 앉아 있는 방갓 쓴 사내에게로 불편한 시선을 던졌다. 내 뉘인데 감히 제 얼굴 가린 방갓은 무엇이며, 제 뭐라고 이 자리에 저리 당당히 앉아 있는가 싶은 것이다.

그의 시선을 쫓아 어깨너머로 세류를 돌아본 현율이 소리 없이 웃으며 말했다.

"신경 쓰지 마십시오. 제 그림자입니다."

어쩐지 깊은 애정마저 느껴지는 태자의 목소리에 살짝 눈살이 찌푸려졌지만, 지금 그에 시간을 허비할 때가 아닌 듯싶었다. 이 야심한 시각 찾아온 태자의 의중이 무엇인지 어서 들어야 하지 않겠는가.

"그렇다면야……. 그래, 태자가 이 노부를 찾아와 그 같은 얘기를 하는 연유가 무엇이란 말이오?"

"폐하께서 더는 정사를 돌보지 못하시니 이제 곧 자연스레 양위 문제가 거론되겠지요. 그 자리가 제 몫이라 생각하는 이는 아무도 없을 테고요."

직설적인 현율의 말에 제홍은 그저 입을 꾹 다물 뿐 아무런 말도 하지 않다. 현율도 딱히 답을 기대한 것은 아닌 듯 계속 말을 이었다.

"제게 힘을 실어주십시오, 할아버님."

흠칫 놀란 제홍은 빤히 응시하는 눈이 부담스러워 다탁 위의 찻그릇으로 시선을 내렸다.

"내게 그런 힘이 어디 있는가? 잘못 걸음 한 듯하오, 태자."

"도성에 퍼진 대량궁에 관한 소문은 할아버님도 들어 알고 계실 것 아닙니까? 대량궁 할아버님이 아니면 할아버님께서 황실의 가장 큰 어르신입니다. 어찌 힘이 없다 하십니까?"

둘만 모이면 떠들어대는 이야기인지라 제홍도 물론 근자에 도성을 장악한 소문을 익히 알고 있었다. 현운 황자가 십육 년 전 제 어미를 시살한 진범을 찾아냈으니 이제 곧 단죄가 시작될 거라는 소문이었다. 그 진범이 바로 대량궁주 현유홍이라는 첨언과 함께. 소황제 아니면 감히 누가 그런 짓을 할 수 있겠는가 싶은 것이다.

병환을 핑계로 며칠째 입궁치 않는 걸 보면 유홍의 귀에도 소문이 들어간 게 틀림없으리라. 그것이 어찌 소문일 뿐이랴. 제 형이 제 욕심 채우기 위해서 그간 저지른 살생을 누구보다 제홍이 잘 아는 터였다.

그러나 과연 대량궁을 폐문할 수 있을 것인가, 제홍은 그것이 염려스러웠다. 현운이 호언장담한 것처럼 그 사건을 파헤쳐 벌한다면 그로서는 손 안 대고 코 푸는 격이었다. 그러나 소황제라 불리는 태사가 아닌가. 황제마저도 어찌하지 못하는 그를 현운이 무슨 수로 꺾으랴. 해서 유홍이 그 어느 때보다 난처해진 작금 상황에도 그저 몸 사리고 앉아 사태의 추이를 지켜만 보는 것이다.

그의 복잡한 심사와는 달리 들창을 통해 들어오던 요란한 빗소리는 어느새 물러가고 없었다. 현율이 그런 제홍의 얼굴을 더욱 빤히 응시하며 말했다.

"설령 그 죄를 밝혀내지 못한다고 해도 이번 일로 어느 정도는 대량궁의 세가 꺾일 것입니다. 발 없는 말이 천리 간다고, 소문이 황성의 담을 넘는 건

시간문제겠지요. 온 백성이 의심하며 주시할 테니 당분간은 은신할 수밖에요. 허나, 황실엔 언제나 웃어른이 필요한 법, 그러니 어찌 할아버님께 힘이 없다 하겠습니까?"

끙, 앓는 소리와 함께 고개 저은 제홍이 문득 굳어진 얼굴로 현율을 빤히 응시하며 나직이 물어왔다.

"태자와 달리 현운에겐 황제의 반인이 있으니, 내 태자를 황위에 천거하는 것은 명분이 없는 일. 뜻을 같이할 이들을 모으는 것 또한 쉽진 않을 터, 태자는 뜻을 이루면 이 할아비에게 무엇으로 보상할 것이오?"

"무엇을 원하십니까, 할아버님?"

현율의 입가에 만족스러운 미소가 번졌다. 드디어 제홍이 제 속내를 드러낸 것이다.

잠시 허연 수염을 쓸며 뜸들인 제홍이 천천히 입을 열었다.

"태자가 황위에 오르게 된다면, 그 옆자리에 내 손녀를 세워주시오."

현율은 이미 식어버린 차 한 모금으로 입술 적시고는 어깨너머의 세류를 슬쩍 돌아보았다. 제가 정말 그림자라도 되는 것처럼 세류에게선 숨소리조차 들리지 않았다. 그게 문득 부아가 났다. 세류는 먼저 말 걸지 않으면 목소리도 들려주지 않고 부르지 않으면 시선조차 주지 않았다. 자신을 그저 제 주군으로만 대할 뿐 그 어떤 사심도 없다는 것이 서운하고, 다른 여인을 지어미로 맞아야 한다는데도 무심한 게 화가 났다.

현율은 탁, 찻그릇을 내려놓으며 굳은 목소리로 말했다.

"그러겠습니다. 그것이 무에 그리 어렵겠습니까?"

세류가 아니라면 어차피 그 뉘인들 다르겠는가, 현율은 그 말은 속으로 삼켰다.

"또한……."

무거운 목소리로 말문을 연 제홍이 이내 입을 다물고는 그저 조용히 미소 지었다.

"말씀하시지요, 할아버님."

"아니오. 우선은 그 약조만으로도 충분하오. 후일의 일은 그때 가서 논합시다. 밤이 늦었으니 태자는 이만 환궁하는 게 좋을 듯하오. 행여 예 방문한 걸 남이 알아서 좋을 일이 무에 있겠소?"

제홍이 하려던 말은 후사가 없을 시 제 핏줄을 후사로 삼아달라는 말이 분명했다. 남색에 빠졌건 아니건 어차피 병약한 태자라 의당 자손은 못 보겠구나 싶은 것이리라.

'후사라, 후사라……'

현율은 제 앞에 서서 주위를 살피고 있는 세류의 등을 아련히 바라보았다.

저도 사내인지라 욕정이 없진 않았다. 그러나 다른 이 앞에서는 절대로 울지 않는 은비녀처럼 그의 몸도 반응하지 않는 게 문제였다. 생각이 그리 흘러가서 그런가. 세류의 등에서 허리로 시선을 내린 현율은 문득 아랫배의 뻐근한 통증에 윽, 신음했다.

몸은 당장 풀어달라고 아우성이건만, 어쩐지 웃음이 났다. 안을 수 없어 고통인데도 그저 제 곁에 있다는 것만으로 달래지는 욕정이 신기하고도 우스웠다. 저 아이에 대한 내 마음이 이 정도였는가, 새삼 놀랍기도 했다.

그의 기분을 알 리 없는 세류가 정중한 목소리로 말했다.

"가시지요, 전하. 다시 비가 퍼부을 것 같습니다."

"그래, 그래."

현율은 자꾸만 나오는 실소를 그대로 흘려보내며 대꾸했다. 사내의 옷을 입고 있고 사내의 것이 분명한 목소리인데도 욕정이 이는 게 우스웠다. 제가 진짜 남색에 빠진 것은 아닌가, 어이없기도 했다. 그 순간 왜 갑자기 호경의 얼굴이 떠오른 것일까. 아마도 세류를 그리워하며 살아온 세월 내내 저를 괴롭혔던 얼굴이기 때문일 것이다.

찾지도 갖지도 못할 헛꿈을 꾼다고 비웃는 듯하던 그 얼굴, 저는 마음만 먹으면 언제든 세류를 찾아낼 수 있을 것처럼 자신만만하던 그 얼굴. 호경의 얼굴이 제 곁의 세류를 보면 어찌 변할까 못 견디게 궁금했다. 아마도 제 집보다 더 뻔질나게 드나든다는 운향각이라는 기루에 있을 것이다.

현율은 성큼성큼 걸음을 옮기며 성마르게 명했다.

"내 벗을 좀 만나고 환궁해야겠다. 운향각으로 안내하라."

소희는 여느 때와는 달리 술 몇 잔에 비틀거리는 호경을 바라보며 남몰래 한숨지었다. 제 몸을 묶은 동아줄이 풀릴지도 모르니 기분 좋아야 했지만, 그래도 제 머리를 얹어준 첫 사내라 마음이 편치만은 않았다.

어쩌면 불안과 혼돈이 가득한 황궁에 세류가 발 담그고 있는 탓도 있을 것이다. 그것도 하필 곧 폐위된다는 태자의 호위무사라서 더 마음에 걸렸다. 태자가 폐위되면 그를 모셨던 세류에게도 불똥이 튀지는 않을까. 그나마 태자의 그림자무사라, 그 뉘에게도 얼굴 드러낼 일 없이 숨어 움직인다고 호언장담하니 그것으로 위안 삼으려 했으나 그 얼굴이 어디 숨긴다고 숨겨질 얼굴이던가.

가만히 한숨 쉬던 소희는 호경이 연신 상체를 흔들며 내민 잔 때문에 비로소 사념에서 빠져나올 수 있었다.

"잔이, 잔이 비었지 않느냐? 썩 채우지 않고……!"

"마마, 이미 많이 취하셨습니다. 이제 그만 상을 물리고 잠자리를 볼까요?"

소희의 말에 잔뜩 취기가 오른 눈을 부릅뜬 호경이 팔까지 휘휘 내저으며 고집스레 웅얼거렸다.

"누가, 누가 취했단 말이냐? 내가? 이 동양위가? 헛소리 말고 어서 잔이나 채워라. 어서 채우란 말이다!"

기어이 잔을 채우게 한 호경이 막 그 잔을 입으로 가져간 순간, 벌컥 문이 열리면서 두 사내가 안으로 들어섰다. 여인처럼 붉은 입술의 사내 뒤에 서 있는 세류를 발견한 소희가 저도 모르게 움찔했다. 그런 소희를 꾸짖듯 세류가 먼저 입을 열었다.

"태자전하시다. 어서 예를 갖추어라."

그제야 벌떡 일어선 소희는 이마가 바닥에 닿을세라 깊이 허리를 숙였다.

"태, 태자전하, 이 비천한 곳에 납시어주시니 그저 황공할 따름이옵니다."

"으응? 태자전하? 태자전하가 납시었다고?"

잔뜩 풀어진 눈을 억지로 부릅뜬 호경이 현율을 확인하고는 휘적휘적 일어났다.

"아니, 전하께서 기루에 걸음을 다 하시고⋯⋯. 아, 혹여 이 몸을 염려하시어 오신 겝니까? 하기야 황성에 쫙 퍼진 소문을 어찌 전하라고 모르실까?"

그래도 아직 일말의 정신은 붙어 있는지 헛소문입네 어쩌네, 웅얼거리는 호경에게 현율이 소리 없는 웃음과 함께 대답했다.

"그래, 내 알지. 그것이 헛소문인 줄 누가 모르겠는가? 허니 이제 그만 마시게. 자네 많이 취했어."

"취하다니요……? 아닙니다, 전하. 이제 시작인걸요. 전하께서 오셨는데 어찌 잔을 물리겠습니까?"

호경이 팔을 휘휘 내젓고는 멀뚱히 서 있는 소희를 끌어 앉히며 짐짓 꾸짖듯 채근했다.

"네 이년! 어서 태자전하께 한 잔 올리지 않고 뭐하는 게야?"

"네? 네……. 전하, 소첩이 소곡주 한 잔 올려도 되는지요? 한번 맛보면 자리에서 일어날 줄 모른다 해서 앉은뱅이술이라 불리는 술입니다."

현율이 가득 채워진 잔에 살짝 입술만 댔다가 떼고는, 문 옆에 서 있는 세류를 손짓으로 불렀다.

"그대도 이리 와서 앉으라. 동양위는 내 유일한 벗이니 서로 안면도 익힐 겸 한잔하지."

"술은 됐습니다, 전하."

"딱 한 잔뿐인데 어떤가? 자네의 무공에 그깟 술 한 잔이 대순가?"

그는 기어이 세류를 곁에 앉히고는 손수 잔을 채워줬다. 무엇이 그리 즐거운지 그 입가에는 진한 웃음이 자리하고 있었다.

마음 통하는 이 하나 없이 외로운 신세인 줄 알았건만, 저자가 진정 태자의 벗인가. 그래서 저리도 내내 웃고 있는 것인가. 세류가 생각에 잠긴 채 잔을 들어 올리는 순간, 느닷없이 뻗쳐온 호경의 손에 의해 방갓이 머리에서 확 벗겨졌다.

"아니, 말이지. 술맛 떨어지게 왜 갓을……!"

방갓을 손에 들고 이죽거리던 호경이 이내 귀신이라도 본 것 같은 표정으로 한동안 말을 잇지 못했다. 그 순간, 소희 또한 독이라도 삼킨 듯 낯빛이 새파랗게 변색됐다.

세류가 빠른 손놀림으로 방갓을 낚아채 다시 눌러쓰자 내내 굳어 있던 호경이 다급히 외쳤다.

"잠, 잠깐만!"

성마르게 뻗어온 호경의 손목은 그대로 허공에서 세류의 손에 결박당했다. 이 고통으로 내 얼굴을 잊어라, 세류는 그의 손목을 분지를 듯 손에 기를 응집시키기 시작했다. 다음 순간 호경이 팔 비틀며 신음을 토해냈고, 그제야 현율이 세류의 팔을 살짝 누르며 제지했다.

"어허, 부마에게 이 무슨 무례한 짓이냐? 어서 그 손을 풀어라."

그러나 손목이 자유로워졌는데도 호경은 여전히 허공에 제 손을 띄워놓은 채 그저 세류만 멍하니 바라보았다. 그리고 다음 순간 무엇이 그리 우스운지 상을 두드리며 껄껄거리기 시작했다.

"마마, 어찌 이러셔요? 태자전하 안전입니다. 그만두셔요."

보다 못한 소희가 팔을 잡고 말렸지만 그 손마저 내친 호경이 얼마간 더 그렇게 미친 듯 웃어 제켰다. 이상한 것은 현율도 그런 호경을 바라보며 지그시 웃고 있다는 것이었다. 미친 자로군, 세류가 그런 생각과 함께 그에게서 시선을 떼려는 순간, 호경이 찔끔 흐른 눈물을 손등으로 훔치며 말했다.

"기어이 전하의 곁에 두셨습니다그려. 대단하십니다! 제가 졌습니다!"

어쩐지 잔뜩 비틀린 목소리에 세류의 이맛살이 저절로 찌푸려졌다. 뭔가 께름칙한 기분이 드는 것이다. 마치 저 둘이 자신을 두고 경쟁이라도 한 듯한 말투가 아닌가. 그러나 현율은 예의 그 즐거운 듯한 미소를 머금은 채 잔만 기울일 뿐 아무런 반응도 없었다.

그런 현율과 세류를 벌겋게 충혈된 눈으로 쏘아보던 호경이 비척비척 자리에서 일어섰다.

"전하, 너무 취한 것 같으니 저는 이만 물러가겠습니다. 일후日後에 다시

자리를 만들지요."

"그러시게. 오늘만 날이 아니니 다음에 또 봄세."

비틀거리며 문으로 향하던 호경이 문득 세류를 돌아보며 쿡, 웃고는 다시 걸음을 옮겼다. 그리고 소희가 열어준 문밖으로 몸을 내밀며 혼잣말로 중얼거렸다.

"한발 늦은 게로군, 한발 늦었어. 그래서 이놈들이 제 목 달아날까 백오산에 눌러앉은 게야……! 느려터진 놈들 같으니!"

흠칫 어깨 떤 소희가 조심스레 돌아보자 역시나 잔을 쥔 세류의 희고 긴 손가락이 부들부들 떨리고 있었다. 그 떨림에 잔 속의 술마저 진동하더니 파삭 잔이 부서져버렸다. 다음 순간, 세류가 제 살 베이는 것도 느끼지 못하는 듯 손안의 사금파리를 꽉 움켜쥐었다.

"세류 님!"

"세류야!"

뚝뚝 떨어지는 핏방울에 현율과 소희가 동시에 외치며 세류에게로 달려들었지만 소희가 조금 빨랐다.

"세류 님, 주먹 좀 펴보세요. 피가, 피가……."

현율이 금세라도 울 듯 일그러진 소희의 얼굴을 뚫어지게 응시하다가 제 잔을 들어 올리며 나직이 물었다.

"아는 사이더냐?"

기어이 훌쩍이며 세류의 상처를 돌보던 소희는 현율의 눈빛이 너무도 사나워서 재빨리 고개 숙이며 대답했다.

"네, 전하……. 어릴 때 같은 동리에서 자랐습니다."

"그렇군."

그래봐야 계집인 것을. 일순간 가슴에 일었던 투심이 제가 생각해도 우스윗 픽 웃던 현율의 입술이 이내 굳어졌다. 여전히 부들거리고 있는 세류의 손이 눈에 들어온 까닭이었다.

자신이 들은 게 맞는다면 호경이 사람을 풀었던 모양이다. 그러고도 남을 인사였다. 그리고 지금 저토록 세류가 분노하고 있는 것으로 미루어 짐작건대, 그들에게 중한 것을 잃은 게 틀림없었다. 제 살 베이는 것도 모를 정도로 분노하는 것을 보면 분명하지 않은가.

그 일로 세류가 산에서 내려와 자신에게로 왔으니 호경을 욕할 수만은 없었다. 현율은 이기적인 속내를 감춘 채, 이미 마음은 호경의 뒤를 쫓고 있을 세류에게 담담한 어조로 물었다.

"확인할 것이 있는 것이냐?"

"그런 듯합니다."

평소와 다를 바 없이 담담한 어조이나, 어쩐지 그래서 더 그 안에 담긴 강한 분노가 느껴졌다.

"그럼 확인해보아라. 나는 예서 이 아이에게서 네 어릴 적 얘기나 듣고 있을 테니."

마치 그 말을 기다리고 있었다는 듯 눈 깜짝할 사이에 세류의 몸이 문밖으로 사라져버렸다. 그 모습을 눈으로 쫓던 현율은 제 눈치만 슬슬 살피는 소희에게로 빈 잔을 내밀었다. 아직 때가 덜 묻었는지 고개도 못 들고 바르르 떨면서 술을 따르는 모습이 어찌 보면 귀엽기도 했다.

현율은 입술에 가져갔던 잔을 내려놓으며 짐짓 무심한 척 물었다.

"같은 동리에서 자랐다? 같은 동리에서 자랐으면 나어릴 땐 냇가에서 같이 멱도 감고 그랬겠구나. 나는 잘 모른다만, 촌락에서는 그리들 자란다는 소릴 들은 기억이 나는구나."

흡, 숨을 들이켠 소희의 낯빛이 벌겋게 달아오르는 것을 현율은 놓치지 않았다. 사내들 품에서 노니는 기녀답지 않은 반응이었다. 그러고 보니 아까 세류를 대하는 태도도 여염집 처자처럼 조신하기 그지없었다.

소희가 여전히 발간 얼굴로 대답했다.

"천부당만부당하신 말씀입니다, 전하. 소첩은 비천한 신분이오나 세류 님은 고귀하신 분……!"

소희가 채 다 맺지 못하고 손으로 입을 틀어막았다. 감히 태자를 앞에 두고 고귀하신 분 운운한 것이 마음에 걸린 것이다. 그러나 정작 현율은 그 대답이 마음에 드는 듯 그저 조용히 미소 지을 뿐 아무 말도 하지 않았다.

"같이 어울려 놀던 동무들이 있었으나, 세류 님은 홍인 님이 절대 냇가에 들어가지 못하게 하셔서……."

"홍인?"

그 이름이 왠지 설지 않았으나 왜 그런지 더듬을 여력이 없었다. 어쩌면 즐기지 않던 술에 취한 탓이리라.

"예, 전하. 세류 님의 보모였습니다."

보모가 있었다는 것을 보면 정녕 평범한 태생은 아닌 모양이었다. 그런데 어찌 깊은 산의 암자에서 남자아이로 자라야 했던 것일까. 그간은 오직 세류만을 원하는 마음이라 신경조차 쓰지 않았던 것들이 새삼 궁금해졌다.

현율의 가늘어진 눈이 여전히 눈조차 제대로 못 맞추고 있는 기녀에게 고정됐다. 그 눈빛과는 달리 무심한 목소리가 소희를 재촉했다.

"그 보모라는 여인이, 꽤나 유별났나 보구나."

"네?"

곱디고와 어쩐지 세류를 떠올리게 하는 그 눈매에 잠시 홀려 있던 소희가 아, 탄성과 함께 답했다.

"제 어미가 세류 님의 젖어미였는데, 대사님과 홍인 님이 어찌나 유별나신지, 젖 먹일 때마다 모셔왔다가 다시 산을 오르곤 했다 했습니다. 어쩌다 깃 갈아드릴 일이 생겨도 손도 못 대게 했다고……."

"그리 아껴준 이를 잃었으니 제 살 찢기는 것도 모르고 분노한 게지……."

어찌 이런 걸 묻는 것일까, 의구하는 소희를 외면한 채 중얼거렸던 현율의 얼굴이 이내 견고히 굳어졌다. 왜 세류는 나면서부터 그리도 꽁꽁 감춰진 채 자라야 했을까. 모든 것을 알고 싶으나 알게 되면 세류를 영영 잃을 것 같은 두려움이 문득 인 까닭이었다.

문득 굳어 있던 입가에 희미한 미소가 자리 잡았다. 세류를 그림자무사로 어둠 속에 감춘 것이 얼마나 현명한 판단이었는가, 새삼 흡족한 것이다. 제아무리 세류를 '내 사람'이라 자신했던 아우일지라도 황궁의 밤에 숨겨둔 그 아이를 어찌 찾을까.

그러나 한편, 맹수의 눈을 가진 현운에게서 언제까지 감출 수 있을까 두려운 마음이 드는 것도 어쩔 수 없는 일. 현율은 그 두려움 떨쳐내고자 다시 잔을 들어 올렸다.

"네 말대로 일어날 수가 없는 술이구나. 한잔 더 청해도 되겠느냐?"

잔이 채워지는 그 찰나에 현율은 저도 모르게 품속의 은비녀를 더듬으며 꽉 입술 깨물었다. 또다시 무기력하게 세류를 내주는 일은 없으리라. 음울하던 그의 눈이 문득 날카로이 빛났다.

'그래, 그냥 그리 있다가 떠나거라. 내 이번에는 그 어떤 것도 내주지 않을 것이다. 그 어떤 것도, 그 누구도…….'

달마저 구름에 가려진 어두운 밤, 대량궁의 담 위를 그 어둠인 양 지나는 인영이 있었다. 또다시 유흥의 침전에 소리 없이 들었다가 빠져나가는 현운이었다. 침전을 지키는 병사를 두 배로 늘여놓고도 불안한지, 아예 검까지 뽑아들고 있던 유홍을 떠올린 그의 입가에 싸늘한 미소가 번졌다. 두려움과 불안이 극에 달하면 분노하게 된다 했던가. 오늘 밤의 유홍이 그랬다.

'네 이놈! 이 현유홍이 네놈의 겁박 따위에 무너질 성싶으냐! 난 현유홍이다, 현유홍! 만인이 소황제라 칭하는 대량공 현유홍이란 말이다!'

그의 입가에 자리한 미소가 더욱더 싸늘해졌다. 이제 인내심이 바닥난 현유홍이 어찌 움직일지 보지 않아도 눈에 선했다.

'내 가진 세(勢)가 얼마며 그동안 참고 기다린 세월이 얼만데 너 같은 천둥벌거숭이에게 맥없이 무너진단 말이냐? 네 아무리 귀검이니 뭐니 만백성에게 칭송받아도 고작 백여 명의 수하뿐이지 않느냐? 내 당장 사병들을 움직이면 천지가 개벽할 것을!'

유홍의 악에 받친 일갈을 되씹으며 후원으로 움직이던 현운이 문득 인기척에 멈춰 섰다. 비척거리며 후원으로 들어선 이는 유홍의 손자인 호경인 듯했다. 그러나 그의 시선이 향한 곳은 그도 하마터면 눈치채지 못했을 만큼 은밀히 담을 넘어선 검은 그림자였다. 그 향하는 방향으로 보아 호경을 뒤쫓는 모양이었다. 기를 감춘 채 지켜보던 현운의 눈이 순간 번뜩였다. 어둠 속에서 흑영이 검을 뽑아드는 것을 본 것이다. 곧바로 현운의 몸이 어둠을 가르며 그 흑영에게로 쏘아졌다.

호경을 뒤쫓던 흑영이 느닷없이 자신을 향해 날아오는 예리한 기척에 뒤로 훌쩍 몸을 날렸다. 다음 순간 간발의 차이로 방금 그가 서 있던 자리에 현운이 내려섰다. 어둠 때문에 보이는 것은 희끄무레한 윤곽뿐이지만 두 사람 모두 서로를 알아보았다. 온반객점에서 짧은 순간 감지했던 서로의 기를 기억하는 까닭이었다.

현운은 기로 안광을 밝혀 눈앞의 사내를 살펴보았다. 그의 예상대로 방 갓을 쓴 그 사내였다.

"무슨 연유로 대량궁의 담을 넘은 것인가?"

그와 마주선 흑영, 세류는 얼음장처럼 차가운 음성에 저도 모르게 흠칫 몸을 떨었다. 그 목소리가 너무나 귀에 익기 때문이었다. 세류는 다시 한 번 사내의 기를 감지해보았다. 그의 기 또한 전혀 낯선 것은 아니었다.

그러나 저토록 피 냄새 짙은 살기와 공기마저 얼려버릴 듯 냉혹한 음성 이 그의 것일 리가 없었다. 어둠 속에서도 제 주인만큼이나 강한 살기를 내 뿜고 있는 저 검 또한 그의 것일 리가 없었다. 그는 피에 젖어 사는 살귀였 고 그의 검은 끝없이 피를 요구하는 살검이었다. 욕지기 치미는 기를 지닌 살귀가 결코 자신이 아는 그 사람일 리가 없었다. 세류가 기억하는 사형은 바람처럼 서늘했고 늘 초연했으므로.

"답하라. 무슨 연유로 동양위를 뒤쫓은 것이냐?"

세류는 재차 던져진 질문에 답하는 대신 검을 움켜쥐며 반문했다.

"대량궁의 호위인가?"

"내 질문에 답하라."

시간이 너무 지체되었다. 호경은 제 거처로 들어갔는지 이미 자취를 감 춘 뒤였다. 세류는 조급한 마음에 검을 뽑기 시작했다. 그러나 검이 검초에 서 채 반도 뽑히기도 전에 득달같이 달려든 현운이 세류의 손등을 아래로 찍어 눌렀다. 그 탓에 날카로운 몸을 드러내던 검은 그대로 다시 제 집안으 로 사라졌다.

"답하라……."

고집스레 묻는 현운의 입술 끝이 그답지 않게 가늘게 떨렸다. 잠깐 스친 상대의 체온이 불러온 알 수 없는 경련이었다. 왜일까. 왜 그 순간 낙뢰落雷를 맞은 듯, 몸을 관통당한 듯 온몸에 경련이 일었을까. 현운은 애써 그 낯선 감각을 떨쳐내려 더욱 날카로이 기를 세웠다.

적의 적이니 그에게는 그를 해할 이유가 없었다. 다만 묘한 기를 간직한 까닭인지 자꾸만 신경에 거슬리는 자의 실체를 알고 싶을 뿐. 게다가 지금 호경이 변이라도 당한다면 다 된 일을 그르칠 수도 있으니 어떻게든 저자를 데리고 빠져나갈 생각이었다.

그런 마음으로 손을 뻗던 현운은 비호처럼 몸을 날려 어느새 담 위에 올라선 검은 그림자를 날카로운 눈으로 뒤쫓았다. 분명 거골혈巨骨穴을 짚어 뒀으니 마비됐어야 하건만 스스로 점혈을 풀었단 말인가. 그 순간 예고도 없이 그의 뇌리를 스친 것은 사부에게서 점혈법과 해혈법을 배울 때마다 지겹다고 몸 뒤틀던 사제였다.

비의 향기를 지닌 사제를 떠올린 까닭인가. 갑자기 빗방울이 쏟아지기 시작했다. 그리고 그 순간 번개가 번쩍 어둔 하늘을 갈랐다. 현운이 그 찰나의 빛 속에서 본 것은 그 빛을 두려워하듯 머리칼을 날리며 담장너머로 뛰어내리는, 여인처럼 가녀린 뒷모습이었다.

제 발치께에 떨어져 있는 방갓을 주워 올려 가만히 내려다보던 그의 입가에 풋, 쓴웃음이 번졌다. 안력을 높여서라도 그 얼굴을 확인했어야 했는가, 가시 같은 미련에 왠지 가슴이 따끔거리는 까닭이었다.

"이 방갓 안을 들여다보기가 수월치 않구나……."

한참을 빗속에 서 있던 현운은 이내 싸늘해진 눈빛으로 대량궁을 빠져나왔다. 날이 밝으면 피로 물들 그의 손에는 검은 방갓이 들려 있었다.

15. 경천동지驚天動地, 헛꿈을 꿨구나

이름 모를 산새소리가 간간이 숲을 흔드는 이른 새벽, 낮은 말발굽소리가 부도산 초입에서 멈춰 섰다. 숲의 어둠 속에 은신해 있던 이분대장 극서가 막 말에서 내려선 현운에게로 재빨리 다가왔다.

"주군, 오셨습니까?"

극서의 말을 신호로 숲 속에서 하나둘 검교대원들이 모습을 드러냈다. 찬 데서 밤을 지새운 이들답지 않게 다들 송곳처럼 날카로운 눈빛이었다.

"그자는?"

현운의 말이 끝나자마자 곧바로 입에 재갈을 물린 채 결박당한 자가 그 앞에 무릎 꿇려졌다. 대량궁으로부터의 전언을 가지고 온 유홍의 수하였다. 극서가 그자의 입에서 재갈을 제거하며 말했다.

"황자님이시다. 태사의 전언을 소상히 고하라. 이번에도 입 열지 않으면 목이 잘릴 줄 알아라."

원래가 냉혹하고 찬 성격의 극서인지라 그의 검은 이미 목을 파고들고 있었다. 그러나 그자의 입을 열리게 한 것은 극서의 검이 아니라 현운의 얼음 같은 눈빛이었다. 이제껏 온갖 겁박과 고신에도 굳게 닫혀 있던 입이 뭐에 홀린 듯 스르르 열렸다.

"진, 진시까지 태화문 앞으로 전, 전군 진병하라는……."

"대량궁에도 오백여 명의 병사가 있다. 태화문 앞에서 합류하기로 한 것인가."

꿀꺽, 마른침을 삼킨 유홍의 병사가 얼음송곳처럼 심장을 찔러오는 살기에 서둘러 입을 열었다.

"외금강부대장께서 궁문을 열, 열기로……."

극서는 새삼 감탄을 담은 눈빛으로 제 주군을 바라보았다. 저 병사의 입을 열고자 얼마나 많은 위협과 힘을 소비했던가. 한데 주군의 눈빛과 말 한마디에 자신에겐 끝내 하지 않았던 말들을 다 털어내는 걸 보니 새삼 주군의 힘이 느껴진 것이다. 하기야, 유홍을 심적으로 압박해서 거병이라는 극단적인 선택을 하게 만든 것부터가 놀라운 일이었다. 세상 두려울 게 없던 소황제가 아닌가.

게다가 현운이 이미 외금강부대장 박술희가 궁 안에서 유홍을 도울 테니 면밀히 감시하라고 천경에게 명을 내린 터였다. 그사이 유홍의 세력을 낱낱이 파악했기에 가능한 일이리라. 현운은 진정 존경스러우면서도 그만큼 두려운 이였다.

"진시라……."

혼잣말인 듯 중얼거리며 문득 눈을 빛냈던 현운이 이내 그 날카로운 빛을 거뒀다. 사소한 그 무엇도 간과해선 안 되는 상황이지만 그다지 염려되지는 않다. 황궁에 남겨둔 천경과 일분대가 어떻게든 궁문을 지켜 내리라는 것을 믿어 의심치 않기 때문이었다.

휙 몸을 돌린 그의 시선이 저 멀리 어둠 속의 병영으로 향했다. 제 주군의 전언을 가로채인 것도 모르고 부도산 아래의 병영은 깊은 잠에 빠져 고요하기 그지없었다.

"화전을 준비하라. 제 주인이 기다리는 것도 모르고 저리 늘어지게 자고 있으니, 이제 그만 저들을 깨워줘야 하지 않겠느냐?"

"네, 주군."

오랜만에 제 주군의 농 같지 않은 농을 들은 극서가 찬 입술에 옅은 웃음을 올리며 답했다.

어스름 새벽녘, 짙푸른 안개를 수십 개의 불화살이 갈랐다. 그리고 잠시 후 불붙은 병영에서 뛰쳐나오는 인영들에게로 수십의 군마가 야차처럼 짓쳐들었다. 그 선봉에는 제 검처럼 예리한 눈빛을 지닌 현운이 있었다.

"황궁엔 그 어떤 소요도 없으니 종조부님은 아무 걱정 마시고 어서 군사를 물리십시오!"

성곽 위의 현율이 단호하고 날카로운 목소리로 외쳤다. 내내 이글거리던 가슴이 유홍을 보는 순간 칼처럼 곤두선 탓이었다.

현운은 유홍의 거병을 미리 예견했다고 했다. 해서 그 본 병력을 멸하고 올 터이니 그때까지 버텨달라는 전언을 천경에게 들은 터였다. 그것이 현율의 속을 뒤집어놓았다. 결국 아우를 이겨보겠다는 것은 헛꿈이었는가. 더구나 아우의 수하들에게 호위 받고 있는 상황이라 더 속이 뒤집히고 열불이 나는 것이다. 어찌 유홍은 소황제로 군림하는 것에 만족치 못하고 이 사달을 일으켜 아우의 가치를 확인케 하는 것인가 말이다.

그때 유홍에게서 황궁의 담을 부술 듯 쩌렁쩌렁한 노호가 터져 나왔다.

"내 직접 황궁의 안전을 확인해야겠으니 어서 문을 열라!"

왜 아직도 궐문이 열리지 않는가, 잔뜩 신경이 곤두선 유홍의 입에서 거친 말이 나가는 것은 어쩌면 당연한 일이었다.

"태자는 이 노부가 괜한 걸음을 했다고 말하는 것인가! 정녕 어리석고 아둔하구나! 내 분명 황궁의 위험을 감지하고 온 것을! 당장 궐문을 열지 않으면 태자 또한 황궁의 안녕을 간과한 죄로 무사치 않을 것이다!"

"진정 현운이 역모를 꾀했단 말씀입니까? 현운은 궁에 없을뿐더러 역모의 그 어떤 조짐도 없습니다! 어서 물러가십시오! 아니 물러가시면 종조부님의 역모로 간주하겠습니다!"

제 기억과는 달리 너무도 위풍당당한 현율의 기세에 이익, 이를 악문 유홍이 도성을 뒤흔들 듯 장엄한 목소리로 다시 외쳤다.

"궐문을 열라! 외금강부대장은 어서 궐문을 열지 않고 무얼 하는 게야!"

그 순간 무엇인가 성곽 위에서 날아와 툭 떨어졌다.

"찾는 것이 이것인가!"

관직도 없는 일개 무사의 그것이라고는 믿을 수 없을 만큼 당당한 외침과 함께 천경이 내던진 것은 외금강부대장 박술희의 머리였다.

유홍의 일그러진 눈이 성곽 위에서 날카로운 검기를 흘리고 있는 흑의의 검사들에게로 향했다. 현운의 수하인 검교대가 분명하건만 그 수가 너무 적은 것도 신경이 쓰였고 그 어디에도 현운이 없는 것 또한 신경이 쓰였지만, 그런 것들을 다 챙기기엔 마음이 너무도 조급했다. 부도산의 군사들도 이제 곧 도착할 터, 더 이상 지체할 까닭이 없었다.

유홍은 한 발 뒤로 말을 물리며 매서운 목소리로 명했다.

"쏴라!"

수많은 화살이 포물선을 그리며 성곽으로 날아들었다. 그 화살에 기어이 제 몸이 꿰뚫리지 싶어 움츠러든 현율의 곁으로 검교대원들과 세류가 원을 그리며 다가섰다. 그리고 다음 순간, 떨어지는 화살들은 그들의 검

226

에 잘리고 튕겨진 채 바닥으로 내팽겨졌다. 그러나 세류를 빼앗긴 제 분노가 담긴 까닭인가. 호경이 쏜 화살이 현율을 향해 매섭게 쏘아져왔다. 그러자 세류가 뒤늦게야 검 대신 제 몸으로 현율을 막아섰다. 쉭, 날카로운 파찰음과 함께 화살이 스쳐가면서 세류의 복면을 낚아챘다. 그 탓에 이제 막 돋기 시작한 햇귀 속에서 세류의 얼굴이 반짝 빛을 발하며 드러났다.

이 소란 속에서도 제게 쏟아지는 시선이 부담스러워 살짝 고개를 튼 순간, 환영인 듯 매섭게 다가오는 검은 안개가 세류의 시야에 들어왔다. 검은 말과 검은 옷, 온통 검게 물들은 채로 달려오는 그들의 손에는 이미 피에 절은 창검이 들려 있었다.

"막, 막아라! 막아라!"

유홍의 다급한 목소리에 군사들이 성급히 제 무기를 치켜들었다. 그러나 검은 무리의 선두에 선 사내, 현운이 양손에 들고 있던 검 두 자루를 날려 보낸 순간 그들은 그대로 굳어져버렸다. 고삐도 잡지 않은 채 양손을 허공에 뻗어 두 자루의 검을 조종하는 모습에 넋이 빠진 것이다. 사람이 어찌 저런 검술을 보일 수 있단 말인가. 그 검들에 제 옆의 동지가 목을 잃고 결국엔 제 목이 떨어질 것 같아 유홍의 군사들은 꼼짝도 하지 못했다.

거침없이 적들에게로 뛰어든 현운의 검은 이미 예기가 꺾여 무기를 놓아버린 적병들에게도 자비 없이 냉혹했다. 마치 살생에 신이 난 듯 날카로운 비명과 함께 순식간에 태화문 전정을 피바다로 만든 것이다. 그리고는 마치 처음부터 목적지가 그곳이었다는 듯, 어설프게 검을 치켜들고 있는 호경의 어깻죽지에 망설임 없이 파고들었다.

"추국을 해야 한다! 그는 살려두라!"

그래도 유일하게 저를 상대해준 이라서 그런가. 현율은 호경의 죽음만은 보고 싶지 않았다. 그래서 다급히 외쳤으나 그사이에 그의 나머지 팔과 가슴팍을 베어낸 현운의 검은 결국 유홍의 사지와 목까지 베어냈다. 수장을 잃은 군병들 또한 검교대원들의 매서운 창검에 무기를 버리고 투항할 수밖에 없었다.

"아……!"

뜻 모를 신음성을 토해낸 현율이 이내 부들거리는 손을 꽉 움켜쥐었다. 그가 주먹 안에 감춘 것은 아우에 대한 두려움이었다. 그 검 앞에서 한없이 나약하고 여린 저를 깨달은 까닭이었다. 아무리 버티려 해도 힘이 풀린 다리가 부질없이 흔들렸다. 내가 헛꿈을 꿨구나, 어찌 저 이를 이기겠는가. 차마 바라보는 것만으로도 두려워 고개 돌린 순간 세류의 얼굴이 눈에 들어왔다.

현율은 저도 모르게 아, 고통스러운 탄식을 내질렀다. 크게 치떠진 눈과 반쯤 벌어진 붉은 입술. 세류는 명치를 얻어맞은 사람처럼 그런 표정으로 누군가를 응시하고 있었다. 그리고 그 시선 끝에는 세류와 똑같은 표정으로 그녀를 올려다보는 현운이 있었다.

피 비린내 나는 아침, 그렇게 두 사람의 긴 이별은 끝이 났다.

계림공 제홍이 그 아침에 서둘러 태자궁을 찾았다. 그래도 태자가 버젓이 있건만 현유홍의 역모를 진압한 일로 벌써부터 대놓고 현운이 황위에 거론되는 것에 내심 불안했던 것이다. 대량궁이 무너졌으니 현율을 황위에 앉히기만 하면 이제 제 세상이 올 터인데 이대로 놓칠 순 없지 않은가.

현운으로 인한 불안은 그 또한 마찬가지인지라 제홍을 맞이한 현율의 눈에는 반가움마저 넘실거렸다.

"종조부님을 내내 기다리고 있었습니다. 이제 무엇을 어찌해야 한단 말입니까?"

"태자, 내 먼저 확인할 것이 있소."

그사이 계산이 달라졌는가. 황후의 자리를 약조했건만 또 무슨 확인이 필요하단 말인가. 끓는 속을 감추려 애쓰는 현율에게 제홍이 한층 내밀해진 목소리로 물었다.

"황위에 오르겠다는 의지는 변함이 없소, 태자?"

"어찌 그리 물으십니까? 소손, 그 의지는 이미 말씀드린 줄로 압니다만."

"그 손에 때를 묻힐 각오도 되어 있는가?"

저도 모르게 제 손으로 현율의 시선이 떨어졌다. 겉으로는 변함없이 희디흰 손이나, 이미 보이지 않은 때로 뒤덮인 손이기도 했다. 제홍과 손잡은 그 순간 이미 온갖 때가 묻었거늘 새삼 각오가 필요하겠는가.

"이미 각오하고 있었습니다."

"그렇다면 당장 추국청을 철파撤罷하여 대량궁의 동인同人색출을 중단하시오."

"종조부님, 그 말씀은 납득하기 어렵습니다! 이참에 대량궁의 세근細根까지 죄다 뽑을 수 있건만 어인 말씀이십니까?"

"태자의 적이 뉘인지 진정 모르오?"

답답하다는 듯 되물은 제홍이 아랫것들을 진즉 멀찍이 물리고도 신경 쓰이는지 잠시 주위를 살피고는 다시 말을 이었다.

"황제, 황후의 뜻과 민심이 현운 황자에게로 기운 이때 태자에게는 어떤 힘이 있는가? 대량궁의 동인들은 모두 이 호륜 조정의 중진들이오. 제 목숨과 세를 연명할 수 있다면 본디 천서(天鼠, 박쥐) 같은 자들이니 기꺼이 태자의 편에 설 것이오. 그러니 그들의 죄를 덮어야 하지 않겠는가?"

수긍이 되는 말이나 그래도 저절로 내려앉는 눈꺼풀은 어쩔 수 없었다. 더럽고 추한 손을 잡는 것은 한번으로 족할 줄 알았건만 그마저도 어리석은 욕심이었구나 싶은 것이다.

무거운 눈꺼풀을 가까스로 들어 올린 현율은 이미 셈이 끝난 듯 번뜩이는 눈을 마주 보며 물었다.

"해서, 제 적은 뉘이며 그는 어찌 처분해야 합니까?"

"황제가 되겠다고 다짐한 이상, 그 자리를 차지하기 위해 싸워야 할 적이 뉘인지는 태자도 이미 알고 있었을 게 아닌가?"

어찌 그런 아둔한 질문을 하느냐는 듯 구겨진 눈매에 현율은 꽉 주먹을 움켜쥐었다. 세류에 대한 욕심이 아직도 부족한 것일까. 아니면 버리리라 다짐한 아우에 대한 정이 여전히 남아 있는 것일까. 차마 '적'이라는 말로 현운을 표현할 수 없었던 연약한 속내를 들킨 것 같아 수치스럽기까지 했다.

그때 문득 서로를 눈에 담은 채 미동도 없던 현운과 세류의 얼굴이 뇌리를 스쳤다. 피비린내 나는 그 소요에도 불구하고 오직 서로만을 응시하던 깊고도 강한 시선. 그 시선이 낚시미늘처럼 목에 걸려 퇴궁조차 금한 채 세류를 곁에 묶어두고도 불안감은 지금까지도 여전했다.

현율은 이미 쥔 주먹에 더욱 힘을 넣으며 한껏 굳어진 목소리로 물었다.

"말씀하십시오, 할아버님. 이미 답을 갖고 계시지 않습니까?"

"당장 현운 황자를 적석궁에 구금하시오, 태자."

"구금이라니요? 역모를 진압한 현운입니다. 어찌, 무슨 죄목으로 구금한단 말입니까?"

"아니오, 아니지요. 역모를 진압한 것은 태자요. 황자는 그 명을 따른 군장이었을 뿐."

현율의 눈이 문득 반짝 빛을 발했다. 이제야 계림공의 계책이 무엇인지 깨달은 까닭이었다. 정녕 교활하기 그지없구나, 그런데도 지금은 그 교활함을 빌려야 하니 속이 쓰리고 울렁댔다.

"대량공을 생포하라는 명을 내렸었다고 들었소."

"그랬지요."

"현운이 그 명을 어기고 대량공을 즉살했으니 어찌 죄가 아니겠소?"

죄가 없으면 만들면 그만이다. 그리 말하는 눈빛에 체한 듯 갑갑하던 명치가 더욱 무거워졌다. 그러거나 말거나, 제홍이 의기양양한 표정으로 제 할 말을 이었다.

"현운 황자를 죄인으로 묶어두는 동안, 힘을 모아 양위를 추진할 것이오. 시국이 불안정하니 정사를 돌보지 못하는 황제를 물러나게 하는 것은 일도 아닐 터. 황자는 그 후에 적당한 관직을 내려 도성 밖으로 내치면 되지 않겠는가?"

'참으로 교활하고 두려운 자로구나. 내 어쩌다 이런 자의 손을 잡았는가.'

현율은 치미는 욕지기를 꾹 눌러 삼켰다. 그러나 쓰린 속과는 달리 고개가 저절로 끄덕여졌다. 혼자서는 결코 이길 수 없는 아우이거늘 어찌 교활하고 때 묻었다고 꺼리겠는가.

태자궁의 옥개에 앉아 밤하늘을 올려다보던 세류의 입에서 긴 한숨이 흘러나왔다. 긴 시간 바람이 이는 소리, 순찰을 도는 금군들의 발소리에도 긴장하던 몸이라 등이 뻐근했다. 길게 늘이던 몸을 문득 굳힌 세류의 시선이 적석궁 쪽으로 향했다. 그리고는 '사형', 오랜 이별 끝에 만났건만 미처 부르지 못한 이름을 삼키듯 잘근 입술 깨물었다.

어떻게든 만나질 이라는 것을 알고 있었던 것일까. 가슴 에이게 그리워했던 사형이건만 의외로 반가움은 길지 않았다. 그가 호륜의 황자라는 사실 또한 마치 알고 있었던 듯 별로 놀랍지 않았다. 다만 가슴이 아리고 서글펐다. 제가 피에 절어 사는 살귀라고 단정 지었던 이가 그래서, 무심한 얼굴로 피의 지옥을 만들던 이가 그래서 가슴이 아리고 서글펐다.

어쩌다 그 서늘하고 고요하던 눈이 피에 절게 되었는지, 그를 막지 못한 것이 살을 도려내는 것처럼 아팠다. 그리되기까지 얼마나 많은 피를 보며 살았을까, 그리 살면서 심장이 굳기까지 얼마나 고통스러웠을까, 짐작이 돼서 쓰렸다. 그런 삶을 살아야 하기에 나를 버리고 홀로 떠났었구나 싶어서 눈시울이 붉어졌다.

애써 눈물 삼키려 눈 감은 세류의 입술에서 내내 참고 있던 그리움이 흘러나왔다.

"사형……."

그 순간, 마치 저를 부르는 줄 아는 것처럼 서늘한 음성이 바람 소리인 듯 들려왔다.

"사제."

천천히 몸을 돌리자 그곳에 환영인 듯 그가 서 있었다. 서로를 부르고도 그저 바라볼 뿐, 긴 침묵이 달빛과 함께 그들 사이를 떠돌았다. 그들이 확인한 것은 5년의 세월, 그만큼의 낯설음이었다. 나어린 사제에게만은 늘 웃어주던 눈은 시리도록 차가웠고, 언제나 사형을 찾아 떠돌던 눈은 지난 세월만큼 무겁게 침잠해 있었다.

무엇보다도 그는 태자의 자리를 위협하는 황자였고 세류는 태자의 호위였다. 그것이 그 무엇보다 큰 변화였다. 더 이상은 같은 곳을 볼 수 없다는 것, 그것 말이다.

그냥 백오산에 함께 머물렀으면 좋았을 것을, 그리 살 수 없었던 운명인 걸까. 치받는 서글픔을 애써 억누르며 먼저 입을 연 것은 세류였다.

"어찌 예 계십니까?"

가둔다고 갇힐 그가 아님은 세류도 알고 있었다. 제가 원한다면 드높은 황궁의 담을 넘어 어디로든 갈 수 있음도 알고 있었다. 그렇기에 스스로 적석궁에 갇혀 있던 그가 새삼 이곳에 있는 것이 불길한 것이다. 그 불길함이 그가 무슨 일을 저지를까 봐 그런 것인지, 또다시 제가 찾을 수 없는 곳으로 떠나 버릴까 봐 그런 것인지는 알 수 없었다.

세류의 마음을 아는지 모르는지 그저 묵묵히 바라보던 현운이 반짝 눈을 빛내며 말했다.

"그러는 너는, 왜 여기 있는 것이냐."

원망 같기도 하고 질책 같기도 했다. 그런 감정들이 담겨 있다는 것을 세류뿐 아니라 현운 또한 알고 있었다. 늘 감정을 억누르고 감추며 살아온 그이건만 지금 이 순간엔 그게 안됐다. 더 원망하고 더 질책하고 싶었다.

왜 여기 있는 것인가. 영원히 저를 잃었다고 그 얼마나 절망했는데, 그 생지옥을 맛보게 해놓고 여기 이렇게 서 있는가. 이렇게 살아 있으면서 왜 찾아질 곳에 있지 않고 하필 이 깊은 황궁에 서 있는가. 왜 하필 빼앗는 것이 죄가 되는 태자의 사람이 되어 있는가.

현운은 등 뒤로 모은 두 손을 아프리만치 꽉 움켜쥐었다. 도자기처럼 희고 매끄러운 피부와 맑은 눈, 오똑한 콧날과 붉은 입술을 더듬다 보니, 문득 온반객점에서 점원아이에게 들었던 말이 뇌리를 스친 까닭이었다. 남색에 빠진 태자의 추문에 한몫할 자라고 했던가. 저도 모르게 태자와 한데 엉킨 세류의 모습을 떠올린 순간 온몸으로 살기가 뻗쳐나갔다. 그 살기를 감지한 세류가 본능적으로 허리춤의 검으로 손을 가져가다가 흠칫 어깨를 떨었다. 또다시 서로의 거리를 확인하는 순간이었다.

엉거주춤 굳어진 채 잘근 입술 깨무는 세류를 바라보던 그의 눈에 일순 슬픈 기운이 스쳐갔다.

'너는 내 사람이었거늘, 그런 너를 홀로 두고 떠나서 이리 찬이슬 맞는 신세로 만들었구나……'

혜안을 지닌 사부의 뜻이라 반문 없이 따랐건만, 그래도 그 한번은 어겨볼 걸 그랬다는 뒤늦은 후회가 밀려왔다. 이 여린 몸으로, 이 고운 얼굴로 찬이슬 찬바람 맞으며 태자의 옥개를 지키느라 밤을 지새우는 삶이 어디 가당키나 한가.

그래도 이렇게 살아 있으니 다행이라 여겨야 하는 걸까. 백오산의 무덤 앞에서 느꼈던 절망과 분노가 다시금 떠올랐다. 그러자 혹여 눈앞의 세류가 환영은 아닌지 어리석은 불안이 그 뒤를 따랐다.

현운은 저도 모르게 세류에게로 바투 다가서며 손을 뻗었다.

"네가 영영 떠나버린 줄 알았다. 진정 세류가 맞는 것이냐……"

세류의 하얀 뺨을 천천히 쓸어내리던 긴 손가락이 붉은 입술 근처에 뚝 멈춰졌다. 손끝에 전해지는 강한 전류가 그의 얼어버린 몸을 순식간에 들끓게 했다. 백오산을 떠나던 밤 그랬듯, 저 붉은 입술을 어서 훔치라고 그를 채근하는 듯했다. 그건 그가 허락할 수 없는 감정이었다.

그때 문득 자신을 향한 현율의 경계심과 뜻 모를 살기가 뇌리를 스쳤다. 이제야 그것들의 이유를 알 것 같았다. 세류를 다시 빼앗길까 두려운 까닭임을. 지금의 자신처럼 말이다. 그래서 되지도 않는 죄목으로 자신을 구금해놓고 서둘러 양위를 추진하고 있구나, 그 조급하고 불안한 마음이 제 것인 듯 훤히 보였다. 자신도 그럴 수만 있다면 다르지 않을 것이므로.

"어찌 산을 내려와 여기 있는 것이냐."

"홍인의 유언이었습니다."

대숲의 그 무덤 중 하나는 홍인의 것, 다른 하나는 합탁의 것이리라. 그렇다면 남은 하나는 뉘의 것인가. 잠시 가졌던 의문은 이내 지워졌다. 뉘의 것이든 세류의 것이 아니니 그걸로 됐다.

"무슨 일이 있었는가."

"암자에 자객이 들었었습니다."

비수를 맞은 듯 날카로운 통증이 한순간 가슴을 꿰뚫고 지나갔다. 혹여 태자가 보낸 자객들이었는가, 분노마저 일었다. 마치 그 마음을 알기라도 한 것처럼 세류가 덧붙였다.

"죽은 호경이라는 자가 보낸 자객들이었습니다."

그래서 그 밤 호경을 뒤쫓아 대량궁 담을 넘었군, 깨달음과 함께 사부에 대한 원망이 머리를 스쳤다. 무명이 떠나기 전 산의 진을 파하지만 않았어도 이리되진 않았을 것을.

세류의 담담한 얼굴을 묵묵히 응시하던 현운의 시선이 궁을 감싼 어둠 속으로 향했다. 저 어둠처럼 한 치 앞도 내다볼 수 없는 것이 삶이라 믿었건만 무명의 눈에는 보였던 것일까. 해서, 그 모든 일은 어차피 일어날 일이었고 세류가 태자의 사람으로 이곳에 서 있는 것 또한 정해진 운명이었는가.

문득 각자 진 짐이 다르니 세류에게 네 짐까지 함께 지게 하지 말라던 사부의 당부가 가시처럼 머리에 박혀왔다. 저만을 찾고 제 등에 매달려 온기를 나눠주던 사제는 더 이상 없음을 이제는 인정해야 할 것 같았다. 이것은 세류가 선택한 삶, 속이 쓰리고 가슴이 요동쳐도 인정할 수밖에 없는 현실이었다.

현운은 마지막 남은 미련마저 단호히 잘라내듯 야멸치게 돌아섰다.

"나와의 연은 잊어라. 네 선택이 형님이라면 나와의 인연을 이어서 이로울 게 없을 것이다."

세류는 어느덧 시야에서 사라진 그의 흔적을 찾아 어둠 속을 살피다가 가만히 볼을 쓸어보았다. 아직도 그의 체온이 남아 있는 것인가. 제 볼이 유난히 뜨거웠다. 그 손길을 되새기다 보니 다리에서 힘이 빠져나갔다.

그 기나긴 그리움의 끝이 이것이란 말인가. 그가 남기고 간 냉기에 살을 베인 듯 아프고 시렸다. 잠시 잠깐 스쳐간 사형의 체온이 꿈인 듯 아득했다. 그래서 벌써 그리웠다. 만난 적 없는 듯 애타게 그리웠다.

털썩 주저앉은 채 그저 망연히 그가 사라진 어둠 속을 응시하던 세류의 눈이 어느 순간 제 발밑의 붉은 기와로 향했다. 이제 어찌 되는 것일까. 요즈음 태자는 계림공과 수없이 독대를 하고 있었다. 두 사람에게 사형의 운명이 걸려 있을 터. 그래서 세류는 이 야심한 밤, 머리를 맞대고 있을 두 사람의 밀담이 너무도 불길했다.

16. 미몽迷夢, 그저 보리밥에 푸성귀만 먹더라도

현운이 구금에서 풀려난 것은 구금된 지 정확히 십오일 후였다. 그날은 황실의 모든 법도는 무시한 채 급박하게 추진된 현율의 황제 즉위식이 있는 날이었다.

화사한 햇귀가 내리쬐는 이른 아침, 황궁의 대전은 내신들과 문무백관들의 통곡 소리로 뒤흔들렸다. 그 통곡은 스스로 자리에서 물러난 태문황제에 대한 예우였다. 모두가 부복한 채 슬피 우는 속에서 홀로 의연한 이가 있었으니 그는 방금 태문황제에게서 대보大寶를 받은 현율이었다.

대보, 황제의 금인을 손에 쥔 현율이 이글거리고 있는 황후의 눈과 마주치자 붉은 입술 가득 미소를 머금었다. 그리고 그 순간 그와 똑같은 미소가 계림공의 입가에도 걸려 있었다.

상황전은 겉으로는 새로운 황제에 대한 축하의 말로 떠들썩했으나 묘하게도 무거운 공기가 흐르고 있었다. 앉아 있는 것이 영 버거운지 창백한 상황의 얼굴도 그러했지만, 현율을 바라보는 상황후이자 태후인 서정의 눈빛이 지독하게 날카로운 까닭이었다. 그 시선을 태연히 받아내는 현율의 눈 또한 매섭기는 마찬가지였다. 그 무거운 분위기를 깨려는 듯 헛기침을 뱉은 태보 계림공 현제홍이 짐짓 밝은 목소리로 말했다.

"이제 황후를 맞아들이는 일만 남았습니다. 즉위식 때문에 미뤘으나 내궁이 비어 있는 것은 모양새가 좋지 않으니 말입니다. 진작 정해진 혼사이니 태후께서 준비하시기에 큰 어려움은 없으시겠지요."

태후와 현율의 눈빛이 모처럼 똑같은 빛으로 빛났다. 아무리 현율이 병약하여 혼례를 미루다 보니 짝 없이 황위에 올랐다고는 하나, 제 손녀를 하루라도 빨리 황후 자리에 앉히고자 채근하는 모양새가 곱게 보이지 않는 것이다. 하기야, 어서 빨리 제 세상을 만들고 싶은 조급증이 능히 짐작이 되긴 했다.

그래서 태후는 유홍이 사라진 작금에 황실의 가장 웃어른인 제홍을 뒷배로 삼은 현율이 비록 제 속으로 나왔지만 소름끼치도록 두렵기만 했다. 그래도 내 아들이다, 그러니 보듬고 감싸줘야 한다, 그런 마음이 영 없는 것은 아니었다. 한낱 필부의 지어미라면 제 흠쯤은 감추고도 남았다. 그러나 핏줄보다 황실을 지켜야 하는 것이 자신의 소임이었다. 제 죄의 씨앗으로 인해 황실의 정통성이 훼손되는 것은 끔찍하고 두려웠다. 그래서 자꾸만 매정하고 몰인정해질 수밖에 없는 것이다.

계림공에게서 떼어낸 날카로운 시선을 현율에게 고정시킨 태후가 애써 부드러운 목소리로 말했다.

"어서 빨리 손자를 볼 수 있었으면 좋겠군요. 진즉 성혼하여 후손을 봤다면 불미스러운 추문도 없었을 것을……. 황궁에 이토록 후사가 없었던 적이 있었는가 싶습니다. 황제, 이 어미를 더 기다리게 하지는 않으시겠지요?"

현율이 대놓고 책망하는 태후의 말에 그저 입을 꽉 다물었다. 그런 현율에게서 야멸치게 고개를 돌린 태후가 이번에는 현운에게 물었다.

"황자, 내 황자의 혼례도 추진하고자 합니다. 제자리를 찾았으니 이제 일가를 꾸리고 정착해야 하지 않겠습니까? 그 뉘보다 건승하니 그토록 기다려온 후손도 곧 안겨주시겠지요?"

"어마마마, 소자 이 자리에서 청할 것이 있습니다."

무슨 말을 하려는 것인가. 태후와 현율의 눈빛이 딱딱하게 굳어졌다. 제 아우에 대한 두려움을 아직 다 떨쳐내지 못한 현율은 여전한 두려움 때문이었지만, 태후는 전날 밤 은밀히 적석궁을 찾았을 때가 떠오른 까닭이었다.

'그 자리는 네 것이다. 그것을 잊지 말아라.'

힘겹게 꺼낸 그 말에 현운은 그 보기 좋은 입술을 일그러뜨리며 말했었다.

'제 것이라 믿었던, 유일한 이마저 제 것이 아니었습니다. 이 세상에 더 이상 제 것은 없습니다.'

모든 욕심을 내려놓은 듯, 모든 의지를 버린 듯 공허하던 그때의 눈빛이 현율의 이글거리는 눈빛과 너무도 달라서 더 불길했다.

"그래, 청할 것이 무엇인가?"

태후를 대신해 묻는 현율의 말을 그 어떤 감정도 느껴지지 않는 무심한 음성이 뒤따랐다.

"오랫동안 황자라는 신분을 잊은 채 전장을 누비며 살았습니다. 가진 재주 미천하나 국경의 백성들에게는 미약하나마 도움이 되었다 생각합니다. 황자로 태어나 백성들을 지키는 것은 지당한 책임이니, 단 하나 가진 재주를 따라 그저 검교대의 수장으로서 살고자 합니다. 부디 용인해주십시오."

"황자!"

새된 목소리로 외친 태후의 눈이 무표정한 현운의 얼굴에서 문득 현율에게로 옮겨졌다. 저러길 기다리고 있었는가, 짐작하고 있었는가. 붉은 입술에 번져가는 희미한 미소가 너무도 섬뜩했다.

직접 눈으로 확인하진 않았지만 현운 또한 현율의 입가에 번진 미소를 짐작할 수 있었다. 지금 현율의 몸을 가득 채운 것은 승자의 기운, 바로 그것이고 그를 감지 못할 현운이 아니었다.

세상을 뒤엎을 수 있을까. 그러고자 마음먹는다면 가능할 것이다. 황좌를 차지할 수 있을까. 그가 하고자 한다면 그 또한 가능할 것이다. 그의 모든 것을, 세류마저도 빼앗을 수 있을까. 만약 현율에게 검을 겨누게 된다면 바로 그 때문일 것이다.

그래서 떠나야 하는 것이다. 세상을 뒤엎고 황좌를 강탈하려 검을 뽑아든다면 황궁은 또다시 피바람에 휩싸이게 될 터, 현유홍과 다를 게 무엇이겠는가. 무엇보다도 살귀나 다름없는 모습을 세류에게 다시는 보이고 싶지 않았다. 그날 성곽 위에서 저를 내려다보던 그 경악에 찬 눈빛, 그 심장을 헤집는 눈빛을 또 견딜 자신이 없는 것이다.

"내, 허할 수 없느니라. 어찌 황자의 신분으로 낭인처럼 떠돌려 하느냐? 운은 가정을 꾸려 도성에 정착토록 하라……."

이제껏 없는 사람처럼 아무 말 없던 상황이 꺼져가는 목소리로 입을 열었다. 그 말에 살짝 얼굴이 굳어졌던 현율이 이내 부드럽게 표정을 풀며 말했다.

"아바마마, 소자의 생각은 다르옵니다. 아우는 국경의 방어에 이미 크나큰 능력을 떨친 바, 작금에 그만한 장수는 없었지요. 하여 소자는 황자 현운을 행영병마사行影兵馬使에 임명하여 그 수하들과 함께 변방의 방어를 튼

튼히 하게 할 생각입니다."

"행영병마사라니……! 어찌 황자에게 그런 임시직분으로 변방을 떠돌라 명하시는 게요?"

너무도 노골적인 현율의 의도에 태후가 참지 못하고 버럭 고함을 쳤다. 행영병마사가 무엇인가. 말 그대로 그림자처럼 떠돌며 전장에 힘을 보태는 떠돌이 장수였다. 도성 밖으로 내몰라고 제안했던 계림공조차도 놀란 눈치였으나 현율은 너무도 태연자약한 표정이었다.

"어마마마, 아우 비록 황자의 신분이라고는 하나 오랜 세월 황궁 밖을 자유로이 누비며 살았습니다. 아우에게는 이 황궁이 갑갑할 터, 소자는 그저 아우의 심중을 헤아리려 애쓴 것뿐이니 너무 노여워 마십시오."

그 진의를 모르는 이가 없기에 현율의 말이 끝나자 갑갑할 정도의 고요가 상황전을 내리눌렀다. 바로 그때 대령상궁인 노 상궁이 기척도 없이 뛰어들었다.

"폐하! 해서도에서 온 전령이 폐하를 알현코자 합니다. 한시가 급하다 청하니 부디 통촉하여 주시옵소서!"

상황전에 들어선 전령을 보는 순간 전내의 모든 눈이 커다랗게 치떠졌다. 저 몸으로 어찌 엿새거리의 도성까지 달려왔는지 놀라울 만큼 피투성이였던 것이다. 제대로 부복하지도 못하고 엉거주춤 몸을 앉힌 전령이 힘겹게 입을 열었다.

"폐, 폐하! 부, 부소국이, 야율행평이 직접 군사를 이끌고……!"

"뭐라! 야율행평이 직접 출진했단 말이냐!"

절평의 다급한 외침과 함께 현운이 자리를 박차고 일어섰다. 황성의 높은 담 안에서 안주해온 이들이 어찌 처참한 전장을 알 것인가. 적들의 창칼에 스러지는 백성들의 모습을 알고 그들의 발아래 짓밟히는 산천의 처참함을 알고 있는 이들은 오직 그들뿐이었다.

현운이 이제 거의 정신을 놓다시피 한 전령의 어깨를 움켜잡고 거칠게 흔들었다.

"적군의 규모는 얼마나 되느냐? 해서성이 함락된 것이냐!"

"적병은 오만 정도 되옵고, 성은 소인이 뜰 때쯤 거의 함락 직전⋯⋯."

그 말을 끝으로 전령은 그대로 꽈당 쓰러져버렸다. 해서성이 함락됐다면 그다음은 관내도였고 관내도마저 적들에게 내주게 되면 그 후엔 황성이었다.

현운이 어쩐지 멍한 눈으로 저만 바라보는 현율을 똑바로 응시하며 빠르게 말했다.

"폐하, 한시가 급합니다. 해서도로의 출군을 명하셔야 합니다."

"그, 그렇게 하지."

현율의 멍한 눈빛은 전령의 처참한 모습에 충격을 받은 탓인 것이다. 그러니 이 순간만큼은 아우 뜻에 따르는 것밖에 할 수 있는 것이 없었다. 역시나 해악(駭愕, 몹시 놀람)한 표정으로 지켜보던 태후가 입을 연 것은 그때였다. 태후가 시선을 현율에게 고정시킨 채 짐짓 무심한 어투로 말했다.

"야율행평이 직접 나선 것은 부소국의 새 군주로서 제 위엄을 보이고자 하는 것일 터, 어찌시렵니까, 황제? 저들의 도발을 그냥 보아 넘길 참입니까? 직접 전장에 나가 저들에게 호륜의 황제로서 그 위엄을 보여 장차 저들이 다시는 이 땅을 넘보지 못하도록 하시는 게 어떨지요?"

그것은 또 다른 책망이었다. 너는 황제의 옷을 입은 채 이 황궁 안에 숨어 있겠으나 현운은 적들에게 진정 호륜 제일의 위엄을 보일 것인데 어찌겠느냐, 라는.

이글거리는 눈으로 태후를 응시하던 현율이 천천히 입을 열었다.

"네, 어마마마. 지당하신 말씀이십니다. 뉘가 호륜의 황제가 되었는지 저들에게 알려야겠지요. 그러니 소자가 직접 군대를 이끌고 나가 호륜의 위엄을 보일 것입니다. 더는 염려치 마시옵소서."

그 순간, 거미줄처럼 얽힌 시선들이 저마다의 날카로움으로 상황전을 가득 채우기 시작했다.

딸깍딸깍, 찻주전자가 사기다반에 내려지며 소리를 냈다. 귀족가의 여식으로 나면서부터 정숙함을 강요받았고 열 살에 태자빈에 간택된 후로는 엄격한 황실의 예의 법도를 강요받았다. 그래서 젖은 땅을 거닐어도 발소리 한번 내지 않던 태후였다. 그런데 다시 딸깍, 손수 채운 찻잔이 차탁에 앉으며 또 소음을 냈다. 그 소음에 이제껏 제 잔만 들여다보던 현율의 시선이 어미에게로 향했다.

그러나 태후는 자신이 그런 소음을 냈다는 것도 모르는 듯 소음의 근원인 제 찻잔만 응시하고 있었다. 그 순간, 가슴 한쪽이 콕콕 쑤셨다. 흠 잡을 데 없이 언제나 완벽했던 터라 어린 날부터 그토록 저를 두렵게 했던 어미였으나 지금은 전혀 두렵지 않았다. 한데 그것이 짜릿하면서도 한편 가슴이 아팠다. 어쩌다 들키지 말았어야 할 흠을 들켜 저리도 빈틈을 보이는가. 어미의 고뇌 깊은 눈빛이, 망설임 가득한 손짓이 승자의 낙마저 잠시 잊게 했다.

그때 인정人定을 알리는 종소리가 들창문을 넘어 들었다. 딸깍, 현율은 저도 일부러 소리 내어 찻잔을 내려놓으며 입 열었다.

"어마마마, 하실 말씀이 있으신 것 아닙니까? 벌써 인경이 울립니다."

그제야 현율에게로 시선을 올린 태후가 그러고도 한동안 말이 없었다.

내가 참으로 강력한 무기를 쥐었구나, 현율이 쓴웃음을 지을 때에야 태후의 입이 열렸다.

"왜 묻지 않습니까?"

그 질문에 내내 어미에 대한 안쓰러움으로 얹혀 있던 체증이 한순간에 말끔히 사라졌다.

결국 그런 것인가. 이미 식어버린 차를 한 모금 삼키는 그의 입술에 씁쓸한 미소가 번졌다. 그리 오래 고뇌하더니 너는 황제일 자격이 없다고 말하려던 모양이다. 태후의 질문엔 '무엇'이 빠져 있었지만 현율은 그것이 제 진짜 아비가 뉘인지 왜 묻지 않느냐는 뜻임을 본능적으로 알 수 있었다.

"미욱하고 병약해서 소자, 어마마마께 누가 될까 늘 노심초사하며 살아왔습니다. 행여 어의의 공언대로 열다섯을 넘기지 못해 불효를 저지를까 속앓이도 했습니다."

현율은 무슨 말을 하려는 거냐고 묻듯 빤한 눈에게 부드러이 웃어보였다.

"한데 어마마마의 매서운 독려 덕에 소자 열다섯도 넘겼고 이렇게 황위에 오르지 않았습니까? 소자를 황자로 낳아주셨고 천하제일이 될 수 있게 키워주셨으니 무슨 답이 더 필요하겠습니까? 이미 족합니다, 어마마마."

내 황제가 될 수 있었던 것은 결국 당신의 부정 때문이니 자격 없다 비난치 말라는 뜻이었다. 그를 모를 리 없는 태후의 낯빛이 창백해지더니 바스락, 치맛자락을 움켜쥐는 소리가 타는 속내인 듯 들려왔다. 그 미약한 소리가 묘하게도 현율의 속을 헤집었다. 어미의 타는 속내를 온전히 외면치는 못하는 까닭이리라.

"계림공을 가까이 하지 마세요. 대량공의 권세에 눌려 숨죽이고 있을 뿐, 그도 가진 야심이 작지 않습니다. 소황제가 다시 되살아나서야 되겠습니까?"

어느새 다시 냉철한 눈빛으로 돌아간 태후가 찬 목소리로 말하고는 자리에서 일어섰다. 그리고는 듣는 둥 마는 둥 시선조차 맞추지 않는 현율을 잠시 빤히 응시하다가 문으로 향하며 덧붙였다.

"궁 밖의 매 순간이 황제에게는 목을 조이는 고행일 겁니다."

그러니 몸조심하라고, 무사히 환궁하라고 말해주면 좋으련만. 문밖으로 나서는 태후의 뒷모습을 바라보며 씁쓸히 웃던 현율이 문득 가슴께로 손을 올렸다. 세류에게 며칠 휴귀를 준 탓에 은비녀는 없는 듯 내내 조용하기만 했다.

정 깊은 손길로 은비녀를 더듬던 현율의 입가에 문득 잔잔한 미소가 번져나갔다. 매 순간이 고행이면 어떠한가. 그곳이 해감내 진동하는 천민촌이든, 피비린내 가득한 전장이든 감내할 수 있었다. 이 은비녀의 주인과 함께라면.

청등롱 든 나인을 앞장세우고 걷던 태후가 문득 멈춰 섰다.

"연 상궁."

"네, 폐하."

태후는 곁으로 와 시립한 연 상궁에게 나직한 목소리로 물었다.

"내가 저 아이를, 너무 매몰차게 몰아세운다고 생각하느냐?"

"폐하……."

"어미가 돼서 아들을 전장으로 내몰고 무사히 돌아오라는 말 한마디 없이……. 그를 어찌 어미라 하겠느냐?"

비스듬히 굽어 있던 연 상궁의 허리가 더 깊이 굽어졌다. 감히 상전을 가엾이 여기는 제 낯을 보일 수 없는 까닭이었다.

태후가 태자빈에 간택된 때부터 모셨으니 수족이 되어 곁을 지킨 지 어언

40여 년이었다. 숨소리만 들어도 상전의 심사가 어떤지 가늠하게 되는 세월
이었다. 더구나 다른 이들 눈에는 냉철하고 강한 여인이지만, 연 상궁은 이
여인이 소리조차 내지 못한 채 숨어서 흘리는 눈물을 늘 함께 흘렸었다.

"가지……."

조용히 뒤따르는 연 상궁의 뇌리를 현운 황자가 돌아온 날 태후가 했던
말이 스쳐갔다.

'운이 황위에 오르고 나면 난 율이를 데리고 궁을 나갈 걸세……. 산 좋
고 공기 맑은 곳으로 가서 그저 보리밥에 푸성귀만 먹더라도, 어미와 아들
로만, 어미와 아들답게만, 그렇게 살 걸세.'

17. 와탑臥榻, 어리석은 사내로구나

해서성을 지척에 둔 사량산 인근 평야에 이만 군의 진영이 들어섰다. 야율행평에게 빼앗긴 해서성을 탈환하기 위해 달려온 호륜군의 진영이었다. 그 진영의 중앙막사에 십여 명의 사내가 원탁을 중심으로 둘러앉아 있었다. 창원황제 현율을 비롯한 현운과 대장군들 이하 장수들이었다. 그들은 오시午時에 진영을 구축한 이후로 척후병의 보고를 들으며 내내 같은 사안에 대해 논의 중이었다.

은발이 인상적인 좌맹분대左猛賁袋대장군 소굴여가 걸쭉한 목소리로 말했다.

"폐하, 더 지체할 이유가 없습니다. 저들이 성안에서 꼼짝도 않는 것으로 보아 문제가 있는 것이 분명합니다. 그렇지 않다면 관내도를 코앞에 두고 진군을 멈췄을 리가 없습니다."

"맞습니다, 폐하. 부소국은 지금 부족 간의 세력다툼으로 혼란한 상태입니다. 야율행평이 직접 출병했다고는 하나 자리를 오래 비울 수 있는 상황이 아닙니다. 해서성에 일부 병력만 남기고 회군했을 가능성이 큽니다.

내일 날이 밝는 대로 해서성을 공격해야 합니다, 폐하.”

관군대장군冠軍大將軍 강여청의 말에도 그저 여지도에 시선을 주고 있던 현율이 문득 현운에게로 고개를 돌렸다. 한마디쯤 할 법도 하건만, 현운은 내내 입을 꾹 다문 채 무표정한 얼굴이었다.

그때 우맹분대右猛賁袋대장군 지윤심이 고개를 내저으며 앞선 이들과는 다른 의견을 밝혔다.

“해서성은 그 지형적 특성상 저들이 들기는 평야라 쉬웠겠으나 관내도 방향에서 들어가기에는 목이 있어 큰 어려움이 있습니다. 좀 더 세세한 정보를 취한 후에 움직여야 할 것입니다.”

지윤심의 말에 새로이 표기대장군豹氣大將軍에 임명된 권절평도 동의했다.

“저들이 진군을 멈춘 것엔 분명 사유가 있을 것입니다. 그러니 그 사유를 세세히 파악한 연후에 움직이는 것이 아군의 피해를 최소화하는 방책이라 사료됩니다.”

“아우의 의견은 어떠한가? 우리 중 가장 최근 전장에 있었으니 보는 눈도 다를 터, 어서 사견을 말해보라.”

오직 아우의 의견만이 중요하다는 듯 재촉하는 말이었지만 그 눈빛은 복잡하기 그지없었다. 황제로서 직접 출전해서 이끄는 첫 전투이니 그 의미가 남달랐다. 승전을 위해서는 아우의 도움이 절실하나 도움 받는 것이 탐탁지 않으니 속이 복잡한 건 당연한 일. 그러나 현운은 저를 향한 그런 눈빛은 모른다는 듯 지도를 짚으며 담담하게 답했다.

“해서성으로 접근하려면 이곳 서한촌의 병모가지를 지나야 합니다. 군사가 아무리 많아도 이 좁은 길을 횡으로 통과할 수 있는 인원은 고작해야 이십여 명이고 적군이 매복할 수 있는 곳은 얼마든지 있습니다. 자칫 적군에 의해 아군의 선발대가 고립될 수도 있다는 뜻입니다.”

"허면 어찌해야 한단 말이냐? 이만의 병력으로도 성 탈환은 힘들단 말이더냐?"

살짝 눈살을 찌푸리며 성마르게 묻는 현율에게 현운이 여전히 담담한 목소리로 대답했다.

"합서와 신녕, 강음에서 출발한 이만 칠천의 병력이 며칠 내 도착할 겁니다. 그러면 우리의 병력은 총 사만 칠천. 서한촌에 칠천의 병력을 배치하고 나머지 병력은 둘로 나눠 성의 동문과 서문을 동시에 공격하는 것이 가장 효과적인 전술입니다."

"하, 역시 황자님이십니다! 귀검의 전술이니 승전은 이미 따놓은 것이나 진배없습니다그려!"

권절평의 말에 지윤심은 물론이고, 당장 공격해야 한다고 주장했던 강여청마저도 고개를 끄덕였지만, 현율의 얼굴은 살짝 굳어졌다. 대장군들에게 인정받는 계책을 저리도 담담한 얼굴로 내놓다니, 저는 듣고도 무슨 말인지, 왜 저들이 저리 감탄하는지 모르니 짜증마저 일었다.

무엇보다 짜증이 이는 것은 하루라도 빨리 황궁으로 돌아가려면 일단은 아우를 믿고 따라야 한다는 현실이었다. 호기롭게 나섰으나 어미의 말처럼 궁 밖은 매 순간이 고행이라, 한데에서 먹고 자는 거친 일정에 벌써 신물이 올라올 지경이었다. 그 높은 담을 벗어나니 황제라는 자리도 제 보호막이 못 되는 것 같아 불안감이 커질수록 신경이 예민해지는 것이다.

매 순간, 제 주인이 지척에 있으니 안심하라는 듯 울어대는 은비녀가 없었다면 진즉에 스러졌을 고행이었다. 현율은 지금도 울어대는 은비녀로 향하려는 손을 애써 여지도로 옮기며 담담한 목소리로 말했다.

"해서성 동문과 서문을 공격하자면 산을 돌아가야 한다. 두 시진은 족히 걸리는 먼 거리인데 병력을 나눴다가 그사이에 저들이 공격해오면 어찌하느냐?"

"설령 저들이 남문을 열고 나온다고 해도 병모가지를 지키고 있으면 무리 없이 막을 수 있을 겁니다. 동문과 서문으로는 야심을 틈타서 은밀히 이동하면 됩니다."

자신의 머리는 온갖 계산들로 터질 것 같건만, 적들을 지척에 두고도 어찌 저리 냉철하고 담담하게 계책을 세우는가. 현운의 무표정한 얼굴과 거칠 것 없는 목소리에 더욱 짜증이 났다.

"저들도 우리가 이곳에 진영을 세운 것을 알고 있을 터, 은밀히 이동한다는 게 가능한 일이란 말이냐?"

이젠 아예 역정을 감추지 않는 말에 모두의 얼굴이 당혹감으로 굳어졌다. 그러나 현운은 현율의 매서운 눈초리에도 변함없이 담담하기만 했다.

"폐하께서 염두에 두고 계신 계책은 무엇입니까?"

비록 검은 몇 번 잡아보지 못했고 전투는커녕 대련조차 해본 적 없지만 신분상 의무였으니 책으로나마 병법은 익힌 그였다.

현율은 나름 신중하게 내린 계책을 입에 담으며 아우의 눈치부터 살폈다.

"내일 인시寅時에 적들이 자고 있는 틈을 타 서한촌의 병모가지를 빠르게 이동해서 남문으로 진격한다. 병력을 나누는 것은 위험부담이 크고 적의 상황을 모르니 가능한 많은 병력으로 한 곳을 공략하는 게 낫지 않겠는가? 어떻소, 좌맹대장군?"

"좋은 전략입니다, 폐하. 병력을 나누고 시간을 끌어봐야 적들의 방비만 단단해질 뿐입니다."

소굴여가 눈치 보며 동의하자 그제야 현율의 붉은 입술에 흡족한 미소가 걸렸다. 현운마저도 일단은 짧은 목례로 동의를 표시했다. 물론 황제의 곤두선 신경이 동의에 큰 몫을 차지하긴 했다. 다들 마지못해 따르는 것이 건만, 좌중의 표정을 살필 겨를도 없는 듯 현율이 어쩐지 다급한 손짓과 함께 눈을 감았다.

"내일의 승전을 위해 다들 충분히 쉬시길 바라오."

긴 행군에 지친 탓인지 황제의 낯빛이 어느 때보다 더욱 창백했다. 황제의 위엄을 보이느라 이제껏 애써 버텼으나 결국 한계에 이른 모양이었다. 이만큼 버틴 것도 웬만한 의지로는 불가능했으리라. 어릴 때에도 병약하긴 해도 때론 무모할 정도로 강한 의지를 내비치는 것이 현율이었다. 무엇인가 지키고 싶어질 때가 바로 그때였다. 그날도 그랬다. 똑같이 추격꾼에게 쫓기는 신세면서도 제 아우를 지키겠다고 어른인 척, 강한 척했던 그였다. 지금은 무엇을 지키려고 저리 버티는가.

출입구로 향하던 현운의 눈이 순간 입구 옆에 놓여 있는 와탑(臥榻, 침상)을 발견하고는 번뜩 빛을 발했다. 몸 하나 누이면 그만일 좁은 침상과 낡고 거친 모포가 전부인 초라한 잠자리였다. 그것에 누가 제 몸 눕히게 될지는 확인할 필요도 없다. 그렇기에 화가 나는 것이다.

'사내놈이 바위를 요삼아, 낙엽을 이불삼아 한데에서도 자고 그래야 사내지. 계집도 아니고, 뭔 이부자리에 그리 지성을 쏟는 겐가?

매번 무명에게 핀잔 들으면서도 홍인은 해마다 최상급 천과 솜으로 세류의 침구를 만들곤 했었다. 낡고 소박한 암자의 방에는 어울리지도 않는 호사로운 이부자리였다. 저는 낡고 얄팍한 이부자리에서 자면서도 세류에게는 끔찍했던 홍인이었다. 이제야 야단스럽던 홍인의 그 마음이 이해가 됐다. 세류가 저 초라하고 온기 없는 곳에 누워 선잠 잘 걸 상상하니 끔찍하게 싫었다.

그리 끔찍하게 아끼더니 왜 그런 유언을 남겼는가. 어찌 황궁으로 보내 저 초라한 곳에 제 몸을 누이게 만드는가. 황제는 또 어이해 저 찬 곳에 그 아이를 머물게 하는가. 거친 손짓으로 팍 천막을 쳐내며 밖으로 나선 현운이 막사의 그늘 쪽으로 날카로운 시선을 던졌다. 그 그늘에 몸 감춘 채 내 내 자리 지키고 있는 세류를 진즉부터 감지하고 있던 것이다.

현운은 들끓는 마음과는 달리 더욱 차갑게 내려앉은 목소리로 말했다.

"차라리, 촌락으로 내려가 밭이라도 일구며 살지 그러느냐? 고작 남의 그림자로 사는 것보다는 그리 사는 것이 나을 것 같다만, 네 그릇이 이 정도라면 어쩔 수 없겠지."

차디찬 말에 세류가 움찔 어깨를 떠는 기척이 느껴졌지만, 현운은 돌아보지 않았다. 자신답지 않게 냉정을 잃고 비난인 말을 뱉은 것이 부끄러워야 하건만 지금은 그저 가슴이 들끓었다. 그것이 정녕 세류의 초라한 침상 때문인지, 그 침상이 황제의 곁에 있어서인지는 그 자신조차 분명치 않았다.

현운은 복잡한 심사처럼 일그러진 눈빛으로 걸음을 옮겼다.

황제가 잠이 든 것을 확인한 세류는 조용히 막사를 나서서 산으로 향했다. 며칠 동안 몸에 켜켜이 쌓인 흙먼지를 씻어내기 위해서 낮에 우연히 발견한 계곡으로 향하는 것이다. 세류는 아무도 그 계곡을 발견하지 못했기를 바라며 거침없이 산을 올랐다.

세류의 바람대로 계곡은 인기척 없이 고요한 어둠에 잠겨 있었다. 반가운 마음에 발부터 계곡물에 담그자 기분 좋은 서늘함이 발끝을 타고 온몸으로 퍼져 나가기 시작했다. 세류는 그 감촉이 너무 좋아서 세목을 미룬 채 바위 위에 걸터앉았다. 달빛에 물든 물결이 밀려와 발을 간질이고 어루만지며 지치고 고단한 세류를 위로했다.

온전히 홀로인 시간. 그래서 온전히 자신인 시간이 되면 언제나 그랬듯 백오산의 나날들이 머리를 채워왔다. 늘 기억에서만 만나지던 사형이 지척에 있으니 이 밤은 더욱 짙은 그리움으로 다가왔다. 그때 문득 세류의 입가에 쓸쓸한 미소가 번졌다. 현운의 얼음장처럼 차디차던 목소리가 떠오른 것이다.

'차라리, 촌락으로 내려가 밭이라도 일구며 살지 그러느냐? 고작 남의 그림자로 사는 것보다는 그리 사는 것이 나을 것 같다만, 네 그릇이 이 정도라면 어쩔 수 없겠지.'

사형으로서는 사제가 그림자무사로 숨어 살다시피 하는 것이 못마땅할 만도 했다. 그럴 거라고 짐작하고 이해하면서도 서운한 마음이 드는 것은 어쩔 수 없었다. 어린 시절이라면 투정이라도 부렸으련만 그럴 수 없으니 더욱 서운했다.

자신이 어린 시절처럼 발장구치고 있다는 것을 깨닫고 픽 웃은 세류의 볼이 다음 순간 느닷없이 발그레 붉어졌다. 백오산에서의 어린 날, 세목하던 알몸의 사형을 지금처럼 발장구치며 지켜보던 기억이 떠오른 것이다. 함께 세목은 해본 일도 없거니와 그렇게 지켜보는 것도 홍인에게 걸리면 현운에게로 엄청난 잔소리가 쏟아지곤 했었다.

'아니, 지금 뭐하시는 게요! 어찌 세류 님 앞에서 그 흉악한 것을!'

평소엔 현운에게 깍듯하기만 하던 홍인이 그 순간엔 서슬 퍼런 기세로 손가락질까지 해댔었다.

'흥, 흉악? 임자 지금 말 다했소? 우리 도련님 어디가 흉악하단 말이오!'

합탁이 침 튀기며 끼어들면 홍인과 둘이서 대거리할 뿐, 현운은 그러거나 말거나 무심한 표정이곤 했다.

어린 날에는 사형의 몸이 그저 신비롭고 부러워서 홀린 듯 보게 됐었다. 자신과 다른 것도 그랬지만 널따란 등과 어깨, 길고 탄탄한 팔과 다리가 너무도 부러웠다. 자신은 언제쯤이면 사형 같은 몸을 갖게 될까, 어서 빨리 사형만큼 크면 좋겠다고 바랐던 것이다. 한데 지금 그때를 떠올리니 괜스레 가슴이 떨리고 볼이 달아올랐다.

'세류야, 사형도 너도 그때와 같지 않거늘……. 사형은 네가 감히 그런 기억을 간직하고 있어선 안 되는 분이다.'

아무리 스스로를 다그쳐도 달아오른 볼은 쉬 식지 않았다. 계곡물을 얼굴에 끼얹어 봐도 마찬가지였다. 어쩌면 현운이 황자가 아닌 그저 사형이었던 그때, 자신이 황제가 아닌 사형 곁에 있던 그때가 지독하게 그리운 까닭일지도 몰랐다. 다시 돌아갈 수 없어 더욱 애타는 까닭일지도.

결국 온몸을 차가운 물속 깊이 담가야 식을 열기인가. 바위에 올라선 채 철릭 고름을 풀던 세류는 다음 순간 귀신이라도 본 듯 놀란 표정으로 굳어져버렸다. 언제부터 그곳에 있었던 것일까. 갑작스레 온몸을 얼려버릴 것 같은 한기가 느껴져 고개 들었을 때, 이제껏 고요하고 잔잔했던 계곡물 속에 그가 서 있었다. 이 계곡의 주인은 나라는 듯, 달빛 속에 저 홀로 빛나고 있는 사내 현운이.

아비도 어미도 없는 처량한 신세. 어미의 젖 한번 물지 못한 채 젖동냥으로 연명한 목숨. 첩첩산중 외딴 암자에서 또래 대신 검을 벗 삼아 보낸 유년시절. 그래도 곱디고와 누구든 경계해야 하는 삶. 그래서 황제의 사람이 되었는가. 아니, 되어야 했는가. 황제의 사람이라 그 누구도 탐낼 수 없으니 그리된 것이 정녕 옳았던 것인가.

현운은 세류의 커다란 눈을 응시하다 저도 모르게 물속의 주먹을 꽉 움켜쥐었다. 들끓는 가슴 때문인지 몸의 열기가 영 식지 않아 물기를 쫓아와 몸 담근 참, 수중水中에서 세류의 기를 읽고 나니 제 쫓은 것이 물기인가, 예 올 세류의 기였는가, 의문이 일었다.

'뉘라도 탐낼 얼굴이잖은가?'

무명이 장 보러 가는 홍인을 따라가겠다고 떼쓰는 세류에게 자신의 갓을 씌우며 했던 말이었다. 저 얼굴을 늘 보며 살았으니 사부의 근심은 그의 것이기도 했다. 그럼에도 지금처럼 무명의 말이 심장에 박혀온 것은 처음이었다.

살짝 젖은 머리칼, 물기 머금은 얼굴, 살짝 드러난 가녀린 발목이 어둠 속에서도 눈이 시리도록 빛이 났다. 뉘라도 탐낼 거라더니, 진정 탐이 났다. 저 아이는 사내다, 라는 경고는 저 아이는 세류다, 라는 변명을 불러왔다. 사내면 어떻고 계집이면 어떠하랴, 그저 세류면 되는 것을.

'폐하가 호영대를 폐한 이유가 있더라고. 그 그림자무사라는 자 말이야, 현유홍의 역모 때 얼굴을 봤거든. 계집의 얼굴이더군. 나도 순간 넋이 나갔었다니까.'

'그래서 황제의 침전을 지키는 게 아니라 포단(蒲團. 요)을 데우는 무사라고 다들 수군대는 게지.'

자신이 듣고 있는 줄도 모르고 수군대던 군병들의 말이 이미 꽉 쥔 주먹에 더욱 힘이 들어가게 만들었다. 그 자리에서 검이라도 뽑았어야 옳았는가. 그랬다면 차가운 물 깊숙이 그 오랜 시간 잠겨 있었어도 여전히 달뜬 몸이 조금은 식어졌을 것인가.

석상처럼 굳어 있는 세류를 꿰뚫을 듯 응시하며 물 밖으로 걸어 나가는 그의 입술이 자조 섞인 냉소로 비틀렸다. 설령 그자들을 베었어도 식지 않았을 열기임을 새삼 깨달은 까닭이었다. 자신의 몸을 들끓게 한 것은 황제를 향한 투심, 그리고 바로 세류를 향한 욕심 때문이라는 것을 말이다.

세류가 자신의 앞에 서 있음으로 해서 온몸의 세포가 제 살아 있음을 드러내며 한껏 팽창했다. 그리고 세류가 제 나신에 얼굴 붉히며 살짝 고개 돌리는 모습은 고통스러우리만치 뻐근한 욕망을 일깨웠다. 몸은 그렇게 세류를 향한 욕정으로 잔뜩 성이 났건만 그의 눈과 머리는 그 어느 때보다 차디차게 얼어갔다.

젖은 몸에 그대로 포를 걸친 현운이 긴 손가락으로 세류의 턱을 잡아 자신 쪽으로 살짝 돌려놓았다. 채 여미지 않아 물기 가득한 가슴팍이 눈에 들어오자 세류가 다시 고개 돌리려 했지만 그의 손가락이 허락지 않았다. 그러자 기어이 내리깔아진 세류의 눈을 응시하며 현운이 얼음 같은 목소리로 말했다.

"여인의 표정을 짓고 있구나. 너는 사내가 아니더냐."

세류의 어깨가 흠칫 떨렸지만 현운은 더욱 차가워진 목소리로 말했다.

"황제 앞에서도 그런 표정을 짓는 것이냐."

"사형……!"

세류가 바짝 고개 쳐들고는 비명인 듯 불렀다. 현운은 어쩐지 원망마저 느껴지는 그 목소리에 질끈 눈감으며 돌아섰다. 이 아이에 대한 욕망이 커질수록 더 험하고 냉랭한 말로 상처 입히고 싶어지리란 것은 자명한 일. 그럴수록 자괴감 또한 커져만 가리라.

"가거라. 듣자하니 형님께서 네가 머리맡을 지켜주지 않으면 쉬 잠들지 못하신다 하더구나."

한참을 머뭇거리던 세류의 기척이 사라진 순간, 현운은 그대로 계곡물에 다시 잠겨 들었다. 그러나 온몸을 감싼 물기에도 쉬 가라앉지 않는 몸에 이내 그의 입에서 무거운 한숨이 흘러나왔다. 말로는 차갑게 대하고 비난하며 내쳤으나 한껏 달뜬 몸만은 누를 수가 없었다. 그 몸 물에 감춘들 무슨 소용이란 말인가. 그 자신이 세류에게 품었던 욕정을 너무도 잘 알고 있는 것을.

그 어떤 여인에게도 갖지 않았던 욕망을 어찌 사내인 세류에게 품게 됐는지, 여전히 통제할 수 없는 몸의 열기에 현운은 끝내 눈을 감아버렸다.

"내 정녕 병이 든 게로구나……."

세상이 아직 어둠에 잠겨 있는 새벽, 서한촌을 지나는 거대한 인마의 물결이 있었다. 마을은 기마들의 발굽소리와 숨소리, 그리고 보병들의 발소리를 솜처럼 빨아들일 뿐, 고요하기만 했다. 촌민들이 모두 피난을 가 이미 텅 비어 버린 것이다.

끝이 보이지 않는 긴 행렬의 선두에는 좌우맹분대의 기마대가, 그다음에는 황제의 직속근위대인 어림군이 따르고 있었다. 앞뒤 좌우로 겹겹이 호위된 채 말을 움직이는 현율의 곁에는 검은 방갓을 쓴 세류가 있었다.

그때 행군을 멈추라는 신호가 선두에서 내려졌다. 선두가 이제 막 서한촌 뒷산에 접어든 것이다. 그곳은 현운이 위험요소로 지목한 서한촌의 병모가지, 바위산 사이의 골짜기였다. 해서성으로 가자면 반드시 거쳐야 하는 길이기도 했다.

소굴여가 말을 돌려 현율에게로 다가왔다.

"폐하, 정찰대가 매복은 없다고 고해왔습니다. 계속 진군해도 될 것 같습니다."

"그렇습니까? 잘됐군요."

현율은 한참 뒤에 따르고 있어서 보이지도 않건만, 마치 현운이 보이는 듯 뒤돌아보며 흡족한 미소를 지었다. 귀신같은 전략과 검술로 수많은 전투를 승리로 이끌었던 아우였다. 그래서 그의 말을 무시하고 내세운 자신의 전략이 과연 옳은가 내내 불안했던 터였다. 전투는커녕 아이들 주먹다짐 한 번 해본 적 없으니 경험도, 아는 것도 없어 그 불안은 무겁고도 날카로웠다.

한데 아우의 염려와는 달리 매복 따윈 없다지 않은가. 제 뜻대로 되어가니 잔뜩 긴장했던 몸이 이제야 느슨하게 풀어졌다. 불안만큼 두려움도 컸건만, 지금에서는 전투도 별것 아니지 싶었다. 게다가 목숨 걸고 저를 지켜줄 군사들이 주위에 널렸으니 든든한 것이다.

현율은 소굴여에게 한껏 고무된 목소리로 명했다.

"속력을 높여 어서 진군하라 명하라."

"전군, 속력을 높이라!"

현율의 명을 받은 소굴여가 목청껏 고함치자 선두의 기마대가 빠른 속도로 병모가지로 진입하기 시작했다. 그 뒤를 쫓아 현율과 세류를 태운 말도 속도를 높였다. 어림군의 뒤에서 검교대를 이끌고 있던 현운의 표정이 더욱 날카로워진 것은 그 순간이었다.

현운이 가만히 오른손을 들어 검교대에게 명령을 내렸다.

"천천히 이동한다. 귀를 바짝 세워라. 작은 소리도 놓쳐선 안 될 것이다."

움직임이 느려지자 검교대의 뒤에서 자신의 군사를 이끌고 따르던 권절평과 강여청이 말을 달려 다가왔다.

"황자마마, 무슨 일입니까? 속력을 높이라는 명이 있었사온데 어찌……."

권절평의 물음에 현운은 답 대신 오히려 질문을 던졌다.

"대장군이라면 이만의 적병이 지척에 있는데 그냥 앉아서 기다리겠습니까? 이런 절묘한 지형을 이용조차 못하는 수장이 어찌 해서성을 함락시켰 겠습니까?"

그의 질문에 꿍 신음 흘린 절평 대신 강여청이 고개를 내저으며 말했다.

"허나 정찰대가 아무런 위험도 발견 못 했고 폐하의 명 또한 엄중하니 믿고 따라야 하지 않겠습니까?"

현운은 병모가지로 점점 빨려 들어가는 선두를 예리한 눈빛으로 뒤쫓 았다.

"따르지 않겠다는 말이 아닙니다. 신중히 움직이자는 겁니다. 나는 내 감을 따를 것이니 대장군들도 그리하십시오."

너무도 단호하고 근엄한 목소리라 권절평과 강여청은 아무 말도 하지 못한 채 제자리로 돌아가야 했다.

어느새 기마대의 선두는 병모가지를 벗어나기 직전이었고 그 뒤를 끝없 는 행렬이 따랐다. 그 행렬 속의 세류는 바짝 날이 선 눈으로 쉴 새 없이 양 쪽의 비탈을 살폈다. 너무 고요한 것이 오히려 거슬리는 탓이었다. 마치 일 부러 만들어놓은 고요함 같지 않은가.

신경이 날카로워진 것은 현운도 마찬가지였다. 그 어떤 기도 느껴지지 않는 것이 오히려 이상했다. 하다못해 산짐승의 기운이라도 느껴져야 하건 만 다들 무엇에 쫓기었는지 근방엔 살아 있는 것은 아무것도 없었다. 그 묘 한 기운을 애써 외면하며 막 병모가지로 들어선 순간 현운의 날카로운 눈 이 비탈위로 쏘아졌다. 그곳에 제 기마저 감춘 채 숨어 있는 천부적인 사냥 꾼들을 감지한 것이다. 날 때부터 산야를 누비며 사냥으로 살아가는 부족 이기에 무예는 뛰어나지 않으나, 예민한 짐승도 속일 만큼 은신술이 뛰어 난 자들이었다. 그래서 하마터면 현운조차 속을 뻔했던 것이다.

"비탈 위에 매복이다! 기습에 방비하라!"

현운의 사자후가 산을 울리고 어둠을 갈랐다. 그에 세류가 현율에게 더 바짝 말을 붙인 바로 그때, 요란한 함성과 함께 비탈 위에서 바위들과 굵은 통나무들이 굴러 내리기 시작했다. 그 뒤를 이어 수많은 화살이 빗줄기처럼 병모가지 안으로 쏟아져 내렸다.

"당황하지 마라! 자리를 사수하라!"

"폐하를 보호하라!"

여기저기에서 터져 나온 고함과 신음소리로 병모가지는 순식간에 아수라장이 되었다. 애초에 그럴 계략이었던 듯 바위와 통나무들이 벽을 만들어 황제와 뒤따르던 군사들을 갈라놓았다. 이제 황제는 기마대와 어림군, 그리고 세류만을 곁에 둔 채 고립된 것이다. 그러나 바위와 통나무 때문에 이미 많은 말들이 깔리거나 다쳤고 심지어 제 주인을 떨어뜨리고 달아나기까지 해서 기마대는 무용지물이나 다름없었다. 더구나 쏟아지는 화살에 꿰뚫린 채 쓰러지는 군사들도 점점 늘어갔다. 해서성의 성문이 열리기 시작한 것은 바로 그 순간이었다.

부상당한 수하들을 독려하며 부지런히 화살을 쳐내던 관군대장군 지윤심의 거친 볼이 절망적으로 실룩거렸다. 황제 쪽을 돌아보자 안 그래도 흰 낯빛이 퍼렇게 질려 있었다. 어림군 몇과 방갓을 쓴 무사가 귀신같은 솜씨로 황제를 보호하고 있긴 하지만 다들 성한 상태가 아니라 얼마나 더 버틸 수 있을지 모를 일이었다. 바위와 통나무가 만든 높은 벽 너머에 아군들이 있으나 그들이 저 벽을 뚫고 와 도와주리라는 희망은 가질 수도 없었다. 그 때쯤이면 전투는 예 갇힌 아군의 전멸로 이미 끝나있을 것이다. 그 속에 황제가 있다는 것이 무엇보다 무거운 절망이었다.

"대장군! 적들이 몰려옵니다!"

이미 불귀의 객이 됐는지, 보이지 않는 소굴여를 찾던 지윤심은 수하의 외침에 성 쪽을 돌아보고는 아, 절망적인 탄식을 토해냈다. 불과 한식경 전에는 고작 몇 백이라고 깔봤을 테지만 지금의 상황에서는 말 달려오고 있는 수백여 적군이 너무도 거대하게 느껴졌다. 꽉 이를 악물었던 지윤심은 엎친 데 덮친 격으로 요란한 함성과 함께 비탈길을 달려 내려오는 적들을 보며 다급하게 외쳤다.

"폐하를 보호하라! 마지막까지 싸워라!"

얼마 남지 않은 군사들이 현율을 중심으로 겹겹이 원을 그렸다. 그리고 그 순간 그들에게로 또다시 화살비가 쏟아지기 시작했다. 적들이 제 아군이 맞거나 말거나 화살을 쏘아대고 있는 것이다.

저를 감싼 수하들이 하나둘씩 쓰러질 때마다 현율의 얼굴은 점점 더 창백해져갔다. 살아서는 이곳을 벗어날 수 없으리라는 절망이 온몸을 엄습해왔다. 저를 막아서고 있는 세류 또한 이미 어깨에 화살을 맞은 상태였다. 이 와중에도 그 모습이 너무 애처로워서 입술을 깨문 순간, 무엇인가 뜨거운 것이 갑주를 뚫고 들어왔다. 현율은 가슴을 찢어발기는 고통에 그만 짐승처럼 울부짖고 말았다.

그 소리에 고개 돌린 세류의 눈에 현율의 가슴에 박혀 있는 화살이 들어왔다. 그는 이미 제정신이 아닌 듯 눈을 뒤집은 채 부르르 떨고 있었다. 이 대로 끝인가. 적들의 화살과 칼날은 끝도 없이 집요하게 목숨을 내놓으라 요구하고 있었다.

세류는 날아오는 화살들을 힘겹게 쳐내며 입술을 깨물었다. 화살에 꿰뚫린 오른 어깨가 참기 힘들 만큼 욱신거렸다. 문득 저를 가둔 벽을 돌아보는 세류의 눈에 슬픈 기운이 감돌았다. 저 너머, 언제나 저를 지켜주던 사형이 있건만 그와 저를 막은 벽이 너무도 높고 단단했다. 그러나 살고자 한다면, 저 혼자 현운에게 가고자 한다면 넘지 못할 벽은 아니었다. 가고 싶다, 가야 한다, 어깨의 통증이 깊어질수록 그 마음도 깊어졌다.

그 순간, 그 마음을 알기라도 하는 것처럼 현율이 피 묻은 손으로 세류의 첩리 자락을 움켜쥐었다. 고통으로 일그러진 그 얼굴, 저를 바라보는 애절한 눈이 가슴을 헤집고 뒤흔들었다. 그것은 그의 곁에 머물 수밖에 없게 한, 그 알 수 없는 숙명을 되뇌게 만드는 눈이었다.

세류는 쏘아져오는 화살을 검으로 힘껏 쳐내며 소리 없이 외쳤다.

'사형! 도와줘, 제발!'

혼란스러운 주위를 훑는 현운의 눈빛이 더욱 무거워졌다. 바위벽 안쪽의 상황이 어떨지 훤히 그려졌지만 그가 있는 쪽도 상황이 좋지는 않았다. 바위와 통나무에 깔려버린 군사들의 신음과 놀라 날뛰는 말들 때문에 좁은 병모가지는 이미 아수라장이 되어 있었다. 게다가 앞쪽의 사정을 몰라 이만의 대군이 계속 밀려들다 보니 아군끼리 깔리고 밟히는 위험한 상황이 벌어지기까지 하는 것이다.

"멈춰라! 전군 행군을 멈춰라!"

현운은 다시 한 번 후방을 향해 사자후를 내질렀다. 그리고는 천경에게 명했다.

"천경, 부상자들을 수습하고 말들을 진정시켜라! 베어도 좋다!"

"네, 주군!"

천경이 일분대와 함께 아수라장으로 뛰어들자마자 후방에 있던 권절평과 강여청이 그의 곁으로 달려왔다. 늘 선비처럼 정갈하던 강여청의 얼굴이 참담한 상황을 눈으로 직접 확인하고는 이내 험악하게 뒤틀렸다.

"저놈들이 작정하고 폐하를 고립시킨 것 아니오? 이, 이런……!"

"애초에 황자님의 전략을 따랐어야 옳았습니다! 마마, 폐하를 구하기엔 너무 늦었습니다! 서둘러 회군하여 새로이 전략을 준비해야 합니다!"

권절평의 말에 강여청의 얼굴이 더욱 처참하게 일그러졌다. 황제를 버리고 회군하자는 말에 차마 반대할 수 없는 까닭이었다. 그러나 현운은 그들을 일별하고는 벽을 쏘아보며 냉정히 말했다.

"시신이라도 구해내야 하오."

문득 절평이 말머리를 틀어 현운의 흑마 앞을 가로막았다. 그리고는 왜 이러느냐 눈을 치켜뜨는 그에게 천천히 고개를 저어보였다.

"이미 늦었습니다, 마마! 당장 군사를 뒤로 돌려야 합니다!"

여청마저 현운을 가로막으며 절평의 말에 동조했다.

"맞습니다! 폐하의 생사가 불분명하거늘, 황자마마까지 위험에 빠지시게 할 수는 없습니다! 부디 신들이 이 호륜의 후계를 지킬 수 있도록 해주십시오!"

벽 너머에 세류가 있다. 아직도 생생하게 감지되는 기가 세류가 살아 있다고 말해주고 있었다. 그게 그곳으로 자신이 반드시 달려가야 하는 절대적인 이유였다.

"천경, 준경, 극서, 설진, 문우! 나를 따르라!"

추상같은 외침과 함께 그의 몸이 말에서 쑤욱 벽 위로 쏘아졌고 그 뒤를 천경 등이 뒤따랐다. 어스름 새벽, 허공에서 귀검의 환도가 달빛인 듯 날카로우나 아름다운 예기를 흩뿌려댔다. 그 모습을 바라보던 절평이 참혹한 상황과는 어울리지 않는 꿈꾸듯 몽롱한 목소리로 외쳤다.

"저러니 내가 황자마마를 흠모하는 게지! 누가 있어 저분보다 비범할 것인가!"

"놀랍군, 놀라워!"

절평과 여청의 감탄을 뒤로 하고 바위와 통나무가 만든 벽 위에 올라선 현운의 눈이 재빠르게 전장을 훑었다. 이제 살아 있는 아군은 오십여 명에 불과했고 그들도 제 주위에 널린 시체들과 크게 다를 것이 없어 보였다. 그 끔찍한 지옥의 한가운데에 세류가 위태롭게 서 있었다. 여름날, 이른 새벽의 푸른빛 속에서 이질적인 검붉은 피로 온몸을 물들인 채로.

현운은 세류에게서 겨우 떼어낸 눈을 그 곁의 현율에게로 옮겼다. 시체 더미에 감싸인 채로 미동도 없었으나 얇은 기가 느껴지는 것으로 보아 아직 숨은 붙어 있었다. 다시 세류에게로 돌아간 현운의 눈빛이 사납게 일렁거렸다. 충분히 빠져나올 수 있었을 것이다. 한데도 제 몸이 꿰뚫리고 베이는 것을 참아내며 기어이 현율을 지켜야 했는가, 울컥 부아가 치밀었다. 그것은 현율을 향한 투심이요, 세류를 향한 끝 모를 원망이었다.

"가라!"

사자후와 함께 던져진 환도가 세류에게 달려드는 적병들에게로 날카로운 빛이 되어 날아갔다. 그 빛을 이끌어 적들을 쳐내던 길고 곧은 손가락이 문득 급작스레 꺾였다. 그러자 검이 휙 방향을 틀어 어디론가 매섭게 쏘아져가기 시작했다. 그 검의 끝에는 여전히 얇은 숨만 토해내는 현율이 있었다.

저 이를 선택한 것이 세류이므로 그것이 숙명이라 인정하려고 했다. 죽을 것처럼 화가 나고 심장이 도려내진 듯 공허해도 참을 수밖에 없었다. 그런데 어찌 제 몸 건사하기는커녕 세류마저 지옥 속에 서 있게 하는가. 투심이 깊고 원망이 짙어 그의 숨을 끊어야만 가라앉을 것 같았다. 해서 환도를 이끄는 주인의 눈빛은 그 어느 때보다 잔혹하게 빛이 났다.

그러나 검이 막 현율의 심장을 향해 하강하는 순간, 살기를 느낀 세류가 본능적으로 그 앞으로 뛰어들었다. 그 탓에 서둘러 불러들인 환도가 현운의 손에 잡힌 채 부르르 몸부림을 쳤다. 그에 손바닥의 살갗이 갈라져 피가 흘렀지만 현운은 그 통증조차 느끼지 못했다.

조금만 늦었다면 제 검에 의해 피 흘리는 것은 자신이 아니라 세류였을 것이다. 어쩌면 가슴에 제 검을 꽂고 쓰러졌을 세류의 모습이 환영처럼 머리를 스쳐가 심장이 끝도 없이 내려앉았다.

'진정, 나를 죽일 셈이냐.'

매서운 속도로 날아간 현운이 세류의 허리를 팔로 감아 안고 곧바로 땅을 짓쳐 날아올랐다. 그 거친 행동에 신음 흘린 세류가 힘겨운 목소리로 웅얼거렸다.

"폐, 폐하를……."

"내 이미 지옥을 보았으니 그만, 그 입 다물라!"

현운이 이 사이로 거칠게 내뱉자마자 세류는 까무룩 의식을 놓으며 축 늘어져버렸다.

참혹한 패배였다. 비록 이만의 군사 중 천여 명을 잃었을 뿐이지만 황제가 중상을 입었고, 선두에 있던 좌우맹분대가 대장군을 잃으며 전멸했다. 이만의 군사 중 대부분은 무기조차 휘둘러보지 못한 채 진영으로 회군한, 그야말로 어이없는 패배였다.

천경에 의해 구출된 현율은 침상에 누여졌을 때에야 겨우 눈을 떴다. 가슴에 화살을 맞고 등을 베어 출혈이 심했지만 다행히 생명에는 지장이 없었다. 겹겹이 둘러싼 채 방패 노릇을 한 군사들 덕이리라. 오히려 온몸에 자상을 입어 피가 멎지 않고 있는 세류의 상태가 더 위중했다. 그를 아는지 의식을 찾자마자 세류를 다급히 찾은 현율은 기어이 제 곁에 세류를 눕히게 하고는 다시 혼절해버렸다.

그렇게 나란히 누운 두 사람을 바라보는 현운의 눈빛이 제 의지와는 상관없이 매섭게 이글거렸다. 그래도 결국 현율의 곁이 세류의 자리인가, 가슴이 들끓었다. 그러나 무엇보다 그의 가슴을 들끓게 하고 분노케 하는 것은 제 손으로 저 아이를 죽일 뻔했다는 사실이었다. 아니 정확히는, 저 아이가 제 목숨 던져 현율을 지키려 했다는 사실이었다. 그 사실이 쓰디써서 막사로 들어선 의무병사에게 자리를 내주고 돌아서려던 그의 옷자락을 누군가 움켜쥐었다. 눈을 뜰 기력조차 없는지 감긴 눈꺼풀을 바르르 떨고 있는 현율이었다. 퍼렇게 죽은 입술에서 흘러나오는 목소리 또한 힘없이 떨리고 있었다.

"세류를, 세류의 요치를……."

"의무병사가 왔습니다. 염려치 마십시오."

그러나 현율이 남은 힘을 끌어모은 듯 더욱 세게 옷자락을 움켜쥐며 고집스레 말했다.

"아니, 아니 된다. 알잖아, 너도……. 세류를, 아무에게도 내보이지. 세류의 요치는, 네가 직접……."

"폐하, 의무병사에게 맡기십시오."

"부탁, 부탁한다."

그 말을 끝으로 현율은 또다시 혼절해버렸다. 그런 현율을 내려다보는 그의 눈빛이 더욱 깊게 가라앉았다. 대체 무엇을 안단 말인가. 그렇게 애틋한 마음이라는 것인가. 아무에게도 내보이지 않고 싶을 만큼 소중한 이라는 것인가.

쩔쩔매고 있는 의무병사의 눈앞에서 세류를 안아 올린 현운의 눈에는 쓸쓸한 기운만이 가득했다.

"천경, 당장 응룡에게 일러 요치에 필요한 것들을 내 막사로 가져오게 하라!"

"네, 주군."

어리석은 사내로구나. 세류를 안고 제 막사로 향하는 동안에도 비틀린 웃음은 가시지 않았다. 다른 누구도 아닌 저에게 세류를 맡긴 현율을 향한 조소였다. 그러나 그 조소는 제 침상에 내려놓은 세류의 창상을 살피면서 점점 사라져갔다. 어깨에 박힌 전촉을 제거하자면 살을 후벼 파야 할 터. 그 고통을 세류가 견뎌내야 한다고 생각하니 절로 손이 떨리는 것이다. 게 다가 자신의 검이 방향을 틀면서 남긴 가슴의 상처도 벌어진 갑주 사이로 보니 의외로 깊었다.

조심스레 갑주를 벗겨 낸 후 피로 물든 철릭을 거쳐 그 안의 저고리를 벗겨 내던 그의 손이 어느 순간 움직임을 멈췄다. 그리고 다음 순간, 그의 눈이 그답지 않게 냉정을 잃고 거칠게 흔들리기 시작했다.

세류의 가슴은 애초에는 하얀 천에 단단히 동여매져 있었으리라. 그러 나 그의 검이 겹겹이 둘러쳐진 그 천을 베어내 그 아래 갇혀 있던 비밀마저 상처를 입힌 것이다. 팽팽함을 잃고 벌어진 천 아래에 그의 눈이 못 박히듯 고정됐다. 피 때문에 더욱 뽀얗게 도드라진, 봉긋하게 솟아오른 여인의 가 슴 바로 그곳에.

18. 열독熱毒, 어지간히도 애를 태울 게야

먼 곳 어디에선가 야금(夜禽, 밤새) 울음소리가 들려왔다. 부스스, 나뭇잎을 스치는 바람소리도 들리는 듯했다.

'백오산인가?'

사방이 어두워서 제 서 있는 곳이 어디인지, 제가 가려는 곳이 어디인지 확인할 길이 없었다. 그때 문득 희미한 향기가 바람을 타고 밀려왔다. 그 향기를 폐부 깊숙이 머금은 순간, 이유모를 설렘이 가슴 가득 번져갔다. 그 향기의 주인일 누군가를 향한 맹목적인 그리움 때문이었고 원인모를 슬픔 때문이었다.

그때 문득 어둠 속에서 희끄무레한 무엇인가 서서히 모습을 드러내기 시작했다. 여인이었다, 눈처럼 새하얀 옷을 입은.

'홍인?'

부르려 해도 목이 꽉 막힌 것처럼 목소리가 나오지 않았다. 그사이에 여인은 점점 다가와 어느새 두어 걸음 거리에 서 있었다.

처음 보는 여인이었다. 그런데도 하얀 낯빛과 영롱하게 빛나는 눈이 어쩐지 낯설지 않았다. 그 여인은 자신을 아는지 얼굴 가득 해사한 미소를 머금은 채 어서 오라고 연신 손짓을 했다. 처음 보는 여인인데, 알지 못하는 이인데 그녀에게 가고 싶었다. 오래도록 그리워한 이를 만난 것처럼, 어서 달려가 끌어안고 싶었다. 그 순간 아, 무엇인가 강한 깨달음이 뇌리를 스쳐 갔다. 여인의 얼굴이 자신과 너무도 닮은 것이다. 한 번도 어미를 본 적 없건만, 저 여인이 제 어미임을 본능적으로 깨달은 것이다.

세류가 막 걸음을 옮기려는 순간 여인의 모습이 아렴풋해지더니 다시 서서히 형체를 갖춰가기 시작했다.

'누구지?'

여인이 그랬듯 연신 손짓하고 있는 것은 웬 사내였다. 그 갑작스러운 변화가 당혹스러운 한편 의아하기도 했다. 묘하게도 여인에게서 맡아졌던 그리운 향기를 그 또한 지니고 있는 까닭이었다. 어찌 어미의 향기를 사내가 지닌 것일까. 점점 형체를 갖춰가는 사내의 얼굴에 고정되어 있던 눈이 다음 순간 제 의지와는 상관없이 거칠게 일렁였다.

'안 돼! 그를 봐야 해……!'

덧없이 이지러진 얼굴을 붙잡으려 애썼으나 세류의 의식은 다시 아득한 어둠 속으로 잠겨 들었다.

등불은커녕 달빛마저 비켜간 어두운 막사, 그 안에서 현운은 저 홀로 안광을 빛내고 있었다. 그 안광에 제 수하가 바짝 긴장한 것을 알면서도, 세류가 며칠째 의식불명이니 눈빛마저 사나워진 것이다.

현운이 쏘아대는 기에 식은땀 흘리며 맥진을 마친 응룡이 살짝 떨리는 목소리로 고했다.

"잘, 아니, 훌륭하게 견뎌내고 계십니다."

"벌써 닷새다. 저 여린 몸으로 식음조차 못하고 있건만 진정 괜찮단 말이냐."

비록 검교대원들 중 가장 어리나 응룡의 뛰어난 의술을 누구보다도 잘 알고 있고 인정해온 현운이었다. 그러나 죽은 듯 며칠째 침상에 누워있는 것이 다른 누구도 아닌 세류라서 그간 믿고 아꼈던 수하에게마저도 저절로 날을 세우게 됐다.

"원체 품은 기력이 높아 능히 이겨내실 수 있을 겁니다, 주군. 그러니 염려 마시고 이제 그만 쉬시지요."

신망과 충심은 쉽게 생기는 게 아니다. 해서, 저를 죽일 듯 사나운 눈으로 쏘아보며 차가운 기를 발하는 주군이건만 서운함은커녕 그에 대한 근심이 더 컸다.

"주군께서도 내내 식음과 수면을 작파하고 계십니다. 다음엔 주군을 진맥해야 하는 것입니까?"

간 큰 직언에 내내 굳어 있던 현운의 입매가 비로소 느슨히 풀어졌다. 제 수하가 그 말 뱉기까지 얼마나 고심하고 고뇌했을지 익히 아는 까닭이었다.

"응룡."

막 막사를 나서려는 응룡을 깊게 잠긴 목소리로 잡아 세운 현운이 더욱 무거운 음성으로 말했다.

"이 아이가 살아야 나도 산다."

굵고 울림 깊은 음성은 그대로이나 사납던 안광도, 몸을 찔러대던 살벌한 기도 사라지고 없었다. 그것이 침상에 누워있는 이에 대한 끝 모를 애정을 더욱 또렷이 느껴지게 해 괜스레 응룡의 가슴마저 저릿했다.

응룡은 내내 긴장으로 굳어 있던 입가에 애써 미소를 지으며 답했다.

"곧 깨어나실 겁니다. 저리 강한 기력을 지닌 분은 처음 뵈었습니다. 대나무처럼 곧고 드높은 기력을 가지셨습니다. 그러니 염려치 마십시오, 주군."

응룡이 들어서자 천경의 막사 원탁에 둘러앉아 있던 이들이 내내 기다리고 있었던 듯 반색을 하며 맞았다. 준경은 급한 성격 그대로 아예 벌떡 일어서며 성마르게 물었다.

"그래, 어떻던가? 그분은 깨어나셨나?"

그러나 준경은 응룡이 답하기도 전에 다시 성급히 물었다.

"아니, 아니지. 그것보다 그분이 정녕 여인이 맞나?"

좀처럼 표정 변화 없는 극서마저도 이번엔 눈에 바짝 힘이 들어간 것이 여간 궁금한 게 아닌 모양이었다. 어찌 그렇지 않겠는가. 지난 며칠간 응룡 자신 또한 주군이 꼭꼭 숨겨둔 이의 존재가 애간장 탈 만큼 궁금하던 터였다. 주군이 그 지옥에서 손수 구한 것이 황제가 아니라 그림자무사라는 것만으로도 의아했건만, 어찌 황제는 한낱 무사를 주군의 손에 특별히 맡겼으며 주군은 또 어찌 그 이를 꼭꼭 감춰두는가.

매양 그랬듯 부상자의 요치는 저에게 맡기면 될 것을, 현운은 응룡을 막사밖에 세워둔 채로 처치법을 물어 손수 그림자무사를 돌봐왔다. 아마 그 이가 의식을 찾았다면 오늘 응룡을 막사 안에 들여 직접 살피게 하는 일도 없었으리라. 제 주군이 그리 유별나게 구니 언제부터인가 그이를 칭하는 말은 자연스럽게 '그분'이 되었다. 또한, 확신은 없으나 저리 감춰두고 있으니 주군이 가슴에 둔 여인이 아니겠는가, 짐작하는 것이다.

그저 조용히 미소만 짓고 있는 응룡에게 이번엔 천경이 채근하듯 물었다.

"어허, 어찌 웃고만 있나? 다들 애간장 타는 게 아니 보이는 겐가?"

"소인, 그분을 진맥하면서 주군의 기에 수십, 수백 번 목이 잘리는 두려움을 감내했습니다. 이 정도 뜸은 이해해주십시오."

"장하네, 대단하네! 이제 됐겠지? 그러니 어서 말해보게."

인심 쓰듯 설진이 한 말에 픽 웃은 응룡의 고개가 천천히 끄덕여졌다.

"그분은 여인이 맞습니다. 굳이 진맥을 하지 않아도 여인의 기운이 고스란히 느껴졌습니다."

"현유홍의 역모 때 지적에서 그분을 뵌 적이 있다. 허나, 분명 사내의 음성에 그 기마저도 사내의 것이었다."

천경의 반신반의하는 말에도 응룡의 입가에 자리한 미소는 걷히지 않았다.

"어찌 된 연유인지는 모르나, 백세를 훌쩍 넘긴 선인의 기력이 느껴졌습니다. 그러니 위장술이야 일도 아니었을 겁니다. 지금은 주군께서 기혈을 막아두신 듯합니다."

"스물도 안 되어 보였건만, 더구나 여인의 몸으로 어찌 그런 기력을……! 그 정체도, 얽힌 인연도 진정 알 수 없는 여인이로군."

혼잣말로 중얼거린 천경의 말에 다들 고개를 끄덕였다.

그 여인일 것이다, 다들 짐작은 했다. 환궁 전 주군을 느닷없이 백오산으로 이끌고는 더욱 냉혹한 눈빛으로 돌아오게 한 그 여인 말이다. 주군이 어린 날 황궁을 떠나 검교장으로 오기 전까지는 내내 백오산에서 칩거했었으니 그 인연 맺은 곳도 백오산이라는 것쯤은 의당 짐작이 됐다. 허나, 주군은 저리 극귀하게 여기는 이를 어찌 백오산에 두고 떠났었으며, 저이는 또 어찌 사내의 옷을 입고 황제의 곁에 머물게 됐단 말인가. 감히 여쭐 수 없으니 궁금증이 억수처럼 쏟아졌다.

"해서, 그분의 상태가 어떻단 말인가? 깨어나셨단 말인가?"

내내 침묵하고 있던 문우가 그제야 입을 열었다. 그 말에 응룡이 더 환히 미소 지으며 답했다.

"멀지 않았습니다."

"이제야 마음이 놓이는군! 주군의 따사로운 얼굴을 보는 것이 영 꿈은 아니었어!"

준경이 한껏 격앙된 목소리로 외쳤지만, 다른 이들의 표정은 이내 어두워졌다. 내내 웃음기 가시지 않았던 응룡마저도 살짝 입매가 굳었다. 물론 준경 또한 금세 낯빛이 어두워졌다.

황제의 사람이다. 그 황제 또한 '그분'에 대한 애착이 깊은 듯 보였다. 그런데 과연 주군이 '그분'을 이대로 영원히 자신의 품에 감춰둘 수 있을 것인가. 베어야 할 적들이 지척에 있건만, 주군은 저 홀로 감당해야 할 또 다른 전투마저 시작한 것 같아 속이 쓰리고 문드러졌다.

'말해보아라. 너는 누구의 사람인가.'

머리를 파고드는 차디찬 목소리가 긴 잠을 깨운 것일까. 힘겹게 눈꺼풀을 들어 올린 세류는 아직 채 가시지 않은 꿈의 여운 때문에 잠시 멍하니 천장만 응시했다.

진정 꿈에 본 여인이 어미였을까. 방금 전 본 듯한데 벌써 그 얼굴이 아렴풋했다. 그러나 어미의 얼굴에서 변한 것이 진정 뉘였는지는 아직도 확신이 없었다. 진정 제 눈으로 본 것처럼 현율이 맞는가.

막사를 뒤흔드는 바람소리에 다시 힘겹게 눈뜬 세류는 그제야 제가 누워있는 곳이 낯설음을 깨달았다. 등에 느껴지는 감촉이 제가 쓰던 와탑과 달리 제법 폭신했기 때문이었다. 황급히 상체를 일으키려던 세류가 윽, 신음하며 쓰러졌다. 온몸에 느껴지는 날카로운 통증 탓이었다. 특히 화살에 꿰뚫렸던 어깨의 통증은 도저히 참을 수가 없었다.

이 악물고 천천히 몸을 일으키자 다시금 강한 통증이 밀려왔지만 세류는 미처 신음조차 흘리지 못했다. 침상 발치께의 교의에 앉아 자신을 꿰뚫을 듯 응시하고 있는 현운을 발견한 것이다. 꿈에서처럼 잔혹한 눈빛은 아니지만, 아무런 감정도 느낄 수 없이 깊게 잠긴 눈빛이 오히려 더 두려웠다. 살에 꿰뚫린 어깨의 고통은 비할 바가 아니었다.

그때 문득 현율을 향해 날아들던 살인검이 다시금 머리를 스쳐갔다. 진정 사형의 검이었을까. 정말 황제를 죽이려던 것일까. 혹시 그 자리에서 죽어가도록 버려두고 왔는가. 세류는 저도 모르게 마른침을 삼켰다.

"폐하, 폐하께서는 어찌……."

힘겹게 건넨 세류의 질문에 그의 눈이 더욱 깊게 잠겨 들었다. 그의 목소리 또한 무겁게 침잠해 있었다.

"내게 할 말이, 그것뿐이냐."

"사형……."

"네게 들어야 할 말들이 있다. 해서, 네가 깨어나길 내내 기다렸지. 한데 너는 닷새 만에 깨어나자마자 형님의 안위부터 묻는구나."

잠시 굳게 입을 다문 채 쏘아보던 현운이 다시 입을 열었다.

"내게 할 말이 없느냐. 내가 알아야 할 것이 없느냔 말이다."

"사……."

다시 입을 연 세류는 그제야 제 목소리가 이상하다는 것을 깨달았다. 제 본래의 목소리가 나오는 것이다. 오랜 수련으로 항시 변성법이 운용되고 있었건만 어쩌다 풀린 것일까. 그러고 보니 기혈이 막힌 듯, 기가 몸을 돌지 못한 채 정지되어 있었다. 기를 움직이려고 몇 번이나 시도해보았지만 결과는 마찬가지였다. 그런 세류를 비웃듯 현운의 보기 좋은 입술이 비틀렸다.

"그런 몸 상태로 내 점혈을 풀 수 있을 것 같으냐. 지금은 기를 제대로 쓸 수 없다는 것쯤은 잘 알 텐데……. 그리 성급하게 구는 이유라도 있는 것이냐. 변성을 해야 하기 때문인가."

송곳처럼 예리한 그의 말에 세류는 움찔 몸 떨며 저도 모르게 가슴께로 손을 올렸다. 상처를 치료하자면 당연히 옷을 벗겼을 터. 세류는 그를 더는 마주 볼 수 없어서 질끈 눈 감아버렸다. 그런 세류의 귀에 어쩐지 씁쓸함에 목마저 억눌린 듯 잠긴 음성이 들려왔다.

"도대체 너는 누구인 게냐……. 누구보다 너를 잘 안다고 여겼었건만 내가 알고 있던 것은 네 허상뿐이었구나……."

세류는 여전히 눈 감은 채 그저 붉은 입술만 연신 깨물었다. 그 얼굴을 찬찬히 훑어 내리는 현운의 눈빛이 점점 더 자조적으로 변해갔다. 어찌 저 얼굴을 사내의 것이라 믿었던 것일까. 진실을 알고 난 지금에는 그 긴 세월 그렇게 믿고 살아온 자신이 어리석게만 느껴졌다. 그래서 더 화가 나는 것인지도 몰랐다.

어미를 잃고 황자의 신분을 잃고 숨어든 산사의 뒷방에서 비참함에 절어 있을 때, 동냥젖으로 배를 채우면서도 자신을 보면 방싯거리던 갓난아기 때문에 겨우 버틸 수 있었다. 몸서리쳐지는 고독에 빠져들 때마다 세류가 등에 매달려 전해주는 체온으로 그나마 견딜 수 있었고, 기약 없는 인고의 세월이었지만 하루가 다르게 커가는 세류를 보느라 그리 길게 느껴지지 않았다. 오직 세류만이 그를 웃게 했고 그 자신도 따뜻한 피 흐르는 인간임을 잊지 않게 했으며, 그가 간절히 탐낸 것도 오직 세류뿐이었다. 그렇게 특별한 존재였건만 왜 진작 깨닫지 못했는가, 그것이 화나고 씁쓸했다.

지난 닷새 동안 내내 그랬다. 그래서 애초의 제 계책대로 군사를 움직여 해서성을 공격한 그의 검은 그 어느 때보다 더 거침없었고 더 잔인했다. 억지로 전장에 끌려나온 게 분명한 어린 적병들까지 가차 없이 목을 벤 것이다. 지난 닷새의 그는 그 자신조차도 진저리 처지는 끔찍한 살인귀였다.

현운은 자신을 부르던 세류의 여린 음성을 떠올리며 저도 모르게 움찔 손을 떨었다. 그 음성을 듣기 위해 의식도 없는 몸에 점혈을 했고 해혈하지 못하도록 기혈마저 막아버린 그였다. 무공을 익힌 자로서는 부끄러운 짓이었지만 후회는 없었다. 여리고도 맑은 그 음성, 오롯이 여인의 그것인 가냘픈 음성이 몸 가득한 피 냄새와 살기를 씻어주는 듯했다. 악취 진동하는 전쟁터와는 어울리지 않게도 설레기까지 했다. 마치 여인을 처음 마음에 품은 어린 사내아이처럼. 그런데 그 목소리로 다른 이의 안부를 묻다니, 현운은 다시 치미는 화를 애써 억누르며 교의에서 몸을 일으켰다.

"폐하는 이틀 전 이곳을 떠나 관내성으로 가셨다. 그곳에서 명망 높은 의원에게 치료받고 계시니 염려치 말거라."

"허면……."

세류가 잠시 숨 고르고는 조심스레 말을 이었다.

"저도 관내성으로 가겠습니다. 제가 있을 곳은 폐하의 곁이니까요."

그 순간, 현운의 눈빛이 순식간에 얼음송곳처럼 차고 예리해졌다.

"그 몸으로 가서 무얼 하겠다는 것이냐. 네 몸이 지금 어떤 상태인지 정녕 모르는 것인가."

"그 곁에서 죽는다 해도, 그래야 옳다고 생각합니다. 전 황제폐하의 그림자무사이니까요."

"단지 그것뿐이냐."

저도 모르게 목이 잠겼다. 묻고 싶지도 알고 싶지도 않은 것을 묻는 탓이리라.

"단지, 폐하의 그림자무사로서 직분을 다하려는 것이냐. 아니면……."

혹여 그에게 마음을 준 것이냐. 현운은 채 묻지 못한 말은 안으로 삼키며 천천히 눈을 감았다. 그래서 그렇게 네 목숨을 걸고 지킨 것이냐, 그 말도 안으로 삼켰다. 그러나 이 순간 그의 심장은 네 감정 따위는 상관없다고 외치고 있었다. 너를 가슴에 품은 사내가 황제여도 나는 상관없다 고집 피우기도 했다. 그리고 또 호되게 꾸짖기도 했다. 어쩌다 황제에게 여인임을 들켰느냐고 말이다. 갓난애 때부터 보아온 저도 옷을 벗겨보고야 알게 된 사실을 현율은 어찌 알고 있었을까. 여인인가, 의심하다가도 천생 사내의 것인 음성에 의심을 풀어야 하거늘.

문득, 관내성으로 떠나기 전 침울한 표정으로 현율이 남긴 당부가 귓가를 스쳤다.

'세류는, 내가 알고 있다는 걸 모른다. 그러니 함구하여라. 또한, 세류에게 완쾌되는 대로 곧장 내게 돌아오라 전하라. 반드시, 반드시 전해야 할 것이다. 황명이다.'

보내고 싶지 않다, 보내지 않을 것이다. 불끈 움켜쥔 현운의 주먹을 모르는 체, 세류가 대답했다.

"그분은 제 주군이십니다. 그 곁을 지키는 것이 제가 마땅히 해야 할 일입니다."

"허면, 나는 네게 무엇인가?"

그저 애잔한 눈으로 바라볼 뿐, 쉬 대답하지 못하던 세류가 이내 고개를 떨어뜨리며 속삭이듯 대답했다.

"하나뿐인 사형이십니다."

잠깐의 망설임 후에 들려온 세류의 말은 그가 원한 대답이 아니었다. 오래전 시작된 세류에 대한 집착, 그 근원을 깨달은 지금은 그저 '사형'으로 불리는 게 끔찍하게도 싫었다.

'인연이니 이리 만나진 게지. 세류 저 아이와 너는 보통 연이 아니다. 아마 저 아이가 어지간히도 네 애를 태울 게야. 지금도 보거라. 온종일 업고 다녀야 하질 않느냐? 평생 그리 업어 달라 하지나 않았으면 좋겠구나.'

언젠가 무명이 했던 말을 떠올리는 그의 입가에 씁쓸함이 번졌다. 차라리 평생 업어 달라 보채는 인연이면 좋으련만, 그저 애태우는 연인 것일까. 이제는 내 사람이라 말할 수도 없는 것에 씁쓸하고 화가 났다. 그러나, 지금 이 순간 세류는 다른 누구도 아닌 제 곁에 있으므로 당장은 그것으로 충분했다.

몸을 돌려 출입구로 향하는 현운에게서 일말의 감정도 담기지 않은 차가운 목소리가 흘러나왔다.

"몸이 쾌유되기 전에는 어디로도 보내지 않을 것이다. 네 하나뿐인 사형으로서 명하는 것이니 더는 토 달지 말거라."

막사 밖으로 나오자 한여름의 열기가 확 밀려와 그의 몸을 뜨겁게 달궈 놓았다. 아니, 어쩌면 그의 몸을 들끓게 한 것은 그저 한 여인을 향한 사내의 욕정일 것이다. 늘 얼음장처럼 식어 있던 몸이, 죽은 이의 그것처럼 싸늘하던 가슴이 매번 세류를 눈에 담을 때마다 그랬듯 여지없이 활화산처럼 들끓었다.

구름 한 점 없는 하늘에는 붉은 태양이 그처럼 홀로 들끓고 있었다.

도성은 해서성전투 이야기로 연일 시끄러웠다. 전령병이 황궁에 전한 전령은 황제가 이끄는 군대가 해서성을 수복했으며, 선두에 섰던 황제가 중상을 입었다는 것이었다.

그 소식을 접한 도성 안 백성들은 병약하여 검 한번 잡아본 적 없으며, 남색에 빠졌다는 황제가 의외로 용맹스럽다고 저마다 칭송을 했다. 말 짓기 좋아하는 어릿광대들은 아예 현율을 주인공으로 영웅담을 공연하기 시작했고, 세인들은 그것을 진실인양 입에서 입으로 옮겼다. 점점 살이 붙은 소문은 현율을 귀검을 능가하는 검술의 귀재요, 전략의 대가로 만들었다.

그러나 그런 소문은 해서성 전투에 참여했던 군사들이 돌아온 후 한낱 우스갯소리로 전락하고 말았다. 그들 모두가 황제의 전략은 실패했으며, 현운 황자가 아니었다면 황제는 이미 이승 사람이 아닐 거라고 입을 모은 까닭이었다. 게다가 황자와 그 수하들의 신묘한 무공에 대한 일관된 묘사까지 더해진 탓에, 이제 도성은 귀검이라 불리는 황자와 그의 군사인 검교대에 대한 칭송으로 들썩거렸다.

워낙에 세인들의 시선을 의식하는 성정인지라, 도성 백성들의 입놀림에 촉각을 곤두세우고 있던 계림공 제홍이 그를 모를 리 없었다. 하여 지금 그는 태후와 마주앉아 있었다. 전세는 황자에게 유리하게 돌아가고 있었고, 애초부터 태후가 제 배 아파 낳은 황제보다 현운 황자를 더 신뢰함을 알기에 태후의 은밀한 부름에 못 이기는 척 응한 것이다.

일상적인 인사를 나눈 뒤 한참 동안 이어진 침묵을 먼저 깬 것은 역시나 마음이 조급한 제홍이었다.

"태후께서 이 노부를 따로 보자 하신 연유가 무엇이오?"

그러나 모처럼 판을 쥔 태후는 한참 동안 찻그릇만 빙글거리며 그 안에 담긴 차를 희롱하고 있었다. 더 참지 못하고 제홍이 다시 입 열려는 순간, 태후가 다탁 위에 찻그릇을 소리 없이 내려놓으며 물었다.

"태보의 막내딸이 올해 열일곱이던가요?"

"그렇소, 태후. 한데, 그 아이 나이는 어찌……."

영문을 모르겠다는 듯 되묻는 제홍을 향한 태후의 눈빛은 그다지 곱지 않았다. 현운 황자 얘기로 도성이 술렁거리기 시작했을 때, 계림공이 진작부터 평산도 호족인 최산보 가문과 논의 중이던 막내딸 이지의 혼사를 백지화시킨 저의를 이미 알고 있기 때문이었다. 황제는 살아 있으나 위중하다고 하고, 현운은 비록 제 스스로 변방의 장수를 자처했으나 그 위세가 하늘을 찌르니 만일을 위해 둘 모두 손에 쥐어야 하리라. 태후가 결국엔 자신에게 손 내밀 것을 알기에 서둘러 그 혼사를 백지화한 것이다.

제 성품을 쏙 빼닮아 더 아끼는 여식이라지 않는가. 해서 비록 지방 호족이나 사대에 걸쳐 왕비를 배출했고 그 영토와 가진 재물로만 따지자면 소황제 다음이라는 최산보의 가문에 보내 제 세를 늘리려던 속셈이었으리라. 그러나 아무리 최산보의 재력이 대단해도 황제의 장인자리만 할까. 셈 빠른 머리로 내린 결론은 뻔했다.

이미 현율의 짝으로 내정된 손녀 이연은 유순하고 어질다고 입소문이 자자했다. 그러나 황후의 자리가 어찌 어질기만 해서 감당할 수 있는 자리랴. 유순한 만큼 제 손으로 휘두르기도 쉽겠구나, 그런 계산이 들어가 있음이 능히 짐작됐다. 주무르기 쉬운 이연이 황후가 되건, 저를 쏙 빼닮아 언제나 제 뜻과 같을 이지가 황후가 되건, 제 세상이 될 것은 당연지사라 이미 확신하니 눈이 저리도 번들거리는 것이리라.

태후도 그 속을 알기에 속이 쓰렸지만 제홍과 손잡을 수밖에 없으니 애써 치미는 울화를 꾹 눌러 삼켰다.

"내 듣기로 그 아이가 총명하고 성품이 강인하여 벌써부터 집안 살림을 이끈다고 들었습니다. 그만하면 혼례를 치러도 되겠지요."

"과찬이시오, 태후. 그 아이가 병중의 제 어미 대신 집안을 돌보고는 있으나 아직 많이 부족하여 혼례는 생각해본 적도 없소."

태후는 제홍의 빤한 거짓말에 저도 모르게 눈살이 찌푸려졌으나 이내 표정을 수습했다.

"태보께서도 아시겠지만 황자 올해 스물넷입니다. 아무리 궁 밖을 떠돌았다고는 해도 혼인이 늦어도 너무 늦었지요. 해서 내 황자의 배필을 찾던 중, 태보의 따님이 합당하다 싶어 면대를 청한 것입니다. 어떠신지요, 숙부님? 혹여 각별히 여기시는 따님이라 황자에게 내어주기 아까우신지요?"

"그럴 리가요, 태후! 내, 그 아이가 아직 어리게만 보여 혼사를 미뤘더니 따로 인연이 있어 그런 것이었구려. 허나 제 분에 넘치는 인연을 만나게 됐으니 그 기꺼움보다 부담이 더 큽니다그려."

어쩌다 이런 구역질 나는 일을 도맡아 하게 됐는가. 태후 서정은 제홍이 물러간 후에도 한동안 그 음흉한 눈빛이 머리에서 떠나질 않아 자꾸만 속이 뒤집어졌다. 아무리 지은 죄가 크다고는 하나 그에 대한 벌은 이제 그만 받고 싶었다. 지금이라도 당장 지아비가 이승을 뜬다면 기꺼이 그 무덤에 산 채로 함께 묻힐 각오가 되어 있건만, 자리보전하고 있는 상황은 속병 없어서 그런가, 오히려 저보다 더 때깔이 났다.

차라리, 차라리 그때 훌쩍 떠나버릴 것을. 뒤늦은 후회가 넘실대는 태후의 눈은 오래전 어느 날, 저를 바라보던 맑은 눈동자를 떠올리고 있었다. 그 눈에 매혹되어 먼저 유혹한 것은 서정 자신이었다.

'평생을 저와 함께 비천하게 살아도 좋으시다면, 저는 무엇이든 할 것입니다.'

청순한 얼굴의 청년이 사내다운 책임감으로 건넨 손을 그때 잡았더라면 어찌 됐을까. 비록 평생을 숨어 살지언정 제 자식을 밀쳐내며, 제 자식을 벌로 느끼며 살지는 않았을 것이다. 궁핍하고 볼품없을지라도 오롯이 어미로서, 한 사내의 여인으로서 살 수도 있었을 것이다. 그러나 다시 돌아간다고 해도 그 손 맞잡는 일은 꿈에서도 일어나지 않을 일이었다. 자신의 죄로 인해 가문이 벌 받는 것은 더 끔찍한 죄일 터, 죽어서 어찌 조상님들을 뵐 수 있겠는가.

황제가 중상이라 했는가. 태후는 문득 전령을 떠올리고는 파르르 떨리는 숨을 토했다. 그러자 숨처럼 떨리는 손이 기어이 다탁 위의 찻그릇을 바닥에 나동그라지게 만들었다.

"태후폐하!"

문 옆에 시립해 있던 연 상궁이 소스라치게 놀라며 다가왔다. 찻물이 기어이 치맛자락을 적시는데도 태후는 예리하게 빛나는 눈으로 연 상궁을 쏘아보고만 있었다.

"운이 황위에 오르기 전에는 나를 태후라 부르지 말라 몇 번을 더 일러야 하는 것이냐? 내 처소에서, 내 사람에게도 그 이름으로 불려 부끄러워해야 하는 게냐?"

"송구스럽습니다, 폐하. 조심, 또 조심하겠사옵니다."

황제의 어미이니 태후라 불리는 것은 당연한 일. 그러나 제 아들이 황제가 될 자격이 없음을 아는지라 태후라 불릴 때마다 발가벗겨지는 듯 수치스러워 견딜 수가 없는 것이다.

젖은 의복을 갈아입히려는 번다 한 손길들에 저를 맡긴 태후의 눈에 문득 물기가 차올랐다. 중상을 입었다 했는가. 대체 어디가 얼마나, 어쩌다 상한 것인가. 제 가슴이 베인 듯, 제 살이 뚫린 듯 아프고 괴로웠지만, 차라리 현율이 이대로 숨을 놓기를 바랐다. 그 죄스러운 삶이 찢어발겨지고 잔혹하게 베어지기 전에, 황제의 자리에서 비참하게 쫓겨나기 전에. 그렇게 되면 적어도 역사는 그를 그저 전장에서 전사한 황제로 기억할 것이기에.

어제처럼 오늘도 해는 저물었고, 늘 그랬듯 꼿꼿이 앉은 태후의 몸도 또다시 어둠에 잠기고 있었다.

습관이란 무서워서 마냥 누워 있을 때는 몰랐건만, 정신이 들고나니 밤이 되면 씻고 싶은 욕구가 몸을 휘감아왔다. 그러나 제 힘으로는 열 걸음도 아직 버거운 처지라, 오늘도 세류는 불쾌감을 참아내며 그저 천장만 응시하고 있었다.

"갑갑한 것이냐."

휴, 깊은숨을 내뱉던 세류는 느닷없이 들려온 목소리에 화들짝 놀라 출입구로 고개를 돌렸다. 이전이라면 진작 그가 다가오는 것을 느꼈겠지만 기혈을 제압당하고 난 후로는 누군가 지척에 와도 아무것도 느끼지 못하는 것이다. 어느 정도 상처도 아물었고 통증도 많이 호전되었기에 몇 번이나 그 몰래 해혈을 해보려 했지만 매번 실패하고 말았다. 어쩌면 당연한 일이었다. 제 기를 움직일 힘조차 없는 상태이니 말이다.

사실, 현운이 기혈을 막아놓지 않았다면 몸 안의 기가 제멋대로 날뛰어서 큰 화를 당할 수도 있었다. 그렇다는 것을 알면서도 말을 할 때마다 가녀린 제 목소리가 너무도 낯설고 부끄러워서, 어떻게든 변성이라도 하고자 부질없이 해혈을 시도하곤 했던 것이다. 방금도 덧없이 시도한 해혈을 감추려니 애써 지은 미소가 어색하기 그지없었다.

"아닙니다, 사형."

딱딱하게 굳어진 세류의 얼굴을 빤히 응시하던 현운이 침상에 걸터앉으며 말했다.

"넌 어릴 때부터 거짓말을 못했지……. 또 부질없는 짓을 한 모양이구나. 통증은 나아졌느냐."

"많이 나아졌습니다, 사형."

저도 모르게 옷섶을 움켜쥐며 말한 세류가 현운의 단호한 눈빛에 잘근 입술을 깨물었다. 애초에 제 상처를 요치한 것도 그이고, 매일 상처를 살펴 온 것도 그이니 이젠 익숙해질 만도 하건만, 맨살을 내보일 때마다 절로 얼굴이 달아오르는 것이다.

"난처할 때 입술을 잘근거리는 버릇은 여전하구나."

그 말과 함께 현운의 손이 조심스레 세류의 어깨에 와 닿았다. 어깨의 상처는 많이 호전되긴 했지만 전촉이 워낙 깊이 박혔던지라 완전히 아물진 않았다. 게다가 여름이다 보니 몸에 열이 많아 상처부위는 벌겋게 열독이 올라 있었다.

현운이 약즙 적신 면으로 상처 부위를 조심스레 닦아낸 후 그곳을 커다란 손바닥으로 덮었다. 그러자 그의 손에서 빠져나온 서늘한 기가 세류의 상처부위로 스며들기 시작했다. 그 덕에 화끈거리던 통증은 서서히 가라앉기 시작했지만, 세류의 얼굴은 오히려 점점 더 붉게 물들어갔다. 어깨를 감싼 그의 손가락에 제 떨리는 마음을 들킬 것 같아서였다. 저도 모르게 다시 입술을 잘근거리던 세류는 문득 빤한 시선에 고개 들었다. 그리고는 저도 모르게 마른침을 삼켰다. 깊게 잠긴 그의 눈이 제 입술에 못 박힌 듯 고정되어 있는 까닭이었다.

천천히 입술을 더듬는 그의 시선에 입술이 저릿저릿했다. 타는 듯 화끈거리고 욱신거리는 통증에 세류가 저도 모르게 신음을 흘린 순간, 어깨에 있던 그의 긴 손가락이 천천히 입술로 올라왔다. 그리고는 그림을 그리듯 천천히 붉은 입술을 어루만지기 시작했다. 세류가 더 참지 못하고 바르르 입술을 뗀 순간, 현운이 손을 거두며 착 가라앉은 목소리로 말했다.

"앞으로 내 앞에서는, 그러지 마라. 일부러 나를 벌주는 게 아니라면……."

벌을 주다니, 그의 말이 무슨 의미인지 고민할 여유가 없었다. 그의 손가락은 이미 멀어지고 없건만, 여전히 그 여운은 남아 세류의 가슴을 흔들고 있는 까닭이었다.

그 순간 그가 세류를 번쩍 안아 올렸다.

"사, 사형!"

"가만히 있어라. 네 원하는 곳에 데려가 줄 터이니."

막사 밖으로 나선 순간, 세류가 따가운 태양빛에 질끈 눈감으며 본능적으로 그의 품에 파고들었다. 현운이 그런 세류를 제 품으로 더 깊이 끌어안으며 말했다.

"주위에 사내놈들뿐이다. 내 수하들이나, 널 내보이기 싫으니 움직이지 말거라."

세류는 벌겋게 붉어진 얼굴을 감추려고 그의 품에 더 깊이 얼굴을 묻었다. 그래서 내내 손수 수발을 들고 식사를 챙겨주었구나, 싶었고, 그래서 제가 머무는 막사 주변에 다른 이들이 오가는 소리가 들리지 않았구나, 싶었다. 비록 검교대를 제외한 모두가 철수한 상태라고는 해도 지나치게 고요했던 것이다.

주위에는 현운의 말대로 백여 명의 사내들뿐이었지만 누구도 제 주군의 품에 안긴 여인에게 관심을 보이지 않았다. 오히려 약속이라도 한 것처럼 저마다 고개를 푹 숙인 채 현운이 숲으로 모습을 감출 때까지 허수아비마냥 서 있었다. 물론 제 주군의 여인이니 궁금한 마음이야 차고도 넘쳤다. 게다가 그 여인이 황제의 그림자무사이며 분명 사내의 음성을 가졌던 이라서 궁금증이 더했다. 그러나 냉혹하기 그지없는 주군이 손수 수발을 들면서까지 꼭꼭 감춰둔 여인이기에 그 마음을 헤아려 행동하는 것이다. 주군의 눈빛만 보아도 그 마음을 헤아릴 수 있을 만큼 그에 대한 그들의 충성심이 깊은 까닭이리라.

저 여인의 정체와 얽힌 인연이 어떻든 무슨 상관이랴. 주군에게서 이리도 진한 사람 냄새, 사내 냄새가 맡아지거늘. 숲으로 사라지는 현운과 세류의 뒤를 웃음기 머금은 천경의 음성이 뒤따랐다.

"다들 세목하고 싶겠지만 이 시간부로 계곡 출입을 금한다! 이를 어길시 사지가 잘릴 것은 알고 있겠지?

지시를 받은 검교대원들의 입가에도 천경과 똑같은 미소가 걸려 있었다.

씻고 싶은 마음을 어찌 알았을까. 그에 의해 바위 위에 살포시 내려진 세류의 얼굴에 난처한 기색이 역력했다. 기꺼우면서도 현운이 제 속을 다 들여다보는 것 같아 부끄러운 것이다. 감추며 사는 것에 이골이 난 삶, 그런데도 그에게만은 통하지 않는구나 싶었다.

그런 상념은 귀에 박히는 물소리와 콧속을 파고든 서늘한 냄새에 어느새 잊혀졌다. 어서 빨리 저 물에 땀과 열기로 찌든 몸을 담그고 싶었다. 그 마음을 뻔히 알 텐데도 현운은 마치 감시관처럼 지켜볼 뿐, 자리를 비켜줄 생각은 없는 것 같았다. 아직 완치되지 않은 저를 향한 심려 때문임을 알기에 세류는 결국 옷을 입은 그대로 계곡물에 발을 담갔다.

차디찬 기운이 다리를 타고 올라오자 그 아찔한 쾌감에 저도 모르게 아, 탄성이 흘러나왔다. 아직 성치 못한 몸도 허리까지 물에 담가진 후에는 움직임이 편해졌다. 딱딱하게 굳어 있던 세류의 몸이 마치 복중腹中의 태아처럼 자연스레 풀어지면서 물속으로 잠겨 들었다. 찬 기운이 여린 살갗을 파고들자 아릿한 통증이 뒤따랐지만 그마저도 기분 좋았다. 아마도 제 맘대로 운신하지 못하는 갑갑함에서 벗어난 까닭일 것이다. 세류는 온몸이 깨어나게 하는 아릿한 통증을 만끽하며 더 깊이 침잠했다.

분명 더 깊이 가라앉고 있건만 묘하게도 몸은 하늘로 떠오르는 듯 깃털처럼 가볍고 안온했다. 그간 지고 있던 알 수 없는 숙명, 알 수 없어 더욱 무거웠던 그 짐을 잠시나마 내려놓은 까닭일까. 진정 어미의 뱃속인 듯 물이 포근하게만 느껴졌다. 다 잊고 다 내려놓고 이대로 영원히 잠들고 싶을 만큼. 그렇게 세류의 의식은 점점 물에 스며들어 흐려지고 있었다.

그 순간이었다. 세류의 몸이 거칠고 강인한 힘에 의해 느닷없이 물 위로 끌어올려졌다. 그 탓에 갑작스레 코와 입으로 밀어닥친 공기가 오히려 숨을 틀어막을 지경이었다. 세류는 그간 잊었던 숨을 내몰아 쉬며 현운의 얼굴로 망연한 시선을 올렸다. 왜 저리 화난 표정일까. 세류의 소리 없는 질문을 듣기라도 한 것처럼 현운이 날카로우나 깊게 잠긴 음성으로 말했다.

"내 너를 눈에서 잃지 않으려면 얼마나 더 날을 세워야 하는 것이냐……."

현운의 두 눈은 차마 말로 뱉지 못한 속내를 담은 탓에 타오르는 불꽃처럼 거칠게 일렁이고 있었다. 세류는 모르고 있었으나 세류가 물속에 머문 시간이 그에게는 영겁 같았던 까닭이었다.

놓치지 않겠다는 듯 자신의 팔을 아프리만치 꽉 쥔 손으로 시선 내린 세류의 볼이 문득 발갛게 물들었다. 제 행동 하나하나에 예민하게 반응하고 보호하려 하는 그를 보고 있자니 저절로 그리됐다. 저절로 그 손에 담긴 간절함과 넘치는 근심이 읽어진 것이다.

늘 강해져야 한다고 스스로를 채찍질하며 살아온 삶이었다.

'잊지 마라, 세류야. 너는 그 뉘보다 강하니, 네 스스로 길을 찾을 수 있을 게야…….'

어쩌면 무명의 유언과도 같던 그 말에 매달린 채 여린 속내는 외면해온 삶이었다. 그래서 사부와 사형이 떠난 후로는 누군가에게 보호받는 것은 꿈에도 바란 적 없던 삶이었다. 외발 합탁과 천생 여인인 홍인을 보호하는 것이 제 몫인가 싶어 더욱더 그랬다. 그래서 점점 제 나약함과 한계를 잊고 외면하게 됐다.

한데 제 몸짓 하나하나에 반응하고 염려하는 현운으로 인해 잊었던 사실을 새삼 깨닫고 있는 것이다. 자신이 누군가에게는 지켜주고 싶고 보호하고 싶을 만큼 여리고 나약한 여인이라는 사실을. 그것은 정녕 생경하면서도 가슴 떨리는 깨달음이었다.

현운의 근심이 어찌나 컸는지, 그에게 붙잡힌 팔이 저려서 슬쩍 몸을 비튼 그 순간, 문득 찌릿한 통증이 가슴 윗부분에서 느껴졌다. 저도 모르게 아, 신음을 토하자 마치 그 원인을 아는 것처럼 그의 시선이 세류의 가슴께로 내려갔다. 그리고 느닷없이 세류의 저고리를 뜯어 발기듯 거칠게 열었다. 순간 당혹감과 함께 내려진 세류의 눈에 다 아문 줄 알았던 가슴의 자상에서 흘러나오는 핏방울이 들어왔다. 그러나 그 핏방울도, 상처의 통증도 세류에게는 문제 되지 않았다. 오직 그의 눈빛만이 숨을 조여 왔다.

제가 보기에도 또렷하게 일어선 가슴이 그의 시야 안에 있지 않은가. 숨어야 한다, 숨고 싶다. 세류는 저도 모르게 한걸음 뒤로 물러서며 벌어진 앞섶을 서둘러 여몄다. 그런 세류를 묵묵히 바라보던 현운이 세류가 물러선 만큼 다가섰다.

"피에 젖어 있던 네 몸을 닦아낸 게 누구라고 생각하느냐. 네 몸 그 어디도 내 손이 닿지 않은 곳이 없다. 이제 와 가린다고 가려질 줄 아느냐."

차가운 계곡물도 더 이상 소용이 없는 듯, 세류의 몸이 머리부터 발끝까

288

지 순식간에 벌겋게 달아올랐다. 세류는 그의 손이 다시 앞섶으로 뻗어오자 서둘러 뒤로 물러나며 말했다.

"괜, 괜찮아요, 사형. 이 정도 피는 곧 멎을……!"

그러나 세류는 채 말을 맺지 못하고 가쁜 숨을 들이켜야 했다. 그 순간 그가 몸을 낮춰 상처에 입술을 댄 까닭이었다. 벌어진 상처를 입술로 더듬은 현운이 이내 혀를 내밀어 피를 핥기 시작했다. 몸을 관통하는 듯한 그 짜릿한 통증에 세류는 저도 모르게 현운의 어깨를 부여잡았다. 그의 혀가 닿을 때마다 아랫배가 오그라드는 것 같았다. 그것이 고통인지 희열인지 알 수 없는 낯선 감각이 종국엔 제 몸을 바스러뜨릴 것 같아 견딜 수가 없었다.

잔인할 만큼 계속되는 그의 혈지血舐에 세류가 결국 아, 신음을 토하며 무릎을 꺾었다. 그런 세류의 몸을 가만히 제게로 당겨 안은 현운이 긴 한숨을 토해냈다.

"아직 세목은 이른 것을, 내가 잘못 생각했구나."

젖은 옷 아래, 거친 숨을 토해내고 있는 그의 뜨겁고 탄탄한 가슴이 고스란히 느껴졌다. 제 몸을 가둔 팔이 너무도 강인해서 계속 그렇게 그에게 안겨 있고 싶었다. 그의 가슴에, 그의 팔에 안겨 있는 한 그 무엇도 저를 위협하지 못할 것만 같았다.

오랜만에 맛보는 따뜻한 체온이었다. 마치, 어린 시절 사부와 사형, 그리고 홍인과 합탁이 모두 제 곁에 있을 때의 백오산에 돌아간 기분이었다. 저 홀로 떠나보낸 이들에 대한 애달픔도 그의 넓은 가슴에 안겨 있자니 덜어지는 것 같았다. 그래서 더욱 그의 품으로 파고드는 세류의 귓가에 더운 숨과 함께 나직한 음성이 들려왔다.

"예전에 그랬듯, 산에 결계를 치고 살자. 운명 따위가 방해하지 못하도록 할 것이다. 그러니 너와 나, 둘이서 그리 살자."

그 말에 세류의 몸이 점점 딱딱하게 굳어지기 시작했다. 그의 품에서 맛보았던 잠깐의 평온은 제게 허락된 것이 아님을 이제야 깨달은 것이다.

'운이 아무리 너를 아껴도 네 짐을 운이 함께 지게 하지 말거라. 네 사형, 이미 진 제 짐이 무거워 다리 부러지고 제 어깨 부서져도 참아낼 성정이 아니더냐?'

자신의 기를 넘겨주던 순간, 환청인 듯 들려왔던 무명의 음성이 귀에 스며들고 머리를 채웠다. 사형이 진 짐이 무겁다, 그 말이 비수처럼 가슴에 꽂혔다. 그래서 아직 풀지 못한 제 운명의 수수께끼마저 그에게 얹어줄 순 없는 것이다.

세류는 현운의 가슴을 밀어내며 천천히 입을 열었다.

"기혈을 풀어주세요, 사형. 전, 폐하의 곁으로 돌아가야 합니다."

방금 전, 저를 포근히 안아준 그 사람이 맞는가. 어느새 냉랭해진 현운의 살벌한 눈빛에 가슴이 시려 왔다. 그의 음성은 그 눈빛보다 더 냉혹해서 저도 모르게 어깨를 떨게 했다.

"내가 왜 그리해야 하느냐. 보내지 않을 것이다. 네 단전을 파破해서라도 내 곁에 둘 것이다!"

"홍인의, 홍인의 유언이라지 않았습니까? 저는 황궁으로 돌아가야 합니다, 사형!"

정녕 홍인의 뜻은 무엇이란 말인가, 잠시 굳어졌던 현운이 매섭게 눈을 빛내며 차가운 목소리로 물었다.

"네게는 이미 죽은 이의 유언이 내 마음보다 중한 것이더냐."

"저 때문에 목숨 잃은 이입니다."

사부가 그 사달을 예견 못 했을 리는 없다. 한데도 진을 파한 것은 결국 그리 되어야 했던 운명이라는 뜻인가. 홍인과 합탁을 잃고 저 홀로 남은 세류가 황궁으로 가 현율의 사람이 되는 것이 정녕 이 아이의 정해진 길이었단 말인가. 하필 그 시절 자신이 세류 곁에 없었던 것도 다 그런 뜻이었는가. 이미 부질없어진 온갖 의문들로 현운의 눈빛이 더욱 거칠게 일렁거렸다.

'거스를 것이다. 베어내고 또 베어내서라도 바꿀 것이다.'

이내 냉정을 되찾은 그의 눈빛은 세류가 꿈속에서 보았던 그대로 잔혹하기 그지없었다.

"네가 나를 떠나 형님에게 돌아가면, 이번엔 너 때문에 형님이 목숨을 잃게 될 것이다. 그래도 그에게 돌아가겠는가!"

인적 없는 계곡에 그의 처절한 음성이 메아리처럼 울려 퍼졌다. 산을 뒤흔들고 제 몸마저 뒤흔드는 그의 분노를 고스란히 받아내며 천천히 눈감은 세류가 꺼질 듯 낮은 목소리로 속삭였다.

"돌아가야 해요, 사형……. 사형 곁에 머물더라도 전 내내 그분을 잊지 못할 거예요."

그리고 차마 입 밖으로 내뱉지 못한 말을 저 홀로 이었다.

'꿈에 어미를 보았지요. 어미가 폐하로 변하는 모습도 보았고요. 한데 그 체취는 같았습니다. 어찌 폐하께서 제 어미의 체취를 갖고 계신 것인지, 어찌 폐하를 뵈올 때마다 가슴이 저린 것인지 알아야겠습니다.'

툭, 세류의 팔을 움켜쥐고 있던 그의 손이 힘을 잃고 떨어졌다. 그의 공허한 눈빛에 가슴이 찢어질 듯 아픈데도 세류는 자신의 말을 번복할 수 없었다. 머물고 싶으나 머물러서는 안 되고, 찾고 싶으나 찾아지지 않는 진실이 세류를 단단히 옭아매고 있었다.

"아유, 이리 곱고 가냘픈 몸으로 어쩌다 검은 드신 게요?"

약초가루를 개어 환부에 바르는 양이네의 혀 차는 소리에 세류는 그저 말없이 웃어보였다. 약이 좋아서인지 이제 몸 곳곳에 있던 자상들은 완전히 나았고, 어깨의 상처도 딱지가 앉은 상태였다. 입은 창상에 비하면 흉도 그리 크게 남지 않을 듯했다.

"한데 갖고 계신 옷이 다 사내 것뿐이요? 곱게 차려입으시면 선녀가 따로 없을 텐데……. 쇤네가 한 벌 구해다 드려요?"

양이네가 옷을 고쳐 입는 세류를 물끄러미 보다가 또 한마디 했다. 제 수발을 들라고 천경이 인근 동리에서 데려왔다는 아낙은 인정이 너무 많아 이것저것 챙기려는 게 흠이었다. 그냥 그러려니, 제 할 일만 하다가 해질 녘 돌아가면 좋으련만 머리를 만져주겠다, 분첩을 구해다 주겠다, 야단을 떨어댔다. 목소리가 이러니 남복을 하고 있어도 천생 여인으로 보는 것이다.

"나는 여인의 옷을 입을 처지가 아니니 신경 쓰지 마시게."

세류의 목소리에 깃든 쓸쓸함은 읽지 못한 듯 양이네가 콧바람을 품어댔다.

"여인이 여인의 옷을 입는데 무슨 처지가 필요하답디까? 우리네야 천것이라 막 입고 살아도 아씨는 귀하신 분의 여인이라 들었는데 고운 치장이야 당연한 게지요."

'귀하신 분의 여인'이라는 말이 가슴에 가시처럼 박혀왔다. 백오산으로 돌아가 살자던 현운의 음성이 기다렸다는 듯 너무도 생생하게 귓가를 스쳤다. 그럴 수 있다면 얼마나 좋을까. 그리해도 되는 것일까. 마음은 바람과 같아서 자꾸만 흔들렸다. 검을 내려놓고 오롯이 그의 여인으로만 살고 싶은 욕심이 매 순간 커져만 갔다.

그러나 그럴 수가 없었다. 이름 없는 암자에 숨어 살다 이제 겨우 황자의 신분을 되찾았는데 저 때문에 또 그리 살라고 할 수는 없었다. 백오산에서의 삶이 무엇 하나 부족한 것 없이 풍요로웠다고 생각했지만, 그가 황자라는 것을 알았을 때에야 깨달았던 것이다. 고귀한 황자의 신분으로는 견디기 힘들만치 비참한 삶이었다는 것을 말이다. 그런 삶은 그의 것이 아니었다.

무엇보다도 현율에 대한 제 감정이 무엇인지 명확한 답을 찾아야 했다. 왜 그에게서 어미의 향기가 맡아지는 것인지, 왜 그를 보면 이유 모를 감정에 사로잡히게 되는지, 답을 알기 전에는 현운에게 갈 수 없었다. 왠지 그 답을 찾게 되면 홍인이 말을 아꼈던 어미의 실체와 만나질 것 같기 때문이었다.

양이네가 제집으로 돌아간 후에도 한참을 깊은 생각에 빠져 있던 세류는 문득 밖의 기척을 느끼고는 출입구로 고개 돌렸다.

"들어오십시오."

표정 없는 얼굴로 들어선 극서의 손에는 두리쟁반에 받쳐진 탕약그릇이 들려 있었다. 계곡에서의 일이 있은 후 현운은 양이네와 극서에게 수발을 들게 하고는 며칠째 얼굴 한 번 보여주지 않았다. 혀에 닿은 약물은 쓰디쓸 게 분명했지만 제대로 느낄 수 없었다. 그보다는 저를 향한 그의 분노가 이렇게 크구나, 싶어서 그것이 쓰디썼다. 차마 보고 싶다는 말 한마디 전할 수 없는 제 처지가 더 쓰디썼다.

"고맙습니다."

다 비운 그릇을 건네자 묵묵히 받아든 극서가 평소와는 다르게 한참을 그대로 선 채 뚫어지게 바라보았다. 그 빤한 시선이 불편해서 살짝 고개 튼 순간, 극서의 입이 열렸다.

"점혈을, 푸셨군요."

저도 모르게 흠칫 어깨를 떤 세류가 고개 돌려 극서의 눈을 마주 보았다.

현운이 기혈에 가한 점혈을 푼 것은 새벽녘이었다. 기력이 제법 돌아온 것 같아 혹시나 하는 마음에 해혈을 시도했는데 거짓말처럼 제 뜻대로 기가 움직여준 것이다. 하지만 그에게 알려지면 안 될 것 같아 감추고 있었건만 어찌 안 것일까.

세류의 생각을 읽기라도 한 듯 극서가 눈을 빛내며 말했다.

"주군께서 세류 님이 오늘쯤 혈을 푸실 것이니 기의 흐름을 면밀히 살피라 하시더군요. 기혈이 뚫리면 기의 흐름이 달라지니까요."

맥이 탁 풀리는 기분이 들었다. 원래가 빈틈없는 이인 줄은 알고 있었지만 마치 제 머릿속을 들여다본 사람처럼 앞서가 있는 그가 얄밉고도 두려웠다.

"사형은 참……."

"두려운 분이시죠."

여전히 무표정한 얼굴로 극서가 세류 대신 말을 맺고는 이내 다시 말을 이었다.

"두 분 사이에 무슨 일이 있었는지는 모르지만, 주군의 뜻을 따라주십시오. 저리 괴로워하시는 모습은 뵌 적이 없었습니다."

"괴로워하고 계시다니, 무슨……?"

그저 저를 외면하는 것으로 벌주고 있다고 생각했건만 어디가 아픈 것일까. 세류에게는 극서가 대답할 때까지의 그 잠시가 너무도 길게만 느껴졌다.

"하루 종일 진검수련으로 저희들을 반시체로 만들고 계십니다."

극서가 여전히 무표정한 얼굴로 말하고는 제 볼 일은 다 끝났다는 듯 휙 몸을 돌렸다.

"이 보십시오!"

서둘러 그를 불러 세운 세류가 잠시 숨을 고르고는 정중한 어조로 간청했다.

"사형께는 부디 알리지 말아주십시오."

가타부타 대답이 없었지만 극서의 눈빛은 분명한 거절의 뜻을 담고 있었다. 하기야 제 주군에 대한 충성심을 보면 당연한 일이었다. 그러나 세류는 포기하지 않고 재차 부탁했다.

"딴 뜻이 있어서 그러는 것이 아닙니다. 사형의 화가 풀리지 않은 지금 제가 멋대로 해혈했다는 것을 아시면 화해할 기회마저 놓치게 될 것 같아 그럽니다. 부탁드립니다."

세류가 살짝 미소 지으며 말하자 극서의 눈이 홀린 듯 잠시 멍하니 풀렸으나 이내 원래의 무표정한 얼굴로 돌아갔다.

"오늘, 오늘만 함구하겠습니다. 제가 알리기 전에 직접 말씀드리십시오."

세류가 의도한 것은 아니었으나, 막사를 나서는 극서의 표정 없는 볼이 그답지 않게 소년처럼 살짝 상기되어 있었다.

극서가 나간 후 세류는 제 바랑을 찾아 황급히 짐을 꾸리기 시작했다. 며칠 동안 오지 않았던 현운이지만 어쩌면 오늘 밤은 올지도 모른다는 생각에 손이 더 빨라졌다. 그가 또 한 번 함께하자고 말한다면 도저히 거절할 자신이 없기 때문이었다. 그것은 아니 될 말이었다. 황제가 저를 데려오라고 관내성에서 보낸 이들을 오늘도 그냥 보냈다지 않는가. 더 미루다가는 현운이 필시 황명을 어긴 죄로 해를 입을 게 분명했다. 그것은 정녕 세류가 피하고 싶은 일이었다.

침상 머리맡에 세워져 있는 제 운검을 찾아낸 세류는 못 입게 된 철릭을 길게 잘라내 가슴에 단단히 둘러메고 복면 삼아 얼굴을 가렸다. 그리고 날카롭게 귀를 곤두세운 채로 날이 완전히 어두워지기를 기다렸다.

얼마 후 주위가 어두워지면서 막사 안에도 어둠이 차올랐다. 이제 곧 극서가 등불을 켜주러 들어올 터. 세류는 입구에서 호위 중인 대원을 피해 반대쪽 장막을 들추고 조용히 밖으로 나섰다. 그리고는 막사가 만들어낸 어둠 속에 잠시 몸 감춘 채 주위를 살피다가 재빨리 산기슭으로 달려들었다.

세류가 산의 그늘로 사라진 직후 그 자리에 두 사내가 환영인 듯 훌쩍 나타났다. 바로 현운과 극서였다. 비록 세류의 미소에 한순간 미혹되어 함구하겠다고 약속은 했지만 제 주군과 눈이 마주친 순간 저절로 사실을 고한 것이다.

극서가 그저 세류가 사라진 어둠 속을 날카로이 응시하는 현운에게 조심스레 물었다.

"왜 막지 않으십니까, 주군."

현운의 입술에 문득 쓸쓸한 미소가 번졌다. 화나지 않는 것을 보면 처음부터 이리될 줄 알았던 모양이라 그것이 쓸쓸한 까닭이었다.

"저 아이 고집을 내 잊고 있었다. 사부와 나를 찾아 그 어린 나이에도 저 홀로 길을 나섰던 아이인 것을……. 이미 가고자 결심한 이를 내 곁에 붙잡아두고자 다리 부러뜨릴 순 없지 않은가."

세류가 저리 훌쩍 떠나버리고 나니 이상하게도 오히려 마음이 잔잔해졌다. 천성이 묶어둔다고 그냥 잡혀 있을 아이가 아니거늘, 어찌 보내지 않으리라 장담했던 것일까.

'전 내내 그분을 잊지 못할 거예요.'

세류를 찾지 않은 지난 며칠간 수십 번 수백 번 그 말을 씹고 또 되씹었다. 한번 되씹을 때마다 심장이 도려내지는 듯 고통스러웠고, 현율을 향한 투심으로 온몸이 불타는 듯 뜨거웠었다. 그 아이의 마음에 진정 현율이 들어앉아 있는 것인가, 두려움이 엄습할 때마다 나락으로 떨어지는 듯 암담했었다. 그것이 수하들을 수련이라는 명목으로 거칠게 몰아세운 이유였다.

그러나 결론은 늘 마찬가지였다. 그 몸 곁에 묶어둔다고 해서 마음까지 얻을 수 있을 것인가. 그 마음 얻지 못한 채 몸만 묶어둔다면 과연 이 갈증이 해갈될 것인가. 결코 그럴 수 없음을 결국엔 인정할 수밖에 없었다.

현운은 여전히 세류가 사라진 산기슭 쪽을 응시하며 찬 목소리로 극서에게 명했다.

"내일 날이 밝는 대로 관내성으로 갈 것이다. 천경에게 일러 준비토록 하라."

"네, 주군."

극서가 물러간 후에도 그는 그 자리에서 조금도 움직이지 못했다. 세류가 향하는 곳, 그곳에 있을 현율을 향한 노여움이 온몸에 뻗쳐 그를 석상인 듯 굳어지게 만들었다. 현율에게 살검을 날렸던 순간보다 더 짙은 살기가 머리를 채우고 심장을 굳어지게 했다. 그 순간 문득 사부인 무명의 꾸짖음이 뇌리를 파고들었다.

'네 검은 천하를 거느릴 검이 아니더냐? 태산보다 무거워야 한다.'

제 어깨를 후려치던 무명의 죽봉이 너무도 생생하게 느껴져서 저절로 어깨에 손이 올라갔다. 태산보다 무거워야 할 검을 투심에 사로잡혀 휘둘렀구나, 그래서 사부가 그토록 매섭게 저를 후려쳤었는가, 쓰디쓴 미소가 그의 얼굴을 채웠다.

어둠마저도 굴복한 듯, 홀로 서 있는 그의 발아래 검은 그림자는 점점 더 짙어져만 갔다.

19. 맹독猛毒, 바위처럼 견고한 어미의 안배

관내성을 출발한 긴 행렬이 이제 막 인성산 어귀로 들어서고 있었다. 겨우 자리를 털고 일어나 환궁 길에 오른 황제의 행렬이었다. 그 행렬의 선두와 후미는 흑의의 기마대가 철통같이 경계하며 이동하고 있었다. 흑의의 기마대는 금일 이른 아침 관내도 백성들의 환성을 들으며 관내성에 도착한 검교대였다.

어디 관내도민뿐이랴. 오랑캐에게 제 살붙이를 잃은 채 구체(狗彘, 개돼지) 취급을 받아도 차마 죽지 못했던 해주의 백성들은 검교대가 떠나는 길을 수십, 수백 번의 절로 배웅했다. 관내성주의 가장 은밀한 처소에 반송장인 듯 누워 있던 현율에게도 전해질 만큼 현운과 검교대에 대한 예찬은 드높기 그지없었다.

그래서인가. 승교에 들어앉은 황제의 낯빛이 오늘따라 더욱 파리해 보였다.

"폐하, 비탈이 험준한 산입니다. 고되시면 잠시 행군을 멈추겠습니다."

승교의 벽에 기댄 채 힘없이 앉아 있던 현율의 눈이 문득 현운을 찾아주렴 사이로 보이는 군사들의 등을 빠르게 훑어갔다. 틈 없이 예를 갖춰 아뢴 자는 현운의 수하, 그러니 틈 없이 예를 갖춘 그 말도 현운의 것인 탓이었다. 세상이 저를 떠받드는 이때에도 그저 신하로만 처신하니 되레 그 속내가 짐작이 안 되어 그의 등이라도 봐야 했다. 그러나 찾으려 애써도 그 위상처럼 황제인 자신보다 저 멀리 앞서 있는 아우이기에 그 뒷모습 보는 것조차 불가능함은 이미 알고 있었다.

그런데도 그의 눈은 한참이나 부질없이 떠돈 후에야 길옆 숲으로 옮겨졌다. 그곳 어디엔가 있을 세류를 향한 애증이 담긴 시선이었다. 숲의 그림자처럼 숨어서 따르라 명한 것은 자신이건만, 눈에 보이지 않으니 객쩍은 불안이 밀려왔다. 혹여 지금 저 숲에 아우와 함께 있는 것은 아닌가.

투둑, 투두둑, 빗방울이 떨어지기 시작한 것은 그때였다. 시커먼 하늘이 그저 쉬 그칠 비가 아님을 말해주고 있었다.

"막사를 세워 폐하를 모셔라!"

산을 뒤흔드는 현운의 사자후에 다들 바짝 긴장한 채 바삐 움직였으나, 현운이 제자리에 있음을 확인하고 비로소 평온해진 현율의 입가엔 미소마저 자리했다. 그러나 그 미소는 오래 머물지 못했다.

어찌 돌려보냈을까. 간절히 돌아오길 기다렸지만, 그 오래전, 세류를 '내 사람'이라 칭했던 아우의 눈빛을 잊지 못한 까닭에 어쩌면 반쯤은 포기한 상태였다. 세류를 데려오라 보낸 군사들을 몇 번이나 빈손으로 되돌려 보낸 아우이기에 그냥은 되찾을 수 없겠구나 싶었던 것이다. 한데, 제가 가진 무기는 황제라는 것뿐이니 세류를 되찾기 위해서 어떻게 그 무기를 써야 하는가, 고달피 고뇌하고 있을 때 거짓말처럼 세류가 돌아왔다. 마치 황제라는 무기로부터 현운을 지키려는 것처럼.

한 번 놓쳤던 것을 다시 손에 쥐고 나니 욕심은 이전보다 더 견고해졌

다. 잃어본 상실감을 알기에 다시는 잃지 않으려 마음이 더욱 옹색해졌
다. 그래서 저도 못 볼지라도, 현운의 눈에서 감추려 세류를 숲의 그림자
로 만든 것이다. 서로를 눈에 담는 두 사람의 모습을 직접 눈으로 확인할
자신이 없었다. 필시, 그 모습을 본다면 제 심장이 조각조각 잘려지고 말
리라.

현율은 자꾸만 꺼져가는 의식을 애써 붙잡으며 가슴께로 힘겹게 손을
가져갔다. 언제나처럼 늘 그곳에 있었건만 제 가슴 가까이 자리 잡고 있는
은비녀의 존재가 새삼 커다랗게 느껴졌다. 세류를 돌아오게 한 것이 은비
녀의 힘이 아니겠는가, 싶은 까닭이었다.

가만히 은비녀를 쓰다듬던 현율의 고운 눈매가 문득 찌푸려졌다. 대체
이 은비녀에 무엇이 담겨 있기에 세류만 보면 울어대는 것일까. 그것을
알기 전에는 결코 품에서 은비녀를 내놓을 수 없었다. 현율은 황궁에 도
착하는 대로 천녀 산희를 받들었던 제녀들의 행방을 수소문해보리라 다
짐했다.

그때 승교로 다가온 천경이 정중하지만 딱딱한 목소리로 고했다.

"폐하, 비가 쉬 그칠 것 같지 않습니다. 곧 막사로 모시겠으니 잠시만 기
다려주십시오."

현율은 그저 고개만 끄덕이며 천경의 매처럼 날카로운 눈과 강인한 입
매를 눈으로 더듬었다. 현유홍의 역모 때 외금강부대장 박술희의 목을 단
칼에 베던 그의 모습이 어제 일처럼 선명하게 떠올랐다. 너무도 거침없던
그 모습이 이금에 새삼 두려움으로 다가왔다.

아우의 곁에는 천경 같은 수하들이 백여 명이나 있었다. 아마도 그들은
아우를 위해서라면 제 목숨을 초개처럼 버릴 것이다. 그것이 두려웠다. 과
연 자신의 곁에는 그런 이가 있을까. 전장에서 끝까지 제 곁에 남아 있던

세류지만, 그럼에도 불구하고 세류마저도 온전히 제 것이라는 확신이 없었다. 만약 아우와 칼을 맞대는 상황이 된다면 과연 세류가 저를 위해 그에게 검을 겨눠줄 것인가.

비바람 때문인지, 느닷없이 엄습해오는 한기에 부르르 몸이 떨렸다. 외로웠다. 지독하게 외로웠다. 이 세상에 오직 저 홀로라는 사실이 끔찍하게도 외로웠다. 낳아준 어미마저 외면하는 제 신세가 몸서리 처지도록 끔찍했다. 그래서 더욱 세류를 빼앗길 수가 없는 것이다.

현율은 한껏 날카로워진 표정으로 가슴께의 은비녀를 있는 힘껏 움켜쥐었다.

천경이 유둔油芚 우의에서 물을 뚝뚝 흘리며 막사에 들어서자 탁상에 둘러앉아 있던 준경과 극서, 설진이 벌떡 일어섰다. 현운이 천경을 부른 이후로 내내 궁금해 하며 기다리고 있던 참인 것이다.

늘 그랬듯 성질 급한 준경이 성마르게 질문을 던졌다.

"형님, 주군께서 무슨 명을 내리신 겁니까?"

"일단 다들 앉지."

천경이 우의를 벗어 걸개에 걸고 탁상으로 다가올 때까지 그들의 시선은 내내 그에게 못 박혀 있었다. 그 짧은 시간에도 무슨 생각을 그리 깊게 하는지, 천경의 표정이 자못 심각한 까닭이었다.

설진이 다관을 들어 아직 따끈한 감로차를 따라 천경에게 건네며 물었다.

"무슨 명을 받으셨기에 벌레 씹은 표정이십니까?"

"내 표정이 그랬나?"

허허, 웃고는 한 모금 차를 마신 천경의 표정이 다시 심각해졌다. 다들 제 입만 바라보고 있는 줄 알면서도 또 혼자만의 생각에 빠져든 것이다.

준경이 그예 참지 못하고 재차 물으려는 순간, 천경이 드디어 입을 열었다.

"일, 이, 삼분대를 제외한 나머지 분대와 나는 내일 날이 밝는 즉시 진강주로 떠난다."

세 사람 모두 천경의 말에 잠시 아무런 반응 없이 두 눈만 끔뻑거렸다. 늘 한 몸처럼 움직였던 검교대가 나뉘어 움직인다는 것도 그렇고, 느닷없이 진강주라니, 선뜻 이해가 안 되는 것이다. 언제나 무표정한 극서마저도 눈살을 찡그렸다.

"진강주라면 검교장으로 돌아가는 겁니까?"

"그렇다."

"아니, 그 무슨⋯⋯!"

준경이 말도 안 된다는 듯 신경질적으로 내뱉었다. 검교대의 그 누구도 주군 곁에서 떠나게 되리라고는 단 한 번도 생각한 적이 없기에 적잖이 당황한 것이다.

천경은 일단 주군의 명은 다 전해야겠기에 서둘러 덧붙였다.

"주군께서 검교장을 처분하고 모든 가솔들을 도성으로 데려오라 명하셨다. 출군 전에 태후께서 폐문한 대량궁을 주군께 하사하신 모양이야. 부소국과의 전투도 마무리됐으니 더 미룰 이유가 있나 하시더군."

진강주 석성에 있는 검교장은 대원들의 가솔들까지 함께 모여 사는 하나의 촌락이나 마찬가지였다. 노부모와 처자 등 가솔들의 수만 해도 이백에 가까운 것이다. 그 가솔들과 살림을 모두 옮겨오자면 장부의 손이 필요한 것은 당연한 일. 그러나 지금 검교대에 남아 있는 건 어린 소년들의 훈련을 맡고 있는 여홍을 비롯한 교관 다섯뿐이었다. 그러니 현운의 명대로 하는 것이 이치에 맞건만, 다들 어쩐지 께름칙한 표정이었다.

으음, 뜻 모를 신음을 흘린 설진이 콧날을 가로지른 상흔을 어루만지며 혼잣말처럼 말했다.

"하긴, 처자를 못 본 지도 벌써 5년이니, 좋은 일이긴 한데⋯⋯."

그러나 말과는 달리 그의 낯빛은 결코 밝지 않았다. 제 찻그릇만 뚫어지게 응시하다 입을 연 극서의 목소리 또한 그랬다.

"내키지 않는군요."

준경은 아예 고개까지 내저으며 꺼질 듯 한숨을 내쉬었다.

"좋은 일이긴 한데, 잘 모르겠습니다, 형님."

천경도 그 기분을 너무도 잘 알고 있었다. 그래서 내내 깊은 생각에 빠져 있었던 것이다. 천경은 이미 식어버린 차를 한입에 털어 넣고는 찻그릇을 탁, 거칠게 내려놓았다.

"그래, 나도 내키지 않아. 주군을 향한 폐하의 눈빛을 자네들도 봐서 알지 않는가? 어디 폐하뿐인가? 주군을 경계하는 자들이 도처에 널렸으니⋯⋯. 행여 우리가 곁을 비운 사이에 그들이 무슨 일을 벌일까 저어되네."

천경이 목이 타는지, 다시 채운 차를 또 단숨에 비우고는 이어 말했다.

"비가 그치는 대로 여홍에게 전서구를 띄워 미리 준비시키겠지만, 아무리 서두른다고 해도 오가는 데에만 달포를 훌쩍 넘길 터⋯⋯. 폐하나 그들이 일을 도모하기엔 충분한 시간이지."

천경의 말을 듣는 동안 모두의 얼굴이 점점 더 어두워져 갔다. 현운이 제아무리 귀검이라 불릴 만큼 비범하다고 해도 그 역시도 피 흐르는 인간이다. 작정하고 덤빈다면 그인들 당해낼 수 있겠는가.

초조한 표정으로 연신 콧날만 만지던 설진이 문득 날카롭게 눈을 빛내며 물었다.

"주군께선 이 좋은 기회를 왜 이용치 않으시는 겁니까? 지금이라도 당장 황제의 목을 칠 수 있잖습니까?"

"어허, 설진! 함부로 입을 놀리지 말게! 누가 들으면 어쩌려고 그러는가? 수많은 귀가 주위에 있거늘! 우린 늘 입조심해야 하네. 우리의 실언이 주군께 해가 될 수도 있음을 어찌 모르는가?"

잔뜩 예민해진 천경의 말에 설진은 꾹 입을 다물었지만, 이번에는 준경이 한껏 낮춘 목소리로 피력했다.

"사실 설진의 말이 그른 것은 아니지 않습니까? 애초에 그 자리는 주군의 것이었습니다. 현유홍의 반란을 진압한 것도 주군이시고요. 황제가 무슨 자격이 있단 말입니까? 본래 병약한 데다 전장에서 입은 부상으로 지금황제는 정상이 아닙니다. 맹독을 쓰거나……."

"준경, 너는 주군의 성정을 몰라서 그런 말을 하는 것이냐?"

천경의 딱딱한 목소리에 말이 잘린 준경이 맥이 빠진 듯 어깨를 축 늘어뜨렸다. 저라고 왜 모르겠는가. 비열하게 독이라니, 그것은 주군에 대한 모독이나 마찬가지였다. 그걸 알면서도 갑갑하고 조급한 마음에 말을 꺼낸것이다.

"주군께선 애초부터 황위에 그다지 욕심이 없으셨다. 무엇보다 더 이상황궁에 피바람이 이는 것을 원치 않으시지. 자네들도 주군의 생모께서 어찌 돌아가셨는지 들어 알지 않는가? 당신께서 그토록 증오했던 자들과 똑같은 일을 하실 분이 아니지. 게다가, 만약 현 상황에서 주군이 검을 뽑으신다면 그간 제 야욕을 감추고 있던 황족들이 저마다 감추고 있던 검을 뽑아들 걸세. 그렇게 되면 황궁은 걷잡을 수 없는 상황에 놓이게 되겠지. 주군께서 그를 어찌 모르시겠는가?"

그 또한 다들 잘 알고 있었다. 주군이 황위에 욕심이 있었다면 환궁을 미루면서까지 변방의 전장을 5년이나 떠돌지는 않았을 것이다. 저마다의 생각으로 긴 침묵이 흐르던 어느 순간, 준경이나 설진과는 달리 별말이 없던 극서가 천천히 입을 열었다.

"하지만 언제든 주군의 마음이 달라질 수도 있습니다. 원하시는 것이 생겼으니까요."

황제의 그림자무사를 뜻하는 것임을 어찌 모르겠는가. 누구도 겉으로 표현하지 않았지만, 그 이에 대한 주군의 크나큰 욕심은 다들 짐작한 터였다. 제 자신처럼 믿는 수하들에게조차 꼭꼭 감춰두고 경계했을 정도이니, 그 여인을 온전히 갖기 위해서라면 주군도 달라지지 않겠는가 싶기도 했다.

"보십시오. 그저 국경방비에 힘쓰러 떠나겠다던 주군께서 검교장 가솔까지 불러들여 도성에 정착하겠다지 않습니까? 그것이 무엇 때문이겠습니까?"

누구보다도 극서는 세류에 대한 주군의 마음을 잘 이해하고 있었다. 주군처럼 원래가 찬 성격인지라, 그런 이가 한 여인을 마음에 품게 되면 어찌 변하는지 누구보다도 잘 알고 있는 까닭이었다. 그 여인을 제 곁에 두기 위해서라면 못할 것이 없는, 그 강렬한 욕망을 그 역시도 겪어본 것이다.

극서는 문득 머리를 채운 물기 가득한 눈망울에 희미하게 미소 지었다. 십 년 전, 그 눈동자에 마음 빼앗겨, 아비가 조부의 회춘을 위해 윗방아기로 들인 동녀童女를 구하려 집에 불까지 지른 그였다. 요행히도 아비가 임종하기 전에 용서받긴 했지만 말이다. 그 동녀, 도하 나이 올해 열아홉. 이제는 도하를 처로 맞이해도 되는 것일까. 새침한 그 얼굴이 떠오르자 늘 무정하던 가슴이 저절로 뻐근해졌다.

탁상에 둘러앉은 그들은 저마다의 상념에 사로잡혀 더는 그 어떤 말도 하지 못했다. 너무도 불확실하고 위태로운 주군의 앞날과, 그보다 더 알 수 없는 주군의 속내를 저마다 가늠해보는 그들의 귓가에 그저 덧없는 빗소리만이 울려 퍼지고 있었다.

온몸을 흠뻑 적신 물기를 털어낸 후 조용히 들어선 막사 안은 등불이 다섯 개나 켜져 있어서 야심한 시각과는 어울리지 않게 밝았다. 현율은 그 비정상적으로 밝은 막사의 침상에 누워 잠이 든 듯 미동도 없었다. 세류의 눈이 초췌한 얼굴에서 그와 나란히 누워있는 검으로 옮겨졌다. 제대로 겨누지도 못할 검이건만, 제 곁에 두면 마음이 편한 것일까.

현율이 제 침소에 훤히 등불을 밝히고, 검을 가까이 둔 채 잠자리에 들기 시작한 것은 현유홍의 역모가 있던 그 밤부터였다. 그것은 병사들로 침전을 겹겹이 둘러싸게 하고도 불안에 떨던 그가 취한 마지막 수단이었다. 두려워하는 것이 무엇인지, 황제가 된 후에도 그의 행동은 달라지지 않았다.

황제란 천하를 한 손에 거머쥔 이라고 했던가. 그러나 현율은 그 반대였다. 천하에 의해 숨통이 거머쥐어진 나약한 청년에 불과했다. 그래서 어둠 속에 잘 벼린 칼을 감추고 있는 이들이 두려워 검과 나란히 누워 잘수밖에 없는 것이다. 그 마음을 너무도 잘 알기에 더욱 현율을 지켜주고 싶은지도 모른다. 잘 때조차도 검에서 손을 떼지 못하던 백오산의 현운이 떠올라서.

문득, 왜 검을 곁에 두고 자냐고 물었을 때 사형이 했던 말이 머리를 스쳤다.

'그래야 잠을 잘 수 있으니까.'

그때는 이해하지 못했지만 이제는 알 것 같았다. 세상이 저를 해하려 하니 의지할 것은 검 한 자루뿐이었으리라. 그래서 현율을 보고 있노라면 그때의 현운이 떠올라 가슴이 아렸다.

"비바람을 맞았겠구나. 몸은, 괜찮은 것이냐?"

발소리조차 지웠건만 언제, 어떻게 기척을 느낀 것인지 현율이 나직한 음성으로 물어왔다. 그의 품속에 제 기척을 알리는 은비녀가 있다는 것을 알 리 없는 세류가 대답 대신 오히려 되물었다.

"왜 잠 못 들고 계십니까?"

그때까지도 여전히 눈감고 있던 현율이 고개 돌려 세류를 바라보았다. 그리고는 그대로 시선을 고정시킨 채 천천히 상체를 일으켜 앉았다.

"나와 단둘이 있을 때는 방갓을 벗어 얼굴을 내보여라."

느닷없는 명령에 잠시 머뭇거린 세류는 묵묵히 방갓을 벗어 그와 시선을 마주했다. 그러자 현율이 새삼스레 세류의 얼굴과 몸 곳곳을 천천히 살피며 말했다.

"넌 완쾌된 것 같구나. 고맙게도, 아우가 잘 보살펴 준 게지. 내 사람을 간병하느라 잠도 설치며 고생했을 텐데 아직 고맙다는 인사도 못 전했구나."

기분 탓인지 그의 눈빛과 목소리에서 날카로움이 느껴졌다. 이제 생각하니 현운을 떠나 돌아왔을 때부터 내내 그랬었다. 무엇엔가 화가 난 사람처럼 눈빛도 목소리도 전과는 달리 딱딱하기 그지없었다.

세류는 저를 쏘아보는 시선을 똑바로 응시하며 담담히 대답했다.

"인근 동리에서 데려온 간병인이 따로 있었습니다."

짧은 순간 고민했지만 세류로서는 최선의 대답이었다. 현율의 말이 어쩐지 현운을 투기하는 듯 들렸기 때문이었다. 투기라니, 달갑지 않은 감정이었다. 해서 방갓을 쥐고 있는 손에 저도 모르게 힘이 들어갔다.

현율이 제가 여인이라는 것은 알지 못할 터, 투기할 이유가 없었다. 한번도 침소에 여인을 들이지 않더니, 정녕 남색이란 말인가. 그러나 현율은 저를 그리 대한 적이 없었다. 물론 일개 호위무사를 대하는 태도로는 조금 유별나긴 해도 세상천지에 오롯이 믿을 이라곤 저뿐인지라 그렇구나, 그렇게만 생각했던 것이다. 한데 정녕 그런 감정을 품고 있었는가, 가슴이 쿵 내려앉았다. 꿈에도 바란 적 없는 감정인 까닭이었다.

저도 모르게 어두워진 세류의 눈빛과는 달리, 간병인이 따로 있었다는 말에 현율은 어느새 눈빛이 부드러워져 있었다.

"간병인이라, 그랬군."

"밤이 늦었습니다, 폐하. 어서 성체를 누이십시오."

"잔소리는……. 알았느니라."

현율이 픽, 힘없이 웃고는 침상에 몸을 뉘었다. 세류가 그의 눈이 감긴 것을 확인하고 다시 방갓을 쓰는 순간, 그에게서 혼잣말인 듯 속삭임이 흘러나왔다.

"어린 시절, 내 소원이 무엇이었는지 아느냐……? 나를 향한 어머니의 따뜻한 미소와 눈빛을 보는 것이었디. 해서, 난 늘 어머니 맘에 들고자 애썼지. 하지만 어찌해도 돌아오는 것은 냉랭한 눈빛과 차가운 말뿐이었다."

그의 음울한 목소리가 세류의 가슴마저 짓눌러왔다. 어미가 곁에 있었다면 저 또한 그처럼 어미의 사랑을 갈구하며 애썼으리라.

"어느 날 깨달았지. 아무리 애써도 어머니의 사랑을 얻을 수 없다는 걸. 내겐 늘 차갑기만 한 어머니께서 운이에게는 너무도 자애롭게 웃어주시는 걸 본 게지……. 나처럼 애쓰지 않아도, 아무것도 하지 않아도 아우에게는 그냥 그러셨어. 어머니의 사랑은 애쓴다고 얻어지는 게 아니라는 것을 그때 깨달았다. 그건 처음부터 내가 가질 수 없는 거였어……."

빗소리를 타고 흐르는 그의 음성은 이젠 거의 잠꼬대처럼 들렸다. 아니나 다를까, 현율이 한참 동안이나 침묵했다. 그 사이 잠든 것일까. 미동도 없는 그를 바라보다 막 돌아서려는 순간, 여전히 잠꼬대 같은 현율의 나직한 음성이 세류의 발목을 붙잡았다.

"너는, 내 어머니를 떠올리게 한다. 날 보고 웃지도, 따뜻한 눈으로 봐주지도 않지. 그러니 이제 난 네 미소를 얻기 위해 또 무진 애를 쓰게 될 테지. 아무리 애써도, 처음부터 가질 수 없는 것이라 해도……. 그래, 난 그리할 것이다. 그 무엇이라도 할 수 있어. 그러니 제발, 넌 내 어머니처럼 내가 갈구하는 것을 다른 이에게 주지마라……."

워낙 지쳐 있던 탓인지 그 말을 끝으로 얼마 지나지 않아 그에게서 고른 숨소리가 들려왔다. 파리한 낯빛과 깊은 호흡이 이제껏 온 힘을 다해 버렸음을 능히 짐작하게 했다.

조용히 막사를 나선 세류는 한동안 서늘한 빗줄기에 제 몸을 내준 채 서 있었다. 좀처럼 얼굴을 확인할 수 없는 그림자무사라 불침번을 서는 군사들이 연신 힐끔거렸지만 살필 여력이 없었다. 왠지 듣지 말아야 할 말을 들었다는 후회와 부담이 무겁게 가슴을 짓누르는 까닭이었다. 그의 아픔과 고독을 알게 될수록 그것들은 점점 더 단단한 족쇄가 되어 그의 곁을 떠날 수 없게 만들고 있는 것이다.

문득 그가 너무도 그리웠다. 현율의 곁을 떠나지 못할 거라는 불안감이 가슴을 채운 순간 그가, 사형이 너무도 그리워졌다. 씻어지지 않을 그리움이건만 세류는 그 빗줄기에 저를 맡긴 채 꼬박 그 밤을 지새웠다. 그 빗속에 선 저를 알기에 내내 잠 못 이루고 근심하는 두 사내를 모르는 채로.

20. 풍란風蘭, 제 인연을 만나 온전히 살기까지

　황궁은 황후를 맞이할 준비로 연일 들썩거렸다. 황제가 환궁한 지 사흘
밖에 되지 않았지만 이미 국혼은 닷새 뒤로 다가와 있었다. 계림공 현제
홍이 주축이 되어 진작부터 일을 추진한 까닭이었다. 전란이 일어나 황제
가 직접 전장에 나선 가운데, 제 핏줄을 황후 자리에 앉힐 준비로 바쁜 그
에게 곱지 않은 시선이 쏠린 것은 당연한 일. 그러나 그 누구도 드러내놓
고 그를 비난하지는 못했다. 대량공이 죽고 없으니 그의 세가 가장 강력
하기도 하거니와, 그 딸이 머지않아 황후가 될 터라 벌써부터 몸을 사리
는 것이다.
　제 형이 권력에 취해 어찌 파멸했는지는 벌써 잊은 듯 제홍은 더더욱
세를 불리고 있었다. 그것은 어쩌면 도청나인 출신의 어미 탓에, 혹은 유
홍 때문에 기 못 펴고 살았던 지난 세월을 보상받으려는 심리일지도 몰랐
다. 어찌 됐거나, 황성에는 슬슬 '소황제'라는 별칭이 다시 거론되기 시
작했다.
　그러나 현제홍의 위세가 진정 두려운 것은 제 세만 믿고 안하무인이었

던 제 형과는 다른 영악함 때문이었다. 유홍은 태후의 친족들을 내치며 태후와 척을 졌었으나, 제홍은 태후마저 자신의 세 불리기에 이용했다. 태후가 제안한 현운과 막내딸의 혼사를 못 이기는 척 받아들인 것은 물론이고, 현율로 하여금 태후의 부친 문식렴을 태사에 임명토록 했다. 은근슬쩍 제 힘을 과시하는 한편 태후의 마음을 얻으려는 술책인 것이다.

그를 모를 리 없는 현운인지라 친히 적석궁에 걸음 한 태후가 방금 꺼낸 말에 얼굴을 굳힐 수밖에 없었다.

"폐하, 종조부님의 여식과 혼인하라 말씀하셨습니까."

믿을 수가 없었다. 현유홍의 세에 눌려 그 누구보다 더 고된 삶을 살았을 태후가 어찌 제홍에게 힘을 보태주려 하는가. 그 소리 없는 질문을 듣기라도 한 것처럼 태후가 고개까지 끄덕여 보이며 대답했다.

"계림공과 손을 잡지 않고는 그 무엇도 도모할 수 없습니다, 황자. 저를 쏙 빼닮은 성정이라 특별히 아끼는 딸이라 하니 결국 황자에게 힘을 실어줄 겝니다."

재고 셈하는 것 좋아하는 자이니 답을 찾는 것도 그만큼 빠를 터. 비록 제 씨는 아니나 딸이 황후가 되면 자신은 국구(國舅, 왕의 장인)가 되지 않는가. 동가홍상(同價紅裳)이라고 같은 값이면 다홍치마요, 과부나 기생보다 처녀가 좋다고 했다. 민심이 현운을 치세우고 있으니 언제든 병약한 현율 대신 운에게 힘을 실어줄 인사였다.

그러나 현운은 태후의 심중을 짐작하면서도 딱 잘라 거절했다.

"소자는 그 혼사를 받아들일 수 없습니다, 어마마마."

너무도 단호한 거절에 태후의 얼굴이 순간 딱딱하게 굳어졌다. 칼처럼 날카로워진 줄은 이미 알고 있었으나 저렇듯 단칼에 잘라낼 거라고는 상상치 못한 까닭이었다. 내키지 않기는 자신 또한 마찬가지지만, 고심하고 또 고심한 끝에 힘겹게 성사시킨 혼사였다. 그런데 어찌 저리 내치는가, 서운하고 아쉬웠다.

태후가 애써 표정을 수습하고는 차분히 물었다.

"황자도 그 혼인이 뜻하는 바를 모르진 않을 터, 거부하는 이유가 있느냐?"

이유라, 현운의 입가에 쓰디쓴 미소가 떠올랐다. 어쩌면 자신에게 득이 되는 혼인이니 받아들이지 않을 이유가 없었다. 그 아이, 가슴에 들어앉아 저를 괴롭히는 세류만 아니라면 말이다. 온전히 갖고 싶은 것은 세류뿐이건만 다른 여인과의 혼인이라니 생각만으로도 가슴이 얼어붙었다.

"제 양인良人이 될 이는 따로 있습니다."

"혹여 황제의 그림자무사를 말하는 것이냐? 그자는 여인이 아니지 않느냐?"

태후의 눈빛과 목소리가 염려와 근심으로 거세게 흔들렸다. 현운은 설마 너마저 비역질에 빠졌냐는 듯 바라보는 태후의 눈을 똑바로 응시했다. 어찌 알고 세류를 거론하는 것일까.

태후가 그의 빤한 시선이 불편한 듯 고개를 틀며 말했다.

"부상당한 그자를 네가 지극정성으로 요치해줬다고 들었다. 황제가 관내성으로 데려오라고 보낸 군사들도 몇 번이나 그냥 보냈다지? 황제와 네가 그자를 사이에 두고 대립하는 것 같다고 고하더구나."

아마도 군사들 사이에 심어놓은 자에게서 보고를 받았으리라. 어쨌든 현운은 세류가 태후의 관심을 끈 것이 영 달갑지 않았다. 세류를 사내라고 믿는다면 현율의 사내라고 멸시할 것이고, 세류가 여인임을 안다면 또한 현율의 여인이라 치부할 것이다. 현율의 사내이든, 현율의 여인이든, 세류가 형님의 사람으로 불리는 게 끔찍하게 싫었다.

현운은 들끓는 가슴과는 달리 담담한 목소리로 입을 열었다.

"그 아이는 제 사제되는 아이입니다."

"사제?"

태후가 눈을 크게 뜨며 한층 높아진 목소리로 하문했다.

"그자가 너와 함께 금렴 황자께 무공을 사사받았다는 말이더냐? 허면, 네가 그자를 황제에게 보낸 것이냐?"

"아닙니다. 5년 전 백오산을 떠나면서 헤어진 뒤 다시 만났을 때 이미 형님의 호위가 되어 있었습니다."

언젠가 '제 것이라 믿었던 유일한 이'라 칭한 것이 황제의 그림자무사였던가. 제 것이 아니라 했으니 현운이 그자를 움직여 현율을 설득하는 일도 힘들겠구나, 실망한 태후가 이내 미련이 묻은 표정으로 다시 물었다.

"그래? 그래도 사형제로 서로 의지하며 지냈으니 너와 정이 깊겠구나."

현운은 반질거리는 태후의 눈이 영 마음에 들지 않았다. 어떻게든 세류를 이용하려는 속내가 너무도 쉽게 감지된 것이다.

"어마마마……."

나직이 태후를 부른 현운이 천천히 눈을 감았다. 마치 제 안에서 들끓고 있는 온갖 상념들을 가라앉히는 듯 그 얼굴이 무겁기만 했다. 한참이 지난 후에야 다시 눈을 뜨고 입을 연 그 얼굴은 어떤 거짓도 허용하지 않겠다는 듯 날카롭고 냉혹했다.

"여쭐 것이 있습니다. 왜 이렇게까지 하시는 것입니까."

현운은 무슨 뜻이냐고 되묻는 태후의 눈을 꿰뚫을 듯 응시했다.

"폐하 비록 강건하진 않으시나, 그래도 어마마마의 친자입니다. 어찌 제게 형님을 밀어내라 하십니까."

아무리 마음에 안 차도 어쨌든 제 배 아파 낳은 아들이다. 부처夫妻 사이는 정이 끊기면 남이 되지만, 어떤 일이 있어도 남이 될 수 없는 것이 천륜

지정이 아닌가. 아무리 태후가 공명정대한 성품이라 현율의 부족함을 잘 안다고 해도 제 자식을 몰아내고자 이렇게 애쓰는 것이 이해되지 않는 것이다.

태후는 한참 동안이나 서안에 올려놓은 제 손만 내려다보며 침묵했다. 마치 앞에 앉아 있는 현운의 존재마저 잊은 듯 오랜 침묵이었다. 그 긴 침묵 끝에 현운에게로 향한 태후의 눈빛은 깊은 회한으로 촉촉이 젖어 있었다.

"내 황실에 지은 죄가 있고 황자에게 갚을 빚이 있다. 내 죄는, 이 어미의 자존을 위해 감춰졌으나 죄 갚음은 해야지 않겠느냐? 또한 황자의 생모인 효경현비에게 목숨을 빚졌느니라. 황자를 지킨 것은 황실에 지은 내 죄를 씻기 위한 것이었으니, 효경현비 또한 내 죄 씻음을 위해 희생된 것이나 다름없지……."

잠시 말을 멈춘 태후의 입에서 파르르 떨리는 한숨이 흘러나왔다. 감춰졌다는 죄가 결코 가볍지 않음을 뜻하는 한숨소리였다. 내막을 알지 못하는 그조차도 함께 마음이 갑갑해질 만큼 무거운 한숨소리였다.

"내, 호륜의 태후로서 마땅히 바로잡아야 할 일을 외면한다면, 훗날 염라국에 가서 어찌 선조님들과 네 어미 앞에서 고개를 들겠느냐? 너 또한 네 어미에게 목숨 빚이 있음을 잊지 말거라. 마음에 둔 여인이 있다 하였느냐? 허면 취해라. 그러나 그전에 황제가 되어야 한다. 그를 위해 계림공의 세를 네 것으로 해야 한단 말이다. 알겠느냐?"

세류 비록 여인은 아니나 마음은 이미 오롯이 그 아이의 것인데 그 뉘들 제 곁에 둘 수 있겠는가. 그의 가슴은 태후의 강경하고 간절한 말에도 움직이지 않았다. 세류를 다시 눈에 담은 그날부터 불가능한 일이 되어버린 것이다.

현운은 빛조차 파고들 수 없을 만큼 깊고 검은 눈빛으로 태후를 응시하며 답했다.

"어마마마의 뜻은 충분히 납득했습니다. 그러나 따를 수는 없습니다. 계림궁 종조부님과 야합한다면 저 또한 정당성을 잃게 됩니다. 설령 만인이 눈감아준다 해도 소자, 제 자신을 용서치 못할 겁니다."

"황자……!"

다급히 입을 뗐던 태후가 이내 다시 다물었다. 그의 눈빛에서 그 어떤 말로도 깰 수 없을 단단한 결의를 본 까닭이었다. 제 자식보다 더 믿음이 깊건만, 그래도 제 배 아파 낳은 이가 아니라서인지 그 눈빛이 어렵고도 두려웠다.

"어마마마, 제 사제는 곧고 맑은 아이입니다. 그 아이만큼은 황실의 권력 다툼에 엮이지 않았으면 합니다."

그래서 태후는 적석궁을 나서는 자신을 배웅하며 덧붙인 말에도 아무런 대꾸도 하지 못했다. 그자를 한번 봐야겠다고 생각한 걸 어찌 알았을까 가슴이 뜨끔했지만 그저 그리하마, 웃는 낯으로 대답을 대신했다.

뜰로 내려서다가 멈춘 태후가 문득 현운을 돌아보고는 조용히 미소 지었다. 아들인데도 엄한 기세로 자신을 움츠러들게 한 현운에게서 누군가를 감지한 까닭이었다.

"황자는, 황자의 조부이신 진무황제를 참으로 많이 닮았구나. 그분께서도 너처럼 한번 정하신 뜻은 꺾으실 줄 몰랐지."

적석궁을 나서는 태후의 머리를 잊고 있던 시아비의 얼굴이 가득 메웠다. 그 누구보다 황좌에 어울렸던 분, 너무도 비범하고 용맹스러웠던 분. 그래서 천성이 탐욕스러웠던 현유홍도 진무황제 시절엔 감히 딴생각을 못 했던 것이리라. 이제 와 돌아보니 현운은 외모도 성품도 제 아비가 아닌

조부를 쏙 빼닮아 있었다. 그래서 지금 이 순간 태후의 마음이 더욱 조급했다. 하루라도 빨리 현운을 제 자리에 앉혀놓아야만 숨통이 트일 것 같았다. 저런 아이의 자리를 차지하고 있는 것이 제 죄악의 결과라 일각일초가 가시방석인 것이다.

그 무엇이라도 할 것이다. 현운은 제 뜻대로 곧고 깨끗한 길만 가도록 하고, 때 묻는 일, 정당치 못한 일은 제 손으로 하면 될 터. 그러나 그 일이 미욱하고 병약하나 그만큼 가련한 현율을 영원히 잃게 되는 일은 아니기를, 태후는 빌고 또 빌었다.

현운은 태후가 돌아간 후로도 한동안 하릴없이 뜰을 서성거렸다. 다른 때라면 저를 따라 괜히 서성이게 된 상궁나인들의 기척에 신경이 거슬렸겠지만, 지금의 그에겐 아무것도 들리지 않았다.

문득 그의 눈이 붉은 담장 아래의 화원에 고정됐다. 화원에는 기이한 작은 바윗돌들이 그곳이 산인 듯 터를 잡고 있었다. 그리고 그 바위들 곁에는 활짝 핀 꽃인 양 흐드러진 줄기의 풍란이 제 운치를 한껏 뽐내는 참이었다. 그 풍란을 보고 있자니 이제는 희미해진 어미의 얼굴이 연기인 듯 눈앞을 스쳐갔다. 풍란은 친정에 대한 그리움을 달래기 위해 어미가 친정의 후원에서 가져온 것이었다.

'어리석으신 분…….'

정 붙일 데 없는 황궁에서 친동기처럼 보듬어줬던 태후의 뜻이라 조금의 망설임도 없이 사지로 걸어 들어갔을 것이다. 그렇게 해서 아들이 황제가 되면 무슨 소용이라고 목숨을 걸었단 말인가. 죽고 나면 다 끝인 것을.

현운은 문득 자신의 운명이 참으로 짐스럽고 모질다는 생각이 들었다.

황제가 될 운명이라면 고귀해야 하건만, 제 어미를 죽게 하고 종조부들에게 검을 겨눠야 하며 이제는 형마저 버리라 하지 않는가. 그리 많은 피를 묻혀야 하는 삶이 어찌 고귀하다 할까.

씁쓸히 풍란을 응시하던 그의 입가에 픽, 희미한 웃음이 번졌다. 이렇게 보고 있자니 풍란이 세류를 닮았구나 싶은 것이다. 제가 난이 아닌 듯 바위에, 나무에 뿌리박고 있다고 숨을 수 있겠는가. 그 풍치에 매혹된 사람들이 제 화원에, 제 담장 안에 옮겨 심고 손때를 입히는 것을. 우연한 비극이었으나 호경이 자객들을 보내지 않았더라도 세류는 결국 세상으로 나왔으리라, 저 풍란처럼.

가슴 저 밑에서부터 올라온 무거운 한숨이 소리도 없이 토해졌다. 황제가 아니어도 좋고 황자의 자리도 필요 없었다. 한데 저 풍란은 어찌 황궁 깊이 옮겨져 그 자리가 아니면 가질 수 없게 하는지, 저 홀로 날을 세운 가슴의 검이 되레 자신을 찌르는 것 같아 한없이 아린 까닭이었다.

"네가 산희를 받들었던 제녀가 맞느냐?"

현율이 채 절을 마치지도 못한 취려에게 성마르게 물었다.

"네, 폐하. 쇤네 취려라 하옵니다."

취려가 고개조차 들지 못한 채 바닥에 납작 엎드린 채 대답했다. 현율은 자신의 명으로 취려를 찾아낸 나인이 했던 말을 다시금 되뇌어보았다. 여인은 산희가 형옥에 갇혀 있을 때 천궁의 값비싼 재물들을 궁 밖으로 빼돌린 제녀라고 했다. 빼돌린 재물은 산희와 함께 사라진 홍인이라는 제녀에게 건네졌으니 참형을 면치 못할 죄인이었다고도 했다. 그러나 산희가 떠난 후 황제가 맥없이 쓰러져 그 일이 유야무야 마무리된 탓에, 비록 몸을 파는 창기로 전락했지만 목숨만은 부지했다는 것이다.

그리 중한 소임을 맡았었으니 분명 은비녀에 대해서도 아는 것이 있을 터, 현율은 더욱 날카로이 눈을 빛내며 물었다.

"내가 왜 너를 찾았는지 혹여 알고 있느냐?"

살짝 고개 들어 현율을 살핀 취려가 다시 몸을 낮추며 대답했다.

"천녀 산희가 건넨 은비녀 때문이 아닐는지, 쇤네 그저 짐작하고 있을 따름이옵니다."

"맞다. 내 이 은비녀에 대해 묻고 싶은 것이 있어 너를 찾았느니, 아는 것이 있으면 빼놓지 말고 소상히 말해보아라."

천천히 고개 든 취려가 이전까지의 저어하는 기색은 자취 없이 사라진 담담한 얼굴로 현율을 빤히 응시했다. 그에 시립해 있던 대령상궁이 뭐라 꾸짖으려 하자 현율은 아예 밖으로 나가라는 손짓을 했다. 이제 곧 세류가 입궁할 시각이라 마음이 조급한 것이다.

대령상궁이 물러갈 때까지도 그저 현율만 응시하고 있던 취려가 조심스레 입을 열었다.

"쇤네, 먼저 폐하께 여쭐 것이 있사옵니다."

"무엇인가?"

취려가 현율의 오른손에 쥐어져 있는 은비녀를 응시하며 물었다.

"폐하, 혹여 그 은비녀가 울었던 적이 있사옵니까?"

현율은 저도 모르게 살짝 눈살을 찌푸렸다. 뭐라고 답을 해야 제게 이로울지 알 수 없는 까닭이었다. 잠시 고민한 현율은 검은 눈동자 속 깊이 제 속을 감춘 채 담담한 목소리로 답했다.

"이 은비녀가 운다? 그게 무슨 소리냐?"

현율은 취려의 얼굴에 실망의 빛이 스치는 것을 놓치지 않았다. 역시나 이 퇴기는 은비녀의 사연을 알고 있는 게 분명한 것이다. 현율은 어서 진실을 말하라 다그치고 싶은 충동을 애써 꾹 억눌렀다.

"내, 이 은비녀를 받은 날로부터 단 한시도 고민치 않은 날이 없다. 천녀가 어째서 내게 이것을 주었는지, 분명 그 뜻이 있을 터. 내 그를 알아야겠으니 너는 조금의 거짓도 없이 고해야 할 것이다."

"네, 폐하."

서슬 퍼런 눈빛에 목이 타는지 꼴깍 침을 삼킨 취려가 곧 말문을 열었다.

"그 은비녀에는 산희의 염念이 담겨 있사옵니다."

"산희의 염……이라?"

"네, 폐하. 천녀 산희는 자신의 아이가 험한 삶을 살게 될 것을 예견하고 그 아이를 지키고자 자신의 염을 은비녀에 담았습니다. 그때 이미 자신의 이른 죽음을 보았으니까요."

은비녀를 내려다보던 현율의 미간이 잔뜩 찌푸려졌다. 제 아이 지키고자 염을 담았는데 어찌 세류를 보고 울어대는 것인지 쉬 이해가 되지 않았다.

다음 순간, 그의 눈이 반짝 빛을 발했다. 제 아이, 천녀의 아이라는 말이 가시처럼 머리를 찔러댄 것이다. 마치 그 속을 들여다보기라도 한 것처럼 취려가 말을 이었다.

"은비녀에 담긴 것은 어미의 염, 제 아이를 만나면 제 스스로 울어대겠지요."

저도 모르게 부들부들 떨던 현율이 하, 탄성을 토해냈다. 이제야 왜 은비녀가 그토록 세류를 향해 애처롭게 울어댔는지 알 것 같았다. 그것은 제 아이를 그리워하는 어미의 애끓는 울음이었던 것이다.

그랬는가, 그리된 것인가. 세류가 산희의 아이였는가. 한번 떨리기 시작한 입술은 쉬 가라앉지 않았다. 세류가 제 인연이라 그런 줄로만 알았던 때가 오히려 나았다. 차라리 알려 하지 말 것을, 차라리 그리 믿으며 살 것을, 후회가 됐다. 그 마음을 알 리 없는 취려가 여전히 담담한 목소리로 말을 이었다.

"분명 산희의 아이와 만나게 되실 겁니다. 은비녀에 담긴 염이 그 아이를 불러들일 테니까요. 그때, 그 아이에게 은비녀를 전해주시면 됩니다, 폐하."

현율은 그 말에 제 심장이 조각조각 난도질당하는 것 같은 고통을 느꼈다. 제 여인이 될 운명이라서가 아닌, 오롯이 제 어미 때문이라는 사실이 날카로운 비수가 되어 가슴을 베고 또 베었다. 내내 그의 손에 쥐어져 있던 은비녀가 서탁 위로 툭 떨어져 내렸다. 현율은 넋이 빠져나간 듯 흐린 눈빛으로 취려의 어깨너머 허공을 보며 힘없이 중얼거렸다.

"왜, 왜 내게 이 은비녀를 맡긴 것이냐? 네가 갖고 있어도 좋았을 것을, 저와 함께 달아난 그 제녀에게 맡기면 될 것을……."

"천녀 산희는 폐하께서 자신의 아이를 곁에 두시어 보호할 것이라 믿었지요. 세상천지에서 가장 은밀하고 안전한 곳은 황궁, 바로 폐하의 곁이라며……. 그 아이가 제 인연을 만나 온전히 살기 전까지는 폐하의 그림자 뒤에 숨어 있어야 한다고 말하였사옵니다."

제 인연을 만나 온전히 살기 전까지, 라는 말이 이미 너덜너덜해진 심장을 기어이 쩍 갈라버렸나 보다. 더는 그 어떤 통증도, 회한도 느껴지지 않았다. 이제껏 저를 살게 한 은비녀가 이제는 저를 산송장으로 만들어버린 것만 같았다.

"더는 궁금한 것이 없으니, 그만 물러가라."

현율은 취려를 보내고도 한동안 혼이 빠진 얼굴로 허공만 응시했다. 그 허공에 천녀 산희의 환영이 실체인 듯 선명하게 나타났다. 왜 아직도 제 아이에게 은비녀를 주지 않았느냐고 꾸짖는 거로구나, 기억과는 다른 딱딱한 표정의 의미가 짐작이 됐다.

'주는 마음만으로는 황자님도 그 여인도 행복할 수 없답니다. 부디 잊지 마시어요.'

내 마음을 줄 뿐, 세류의 마음을 받지는 못한다는 뜻이로구나, 그 말뜻도 이제야 이해가 됐다. 가슴이 텅 빈 것처럼 공허했다. 여전히 제 심장은 벌떡이고 있건만 그곳이 뻥 뚫린 것처럼 차가운 바람이 가슴을 꿰뚫었다. 한기에 몸을 부들부들 떨던 현율의 허한 시선이 은비녀에게로 떨어졌다. 야속하게도 그 순간 은비녀가 파르르 몸을 떨었다. 아마도 세류가 입궁하여 늘 제가 은신하는 병풍 뒤에 자리한 모양이었다.

이제는 몸을 떨어대는 은비녀가 너무도 원망스러웠다. 은비녀의 낮은 울음소리가 끔찍하게도 싫었다. 어서 저를 세류에게 보내달라고, 이제 그만 제 아이를 놓아달라고 재촉하는 것 같아서 차라리 은비녀를 부러뜨리고 싶었다. 현율은 이글거리는 눈으로 쏘아보던 은비녀를 문갑의 서랍 속에 내던지듯 넣고는 그대로 닫아버렸다. 지난 세월 그것이 제 목숨인 듯 늘 품에 품었었건만 이제는 단 한시도 가까이하고 싶지 않은 것이다.

"어디 울어보아라……. 네 몸 부서지고 네 염이 흩어질 때까지 목 놓아 울어보아라. 듣지 않을 것이다, 모른 척할 것이다."

악문 입술 사이로 나직이 씹어뱉은 현율이 여전히 허공에 뜬 채 사라지지 않는 산희의 환영을 쏘아보며 더욱 낮은 음성으로 중얼거렸다.

"그리도 해사한 얼굴로, 참으로 간악하구나, 참으로 잔인하구나. 내 너와 네 정인을 죽게 했으니 네 아이를 지켜 빚을 갚으라는 것이냐? 나를 이제껏 살게 하더니 이제는 나를 죽이려 하는구나……."

행여 세류가 들을까 잔뜩 낮춘 탓에 그의 음성은 그 자신이 듣기에도 귀신의 그것처럼 괴기스럽기만 했다.

현율은 온갖 감정들로 진탕된 가슴을 진정시키려 천천히 눈을 감았다. 그렇게 얼마의 시간이 흐르자 어느 순간부터 서서히 마음과 몸이 진정되기 시작했다. 그러고도 또 얼마의 시간이 흐른 뒤 다시 뜨여진 그의 눈은 어떤 상념도 없는 듯 평온했다.

애초부터 흔들릴 일도, 고민할 일도 아니었다. 진실이 무엇이든 무슨 상관이란 말인가. 세류를 만나 곁에 두게 된 것이 은비녀 때문이라고 해도 그것은 중요한 것이 아니었다. 오직 중요한 것은 세류를 향한 자신의 간절한 마음뿐, 은비녀 따위는 꼭꼭 감춰버리면 그만이었다. 그것을 내주지 않는 한 세류는 자신을 떠날 수 없을 것이고, 아우는 물론 그 누구라도 영원히 세류를 얻지 못할 것이므로.

문득 고운 눈매에는 어울리지 않는 살기가 현율의 눈을 가득 채웠다. 은비녀를 흔적도 없이 감춰버리자면 그를 알고 있는 이도 없어야 할 터. 현율은 퇴기 취려가 앉아 있던 자리를 바라보며 비릿하게 미소 지었다.

황제의 국혼을 하루 앞둔 계림궁은 나어린 계집종까지도 구름 위에 서 있는 듯 붕 떠있었다. 그간 황후의 별궁인 홍화궁에 들어 궁중예절 등 예비 황후로서의 교육을 받은 이연이 혼례를 앞두고 본집에 돌아온 것이다. 명일이면 황후가 될 이가 제 집에 떡하니 있으니 왜 아니 그렇겠는가.

게다가 벌써부터 지방 곳곳에서 올라온 하객들로 시끌시끌했다. 그 대부분이 직접 혼례에 참관할 수 없을 텐데도, 계림공과 예비 황후에게 눈도장 찍을 욕심에 바리바리 선물을 싣고 몰려든 것이다. 황제라도 알현하듯 과하게 공손한 그들을 맞이하는 계림공 현제홍의 얼굴에선 흡족한 미소가 내내 가시질 않았다.

"존하, 감축 드리옵니다. 손녀사위는 황제폐하요, 막냇사위는 황자님이시니 가히 호륜의 실세는 존하가 아니겠습니까?"

제 가문과의 혼사가 현운으로 인해 성사 직전 틀어졌으니 속이 뒤틀릴 만도 하건만, 최산보는 그런 내색도 없이 입에 발린 소리를 잘도 했다.

"어허, 그 무슨 소리요? 누가 들을까 염려스럽구려."

말은 그렇게 하면서도 제홍의 얼굴엔 미소가 만연했다. 아닌 게 아니라 벌써부터 호륜이 제 것이 된 듯 득의만만한 그였다. 내일 국혼이 치러지고 황제가 베푸는 삼일의 잔치가 끝나는 대로 현운과 이지의 혼일을 최대한 이른 날로 잡을 터였다. 그리만 된다면 종국에 두 종손 중 누가 황위를 차지해도 저로서는 아쉬울 게 없는 것 아닌가.

객들이 앞다퉈 쏟아내는 칭송을 그저 웃는 낯으로 대하던 제홍이 집사가 내민 서신에 더 짙은 미소를 머금었다. 아마도 봉투 안에는 어느 누군가 축문과 함께 보낸 구권(矩券, 어음)이 들어 있으리라. 벌써부터 저를 좀 봐 달라, 이리도 채근하는가 싶어 우습기도 했다. 그러나 다음 순간 감 집사의 말에 제홍의 눈살이 살짝 찌푸려졌다.

"적석궁의 황자님께서 보내오신 서찰입니다."

이런 것을 챙길 만큼 곰살궂은 성품은 아닌 줄로 알건만 설마 황자가 축문을 보내온 것인가. 겉봉에 적힌 '시하인(侍下人)'이라는 필적은 제 주인을 닮은 듯 거침없고 냉정해 보였다. 왠지 께름칙한 기분이 드는 것을 억누르며 서찰을 읽어 내려가던 제홍의 볼이 어느 순간 부르르 떨리기 시작했다.

"이, 이런……! 감히, 감히!"

제홍의 눈과 목소리가 너무도 서슬 퍼런 까닭에 좌중의 그 누구도 서찰의 내용을 묻지 못한 채 눈치만 살피고 있었다. 그러나 제홍은 분노로 그들의 시선조차 느끼지 못하는 듯 다시 한 번 훑어본 서찰을 우악스럽게 찢어발겼다. 그러고도 분이 풀리지 않는지, 기어이 제 앞의 찻그릇을 내던지더니 놀란 객들은 안중에도 없이 자리를 박차고 나가버렸다.

제홍이 찢어발긴 현운의 서찰에는 예는 갖췄으되 분명한 거절이요, 명백한 도발이 깃들어 있었다.

'종조부님의 귀한 딸이니 나무랄 데 없는 신붓감이겠지요. 그러나 소손은 종조부님의 여식을 전혀 원치 않습니다.'

21. 야조野鳥, 제 한 몸 쉴 곳

이경이 머지않은 야심한 밤, 이미 불 꺼진 건물 이층의 난간에 야조夜鳥
인 듯 검은 그림자가 소리도 없이 내려앉았다. 흑의와 검은 방갓을 쓴 그
그림자는 세류였다.

잠시 귀를 곤두세우고 실내의 기척을 살핀 세류가 조심스레 들창의 창
살을 잡고 힘주자 예상대로 창문이 열렸다. 방금 전 이곳으로 야묘野貓, 살쾡
이인 듯 스며드는 그림자를 본 터였다. 오늘따라 황제가 이 시각에 퇴궐을
명해 우연히 그 광경을 목격했으나 괜한 일에 휘말릴까 웬만하면 무시하고
지나칠 세류였다. 수상쩍은 야묘가 스며든 곳이 퇴기 취려의 다실만 아니
라면.

희미하게 불빛이 새어나오는 벽 쪽으로 소리죽여 다가가자 조그만 쪽문
그 너머에서 사람의 기가 감지됐다. 왠지 들썽대는 여인의 기운과 지독하
게 음침한 사내의 기였다. 다급히 손잡이에 손을 가져갔던 세류가 이내 다
시 손을 거뒀다. 퇴기의 침소다. 남의 이목을 피해 창으로 넘나들며 사통하
는 사내 하나쯤은 있을 법했다. 마치 그것을 증명하듯 여인의 신음소리가

쪽문을 넘어왔다.

괜스레 붉어진 얼굴로 돌아섰던 세류가 다음 순간 날카로워진 시선을 다시 쪽문으로 날렸다. 다실 가득 배인 차향 때문에 미처 몰랐으나 코를 자극하는 비릿한 냄새는 분명 피비린내였다. 살기는 느껴지지 않건만 어찌 피 냄새가 맡아지는 것인가. 확인해봐야 했다.

막 쪽문의 손잡이를 쥐려는 순간, 문이 확 열리며 누군가 튀어나와 세류를 밀치고 창으로 내달렸다. 재빨리 그 뒤를 쫓으려던 세류는 으으, 신음하는 소리에 서둘러 방 안으로 뛰어 들어갔다.

"아……!"

침상 위에 누워있는 취려를 보는 순간 세류의 입에서 절망적인 탄식이 흘러나왔다. 짙은 분대화장에 찌들고 세월에 찌들이 꽃처럼 화사하진 않아도 미소가 정겹고 따사롭던 얼굴이었다. 그 얼굴이 미처 알아보지 못할 만큼 피투성이가 된 채 꺼져갈 듯 신음하고 있는 것이다. 가슴과 배에서도 끝없이 피가 흘러나오고 있었다.

참을 틈도 없이 욱, 욕지기가 치밀었다. 저도 살을 행했고 참혹히 죽어간 시체들도 보았지만, 그곳은 적을 죽이지 않으면 내가 죽는 전장이었다. 그러나 이것은 잔인한 살인귀가 저지른 잔혹한 살생이었다. 취려의 얼굴과 몸을 살피니 더욱 그랬다. 얼굴의 창상은 마치 아이가 붓으로 장난친 듯 얕고 난잡했다. 말 그대로 놈은 취려의 얼굴에 검으로 장난을 친 것이다. 또한 가슴과 배의 자상은 급소를 교묘히 피해 깊이 찌른 것이었다. 서서히, 끊임없이 피를 흘리며 고통 속에 죽어가도록. 살殺을 놀이로 여기는 자의 짓이다. 그래서 살기도 품지 않은 것이리라.

살릴 수 있을까. 부질없는 자문에 세류의 눈이 고통스럽게 이지러졌다. 괜한 추측으로 망설이지만 않았다면 막을 수 있었을 것을, 자책감에 가슴이 타는 것 같았다. 이대로 지켜보기만 해야 하는가. 연신 들썽대는 몸, 금세라도 숨이 넘어갈 듯 꺼떡이는 얼굴을 지켜보기가 더없이 괴롭고 죄스러웠다. 세류는 결국 마음을 굳히며 손에 쥔 검을 더 단단히 움켜쥐었다.

마치 그 마음을 아는 듯, 그 순간 피에 젖은 채 내내 닫혀 있던 취려의 눈이 뜨였다. 저를 안쓰럽게 바라보며 대신 울어주던 그 눈과 마주하니 자책은 더 커졌고 그만큼 고통도 더했다. 서둘러 취려의 입에서 재갈을 풀어낸 세류는 그녀의 손을 꽉 잡아주며 떨리는 목소리로 속삭였다.

"미안하네……. 정말 미안하네……."

세류는 저도 모르게 흐르는 눈물은 깨닫지 못한 채, 취려의 가슴에 검을 단숨에 꽂아 넣었다. 부디 고통이 짧기를, 어서 그 생지옥에서 벗어나기를 바라며.

그때였다. 이미 저승으로 발을 들여 초점 잃었던 취려의 눈이 반짝 빛을 발했다. 그리고는 온 힘을 다해 퍼드덕 뻗은 손으로 세류의 방갓을 툭 쳐냈다. 그리고는 드러난 세류의 눈과 시선이 마주치자 푸득푸득 떨던 취려의 몸이 거짓말처럼 경련을 멈췄다. 다음 순간, 기이하게도 그녀의 눈이 물기를 가득 담은 채 애달피 미소 지었다. 마치 어미처럼, 제 아이를 두고 떠나는 어미처럼. 마지막 순간, 천녀의 혜안을 선물 받은 까닭이었다.

무공이 높은 이에게는 막 숨을 놓은 사자死者의 피 냄새도 다른 법, 취려의 역한 피 냄새가 목을 틀어막아왔다. 그러나 그보다 더 고통스러운 것은 제가 취려를 죽였다는 자책감이었다. 세류는 자꾸만 치미는 욕지기를 애써 삼키며 비틀비틀 방을 나섰다.

잔을 채운다, 잔을 비운다. 또 잔을 채운다. 그리고 또 잔을 비운다. 벌써 몇 잔째 그렇게 술을 들이켰는데도 여전히 정신이 맑았다. 현율은 다시 채운 잔을 단숨에 비웠다. 그러나 술인지 물인지 그 맛조차 알 수 없었다. 잔에 소곡주를 다시 채우는 그의 입가에 픽 실소가 번졌다.

"뭐라? 한번 맛보면 자리에서 일어날 줄 모른다? 그 기생계집, 참으로 발칙하구나. 이렇듯 맹물보다 못한 술이거늘!"

그러고도 연거푸 두 잔을 더 비운 현율의 얼굴이 천천히 일그러졌다. 가슴이 터질 듯 답답하고 찢어질 듯 고통스러운 까닭이었다. 그것을 잊고자 술을 들이붓듯 마셨건만 조금도 나아지질 않아서 더 괴로웠다.

"세류야, 내가 무슨 짓을 한 것이냐……."

어찌 그렇게 잔인해질 수 있었을까. 제 자신이 역겨워서 자꾸만 욕지기가 치밀었다. 그 욕지기를 억누르려 다시 삼킨 술이 목으로 넘어가지 못하고 주르륵 입가에 흘러내렸다. 손으로 쓱 입기를 훔친 현율이 끝내 ㅎㅎㅎ, 실성한 사람처럼 웃었다. 제 꼴이 너무도 우스웠다. 너무도 우스워서 견딜 수가 없을 정도였다. 이제와 온갖 청승 다 떠는 제 꼴이 너무도 가증스러워서 웃음이 났다.

술에 젖은 손을 더듬더듬 품으로 가져가자 다시 그 자리를 차지해버린 은비녀가 만져졌다. 두 번 다시는 품에 품고 싶지도 보고 싶지도 않았는데 결국 또 품고 말았다. 이 은비녀 때문에 곁에 머무는 세류마저도 시시때때로 밉고 원망스럽건만 그 아이인 듯 또 품고 말았다.

제 처지가 참으로 안쓰럽고 한심했다. 귀하디귀한 황자로 자랐으나 어릴 때부터 정작 갖고자 하는 것은 죽을힘을 다해도 가질 수 없던 삶. 황제가 된 지금도 무엇 하나 온전히 제 것으로 할 수 없는 삶. 그래서 더 잔혹해지고 더 역겨워져야 하는 삶. 바란 적도 없건만 왜 그런 삶을 살 수밖에 없게 된 것인지 원망스럽기만 했다. 이런 삶을 살게 한 어미가 너무도 원망스러웠다.

다시 채운 잔으로 손을 가져가던 현율이 문득 매서워진 목소리로 입을 열었다.

"그래, 틀림없이 그 숨을 끊어놓은 게 맞느냐?"

그것을 확인키 위해 금일은 세류를 일찌감치 내보낸 참이었다.

"심려치 마시옵소서. 명하신 대로 처리했사옵니다."

진즉부터 부복해 있던 자의 얇고 붉은 입술에는 진한 미소가 걸려 있었다. 현율 태자 시절, 고운 얼굴로 호영대에 뽑혔었으나 잔혹한 성품 탓에 내쳐진 자였다. 그래도 제 처지는 잘 아는지라 현율 앞에서는 납작 엎드린 채 오랜 술주정을 다 참아내고 있었던 것이다.

그때 그의 머리맡으로 툭, 전낭이 떨어졌다. 뒤이어 두툼한 그 전낭 크기만큼의 경멸이 담긴 목소리가 날아왔다. 그것은 현율 자신을 향한 경멸이기도 했다.

"어디에서든 평생 무위도식하며 살 수 있을 것이다. 그러니 황성을 떠나 없는 듯 살아라. 이 일이 드러날 시, 목이 잘릴 테니 함부로 입을 놀려선 안 될 것이다."

그자가 잠시 흠칫한 것은 하마터면 현장에서 웬 자에게 잡힐 뻔했던 탓이었다. 그러나 현율은 그자의 망설임도, 그 원인이 세류라는 것도 전혀 알지 못했다.

"그 또한 심려치 마시옵소서."

그자가 전낭을 챙겨 나간 후로도 한동안 현율의 잔은 바삐 채워졌다가 또 비워졌다. 주자注子의 마지막 한 방울까지 탈탈 털어낸 후에야 비틀비틀 일어섰던 현율이 취기를 이기지 못하고 그대로 고꾸라졌다.

"폐하!"

깜짝 놀라 달려온 동 상궁의 손을 확 밀쳐낸 현율이 또다시 비척대며 일어서려 했다.

"어마마마께, 내 지금 어마마마께 갈 것이다!"

"폐하, 야심한 시각이옵니다! 날이 밝으면 뵈옵는 것이……."

"내, 지금 눈물 나게 어마마마가 뵙고 싶다지 않느냐!"

형형한 눈빛에 동 상궁이 더 말리지 못하고 물러선 순간, 현율이 맥없이 보료 위에 쓰러지며 웅얼거렸다.

"전, 어마마마의 아들이지요. 해서 저도, 그 어떤 일이라도 할 수 있습니다."

말을 멈춘 현율이 느닷없이 헛구역질을 시작했다. 토하는 것도 없이 얼굴이 벌겋게 달아오를 때까지 컥컥거리는 그 모습에 동 상궁은 그저 발만 동동거릴 뿐이었다. 그때 현율이 술주정인 듯 다시 웅얼거렸다.

"다른 사람은 몰라도, 어마마마는 소자를 탓하시면 아니 되옵니다. 소자가 오늘 무슨 짓을 했든지, 어마마마는……."

그의 뺨에 흘러내리는 한 줄기 눈물에 동 상궁이 황급히 물러났다. 황제의 눈물은 보아서도 아니 되고 보아도 못 본 듯 피해야 하는 까닭이었다.

이 야심한 밤에도 아직 쉴 곳 못 찾은 새가 있던가. 먼 곳 어디에선가 떼를 지어 나니는 새소리가 들려왔다. 아까부터 밤하늘을 우러르던 현운이 그 처량한 울음소리에 혼잣말처럼 말했다.

"무얼 그리 찾아 헤매는지, 그저 제 한 몸 쉴 곳이면 될 것을."

"그냥 하염없이 날아가는 것 같아도 제 갈 곳이 정해져 있는 것 아니겠습니까?"

석성에 간 천경 대신 곁을 지키던 준경이 문득 깊어진 눈빛으로 말했다.

"세류 님은, 저대로 그냥 두고만 보실 요량이십니까? 어찌 주군의 곁으로 인도치 않으십니까?"

그 말에 그저 소리 없이 미소 지었던 현운의 눈빛이 이내 깊게 잠겨 들었다.

"그 아이의 쉴 곳이 내 곁이 맞긴 하느냐."

"주군! 당연하지 않습니까?"

"당연하다."

준경의 말을 곱씹는 그의 뇌리에 그 언젠가, 아득히 먼 그때에 세류가 했던 말이 스쳤다.

'사형은 계속 답을 찾아. 난 계속 사형을 찾을게.'

그저 오래전 어린아이가 했던 말이건만 지금에 떠올리니 생을 꿰뚫는 잠언과도 같은 말이었다. 삶에 어찌 답이 있겠는가. 그런데도 그 답을 찾는 것이 또 삶이 아닌가 싶은 것이다.

"힘으로 그 아이를 황제에게서 빼앗아야 하는가. 그 아이가 스스로 선택한 것이 황제의 곁이거늘, 완력으로 내 곁에 주저앉혀야 하겠는가. 내 답은 그 아이이니 어떻게든 취하면 그것이 옳은 답인가. 준경, 너는 그리 생각하느냐."

그저 침묵하는 준경은 무시한 채로 하늘을 우러르던 현운의 눈이 문득 저를 감싼 높은 담 위로 향했다. 제 무리를 잃었는지, 이름 모를 새 한 마리가 그곳에 앉아 애처로이 푸득거리고 있었다. 그러나 답을 찾는 것은 오롯이 저 새의 몫, 사람이 어찌할 수 없는 일. 그는 그저 그 어린 새를 가엽게 바라볼 뿐, 그 무엇도 할 수 없었다.

그 새가 힘겹게 날갯짓을 하다 결국 날아오른 그 순간, 길 잃은 또 다른 새가 담을 짓치고 그대로 땅으로 떨어져 내렸다. 그 소리에 현운이 날카로이 눈을 빛냈고 준경은 바짝 긴장한 채로 검에 손을 가져갔다. 새인 듯 가벼운 소리였으나 새가 아닌 까닭이었다.

비릿한 피 냄새와 함께 익숙한 기가 현운의 예민한 감각을 자극해왔다.

"물러가라."

현운은 나직한 음성으로 준경에게 명하며 서둘러 담의 그늘로 몸을 날렸다. 아니나 다를까, 한 마리 야조인 듯 그곳에 내려앉아 있는 것은 세류였다. 의식을 잃은 듯, 세류는 그가 어깨를 움켜쥐었는데도 아무런 반응이 없었다. 꺼질 듯 희미한 숨소리와 진한 피 냄새에 그의 가슴이 평정심을 잃은 채 부르르 떨렸다. 도대체 무슨 일인가. 이 짙은 피 냄새는 무엇이며 어찌해 정신을 놓았는가. 불안감만큼 분노도 커져갔다. 그는 포를 벗어 머리끝까지 세류를 감싸 안고는 서둘러 제 침전 안으로 걸음을 옮겼다.

등불 아래 세류를 누인 그의 눈에 맨 처음 들어온 것은 새하얗게 질린 얼굴이었다. 송골송골 식은땀이 배인 이마와 파리한 입술이 예사롭지 않아 보였다. 다음으로 그의 시선이 빠르게 옮겨진 곳은 세류의 오른손에 꽉 쥐어져 있는 운검이었다. 무사에게는 제 목숨과 같은 검이라, 의식이 없음에도 불구하고 손마디가 하얗도록 움켜쥔 검의 날에는 채 굳지 않은 핏물이 선명하게 남아 있었다.

한동안 그 핏자국을 예리한 눈으로 응시하던 현운이 세류의 손가락을 하나씩 펴내 검을 빼냈다.

"도대체 무슨 일이 있었던 것이냐……."

맑고 여린 아이였다. 해서 처음부터 검을 쥐어서는 안 될 아이였다. 어째서 사부는 이 아이에게 검을 쥐어줬는가. 어떻게 나는 이 아이를 홀로 남겨두고 떠날 수가 있었는가. 깊은 회한이 막을 틈도 없이 밀려들었다. 그저 혜안을 지녀 내다봤을 뿐, 사부가 정한 운명이 아니건만 바람처럼 떠난 무명이 시시때때로 원망스러웠다.

그 순간, 잠꼬대인 듯 세류가 웅얼거렸다.

"사형, 숨을 못 쉬겠어……."

꿈이라도 꾸는 듯 팔을 휘적거리던 세류가 고통스러운지, 잔뜩 얼굴을 일그러뜨린 채 제 앞섶을 잡아 뜯고 제 목을 쥐어뜯기 시작했다.

"그러지 마라. 세류야……."

갈퀴 같은 두 손을 한 손으로 그러쥔 현운은 망설임 없이 세류의 가슴께로 오른손을 뻗었다. 철릭을 열어젖히고 저고리까지 열자 역시나 가슴을 칭칭 동여맨 면포가 눈에 들어왔다. 더 생각할 겨를도 없이 힘껏 잡아 뜯자 찌익, 귀에 거슬리는 소리와 함께 면포가 찢겨졌다. 한 겹, 두 겹, 세 겹, 면포를 찢을 때마다 세류의 숨소리는 점점 더 편안해져갔다. 기어이 마지막 겹을 찢어내 눌려 있던 가슴이 제 모양을 드러낸 순간, 현운은 저도 모르게 꽉 입술을 깨물었다.

방금 전까지도 세류의 안위를 염려하느라 제정신이 아니었건만, 역시 사내는 짐승에 가깝단 말인가. 창백한 낯빛도 혼미한 신음소리도 아득히 멀어 흐릿하게만 느껴졌다. 그저 부드러운 곡선의 젖가슴이 눈과 머리를 꽉 붙잡고는, 어서 탐해보라고 자꾸만 재촉할 뿐이었다.

현운은 제 의지와는 상관없이 자꾸만 뻗어나가는 손을 온 힘을 다해 움켜쥐고는 제 것이 아닌 듯 매섭게 쏘아보았다. 그리고 다음 순간 저도 모르게 픽, 실소를 터트렸다. 이 아이, 세류가 아니라면 그 뉘가 자신을 이리 흔들까 싶은 것이다.

여전히 웃음기가 사라지지 않은 얼굴로 세류의 옷섶을 여며준 그의 입에서 표정과는 달리 무거운 한숨이 흘러나왔다.

"너는, 자꾸만 나를 어수룩한 사내로 만드는구나."

그 말을 듣기라도 한 것일까. 연신 뒤척이던 세류가 잔뜩 웅크리며 흐느끼듯 그를 불렀다.

"가지마……. 사형, 가지마……."

그날 밤, 사부가 영원히 떠나고 자신도 세류 곁을 떠났던 그날 밤이 뇌리를 스쳤다. 그날도 세류는 지금처럼 의식도 없이, 잠꼬대처럼 자신을 붙잡았었다. 그리고 그날 그는 무엇엔가 홀린 듯 처음으로 세류의 입술에 입을 맞췄었다. 어쩌면 그때 이미 자신도 모르게 세류를 마음에 품고 있었던 것인가.

그날처럼 붉은 입술이 홀리듯 그의 시선을 붙잡고 놓아주지 않았다. 욕심은 더더욱 부풀어져서 겨우 가라앉힌 정염이 온몸을 태울 듯 거세게 번져가기 시작했다. 그 마음을 알 리 없는 세류는 어느새 편안해진 숨소리로 그를 또 한 번 실소하게 했다.

"매번 아닌 척 날 이렇게 벌주곤 하지……."

말없이 세류를 지켜보던 그의 얼굴에서 천천히 웃음기가 사라져갔다. 편안히 잠든 모습을 지켜보는 것만으로도 충분했다. 넋을 놓을 정도로 괴로울 때 제게로 날아온 것만으로도 충분했다. 몸과 가슴은 욕심으로 들끓어도 냉철함을 잃지 않은 머리로는 그랬다, 지금 당장은.

한동안 그렇게 세류를 바라보던 현운은 교의 깊숙이 몸을 묻었다. 쉬 잠들 수 없다는 것은 그도 잘 알고 있었다. 그러나 어떻게든 잠을 청해야 했다. 잠들지 않고는 도저히 식지 않을 욕정을 아는 까닭이었다. 세류의 숨소리, 세류의 체취, 눈을 감아도 생생히 느껴지는 세류로 인해 그에게는 정녕 쉬 잠들 수 없는 긴 밤이었다. 그런데도, 언제 잠들었던 것일까. 문득 뒤척이자 교의에서 앉은잠을 잔 탓인지 온몸이 결렸다.

세류가 깰까 조심스레 고쳐 앉으며 침상 위로 향했던 그의 눈이 텅 빈 그곳을 확인하고는 이내 힘을 잃고 감겨졌다. 교의에서 앉은잠을 자서 몸은 결리고 불편했지만 처음으로 곁에 검을 두지 않고도 편히 잠든 밤이었다. 그저 세류가 곁에 있다는 그 하나의 이유 때문에.

세류는 그 잠깐의 안식을 선물하고 또다시 황제의 곁으로 떠난 것이다, 마치 제게 온 적 없던 것처럼.

22. 원앙鴛鴦, 탕약이나 침술로는 고칠 수 없는 병

십이변류관十二冕旒冠과 십이장복十二章服 차림의 황제가 연輦에서 내려 문무백관이 기다리고 있는 명정전 전정에 발을 들였다. 계림공의 선도로 단상으로 향하는 황제의 앞에는 붉은 보에 감싸인 기러기를 받든 대신이 앞섰고, 그 뒤로는 황색 일산(日傘, 양산)과 기다란 미선(尾扇, 부채), 황제의 휘장을 든 환관들이 뒤따랐다. 얼마 후, 황제가 중앙계단을 통해 단상에 올라 동쪽에 자리 잡았다. 곧이어 칠휘이봉관七翬二鳳冠과 치적의赤翟衣로 화려한 차림새를 갖춘 여인이 상궁들의 도움을 받으며 식장에 모습을 드러냈다. 바로 의화황후懿話皇后로 책봉된 계림공의 손녀 현이연이었다.

금관조복을 갖춰 입은 문무백관들이 좌우로 읍하는 가운데, 의화황후가 황제에게로 천천히 걸음을 옮겼다. 대슘치마에 연봉무지기속치마, 청색 홍색 대란치마에 적의까지 겹겹이 옷을 껴입었기에 일산 그늘도 소용없이 땀이 흘렀지만, 황후의 정숙한 표정은 흔들림이 없었다. 그녀의 모든 몸가짐이 그랬다. 넘치지도, 모자라지도 않게 딱 황후다웠다. 그것은 하루 이틀 배운다고 익혀질 것이 아니었다. 눈빛마저 맑고 고와서 본디 천성이 선하고 정숙한 여인임을 말해주고 있었다.

현율은 점차 저와 가까워지고 있는 이연을 보며 아무도 모르게 한숨 쉬었다. 분명 어려운 이가 될 게 분명한 까닭이었다. 차라리 현제홍의 핏줄답게 셈 빠르고 숨겨둔 야심이 크다면 좋을 것을. 안아주지 않으면 황제는 역시 남색이었다고 뒷말을 흘리고 후사가 없는 것도 오로지 황제 때문이라고 탓할 줄 아는 성품이면 좋을 것을, 이연은 그러지 못할 이가 분명했다. 박대하고 외면해도 화조차 내지 못할 여인인 것이다. 그녀를 외롭게 만들 것이 분명해서 벌써부터 죄책감이 가슴 한쪽을 묵직하게 만들었다.

현율은 눈이 마주치자 곱게 시선 내리는 황후를 응시하며 또 한 번 한숨을 내쉬었다.

"전안례奠雁禮를 거행하십시오."

"전안지례奠雁之禮!"

전의의 지시에 통찬이 크게 외치자, 제조상궁이 대신에게서 건네받은 기러기를 현율에게 바쳤다. 손에 들린 기러기를 내려다보던 현율은 제 앞에 선 황후는 잊은 채 저 홀로 애틋한 기분에 빠져들고 말았다.

잘 모르는 백성들 중에는 전안례에 원앙을 쓴다 하지만, 사실 새 중에서 가장 부부애가 강한 것은 기러기였다. 원앙은 암컷이 알을 낳으면 수컷은 다른 암컷을 찾아 제 짝과 자식을 떠난다 했다. 그러나 기러기는 한번 부부의 연을 맺으면 제 짝이 죽어도 다시 짝을 짓지 않는다. 해서, 지어미에 대한 평생 변치 않을 사랑의 증표로 기러기를 건네는 것이 전안례였다.

'내 이 증표를 건네는 것이 너라면, 더 바랄 것이 없겠구나…….'

현율은 이뤄질 수 없는 헛꿈이겠지, 자조하면서 대례상 위에 기러기를 올려놓았다.

"교배지례交拜之禮!"

그 어느 때보다 더 세류가 그리웠다. 먼저 목소리를 들려주지 않아도, 웃어주지 않아도 좋았다. 그저 지금 저와 마주 선 여인이 다른 누구도 아닌 세류라면 더는 욕심내지 않으리라. 그러나 그것은 지난밤 꿈에서도 이뤄지지 않은 허망한 바람.

"국궁사배鞠躬四拜!"

명정전 전정의 모든 이가 축하의 절을 올리는 가운데, 오직 그만이 슬픔의 나락으로 빠져들고 있었다.

"으음……."

손목을 잡고 진맥하던 망팔(望八, 71세) 나이의 의원이 알 수 없는 신음을 흘리고는, 검버섯이 핀 거친 손으로 소희의 아랫배를 꾹 눌렀다. 그러자 내내 의식 없던 소희가 얕은 신음과 함께 몸을 뒤틀었다.

"저런, 딱한지고. 어찌 하필 약도 침도 무용지물인 병에 걸렸는고?"

그제야 알겠다는 듯 의원이 쯧쯧 혀를 내둘렀다.

"의원님, 대체 무슨 병환입니까?"

세류의 걱정스러운 질문에 갑에서 침을 꺼내던 의원이 잠시 빤히 응시하더니 또 혀를 찼다.

"자네가 병들게 해놓고 어찌 내게 묻는 게야?"

"무슨 말씀이신지……."

세류는 소희의 아랫배에 침을 꽂는 의원의 손끝만 응시하며 되물었다. 그러나 의원은 소희의 배에 장침 두 개를 더 꽂아 넣고는 아예 눈감아버렸다. 답답한 마음이야 말해 무엇 하겠는가. 그러나 세류는 의원이 쉬 답해주지 않을 것을 알기에 그 입이 열리기를 그저 기다리기로 했다.

소희의 몸에 이상이 있다는 것을 처음 안 것은 해서성전투를 끝내고 돌아온 그날이었다. 못 본 사이에 부쩍 야윈 것이 이상해서 옥삼네에게 물으니 제대로 먹지도 자지도 못했다는 것이 아닌가. 그러나 제 복잡한 마음만으로도 힘겨웠기에 괜찮다는 소희의 말을 그대로 믿어버렸었다. 그때는 그저 고뿔이려니 했던 것이다.

그러나 하루가 다르게 기력을 잃어가던 소희가 끝내 자리보전하고 누워버린 것이 벌써 사흘째였다. 그나마 끼니도 거르지 않고 옥삼네가 탕약을 지어다 먹인다기에 괜찮아질까 했건만 오늘 퇴궐해서 보니 의식조차 없는 것이다.

"자네도 안색이 안 좋은데 진맥 좀 받아보겠는가?"

소희의 배에서 침을 뽑아낸 의원이 문득 돌아보며 물었다. 여든 해 가까이 산이라 그런가, 희게 센 눈썹 아래의 눈이 모든 것을 꿰뚫어보듯 날카로웠다.

세류는 제 속을 들여다보듯 빤한 눈이 불편해서 소희에게로 고개 돌리며 말했다.

"저는 됐습니다. 한데 이 아이의 상태는 어떻습니까? 괜찮아지겠습니까?"

"일단 급한 대로 조치는 해뒀으니 당장은 괜찮겠지."

"당장은 괜찮다면……?"

의원은 속 시원한 대답도 없이 제 꾸러미를 챙겨 그대로 방을 나섰다. 그리고는 사립문에 이르러서야 뒤따라 나온 세류를 돌아보며 말했다.

"아랫배에 울혈이 있어. 당장 조치는 했으나 근본적인 병근은 아무리 용한 의원도 뿌리 뽑을 수 없을 걸세. 탕약이나 침술로 고칠 수 있는 병이 아니야."

안 그래도 하얀 세류의 얼굴색이 더욱 창백해졌다. 이제 이 세상에 온전히 맘 기댈 수 있는 것은 소희뿐이건만 불치의 병이라니 가슴이 철렁 내려앉았다. 제 무심함이 소희의 병세를 더 키운 것 같아 충격이 큰 것이다.

세류는 의원의 빤한 시선을 피하지 않고 마주 보며 서둘러 물었다.

"허면 어찌해야 합니까? 탕약도 침술도 듣지 않는다면 정녕 방도가 없다는 말씀이십니까?"

"흐음……."

수염을 쓸며 알 수 없는 눈빛으로 응시하던 의원이 듣는 이도 없건만 은밀한 목소리로 소곤거렸다.

"자네 혹시 몸에 문제가 있는 건 아닌가? 그게 아니라면 어찌 여인을 집에 들이고도 품지를 않는 게야? 혹 기력이 쇠해서 그런다면 내 약을 지어줄 테니……."

"그것은 의원이 신경 쓸 일이 아닙니다. 쓸데없는 소리 말고 저 아이가 나을 방도나 알려주시오."

"방금 말해주지 않았나?"

세류는 의뭉스러운 의원의 표정에 살짝 눈살을 찌푸렸다. 그래도 도성 안에서는 꽤 존경받는 의원이라고 들었건만 어찌 말장난인가 싶은 것이다. 그런 세류의 속을 들여다본 듯, 의원이 짐짓 근엄한 표정으로 말했다.

"저 여인은 상사병에 걸렸다, 이 말일세. 기녀였다 했지? 사내를 아는 여인인지라 그 병이 더 깊고 무거운 걸세. 그러니 내 탕약으로도 침술로도 고쳐줄 수 없다 한 게야."

뜻밖의 말에 세류는 아무런 말도 하지 못했다. 그런 세류를 물끄러미 응시하던 의원이 문을 나서며 쐐기를 박듯 덧붙였다.

"저대로 두면 제 몸의 음기에 잡아먹힐 게야. 음기가 극심해서 오히려 저리 몸이 들끓고 있으니 살리고 싶거든 양기를 주란 말일세. 음양의 교합交合을 속되다고 함부로 여기지 말게. 그것이 세상 만물의 근본인 것을……."

의원이 간 후에도 한참을 그 자리에 못 박혀 있던 세류를 움직이게 한 것은 소희의 꺼질 듯 작은 목소리였다.

"세류 님……."

그래도 의원의 응급조치가 효험이 있었는지 의식이 돌아오는 모양이었다. 그런데도 선뜻 달려갈 수가 없었다. 저리 불러대는 것을 보니 소희가 갈구하는 것은 바로 자신이 아니겠는가. 그 얼굴을 차마 마주할 용기가 나지 않았다.

그때 마침, 황후의 입궁 행차를 구경한다고 나갔던 옥삼네가 집으로 들어서다 망연히 서 있는 세류를 보고는 물어왔다.

"도련님, 의원이 뭐랍디까? 상사병이라 그러지요?"

옥삼네가 다 안다는 듯 세류를 쓱 지나쳐가면서 혼잣말처럼 구시렁댔다.

"내 그럴 줄 알았지. 그렇게 오매불망 해바라기하는데 몰라주니 병이 안 나고 배겨? 에구, 아씨, 어쩌다 저런 멋없는 분을 맘에 들어서 고생이우? 아무리 보기 좋아도 그림의 떡인 것을."

어찌해줄 수 없는 일, 그래서 더 부끄럽고 죄스러운 마음이었다. 세류는 자신의 방으로 들어가 방갓을 챙겨 들고 조용히 집을 나섰다. 이제는 소희마저 편히 볼 수 없다는 것이 못 견디게 가슴 아팠다. 몇 걸음이나 뗐을까. 순간 핑 현기증이 일었다. 몸도 마음도 제 것이 아닌 듯 도무지 제어가 되지 않았다. 어쩌다 이렇듯 의지와는 상관없이 흘러가는 삶이 되었는가.

"내 처지가 물 위에 떠있는 부구浮具같구나……."

세류는 늘어진 몸을 겨우 추슬러서 황궁으로 향했다.

초야를 치를 곳이니 신부를 위해 적당히 어두워야 하건만, 황후의 침전
은 여러 개의 등불로 지나치게 휜했다. 게다가 현율은 침전에 든 순간부
터 내내 저 홀로 잔을 채우고 비우는 중이었다. 채운 잔을 다시 입으로 가
져가던 현율의 눈이 문득 그림인 듯 미동도 없이 앉아 있는 이연에게 고
정됐다. 그녀는 떠구지머리에 목이 결리고 겹겹이 입은 옷이 불편할 만도
하건만 표정 한번 변하지 않았다. 말 한마디 걸어주지 않으니 고개 들어
한번 살필 만도 한데 곱게 내리깐 눈도 흔들림이 없었다. 그래서 더 목이
탔고 더 숨이 막혔다. 참으로 정순한 여인이라 독하게 대할 수 없는 까닭
이었다.

첫날밤부터 제 손녀를 소박 맞히면 계림공이 어찌 나올까. 이 여인은 사
납지 않아 보이니 한번 그리해볼까. 현율은 부질없는 생각에 픽 실소하며
잔을 내려놓았다. 그리고 다시 잔을 채워 이연에게 내밀었다.

"한잔 드시겠소?"

그제야 현율과 시선을 맞춘 이연이 곱게 미소 지으며 대답했다.

"아니옵니다, 폐하."

"합환주를 마시는 것 또한 초야의 의례인 것을……. 한잔하시오."

"하오면, 조금만 마시겠사옵니다."

홍조 띤 얼굴로 잔을 받아든 이연이 살짝 입술만 적시고는 잔을 내려놓
았다. 그 모습조차 흠잡을 데 없이 정숙해서 죄책감은 더 깊어져갔다. 이미
그 여인, 세류를 향한 욕심에 아우를 버렸고 아우의 자리를 빼앗았다. 제
살아온 날이 그랬듯 앞으로도 오직 세류만을 가슴에 품고 살게 될 터였다.

그런 삶이 얼마나 외로운지 알기에, 저만 바라보며 살아갈 황후가 안쓰럽고 측은하기도 했다. 마음 한 조각 내주지 못할 자신을 알기에.

"폐하, 밤이 많이 깊었사옵니다. 합환주를 드셨으면 이제 합궁하셔야 하옵니다."

때마침 들려온 환관의 목소리에 천천히 이연에게 다가간 현율이 그녀의 머리에서 관과 가채를 떼어내 탁상에 내려놓았다. 마음 한 조각 내줄 수 없어도 그녀를 안아야 한다. 황제의 자리를 굳건히 하기 위해, 그래서 세류를 영원히 곁에 붙잡아두기 위해. 침상으로 그녀를 이끄는 현율의 눈빛이 초야와는 어울리지 않게 비장하기까지 했다.

그도 사내인지라 마음에 없는 여인이라 해도 어쩔 수 없이 몸이 뜨거워지기 시작했다. 그러나 겹겹이 싸고 있던 옷들을 걷어내고 뽀얀 속살이 눈을 어지럽힌 순간, 뜨겁게 달아오른 몸과는 달리 그의 머리는 찬물을 맞은 듯 차가워졌다.

눈앞에 있는 것은 분명 황후건만 머리를 채운 것은 세류였다. 저토록 곱고 수줍은 모습으로 흰 속살을 드러내고 있는 세류, 그리고 그 속살을 어루만지는 길고 곧은 손가락. 그것은 그가 아닌 아우의 것이었다.

아무 일도 없었을 거라고 믿고 싶었기에 외면했지만 지금 이 순간 다시금 억눌렀던 불안감이 되살아났다. 정말 아무 일도 없었던 것일까. 분명 아우에게 세류의 요치를 부탁했으니 옷을 벗기고 상처를 살피고 피를 씻어낸 것은 아우였을 것이다. 세류의 온몸 구석구석을 더듬고 어루만졌으리라.

현율은 가슴을 휘젓는 투심에 황후의 속적삼을 거칠게 벗겨 냈다. 그리고 제 상상 속의 긴 손가락이 그렇듯 동그란 가슴을 손안에 가득 담았다.

"아……!"

손의 힘이 과했는지 황후가 신음을 흘렸다. 그 소리조차 현율에게는 세류의 것으로 들렸다. 고통이 아닌 아우를 향한 열락에 찬 신음소리로.

듣고 싶지 않았다. 다른 사내를 향한 그런 소리는 듣고 싶지 않았다. 현율은 세류의 소리를 막기 위해 그 입술을 제 입술로 막아버렸다. 부드럽고 따뜻한 여인의 입술을 맛보자 미친 듯이 몸이 벌떡거리기 시작했다. 그래서 더욱 거칠어진 손이 여인의 매끄러운 살갗을 쓸고 할퀴었다.

몸을 다 태우고 갈가리 찢어놓을 듯한 욕망이 그를 집어삼켜버렸다. 그는 이미 꿈인지 현실인지조차 분간하지 못할 만큼 이성을 잃은 상태였다. 그저 머릿속을 가득 채운 것은 세류를 향한 뜨거운 정염, 기어이 제 여인으로 가져야겠다는 집념.

"나를 보아라……! 나만 보란 말이다!"

현율은 제가 입 밖으로 소리를 냈다는 사실조차 인지하지 못한 채, 가냘프게 떨고 있는 몸속에 저를 온전히 파묻었다.

이제 제법 밤바람이 서늘했다. 더운 몸을 식히려 계곡물을 찾아다닌 것이 어제일 같건만 이제 몸에 내려앉는 밤이슬이 체온을 앗아갈 정도였다. 어느새 축축해진 옷을 기로 말리던 세류는 느닷없는 어지럼증에 꽉 입술을 깨물었다.

그저 제가 찾던 다실의 주인이었을 뿐, 특별한 연이 있을 리 없는 여인이건만 왜 자꾸 죽음 직전의 취려가 떠오르는 것일까. 왜 그녀에게서 홍인과 같은 기운이 느껴진 것일까. 그래서 지금 세류는 황제의 침전을 떠나 천궁의 옥개에 숨어든 참이었다. 왠지 이곳에 자신이 찾는 답이 있을 것 같아서였다.

취려는 기녀가 되기 전, 천궁의 제녀였다고 했다. 찬모 옥삼네와 장마당

상인들에게 귀동냥한 얘기로는 죄를 지어 궁에서 쫓겨나 기녀가 됐다는 것이다. 그 죄라는 것이 사내와 정분이 나 수태한 천녀의 도주를 도왔다는 것이라던가.

어둠 속에서도 저 홀로 빛이 나는 천궁을 둘러보던 세류가 이맛살을 살짝 찡그렸다.

'천녀는, 이 호륜에서 가장 귀한 여인, 누구도 그분보다 고귀할 순 없었지요.'

천녀가 무엇인지, 어린 날 천녀와 만난 후 아무리 물어도 답을 피하던 홍인이 어쩐지 애틋한 목소리로 했던 대답이 떠오른 것이다. 그리 귀한 여인이라면 그 아이도 귀한 존재이거늘 천녀의 수태가 도주해야 할 죄가 된다는 것이 자신으로서는 도무지 이해되지 않았다.

그나저나, 도주했다는 천녀와 아이는 어찌 됐을까. 답 모를 질문과 함께 천궁을 둘러보던 세류의 시선이 천천히 하늘로 향했다. 문득, 지금 이곳에서 무엇을 하고 있는 것인가, 회의가 든 까닭이었다. 저 아래 내려가 누구든 붙잡고 제녀였던 취려를 아느냐, 그 여인에게서 어미 같던 이를 느꼈는데 그 이유를 아느냐 물을 것인가. 아니면, 혜안을 지녔다는 천녀를 찾아가 내 운명이 황궁에 있다는데 그게 무엇이냐 물을 것인가.

후, 입술을 비집고 나온 숨소리처럼 세류의 눈빛도 문득 가늘게 떨리기 시작했다. 정작 목에 걸린 가시는 따로 있건만, 더 이상은 취려를 간로(干櫓, 방패)삼아 그를 외면할 수 없는 까닭이었다. 이미 반송장이나 다름없는 소희의 모습과 살리려거든 사내의 양기가 필요하다던 의원의 말이 떠오른 것이다.

소희마저 잃을 순 없다. 그러나 자신이 할 수 있는 일은 아무것도 없었다. 그냥 이대로, 자신이 줄 수 없는 것을 갈구하며 하루하루 죽어가는 소희를 지켜봐야 하는가. 그래서 또 소중한 이를 잃은 상실감만 쌓은 채 홀로 버텨야 하는가. 홍인과 합탁의 차디찬 몸을 땅에 묻던 날의 가슴 에이는 고통이 방금 전인 듯 생생하게 되살아났다.

어둠을 쏘아보던 세류가 문득 단호해진 눈빛으로 벌떡 몸을 일으켰다. 아무것도 하지 못한 채, 아무것도 하지 않은 채 이대로 또 잃을 수는 없었다. 답은 찾고자 한다면 찾아질 터. 지금 자신에게 답을 줄 이는 오직 그뿐이었다. 세류의 몸이 소리도 없이 허공을 가르며 다른 옥개로 쏘아져갔다.

"이제 석성에서 출발했다면 이십여 일 후에는 도성에 도착하지 않겠습니까?"

준경이 당연하다는 듯 물었지만 현운은 아무런 대답도 하지 않았다. 자신만 바라보고 있는 수하들의 시선을 알면서도 현운은 말없이 손가락으로 탁상을 툭툭 두드리며 깊은 생각에 잠겨 있었다. 사실 지금 그의 머리를 가득 채우고 있는 것은 계림공의 얼굴이었다. 그가 국혼연회에서 자신에게 다가와 은밀히 속삭였던 말이 자꾸만 머리를 떠돌고 귓가를 울리는 탓이었다.

'이미 황자와 혼인한다고 소문이 났으니 이지는 다른 곳으로는 출가하기 힘들게 됐네. 그 어찌 가문의 수치가 아니겠는가? 내 그 아이가 자결을 하든지 머리를 깎고 절로 들어가든지 가문에서 축출하기로 했으니 그리 알게.'

신경을 끄는 것은 그런 겁박 따위가 아니었다. 제 딸을 내쫓을 거라 말하면서도 그 눈과 입가를 차지하고 있던 미소, 바로 그것이었다. 그것은 제 승리를 자신하는 미소였고 패자에 대한 조롱이었다. 도대체 무슨 일을 꾸미고 있는 것인지 그것이 내내 신경에 거슬리는 것이다.

현운은 계림공의 얼굴을 머리 한쪽으로 밀어버리며 삼분대장인 응룡에게 물었다.

"내일 백오궁에 입궁하는 일은 차질이 없겠지."

"네, 주군. 오늘 보수를 끝마치고 현판도 새로이 달았습니다."

응룡은 황궁에 돌아온 후 현운의 명으로 대량궁의 보수를 진행해왔었다. 역적의 저택이었던 대량궁인지라 대문을 갈고 담에 색을 입히는 등 꽤 복잡한 공사였으나, 응룡이 워낙 세심한 성격인 탓에 지나는 세인들조차 놀랄 만큼 대량궁은 백오궁으로 완벽히 탈바꿈했다. 그리고 드디어 내일 백오궁이 제 주인을 맞게 되는 것이다.

황좌의 주인이 되지 못한 황자가 황궁에서 나가는 것은 당연한 일이니 분해할 일은 아니었다. 게다가 그를 따르는 검교장의 가솔들까지 황성으로 와 그 곁을 지킬 테니 영 안 좋은 일도 아니지 않은가. 그러나 준경 등은 못마땅한 기색을 감추지 못했다. 이 황궁의 주인은 의당 제 주군이어야 한다고 믿고 있으니 당연한 일이었다. 해서 주군의 결정에 불복할 수 없어 참고는 있으나 그 속내를 눈치채지 못할 현운이 아니었다.

현운은 각자의 성정답게 불만이 덕지덕지 묻은 준경과 오늘따라 더욱 무표정한 극서, 새침한 눈빛의 응룡을 살피고는 담담한 목소리로 말했다.

"그대들 속은 나에게만 보였으면 좋겠군."

"네, 주군."

불만은 여전하나 입을 모아 대답한 것은 그 말이 너무도 무겁게 와 닿은 까닭이었다. 황제를 향한 시선과 태도가 저도 모르는 사이 딱딱해져서 흠칫 놀란 적이 어디 한두 번인가. 요행히 도를 넘지는 않았지만, 황제가 흠잡으려고 마음만 먹었다면 불경죄로 벌 받아도 할 말이 없었다.

"한데 주군, 그분은……."

내내 참고 있었던 듯 극서가 조심스레 입을 뗀 순간, 현운의 날카로운 눈빛이 천장으로 쏘아졌다. 그 다음 순간 같은 곳을 쏘아보며 검에 손을 가져갔던 준경과 극서가 잠시 후 검을 뽑아들려는 웅룡을 제지하고는 서둘러 자리에서 일어섰다.

"주군, 저희는 이만 물러가겠습니다. 쉬십시오."

준경이 웅룡을 '그분이잖아, 그분'이라며 끌고 나간 잠시 후 열린 들창을 통해 세류가 들어섰다. 잠든 저를 냉정히 버리고 가버렸던 이이건만, 현운은 원망보다 걱정이 앞서서 세류를 찬찬히 살펴보았다. 괜찮은 것일까. 의식을 잃고 흐느끼던 그 목소리가 아직도 생생한데, 눈앞의 세류는 기억조차 하지 못하는 듯 꼿꼿했다.

문득 그의 시선이 밤이슬을 맞았는지 물기 머금고 반짝이는 방갓 아래의 긴 머리칼로 향했다. 이 밤을 황후전의 옥개에서 저 홀로 밤을 지키고 있었구나, 가슴이 아려왔다. 자신에게는 세상 어떤 여인보다 여리고 귀한 이이거늘 어찌 한데에서 밤이슬을 맞고 있었는가, 그것이 화가 났다. 그리 앓은 것이 언제인데 벌써 그 몸으로 찬바람을 맞고 있었는가, 그 마음을 감출 수 없어서 그의 목소리는 거칠기만 했다.

"네가 찬이슬, 찬바람에 상하면서 사는 것이 진정 홍인의 바람이라는 것이냐. 믿을 수가 없다. 너를 세상 가장 귀히 여긴 홍인이 어찌 황제의 그림자로 살길 바랐겠는가."

세류는 아무런 말도, 움직임도 없었다. 그것에 부아가 치민 현운이 더욱 거칠어진 목소리로 말을 이었다.

"형님의 곁을 떠날 수 없다고 했다. 내 곁에 머물러도 내내 그리워할 거라고도 했지. 그런데 어째서 자꾸 내게 오는 것이냐. 어째서 상처 입고 지친 모습으로 와서 너를 내 곁에 붙잡아두고 싶게 하느냐 말이다!"

이미 너무 많은 말을 쏟아냈다. 이렇듯 구구절절 제 속내를 드러내는 것은 그답지 않은 일이었다. 그러나 그의 가슴은 아직도 못다 한 말들이 밖으로 나가겠다고 아우성치고 있었다.

현운은 자꾸만 냉정을 잃어가는 자신을 다그치듯 입과 함께 꽉 주먹을 움켜쥐었다.

"사형께 여쭐 것이 있어 왔습니다."

말 꺼내기가 쉽지 않은 듯 잠시 뜸들인 세류가 한층 낮아진 목소리로 힘겹게 말을 이었다.

"소희가 많이 아픕니다."

현운의 눈이 저도 모르게 치떠졌다. 소희라면 세류와 함께 사는 그 여인일 것이다. 그이 아픈 것을 왜 제게 알리는지 모를 일이었다. 또 어떤 말로 내 속을 헤집으려는가, 날카로워진 그의 눈빛이 방갓을 뚫을 듯 꽂히자 세류가 살짝 고개 틀며 말을 이었다.

"의원의 말이, 사내의 양기만이 그 아이를 살릴 수 있다 합니다."

문득 천경이 일러준 세류의 집으로 저도 모르게 향했던 어느 밤이 뇌리를 스쳤다. 훔쳐볼 생각은 없었으나, 드높인 안력으로 보게 된 방 안의 풍경이 선명하게 떠올랐다. 세류의 손을 잡고 홀로 애달아 하던 여인의 모습에 그때 얼마나 속이 쓰리고 머리가 뜨거워졌던가.

어찌 된 일인지 짐작이 됐다. 그 여인도 저처럼 가질 수 없는 것을 갖고 싶어 결국엔 병이 난 것이리라. 그 여인의 처지가 자신과 다를 것 없음에 안쓰러웠던 것도 잠시, 현운은 몸에 차오르는 분노에 저도 모르게 이를 악물었다.

"해서……."

"사형, 그 아이만은 잃을 수 없습니다. 도와주십시오."

그 입 다물라, 외치고 싶었고 그 어떤 말도 하지 말라, 목을 움켜쥐고 싶었다. 설마 내 짐작하는 그 말을 하려는 것은 아니겠지, 애원하고 싶었다. 네 잃을 수 없는 것에 나는 정녕 없는 것인가, 확인하고 싶었다. 내 원하는 답을 줄 수 없거든 차라리 답하지 말라고 윽박지르고도 싶었다.

그러나 세류는 싸늘한 기에 움찔움찔 떨면서도 그가 막고픈 말을 기어이 꺼냈다.

"도와주십시오, 사형. 사형밖에는 상의할 이가 없습니다."

"해서······."

차디찬 얼음조각 같은 기가 제 몸에 박혀오는데도 세류는 말을 멈추지 않았다.

"제 비밀을 밝힐까 생각도 했습니다. 허나, 그것이 그 아이에게 더 큰 위험이 될까 염려스러워서······."

"해서, 내게 너인 척 그 여인과 몸을 섞으라······. 정녕 그것이 네 뜻이란 말이냐."

"사형, 저는······."

그런 뜻은 아니었노라, 세류의 당황한 표정이 말하고 있었지만 분노와 절망으로 이미 냉정을 잃은 현운에게는 보이지 않았다. 어이해 내 앞에서 늘 다른 이에게 마음 쓰는가, 어찌 내가 아닌 다른 이의 곁에 머물러야 하며 어찌 잃고 싶지 않은 이가 내가 아닌 다른 이인가. 분노가 큰 만큼 절망도 깊었다. 그것이 언제나 냉철함을 잃지 않던 그의 눈을 가렸다.

현운이 벌떡 자리에서 일어서며 손을 뻗은 다음 순간, 매서운 속도로 날아간 기가 세류의 가슴을 둔탁한 소음과 함께 쳐냈다. 강한 충격과 함께 날아간 세류의 몸이 벽에 부딪고는 그대로 바닥으로 떨어졌다. 입술 사이로 흘러나온 피를 닦아낼 틈도 없이 세류의 몸은 그에 의해 또다시 다른 벽을 향해 쏘아졌다. 그러나 벽에 부딪기 직전 어깨를 낚아챈 현운이 세류를 침상으로 내리눌렀다. 두 사람을 받아낸 침상이 요란한 소리를 지르다가 이내 잠잠해졌다. 오직 두 사람의 거친 호흡만이 팽팽한 긴장 속에서 이어지고 있을 뿐.

얼마나 그렇게 무거운 시간이 흘렀을까. 세류의 어깨를 찍어 누른 채 쏘아보던 그의 눈이 문득 세류의 입가로 내려갔다. 현운은 이글거리는 시선을 그곳에 고정시킨 그대로 으르렁거리듯 말했다.

"그래, 사내란 어떤 여인과도 욕정만으로 몸을 섞을 수 있지……. 얼굴이 추해도, 몸이 더러워도 한순간 욕구를 풀기 위해서라면 누구든 안을 수 있는 것이 사내라는 짐승이지."

잠시 말을 멈추고 다시 세류의 눈으로 거슬러 올라간 눈빛이 더욱 뜨겁게 일렁거리기 시작했다.

"하물며, 가슴에 품은 여인을 향한 욕정이야 말해 무엇 하겠느냐. 내 너를 갖고 싶은 욕망에 얼마나 괴로웠는지 아는가. 내 스스로 짐승이 되어 네 몸속에 나를 묻고자 했던 적이 얼마나 많았는지 아는가. 지금 이 순간에도 내 안의 짐승은 어서 저를 풀어 달라 울부짖고 있지……."

그 말과 함께 그는 세류에게로 더욱 몸을 밀착시켰다. 그리고 이내 으득, 이를 악물었다. 실수다. 세류의 몸과 맞닿은 곳마다 화상을 입은 듯 뜨겁고 따가웠다. 그래서 화가 더 짙어졌다. 내 원하는 것은 너이거늘, 왜 그것을 모르는가.

"그런 내게, 가장 안고 싶은 여인을 향한 욕망마저 억누르고 있는 내게 다른 여인을 안으라……. 그게 정녕 너의 진심인가."

세류는 그 어떤 대답도 하지 않았다. 그저 그의 날카로운 시선을 피해 꽉 눈 감았을 뿐. 그 얼굴을 이글거리는 눈으로 내려다보던 그에게서 잔인하리만치 냉혹한 음성이 흘러나왔다.

"그 아이만은 잃을 수 없다 했느냐……. 그래, 그 아이를 살리면 넌 내게 무엇으로 보상하겠느냐. 내 원하는 것이 너라면 그때는 황제의 곁을 떠나 내게로 오겠느냐. 온전히 내 여인으로 살 수 있냔 말이다!"

세류는 어떤 대답도 없이 그저 피 묻은 입술을 바르르 떨었다. 그것은 참을 수 없는 유혹이었다. 붉디붉은 입술을 물들인 선명한 핏자국이 가녀린 여인을 더욱 가녀리게 만들어 사내로 하여금 제 가슴에 품고 제 몸에 가둬 보호하고 싶게 만들었다.

붉은 입술 위를 뜨거운 혀가 느리게 핥고 지나갔다. 핏자국은 이미 사라지고 없건만 혀가 핥고 지나간 입술은 더욱 선명한 빛으로 붉어져갔다. 그리고 잠시 후 마치 그를 유혹하듯 그 입술이 파르르 떨며 살짝 벌어졌다.

그 순간 그의 시선을 잡아챈 것은 손마디가 하얗도록 꽉 움켜쥔 세류의 손이었다. 그 작은 주먹은 그대로 조각조각 부서져버릴 것처럼 거세게 경련하고 있었다. 그 작은 주먹에 명치를 가격당한 것처럼 숨이 턱 막혔다. 머리를 얻어맞은 듯 눈앞이 하얘졌다.

'이것이, 너의 대답인가. 그렇게 내가 두려운가.'

천천히 몸을 일으킨 현운은 세류에게서 돌아서며 싸늘한 목소리로 말했다.

"가라. 더는 네 앞에서 짐승처럼 날뛰고 싶진 않으니……."

"사형……."

머뭇거리며 부르는 음성에 현운이 더욱 차가운 목소리로 고함쳤다.

"알았으니 가라지 않느냐!"

잠시 그의 등을 빤히 응시하며 머뭇거리던 세류가 올 때처럼 소리 없이 빠져나갔다. 그 모습을 이글거리는 눈빛으로 바라보던 현운도 창밖으로 몸을 날렸다. 그가 선 곳은 적석궁의 옥개, 달마저 구름에 갇혀버린 검푸른 어둠 속이었다. 제법 차가운 바람 탓인지 저도 단속치 못한 몸의 열기와 들 끓던 머리가 점점 평정을 찾아갔다.

문득, 어느새 평소처럼 냉정한 눈빛이 된 현운이 나직한 목소리로 입을 열었다.

"응룡."

그 목소리에 쥐 한 마리 없는 듯 무겁던 적막 속에서 흠칫 떠는 기척이 났다. 곧바로 휙 몸을 날려 현운의 곁에 내려선 응룡의 얼굴에는 죄스러움 이 짙게 묻어 있었다. 제 주군의 낯에서 고뇌가 읽어져 몰래 지켜본 터, 그 래도 주군이 허하지 않았으니 죄스러운 것이다.

"그 여인, 어찌해야 되는 것이냐."

네가 지켜볼 줄 알았다, 그러니 답을 내놓아라, 현운은 사내치고는 너무 도 곱상한 얼굴을 빤히 응시하며 물었다.

아비가 의원이라 나면서부터 침과 약초를 노리개 삼아 자랐다 했다. 어 미는 석성 검교장의 살림을 총괄하는 집사였다. 응룡 이제 고작 스물셋. 그 런데도 제 아비어미를 닮아 빼어난 의술과 세심함으로 저보다 나이 많은 분대원들에게 인정받는 분대장이었다.

"일단 병세를 살펴봐야겠습니다. 한데 주군, 그런 병증의 여인 많이 봤 습니다. 너무 염려치 마십시오."

픽, 쓴웃음이 참을 틈도 없이 현운의 입술을 비집고 나왔다. 허면, 나도 고쳐줄 수 있느냐, 물러가는 응룡을 붙잡고 묻고 싶었다. 이런 병증이 흔한 것이냐, 묻고 싶었다. 이 무겁디무거운 욕망과 식지 않는 화가 중병은 아닌 지 확인하고도 싶었다.

툭툭, 예고도 없는 빗방울이 문득 얼굴을 때렸다. 나를 향한 위로인가. 현운은 그 빗속에 저도 빗줄기인 듯 외로이 젖어들었다.

23. 완호지물玩好之物, 헛꿈을 꾸었구나

이른 아침 도성 안 대로를 가로지르는 삼십여 필의 말에 행인들의 시선이 집중됐다. 말 위에는 검교대의 상징처럼 되어버린 흑의를 입은 사내들이 앉아 있었다. 하나같이 훤칠한 체격에 범상치 않은 기도를 지닌 사내들이라 시선이 가는 것은 당연한 일이었다.

그중에서도 선두를 달리는 흑마의 주인은 모두의 감탄을 불러일으켰다. 칠흑처럼 검은 머리칼을 흩날리며 말과 한 몸인 듯 군더더기 없는 움직임은 차라리 아름다울 지경이었다. 어쩌다 길게 늘어진 앞머리가 일렁이며 그 깊고 날카로운 눈과 시선이 마주친 아낙이 제 서방의 팔을 잡아 흔들며 물었다.

"저 이가 누구래?"

제 마누라가 딴 사내에게 혹했으니 부아가 치밀만도 하련만, 그 역시 넋이 나가 있기는 마찬가지라 저절로 답이 흘러나왔다.

"현운 황자님이시잖아. 이 호륜에 저처럼 잘나신 분이 또 있나? 오늘 백오궁으로 거처를 옮기신다더니 지금 가시는 모양이네."

"어쩜, 어찌 저리 잘나셨을까?"

그때 그들 뒤에 서 있던 소복차림의 여인이 성마르게 물어왔다.

"황자님께서 계림공 따님과의 혼사를 파하셨다던데 혹여 그 연유를 아시는지요?"

아낙은 여인을 훑어 내리며 별꼴이라는 표정이었고 아낙의 서방은 끌끌 혀까지 찼다. 아무리 황자가 덜 여문 계집아이마저 홀릴 만큼 잘났기는 하나, 비녀머리를 보니 혼인한 여인이 아닌가. 게다가 소복차림의 입성을 보아하니 상중이건만 잔뜩 달뜬 눈빛이 참으로 가관이었다. 하기야 제 서방이 옆에 떡하니 있는데도 맘 동했었으니 제가 뉘를 흉보랴. 아낙이 한결 사분사분해진 표정으로 입을 열었다.

"뭐, 그 연유야 우리네가 어찌 알겠소? 호사가들이 떠들기로는 계림공 딸을 내칠 정도면 이미 마음에 둔 여인이 있지 않겠나 하드만. 지척에 몸이 바짝 달아오른 궁녀들이 즐비했을 텐데 어떤 여인도 처소에 안 들이셨다고 하니, 몸에 이상이 있는 게 아니면 맘에 둔 여인이 따로 있는 게지."

"사내가 맘에 둔 여인이 있다고 몸이 아니 동하나? 보통 정이 깊은 게 아니고서야."

아낙의 서방까지 말을 보태자 소복의 여인이 그제야 왠지 결의에 찬 표정으로 자리를 떴다. 그 여인의 뒷모습을 흘겨보던 아낙의 서방이 문득 끌끌 혀를 찼다. 어디 그 여인뿐인가. 주위에 있는 여인들은 나이를 떠나 다들 헛된 꿈을 꾸는 표정이었던 것이다.

백오궁은 저마다 뭔가를 이고지고 드나드는 인부들로 번잡했다. 응룡이 집기며 세간은 이미 갖춰놓았으나 비어 있는 곳집을 식자재로 채우느라 바쁜 것이다. 게다가 새 주인인 황자가 오늘 입궁한다고 하니 구경하러 모여든 이들까지 더해서 백오궁 앞은 시끌벅적했다. 때마침 수하들을 이끌고 오는 현운의 모습이 시야에 들어오자 우와, 환호성이 터졌다.

그 호들갑 속에 서 있던 응룡이 말에서 내려서는 현운에게로 한달음에 다가갔다. 웃음기 없이 잔뜩 긴장한 표정이 아무래도 무슨 일이 있는 듯싶었다.

"무슨 일이냐."

앞서 묻는 현운의 질문에 응룡이 난처한 눈빛으로 대문 안쪽을 힐끔거리며 말했다.

"저, 주군, 안에 계림공의 따님께서……."

현운이 어떤 상황인지 짐작한 듯 더 묻지도 않고 성큼성큼 문으로 들어섰나. 후문 쪽에 있는 마구로 향하던 극서와 준경도 제 말을 수하들에게 넘기고 그 뒤를 서둘러 쫓았다.

인부들이 절로 갈라지며 내준 사이로 나아가던 현운이 문득 우뚝 멈춰섰다. 식자재 곳간 앞, 소매까지 걷어 올린 채로 인부들에게 지시를 내리고 있는 이지의 모습은 영락없이 백오궁의 안주인이었다.

준경이 제 주군의 싸늘한 표정을 곁눈질하며 응룡에게 괜스레 꾸짖듯 말했다.

"왜 저 여인을 문 안에 들인 것인가? 안주인 행세를 하게 내버려둔 건 또 뭐고?"

"자기를 내칠 수 있는 건 황자님뿐이라고 큰소리치는데 전들 어쩌겠습니까? 그렇다고 여인의 몸에 힘을 쓸 수도 없고. 게다가 계림공의 따님 아닙니까?"

"숫총각이라 여인 대하기가 수줍기도 했을 테고."

응룡이 무표정한 얼굴로 농하는 극서를 살짝 흘겨보고 있을 때 현운이 가타부타 말도 없이 돌아섰다. 응룡은 서둘러 그 뒤를 따르며 물었다.

"어찌할까요, 주군?"

"내게 데려와라."

현운의 냉기 흐르는 등을 바라보던 응룡이 이지에게로 고개 돌리며 쯧쯧 혀를 찼다.

'비록 그분께서 혼사를 파하시긴 했으나, 어찌 됐든 저는 그분의 처가 될 사람이었어요. 저를 이곳에서 내보낼 수 있는 것은 오직 황자님뿐이니 물러서세요.'

첫마디부터가 여인답지 않게 강단 있고 배짱도 두둑하다 싶었지만 주군 앞에서는 어림도 없는 일이리라. 그래도 제 딴에는 여인으로서의 자존심도 버리고 찾아왔을 터라 조금은 측은한 마음도 들었다. 그런 마음이 얼굴에도 고스란히 드러나 결국 준경의 이죽거림을 듣게 했다.

"그리 불쌍하면 자네가 구제해주지 그러나?"

"거, 쓸데없는 소릴랑 관두시고 짐이나 푸십시오."

"알았소, 알았소, 마누라. 부인은 그 잔소리 좀 줄이시오."

응룡은 이젠 이골이 난 준경의 놀림을 뒤로 하고 이지에게로 다가갔다.

이지는 갑작스러운 요의에 두 다리를 더 가까이 오므렸다. 그러지 않으면 자신을 향한 얼음장 같은 눈빛에 금세라도 오줌을 지릴 것 같아서였다. 황자가 어떤 이라는 것은 익히 들어 알고 있었건만 그 어떤 말도 온전하지 못했음을 이제야 실감하고 있는 것이다.

그는 참으로 헌앙軒昂한 사내라고 했었다. 그러나 눈앞의 그는 단순히 풍채 좋고 당당하다는 표현으로는 부족했다. 훤칠한 몸매와 다부진 어깨는 보는 것만으로도 위압감이 느껴졌고, 그의 눈빛은 감히 똑바로 마주할 수 없을 만큼 존엄하기 그지없었다.

다들 그가 칼같이 냉정하고 단호하다고 입을 모아 말했다. 그러나 그 또한 너무도 빈약한 표현이었다. 차가운 눈은 잘 벼린 검 같아서 그 시선을 받는 것만으로도 몸이 두 동강 나는 듯 두려웠고, 굳게 다물어진 입술은 단호하다 못해 차라리 냉혹해 보였다. 아비가 왜 현운을 제 편으로 만들면 천하를 얻은 듯 든든할 것이고, 적으로 두면 평생 근심이 될 것이라 했는지 비로소 이해가 됐다.

두렵고 어려운 이이지만 어떻게든 그의 여인이 되어야겠다는 강한 욕심이 가슴에 차올랐다. 저리 잘난 사내를 자신 아니면 누가 가질 수 있겠는가, 자신하고 있는 것이다. 그러나 이지를 응시하는 현운의 눈빛은 조금의 온기도 없이 냉혹하기만 했다. 그의 목소리 또한 얼음장처럼 차가웠다.

"의도가 무엇이냐."

"의도라니 무슨 말씀이신지……. 소녀, 미욱하여 황자님의 말씀을 알아듣지 못하겠어요."

매일 마주치는 노복들조차 매번 볼 붉힐 만큼 곱디고운 얼굴이건만, 눈이 멀었는지 현운의 태도는 칼 같기만 했다. 그것이 이지의 넘치던 자신감을 반으로 동강 냈다.

"너를 이곳에 보낸 종조부님의 의도, 이곳에 온 네 의도를 묻는 것이다."

현운이 네 답 따위는 필요치 않다는 듯 곧바로 말을 이었다.

"나로 인해 수모를 당하신 터, 네가 내게 오면 더한 망신이 아닌가. 소황제라는 별호를 물려받으신 종조부님의 재가 없이 왔을 리가 없지."

이지는 어쩌면 저 예리한 눈으로 이미 모든 것을 꿰뚫어봤을지도 모른다는 생각에 움찔 몸을 떨었다. 그러나 이 정도에 나동그라질 거였으면 애초에 시작도 않았으리라. 이지는 애써 차분한 태도로 입을 열었다.

"허나 소녀 있을 곳이 이곳뿐임은 분명한 사실이지요. 세상천지 모두가 황자님과의 혼사를 알고 있는데 이제 어느 이가 저를 지어미로 삼으려 하겠어요? 소녀는 이미 혼인한 몸이나 다름없으니 황자님 곁이 아니면 어디로 가야 할지요?"

그 순간 현운의 입가에 싸늘한 조소가 어렸다. 너무도 싸늘해서 가슴이 철렁 내려앉으면서도 그마저도 미목수려眉目秀麗한지라 이지는 그저 홀린 듯 바라볼 뿐이었다.

"너는 내가 너를 내치지 못할 것이라 자신하는 것 같구나. 그렇지 않느냐."

아무리 기를 써도 도무지 정신을 차릴 수가 없었다. 눈을 홀려놓고는 그 사실을 저는 모르는지, 칼날처럼 예리한 눈빛과 목소리로 몰아세우니 절로 심장이 부들거리는 까닭이었다.

현운이 그런 이지를 더욱 예리해진 눈으로 응시하며 말을 이었다.

"백오궁 안주인 행세하는 너를 본 눈이 한둘이 아니니 금세 소문이 퍼지겠지. 쫓겨난 계림공의 여식을 결국 황자가 받아들였다고. 한데 내가 너를 이곳에서 쫓아내면 저 때문에 가문에서 쫓겨난 여인을 박대했다 비난이 일 테고, 그리되면 폐하와 종친들이 나서게 되겠지. 황실의 품위를 지키기 위해 너와 혼인하라고 말이다."

이지는 저도 모르게 제 손으로 시선을 툭 떨구었다. 한 치 벗어남도 없는 정확한 예측에 두려움과 함께 수치심이 든 까닭이었다. 그가 한 말은 자신이 아비에게 백오궁으로 가겠다는 뜻을 밝히면서 덧붙였던 그대로였다. 어릴 때부터 명민하다는 칭송을 귀에 달고 살아온 자신인데 그의 앞에서는 한순간에 바보가 되어버린 것 같았다.

'이지를 믿으세요, 아버님. 반드시 그분을 제 지아비로 만들어 아버님

앞에 무릎 꿇게 할게요.'

어찌 그리 어리석고 무모한 다짐을 할 수 있었을까. 이지는 다시금 귀를 파고드는 차가운 음성에 치맛자락을 꽉 움켜쥐었다.

"나는 얻고자 하는 것이 없으니 세인들의 비난도, 종친들의 강압도 두려울 게 없다. 그러니 너를 내치는 것에 일말의 걸림도 없다는 뜻이지."

바르르 떨리는 손을 더욱 힘껏 움켜쥔 이지가 짐짓 결연한 표정으로 고개를 들었다. 눈에는 여전히 그를 향한 두려움이 가득했으나 이지는 온 힘을 다해 참아냈다.

"얻고자 하는 것이 없다는 말씀, 소녀는 믿지 않아요. 변방의 장수를 자처하셨던 황자님께서 해서성전투 후 황성으로 돌아오신 것이며 예 터를 잡으신 것 때문이지요. 그 뜻이 무엇인지는 소녀 알지 못하나, 이곳에 얻고자 하는 것이 있으신 것 아닌가요?"

만빙처럼 얼어 있던 현운의 눈이 이지와 마주앉은 후 처음으로 반짝 빛을 냈다. 그저 제 아비의 꼭두각시인 줄 알았더니 꽤 명민한 구석이 있구나, 싶은 까닭이었다. 이지가 더 견디지 못해 다시 고개를 떨어뜨린 후에도 꿰뚫는 듯한 시선은 거둬지지 않았다. 역시 현제홍의 핏줄이구나 싶은 것이다. 어딘지 계산적인 그 눈빛부터가 제 아비와 쏙 빼닮아 있어서 이제 갓 열일곱을 채운 것으로는 보이지 않았다. 순수함은 존재치 않는 그 얼굴을 냉혹히 응시하던 현운이 다음 순간 문밖을 향해 외쳤다.

"응룡은 어서 들라."

기다리고 있었다는 듯 응룡이 안으로 들어서자 현운은 여전히 이지에게 시선을 고정시킨 채 단호한 목소리로 명을 내렸다.

"이분은 내 당고(堂姑, 종고모)시다. 피치 못할 사정으로 나를 찾으셨으니 떠나실 때까지 귀히 모셔라."

"저를 따라오십시오. 객방으로 안내하겠습니다."

응룡의 재촉에 마지못해 몸을 일으킨 이지의 얼굴은 구겨진 종이처럼 일그러져 있었다. 어린아이 대하듯 하더니 이제 와 굳이 고모라 칭하는 것에서 너는 내게 여인이 아니다, 단호하고 냉정한 뜻을 읽은 탓이었다. 방을 나서며 슬쩍 그를 돌아보는 이지의 눈이 날큼하게 빛을 냈다. 가질 수 없는 완호지물(玩好之物, 완구)이라면 철저하게 망가뜨려야 한다. 제 아비의 말을 다시금 되새기고 있는 것이다.

이지가 물러간 후에 되찾아온 적막 속에서 문득 현운의 보기 좋은 입매가 비틀리며 실소가 흘러나왔다. 그래도 제 귀한 딸일진대 싫다는 사내에게 보내 이 수치를 겪게 하는가. 계림공의 하릴없는 욕심에 이제는 박수라도 쳐주고 싶을 지경이었다. 도대체 그것이 무엇이라고 권세를 쥐고 늘리기 위해 제 목과 제 혈육의 목까지 거는가. 현유홍도 현제홍도 그로서는 이해가 되지 않았다.

어쩌면 그런 것이 소용없는 곳에서, 그런 것을 먼지처럼 여기던 사부와 살았던 까닭일지도 몰랐다. 권력을 탐하고 제 세의 노예가 된 이들을 접할 때마다 바람처럼 구름처럼 자유롭던 무명이 더욱 그리워졌다. 자연스레 오직 저만의 사람이었던 세류도 그리웠다. 이제는 사부도, 세류도 제 곁에 없기에 그 그리움은 얼음처럼 차고 바위처럼 단단한 가슴에도 깊은 상처를 새겼다.

들창 너머의 하늘을 바라보던 현운이 문득 등 뒤의 기척에 천천히 입을 열었다.

"그 여인의 병증은 잘 살피고 있느냐."

"네, 주군. 더는 염려치 않으셔도 됩니다. 그보다 주군, 처소는 마음에 드십니까?"

걱정스레 묻는 음성에 픽 웃음이 흘러나왔다. 그 검은 거칠 것 없이 매섭건만, 이럴 때마다 확인하게 되는 응룡의 섬세함은 도무지 익숙해질 수가 없는 까닭이었다.

응룡이 물러간 후 또 홀로 남은 현운이 문득 무거운 한숨을 토해냈다. 그 여인, 소희라는 그 여인마저 떠나면 세류는 맘 기댈 곳 없이 외로운 신세가 될 터. 그리되면, 외로움에 지쳐 저를 찾아주지 않을까 하는 기대가 영 없는 것은 아니었다. 해서, 차라리 그 소희라는 여인이 사라져주길 바라기도 했다. 그러나 아직은 욕심이 덜한 것인지 자신이 외로운 것보다 세류가 아픈 것이 더 싫었다. 세류가 소희마저 떠나보낸 후 홀로 가슴 치고 아파하게 될까 봐 염려스러웠다. 그래서 그는 지금 이 순간만큼은 세상 그 누구보다 외롭고 여린 사내일 뿐이었다.

더운물이 토해내는 수증기로 시야가 아련했다. 얼굴을 핥는 김을 헤치고 나아가자 욕탕에 앉아 있는 그가 보였다. 강인한 두 팔을 지지대 삼아 물에 들어앉은 현운의 모습은 바짝 날이 선 평소와는 달리 편안하고 느긋해 보였다. 소리도 없이 조심스레 그 곁으로 다가간 이지는 손에 들고 있던 함에서 장미꽃잎을 꺼내 물 위에 흩뿌렸다. 그 사이 잔잔한 수면 아래의 강인한 몸이 눈에 들어와 저도 모르게 살짝 볼을 붉히면서.

기척을 느꼈을 텐데도 그는 아무런 움직임이 없었다. 잠시 망설이던 이지가 조심스레 그의 어깨에 두 손을 가져갔다. 그리고 손바닥 아래의 단단한 근육이 흠칫 굳는 것을 느끼며 부드럽게 손을 놀렸다.

"긴장을 푸시어요. 소녀, 안마 솜씨는 어느 의원의 침술보다 낫다고 자부해요. 장미꽃잎은 피로회복에 좋으니 소녀의 안마와 더불어 황자님 피로를 씻은 듯 풀어줄 거예요."

부드럽게 어깨와 두 팔을 안마하던 이지가 그의 탄탄한 가슴으로 손을 미끄러뜨린 순간이었다. 부러뜨릴 듯 이지의 손목을 꽉 움켜쥔 현운에게서 조소 가득한 음성이 흘러나왔다.

"이 정도 솜씨로 나를 유혹하겠다는 것인가."

그 목소리에 담긴 노골적인 비웃음에 이지의 얼굴이 벌겋게 물들었다. 지난 며칠간 어떻게든 그의 마음을 얻으려 애쓸 때마다 맛보았던 모멸감과는 수준이 달랐다. 제 얼굴과 몸으로 못 홀릴 사내는 없다고 자신하며 살아왔기에 더 견디기 힘들었다. 쥐구멍이 있다면 찾아들어야 하리라. 서둘러 손을 빼내려 했지만 현운이 이지의 손목을 더욱 세게 움켜쥔 채로 천천히 몸을 일으켰다.

거칠 것 없이 자신만만한 사내라서 그런가. 실오라기 하나 걸치지 않은 알몸을 드러내고도 그는 너무도 태연자약했다. 오히려 그 몸을 흘낏 바라본 이지가 발가벗겨진 것처럼 부끄럽고 민망해서 고개를 틀었다. 그가 두려우면서도, 저를 가려줄 그 무엇도 없을 때조차 당당한 사내가 애가 탈 만큼 욕심나서 더욱 수치스러운 것이다.

그러나 그 욕심은 이지만의 것. 내던지듯 이지의 손목을 놓은 현운이 걸개에 걸려 있던 커다란 목수건을 낚아채 허리춤에 두르며 싸늘히 말했다.

"자존심도 없군. 너 또한 황족일진대 천한 기녀처럼 사내를 유혹하려 하는가."

"말, 말씀이 지나치셔요! 전 그저…… 악!"

벌건 얼굴로 항의하던 이지는 느닷없이 허리를 감아오는 강인한 팔에 비명을 지르고 말았다. 그리고 다음 순간 이지는 그의 옆구리에 끼워진 우스꽝스러운 제 모습에 손발을 버둥거리며 악썼다.

"이, 이럴 순 없어요, 황자님! 어찌 소녀를 이리 막 대하세요!"

그러나 더 끔찍한 일은 그다음에 벌어졌다. 성큼성큼 문으로 걸어간 그가 문을 열고는 제 수하를 부른 것이다.

"준경!"

"네, 주군!"

서둘러 달려온 준경이 흥미롭다는 듯 바라보자 이지는 정말 딱 죽고만 싶어졌다. 그런데 그에 더해서 현운이 자신을 준경에게 짐짝 넘기듯 건네는 것이 아닌가. 이지는 이제 준경의 옆구리에 매달린 신세가 되고 말았다.

"발정이 났는지, 암캥이 한 마리가 숨어들었구나."

"내다버릴까요, 주군?"

준경이 드러내고 비웃었지만 이지는 홍시처럼 익어버린 제 얼굴을 두 손으로 감쌀 뿐 아무 말노 할 수 없었다. 며칠간 현운의 곁을 맴돌 때마다 당했던 홀대는 지금에 비하면 아무것도 아니었다. 너무도 수치스러워서 죽고 싶었고, 그만큼 그에 대한 분노로 머리가 터질 것만 같았다.

절대로 용서치 않으리라. 이제는 나를 봐달라고 애원하지 않으리라. 이지는 그 순간 다짐하고 있었다. 자신에게 이런 수치를 안긴 그 대가를 치르게 하리라고.

더욱 서늘해진 만추의 아침, 백오궁은 어수선하기 그지없었다. 긴 여정에 쓰러진 노약자들 때문에 근 십여 일을 엄주에 묶여 있던 검교장의 행렬이 이레 후에 도성에 도착한다는 연통을 받은 까닭이었다. 게다가 금일 황제 내외와 함께 현운이 제를 올리러 종묘로 떠나는지라 검교대원들 모두 그 차비로 바빴다.

그 어수선한 틈을 타 이지가 머무는 객방에 계림궁의 찬모 두박네가 찾아들었다. 두박네가 건네고 간 꾸러미는 그간의 상황을 소상히 전한 이지의 서신에 대한 계림공의 답이었다. 가만히 보를 풀어내 내용물을 확인한 이지는 저도 모르게 꺼질 듯 한숨을 내쉬었다.

정녕 이 방법밖에는 없는 것일까. 현운의 얼굴을 떠올리자 절로 마음이 흔들렸다. 아무리 제 아비, 제 가문과 공존할 수 없다고 해도 이렇게 지우기엔 너무도 아까운 사내인 것이다. 그러나 이내 그간의 치욕이 머리를 채워오자 이지의 눈빛이 절로 사나워졌다.

어떻게든 그 마음 움직여보고자 얼마나 애를 썼던가. 그러나 매번 돌아오는 것은 노골적인 조소와 냉혹한 외면뿐이었다. 그 앞에서 옷만 안 벗었을 뿐이지, 할 수 있는 모든 것을 다했지 않는가. 이지는 잠깐의 망설임을 뒤로 한 채 계림공의 선물을 곱게 들고 현운의 처소로 향했다.

"이게 무엇인가."

현운이 탁상 위에 놓인 곱디고운 색의 편을 보며 무심히 물었다. 금세라도 그 날카로운 눈이 진실을 꿰뚫을까 두려워, 이지는 평소보다 더 부드럽게 웃으며 대답했다.

"소녀가 좋아하는 떡이에요. 어미처럼 저를 보살펴주던 찬모가 보내온 것인데 황자님께 맛보이고 싶어 가져왔지요. 입맛에 맞을지 모르겠으나, 쫓겨난 저를 위해 목숨 걸고 몰래 보내온 찬모의 성의를 봐서라도 한입만 드셔보시어요."

정중히 권하는 말에 담담히 이지를 바라보던 현운이 편으로 손을 뻗었다. 안 그래도 바쁜데 괜히 실랑이하기 싫다는 표정이었다.

젓가락을 찾아 쥔 그의 손이 편으로 향하자 반짝 눈을 빛낸 이지가 저도 모르게 가슴께로 올렸던 손을 황급히 내렸다. 그의 얼굴을 마주하자 저도 모르게 흔들린 마음을 애써 눌러버린 것이다. 어찌 그 수모를 잊고 한순간이나마 흔들렸단 말인가. 저를 발정 난 암캐이라 칭하던 그 목소리가, 준경의 조소가 아직도 선명하게 남아 제 속을 긁고 있거늘.

그러나 독하게 마음먹었어도 떨리는 마음은 어쩔 수 없었다. 행여 제 속내를 들킬까 싶어 눈을 내리깔았지만, 어쩔 수 없이 그가 집어든 꽃산병으로 저절로 시선이 갔다.

현운이 이지에게 시선을 고정시킨 채 막 꽃산병 반을 베어 문 순간 준경의 목소리가 들려왔다.

"주군, 웬 여인이 주군을 뵙고자 간청하는데 어찌할까요?"

"들이라."

그의 입에 꽃산병이 들어간 것을 봤으니 되었다. 이지는 서둘러 몸을 일으키며 공손하게 말했다.

"손님이 오셨으니 저는 이만 물러가겠어요."

조급한 내색을 보이지 않으려 애썼으나 문을 나서는 이지의 걸음은 제 마음과는 달리 허둥거렸다. 그런 이지의 뒷모습을 날카로이 지켜보던 현운이 제 입 안에 물고 있던 반쪽의 떡을 그대로 뱉어냈다. 저는 감춘다고 감췄으나 이지의 낌새가 어딘지 묘한 것을 모를 그가 아니었다. 약이라도 넣었는가. 한데 하필 손이 들어 저리 꽁무니를 빼는 것인가. 그 나이에 벌써 음흉하기 그지없는 것에 씁쓸한 기분마저 들었다.

그때 문이 열리면서 한 여인이 안으로 들어섰다. 푸른 기가 감돌 만큼 새하얀 소복을 입은 여인이었다. 대로를 지나는 현운에게 달뜬 눈빛을 보내던 바로 그 여인이었다. 특별할 것 없는 얼굴이긴 해도 날카로운 눈은 여인을 기억하고 있었다. 지소산에서 만났던 그 여인이었다. 다시 만나질 인연 따위는 없건만, 어찌 찾아온 것인가, 그의 눈썹이 살짝 치켜졌다.

"나를 찾아온 연유가 무엇인가."

제가 기억하는 것보다 더 차가워진 눈빛과 목소리에 움찔했던 여인, 공지가 애써 차분한 목소리로 입을 열었다.

"황자님께 전할 것이 있어서……!"

채 말을 맺지 못하고 멈춘 공지의 눈이 꽃산병 조각, 그 안의 팥 앙금에 박혀 들었다. 아니, 정확히 말해서 팥 앙금인 척 그 속에 섞여 있는 주홍색 미인두美人豆 조각을 쏘아보고 있었다. 현운의 날카로운 시선도 잊은 채 꽃산병 반쪽을 집어 들고 살핀 공지가 성급히 물었다.

"혹여 이것을 드셨는지요?"

"먹지 않았다만, 무슨 일이냐."

그제야 휴, 안도의 한숨을 내쉰 공지가 잘게 조각낸 꽃산병을 열린 들창 밖으로 던지며 말했다.

"음식을 먹기 전에 새나 들짐승에게 보시하는 것이 불자의 도리이지요."

그저 꿰뚫을 듯 응시하던 그의 눈이 공지를 따라 들창 밖으로 옮겨갔다. 다음 순간 현운의 눈이 매서운 기운으로 번뜩였다. 공지가 내던진 떡 조각을 날름 쪼아 먹은 참새 몇 마리가 잠시 후 몇 번 파닥거리지도 못하고 그대로 죽어버리는 것이 아닌가.

현운은 번뜩이는 눈으로 공지를 돌아보았다.

"아는 것을 말해보아라."

"팥 앙금 속에 미인두가 들어 있었습니다."

"미인두라……."

공지는 떨리는 손으로 가슴을 쓸어내렸다. 제가 때마침 도착했기에 망정이지, 하마터면 변고가 생겼지 않겠는가. 문득 이마저도 그 신선 같던 이의 안배였는가 싶은 생각이 들었다. 참으로 신기로운 일이었다.

하기야 그이를 만난 것부터가 다시 생각해도 신기로웠다. 열두어 살

때인가. 산나물을 캐러 산에 올랐다가 발을 헛디뎌 벼랑으로 구른 적이 있었다. 의지할 것은 나뭇가지뿐, 그러나 그마저도 곧 부러질 참이었다. 소리조차 내지 못하고 곧 죽는구나, 절망하고 있을 때 그이가 거짓말처럼 나타나 저를 구해준 것이다.

'네 언젠가 평생 잊을 수 없는 한 사내를 만나게 될 것이다. 그는 물론이오, 그의 수하들에게 네 얼굴을 반드시 보여야 할 게야.'

그때 일부러 검교대의 막사 주위를 어슬렁거리지 않았다면 어찌 그와 수하들에게 제 얼굴을 보였겠는가. 해서 제 얼굴을 백오궁 문을 지키던 수하가 알아보지 못했다면 어찌 이렇게 그와 대면할 수 있었을 것인가. 또한 그날 밤 현운의 나신에 몸이 끓지 않았다면, 어찌 사내 품이 그리워 육십을 넘긴 늙은이의 첩으로 들어갔을 것인가. 그리고 그 늙은 서방이 미인두를 먹고 죽지 않았다면 어찌 꽃산병에 들어 있는 그 독과를 알아보았겠는가. 그 선인의 뜻대로 제 삶이 움직인 것인지, 그 선인이 제 삶을 미리 꿰뚫어 본 것인지는 알 수 없으나 참으로 신묘했다.

'그 아이에게는 네가 꼭 필요하니라. 그 아이의 운명이 너를 기다리고 있으니 말이다.'

'그 아이'가 뉘인지 알지 못하던 어린 날 들은 말이라, 신선 같은 이의 그 말을 그간 잊고 살았다. 그런데 황성에 도착해 황자에 대한 저간의 사정들을 듣다 보니 잊고 있던 그 말이 기다렸다는 듯이 불쑥 떠오른 것이다. 하필, 황자가 혼사를 파했다는 말을 들은 그때 말이다.

해서, 제 신분과 처지도 잊은 채 헛꿈을 꿨더랬다. 그 선인이 저를 구하고 이런 소임을 맡긴 것도 귀한 이의 여인이 될 운명인 탓이었구나, 멋대로 착각하기도 했었다. 황자의 파혼소식을 들은 것과 그 순간에 그 선인의 말이 다시 떠오른 것이 과연 우연이었을까.

공지는 오래전 저를 찾아왔던 선인을 떠올리며 천천히 입을 열었다.

"네, 황자님. 미인두라고도 하옵고 홍두紅豆라고도 불립니다. 그 껍질이 단단하여 물에 넣어두어도 썩지 않아 통째로 삼키면 무해하나, 반 알이라도 씹어 삼키면 인체에 해롭지요. 호흡곤란으로 피부가 청자색으로 변하고 피 섞인 소변을 보다가 결국 질식으로 사망케 하는 무서운 독과입니다. 기력이 높아 어찌어찌 목숨을 건진다 해도 온전치 못하겠지요."

그런 것이었는가. 현운이 더욱 매서워진 눈빛으로 벌떡 일어서며 문을 향해 소리쳤다.

"밖에 누구 있는가! 당장 현이지를 데려오라!"

독이라니, 그가 가장 증오하는 것이 독이었다. 쉬 죽게 하지 않고 속을 태우고 헤집어 모든 고통을 맛보게 하는, 진정 비열하고 몰인정한 것이 독이었다. 그런 독을 제게 쓰다니 참을 수 없었다. 그러나 이내 들려온 준경의 답은 그의 분노를 더욱 키울 뿐, 달래주지 못했다.

"주군! 현 소저는 이미 계림궁으로 돌아가겠다고 떠났습니다!"

역시 계림공의 핏줄다웠다. 현운은 제 가슴에 휘도는 분노와는 상관없이 픽 웃으며 교의에 몸을 앉혔다. 하기야 제가 준 떡을 먹고 탈이 나면 제가 의심받을 것은 당연한 일. 입안에 넣는 것을 확인했으니 그대로 내뺀 것은 참으로 현명하다, 칭찬이라도 해주고 싶을 정도였다. 계림궁 담장 안에 숨은 후에야 제 아비가 지켜줄 테니 말이다.

현운이 다시금 냉철해진 눈으로 공지를 응시하며 물었다.

"내게 전할 것이 있다고 했다."

천천히 제 품으로 손을 가져간 공지가 그 속에서 무엇인가 꺼내 공손히 내밀었다.

"이것을 전해드리고자 뵙기를 청하였습니다."

날카로운 눈이 공지의 얼굴에서 그녀가 건넨 서찰로 내려졌다. 그 순간 그의 눈이 평소의 냉정함을 잃고 크게 일렁거리기 시작했다. 서찰의 겉봉에서 제 눈을 홀리고 있는 것은 분명 사부의 필체였다. 찢어발기듯 겉봉을 헤집고 그 안의 서찰을 빼든 손이 그답지 않게 부르르 떨렸다. 마치 사부의 청명한 음성이 지척에서 들려오는 것 같아서였다.

'지금 당장 선오암으로 오거라. 늦으면 죽봉이 가만있지 않을 것이다.'

현운은 눈빛처럼 거칠게 일렁이는 가슴을 진정시키려 깊게 호흡했다. 그러나 다시는 볼 수 없으리라 생각했던 사부의 흔적을 마주한 탓에 쉽지 않았다. 어찌 된 일일까. 정녕 사부가 돌아온 것인가. 사소한 그 무엇도 허투루 행하지 않던 사부이기에 손에 든 서찰이 더욱 무겁게만 느껴졌다.

현운은 서찰에 시선을 고정시킨 채 다급한 목소리로 물었다.

"이 서찰을 누구에게 받았는가. 설마 사부님께서 그대에게 직접 주었는가."

"무명이라는 대사님께서 여섯 해 전쯤 제게 친히 건네신 것입니다. 전할 일시日時도 정해주셨는데 그게 오늘, 이 시각이옵니다."

공지의 말이 끝나는 것과 동시에 현운이 튕겨지듯 자리를 박차고 나섰다.

"준경! 말을 가져오라!"

준경이 영문도 모른 채 그의 말을 끌고서 쏜살같이 달려왔다. 무슨 변고라도 생긴 것인가. 평소답지 않은 성마른 모습에 준경이 눈으로 질문했지만, 훌쩍 뛰어오른 현운은 짧은 명만을 남긴 채 그대로 말달려 나갔다.

"백오산으로 갈 것이다. 너희는 예정대로 폐하를 모시고 종묘에 다녀오라."

"주군!"

느닷없이 백오산이라니, 준경이 놀라 다급히 불렀으나 현운을 태운 말은 이미 백오궁에서 빠져나간 뒤였다.

종묘로 향하는 황제의 행렬은 끝이 보이지 않을 만큼 길었다. 그 행렬의 중심에 있는 커다란 연에는 황제와 황후가 나란히 앉아 있었다. 비록 동행하기로 한 황자가 불참하기는 했으나, 제 수하들을 호위로 보낸 것으로 예를 갖춘 탓인지 현율은 그에 대해 가타부타 말이 없었다. 황제의 행차는 적당히 선선하고 적당히 따사로운 가을 날씨처럼 평온하기 그지없었다.

그러나 행렬이 막 굽이진 길을 돌 때 이제껏 일행을 감싸고 있던 평온이 한순간에 깨져버리고 말았다. 어디선가 날아온 화살이 황제의 연을 이끌던 환관의 허벅지에 박혀든 것이다. 그 환관이 살을 꿰뚫는 통증에 나동그라지며 비명을 내질렀다. 그리고 그 순간, 누군가 큰소리로 외쳤다.

"살이다! 역, 역모다!"

그 날카로운 음성에 어림군과 검교대가 재빨리 황제의 연으로 몰려들었다. 그러나 팽팽한 긴장 속에 꽤 시간이 흘렀는데도 뒤이은 공격은 없었다. 그제야 부상당한 환관에게로 모두의 시선이 쏠렸고, 다음 순간 검교대원들의 낯빛이 귀신이라도 본 것처럼 새하얗게 바랬다. 환관의 허벅지에 박힌 화살, 그 검고 날렵한 화살은 분명 검교대의 것인 탓이었다. 그를 알아본 어림군들이 머뭇거림 없이 검교대를 향해 창검을 곧추세웠다.

화살을 쏜 것이 검교대원일 리는 없다. 당황한 시선을 서둘러 황제에게로 보낸 준경의 낯빛이 다음 순간 백토처럼 희어졌다. 이 상황에도 변함없이 잔잔하고 평온한 눈빛과 마주한 까닭이었다. 그 화살이 검교대에서 쏘아진 게 아니라는 것을 황제도 알고 있는 게 분명했다. 그럼에도 황제는 검교대가 역도로 몰리는 현 상황을 그저 묵묵히 지켜만 보고 있는 것이다.

준경은 하필 제 주군이 없는 지금 자신들이, 그리고 주군이 깊은 함정에 빠졌음을 직감하며 질끈 눈을 감았다.

뜻밖의 사건으로 종묘로 향하던 황제의 행렬은 급히 그 걸음을 돌려 환궁했고, 검교대가 황제의 군사에 의해 포위된 채 압송되는 모습에 도성의 백성들은 혼란에 사로잡혔다. 역도라니, 영웅이라 만인의 칭송받던 황자의 수하들이 하룻밤 사이에 역적으로 추포된 모습을 다들 눈으로 보면서도 믿지 못하는 표정이었다. 압송되는 이들 중에 황자가 없음에 안도하다가도 수하들의 쇠에서 황자가 자유로울 수 있는가 근심하기도 했다. 온갖 근심과 추측, 단언들로 가득한 街頭는 금세 뜨거운 소요에 휩싸였다.

그 소요가 아직 번지지 않은 골목의 초가 뒤뜰에서는 세류의 검이 연신 바람을 가르고 있었다. 잔잔한 눈빛과 흔들림 없는 검세가 고요하고 평온하기까지 했다. 그때 뺨을 타고 미끄러진 땀 한 방울이 고요와 평온을 깨뜨렸다.

떨리는 숨과 함께 팔을 내린 세류의 눈빛은 방금 전까지와는 달리 미묘하게 흔들리고 있었다. 수련으로 잠시 눌러뒀던 복잡한 감정들이 다시금 머리를 채운 탓이었다. 검으로 가른 것은 바람도, 공기도 아닌 자신의 사념이고, 잔혹한 제 운명이었다. 차라리 보지 않았더라면 좋았을 것을, 소희를 안는 사형의 나신이 실체처럼 떠올라 매 순간 눈앞을 어지럽히고 심장을 옥죄었다. 자신의 운명이 참으로 가혹하고 가엾어서 쓸쓸했다. 소희를 잃고 싶지 않아 현운을 찾았던 것이 이토록 거친 가시가 되어 심장을 찔러댈 줄 어찌 몰랐을까.

곧 이승을 떠날 것 같아 저를 근심케 하던 소희가 씻은 듯 나은 것은 기꺼웠으나 그로 인해 가슴이 타는 것은 어쩔 수 없었다. 현운의 명으로 야심한 시각 응룡이 몰래 찾아와 소희를 치료했다는 것을 까맣게 모르니 정녕 사형이 소희를 안았을까 마음이 복잡한 것이다. 차마 물어볼 수도 없으니 사념은 두아(豆芽, 콩나물)처럼 잘도 쑥쑥 자라났다.

볼의 땀을 쓱 훔치며 한숨짓던 세류의 귀에 문득 두런거리는 소리가 앞뜰 쪽에서 들려왔다. 소희와 웬 사내의 목소리였다. 무슨 내용인지는 정확히 들리지 않았지만 목소리가 정중하고 차분한 것이 위험한 자가 아닌 것은 분명했다.

세류는 여전히 머리를 헤집는 사념을 베어내려 검을 다시 바로잡았다.

"백오궁 황자님께서 보내신 거라고요? 어인 일로……?"

소희가 고기며 값진 청과, 약재들이 가득 담긴 대바구니에서 그 바구니를 들고 서 있는 사내의 얼굴로 동그래진 눈을 올렸다. 제 시선에 그 얼굴이 왠지 수줍기라도 한 듯 발그레해졌지만 소희는 미처 알아채지 못했다. 황자가 왜 이런 값비싼 것들을 보낸 것인지 그 까닭이 짐작조차 되지 않는 탓이었다.

물론 현운 황자가 백오산에서 함께 자란 그 사형이라는 것은 세류에게 이미 들어 알고 있었다. 사형제간 정이 유별났으니 세류에게 이보다 더한 것을 보냈다 해도 이상할 게 없다. 한데 세류가 아니라 자신에게 보낸 것이라 하지 않는가. 얼굴 한번 뵌 적 없는 황자의 호의라 어찌 응답해야 할지 난감했다.

소희의 놀라고 난처한 표정에 마주 서 있는 사내, 응룡이 상냥한 미소와 함께 정중히 입을 열었다.

"세류 님 안목으로는 좋은 것을 보내줘도 좋은 줄 어차피 모르실 테고, 살림을 맡아 하는 것도 소저이니 소저께 드리는 것이 좋겠다 하셨습니다."

"아……."

응룡은 이제야 활짝 웃는 얼굴을 보며 허언한 죄책감을 꾹 눌러버렸다. 주군은 그저 앓느라 기력이 쇠했을 테니 보할 것들을 보내라 했을 뿐, 전하듯 덧붙인 말은 예 오는 동안 내내 고민해서 급조한 거짓말이었다. 앓았던 것을 안다고 하면 혹 상사병이었음도 알까, 소희가 애태우고 근심할 것이 싫어서였다.

응룡은 소희에게 대바구니를 건네며 더욱 상냥하게 웃어 보였다.

"이 약재들은 여인의 몸에 좋은 것들이니 달여서 세류 님과 꼭 함께 드십시오."

"예? 세류 님과 함께요?"

무슨 말이냐고 묻는 동그란 눈을 보고서야 응룡은 자신의 실수를 깨닫고 윽, 이 악물었다. 여인의 몸에 좋은 약재들을 가져오는 걸 당연히 여기기만 했지, 소희에게 세류는 여인이 아니라는 것을 망각한 것이다.

응룡은 당황한 기색을 최대한 감추고 이제 소희 손에 들린 대바구니를 괜히 살피며 말했다.

"아, 세류 님 약재도 따로 챙겨온 줄 알았는데 빠뜨리고 왔나 봅니다. 다음에 꼭 갖다드리겠습니다."

"황자님께 감사히 잘 받았다고 꼭 말씀 전해주시어요."

다행히 별 의심 없이 받아들이는 것 같아 응룡이 안도할 때, 문밖에서부터 요란한 소리와 함께 옥삼네가 뛰어들었다.

"아이고, 큰일이 났소! 아씨, 도련님, 난리가 났단 말이오!"

"무슨 일이기에 또 그 호들갑인가? 손도 계시는데 시끄러우이."

소희가 응룡의 눈치를 보며 꾸짖듯 말했지만 옥삼네의 목소리는 오히려 더욱 커졌다.

"역모가 일어났는데 호들갑 안 떨게 생겼남? 황제를 시해하려던 역도들이 지금 막 형옥으로 압송됐……!"

"역모라니! 역도들이라니, 자세히 말해보시게!"

"그 왜, 황자의 수하들, 그자들이 폐하께 살을 쏘았다고……."

응룡이 옥삼네의 팔을 우악스럽게 움켜쥐며 서슬 퍼런 눈빛으로 묻고는, 그 대답이 채 끝나기도 전에 비호같이 밖으로 뛰쳐나갔다. 그와 동시에 뒤뜰에서 쏜살같이 뛰쳐나온 세류가 다시 옥삼네의 팔을 움켜쥐었다.

"그게 무슨 소린가! 황자님의 수하들이라니, 정녕 검교대가 폐하를 시해하려 했단 말이냐! 잘못 들은 것은 아니냐!"

한 번도 본 적 없는 사나운 눈빛과 기세에 옥삼네의 낯빛이 퍼렇게 질렸다. 그저 늘 꽃같이 곱기 만한 이인 줄 알았더니 기어이 제 팔을 부러뜨리지 싶었다.

옥삼네는 다그치듯 더 세게 팔을 움켜쥐는 세류에게 서둘러 대답했다.

"쇤, 쇤네 눈으로 똑똑히, 똑똑히 봤습니다요. 백, 백오궁 무사들이 어림군에게 끌려가는 걸 똑, 똑똑히……!"

"그럼, 황자님도 보았느냐!"

"황, 황자님은 아, 아니 보였……!"

믿을 수 없다, 내 직접 확인해야겠다. 그대로 밖으로 뛰쳐나가려는 세류의 소맷자락을 소희가 황급히 붙잡고는 방갓을 건넸다. 세류가 그리할 것을 짐작하고 어느새 방갓을 챙겨온 것이다. 세류는 소희에게 고맙다는 말도 건네지 못한 채 밖으로 몸을 날렸다.

현운이 압송된 대원들 속에 없었다면 백오궁에 있을 것이다. 설령 그가 그곳에 없다고 해도 어찌 된 상황인지 누구에게든 알아봐야 했다. 온 힘을 다해 달려 백오궁 앞에 도착한 세류의 눈이 절망감으로 거칠게 흔들렸다. 백오궁은 이미 관군에 의해 겹겹이 포위되어 있었고, 그 문으로는 백오궁에 남아 있던 대원들과 겸종들이 포박되어 끌려나왔다. 행여 현운도 그 속에 있을까, 노심초사 지켜보는 세류의 귀에 한껏 낮췄으나 불만 가득한 목소리가 들려왔다.

"분명 모략이야, 모략!"

구경꾼들 중 한 사람의 목소리였다. 슬쩍 소리를 찾아 돌아보니 서른 초반의 깡마른 사내였다. 허리춤에 검을 찬 걸 보니 그도 무인인 듯싶었다. 사실 그 사내는 귀검을 향한 동경심에 먼발치에서라도 얼굴 한번 보겠다고 긴 여정 끝에 황성에 온 터였다. 그런 것이 비단 사내만은 아니어서 뒤이어 다른 사내도 울분을 담은 목소리로 씹어뱉었다.

"이젠 아주 토악질이 나는군! 제 자리 지키고자 이런 비열한 수를 쓰다니!"

"이보시오, 누굴 말하는 게요? 누구의 모략이란 말이오?"

어수룩한 인상의 서생이 묻자 사나운 시선들이 그에게로 모여들었다.

정말 몰라 그러는 듯 맹한 눈빛에 누군가 거친 목소리로 답을 토했다.

"누구겠소? 아우가 너무 비범해서 두려운 황제지."

그들의 말을 한 귀로 흘리며 백오궁 문만 뚫어지게 응시하던 세류의 심장이 덜컥 내려앉았다. 어쩌면 자신도 내내 품었던 의심을 다른 이들의 입으로 확인하니 그것이 정녕 참말인가 두려운 까닭이었다. 역모죄는 일족을 멸할 정도로 무거운 죄, 과연 사형이 그 죄를 벗어버릴 수 있을까. 능히 세상을 뒤엎고 천하를 가질 수도 있는 사형, 그가 과연 이 상황에 순순히 굴복할까.

"황자님은 요행히 궁을 비우고 출타하신 상태라 하더군. 그분이 계셨으면 이런 비열한 덫도 못 놨을 텐데 말이야."

세류는 곳곳에서 들려오는 한숨소리에 더 무겁게 내려앉는 심장을 느끼며 천천히 돌아섰다. 오늘따라 도성에 부는 바람이 숨을 틀어막을 듯 탁했다.

24. 혈지血池, 더욱 붉어지겠구나

　도성은 연일 황자에 대한 근심으로 무거웠다. 환궁해서 황자의 신분을 되찾은 지 얼마나 됐다고 추포령에 다시 쫓기는 신세가 된 운명이 참으로 가혹하다, 눈물짓는 이들도 있었다. 더구나 검교대의 역모라는 게 고작 화살 한 발뿐이었다니, 다들 황자를 노린 음모임이 분명하다고 믿어 의심치 않았다. 그러나 세인들의 생각이야 어떻든 현장에서 검거된 일, 이분대원들은 황궁의 형옥에 감금됐고, 백오궁에서 추포된 이들도 관아에 갇힌 터였다.

　야심한 밤, 형옥 앞에 선 채 그 안에 갇힌 검교대원들을 바라보는 현율의 눈빛은 담담하기만 했다. 누구의 명으로 나를 죽이려 했느냐, 황자의 명이더냐, 황자는 지금 어디에 있느냐, 그런 질문들은 하지도 않았다. 그런 질문에 대한 답은 저들의 몫이 아님을 잘 아는 까닭이었다. 저들의 죄라면 황자의 충복이라는 것과 그 황자가 기어이 이지를 내침으로써 계림공에게 참을 수 없는 모멸감을 줬다는 것뿐.

　제 주인을 닮은 것인가. 죄가 없음은 제 스스로 알 것이니 형옥을 찾은 황제에게 자신들의 무고함을 피력할 수도 있으련만 형옥 안의 이들은 잠잠했다. 아니, 오히려 황제의 담담한 시선을 더 담담한 시선으로 마주했다. 마치, 무엇이 그리도 두려워 계림공의 더러운 계략을 눈감아줬는가, 비난하는 듯도 했다. 그것이 현율의 속을 뒤집어놓았다.

그 주인이나 수하들이나 대체 무엇이 그리 잘나 언제나 저토록 당당하단 말인가. 황제의 피를 온전히 이어받은 황자와 그를 받드는 수하들이라 그런 것인가. 못난 자격지심인 줄 알면서도 그들의 담담한 눈빛이 저를 멸시하는 것 같아 더 견딜 수가 없었다.

형옥을 벗어난 현율의 발이 향한 곳은 형옥 뒤편의 작은 연못이었다. 연못을 가로지른 운교의 중간에 멈춰선 그의 얼굴이 저절로 찌푸려졌다. 지독한 피 비린내가 속을 뒤집는 까닭이었다.

황제가 기거하는 황궁과는 어울리지 않는 혈지血池는 본래 형옥에서 흘러나온 핏물이 스며들던 곳이었다. 연못의 수초마저도 붉은 기가 감도는 것이 흉측해서 상황 황제 시절 대대적인 보수공사를 했으나, 더는 형옥의 피를 받지 않고도 연못은 내내 붉은빛과 피 냄새를 뿜어내고 있는 것이다. 저 붉은 물에 녹아 있는 목숨이 몇이며 그 중 억울한 죽음이 어찌 없겠는가. 그 한 서린 넋들이 이 연못을 떠나지 못한 탓인지, 물에 비친 달마저도 붉은빛으로 물들어 괴괴하기 그지없었다.

조용히 그 달을 응시하던 현율이 나직한 목소리로 입을 열었다.

"세류."

그의 말이 떨어지기가 무섭게 연못가의 나무그늘에 몸을 가린 채 경계하고 있던 세류가 훌쩍 그의 곁으로 내려앉았다. 손짓으로 따르던 호위들과 상궁나인들을 물린 후에야 현율이 다시 입을 열었다.

"너는 어찌 생각하느냐? 진정 저들이 나를 해하려 했다고 보느냐?"

잠깐의 적막이 흐른 뒤 세류가 차분한 음성으로 답했다.

"그럴 의도였다면 너무 서투르지 않습니까? 그들의 무위야 폐하께서도 보셔서 익히 아실 터, 더구나 황자님께서 자리를 비운 사이에 그 수하들이 일을 벌였다는 것도 말이 안 된다고 봅니다."

"그런 무위를 가졌으니 그 화살 한 발로 나를 죽이려 한 것이라면? 일이 틀어질까 염려해서 황자가 일부러 동행하지 않은 것이라면?"

현율은 세류의 단정적인 말에 괜스레 울화가 치밀어서 고집스레 다시 물었다. 그러나 답하는 세류의 목소리는 그보다 더 고집스러웠다.

"황자님은 수하들에게 모든 책임을 전가하고 숨으실 분이 아니십니다."

그 말에 현율의 눈이 매섭게 번뜩였다. 늘 꽉 닫혀 있던 입이 어찌 지금은 그리도 잘 열리는가, 가슴이 타들어갈 만큼 화가 났다.

"네 어찌 그리 내 아우의 성정을 잘 아느냐?"

세류는 흠칫 어깨를 떨었을 뿐 아무런 대답도 하지 않았다. 그것이 현율의 속을 더 뒤집어놓았다. 어떤 변명으로라도 저를 안심시켜주면 좋으련만 그마저도 해주지 않는 것이 원망스러웠다.

현율은 잔뜩 날이 선 눈을 다시 연못 위의 붉은 달로 옮기면서 딱딱하게 물었다.

"그래서, 너는 네 사형을 구명코자 그사이 이리저리 뛰어다니며 탐문한 것이냐?"

"폐하……!"

"어찌 알았느냐 묻고 싶은가? 내, 무엇을 먼저 답해주랴? 너와 아우의 인연? 아니면 네가 아우를 위해 부질없이 뛰어다닌 것?"

보지 않아도 세류의 몸이 딱딱하게 굳는 것이 느껴졌다. 직접 눈으로 그 상황을 보지 못했으니 현장에 있던 이들을 찾아가 물어야 했을 것이다.

어쩌면, 궁을 벗어나는 행차에 왜 저를 대동하지 않았는가, 정녕 세인들의 입방아처럼 황제의 계략인가 의심도 했을 것이다. 그래서 아우를 위해 전전긍긍하고 저를 의심했을 세류가 원망스럽고도 미웠으나, 한편으로는 안쓰럽기도 했다.

고작 황제의 그림자무사인 저 혼자 이 사태를 어찌 뒤엎는단 말인가. 그런데도 현운을 위해 뭐라도 하겠다고 허둥댔을 그 속이 저절로 가늠이 됐다. 아무리 애써도 어찌할 수 없는 절망감도 제 것인 듯 짐작이 됐다. 그래서 안쓰러웠고 그래서 또 화가 치밀었다. 왜 너는 그 인연을 버리지 못하는가, 이제 그만 나를 보라. 그 말을 입으로 뱉지 못하니 이제껏 모르는 척 외면했던 둘의 인연을 제 스스로 입에 담은 것이다.

현율은 아무런 대꾸도 없는 세류를 매섭게 흘겨보며 다시 물었다.

"네가 무엇을 할 수 있단 말이냐? 무엇을 하려 하느냐?"

"허락해주신다면, 황자님을 찾아보려 합니다. 황자님께서는 이 상황을 모르실 겁니다. 허니 황자님을 만나⋯⋯."

"함께 돌아오겠다?"

제 말을 뚝 자르고 묻는 날카로운 질문에 세류가 머뭇거림 없이 고개를 끄덕였다.

"오직 황자님만이 이 사태를 바로잡을 수 있습니다."

"과연 그럴까? 과연 아우가 돌아오려고 할까?"

"그러실 겁니다. 사형은⋯⋯."

현율이 이번에는 손짓으로 세류의 말을 끊었다. 그리고는 뜨겁게 일렁이는 눈으로 세류를 응시하며 말했다.

"나라면 말이다, 내가 그라면 너를 데리고 영원히 숨어버릴 것이다."

현율이 점점 커다래지는 눈을 꿰뚫을 듯 응시하며 계속 말했다.

"늘 보이지 않는 검에 겨눠진 채 살아야 하는 이런 황제의 자리 따위 지켜서 무엇 하겠느냐? 나라면 아무도 찾지 못할 곳에 너와 함께 숨어버리겠다. 어차피 너를 갖고자 황제가 되었으니, 가슴으로만 품었던 여인을 몸으로도 품을 수 있다면 거추장스럽기만 한 황제의 옷을 못 벗을 이유가 있겠는가? 과연 아우는 다를까?"

진즉부터 쏟아질 듯 커다랗게 치떠졌던 세류의 눈이 기어이 아래로 툭 떨어졌다. 아무리 원망이 커도 그보다 애심이 깊은 탓에 죄인마냥 움츠러든 어깨가, 꽉 움켜쥔 작은 주먹이 애달팠다. 제 딴에는 여인임을 온힘 다해 이제껏 감춰왔을 테니 그 당혹감과 절망이 어찌 작겠는가.

그러나 다음 순간, 안타까이 세류를 보던 현율의 눈에 칼 같은 예리함이 번졌다. 저를 향한 욕심을 드러냈으니 어미의 염이 아무리 간질히 불러내도 저를 피해 떠나버릴 수도 있지 않을까, 바짝 예민해진 것이다.

현율은 세류의 꽉 그러쥔 손을 쏘아보며 매몰찬 목소리로 말했다.

"어디에도 가지 말거라. 아무것도 하려 하지 말거라. 네가 그를 위해 움직일 때마다 그는 제 것을 하나씩 잃을 것이다. 결국엔 이 호륜 어디에도 살아서는 발 디딜 수 없을 때까지."

휙 몸을 돌린 현율이 걸음을 떼기 전 조금은 풀어진 목소리로 덧붙였다.

"네가 나를 떠나지 않는다면, 운을 좇는 일은 없으리라 약속하마. 그러니 행여 운과 연통이 닿거든 멀리 떠나 두 번 다시는 돌아오지 말라 하라."

그 자리에 못 박힌 듯 움직이지 못하는 세류를 뒤에 남겨둔 채로 현율은 걸음을 옮겼다. 자신이 그릇된 길을 선택했다는 것을 현율도 잘 알고 있었다. 세류를 향한 욕심이 너무도 커서 점점 더 깊은 수렁으로 빠져들고 있음을 어찌 모르겠는가.

몸은 제 곁에 묶어둘 수 있어도 그 마음이 떠나는 것은 막을 수 없을 터,

제가 속박하고 강요할수록 세류의 마음은 더 멀어질 것이다. 그래도 좋았다. 빈 껍데기라도 제 곁에 있어만 준다면 그것으로 족했다.

문득 현율의 뇌리에 종묘행차 때의 일이 생생하게 스쳐갔다. 어쩌다 시선을 주게 되었는지는 모르지만, 그가 시선을 던진 순간 환관이 제 옷자락에 감추고 있던 화살을 제 허벅지에 힘껏 박아 넣는 것이 아닌가. 그리고 그 곁의 다른 환관이 기다렸다는 듯 역모를 외친 것이다. 그 순간 종묘행차에서 현운을 완전히 제거하리라 자신하던 계림공의 얼굴이 떠올랐다. 이런 것이었는가, 한순간 토악질이 났었으나 이미 끝난 선택, 더구나 아우가 현장에 없으니 냉혹해지는 것은 일도 아니었다.

현율은 끈질기게 저를 따라오는 달을 쏘아보며 내내 울고 있는 품속의 은비녀를 꽉 움켜쥐었다. 늘 당당하던 아우를 떠올리자 손에 저절로 힘이 들어갔다. 그러나 가슴 한편 씁쓸하고 쓰라린 것은 어쩔 수 없었다.

'저 물빛이 억울한 넋들을 또 담아 더욱 붉어지겠구나.'

붉은 달의 혈지를 따라 걷는 현율의 눈도 그 연못처럼 붉디붉었다.

도성과는 쉼 없이 달려도 꼬박 삼일 거리인 연성산 인근 평야에 50여 개의 거대한 막사가 어둠 속에 들어앉아 있었다. 석성에서 떠나온 검교장의 가솔들이 잠들어 있는 막사였다. 그 막사들의 중앙막사 안으로 느닷없는 인영들이 뛰어들었다. 이제 막 목침대에 몸을 뉘였던 천경과 여홍을 비롯한 교관들이 그 기척에 벌떡 몸을 일으켰다.

"무슨 일인가?"

천경의 질문과 함께 마침 누군가 등불을 켜자 번을 서던 대원 둘의 부축을 받은 채 서 있는 응룡의 모습이 드러났다. 안 그래도 사내치고 여린 체구의 응룡이 제대로 먹지도 자지도 못한 듯 초췌한 모습으로 겨우 버티고

서 있었다. 게다가 이 서늘한 밤과는 어울리지 않게 땀으로 흠씬 젖어 있는 것이 아닌가.

"자네가 예까지 무슨 일인가? 그 행색은 또 어찌 된 일이고?"

천경의 걱정스러운 질문에 간신히 버티고 서 있던 응룡이 털썩 몸을 주 저앉혔다. 백오궁이 폐문된 지 사흘째 되던 밤 도성을 떠나 쉼 없이 달려온 그였다. 그 사흘 동안도 잠 한숨 못 자며 동료들을 구명할 방도를 찾느라 끼니조차 거르며 동분서주했으니 남은 기력이 있을 리가 없었다. 제 분대 원들마저 포청의 옥에 갇힌 터라 심적 고통이 큰 상황에 이만큼 버틴 것도 대단한 일인 것이다.

응룡이 지친 숨을 내쉬며 힘겹게 말했다.

"도성으로의 행렬은, 일단 여기에서 멈춰야 합니다."

"그게 무슨 말인가? 일단 예서 멈춰야 한다니?"

여홍이 건넨 물을 단숨에 들이켜고서야 겨우 숨을 고른 응룡이 침착하 게 다시 말문을 열었다.

"음모입니다. 황제를 시해하려 했다는 음모에 휘말려서 대원들은 황궁 의 형옥에 갇혀 있고……."

"황제를 시해하려 했다니! 어찌 그런 황망한 일에 휘말렸단 말인가!"

응룡은 여홍이 버럭 고함치자 잠시 멈췄던 말을 이내 다시 이었다.

"백오궁도 관군에 의해 폐문된 상태입니다."

"주군께서는?"

다급히 묻는 천경의 목소리는 채 누르지 못한 분노와 불안으로 인해 부 르르 떨리고 있었다.

"주군께서는 일이 벌어지기 전, 백오산에 다녀오신다고 떠나셨습니다."

"허면 주군께서도 이 사달을 모르시고 계신단 말인가?"

응룡이 대답 대신 고개를 끄덕이자 천경의 얼굴에 낭패의 기운이 번졌다.

"이런……! 어찌 이런 일이 있을 수 있단 말인가!"

"우선 당장 주군께 이곳으로 오시라고 연통을 보내십시오. 도성으로 돌아가면 바로 추포되실 겁니다."

"여홍, 자네는 어서 주군께 전서구를 날리고 분대장들을 모두 모아주시게."

"알겠네."

천경은 서둘러 밖으로 나가는 여홍의 뒷모습을 이글거리는 눈으로 뒤쫓았다. 가슴은 홧홧하고 목구멍에서는 수많은 질문이 아우성치고 있었지만 애써 억눌렀다. 궁금한 것이 하나둘이 아니나 응룡의 까무룩 흐려진 눈으로 보아 잠시라도 쉽게 해줘야 했다. 분대장들이 모이면 다시 되풀이해야 하니 그 얼마나 고역이겠는가.

얼마 후 분대장들이 황망한 표정으로 막사에 모여들었다. 여홍에게서 대강의 말은 들었으나 자세한 내막을 모르니 속이 타는 표정들이었다. 천경의 눈짓을 받은 응룡이 그제야 입을 열었다.

"종묘로 행차하던 중 황제의 연을 향해 화살이 날아들었답니다. 그것이 검교대의 화살이어서 현장에서 일, 이분대 전원이 추포되어 황궁의 형옥에 감금되었습니다."

여기저기에서 끙, 앓는 소리와 함께 분노의 신음소리가 들려왔다. 잔뜩 찌푸린 얼굴로 제 콧날의 상흔을 신경질적으로 더듬던 설진이 답답하다는 어투로 물었다.

"어찌 검교대의 화살이 다른 이에 의해 쏘아질 수 있는가? 화살촉 하나도 검교대 밖으로 나갈 수 없거늘, 정녕 그것이 검교대의 흑시黑矢가 틀림없는가?"

잠시 침울한 표정으로 설진을 마주 보던 응룡이 무거운 목소리로 답했다.

"그게, 짐작이긴 하나 아무래도 계림공 측에서 빼돌린 게 아닌가 싶습니다. 계림공의 딸 현이지가 며칠간 백오궁에 머물렀었던지라……."

"그 형에 그 아우라고, 기어이 그 늙은 영감탱이가 일을 저질렀군!"

좀처럼 험한 말을 하지 않는 선비 같은 문우조차 이 갈며 분통을 터트렸다. 그러자 소란과는 동떨어진 채 두 눈 질끈 감고 침묵하던 천경이 무겁게 가라앉은 목소리로 물었다.

"그래서, 형옥에 있는 대원들은 어떤 상황인 건가?"

늘 여인처럼 고운 표정이라고 다른 분대장들의 놀림을 받던 응룡의 얼굴이 흉하게 일그러졌다. 마음이야 그 안에 함께 있건만, 저 홀로 밖에 있는 것이 내내 괴롭던 터였다.

응룡은 선한 눈을 고통으로 가득 채운 채 그예 고개를 떨어뜨렸다.

"백오궁을 감시하는 관군에게 물으니, 죄를 토설하라 고신을 당하고 있다고……. 도성을 떠나오기 직전에 듣기로는 곧 참형에 처해질 거라고……."

누구도 말을 입 밖으로 내지 못했다. 그러나 그들 몸에서 솟아오른 분노가 공기를 흔들고 천막을 뒤흔드는 것만 같았다. 그리고 그때 사기그릇이 땅 위에 나뒹구는 소리가 천막 밖에서 들려왔다. 누군가 서둘러 장막을 걷자 하얗게 질린 낯빛으로 우두커니 서 있는 도하의 모습이 보였다. 도하는 여홍의 지시로 응룡에게 줄 요깃거리를 준비해온 참이었다.

다음 순간 응룡은 차마 도하의 눈을 더 마주 보지 못하고 질끈 눈 감아 버렸다. 백오궁에 도착하는 대로 그녀와 혼례를 올리겠다던 극서의 얼굴이 감은 눈을 비집고 스쳐갔다.

깊은 밤, 황궁을 감싼 어둠과는 어울리지 않게 환히 불 밝혀진 형옥 안은 짙은 피 냄새가 넘실거리고 있었다. 그러나 찢겨진 몸에서 흘러나오는 붉은 피와는 달리 형옥 안에 정좌해 있는 검교대원들의 표정은 단단하기 그지없었다. 죽음의 공포마저도 그들을 비켜가는 듯 눈빛은 형형했고 굳게 다문 입에는 꺾이지 않을 다부진 결의가 머물러 있었다.

"극서."

옆 옥에서 들려온 준경의 목소리에 내내 감겨져 있던 극서의 눈꺼풀이 천천히 열렸다. 준경은 극서의 대답을 기다리지도 않고 다시 말을 걸어왔다.

"자네와 함께여서 참 좋았네. 그러고 보니 지난 오 년간 하루하루가 참 좋았던 것 같군. 주군을 만나 그분과 함께, 대원들과 함께 전장을 누비면서 내 어찌 검을 들었는지 그 참뜻을 비로소 알 수 있었으니……."

"유언이라도 하는 것인가? 웬 청승인가?"

"청승이라……. 그리 들렸는가?"

평소의 그답게 쿡쿡 웃던 준경이 다소 무거운 목소리로 말했다.

"우리 모두 다 이렇게 개죽음을 당할 순 없네. 내 어떻게든 이분대는 구제되도록 할 테니, 자네는 꼭 살아나가 주군의 곁을 지켜주시게."

내내 검게 잠겨 있던 극서의 눈이 순간 번뜩였다. 볼 수도 없는 준경에게로 휙 고개 돌린 극서가 더욱 눈을 번뜩이며 거친 음성으로 다그쳤다.

"그게 일분대의 결론인가? 자네와 일분대원들의 목숨을 희생시켜 우리가 산다는 게 가당키나 한 소리인가! 죽어도 같이 죽고 살아도 같이 살겠네!"

"어허, 이 사람, 목소리를 낮추게. 기껏 머리 맞대고 고민한 계책을 발설할 작정인가? 현명하게 생각하게. 게다가 자네에게는 도하가 있지 않은가?

나야 처자도 없고 마음에 둔 여인도 없으니……."

"그만두게!"

극서가 단호한 목소리로 준경의 말을 끊은 그때, 형옥의 옥개에서 어둠을 가르며 검은 인영이 내려앉았다. 그 기척을 알아차릴 새도 없이 귀신같이 군사들을 점혈해 잠재운 것은 세류였다.

세류가 쓰러진 군사의 허리춤에서 형옥의 열쇠를 낚아채 소리도 없이 옥으로 다가왔다. 그러나 세류가 자물쇠에 열쇠를 꽂으려는 순간, 극서가 창살 사이로 손 뻗어 자물쇠를 움켜쥐었다. 지척에서 기를 살폈었고 그 성정도 겪은 터라 세류가 이리 행동할 것을 능히 짐작하고 있던 그였다.

잠시 굳어졌던 세류가 이내 다급한 목소리로 말했다.

"이럴 시간이 없습니다. 잠시 후면 교대시간입니다. 어서 손을 치우십시오."

"세류 님까지 위험에 빠뜨릴 순 없습니다. 물러가십시오."

극서의 단호한 눈빛에 세류의 표정은 더욱 조급함으로 물들었다.

"내일, 형이 집행될 예정입니다. 그러니 더 지체할 시간이 없습니다."

내일, 내일인가. 극서의 눈빛이 잠시 애처로이 흔들렸다. 등 뒤에서 무거운 한숨소리들이 흘러나오는 것으로 보아 다들 그처럼 절망을 맛보고 있는 듯싶었다. 그러나 극서는 이내 더욱 단단해진 눈빛으로 천천히 고개를 내저었다.

"파옥을 하고자 한다면 못할 저희들이 아닙니다. 이깟 창살이 어찌 저희를 막을 수 있겠습니까? 허나 그리 도주하면 죄를 인정하는 것이 되고 그 죄가 주군의 죄가 되니 이리 갇혀 있는 것입니다. 주군께 누가 될 순 없습니다. 그러니 세류 님은 모른 척하십시오. 세류 님 도움으로 목숨 부지한다 해도, 혹여 그로 인해 탈이 난다면 어찌 주군의 얼굴을 떳떳하게 뵐 수 있겠습니까?"

"제발, 제 뜻을 따라주십시오. 저 또한 사형을 떳떳하게 뵙고 싶어 이러는 겁니다. 사형에게 그대들이 얼마나 중한지 알기에 지켜주고 싶은 겁니다."

묵묵히 세류를 응시하던 극서가 불쑥 손 뻗어 세류의 손을 꽉 움켜쥐었다. 그리고는 평소의 무표정하던 얼굴에 어색한 웃음을 떠올리며 말했다.

"주군은, 외로운 분이십니다. 아무리 따르는 수하들이 많아도 세류 님 없이는 늘 혼자이신 분입니다. 부디, 주군의 곁을 지켜주십시오."

그 말을 맺는 것과 동시에 세류의 손을 놓은 극서가 느닷없이 벌떡 일어서며 고함쳤다.

"여봐라! 내 모든 것을 말할 것이다! 그러니 당장 태보를 불러 달라!"

"이보게, 극서! 무슨 짓을 하려는 겐가!"

준경이 소스라치게 놀라 창살에 매달렸고 그 뒤를 쫓아 일분대원들이 우르르 몸을 일으켰다. 그러나 극서는 이미 마음을 정한 듯 흔들림이 없었고, 그 뒤의 이분대원들 또한 분대장의 뜻을 헤아렸는지, 그저 조용히 눈감은 채 침묵할 뿐이었다.

그들을 안타까이 응시하며 그저 망연히 서 있던 세류는 군사들이 몰려오는 기척에 다급히 말했다.

"기회는 지금뿐입니다. 제발 모두들 생각을 바꿔주십시오."

그러나 극서도 준경도, 형옥 안의 그 누구도 어서 문을 열라, 재촉하는 이는 없었다. 꽉 입술 깨문 세류는 서둘러 열쇠꾸러미를 제자리에 돌려놓고는 군사들의 점혈까지 풀어준 후 옥개로 뛰어올랐다.

세류가 옥개의 어둠으로 숨어들자마자 쓰러졌던 군사들이 어리둥절한 표정으로 일어섰고, 그 잠시 후 순군만호부巡軍萬戶府 군사들이 들이닥쳤다.

"네 이놈! 감히 형옥에 갇힌 죄인 주제에 웬 소란이냐!"

"내 모든 것을 소상히 밝힐 것이다! 계림공께서 사실대로 토설하면 죄를 감해주신다 했으니 어서 계림공을 만나게 해달란 말이다!"

"어허, 지금 이 시각에 어찌 태보대감을 모신단 말이냐! 내일 날이 밝는 대로 연통할 것이니 당장 그 입 다물라!"

"내일 형이 집행된다고 들었다! 이렇게 죽을 순 없단 말이다!"

옥개 위의 세류도, 형옥 안의 대원들도 모두 극서의 목소리를 들으며 질끈 눈감아버렸다. 아마도 이 밤처럼 극서가 많은 말을 쏟아낸 적도, 목소리를 드높였던 적도 없으리라. 그가 왜 그렇게 많은 말들을 소리 높여 쏟아내고 있는지 다들 그 속내를 짐작하는지라 가슴이 찢어질 듯 고통스러웠다. 제 목숨 연명하고자 하는 것이 아니라 스스로 사지로 들어가려 한다는 것을 알기에.

25. 극존極尊, 황제의 사람

텅 빈 암자를 암시하듯 숲은 새소리 하나 없이 고요하기만 했다. 전에
왔을 때보다 더 황폐해진 암자를 지나쳐 선오암에 오른 현운의 얼굴에
이내 깊은 실망이 번져갔다. 무엇을 기대했더란 말인가. 그날, 너무도
청명해서 아득히 멀게만 느껴졌던 사부의 마지막 음성이 다시금 귀를 울
렸다.

'이제 내 있던 곳으로 돌아가는 것이거늘 어디로 다시 돌아오란 말이
냐?'

현운은 달빛의 파도가 넘실거리는 밤하늘로 허한 시선을 던졌다. 아마
도 그 서찰은 사부가 세상을 떠나기 전 제자의 오늘을 내다보고 안배해둔
것이리라. 그러나 무엇을 위한 안배인지 도무지 짐작이 되지 않았다. 분명
이곳으로 부른 사부의 깊은 뜻이 있겠으나, 그에게는 무명과 같은 혜안은
없어 그 뜻을 도무지 짐작할 수 없는 것이다.

한참을 밤하늘만 우러르던 현운의 어깨를 문득 바람이 스치고 지나갔
다. 그저 스쳐간 바람이건만 그 순간 묘하게도 찌릿한 통증이 어깨를 파고

들었다. 마치 사부의 죽봉에 맞았던 그때처럼. 그 통증에 살짝 눈살 찌푸린 순간 또다시 제가 죽봉인 듯 바람이 어깨를 치고 달아났다. 아, 현운은 그제야 사부의 뜻을 깨닫고는 바위 위에 정좌했다. 어깨를 스쳐간 바람, 숲을 스치는 바람, 저 아래 대숲을 뒤흔드는 바람. 그 바람 소리에서 문득 무명의 기를 찾아낸 까닭이었다.

무엇을 꾸짖으시려는가, 사부의 기는 한없이 근엄하고 엄중했다. 그런데도 늘 차기만 하던 입술에 저절로 번지는 미소를 막을 수 없었다. 꾸짖음이면 어떻고 칭찬이면 어떤가. 오랜만에 느끼는 사부의 기가 너무도 반가웠다.

가만히 눈을 감고 마음을 비우자 고요하기만 하던 숲이 제각각의 소리로 그에게 다가오기 시작했다. 바람은 그의 시야를 닦고 나뭇잎은 그의 귀를 활짝 열어놓았다. 그러자 그의 눈앞에 낯선 광경이 펼쳐지기 시작했다. 그것은 쑥대밭이 된 촌락 한가운데에 선 사부의 모습이었다.

꼭 지금의 제 나이쯤일까. 현운의 기억 속 맑디맑은 것과는 달리 사부의 눈에는 깊은 절망과 핏빛 분노가 일렁이고 있었다. 그 눈을 채우고 있는 절망과 분노가 제 것인 듯 생생하게 느껴져 현운의 가슴도 덩달아 일렁였다. 제 가솔이나 다름없는 촌민들의 피를 밟고 선 사부의 고통이 숨마저 틀어막았다.

그 순간, 사부의 손에 들린 검이 살기에 사로잡혀 온몸을 떨어대기 시작했다. 영혼마저 그 살기에 사로잡혔는가. 붉게 번뜩이는 눈으로 짓쳐 달리는 무명의 검에 살아남는 것은 아무것도 없었다. 살인귀처럼 휘두르는 검 앞에 나무가 베어지고 짐승들이 베어졌다. 번을 서던 관군들의 몸이 두 동강이 났고 관아가 쑥대밭이 됐다. 그리고 결국엔 저를 살인귀로 만든 추격꾼들을 찾아내 그들의 뼈를 자르고 살을 발라냈다. 그 모습은 진정 인간의 모습이 아니었다.

수많은 전장을 누비며 냉혹히 살을 행한 저이건만, 현운은 치미는 욕지기를 침과 함께 삼켜야 했다. 사부의 피에 절은 눈, 그 악귀 같은 눈빛은 그에게도 끔찍했다. 사부의 검에 의해 형체조차 알 수 없을 만큼 난도질당한 이들의 처참한 모습이 뇌리에 각인된 까닭일 것이다.

주위에 더 이상 벨 것이 없을 때에야 사부의 눈에서 핏빛이 가시었다. 살아 숨 쉬는 것은 오직 저뿐, 그 처참한 피의 바다에 홀로 서 있던 무명의 눈에서 문득 뜨거운 눈물이 흘러내리기 시작한 것은 바로 그때였다.

깊은 회한과 체념, 그리고 절망. 천천히 눈을 뜬 현운은 여전히 제 가슴을 쥐고 있는 사부의 감정에 무거운 한숨을 내쉬었다.

이곳에 불러들인 이유가 이것이었는가. 살아생전에도 그토록 살기를 억누르라 엄하게 다그치더니 떠나는 순간까지도 끝내 그것이 염려됐던 모양이다. 점점 더 잘 벼린 검처럼 냉혹해져만 가는 자신을 예견하셨구나, 싶기도 했다.

그러나 다음 순간, 문득 현운의 눈빛이 매섭게 번뜩였다. 사부가 일시日時까지 정해 황성에 있는 저를 이곳으로 불러들인 것에는 분명 숨은 뜻이 있을 터. 무엇을 막고자 이곳에 불러 흠이 분명한 자신의 과거까지 가림 없이 보여주었는가. 혹여 자신 또한 그런 살기에 넋을 사로잡힐 무슨 일인가가 황성에서 벌어지고 있는 것인가.

현운은 이유 모를 조급함에 휩싸인 몸을 허공으로 날렸다. 황성의 사정은 아는 게 없건만, 숲을 관통하는 그의 몸에는 벌써부터 붉은 기운이 넘실거리고 있었다. 급전을 간직한 검은 매가 날카로이 울며 그 뒤를 뒤쫓았다.

이른 아침부터 형옥을 찾았던 계림공 제홍이 곧이어 향한 곳은 황제의 침전이었다. 아무리 종손이라고는 해도 황제이건만 그는 채 자리에서 일어나지도 않은 현율을 상궁으로 하여금 깨우게 하고는 기어이 그 앞에 마주 앉았다.

현율의 못마땅한 표정은 나 몰라라, 계림공은 제 할 말부터 꺼냈다.

"황제, 극서라는 자가 저와 제 분대원들이 독단적으로 저지른 일이라고 자백했소."

"그렇습니까?"

현율은 더욱 딱딱하게 얼굴을 굳혔다가 이내 픽 웃고 말았다. 아우는 참으로 대단한 수하들을 두지 않았는가 싶은 것이다. 죄도 없이 제 주군을 위해, 동지들을 위해 기꺼이 제 복을 내걸다니 말이다. 정녕 죄지은 자는 바로 눈앞에 앉아 있거늘.

제홍의 웃는 낯에 침이라도 뱉어주고 싶었다. 참으로 가증스러웠다. 뻔히 제가 꾸민 일인데도 자신에게조차 단죄자인 척하는 것이 두려운 한편 역겨웠다. 그 속에 구렁이 몇 마리쯤 들어앉아 있지 싶어서 징그럽고 소름 끼쳤다.

그러나 자신 또한 다 알고도 눈감았으니 어찌 징그럽고 소름끼치지 않으랴. 현율은 그런 속내를 감춘 채 애써 담담한 어조로 물었다.

"그래서 일을 어찌 매듭지으실 요량이십니까?"

그 말에 제홍의 눈이 기다렸다는 듯 반짝 빛났다.

"황제의 뜻은 어떤지 먼저 묻고 싶구려."

"그야, 종조부님의 뜻을 따라야지요. 소손이 무엇을 알겠습니까?"

제홍이 흡족한 듯 그제야 제 속내를 드러냈다.

"백성들이 의구심을 품은 채 지켜보고 있으니 섣불리 단죄했다가는 자칫 화를 부를 수도 있소. 그러니 제 죄를 자백한 자들만 참형하는 것으로 일단락하려 하오. 허나 그 수하들을 단속하지 못한 것도 명백한 중죄. 황자는 황자의 위를 폐하고 죽을 때까지 다시는 황성에 돌아올 수 없게 조치를 할 것이오."

언젠가 나도 이런 식으로 내몰리게 되진 않을까. 거침없는 제홍의 말이 그나마 남아 있던 잠기마저 한순간에 날려버렸다. 저 온화한 얼굴 뒤에 감춰둔 셈은 어디까지이며 그 계책은 또 얼마나 많을 것인가.

현율은 아우가 죽을 때까지 황성에 돌아올 수 없다는 말에 애써 신경을 집중시키며 대답했다.

"그리하십시오."

"허면 폐하의 명대로 시행하겠나이다."

마치 그 모든 결정이 현율에게서 나온 것인 듯, 제홍이 이제까지와는 너무도 다른 공손한 태도로 답하고는 자리에서 일어섰다. 그 모습을 날이 선 눈으로 뒤쫓던 현율의 눈이 문득 제 뒤의 편풍으로 향했다.

이제 막 날이 밝았으니 세류는 아직 그 뒤에 있을 터. 현운에 대한 가혹한 처벌을 들었을 텐데도 미세한 기척조차 들려오지 않았다. 혀 깨물고 입술 깨물며 참아내고 있으리라.

'고통스럽겠구나. 애가 끓겠구나.'

현율은 지금 세류가 느끼고 있을 고통이 제게도 전해져서 가슴이 시렸다. 은비녀에 담긴 산희의 염을 알게 된 후로 왠지 그리됐다. 마치 어미가 된 듯 세류의 가슴앓이가 고스란히 제 것으로 느껴지는 것이다. 그래서 모를 수가 없었다. 세류가 진정 사모하는 것이 뉘인지, 제 곁에 붙잡혀 있는 그 고통이 얼마나 큰지.

그것을 생생하게 느끼며 버티는 시간들은 차라리 고문이고 지옥이었다.

그래도 그것이 자신이 선택한 운명, 현율은 병에 걸린 듯 움찔거리는 가슴
을 꾹 눌렀다.

해마저 구름 뒤에 제 얼굴을 감춘 탓에, 정오를 지난 시각이건만 주위는
어둑어둑했다. 심상치 않은 날씨 때문인지 국형장에 몰려든 이들의 낯빛도
하나같이 어두웠다.

간혹, 황제를 해하려던 죄인들이 처형된다고 좋아하는 이들도 있었지
만, 대부분의 세인들은 눈을 부라린 채 황제대신 형장의 상석을 차지하고
앉은 계림공을 쏘아보고 있었다. 아무리 무지하고 아둔한 백성들이라고 해
도 어찌 죄인이라 무릎 꿇려진 저들의 무고함을 모르겠는가. 그저 힘이 없
이 지켜보고만 있을 뿐, 가슴에 지받는 울화는 그들의 표정에 여실히 드러
나고 있었다.

그때 계림공이 자리에서 일어나 냉혈한 목소리로 명했다.

"황제폐하를 시해하려 한 극악무도한 자들이다. 그러나 스스로 죄를 자
백했으니 참수인은 죄인들의 목을 단칼에 베어 그 고통을 덜어주도록 하
라!"

계림공의 명에 이제껏 읍하고 있던 망나니가 험악한 몸을 일으켰다. 그
손에 들린 청룡도는 이미 많은 목숨을 거둔 듯 진즉부터 피를 부르며 떨고
있던 참이었다.

망나니는 망나니답게 그저 웃전에서 베라는 목을 베면 그뿐. 그러나 야
차 같은 생김새에, 천한 출신이라고 해도 그 또한 사람이었다. 해서, 의당
귀가 있고 머리가 있으니 제 앞에 꿇려진 죄인들에 대한 세인들의 말도 어
쩔 수 없이 들을 수밖에 없었다.

그들은 죄가 없다고 했다. 제 짧은 소견으로도 그런 듯했다. 황자를 노

린 음모라고도 했다. 그 또한 수긍이 갔다. 그러나 진실이 어떻든 그의 소임은 웃전에서 시키는 대로 그들의 목을 베는 것이다. 지난 세월 제 칼에 목이 떨어진 이가 어디 한둘이던가. 그들 중 죄 없이 떨어진 목이 어찌 없었겠는가. 그러나 그 죄를 묻고 따지는 것은 제 몫이 아니었다.

망나니가 저를 한 치 물러섬도 없이 당당히 응시하는 극서의 눈을 외면하며 입 가득 탁주를 머금었다. 곧이어 그의 입에서 분수처럼 튀어 오른 탁한 빛의 술이 벌겋게 달아오른 청룡도의 날을 흠뻑 적셨다. 탁주에 젖어 매끈거리는 칼을 하늘 높이 휘돌린 그는, 여전히 저를 담담히 응시하는 극서에게 서글피 웃어주고는 이내 팔을 아래로 내리그었다.

하늘이 진노했다고 했다. 머지않아 저 눈을 붉게 물들일 핏빛 비가 내릴 거라고도 했다. 이제 고작 만추의 계절이거늘 정녕 때 이른 눈이 세상을 온통 새하얗게 뒤덮고 있었다. 그 기이한 상황에 도성은 원인 모를 공포로 들썩였다.

누구는 제 수하를 잃은 황자의 분노 때문이라고도 했고, 누구는 죄 없이 목이 잘린 검교대원들의 원한 때문이라고도 했다. 그 공포의 근원, 참수당한 검교대원들의 잘린 목은 황성 중앙의 광장에 벌써 닷새째 걸려 있었다.

살아 있을 때는 제 주군을 닮아 그토록 당당하고 강인하더니, 잘린 머리는 피가 빠지고 수분이 빠져 처참하기 그지없었다. 그들과 일면식도 없는 이들조차 그 몰골에 가슴이 진탕될 정도이니 그들의 생전을 기억하는 이들은 오죽하겠는가.

옥개에 소리 없이 쌓이는 눈처럼 세류의 마음도 시리기만 했다. 살리고자 했건만 끝내 살리지 못한 이들에 대한 죄책감이 자꾸만 생살을 베었다.

그들을 잃은 사형의 고통이 손에 잡힐 듯 생생해서 견딜 수가 없었다.

살려야 했다, 그들을 살려야 했다. 뒤늦은 후회가 무겁게 가슴을 짓눌러 왔다. 그러나 이미 때늦은 후회였다. 그들의 목은 처참히 잘려져 걸려 있고 그것을 현운이 보게 되는 것은 시간문제였다. 세류는 사형이 황제의 바람처럼 떠난 그곳에서 차라리 영영 돌아오지 않기를 바랐다. 영원히 그를 볼수 없어도, 두 번 다시는 저를 찾아주지 않아도 좋았다. 이제는 더 잃는 것 없이, 더 고통스러울 일 없이, 그가 그렇게 살았으면 싶었다. 사부인 무명이 그랬듯 바람처럼 구름처럼 그렇게 자유롭게 살았으면 싶었다.

그러나 그것은 세류만의 욕심, 다음 순간 세류는 제 몸을 조각낼 듯 날카롭게 박혀오는 기운에 천천히 몸을 돌렸다.

그곳에 그가 서 있었다. 너무나 그립지만 두 번 다시 보고 싶지 않았던, 그 품이 너무도 간절하지만 밀어낼 수밖에 없는 그가 흩날리는 눈 속에 우뚝 서 있었다.

"내 사람들을 저 어둠 속에 버려두고 황제는 고이 잠들어 있는가."

사람의 목소리가 아닌 듯 감정 없는 목소리에 날리던 눈발마저 흠칫 몸을 떠는 것 같았다. 무슨 말이든 꺼내야 하건만 세류의 입술은 얼어버린 듯 움직이지 못했다. 그런 세류를 냉정히 쏘아보던 현운이 싸늘한 미소를 흘렸다.

"그리고 너는, 그런 황제의 잠을 지키려 찬 눈을 맞고 있는 것인가."

그 미소도 음성도 차갑게 식어 있건만, 세류를 응시하는 눈빛은 불을 품은 듯 뜨겁게 이글거리고 있었다.

세류는 종잡을 수 없는 그의 기세에 꿀꺽 침을 삼켰다. 당장이라도 냉혹한 기운에 제 몸이 얼어버릴 것만 같았다. 금세 뜨거운 불길이 저를 태워버릴 것만 같았다.

세류가 바짝 긴장한 몸을 한걸음 뒤로 물린 순간, 살이 베일 듯 싸늘한 달빛이 켜켜이 쌓인 흰 눈을 딛고 올라와 바늘처럼 몸을 찔러댔다. 그것이 허상인 줄 알면서도 날카로운 통증에 온몸이 저릿저릿 아팠다. 그 거짓 통증을 떨쳐내려 살짝 몸을 튼 순간, 소리 없이 내려앉던 눈송이 몇 알이 날카로운 속도로 쏘아져왔다.

촤아아앙— 챙!

본능적으로 내뻗은 검에 부딪힌 사나운 살기들이 비명을 내지르며 떨어져 내렸다. 그러나 미처 검이 막지 못한 눈송이 한 알이 세류의 뺨으로 날아들어 기어이 생채기를 남겼다.

세류는 뺨을 타고 흐르는 한 줄기 온기를 무시한 채 검을 더욱 곧추세웠다.

"그 검으로……."

검 끝에 심장이 겨눠진 그에게서 지독하게 단조로운 음성이 흘러나왔다.

"날 벨 것인가."

무심한 음성, 온기라곤 느껴지지 않는 그 음성에 세류는 자신도 모르게 부르르 몸을 떨었다. 그 차가운 음성이 두려우면서도 한편으로는 반가운 까닭이었다. 행여 수하들을 잃은 충격으로 냉정을 잃지는 않았을까, 내내 염려했던 것이다. 다행스럽게도 그의 음성은 세류가 기억하는 그대로 냉철하기 그지없었다.

그러나 안도감도 잠시, 곧이어 무거운 불안감이 불쑥 밀려왔다. 더 이상은 안 된다. 그는 지금 죄인으로 몰린 상황, 행여 돌아온 것이 발각되면 극서와 이분대원들의 희생마저 무용지물이 될 게 분명했다.

세류는 잠시 흔들렸던 검을 바로 세우며 손에 더욱 힘을 넣었다.

"돌아가십시오. 이곳은 폐하의 처소, 지금은 금인禁人의 시간입니다."

"불가하다면……."

세류의 간절한 마음을 알 리 없는 현운이 바투 다가서며 날카롭게 눈을 빛냈다.

"날 벨 것이냐."

세류는 흠칫 어깨를 떨며 그가 다가선 만큼 뒤로 물러섰다. 어쩌면 그의 심장이 날선 검에 너무도 가까워졌기 때문일지도 몰랐다.

"그래서……."

세류의 불안감을 읽은 것일까. 그의 입가에 싸늘한 미소가 걸렸다.

"날 벨 것이다?"

그의 조소에 뒷머리가 서늘해졌다. 역시 안 되는 것일까. 검을 세우고 단단한 표정을 지어도, 이쯤에서 그를 물러가게 할 수는 없는 것일까.

어떻게든 그를 막고 싶었다. 그를 노리는 이들이 즐비한 이 황궁에서, 그리고 도성에서 당장 떠나게 하고 싶었다. 세류는 꽉 입술을 몸을 더욱 곧게 세웠다. 그러자 뽀득, 힘이 들어간 세류의 발밑에서 쌓인 눈이 짓이겨지며 비명을 내질렀다. 더는 물러설 곳이 없다. 여기에서 물러선다면 그마저 잃을 수도 있다. 세류는 운검을 그에게로 곧게 겨누며 꽉 입술을 깨물었다.

그 모습을 흥미롭다는 듯 바라보던 현운의 시선이 피가 배어나올 듯 붉게 짓눌린 세류의 입술에 고정됐다. 그 어떤 감정도 담겨 있지 않은 냉혹한 시선이건만 그 시선이 닿은 자리가 저릿저릿 아파왔다. 언젠가 제 입술에 닿았던 뜨거운 입술이 생생하게 떠올라 절로 가슴이 두근거렸다. 그러나 지금은 묻어야 할 감정이다. 허락 안 될 마음이다. 세류는 송곳처럼 날카로운 그의 눈을 응시하며 스스로에게 다짐하듯 힘주어 말했다.

"신臣은 황제폐하의 사람, 폐하의 안위를 위협한다면 그 뉘라도 벨 수 있습니다."

그러니 제발, 이쯤에서 물러가주십시오. 세류는 채 끝내지 못한 말을 안으로 삼켰다.

그 속에 얼음을 담았는가. 그 순간 세류의 눈으로 올라온 그의 시선이 날카롭게 번뜩였다. 더 이상, 살을 에는 것은 매서운 북풍도 차디찬 달빛도 아니었다. 오직 그의 눈빛만이 세류의 온몸을 난도질하고 있을 뿐. 가슴이 찢어발겨지는 것처럼 아팠다. 저를 바라보는 온기 없는 눈빛에 심장이 파헤쳐지는 듯 고통스러웠다. 그 차디찬 시선에서 저를 향한 애정은 찾을 수가 없었다.

그렇게 얼마의 시간이 흘렀을까. 세류에게서 하늘로 시선을 옮긴 그에게서 어쩐지 쓸쓸한 음성이 흘러나왔다.

"황제의 사람이라……."

지독하게 공허한 음성이었다. 이 세상의 것이 아닌 듯 처연한 음성이기도 했다.

"그 자리를 위해, 내 어머니와 많은 이들이 피를 흘렸지. 그럼에도, 그 자리가 그리 탐나지 않았다. 황제가 된들, 무엇이 달라지겠는가. 이미 잃은 것들이요, 이미 흘러간 세월인 것을……."

한동안 검푸른 밤하늘을 우러르던 그가 세류에게로 툭 시선을 떨어뜨렸다. 그 순간 세류는 저도 모르게 움찔 몸을 떨었다. 달이 그를 얼렸는가, 그가 달을 얼렸는가. 하늘의 은빛 달처럼 그의 눈빛도 서늘하게 빛나고 있었다.

얼어버린 달, 얼음달. 그의 눈엔 그 달빛이 고스란히 담겨 있었다. 왠지 눈이 부셔서, 가슴이 시려서 더욱 세게 입술을 깨문 세류의 귓가에 서늘하나, 한편 뜨겁게 들끓는 현운의 음성이 꽂혀왔다.

"황제의 사람이라 했는가. 그렇다면 내, 반드시 그 자리에 올라야겠다.

너를 가질 수 있는 극존極尊의 자리에 말이다!"

그 순간, 느닷없이 강한 기가 세류에게로 엄습해왔다. 세류는 헉, 단말마의 신음과 함께 질끈 눈을 감았다. 그가 목소리에 실어 보낸 기는 세류가 기억하는 것이 아니었다. 끔찍한 피 냄새와 함께 뜨거운 화염이 숨을 틀어막았다. 귀검이라 불리고 살귀라 칭해지던 때조차도 그의 기는 이렇듯 탁하고 흉험하지는 않았었다. 지금 그는 기만으로도 사람을 죽일 수 있을 만큼 끔찍한 살기를 품고 있는 것이다.

그렇게 얼마의 시간이 흘렀을까. 더 이상 참을 수 없는 고통에 성긴 숨을 토해내며 눈뜬 세류의 시야에 끝없이 이어진 어둠이 들어왔다. 그뿐이었다. 그 어둠을 조각내는 싸늘한 달빛과 소리 없이 흩날리는 하얀 눈송이들뿐, 흑의의 사내는 그 어디에도 없었다.

꿈이었는가, 지독한 그리움이 빚어낸 환영이었는가. 세류는 곧추세웠던 검을 소복하게 쌓인 눈 속에 꽂으며 털썩 무릎을 꿇었다. 그 어디에도 그가 머물렀던 흔적은 보이지 않았다. 정녕, 정녕 꿈이었는가. 그래, 차라리 꿈이길 바랐다. 그가 이 지옥 같은 현실을 영원히 몰랐으면 싶었다.

세류는 한숨과 함께 무의식적으로 뺨에 손을 가져갔다. 그 순간, 뺨을 쓸어내린 손끝에 이물감이 전해져왔다. 천천히 손을 내려 그 끝에 시선을 준 세류의 눈동자가 짧은 순간 덧없이 흔들거렸다. 이미 식어버린 피가 손가락 끝에 선명하게 묻어 있었고 그것은 방금 전의 일이 꿈도 환영도 아니었다는 증거였다.

한동안 핏물 든 손가락을 내려다보던 세류의 시선이 문득 하늘로 향했다. 더 토해낼 것이 없는지 어느새 눈은 사라지고 없었다. 그저, 눈을 토해냈을 법한 차가운 은회색 달만이 묵묵히 내려다볼 뿐.

얼어버린 달, 얼음달이 세류와 함께 그 밤을 지새웠다.

26. 나락那落, 산 자도 죽은 자도 아니다

정녕, 때 이른 눈은 불길한 징조였을까. 도성은 연일 불어닥친 피바람으로 흉흉하기 그지없었다. 피바람은 판삼사사 권제와 첨의중찬 사행의 가문을 먼저 휩쓸어버렸다. 사실 그들 중에도 먼저 피바람 맞은 순서가 있을 테지만, 그들 담 안의 모든 이가 주검으로 발견된 까닭에 어느 가문이 먼저 멸했는가는 알 방법이 없었다.

그들은 계림공의 최측근이었다. 젖먹이 아이는 물론이고 뭣 모르는 가축까지 모두 단칼에 베어진 사건에 세인들은 죄 없이 죽은 검교대원들의 원귀가 피를 먹기 시작했다고 소곤거렸다. 그리고 끝내 계림공과 나아가 황제의 피까지 보아야 원귀들도 물러갈 거라고도 했다.

세인들은 원령이니 뭐니 떠들어댔지만, 그들이 정녕 두려운 것은 자신을 노리는 것이 귀신 따위가 아님을 잘 아는 까닭이었다. 귀신조차 베어낼 살기를 지닌 황자가 저 어둠 어딘가에 있다는 사실이 그들을 정녕 두렵게 하는 것이다.

저택 깊숙이 위치한 자신의 처소에 앉아 있는 평장정사 증평도 그런 두려움 때문에 일찌감치 잠들기를 포기한 상태였다. 증평은 억지로 붙잡고 있던 서책을 덮으며 꺼질 듯 한숨지었다. 가만히 앉아 있어도 살갗이 따끔거리는 게 꼭뒤 뒤편에서 황자가 저를 쏘아보고 있는 것만 같았다.

어쩌다 일이 이 지경이 됐단 말인가. 이게 다 그 아둔한 명조 때문이라는 분통이 절로 터졌다. 처조카인 환관 명조에게 일을 맡겼건만 머리 쓸 줄 몰라 기어이 이 사달을 일으킨 게 아닌가. 황자를 현장에서 옴짝달싹 못하게 잡으려 꾸민 일이었으니 현운이 행차에 동행치 않았으면 얌전히 있었어야 하거늘. 안 그래도 거칠 것 없는 황자에게 분노라는 날개까지 달아줬으니 피바람이 이는 것도 당연한 일이었다. 단단히 방비하면 황자가 도성에 발 들이는 일은 없을 거라고 호언장담했던 계림공도 지금쯤 식은땀 흘리고 있을 게 분명했다.

증평, 그는 본디 현유홍의 오랜 측근자였다. 해서 유홍이 죽은 후 저 역시 죽겠구나, 자포자기한 상태였다. 그런 차에 제홍이 손을 내미니 그래도 살겠다고 덥석 그 손을 잡았건만 이제 와 돌아보니 그 역시도 살 길은 아니었던 모양이었다.

"괜히 봉아(蜂衙, 벌집)를 건드렸어. 내진즉 그 형제와의 연을 끊어야 했거늘……."

답답한 마음에 듣는 이도 없이 중얼거렸던 증평이 문득 문 쪽으로 휙 고개를 돌렸다. 큰 소리는 아니지만 뭔가 이질적인 기척이 들려온 것이다. 증평은 덜컹거리는 가슴을 애써 달래며 밖을 향해 외쳤다.

"무슨 일이냐!"

분명 밖에 호위들이 있을 터인데 아무런 대답도 들려오지 않았다. 증평은 저도 모르게 벌떡 몸을 일으키며 다시 한 번 외쳤다.

"아무도 없느냐! 무슨 일이냐고 묻지 않느냐!"

그러나 이번에도 아무런 대답이 없었다. 증평은 떨리는 손으로 벽에 걸린 검을 잡아들고 천천히 문으로 다가갔다. 조심스레 문을 연 순간 그를 먼저 맞이한 것은 짙은 피 냄새였다. 그리고 그 피 냄새와 함께 시야에 들어온 참혹한 광경에 증평의 손에서 툭 검이 떨어졌다. 비명소리, 병장기가 부딪는 소리 하나 듣지 못했건만 제 사병들이 하나같이 피를 흘리며 죽어 있는 것이 아닌가.

증평은 덜덜 떨리는 고개를 들어 그 시체들 위에 우뚝 서 있는 흑의의 사내를 바라보았다.

"황, 황, 황자……!"

제 것 같지 않은 쉰 목소리가 신음인 듯 새어나왔다. 어쩌면 사람이 아닐지도 모른다, 저를 바라보는 얼음 같은 눈빛에 부르르 몸이 떨리는 순간, 증평은 그런 생각을 했다. 산 자라면 어찌 저리도 냉혹한 눈빛일 것이며 어찌 보는 것만으로도 심장이 오그라들겠는가.

그때 기다렸다는 듯 집 안 곳곳에서 터져 나오는 비명소리에 증평은 눈을 질끈 감아버렸다. 권제와 사행의 집에 살아남은 이는 아무도 없었다는 사실이 뇌리를 스친 것이다. 진정 살아 있는 사신을 만났구나, 깊은 절망이 그를 나락으로 이끌었다.

그 순간 살기를 쫓아 담에 뛰어오른 검은 그림자가 있었다. 눈앞에 펼쳐진 참혹한 광경에 꽉 입술 깨문 것은 세류였다. 황제의 침전을 지켜야 하는 시각이지만, 황성에 부는 피바람이 현운으로 인한 것이 분명한지 제 눈으로 확인해야 했던 것이다.

이곳이 전장이 아닌, 부모와 자식들이, 그리고 여인과 아이들이 모여 사는 사가私家라 그럴까. 짙은 피 냄새 속에 나뒹구는 주검들이 더욱 처참하게 느껴졌다. 그 처참함 속에 서 있는 현운이 더욱 두렵고 낯설었다. 그의 검이 여전히 피를 요구하며 울어대는 소리가 너무도 강렬해서 기어이 세류의 운검마저 뒤흔들었다.

그때 검교대원들이 여인들과 아이들을 끌고 뜰에 모여들었다. 아마도 증평의 식솔들이리라. 그 순간, 이제껏 이미 숨이 끊긴 사람처럼 미동도 없던 증평이 간절한 목소리로 외치며 앞으로 나섰다.

"제, 제발! 제발, 죄 없는 내 식솔들은 살려주게!"

"천경."

그러나 그의 찬 부름에 천경과 검교대원들의 검이 냉혹히 공기를 갈랐다. 그 검에 증평의 처첩과 며느리들이 비명조차 없이 고꾸라졌다. 그러자 발치께의 검을 주워든 증평이 눈을 허옇게 까뒤집은 채 현운에게로 달려들었다.

"이, 이……! 이런 살인귀 같은……!"

그러나 채 몇 걸음 떼지도 못한 증평이 피 흐르는 제 목을 움켜쥐며 부르르 떨었다. 현운이 허공에 손을 뻗은 채 그런 그를 응시하며 차디찬 음성으로 말했다.

"나라면, 가솔들을 지키기 위해서라도 진즉 관직도 야욕도 버렸을 것이다. 네가 현유홍의 오랜 우완右腕이었음을 몰라 살려둔 줄 아는가. 내 또다시 그 같은 관용을 베풀 줄 알았단 말인가."

말을 맺는 것과 동시에 현운의 손이 횡으로 밤공기를 갈랐다. 그 손짓에 허공에 떠있던 환도가 기어이 증평의 목을 몸에서 잘라내고는 제 주인의 손으로 돌아갔다. 바로 그때였다. 감당하기 힘든 공포와 충격으로 기어이 오줌을 지린 채 떨고 있던 증평의 손자가 짐승처럼 소리 지르며 그에게로 달려들었다.

"으아아아아!"

기껏해야 열둘이나 됐을까. 세류는 옷자락을 잡아 뜯으며 악쓰는 아이에게서 현운에게로 불안한 시선을 옮겼다. 아이를 바라보는 그의 표정은 조금의 흔들림도 없이 냉혹하기만 했다. 그렇게 차가운 표정으로 아이의 손목을 잡아챈 현운이 그 손목을 확 뿌리자 아이는 그대로 뒤로 고꾸라지고 말았다. 다음 순간 그의 검이 아이에게 겨눠지자 세류는 자신도 모르게 흑, 거친 숨을 들이켰다. 부디 그 검이 거둬지기를, 세류의 간절한 소망을 비웃듯 현운의 검이 단호히 공기를 갈랐다.

믿을 수가 없었다. 제 눈으로 똑똑히 봤으면서도 그럴 리가 없다고 부정하게 됐다. 힘없는 여인들과 아이들을 단호히 베어버린 그는 제가 아는 사형이 아니었다. 권제와 사형의 가솔들이 어린아이 하나 남지 않고 살해됐다는 말을 들었지만 믿지 못했었다. 그러나 눈으로 직접 확인한 지금도 도저히 믿을 수가 없었다.

그때 현운이 마치 네가 그곳에 있음을 안다는 듯 세류 쪽을 일별하고는 증평의 저택에서 빠져나갔다. 그런 그를 세류의 공허한 눈이 뒤쫓았다. 정녕 황성을 피바다로 만들 것인가. 수하들을 잃은 고통이 달래질 때까지 무자비한 살생을 계속할 것인가. 끝없는 분노와 절망을 짐작하기에 그 살심도 이해됐지만 세류는 그가 부디 이쯤에서 멈추기를 바랐다.

얼마나 그렇게 넋을 놓고 있었을까. 문득 표정을 수습한 세류가 다급히 그가 사라진 쪽으로 몸을 날렸다. 그를 말려야 한다, 자신의 힘으로 가능한 일일까 두렵기도 했지만 일단 시도는 해봐야지 않겠는가.

세류마저 떠난 증평의 저택은 죽은 자들뿐, 살아 숨 쉬는 생물은 그 무엇도 없었다. 흑의의 사내들이 소리도 없이 스며들었다가 빠져나가기까지는 채 한식경도 걸리지 않았다.

현운의 흑마 옆으로 말을 붙인 천경이 뒤를 흘끔거리며 조심스레 물었다.

"주군, 그냥 가십니까? 달음질로 말을 쫓아오느라 힘드실 텐데요."

그러나 뒤따라오는 세류의 호흡을 가늠해본 현운은 오히려 말에 박차를 가했다.

"여인이라고 저 아이를 낮추어 보았구나."

사실 진즉부터 세류의 호흡에 맞춰 말을 몰던 그였다. 왜 쫓는가, 거친 들풀에 쓸리며 달리는 것이 안쓰럽고, 피에 절고 살기에 사로잡힌 나를 확인했으면서 더 무엇을 확인코자 따라오는가, 그 근심이 짐작되어 안쓰러웠다.

어떻게든 따돌리고 싶었다. 이미 제 몸을 지옥의 핏빛 연못에 담갔으니 세류마저 끌어늘일까 염려스러웠다. 네 짐을 세류가 함께 지게 하지 말라던 사부의 말이 스치는 바람인 양 귓전에 박혀왔다. 그런 한편, 세류가 기어이 저를 잡아주기를 간절히 바라기도 했다. 이 무겁고 진한 살기를 세류 아니면 그 뉘가 잠재울 것인가.

현운은 그런 복잡한 사념에 사로잡힌 채 남소산에 세워진 군영에 도착했다. 대부분의 검교대 가솔들은 그대로 연성산에 남아 있고 대원들과 가솔 일부만 이 남소산에 임시로 자리를 잡은 것이다. 황성 안에 다들 모여 살게 하겠다고 불러들였건만, 한데에서 하릴없는 나날을 보내게 한 것이 죄스러워 더 냉혹해지는 그였다. 내 반드시 너희들을 당당히 황성에 들어가도록 하겠다, 그런 조급함 때문에.

"다녀오셨습니까, 주군."

내내 기다리고 있었던 듯 준경이 다리를 절룩거리며 다가왔다. 며칠 사이 많이 호전되긴 했어도 고신을 당한 탓에 아직 성치 않은 몸이었다. 극서와 이분대를 그리 보낼 수 없어서 함께 죽여 달라 악을 쓰다가 더 모진 매를 맞았다고 했던가. 전 같지 않게 음울해진 준경의 얼굴을 살피던 현운의 눈이 문득 그 뺨에 고정됐다. 깊게 패인 서너 개의 상처는 못 보던 것이었다. 아직도 피가 배어나오는 것으로 보아 입은 지 얼마 안 된 상처였다.

그의 빤한 시선에 준경이 손으로 제 뺨을 쓸며 어색하게 웃어 보였다.

"도하에게 뭘 좀 먹이려다가⋯⋯."

그것으로 답은 충분했다. 제 몸 가눌 수 있게 됐을 때부터 준경은 도하를 찾았고 도하는 그런 준경을 볼 때마다 실성한 사람처럼 덤벼들어 물고 할퀴곤 했다. 극서의 죽음이 준경 탓이 아님을 알면서도 왜 그 사지에서 함께 살아오지 못했느냐고 원망하고 절망하는 것이다.

또 가슴이 식었다. 그의 심장이 또 죽어갔다. 현운은 수하들을 뒤에 남겨둔 채 자신의 막사로 향했다. 절대로 무너질 것 같지 않은 그 강인한 등을 쫓는 준경의 눈에 안타까움이 짙었다. 제 주군이 냉혹하고 강해질수록 그 이면에 숨어 있는 고통이 그의 눈에는 보이는 까닭이었다.

부러질 듯 딱딱한 몸을 앉힌 현운은 탁상 위에 놓여 있는 술을 잔에 따라 입으로 가져갔다. 검교장의 살림을 도맡아 하는 웅룡의 모, 련방이 준비해둔 술이리라. 달짝지근한 진달래 향이 스며들 듯 목을 타 넘자 봄은 아직 멀건만, 입안에 퍼지는 두견주의 향에 춘곤증이라도 온 듯 몸이 노곤하게 풀렸다.

지난봄, 나는 어디에서 무엇을 하고 있었던가. 그리 멀지 않은 일이건만 쉬 떠오르지 않았다. 그때도 내 심장은 이렇게 딱딱했던가. 그마저도 떠오르지 않았다. 현운은 가슴에 번지는 쓸쓸함을 다시 채운 술로 눌렀다. 그렇게라도 통증을 잊고 싶었다. 제 심장이 서서히 죽어가는 것을 생생하게 느끼는 것은 견딜 수 없는 고통이므로.

남들이 자신을 살귀라 불러도 전에는 그리 신경 쓰지 않았었다. 백성들과 호륜의 영토를 지키기 위해 든 검이니 명분이 뚜렷했던 살생, 그러니 핏자국은 씻어내면 그만이었다. 그러나 지금은 제가 진짜 살귀인지 인간인지 그 자신조차도 확신할 수 없었다. 살귀의 것이라기엔 통증이 너무도 생생했고 인간의 것이라 하기엔 그 잔혹함이 너무도 깊었다. 저자에 내걸린 수하들의 목을 보는 순간 느꼈던 분노가 제 가슴마저 갈라버려 살귀도 인간도 아니게 만들었는가 싶기도 했다.

"나는 산 자도, 죽은 자도 아니구나……."

음울한 목소리로 중얼거린 그가 달빛인 듯 소리도 없이 막사에 스며든 기척에 시선조차 주지 않은 채 말했다.

"늦었구나."

가늘게 떨고 있는 세류의 희고 가녀린 손이 눈에 들어온 순간, 그 손이 가시처럼 눈을 찔러대기 시작했다. 그 손에 담긴 두려움을 감지한 까닭이었다. 그러나 현운은 애써 그 손에서 시선을 돌리며 담담히 물었다.

"내게 더 들을 말이 있는가. 네가 본 것으로 이미 충분할 것을."

"정녕, 그리해야 했습니까?"

그 목소리에는 원망도 분노도 질책도 없었다. 그저 그리해야 했느냐고 안타까워할 뿐. 그러나 그에게는 지독하게 날카롭고 예리한 비난으로 느껴졌다. 세류이니까, 세류가 던진 질문이니까 말이다.

현운은 막 방갓을 벗은 세류의 얼굴을 차디찬 눈으로 응시하며 되물었다.

"그 아이를 살려 나 같은 살귀를 또 키워낼 순 없지 않느냐. 그 아이, 몇 살로 보이더냐. 열두어 살이나 됐을까. 살의 따윈 모르는 게 당연한 어린 나이지."

잔에 남은 술을 들이켠 현운이 왠지 쓸쓸한 목소리로 계속 말했다.

"어미를 잃고 지독한 살의에 사로잡힌 채 백오산에 들었을 때 내 나이 여덟이었다. 정녕 그리해야 했느냐 물었느냐. 내 다시 물으마. 내가 그때 목숨 부지한 것이 정녕 옳았다고 생각하느냐."

그의 반문에 세류가 꽉 입술을 깨물었다. 금세라도 피가 배어나올 듯 붉은 입술로 시선을 내린 현운이 혼잣말처럼 나직한 목소리로 말을 이었다.

"그때, 내 어머니와 함께 죽었다면 어찌 됐을까? 그때 죽었다면 그 어린 나이부터 살기를 의지 삼아 살아야 하는 고통도 없었겠지. 그래서 가끔 자문하곤 한다. 과연 내가 그때 살아남은 것이 옳았는가, 아니면 죽었어야 옳았는가, 그런 자문 말이다. 적어도 내가 그때 죽었다면 내 검에 명이 끊긴 그 많은 이들은 아직 살아 있겠지. 그러니 그들을 위해, 그리고 나를 위해 나는 그때 죽었어야 옳았다."

현운이 담담히 잔을 채워 입에 털어 넣었다.

"사부는 살귀가 될 것을 알면서도 나를 지켰으나, 나는 그 아이를 베어 낼 수밖에 없었다. 살귀는 나 하나로 족하지 않느냐."

"사형……."

현운은 저를 부르는 안타까운 목소리에 쓸쓸하게 웃고 말았다. 그때 죽었다면 너를 만날 수도 없었겠지, 그러니 나는 살귀로라도 살아야 할 운명이었던 것이다, 그 말을 속으로만 삼켰다.

"네가 아무리 애써도 달라지는 것은 아무것도 없다. 나는 또 피에 굶주린 검을 들고 나설 테고 많은 생명이 그 검 아래 스러지겠지."

그저 안타까이 바라보던 세류가 떨리는 목소리로 힘겹게 입을 열었다.

"백오산에 머물렀다면 사형도 저도 지금과는 다른 모습이었겠죠……."

현운은 세류의 눈에 고인 눈물을 그저 무심히 바라보았다. 그런 후회는 자신도 진작 했었던 것이었다. 그러나 그것은 부질없는 후회, 앞날을 내다보는 사부조차도 어찌해줄 수 없는 운명이었다.

"그러나 너와 나는 지금 이곳에 있지. 그것이 현실이다."

이미 잃은 것이 너무도 많았고 분노가 너무도 깊었다. 그래서 살기에 제 몸마저 내준 것이 아닌가. 그것이 뼈아프지만 바꿀 수 없는 현실이었다.

"사형, 제가 어떻게 해야 할까요? 어떻게 해야 사형을 멈추게 할 수 있을까요?"

현운이 세류의 촉촉이 젖은 눈을 응시하며 담담한 어조로 답했다.

"너는, 이제 내게 아무것도 할 수 없다. 내 어깨에 얹힌 넋들의 무게를 황제의 사람인 네가 어찌 덜어줄 수 있겠느냐."

그 단호한 말에 기어이 세류의 눈에서 눈물이 흘러내렸다. 어린 시절, 저 영롱한 눈에 슬픔이 담기는 게 싫어 차고 무심한 성격에도 세류 앞에서는 늘 웃곤 했었다. 어쩌다 저 눈에 눈물이 고일 때면 제 가슴이 찢어지는 것처럼 아프기도 했었다. 죽어가는 심장이건만, 그 기억은 아직도 살아 있는 것인가. 문득 가슴이 저릿해져왔다.

"왜 우는 것이냐……."

그저 애닲은 눈빛으로 그를 응시하던 세류가 천천히 눈 감으며 대답했다.

"사형은, 울지 못하니까요."

아직도 심장이 살아 있는가, 아직도 온전한 살귀는 되지 못했는가. 울지 못하는 저 대신 눈물 흘리고 있는 여린 얼굴이 차디찬 가슴에 열기를 지폈다. 현운은 세류에게로 다가가 눈물에 젖어버린 뺨을 커다란 손으로 감쌌다. 세류의 말처럼 눈물은 제 것이 아니다. 해서 손에 느껴지는 물기가 너무도 낯설었다. 너무도 낯설어서 묘하게도 가슴이 진동했다.

"너는 스스로를 황제의 사람이라 했었다. 한데 이 눈물은, 오롯이 나의 것인가."

못난 투심이라고 해도 좋았다. 잔인한 이기심이라고 해도 상관없다. 너는 그를 위해서도 우는가, 그렇게 묻고 있는 것이다. 세류는 대답이 없었지만 그 맑은 눈에 이미 그 답이 있었다. 그래서 과한 욕심을 부릴 수 있었다.

"너는 내 사람이다. 맞느냐."

이번에도 세류는 아무런 대답도 하지 않았다. 그저 붉은 입술로 떨리는 숨을 토해냈을 뿐. 현운이 그 입술로 가만히 손가락을 가져가 보드랍고 따뜻한 감촉을 탐하며 다시 물었다.

"내 검은 끝내 황제에게로 향하겠지⋯⋯. 어찌하겠느냐. 내 곁에 머물 것이냐, 그에게로 돌아갈 것이냐."

손가락 아래에서 바르르 떨리던 입술이 문득 꽉 다물어진 순간 현운의 눈빛도 무겁게 내려앉았다. 황제의 그 무엇이 붙잡고 있는 것인지 몰라도 세류는 끝내 황제에게로 돌아갈 것이다. 굳이 듣지 않아도 그 답을 본능적으로 알 수 있었다. 현운은 쉬 떨어지지 않으려는 손을 힘겹게 거두고 그대로 휙 돌아섰다.

펄럭펄럭, 느닷없는 세찬 바람이 막사를 뒤흔든 순간, 현운의 눈이 천천히 감겨졌다. 가라 해놓고도 떠나는 그 걸음 소리마다 심장이 요동쳤을 터, 마침 와준 바람이 고맙기까지 했다. 현운은 바람소리에 귀를 맡긴 채 깊이 침잠해갔다.

27. 절정絕頂, 짧으나마 행복하게

"가라. 어차피 돌아길 네가 아니더냐."

거칠고 냉혹한 음성과는 달리 그의 뒷모습은 외롭기 그지없었다. 그 누구도 넘볼 수 없을 만큼 드높고 강인한 등이건만 그래서 드리워진 그림자도 그만큼 짙기 때문일 것이다. 그 그림자가 그를 더 깊은 고독의 늪으로 서서히 끌고 가는 것처럼 보였다. 세류가 그것을 처음 보게 된 것은 아주 오래전 일, 그래서 곁에 붙잡아두고자 그 등에 매달리곤 했었다. 그래서 오늘도 세류는 막사에 들 때처럼 소리 없이 다가가 그의 등에 몸을 기댔다.

순간 현운이 움찔 몸을 떨었다. 오늘따라 유독 시리고 허전했던 등에 세류의 온기가 닿자 화상이라도 입은 듯 화끈거리는 까닭이었다. 이 아이가 또 나를 벌주는구나, 현운이 깊은 탄식과 함께 감고 있던 눈을 천천히 떴다.

"가라지 않았느냐……."

"사형은……."

한껏 예민해진 등에 닿은 채 움짝거리는 세류의 입술이 그에게는 마치 뜨거운 애무처럼 느껴졌다. 그 낯선 감각에 몸이 굳어지는 것을 보니 그래도 내가 죽은 자는 아니구나, 헛웃음이 나올 지경이었다.

"사형은 살귀가 아닙니다. 그저 아직도 답을 찾고 계실 뿐. 제가 이렇게 여전히 사형을 찾는 것처럼……."

순간, 내내 무겁게 침잠해 있던 그의 눈이 날카로이 빛을 발했다.

'사형은 계속 답을 찾아. 난 계속 사형을 찾을게.'

지난 세월 저를 버티게 해준 그 말이 지금은 너무도 싫었다. 저를 향한 감정이 그때와는 전혀 다르거늘, 왜 어린 날의 기억을 강요하는가. 답은 저이거늘, 왜 찾지 않아도 되도록 곁에 머물지 않는가. 휙 돌아선 그의 입술이 그대로 세류의 입술로 내려갔다. 마치 그곳이 제자리인 듯 단번에 세류에게로 포개진 서늘한 입술은 제 검처럼 거침없고 몰인정했다. 여린 입술을 거칠게 훑고 흘리고는 냉정히 떠났다.

"넌, 이제 영원히 네 사형을 찾지 못할 것이다."

자꾸만 아래로 향하는 세류의 턱을 붙잡아 저와 시선을 맞추게 한 현운이 차갑고 단호한 목소리로 말했다.

"너를 친아우처럼 여겨 아끼고 보호하려던 네 사형은 이제 존재치 않는다. 느껴지지 않느냐. 이제 나는 너를 품고자 몸이 달은 사내일 뿐이다."

현운이 커다란 손으로 세류의 허리를 감싸고는 자신에게로 바짝 끌어당겼다. 틈 없이 밀착되자 그의 몸이 금세라도 옷감을 뚫고 나갈 듯 더욱 뜨겁고 단단해졌다. 세류가 얼굴 붉히며 벗어나려 하자 현운은 오히려 세류를 번쩍 안아 올려 탁상 위에 걸터앉혔다.

"사형……!"

그의 입술이 당황한 세류를 무시한 채 예민하고 보드라운 귓불을 잘근거렸다. 그의 긴 손가락은 날렵하게 움직여 어느새 세류의 옷섶을 파고들고 있었다. 살기보다 더 강렬한 열기가 그를 집어삼키고 종국엔 세류마저 불태울 것만 같았다. 현운은 마지막 남은 이성이 사라지기 전에 세류에게서 몸을 떼어냈다.

"가라. 같은 말을 더는 하지 않을 것이다."

"갈 수가 없습니다, 지금은……."

벌어진 앞섶을 움켜쥔 채 고개 숙였던 세류가 천천히 올린 눈으로 현운을 응시하며 말했다.

"가지 않을 것입니다, 지금은……. 절 보내놓고 사형 홀로 삭일 그 눈물을 아니까요."

세류의 숨소리, 목소리 하나하나에 점점 뜨거워지던 머리가 이내 냉정을 잃었다. 현운이 거친 손길로 세류의 어깨를 움켜쥐고는 그 손길만큼 거친 목소리로 다그쳤다.

"이제 더는 너를 친아우처럼 여기지 않는다. 내 눈물을 안다고 했느냐. 그 눈물, 너를 가져 닦을 것이다. 그것이 무엇을 뜻하는지 정녕 모르는가. 이 밤, 너를 붙잡아두고 내 무엇을 하고 싶은지……. 그런데도 갈 수 없다 할 것이냔 말이다!"

그의 들끓는 눈빛이, 어깨를 움켜쥔 손이, 거칠게 갈라진 음성이 두려운 듯 세류의 낯빛이 더욱 희어졌다. 붉은 입술도 야차 같은 사내의 기에 파르르 떨렸다. 그러나 현운을 응시하는 커다란 눈망울만은 그 어느 때보다도 맑고 고요했다. 그 눈이 문득 수줍은 듯 애틋한 미소를 머금었다.

"사형은 모르시네요. 저는 단 한 번도 사형의 아우이길 바란 적이 없었습니다. 전 애초부터 계집아이였으니까요. 제가 계집아이라는 사실을 인지하지 못했던 때조차도 언제나 계집아이의 눈으로 사형을 봤으니까요."

마지막 남은 이성이 기어이 제 몸의 열기에 집어삼켜졌다. 현운은 세류를 번쩍 안아 올려 침상으로 향하면서 희디흰 목에 연신 화인을 찍어댔다.

"너는 내 것이다. 더는, 나 홀로 되뇌는 그 고통스러운 자위는 하지 않을 것이다."

눈은 당장이라도 태워버릴 것처럼 강렬하고 그 음성도 격렬하기 그지없건만 현운은 침상 위에 누인 세류의 볼을 감싼 채 꿰뚫을 듯 내려다보기만 했다. 마치 세류의 허락을 기다리는 것처럼.

아끼는 마음이 깊은가, 갖고픈 욕망이 깊은가. 갖고 싶어서 아꼈는가, 아껴서 갖고파졌는가. 몸은 어서 이 아이를 취하고 싶어서 잔뜩 성이 났건만 함부로 할 수가 없었다. 제 욕심만 따랐다면 진즉 제 곁에 붙잡아뒀으리라. 살귀라 불리어도, 죽어버린 심장을 달고 살아도 세류에게만은 냉혹할 수 없는 것이다. 아끼니까, 간절히 갖고픈 만큼 사랑하니까 말이다.

그 마음 아는 듯 그의 옷섶 안에 손 뻗어 뜨겁고 단단한 가슴을 어루만진 세류가 이내 발그레 볼을 붉혔다. 그 손길을 기다렸는지, 현운이 찢어발기듯 제 옷을 벗어 던져 나신을 드러낸 까닭이었다. 어린 날에도 제 눈을 사로잡았던 그의 몸을 홀린 듯 보던 세류가 문득 고개 틀며 속삭이듯 말했다.

"사형은, 언제나 제 것이었습니다."

필요한 것은 몸짓뿐. 여인을 사내로 탈바꿈시킬 만큼 단단히 동여매진 가슴의 쥠띠(압박붕대)가 제 검처럼 거침없고 강인한 현운의 손에 의해 잘려 나갔다. 그제야 온전한 모습을 드러낸 동그란 가슴에 뜨거운 숨과 함께 현운의 입술이 다가가자 그 생경한 감촉에 세류가 몸을 뒤틀었다. 거부하는 것이 아니건만 거부 같은 그 몸놀림도 그의 강인한 몸과 커다란 손에 금세 제압당했다.

"너는, 내 것이다."

진주처럼 빛나는 땀방울이 알알이 맺혀 안 그래도 깎은 듯 아름다운 그의 몸을 더욱 빛나게 했다. 그러나 그보다 더 빛나는 것은 내내 수줍은 꽃망울이었다가 마침내 화려히 만개한 세류의 몸이었다. 어린 꽃잎 속에 저를 묻은 순간, 현운이 세류의 분홍빛 가슴돌기를 입에 물고 힘껏 빨아들였다. 현운의 의도인지, 세류가 그 뜨거운 통증에 초야의 고통마저 잊은 듯 활처럼 몸을 휘었다.

어둠 속에 들어앉은 현율의 두 눈은 괴괴하게 빛나고 있었다. 넋이 빠진 듯 공허한가 하면 불타오르듯 뜨겁게 일렁거렸다. 그런 눈으로 그는 미동도 없이 탁상에 놓여 있는 은비녀를 벌써 몇 시진째 쏘아보는 중이었다.

은비녀는 어제도 그랬듯 오늘 밤도 울지 않았다. 제 주인이 찾지 않으니 저도 철저히 무시한다는 듯이. 도성에 피바람이 부는 이때에 어찌 곁을 비우는 것인가. 행여 아우에게 간 것인가, 은비녀의 울음 대신 분노가 그의 곁을 지켰다.

"폐하."

문밖에서 들려온 동 상궁의 목소리에 현율이 여전히 은비녀를 쏘아보며 버럭 고함쳤다.

"등불도 수라도 됐다지 않았느냐!"

현율이 어느새 안으로 들어와 있는 태후를 보고는 휙 고개 돌렸다. 왜 그냥 내버려두지 않는가, 원망을 넘어 분노마저 일었다.

말없이 바라보던 태후가 동 상궁에게 고갯짓으로 불을 밝히라 명했다. 등불이 밝혀지고 어둠마저 걷혀 현율의 얼굴이 드러나자 그 얼굴을 본 동 상궁은 흡, 가쁜 숨을 들이켰고 태후의 잔잔하던 눈은 크게 흔들렸다. 어둠 속에서는 괴괴하게 보였던 그 눈이 사실은 끝없는 눈물로 일렁이고 있는 까닭이었다.

태후는 동 상궁이 물러간 후에야 석인처럼 미동도 없는 현율의 앞에 마주앉았다. 그 얼굴 마주하고 앉으니 더 애처로워 속이 쓰렸다. 손 내밀어 눈물 닦아주기엔 너무 자라버린 아들인지라 더 가슴이 에였다.

'그 그림자무사 때문이구나.'

연신 그 무사만 애타게 찾으며 끼니조차 거르고 있다는 말을 동 상궁으로부터 들은 터였다. 황후와의 초야를 무사히 치렀다기에 안심했더니 그 이후로 황후전에 발길조차 않는다는 말도 이미 들었다. 결국 사내를 마음에 품고 있었구나, 한데 그 아이가 황제를 버리고 제 사형에게로 간 것인가 싶어 가슴이 홧홧했다. 어쩌다 저리 병들고 나약한 아이가 됐는가. 제 죄의 산물이라서 정주기는 힘들었어도 냉정히 대할수록 강해지기를 바랐는지도 몰랐다. 한데 현율에게는 그것마저도 병이 된 듯했다.

애써 마음의 진동을 가라앉히며 입을 연 태후의 음성은 이제껏 현율에게 한 번도 들려준 적 없는 다정한 어미의 것이었다.

"율아, 이제 그만 하자."

그 음성에 현율이 흠칫 몸을 떨었다. 어린 시절 그토록 갈구했던 음성이건만 막상 들으니 너무도 생소하고, 제 것이 아닌 듯 낯설기만 했다. 아니, 그 다정함마저도 너는 황제의 자격이 없다는 비난으로 느껴졌다.

"무엇을 말입니까?"

"다 내려놓고 떠나자. 이 어미가 너와 함께 할 것이다. 그러니, 더는 욕심내지 말자."

날카로운 현율의 반응에도 태후의 목소리는 여전히 다정하기만 했다. 그러나 그마저도 현율에게는 비난이요, 가증스러운 위선으로 다가왔다.

죄를 지은 것은 당신이면서 어찌 내 욕심만을 탓하는가. 그 죄를 묻은 채 이제껏 존엄한 여인으로 산 것이 뉘일진대, 이제 와 다 내려놓겠다 말하는가. 세류의 부재마저 어미의 탓인 것 같아 태후를 바라보는 눈빛이 저도 모르게 더욱 사나워졌다.

그러나 현율의 날카로운 눈빛에도 태후의 애틋한 음성은 변함이 없었다.

"너도 알지 않느냐? 운의 검은 결국 끝을 보아야 멈출 것이다. 네가 계림공과 손잡고 수하들을 해쳤으니 그 끝이 너인 것은 자명한 일이 아니더냐? 그러니 떠나자, 더 늦기 전에. 내 이미 외숙께 도성으로 와 황자를 도우라 연통을 넣었으니 계림공도 더 버틸 수 없을 것이다. 외숙께도 네가, 자격 없음을 알렸느니라."

태후의 외숙인 권절평은 해서성에 남아 전란으로 쑥대밭이 된 해서도의 안정에 힘을 쏟는 참이었다. 그를 그곳에 남게 한 것이 바로 현율이었다. 아우에 대한 절평의 절대적인 숭배를 잘 아는 탓에 떨어뜨려놓은 것이다. 절평 비록 현유홍에 의해 변방으로 좌천되긴 했었으나 수많은 무관들에게 존경받는 장수였다. 그런 그가 현운의 곁에 있으면 그 또한 제 숨을 막는 위협이 될 터, 이제 현운이 이 호륜의 유일한 정통임을 알았으니 그 고지식한 이가 어찌 움직일지는 뻔한 것이 아닌가.

현율의 붉은 입술이 끝내 비릿한 웃음으로 일그러졌다.

"어마마마는 참으로 대단하신 분입니다. 아니 그렇습니까?"

현율이 번들거리는 눈으로 태후를 쏘아보며 말했다.

"제게서 뭐든지 다 빼앗으려 하시니 말입니다. 제 생부를 빼앗고 제가 생부라 믿었던 아바마마도 빼앗고, 이제는 황제의 자리마저 빼앗으려 하시는군요. 뉘를 도우라 누구를 불렀다고요? 제가 가진 것 하나 없는 비렁뱅이가 되어야 직성이 풀리시겠습니까? 제가 무얼 그리 잘못했습니까? 제가 이 세상에 난 것이 그리도 큰 잘못입니까? 제 생부의 피가 그렇게도 치욕스럽습니까?"

한마디 한마디가 가슴을 헤집고 갈라서 태후의 얼굴이 평소답지 않게 평정을 잃고 일그러졌다. 어디에서부터 풀어야 할까. 너무도 오랜 세월 어긋난 관계이기에 그 골이 너무도 깊었다. 휴, 무거운 한숨을 토해낸 태후가 차마 마주 보지 못하고 살짝 고개 돌린 채 입을 열었다.

"이제 와서 이런 말이 무슨 소용이 있겠냐마는, 네 생부는 누구보다 잘나고 의로운 사내였다. 내 죄가 부끄럽고, 너를 볼 때마다 그 죄가 떠올라 고통이었을 뿐, 한 번도 네 생부의 피를 치욕이라 여긴 적은 없었다."

"허면 그분을 어찌하셨습니까? 그 잘나고 의로운 사내를 묻어야 어마마마의 죄를 덮고 그 자리를 지킬 수 있었을 터, 그러고도 제게 욕심내지 말라 하실 수 있으십니까?"

"나는 그를 해하라 명한 적이 없다."

어느덧 태후의 눈은 물기로 촉촉이 젖어 있었다. 마치 오래전 그 누구인가를 떠올리고 있는 듯 아련하기까지 했다.

현율은 꽉 주먹을 움켜쥔 채 그저 바라볼 뿐 그 어떤 말도 하지 않았다. 제가 끼어들면 겨우 열린 태후의 입이 다시 닫힐 게 분명하기 때문이었다. 제 생부가 뉘인지 알게 되면 제 스스로도 황좌에 앉아 있을 자격 없다 인정하게 될까 봐 그동안은 꿈에서라도 듣고 싶지 않았었다. 그러나 이제는 들어야겠다. 대체 뉘이기에 더없이 완벽하고 냉철한 어미를 미혹해 그 무거운 죄를 짓게 했으며, 대체 뉘이기에 저에게 이 고통스러운 삶을 살게 했는가.

그때 여전히 꿈을 꾸듯 아련한 눈빛의 태후가 혼잣말처럼 속삭이기 시작했다.

"그는, 어떻게든 나를 책임지고자 했지. 내가 먼저 현혹한 것인데도, 날 책임지려 제 목을 걸고자 했다. 아마 네가 제 핏줄인 걸 알았더라면 그 성정에 평생을 고통 속에 살았을 것이다. 남을 속이고 남에게 제 죄를 지게 하는 건 상상도 못할, 맑디맑은 이였으니……. 내가 그에게 베푼 것이 있다면 널 황제의 핏줄로 속인 것일 게다. 그래서 그가 제 연을 만나고 사랑을 하고, 비록 짧으나마 행복할 수 있었으니……."

한동안 두 사람 사이에 무거운 적막이 흘렀다. 둘 모두 각자의 사념에 빠진 채 말을 곱씹고 되뇌고 있었다. 그 적막을 먼저 깬 것은 현율이었다.

"짧으나마 행복하게, 제 연을 만나……. 그게 무슨 뜻입니까? 허면 제 생부는 어찌 됐든 이승의 사람이 아니라는 것입니까? 속 시원히 말씀해주십시오. 제 생부는 도대체 어떤 분이셨습니까? 대체 *그분*은 어찌되신 것입니까?"

절망의 빛을 품은 채 일렁이던 태후의 눈이 질끈 감겨졌다. 그 이름을 입에 올리는 순간 긴 세월 감춰온 제 죄가 만천하에 드러날 것 같아서 차마 입을 뗄 용기가 안 났다. 그러나 한 번은 말해줘야 하리라.

태후는 눈 감은 그대로 무겁게 숨을 토해내고는 천천히 대답했다.

"네 생부는 이미 오래전 이승을 떠났다. 그는, 너도 알 것이다. 천녀 산희를 도주시키고 대신 목숨을 잃은, 상황폐하의 그림자무사였던 운부를 말이다. 그가 네 생부이니라."

그 순간 찢어질 듯 부릅떠진 현율의 눈을 서탁의 은비녀가 강한 기운으로 끌어당겼다. 여전히 울지 않고 빛도 발하지 않고 있었지만 현율에게만은 느껴졌다. 그 안에 담긴 천녀 산희의 염이 그 어느 때보다 애절하게 울어대는 것이. 그것은 마치, 더는 숨을 곳 없이 발가벗겨진 여인의 비명과도 같은 울음이었다.

휘영청 밝은 달 때문일까. 오늘따라 야천夜天은 밤답지 않게 맑고 푸르렀다. 그리고 거목의 드높고 굵다란 가지 위에 올라앉아 그 밤하늘을 우러르고 있는 연인의 모습은 그린 듯 아름다웠다. 그 순간 그 모습을 시샘하듯 바람이 두 사람의 머리칼을 흩어놓고 달아났다.

넓은 가슴에 안긴 채 달을 우러르던 세류는 제 머리칼을 쓸어 넘겨주는 그의 손길에 후, 떨리는 숨을 흘렸다. 등을 울리는 심장박동도, 제 몸을 꽉 끌어안은 강인한 팔도, 머리꼭지를 간질이는 숨결도 생생하건만 마음은 꿈을 꾸듯 아득하기만 했다.

정녕 이것이 꿈은 아닌 걸까, 세류는 확인하듯 저를 휘감은 현운의 팔에 가만히 손을 얹었다.

"그만 들어가려느냐."

현운이 세류를 안은 팔에 더욱 힘을 넣으며 속삭이듯 물었다. 살기를 걷어내고 살심을 거둔 나직한 음성에 느닷없이 볼이 붉어지고 온몸이 따끔거렸다. 저 목소리로 제 이름을 속삭이며 끝없이 고백하던 절정의 순간들이 떠오른 까닭이었다. 이 선명한 감각이 어찌 꿈일 수 있으랴. 세류는 그제야 안도하며 천천히 고개를 저었다. 그리고 그의 보기 좋게 뻗은 손가락에 단단히 깍지를 끼며 속삭이듯 물었다.

"사형, 그거 알아요? 어릴 때 전 백오산의 나무들이 참으로 싫었습니다."

세류의 머리 위에 턱을 괴고 있던 현운이 짧은 웃음과 함께 물어왔다.

"왜 싫었느냐."

"잠에서 깨어 사형 방에 가면 사형이 없는 겁니다. 사형을 찾아다니다 보면 나무 위에 올라 있는 사형이 보였지요. 너무 높아서 그 곁에 갈 수 없으니 싫었을 수밖에요. 꼭 나무에게 사형을 빼앗긴 것 같아서 샘이 났을 정도였으니까요."

소리도 없이 웃음을 흘린 현운이 이내 세류의 목덜미에 입술을 파묻었다. 어린 날의 이야기이긴 해도, 때 지난 투정이 너무도 사랑스러워서 견딜 수 없는 까닭이었다. 예민한 피부를 희롱하는 그 서늘한 입술에 세류는 저도 모르게 바르르 몸을 떨었다. 그의 체온에 충분히 익숙해졌다고 생각했건만 여전히 그가 닿을 때마다 번개라도 맞은 것처럼 몸이 움찔움찔 반응했다. 현운이 떨리는 세류의 몸을 더욱 꽉 끌어안으며 나직이 읊조렸다.

"얼마만큼 너를 가져야 내 몸이 가라앉을까."

옷섶 안에 넣은 손가락으로는 세류의 가슴을 희롱하고 입술로는 귓불을 더듬던 현운이 문득 깊게 가라앉은 목소리로 말했다.

"너는, 결국 형님에게로 돌아가겠지."

그의 곁에 머무는 동안 단 한 번도 황제를 떠올린 적 없건만, 내심 신경이 쓰였던 것일까. 현율에 대한 염려와 뜻 모를 그리움이 느닷없이 가슴 한쪽을 떨리게 만들었다. 사형의 곁에서도 느껴지는 허전함은 아직 제 운명의 답을 다 찾지 못한 탓일 터, 그 답이 황제에게 있음이 분명했다. 참으로 어렵고 난해한 숙제였다. 과연 풀 수 있을 것인가, 두려움마저 일었다. 풀지 못한다면 이런 안식은 두 번 다시 누릴 수 없을 것이기에.

세류는 두려움을 잊으려 현운의 넓은 가슴에 더욱 깊숙이 파고들었다.

"사형은 늘 제게 답이었어요. 어린 시절부터 무엇을 하든 어디에 있든 그 답은 늘 사형이었습니다. 무서운 꿈을 꿔서 홀로 잠들 수 없을 때도, 산사의 고요함에 질렸을 때도, 사부께 혼이 나서 속상할 때도, 사형은 늘 제답이었죠. 아마도 죽는 날까지 그렇겠지요. 제가 무엇을 하든 어디에 있든, 늘 그 끝엔 사형이 있을 겁니다."

세류가 무거운 숨을 토해내고는 이내 다시 말을 이었다.

"폐하는 늘 제게 질문입니다. 왜 그토록 그 곁을 고집하게 되는 것인지, 왜 늘 그리운 것인지……. 언제나 뜻 모를 감정에 사로잡혀 결국엔 그 곁으로 돌아가게 됩니다. 저를 그분 곁으로 보낸 홍인이 그랬지요. 제 운명이 황궁에 있노라고. 그 운명이란 것이 제 태생의 진실은 아닐지……."

"그리 생각하는 연유가 있느냐."

"어린 시절 우연히 스쳤던 천녀, 그리고 이 황성에서 어찌 만난 다모, 그리고 홍인. 모두 묘하게도 같은 기운을 지니고 있었습니다. 본 적도 없는 어미를 느끼게 하고 그리워하게 했습니다. 제녀였다는 다모도 죽고 홍인도……. 해서 천녀를 찾아가볼 생각입니다. 어쩐지 천녀는 답을 알고 있을 것 같아서요."

잠시 말을 멈춘 세류가 걱정스러운 듯 슬쩍 현운을 돌아보며 덧붙였다.

"그래서, 전 다시 황궁으로 돌아가야 해요, 사형."

현운은 세류가 말하는 내내 그저 머리칼을 쓰다듬어줄 뿐 아무 말도 하지 않았다. 다시 저를 떠나 황제에게로 간다니 마음이 좋지는 않았다. 그러나 그것은 아쉬움일 뿐, 이제까지의 투심과는 다른 감정이었다. 세류의 목소리에 담긴 간절함 때문이리라.

그렇게 한동안 제 품에 세류를 꽉 가둔 채 침묵하던 현운이 문득 나직한 음성으로 속삭였다.

"그 답을 풀어야겠지. 그러니 돌아가도 좋다. 그러나 아직은 아니다. 아직은, 내가 너를 보낼 수가 없다."

묘하게도 그 순간 세류는 안도감을 느끼고 있었다. 저를 끌어안은 강인한 팔에 어쩐지 희열마저 느껴졌다. 그가 자신을 쉽게 보낼까 봐 내내 불안했던 듯도 싶었다. 세류는 제게 허락된 얼마간의 행복에 감사하면서 몸을 파고드는 현운의 손에 온전히 저를 묻었다.

태후를 제 처소에 남겨둔 채로 현율이 미친 듯 걸음 한 곳은 천궁이었다. 기별도 없이 찾아든 황제로 인해 천궁이 발칵 뒤집힌 것은 당연한 일. 기어이 천녀의 침전 앞까지 밀고 들어온 황제를 십여 명의 제녀들이 노한 얼굴로 막아섰다. 아무리 황제라도 천궁에 함부로 드나들 순 없다. 이는 분명 하늘님의 여인인 천녀를 욕보이는 행동인 것이다.

그러나 현율은 거칠 것이 없는 듯 제 앞을 가로막은 제녀들을 사납게 응시하며 고함쳤다.

"당장, 당장 천녀를 봐야겠다지 않는가! 네년들이 감히 황제의 앞길을 막는 것이냐!"

천궁을 침범한 황제도 처음이나 고귀한 천녀를 모시는 제녀들에게 이토록 험하게 구는 황제도 처음이었다. 그러나 제녀들 중 누구도 황제의 말에 겁을 먹지 않았다. 황제가 인간인 백성들의 으뜸이라면 천녀는 그 인간 위에 군림하는 하늘님의 여인이었다.

"물러가십시오! 아무리 황제폐하라 해도 이러실 순 없습니다!"

제녀들의 제지가 의외로 거센데도 현율의 기세는 전혀 꺾이지 않았다. 정말 피를 보는 한이 있어도 기어이 천녀를 봐야 직성이 풀릴 기세였다. 그 기세에 제녀들마저 끝내 움찔했을 때, 천궁의 가장 내밀하고 신성한 곳, 천녀의 침소 문이 소리도 없이 열렸다.

"안으로 드시지요."

예의는 갖췄으나 딱딱하기 그지없는 천녀의 목소리도 현율의 기세를 꺾을 순 없었다. 호륜 개국 이래 그 어떤 사내도 들어선 적 없는 천녀의 침실로 성큼성큼 들어선 현율이 천녀에게로 사나운 시선을 던졌다.

저를 찾아올 것을 이미 알고 있었는가. 현율은 평온하기 그지없는 천녀의 얼굴을 번뜩이는 눈으로 쏘아보았다.

"천녀의 신기神氣란 참으로 대단한 것이구려. 어찌나 대단한지 그 신묘한 재주가 두려울 지경이오."

잔뜩 비꼬인 어투에도 천녀의 표정은 달라지지 않았다. 오히려 분노에 사로잡힌 현율을 어쩐지 애틋한 눈으로 응시했다. 그 눈이 이미 다 알고 있다고 말하는 것 같아서 분노가 더욱 거세게 가슴을 치받았다.

"어디까지 알고 있소? 언제부터 알고 있었소?"

앞뒤 다 잘라낸 난데없는 질문에 당황할 만도 하련만, 천녀는 너무도 차분한 얼굴로 되물었다.

"무엇을 말하시는 것인지요, 폐하?"

"짐과 말장난을 하자는 게요? 내 예 올 것을 알고 있었으면서 그 이유는 모른다? 허면 어찌 그런 눈으로 날 보는 것이요?"

현율은 쌍비의 눈을 후벼낼 듯 쏘아보며 품에서 은비녀를 꺼내 들었다. 그 순간 은비녀를 면대한 쌍비의 눈동자가 파르르 떨기 시작했다.

"천녀는 이것이 뉘의 것인지 아는 모양이오?"

쌍비가 대답 대신 자그마한 입술 사이로 떨리는 숨을 토해냈다.

"허면 이것이 어찌 내 손에 들어왔는지, 어인 연유로 천녀 산희가 내게 이것을 맡겼는지 그 의중도 아는가!"

황제라 해도 의당 천녀에 대한 예를 갖춰야 할 터. 그러나 말하는 현율도 듣는 쌍비도 그런 것은 신경 쓸 상황이 아니었다.

홀린 듯 은비녀를 응시하던 쌍비의 눈에 점차 물기가 차올랐다.

"어머님……."

산희에게 거둬져서 키워진 쌍비였다. 제 생모는 기억에도 없고 그저 저를 어르고 달래고 감싸주던 산희의 꽃 같고 해 같던 얼굴만 기억하는 쌍비였다. 아무리 죄인의 신분으로 내쳐졌다고는 해도 어쨌든 쌍비에게는 쉬 잊을 수 없는 어미, 그것이 산희였다. 그런 산희의 염이 제 눈앞에 있으니 그 어찌 가슴이 일렁이지 않겠는가. 어미의 염에 담긴 그 모든 감정들이 막을 틈도 없이 쌍비의 가슴을 파고들었다.

가냘프게 떨리는 쌍비의 몸을 냉정히 쏘아보던 현율이 버럭 고함쳤다.

"내 묻지 않는가!"

"폐하, 이 쌍비, 폐하께서 예 납시었을 때에는 그 무엇도 알지 못했사옵니다. 허나 방금 어미의 염을 통해 모든 것을 듣고 볼 수 있었지요."

현율의 눈에서 이글거리던 분노가 그 순간 싸늘하게 식었다. 그것은 분노가 사라진 것이 아니라 오히려 더 단단히 가슴에 자리 잡은 탓이었다. 어느새 얼음장처럼 차가워진 음성 또한 쉽게 깨지지 않을 분노가 깔려 있었다.

"알고 싶은 것은 하나뿐이오. 산희는 이 모든 것을 내다보고 내게 비녀를 준 것이오? 그 아이가 나와 어떤 인연인지, 내 그 아이에게 어떤 마음을 품게 될지 알고서 내게 이 은비녀를 주었느냔 말이오."

쌍비는 그저 은비녀만 안타까이 바라볼 뿐 아무런 대답도 하지 않았다. 그러나 그것만으로도 충분히 대답이 됐다.

현율의 눈이 순식간에 들짐승의 그것처럼 사납게 들썽대기 시작했다.

"알면서도 그랬다? 사내의 감정을, 오라비의 감정을 이용했다?"

다음 순간 현율이 느닷없이 큰소리로 웃기 시작했다.

"재미있구나, 재미있어! 내 이렇듯 웃어본 적이 없거늘!"

한참 웃어대던 현율이 갑자기 뚝 그치더니 쌍비에게 싸늘한 시선을 던졌다.

"잘난 재주 하나 가졌다고 사람의 감정을 이용하다니, 천녀란 것들은 참으로 간악하고 잔혹하구나."

"그 은비녀가 아니었다면, 폐하께서는 열다섯을 넘기지 못하셨을 것이옵니다. 제 어미의 염이 폐하를 이제껏 지켰음을 잊지 마시어요."

"뭐라? 이용하고자 나를 살려놓고 그래도 이제껏 살게 해줬으니 고마워하란 말인가? 정녕 그런 뜻인가? 천녀란 원래가 그렇게 후안무치厚顏無恥한 족속인가?"

당장 목이라도 조를 듯 사납게 쌍비를 응시하던 현율의 뇌리에 문득 저를 측은하게 보던 눈빛이 스쳐갔다. 어찌 그런 눈빛이었는가. 저것도 내 앞날을 가지고 장난질을 하려는가, 현율의 입술이 일그러졌다.

"내 앞날을 봤던 게로군. 그래, 내 앞날이 어땠던가? 아우에게 목이 잘리던가? 아니면 핏줄이 밝혀져 내쫓기던가? 그도 아니면 기어이 제 누이를 갖겠다고 미쳐버리는가! 말해보라, 어서!"

슬픈 눈으로 현율을 응시하던 쌍비가 이지러진 표정과는 달리 평온한 목소리로 속삭이듯 대답했다.

"폐하, 제가 본 것은 아직 일어나지 않은 환영일 뿐이옵니다. 심중을 굳건히 하시고 명경처럼 닦아 더는 업을 쌓지 마시옵소서. 낙화난상지落花難上枝 복수불반분覆水不返盆이라 하였사옵니다. 부디 모든 원망과 분노를 버리시어 회한을 남기지 마시옵소서."

"떨어진 꽃은 가지로 되돌릴 수 없고 엎지른 물은 다시 담을 수 없다, 참으로 좋은 말이로군."

잠시 서글피 허공을 응시하던 눈이 이내 다시 냉정히 굳어졌다. 그 눈의 주인인 현율이 입가 가득 냉소를 머금은 채로 말했다.

"내 너에게 그 말을 그대로 되돌려줘야겠구나. 한 번 뱉은 말은 다시 담을 수 없지. 아마 그 잘난 재주 덕에 내 너를 어찌할지 이미 알고 있겠지? 너는 알지 말아야 할 것들을 알고 있으니 그도 죄렷다."

현율이 천천히 눈감는 쌍비의 얼굴을 꿰뚫을 듯 쏘아보며 어깨너머로 소리쳤다.

"동 상궁은 지금 당장 지 대장을 들라 하라!"

이미 황제가 천궁에 들 때부터 함께 했던 터, 잠시 후 어림군대장 지귀수가 안으로 들어섰다. 황제에 이어 무장한 장수까지 천궁을 범하자 제녀들의 낯빛이 더욱 시뻘겋게 달아올랐다. 그러나 현율이 지 대장에게 내린 명에 그 뻘건 얼굴은 금세 새하얗게 질리고 말았다.

"전대의 천녀 산희는 천녀의 신분으로 사내와 통정하고 형장에서 도주한 중죄인이다. 한데 천녀 쌍비가 감히 과인 앞에서 그 중죄인을 어미라고 칭했으니 그 죄가 어찌 가볍겠는가? 지금 당장 쌍비의 목을 베어 그 죄를 묻고 제녀들은 관기와 관노에 처할 것이며, 이 시간부로 천궁은 폐할 것이다! 이것은 황명이니 당장 한 치의 어긋남도 없이 시행하라!"

급작스러운 명에 천궁은 숨소리조차 들리지 않을 만큼 무거운 적막에 빠져들었다. 그 고요 속에서 제대로 숨을 쉬고 있는 것은 형형한 눈빛의 현율과 초연한 표정의 쌍비, 두 사람뿐이었다.

28. 힐난詰難, 허락 안 될 안식

'저를 안지 않으실 건가요?'

오도카니 앉아 천막에 비춰진 수풀의 그림자를 바라보는 귓가에 십 년 전의 제 목소리가 스쳐갔다. 그리고 그 뒤를 쫓아 무뚝뚝한 목소리가 들려왔다.

'춥다면, 업어줄게.'

어미에 의해 귀족가에 동녀로 팔리기 전부터 도하는 사내들이 제게 원하는 것이 무엇인지 이미 알고 있었다. 값싼 술과 함께 제 몸도 파는 어미를 보며 자란 까닭이었다. 그래서 저를 데리고 도망친 극서가 원하는 것도 제 몸인 줄로만 알았던 것이다. 그러나 폐가를 전전긍긍하고 버려진 암자를 떠돌면서도 극서는 한 번도 제 몸을 탐하지 않았다.

도하는 그런 극서를 도무지 이해할 수가 없었다. 제 몸이 탐나지 않았다면 도대체 왜 부유한 귀족의 잘난 외아들이 저 때문에 집에 불을 지르고 아비를 등진 채 숨어다닌단 말인가. 그런데도 극서는 지난 세월 저는 사내가 아니라는 듯 도하의 아비요, 오라비 역할에만 충실했었다.

현운과 함께 전장으로 떠날 때도 극서는 그 무표정한 얼굴로 곱디고운 떨잠 하나를 건넸을 뿐 별다른 말이 없었다. 그러나 도하는 떨잠에 담긴 극서의 진심을 느낄 수 있었다. 다음에 다시 만나게 될 때는 제 여인이 되어 달라는 그의 수줍은 고백인 것을.

그냥 그게 당연하다고 믿고 살았었다. 다 죽어가는 노인의 보신을 위해 쓰였다가 버려질 운명에서 구명해줬으니 마땅히 그의 여인이 되어 보은해야 한다고 생각했었다. 그래서 제 마음이 그에게 기우는 것도 깨닫지 못했던 것이다. 어느새 제 가슴에 커다란 의미가 되어버린 그에 대한 감정도 그저 보은 때문이라고 치부해버렸으므로.

한데 다시는 돌아오지 않을 그를 애타게 그리워하는 지금은 제 감정이 손에 잡힐 듯 또렷하게 느껴졌다. 한 번도 안겨보지 못한 그 너른 가슴이, 그 뜨거운 체온이 몸서리쳐지도록 간절했다. 목이 잘리고 혼이 빠져나간 몸일지라도 곁에 있다면 미친 듯 끌어안고 탐할 지경이었다. 다시 볼 수 있다면 제 혼이라도 기꺼이 내줄 수 있을 것 같았다.

이미 절반의 혼이 빠져나간 것일까. 도하가 부스스 몸을 일으키고는 뭐에 홀린 사람처럼 막사를 빠져나와 어디론가 향하기 시작했다. 거친 낙엽들이 뒤덮은 산, 도하가 그 위를 맨발로 거침없이 걸어갔다.

"도하야!"

불편한 몸으로 스스로 번을 서던 준경이 절룩거리며 뒤쫓았지만 도하의 발을 붙잡지는 못했다. 저 아이가 저리도 걸음이 빨랐던가, 성치 않은 제 다리를 탓하던 준경은 그녀가 향하는 곳이 어디인지 깨달은 순간 악쓰듯 외쳤다.

"멈춰! 도하야, 멈춰라!"

잡을 새도 없이 도하가 들어선 것과 동시에 그 막사를 밝히고 있던 등불이 순식간에 빛을 잃었다. 세류를 품은 채 자고 있던 현운이 그녀의 기척에 기를 발해 소등消燈한 것이다. 그러나 이미 도하의 눈에는 너무도 행복해 보이는 여인의 모습이 각인된 후였다. 현운의 팔을 베고 잠이 든 여인, 그 안락한 표정이 뇌리에 남아 비수처럼 저를 찔러댔다. 저는 절대로 가질 수 없는 안식이기에 더욱더 통증이 깊었다.

"무슨 일인가."

준경이 막 막사에 들어선 순간, 이불 깊이 세류를 감춘 현운이 침상에서 내려서며 물었다. 비록 등불이 꺼져 어둠 속이라고는 해도 뭐 하나 걸친 것 없이 알몸이건만, 현운도 도하도 그런 것은 개의치 않았다. 깊은 상실감에 넋이 나간 도하나, 세류와의 시간을 방해받은 것에 바짝 날이 선 현운이나 다른 것에 신경 쓸 여력이 없는 것이다. 오직 준경만이 이 상황이 당혹스러 워서 어쩔 줄 몰라 허둥대며 앞뒤 없이 떠들어댔다.

"주군, 부디 너그러이, 도하가 지금 제정신이 아니라, 도하야, 어서 나가 자."

"장주님."

잡아끄는 준경의 손을 떨쳐낸 도하가 굳은 목소리로 입을 열었다.

"이제 끝난 건가요?"

포를 찾아 몸에 걸치던 현운이 문득 멈춘 채 담담한 목소리로 되물었다.

"무엇이 말이냐."

"장주님의 길 말이에요. 여기에서 끝난 것인가요? 원하는 여인을 얻었 으니 이제 더는 검을 들지 않고 그저 필부로 사실 생각인가요?"

"도하야, 네 어찌……!"

당황해서 소리쳤지만, 기다려라, 제계로 쏘아진 현운의 날카로운 기 때 문에 준경은 채 말을 맺지 못했다.

그때 어느새 눈물이 가득 차오른 도하의 눈이 천천히 감겨졌다.

"그렇다면, 전 떠날 거예요. 오라버니의 원한조차 풀어주지 못하는 분께 저를 의탁하고 싶진 않으니까요."

말을 마친 도하가 정말 떠나려는 듯 그대로 막사에서 빠져나갔다. 그 뒤를 쫓아 서둘러 밖으로 나간 준경은 채 몇 걸음 옮기지도 못하고 픽 쓰러지는 도하의 몸을 가까스로 품에 안았다. 어찌 이 몸으로 이제껏 버티고 있었는가. 눈으로 보는 것과 몸으로 느끼는 것은 너무도 달라서, 제 팔에 갇힌 몸이 너무도 여리고 가냘프니 가슴이 아릴 지경이었다. 이제껏 버틴 것도 장하구나, 고맙구나, 칭찬이라도 해주고 싶을 만큼 야위어 있던 것이다. 준경은 그렇게 도하를 품에 안은 채로 주군의 막사 쪽으로 씁쓸한 시선을 던졌다.

어둠인 듯 자신을 감춘 주군을 안력 높여 본 것이 죄일까, 아닐까. 그것이 죄이든 아니든, 그 얼굴을 보지 말 걸 그랬다는 후회가 가슴을 흔들었다. 그 어떤 빛으로도 밝힐 수 없을 만큼 그늘진 주군의 얼굴이 바위인 듯 심장을 눌러온 까닭이었다.

분명 주군의 길은 이것이 끝은 아닐 것이다. 극서와 이분대원들의 한을 풀기 위해서 마지막까지도 검을 놓지 못할 주군이었다. 잠든 순간에조차 검을 멀리할 수 없고 피에 절어 사는 것이 운명인 주군이 아닌가. 그래서 그가 얻은 며칠간의 안식이 제 것인 양 기껍기만 했었다.

그런데 그마저도 이제는 끝인 것인가. 지금쯤 주군도 시리고 잔인한 제 운명을 새삼 되새기고 있을 것이다. 그것이 준경은 못내 아쉽고 가슴 아팠다. 언제 다시 사람냄새 풍기는 주군을 보게 될까. 그저 제 여인 하나 품고 있는 것만으로도 세상 다 가진 사내가 되는 그를 정녕 다시 볼 순 있는 것일까, 아무런 기약이 없는 까닭에.

준경은 현운의 몸에서 서서히 가시던 온기와 도하의 힐난이 제 것인 듯 떨던 세류의 기척을 떠올리며 질끈 눈감았다.

　이른 새벽녘, 천경의 막사는 일찌감치 등불이 훤히 밝혀져 있었다. 그 등불 아래 모여 앉은 이들의 눈은 한곳에 몰려 있었다. 그 시선들을 받으면서도 냉혹한 얼굴로 한동안 말이 없던 현운이 드디어 무거운 입을 열었다.
　"호족들이 사병을 이끌고 도성으로 모여들고 있다, 역시 짐작한 대로군."
　"황성으로 오는 길에 정탐한 바, 계림공 측근들의 사병들도 사유지를 떠나 황성으로 진군 중이었습니다. 그들이 한 데 모이면 진압하기 힘들 터, 조속히 움직여야 할 것입니다, 황자님."
　잔뜩 긴장한 절평과는 달리 모두 덤덤한 표정이었다. 이미 짐작했던 일, 아니, 현운이 그 뿌리 뽑고자 계림공 측근들을 하나둘 멸문지화 시키며 의도한 일이니 당연한 일이었다.
　"내일 날이 밝는 대로 권장군은 계림궁을 철저히 봉쇄해주시오. 계림궁을 장악한다면 그 측근들도 쉬 움직이지 못할 터, 그 사이 우리는 최소한의 병력으로 황궁을 장악할 수 있을 것이오. 그 상황이 전해지면 황성으로 진군하던 사병들도 말머리를 돌려야 할 테지."
　"네, 황자님. 그 점 염려치 마십시오. 쥐새끼 한 마리 드나들지 못하도록 계림궁을 단단히 지키도록 하겠습니다."
　절평의 굵고 진중한 음성만큼이나 무거운 결의가 모두의 눈을 채웠다. 그 결의는 누구도 쉬 깨지 못할 적막이 되어 막사에 내려앉았다.
　밖으로 나서자 새벽안개가 현운의 몸을 휘감아왔다. 그리고 그 순간, 원망 가득하던 도하의 목소리가 안개인 듯 귓가를 스쳤다. 한 번도 세류를 얻었으니 그것으로 되었다고 생각한 적은 없었다. 어찌 눈바람 맞던 수하들의 주검을 잊을 수 있단 말인가. 눈조차 감지 못한 수하들의 얼굴이 가시가 되어 심장에 박혔고 바위가 되어 어깨에 얹혔다. 그들과 함께 나선 길, 그들의 넋이라도 이고지고 나아갈 터였다.

그래도 그저 잠깐은 쉬어도 좋으리라 생각했다. 피에 절은 손을 씻고 냉혹한 검을 내려놓고, 세류와 함께 단잠을 자는 정도의 휴식은 제게도 허용되는 것인 줄 알았다. 그러나 그것은 착각이고 사치였던 모양이다. 베어야 할 목숨들을 모두 베어내 더는 검을 들 이유가 없을 때에야 허락될 안식인 모양이었다.

제 막사를 향해 걷던 그의 다리가 문득 그대로 멈춰졌다. 그 안에서 세류를 품었을 때는 그곳이 백오산의 암자인 듯 정겹고 따스했건만, 지금의 막사가 품어내는 것은 끝없는 공허뿐인 까닭이었다. 굳이 확인하지 않아도 세류가 떠났음을 그의 몸이 느끼고 눈이 깨달았다.

텅 빈 침상에 몸을 내려앉힌 현운은 세류가 누워 있던 자리를 손으로 쓸어보았다. 그러자 채 식지 않은 온기가 손가락을 타고 전해져왔다. 제가 가슴을 통째 내준 여인의 온기라 그런가. 식어버린 가슴에 금세 불이 붙고 얼었던 몸이 이내 들끓었다. 곁에 없어서 만질 수 없고 안을 수 없으니 욕망은 더 거세져만 갔다. 그다음엔 손에 잡히지 않으니 다시 안을 수 있을까, 불안감이 스멀스멀 머리를 채워왔다.

'내 진정, 세상을 베어내고 형님을 베어내야 온전히 너를 가질 수 있는 것이냐…….'

어느새 사라진 세류의 온기에 그의 눈빛도 다시금 냉혹해졌다.

여인은 너무도 바른 자태로 침상 위에 누워 있었다. 누운 그대로 단 한

번도 뒤척이지 않았는지 목까지 끌어올린 이불마저도 곧게 펼쳐진 채 구김
살 하나 없었다. 마치, 자는 순간까지도 제 존엄을 내보이듯이.

그러나 사실 그 여인, 태후는 잠들어 있지 않았다. 고통과 번뇌로 인해
그저 눈만 감고 있었을 뿐, 문밖을 지키는 상궁나인들과 호위들의 숨소리
까지 내내 듣고 있던 참이었다. 해서 소리도 없이 방에 스며든 이가 일부러
낸 낮은 기침 소리에 금세 몸을 일으켜 앉은 것이다.

참으로 알 수 없는 자로구나, 태후의 이맛살이 살짝 찡그려졌다. 어찌
저 밖의 삼엄한 방비를 뚫고 들어왔을 것이며, 또 어찌 그리 은밀히 들어와
저리도 공손히 앉아 있는가. 무릎 꿇고 턱을 내려 예는 갖췄으나 허리만은
꼿꼿한 자를 응시하던 태후의 눈이 문득 반짝 빛났다.

태후가 손수 등불을 밝히자 밖에서 깜짝 놀란 목소리가 들려왔다.

"폐하, 벌써 기침하셨습니까? 소인, 안으로 들겠습니다."

"됐다. 내 명할 때까지 다들 물러나 있으라."

목석인 듯 흔들림 없는 자세로 앉아 있는 자의 얼굴을 꼼꼼히 살피던 눈
이 그자의 콧날에 고정됐다. 어쩌다 멀쩡한 얼굴에 저런 상흔을 입었는가.
그러나 그 상흔이 저자에겐 영광일 터, 왠지 자신의 짐작이 맞는 듯했다.

"황자가 보냈느냐?"

"권절평 장군의 서찰을 전하러 왔습니다."

"외숙의 서찰을?"

저와 태후의 거리, 딱 중간쯤에 품에서 꺼낸 서찰을 내려놓은 자, 설진
이었다. 절평의 부탁으로 황궁의 담을 넘은 것이다. 물론, 주군이 허했기에
뗀 걸음이기도 했다.

서둘러 서찰을 펼쳐 읽은 태후의 눈빛이 본래보다 더 무겁고 진중하게
가라앉았다. 이미 짐작하고 각오하고 있던 탓이리라.

'결자해지結者解之. 황제의 반인이 돌아왔으니 모두 제자리를 찾는 것은 지당한 일. 폐하, 영랑(令郎, 아들)과 함께 궁을 떠나십시오.'

딱딱하고 명령조인 말이나, 태후는 그 안에 담긴 외숙의 뜻을 능히 읽을 수 있었다. 네가 묶은 매듭, 네 손으로 풀고 이제 그만 편해져라, 절평은 그리 말하고 있는 것이다. 더불어, 비참한 최후를 맞이하기 전에 현율을 피신시키라 간곡한 애원이 담겨 있기도 했다.

태후의 눈빛에서 이해했음을 읽은 설진이 천천히 몸을 일으키고는 더욱 정중한 목소리로 말했다.

"주군께서 전하시라 명한 말씀이 있습니다."

태후의 눈이 저를 빤히 응시하는데도 설진은 조금도 당황한 기색 없이 말을 이었다.

"제 사람은 곧고 맑은 아이입니다. 그 아이만큼은 엮이지 않았으면 합니다."

제 사람, 제 사제가 아니라 제 사람이라 했다. 설진이 조용히 떠난 후에도 그 말이 내내 귓전을 떠돌았다. 떠나되, 그 아이는 두고 떠나라는 뜻일 것이다. 현율이 그 아이에게 제 넋을 걸었듯 현운 또한 그런 것인가. 대체 그 그림자무사가 뉘이기에 몸으로 낳고 가슴으로 낳은 두 아들을 이토록 쥐고 있는가. 진즉 만나봤어야 했거늘, 그림자무사라 늘 저를 감추고 사니 미처 만나보지 못한 것이 아쉽기만 했다.

그때 제가 바닥에 떨어뜨린 외숙의 서찰이 문득 시야에 들어왔다. 외숙과 황자가 기껏 내준 시간을 허투루 버릴 순 없는 일. 태후는 진즉부터 바짝 긴장하고 있었을 연 상궁에게 비로소 하명을 했다.

"친가에 연통을 넣어 아버님께 당장 입궁하시라 전하라. 당장, 지금 당장!"

처음 듣는 태후의 성마른 재촉에 문밖의 상궁나인들 사이에도 익숙지 않은 소란이 일어났다.

"사흘만이구나. 한데 얼굴도 보여주지 않을 참이냐?"

꼬박 밤을 새운 것인가. 병풍 뒤에서 나온 세류는 꼿꼿이 앉아 있는 현율의 낯빛을 조심스레 살폈다.

침상에는 사람이 누웠던 흔적이 전혀 없었다. 현율의 얼굴 또한 내내 잠을 못 잔 듯 해쓱했다. 어이해 늘 곤한 몸인데도 잠 못 이루고 뜬눈으로 어둠을 밝혔는가, 해쓱한 얼굴이 안쓰럽기도 했다.

황제가 잠 못 자고 행한 일들 중 적어도 하나는 분명했다. 쑥대밭이 된 천궁을 이미 확인한 터였다. 필히 만나고 싶었던 천녀 쌍비는 그 죄에 대한 검증도 없이 즉살됐다고 했다. 반드시 만났어야 했거늘, 아직도 답을 찾을 때가 아니 되었는가.

조급함으로 이지러진 세류의 얼굴을 매섭게 응시하던 현율의 얼굴에 문득 비릿한 조소가 번졌다.

"그래, 사내의 품에 안기니 좋더냐? 황제의 밤을 지켜야 하는 직분도 감히 잊을 만큼 황홀하더냐? 분명 내 곁에 머물면 그 목숨만은 구명해준다 했거늘, 아우가 역적으로 몰려도 좋다는 겐가?"

"폐하……."

"내 앞에서는 얼굴을 드러내라 하지 않았느냐!"

노성과 함께 현율이 집어던진 목갑이 세류의 방갓을 낚아채며 바닥으로 떨어졌다. 그러자 목갑 안 패물들이 세류의 발치께로 우수수 떨어져 내렸다. 옥수, 비취, 진주, 금, 은 등으로 만든 패물들이 현율의 마음을 대변하듯 날카로이 세류의 눈을 찔러댔다.

그 순간 세류의 이마에서 볼과 턱으로 흐른 붉은 피 한 방울이 은잠 위로 똑 떨어졌다. 목갑의 날카로운 모서리에 찍힌 것이다. 눈처럼 흰 얼굴이기에 핏빛은 더욱 붉디붉어 세류의 얼굴은 상황과 어울리지 않게 여느 때보다 더 매혹적이고 아름다워 보였다.

충분히 피할 수 있었을 것을, 아우의 품에서 쉰 것을 부인치 않는구나, 현율이 살벌한 눈으로 노려보며 입 끝을 치켜 올렸다.

"고작 그 정도로 피를 흘리느냐? 네가 오지 않은 지난날 동안 내 가슴은 터지고 찢기고 짓이겨져서 더는 흘릴 피도 없거늘, 너는 고작 이 정도로 피를 흘린단 말이냐?"

"폐하……."

"차라리 오지 말지 그랬느냐? 그 곁에서 그저 여인으로 살고 싶었을 텐데 어찌 돌아온 것이냐? 내게 돌아오면 내 너의 목을 자를 수도 있거늘."

그래, 그렇게 살고 싶었을 것이다. 현운의 곁에서 그저 여인으로 살고 싶었을 것이다. 그러나 결국 돌아올 수밖에 없었을 테지, 내 그 이유를 이미 알고 있다, 현율은 품속의 은비녀를 더듬으며 픽 웃고 말았다.

"돌아올 수밖에 없었겠지. 그래, 그랬을 것이다. 어디에 있든, 누구와 있든 너는 내게로 돌아올 수밖에 없지. 해서 내 속이 문드러지고 잠 못 이루면서도 너를 찾아오라 군사를 풀지 않은 것이다. 왜인 줄 아느냐? 나는 그 이유를 알고 있다."

세류는 피를 닦을 생각도 하지 못한 채, 잔혹하게 일그러진 현율의 얼굴을 그저 물끄러미 응시했다. 처음 그를 만났을 때는 유약한 몸처럼 마음도 여린 이였건만 어쩌다 저리되었을까. 그것이 모두 제 탓인 것만 같아서 가슴이 쓰렸다.

그런 세류의 마음을 알 리 없는 현율이 더욱 얼굴을 일그러뜨리며 음산하게 웃었다. 그 웃음은 죽은 자의 것이었다. 가슴이 죽은 자, 눈빛이 죽은 자의 것 말이다.

"네 어미 때문이다. 네 아비 때문이기도 하지."

순간 세류의 눈이 평정심을 잃고 크게 치떠졌다. 그 가슴은 주체하지 못할 정도로 빠르게 울렁거렸다.

"제, 어미와 아비라 하셨습니까?"

"그래, 제대로 들었구나. 네 어미와 아비에 대해 알고 있느냐?"

세류는 손마디가 하얗게 질릴 만큼 주먹 쥐며 천천히 고개를 저었다. 어찌 황제가 제 어미와 아비를 입에 올린단 말인가. 어린 시절부터 그것은 금기였다. 사부도 홍인도 그 이름조차 알려주지 않았다. 그저 귀하고 의로운 이들이었으나 더는 말해줄 수 없다고도 했었다. 그래서 내심 포기했건만, 황제가 제 뿌리를 알려줄 것인가. 두렵고도 설레었다.

시시각각 변하는 세류의 얼굴을 꿰뚫을 듯 응시하던 현율이 상황과는 어울리지 않는 느긋한 표정으로 말했다.

"알고 싶으냐? 알고 싶겠지. 제 근본을 알고자 하는 것은 당연한 일일 터이니."

현율이 다음 순간 칼처럼 눈을 빛내며 얼굴에서 웃음기를 거뒀다.

"이 호륜에 네 부모에 대해 아는 이는 나밖에 없다. 허니 네 부모를 알고 싶다면, 네 곁에 머물라. 두 번 다시는! 나를 떠나지 마라. 네가 나를 떠나는 순간 너는 영원히 네 어미와 아비를 잃게 될 것이다!"

세류는 현율의 형형하게 빛나는 눈을 응시하며 꽉 입술을 깨물었다.

날은 이미 밝아 햇귀가 들창 안으로 스며들고 있건만, 세류의 어깨에는 짙은 어둠이 내려앉기 시작했다. 저를 붙잡고 있는 숙제, 그 난해한 질문에 대한 답이 역시 현율에게 있음을 확인한 까닭이었다.

뉘와 있기에 저리도 성이 났는가. 문을 넘어 전해지는 황제의 노성에 태후의 마음이 더욱 조급해졌다. 안 그래도 어르고 달래야 할 터, 저리 대로하게 만든 그 뉘인가가 원망스럽기도 했다.

태후는 제가 왔음을 아뢰려는 동 상궁의 입을 손짓으로 막으며 곁에 선 아비, 문식렴에게 서둘러 말했다.

"아버님은 예서 잠시 기다리시지요."

이 급박한 상황과 어울리지 않는 태후의 명이 탐탁지 않을 터인데도 식렴은 그저 고개를 끄덕여 보였다. 아무리 친정 아비라 해도 아침 댓바람부터 역정 부리고 있는 제 아들의 모습은 보여주기 싫은 마음을 짐작한 것이다. 말로는 저의 죄에 대한 벌이라고 하면서도 내심 아들을 위해 애쓰는 그 마음이 애처롭고도 안쓰러우니 당연한 일이었다.

아비의 시선을 뒤로하고 서둘러 안으로 늘어선 태후의 눈이 살짝 지켜졌다. 망부석처럼 서 있는 낯선 자의 뒷모습이 눈에 들어온 탓이었다. 대체 뉘이기에 황제가 저리도 역정을 내고 있는가. 허나 지금은 그런 것에 신경 쓸 때가 아니었다.

"황제, 지금 당장 궁을⋯⋯!"

현율에게로 다가가며 그자에게 살짝 시선 던진 태후가 채 말을 맺지 못하고 우뚝 멈춰 섰다.

그자의 얼굴에 흐르고 있는 피 때문만은 아니었다. 눈길을 사로잡고 쉬 놔주지 않는 만고절색의 얼굴 때문이었다. 그 얼굴에 정신이 팔려 제 용무조차 잠시 잊은 태후의 귀에 딱딱한 목소리가 들려왔다.

"세류는 무엇하고 있는 게냐? 네 자리로 물러나 있지 않고!"

마치 그 얼굴을 저 아닌 다른 이에게 보인 것이 큰 죄라도 되는 듯, 현율의 목소리와 눈은 분노로 뜨거웠다.

태후는 편풍 뒤로 향하는 자의 뒷모습을 씁쓸한 눈빛으로 쫓았다. 세류라는 그자, 그림자무사임을 어찌 모를 수 있겠는가. 그 얼굴을 보고나니 현율과 현운이 그자에게 눈도 홀리고 마음도 홀린 것이 이해가 됐다. 자신조차도 잠시 넋을 놓지 않았던가. 그래서 현율이 더 안타깝고 애처로웠다. 미루어 짐작건대, 돌아오긴 했으나 지난 며칠간 그자가 황자와 함께였던 것이 분명하니 말이다.

어미의 속이 어떻거나 현율의 눈빛과 표정은 마치 남을 보듯 차갑기만 했다.

"이른 시각에 어인 일이십니까, 어마마마?"

태후는 치맛자락을 꽉 움켜쥐며 내내 입안에 뱅뱅 돌던 말을 힘겹게 꺼냈다.

"황제, 지금 당장, 황궁을 떠나야 합니다."

"허, 그것참 당혹스러운 말씀이십니다. 황제가 있을 곳은 황궁일진대, 어디로, 어찌 떠나야 한다는 겁니까?"

"율아, 제발……!"

현율의 날카로운 시선이 태후의 눈에서 치맛자락을 찢을 듯 움켜쥔 손으로 내려갔다가 다시 올라왔다. 그러니 눈과 손에 담긴 간절함과 조급함을 읽었을 텐데도 그의 입가엔 오히려 비릿한 미소가 번졌다.

"현운이 제 목을 자르겠다, 오고 있는 것입니까? 허면, 제 생모라 어마마마까지 탈이 날까 조급하신 겝니까? 납득이 됩니다. 그리 오랜 세월, 죄를 감춘 채 연명해온 목숨이니 더 중하고 아깝기도 할 테지요."

그런 것이 아니거늘, 현율의 가슴에 패인 골이 진정 깊고 깊어 태후는 아무 말도 하지 못했다. 조금이라도 따뜻이 대해줬더라면 제 어미를 저리도 불신하고 배척하는 일은 없었을 것을, 뒤늦은 후회에 한 번 닫힌 입술은 쉬 열리지 못했다.

"심려치 마십시오, 어마마마. 계림공에게 황자의 역모를 막으라, 거병을 허했으니 소자의 목이 잘리는 일도, 어마마마의 존엄이 위협받는 일도 없을 것입니다."

"계림공은……!"

현율의 너무도 득의만만한 말에야 굳게 닫혀 있던 태후의 입이 열렸다. 어리석구나, 그래도 내 너를 살려야겠다, 태후는 치맛자락을 움켜쥐고 있던 손을 펴며 말했다.

"이미 제 궁에 꼼짝없이 갇혔을 터, 제 형처럼 목 잘릴 일만 남았느니라. 더는 미련 두지 말거라. 네 아우가 베푼 마지막 관용을 저버리지 말란 말이다!"

서서히 굳어져 빛을 잃어가던 눈이 어느 순간 번뜩 빛났다. 현율이 그 눈빛만큼이나 날이 선 목소리로 물었다.

"관용이라, 야합을 모르는 아우 성정에 제 수하들을 억울히 죽게 하고 저마저 역도의 수장으로 몰았는데 관용이라……? 그래, 그 조건이 무엇이랍니까?"

"그건……."

태후의 시선이 저절로 병풍 쪽으로 향했다. 물론, 넓디넓은 황제의 침전이라 마주앉은 탁상과 침상 뒤의 병풍은 멀고도 멀었다. 해서 그 뒤의 세류에게는 들리지 않을 테지만 괜한 염려에 말을 맺지 못한 것이다. 세류가 혹여 지금 당장 현운에게로 떠나버리면, 잃은 현율은 움직이지 않을 것이고 얻은 현운은 더욱 거침없이 움직일 것이 아닌가.

태후는 저를 쫓아 편 쪽을 매섭게 쏘아보고 있는 현율을 그대로 둔 채 밖으로 나섰다. 그 눈빛에서 어찌 현율을 움직이게 할지 방법을 찾은 까닭이었다.

"아버님, 제가 청한 대로 준비가 되었겠지요?"

황제의 침전, 연 상궁을 제외한 모든 상궁나인들을 곁에서 물린 낭하(廊下, 복도)에 태후의 음성은 누구도 알아듣지 못할 바람 소리와도 같았다. 그러나 그 곁에 바짝 선 채 온 신경을 곤두세우고 있는 아비에게는 추상같은 음성이었다. 태후에게 여염집 여인들이 탈법한 소박한 가마 두 대와 가마꾼들을 부탁받은 참이었다.

"정녕 그것으로 되겠습니까, 폐하? 호위들과 시비들도 대동하심이……."

"이제 궁을 나서면 그저 평생을 숨어 살아야 할 죄인인 것을, 호위와 시비가 가당키나 합니까? 가마와 가마꾼들도 황성을 벗어나는 즉시 돌려보낼 것입니다. 연 상궁만으로도 충분합니다."

저마저 떼어놓을까 내심 불안해하던 연 상궁의 굳은 입매가 그제야 부드러워졌다. 그 얼굴을 슬쩍 보며 대답 대신 천천히 고개 끄덕인 식렴이 이내 온화한 얼굴과는 어울리지 않게 굳어진 목소리로 물었다.

"허나 폐하, 황제께서 과연 순순히 따르시겠습니까?"

"따를 겁니다."

너무도 거침없는 답이라 오히려 당황한 아비에게로 어쩐지 씁쓸한 태후의 미소가 날아왔다.

"이 어미 말은 따르지 않아도, 그 아이와 함께 떠나자 하면 따를 겁니다. 예 있다가 황자에게 내줄 순 없을 테니까요."

그 아이라니, 뉘를 말하는 것인가. 그러나 식렴은 차마 물을 수가 없었다. 태후의 얼굴 가득 깃든 씁쓸함이 엄청난 무게로 가슴을 짓눌러온 까닭이었다.

한동안 혼자만의 사념에 빠져 있던 태후가 문득 정신을 수습하고는 서둘러 말했다.

"아버님께서 해주실 일이 있습니다. 이곳에서 기다리시다가 황자를 만나

주세요. 그리고……"

한껏 낮춘 목소리로 말하며 식렴을 바라보던 태후가 문득 말끝을 흐렸
다. 어쩌면 살아서는 두 번 다시 뵐 수 없을 아비이건만, 제대로 고별의 예
조차 갖출 수 없는 상황이 절망스럽고 고통스러운 까닭이었다.

날이 밝아 계림궁을 둘러싸고 있던 어둠은 걷혔으나 그 안의 모든 이는
어둠보다 더한 공포에 사로잡혀 있었다. 계림궁의 사병이 천여 명, 그러나
궁 밖에는 전장에서 잔뼈가 굵어진 이천여 표기대의 군사들이 계림궁을 겹
겹이 에워싸고 있는 것이다. 상황이 그렇다 보니 이미 전의를 상실하고 어
떻게든 빠져나가려 부질없이 애쓰는 사병들이 태반이었다.

인제나 수없이 셈하고 그 셈의 결과가 옳다고 자신만만했던 계림공이
지만 그것도 제 뒤에 저를 보호하는 힘이 있을 때나 가능한 일이었다. 이대
로라면 호족들이 도착하기도 전에 제 명줄이 잘릴 것은 명백한 일, 계산이
빠른 그답게 지금 가솔들을 이끌고 후원의 비밀통로를 통해 도주하는 중
이었다.

지하통로에 물이 고인지라 벌써부터 젖어든 치맛자락이 기어이 제 걸음
을 방해하자 이지가 울컥 신경질을 부렸다.

"이 꼴이 뭐란 말이에요, 아버님! 정녕 쥐새끼마냥 이리 도망쳐야 하는
건지요? 어찌 이 더러운 물에 소녀 발을 담그게 하시어요!"

"목숨 보존하는 것만도 다행이거늘, 너는 아직도 상황파악이 안 되는 것
이냐? 어찌 명민한 아이가 그것을 모르느냐?"

제 어미의 꾸짖음에 입은 다물었지만 이지의 구겨진 얼굴은 쉬 펴지지
않았다. 계림공이 그런 이지를 돌아보며 단호한 목소리로 말했다.

"그래, 네 말이 맞다. 이 썩은 오수汚水가 이어진 길에 목숨을 의지해야 하

니 이 아비도 이가 갈리고 치가 떨린다. 그러니 지금의 치욕을 잊지 말거라. 이 아비, 이대로 무너지지 않는다. 호족들을 규합해서 다시 돌아올 것이다. 그때 그놈의 목을 썩은 물에 담가 이 치욕을 배로 갚아주면 될 일이다."

계림공의 결연한 목소리에 이지마저 꽉 입을 다문 채 반짝 눈을 빛냈다. 너무도 잘난 그 사내의 숨을 제 손으로 끊는 상상을 하자, 상황과 어울리지 않게 짜릿한 쾌감마저 느껴졌다. 그러나 그들이 품은 잔인한 꿈은 그리 오래지 않아 산산조각이 나버렸다. 계림궁 뒤쪽의 야산으로 나와 비로소 빛을 본 그들이 처음 본 것은 제게로 겨눠진 검들이었다.

어찌 알았단 말인가, 정녕 황자는 귀신의 눈이라도 가졌단 말인가. 계림공의 눈이 저를 겨누고 있는 절평에게 못 박힌 채 점점 굳어져갔다. 사실, 현운의 명으로 웅룡이 집사를 포섭해 얻은 기밀이었다.

"이 호륜에 공이 숨을 곳은 없소. 이제 그만 무릎을 꿇으시오."

담담한 절평의 말에 계림공은 그래도 마지막 남은 자존심을 끌어모아 짐짓 근엄한 척 소리쳤다.

"대체, 뉘 앞에 무릎을 꿇으란 말인가? 내 죄가 무엇이건대 그대는 내게 칼을 겨누는가?"

그래도 황족이라고 비굴하진 않구나, 절평이 다부진 입매를 더욱 굳히고는 문득 검을 거두며 한 발 물러섰다. 그가 비켜준 자리로 절뚝이며 들어선 자의 얼굴을 확인한 계림공의 낯빛이 급작스레 해쓱해졌다. 저 얼굴을 어찌 잊으랴. 그 모진 고신을 당하고도 저희는 죄가 없다, 그래도 죽이려거든 나도 죽여 달라, 끝까지 애를 먹인 그자가 아닌가. 저 얼굴 다시볼 일 없으리라 자신해서 풀어줬건만, 그 손에 제 목숨이 겨눠지게 될 줄이야.

이제야 현실을 깨달은 듯 천천히 눈감는 계림공의 목에 준경이 검을 겨눴

447

다. 여전히 성치 않은 몸이라 오히려 동료들에게 방해가 되는 처지이지만, 극서와 동료들을 그리 보내고 홀로 살아남은 고통을 알기에 현운이 절평에게 특별히 부탁한 것이다.

계림공에게 겨눈 검을 더욱 힘껏 움켜쥔 준경이 쉬 열리지 않는 입술을 꽉 깨물었다.

'죽어도 같이 죽고 살아도 같이 살겠네!'

극서의 목소리가 아직도 선명했다. 그리 말해놓고 왜 같이 살지 못했는가, 원망이 큰 만큼 고통도 깊었다.

준경은 먼저 떠난 이들에 대한 원망을 애써 갈무리하며 천천히 입을 열었다.

"그대의 죄는, 저승의 내 동료들이 증명해줄 것이고, 그대가 무릎 꿇을 이는 이미 알고 있을 터. 그 목이 잘린 후에는 인정할 수 있지 않겠는가!"

다음 순간, 준경이 예고 없이 휘두른 검에 계림공 현제홍의 목이 제 몸을 떠나 툭 떨어졌다. 그 목은 제 핏줄들의 비명과 함께 굴러 지나온 길로 되돌아갔다. 제가 현운의 목을 담그리라 장담했던 그 시궁창 속으로.

높디높은 황궁의 담을 훌쩍 뛰어넘은 검교대의 걸음은 거칠 것이 없었다. 황궁을 지키는 군사들 대부분이 검교대의 귀신같은 솜씨를 익히 아는지라 칼을 맞댈 엄두도 못 낸 채 슬금슬금 물러난 것이다. 사실 황제가 독단적으로 천녀를 참수하고 천궁을 폐한 일로 황궁의 군사들 대부분이 황제가 미쳤구나, 동요하고 있던 탓이기도 했다. 천녀에 대한 경외심과 신뢰가 절대적이니 당연한 반응이었다.

그래도 황제의 직속군사인지라 어림군만은 현운과 검교대의 앞을 막아선 채 날카로이 검을 곧추세웠다.

"어찌 황궁에 검을 들고 들어섰는가! 이는 분명한 모반이니 그 누구도 살아서는 돌아갈 수 없을 것이다!"

어림군 대장 지귀수의 단전에서 끌어올린 외침에도 불구하고, 그에 답하는 현운의 음성은 지독하게 차고 무심했다. 마치, 왜 부질없이 힘을 쓰느냐고 비웃듯이.

"내 더는 피를 보고 싶지 않으니, 물러서라."

저 얼굴, 저 눈빛, 저 음성을 어찌 잊을 수 있으랴. 해서성 전투에서의 황자를 떠올리는 지귀수의 눈빛이 두려움으로 거칠게 일렁였다.

그러나 어림군 대장의 직분은 가벼운 것이 아니다. 그는 남은 용기를 끌어모아 눈빛을 견고히 다지며 소리쳤다.

"그럴 수 없소! 한발만 더 나서면 황자님에 대한 예우도 더는 없을 것이오!"

차갑게 그를 응시하던 현운이 문득 검을 들고 있던 오른손을 허공에 흩뿌렸다. 그 순간 허공에 떠오른 환도가 붉은빛을 발하며 곧바로 지귀수를 향해 날아갔다. 지귀수가 깜짝 놀라 제게로 짓쳐드는 검을 연신 쳐냈지만 현운의 검은 허공을 선회하며 끈질기게 그에게 달라붙었다. 제 상관이 위중한 상황인데도 어림군은 현란하게 움직이는 환도에 넋이 빠진 채 우두커니 서 있을 뿐이었다. 혼자서 현운의 검을 상대하고 있던 지귀수의 몸이 급격히 느려진 것은 당연한 일이었다. 결국 그는 검을 땅에 박으며 질끈 눈감아버렸다.

그러나 금세라도 맹렬히 목을 파고들 것 같던 환도는 그의 목에 날을 댄 그대로 더 이상은 움직이지 않았다. 천천히 눈을 뜬 지귀수가 허공에 멈춰진 채 움직이지 않는 황자의 손에서 그의 얼굴로 시선을 옮겼다. 그렇게 옮겨진 시선이 마주친 그 순간 현운이 입을 열었다.

"이만하면 됐는가."

잠시 그 눈을 뚫어지게 응시하던 지귀수가 툭 어깨를 떨어뜨리며 대답했다.

"가시는 길, 더는 막지 않겠습니다."

그의 말이 끝나자마자 환도가 현운에게로 되돌아갔다. 눈으로 보고 있으면서도 믿을 수 없는 광경에 어림대는 약속이라도 한 것처럼 길을 터주며 허리를 꺾었다. 그 사이를 막 지나치는 현운을 지귀수가 나직한 목소리로 붙잡았다.

"폐하께서는 지금 황궁에 아니 계십니다."

그 말에도 현운의 냉정한 표정은 변함이 없었다. 자신이 허한 일, 이미 짐작하고 있던 탓이다. 그러나 이내 심장을 찌르는 일말의 불안감에 냉정한 눈이 순간 흔들렸다. 그 불안을 읽었는가, 천경이 대신 질문을 던졌다.

"그게 무슨 말인가? 상세히 아뢰라."

"폐하께서는 이른 아침 궁을 뜨셨습니다."

가슴에 스멀스멀 불길함이 번졌다. 심장이 데인 듯 따갑고 목이 칼칼했다. 멱살이라도 잡고 다그치고 싶건만 답이 두려워 그럴 수가 없었다.

이번에도 현운 대신 천경이 다시 물었다.

"어디로, 뉘와 가셨단 말인가?"

"어디로 가신 줄은 소인도 알지 못하고, 태후폐하와 그림자무사를 대동하셨습니다."

그 순간 무거운 침묵이 검교대를 휘감았다. 그 기운에 눌려 그 누구도 입을 떼지 못하고 있을 때, 현운의 몸이 화살처럼 어딘가로 쏘아졌다. 너무도 빠른 움직임에 그 누구도 뒤따를 엄두도 내지 못하는 그 찰나의 순간에 그는 어느새 황제의 침전 옥개에 올라서 있었다. 그 체취조차 남아 있지 않건만 부질없는 미련이 그를 황제의 침소로 향하게 했다.

창호로 스며드는 햇살에도 불구하고 묘하리만치 어두운 황제의 침소에선 현운의 눈빛도 점점 더 무겁게 가라앉았다.

"기다리고 있었네, 황자."

현운은 교의에서 몸을 일으키는 식렴에게 고개 숙여 예를 갖췄다. 어린 시절, 태후가 친자인 현율 대신 그를 더 가까이 뒀기에 식렴 또한 현운에게는 각별한 존재였다. 그러니 세류를 잃었음을 확인한 이 상황에도 애써 마음 다스리는 것이다. 태후가 바란 그대로 말이다.

"황제의 뜻이다."

현운은 식렴의 초연한 눈에서 그가 내민 금빛 목갑으로 시선을 내렸다. 열려 있는 목갑 안에는 황제의 인장이 들어 있었다. 반쪽이 아닌 온전한 황금빛 봉황상의 인장 말이다. 문득 제가 품고 떠났던 반쪽 금인이 떠올라 현운의 입꼬리가 치켜졌다.

그런 뜻인가. 황제의 인장을 온전히 두고 가니 다시 돌아올 뜻도 없다, 그러니 쫓지 말라는 것인가. 이것이 어찌 황제의 뜻이겠는가. 아들을 지키고자 고심했을 태후의 모습이 저절로 상상이 됐다. 그저 씁쓸히 웃고 있는 현운의 귀에 간절함마저 담긴 식렴의 목소리가 다시 들려왔다.

"태후가 이리 전하라 하더구나. '그 아이'는 반드시 돌려보낼 테니 기다려달라고 말이다."

기다리라, 기다리라……. 내던지듯 목갑을 탁상 위에 놓은 현운이 이내 천천히 눈을 감았다. 제 눈을 잠식한 끔찍한 분노를 차마 내보일 수 없는 까닭이었다. 기다리라니, 그 일분일초가 지옥인 것을 도대체 얼마만큼 지옥을 겪으라는 것인가. 그 끝을 짐작할 수 없는 번뇌가 그의 피를 더욱 차디차게 얼리고 있었다.

29. 초련初戀, 널 지킨 것은 나였다

근자에 형장의 해는 통 질 줄을 몰랐다. 죄를 단죄하는 곳이니 의당 피 냄새가 짙은 것은 당연하다지만 줄줄이 떨어지는 목에서 흘러나온 피가 개 울을 이룰 지경이었다. 그렇다 보니 목을 치는 망나니도 구경하는 세인들 도 피 비린내에 토악질할 정도였다.

그러나 마땅한 즉위식도 없이 황위에 오른 강무强武황제, 현운의 단죄는 쉬 끝나지 않았다. 계림공 현제홍의 측근들 목이 우수수 떨어졌고 그에 동 조하여 사사로이 군사를 움직인 최산보를 비롯한 지방호족들 또한 처형됐 다. 아들이 황위에 오르기를 염원하며 간신히 버텼는지, 상황이 끝내 숨을 거둔 후에도 형장의 피는 마르지 않았다. 국상으로 온 백성이 애도하는 중 에도 현운은 마치 아비의 저승길에 동무를 만들어주기라도 하듯 죄인들을 형장으로 내몬 것이다.

어느 때부터인가, 백성들은 그를 '피의 황제'라고 부르기 시작했다. 잠 조차 잊은 채 피를 갈구하는 황제, 고단하고 고통스러웠던 지난 삶을 피로 써 위로받는 황제. 피의 황제를 맞이한 호륜은 달도 해도 붉디붉었으나 그것은 썩은 살을 도려내는 과정이었다.

"오늘은 또 몇의 목이 잘릴 겐지······. 내 이제는 숨만 쉬어도 피 비린내가 맡아지는 것 같으이. 이제 그만 끝날 때도 되지 않았나?"

"어허, 무슨 소리! 이참에 곯은 살을 다 도려내야지! 그 뿌리가 깊으니 어찌 피 냄새가 진동치 않겠나?"

세인들이 보기에 황제는 거칠 것이 없어보였다. 역사상 가장 강력한 황제, 그 누구도 감히 대적할 수 없는 강철의 황제였다. 어찌 그렇지 않겠는가. 귀검 혹은 사신이라 불릴 만큼 신묘한 무공에 냉철함까지 갖췄으니, 그를 흔들고 무너뜨릴 것은 아무것도 없어보였다.

그러나 그를 곁에서 지켜보는 검교대의 마음은 제 주군이 냉혹하고 강해질수록 시커멓게 타들어갔다. 세상을 호령하고 천하를 가슴에 안았어도 오직 단 하나 갈망하는 것을 품지 못한 그 공허함과, 그 공허함에 더더욱 자신을 살벌하게 몰아세우는 것을 아는 까닭이었다.

세류가 현율과 함께 자취를 감춘 지 어느덧 두 달이 다 되어갔다. 그리고 그 두 달 동안 현운의 눈빛은 점점 더 인간의 온기를 잃은 채 어둠 그 자체가 되어가고 있었다.

한 번 버려졌던 곳이라 그러한가. 세찬 바람이 벽을 뚫고 방 안에 스며들어 아궁이에 아무리 불 지펴도 한기는 쉬 사그라지지 않았다. 숲을 뒤흔드는 허허로운 바람소리도 예사롭지 않았다. 그 와중에서 움직이던 핏기 없는 손이 기어이 젓가락을 내려놓으며 힘없이 늘어졌다.

"왜, 더 들지 않고?"

걱정스레 묻는 어미의 얼굴을 담담히 응시하던 현율이 힘없이 웃어 보였다.

"충분히 들었습니다. 저는 개의치 마시고 어서 드십시오."

태후라 불렸던 여인, 서정도 아들을 따라 수저를 내려놓았다. 고행 끝에 이 암자에 든 것이 벌써 달포가 넘었다. 황궁을 떠난 그 순간부터 호사스러운 삶은 버렸건만, 받드는 이라고는 연 상궁 하나 그를 도와 조석朝夕으로 손수 끼니를 준비하는 것부터가 그녀에게는 고역이었다.

그래도 서정은 기꺼이 그 일을 했다. 나면서부터 고귀해서 물 한 번 문힌 적 없던 손으로 장작을 지피고 찬을 준비했다. 매번 학을 떼며 말리는 연 상궁에게 온전히 맡기고 물러날 수도 있건만 그러지 않았다. 사소한 일 하나하나가 그녀에게는 품어주지 못한 아들을 향한 속죄였고 그간 주지 못한 어미의 정을 갚는 일이었다.

허나 쇠인으로 숨어 사는 처지라 줄 수 있는 것에도 한계가 있었다. 아무리 정성을 다해 차려도 푸성귀와 질긴 산짐승 고기뿐인 상이 현율의 입에 어찌 맞겠는가. 눈 덮인 산사에서 그것이라도 구하는 것은 세류가 이 산을 제 몸처럼 구석구석 아는 덕분이었다. 배곯지 않으니 그것만도 다행이건만, 현율이 점점 야위어가는 것이 다 제 탓인 것만 같아서 어미의 가슴은 메어지고 갈라졌다.

그 마음을 짐작했음인가. 현율이 내려놓았던 젓가락을 다시 들면서 마침 숙랭(熟冷, 숭늉)을 들고 들어선 연 상궁에게 물었다.

"세류는 아직인가?"

"곧 오겠지. 산을 내려간 지 한 시진도 안 되었으니 너무 조급해하지 말거라."

연 상궁 대신 답하는 서정의 음성은 부드러우나 안쓰러움이 짙었다. 현율의 탕약을 짓기 위해 세류가 산을 내려간 것이 고작 한 시진 전의 일이건만, 벌써부터 불안한 듯 떠도는 눈동자가 서정에게는 안타깝기만 했다. 그 아이가 사내가 아님을 이제는 알기에 더더욱 가슴이 아렸다.

같은 여인이라서 그런가, 두말없이 길을 따라나서서 내내 현율을 보호하고는 있지만 세류가 현율을 여인의 눈으로 보고 있지 않음을 충분히 느낄 수 있었다. 현율을 향한 세류의 눈빛은 그의 호위, 그 이상도 그 이하도 아니었다. 오히려 세류의 눈빛은 현율을 볼 때보다 저 홀로 달을 우러르거나 먼 산을 바라볼 때 더 애처롭고 애틋했다. 그것이 제 곁의 사람이 아니라 곁에 없는 다른 이를 향한 정염임을 서정이 어찌 모르겠는가. 그녀 또한 한때 그런 감정에 사로잡혀 하루하루를 보냈거늘.

그래서 서정은 불안했다. 머지않아 세류마저도 떠나버릴 것 같아서, 세류를 잃으면 현율이 더는 버티지 못할 것 같아서 불안하고 두려웠다. 이제야 오롯이 어미와 자식으로 살게 되었건만 그 시간이 무한하지 않아 아쉽고 안타까웠다. 해서 터만 잡으면 세류를 현운에게로 돌려보내리라는 애초의 다짐을 자꾸만 미루고 있는 것이다.

그 마음을 읽었는가. 문득 현율이 잔잔한 음성으로 그녀를 불렀다.

"어머니……."

서정은 제 눈 가득 채워지는 현율의 창백한 얼굴을 새삼스레 차분히 들여다보았다. 황궁을 떠나는 그 순간에 품었던 분노와 증오는 모두 버렸는가. 현율은 마치 세월을 역행한 듯 어린 시절과 같은 말간 얼굴과 눈빛을 하고 있었다.

그래, 이 아이는 이런 눈빛이었지. 서정은 제가 늘 외면했던 맑고 여린 눈동자를 마주 보며 그저 고개를 끄덕였다.

"더는, 애쓰지 마십시오."

무엇을 말인가, 왜 곧 떠날 이처럼 다 놓은 듯 초연한 목소리로 저리 말하는가. 서정이 뭐라 묻기도 전에 현율이 차분히 말을 이었다.

"황궁 안에 갇힌 죄였겠지요. 어머니께서 황후가 아니셨다면, 비록 불륜의 씨앗이라고 해도 저를 그리 외면하진 않으셨을 테지요. 이제는 압니다, 이해합니다. 제가 제 것이 아닌 것들을 욕심낸 것도 황궁의 사람이기에 가졌던 헛꿈, 이제는 압니다. 그러니 더는 죄스러워하지 마십시오."

"율아……."

그 순간 문밖에서 세류의 차분한 목소리가 들려왔다.

"탕약을 달여서 들이겠습니다. 조금만 기다려주십시오."

그 음성을 음미하듯 가만히 눈 감은 현율이 조용히 속삭였다.

"어머니도 느껴지십니까? 저는 느껴집니다. 이곳에서 아우가 보낸 인고의 세월이, 그 고단한 무게가 제 것처럼 생생하게 느껴집니다. 마치 이 산이 제게 말해주는 듯합니다. 숲이, 바람이, 아우가 긴 세월, 속으로 삼킨 눈물과 고통을 쉼 없이 들려주더군요."

거센 바람이 장지문을 덜컹덜컹 뒤흔들었다. 그마저도 숲의 전언으로 들리는지, 현율은 한참을 아무런 말이 없었다. 그리고 바람소리가 조금 잦아들자 그제야 천천히 눈을 떠 가만히 서정을 응시했다.

"저는 이제 마음이 편합니다, 어머니. 왜 나는 안 되는가, 왜 내가 아닌가, 분노하고 원망했었지만 이제는 왜 아우여야 하는가를 깨달았습니다. 아마 저였다면 결코 그 긴 세월을 견뎌내지 못했을 겁니다."

언제나 핏기 없이 창백하기만 하던 현율의 얼굴에 문득 발그레 온기가 돌았다. 서정은 저와 현율을 감싼 느닷없는 온기에 그저 소리 없이 미소 지었다. 무명이라는 이름으로 살았다던가. 암자 곳곳에, 그리고 산 곳곳에 배인 금렴의 기운을 감지한 까닭이었다. 그의 기운이 현율에게 평온과 온기를 선사했구나 싶어 반갑고도 감사했다.

서정은 현율이 뜬 밥 위에 찬을 얹어주며 따뜻이 말했다.

"네게도 네 몫의 삶이 있을 터, 이제 어미와 함께 그를 찾아 채우고 다듬자꾸나. 세상 가장 명예로운 자는 제 삶을 제대로 산 자가 아니겠느냐?"

"그렇지요."

제 삶을 제대로 산 자……. 그 말에 현율의 입가에 문득 서글픈 미소가 번졌다. 이제는 제 몫의 삶이 무엇이었는지 능히 깨달은 탓이었다. 주어진 삶을 제대로 살았으니 뿌듯해야 하건만 그래도 가슴 한쪽이 허한 것은 어쩔 수 없었다.

"어머님, 청이 있습니다. 세류 저 아이 말입니다."

그 순간, 기다렸다는 듯 거센 바람이 창호를 뚫고 두 사람에게로 들이닥쳤다. 그러나 그 바람은 뉘의 은혜인지, 한기라곤 찾아볼 수 없이 온기만을 품은 바람이었다.

채 녹지 않은 눈 위로 또다시 눈이 쌓여갔다. 이곳에서 보낸 겨울이 적지 않건만 백오산의 이번 겨울은 유독 추웠다. 그것이 제 허한 마음 때문이라는 것을 세류도 잘 알고 있었다. 도성을 떠나온 지 두 달, 길다면 길고 짧다면 짧은 시간이었다. 그러나 가슴에 쌓인 그리움의 더께는 몇 십 년 세월을 보낸 듯 깊고 두터웠다. 다시 돌아갈 수 있을까, 돌아가면 그가 받아줄까. 떠나올 때는 몰랐던 두려움이 하루해가 질 때마다 커져만 갔다. 숲을 뒤흔드는 바람마저 세류에게는 그에 대한 그리움과 두려움으로 다가왔다.

그때 문득 눈 밟는 소리가 귀를 파고들었다. 언제 왔는지 현율이 거센 눈보라 속에 위태롭게 서 있었다.

"날이 찹니다. 어찌 나오셨습니까?"

"머리가 맑아지는 게 좋구나. 안에만 있으려니 갑갑해서 그러니 너무

나무라지 말거라."

현율의 표정은 창백한 낯빛과는 달리 평온하기 그지없었다. 그러나 그가 딛는 한걸음마다 세류의 불안한 시선이 함께했다. 안 그래도 병약하던 이가 긴 여정과 산사의 고된 생활에 눈에 띄게 병세가 악화된 터였다. 아무리 식시마다 탕약을 챙겨도 황궁의 약제에 비할 바가 아니라 별 효험이 없는 듯도 했다. 솜옷을 걸쳤으면 무엇 할까. 겨울 산의 칼바람은 저 병약한 몸에 고스란히 스며들어 병을 더 깊게 하리라.

그러나 세류의 걱정은 알지 못하는 것처럼 현율은 얼굴 가득 미소를 띤 채 세류를 지나쳐 숲 안으로 걸어 들어갔다. 막는다고 막아질 이가 아니기에 세류는 그저 말없이 그 뒤를 따랐다. 몇 걸음이나 옮겼을까. 문득 멈춘 현율이 세류를 등진 그대로 조용히 입을 열었다.

"진작 나를 떠났어도 됐을 것을, 네 부모에 대해 말해줄 때만을 애타게 기다리며 예 머문 것을 안다. 내가 비겁했고 비열했지……. 그럴 것을 알기에 이제껏 입 다물고 있었으니."

세류는 어쩐지 쓸쓸해 보이는 그의 등을 말없이 응시했다. 그간 한 번도 아비와 어미에 관련해서는 언급조차 않더니, 이제 말해주려는 것일까. 그토록 가슴 태우며 기다렸던 순간이건만 묘하게도 마음이 차분했다. 어미아비 없이도 부족할 것 없이 지냈던 백오산에 서 있기 때문인가. 아니, 어쩌면 제 부모를 무기처럼 쥔 채 저를 묶어둔 이가 너무도 쓸쓸하고 나약한 까닭인지도 몰랐다.

잠시 바람에 저를 맡긴 채 침묵하던 현율이 나직한 음성으로 말을 이었다.

"네 아버님은, 아바마마의 그림자무사셨다. 운부라는 이름이셨지. 참형에 처해지게 된 네 어미를 구하느라 목숨을 잃으셨느니라."

"제 어미는, 어찌해서 참형에 처하게 된 것인지요?"

세류는 현율이 제 아비를 높여 부르는 것을 미처 깨닫지 못했다. 온몸으로 창검을 막고 있는 아비의 처절한 모습이 저절로 머리에 그려진 까닭이었다.

"네 어미는 산희라는 이름의 천녀였다. 네가 천녀에게서 났으니 네 어미의 죄가 짐작이 될 것이다."

그리된 것인가. 세류는 부르르 떨리는 눈꺼풀을 내리감았다. 품어선 안될 이를 품은 죄 때문에 세상을 등지게 된 이들, 그리고 그 죄의 산물이 자신인 것이다. 사부와 홍인이 그토록 제 어미와 아비를 묻어뒀던 까닭이 이제야 이해가 됐다.

그 순간 문득 제 아비와 어미 때문에 자신이 그의 곁에 머물 수밖에 없다고 했던 현율의 말이 뇌리를 스쳤다. 그 말의 진의는 무엇이며 그를 향한 제 뜻 모를 감정은 또 무엇이란 말인가.

마치 세류의 생각을 읽기라도 한 것처럼 현율이 이내 입을 열었다.

"네 어미가, 내게 유품을 남겼다."

세류는 어쩐지 슬퍼 보이는 그의 얼굴에서 품에 들어가 있는 손으로 시선을 내렸다. 잠깐의 간극 후에 현율이 그 손으로 품에서 꺼낸 것은 내리는 눈처럼 희게 빛나는 은비녀였다.

"이제는 네게 돌려줘야 할 때인 것 같구나."

세류는 은비녀를 눈에 담은 것만으로도 그것이 어미의 흔적임을 알 수 있었다. 아마도 제 아이를 지키려는 어미의 염이 너무도 강한 탓이리라. 은비녀를 쥔 채 천천히 눈을 감자, 한 번도 느껴본 적 없는 어미의 체온이, 한 번도 맡아본 적 없는 어미의 체취가 곁에 있는 듯 생생하게 전해져왔다.

그리고 어미와 아비의 삶과 죽음이 마치 눈으로 본 것처럼 또렷하게 눈 앞에 펼쳐졌다. 은비녀에 담긴 산희의 염이 살아서 들려주지 못한 이야기 들을 풀어내고 있는 것이다. 그것들을 오롯이 가슴에 끌어안은 내내 세류 의 몸은 고통으로 흔들리고 그리움에 떨었으며 충격으로 경련했다.

끝나지 않을 것 같던 시간이 흐르고 다시 뜨여진 눈은 물기를 머금어 반 짝이고 있었다. 슬픈 눈으로 세류를 바라보던 현율이 무릎 꺾으며 힘없이 무너져 내린 것은 그 순간이었다.

"폐하!"

이제는 그리 불릴 이가 아니건만, 달리 부를 이름이 없어 때 지난 호칭 이 절로 나왔다. 호칭 따위 신경 쓸 여력이 없었다. 마치 온몸에서 온기가 빠져나가버린 것처럼 늘 붉넌 현율의 입술마저 푸르게 죽어 있는 까닭이었 다. 현율이 그 푸른 입술에 쓸쓸한 미소를 머금은 채 힘없이 속삭였다.

"지난 세월, 나는 그저 너를 갖고 싶은 사내였으나, 그래도 그 세월 널 지킨 것은 나였다. 오라비니까. 그것만 기억해줬으면 좋겠구나……."

세류는 현율의 간절한 눈을 응시하며 천천히 고개를 끄덕여주었다. 이 미 어미의 염에서 그 운명을 읽은 까닭이었다. 사부가 떠나고 현운과 홍인, 합탁마저 떠나 홀로 남겨진 저를 현율만이 지켜줄 수 있었음을, 그런 운명 이었음을 말이다.

마치 세류의 대답을 얻기 위해 마지막 숨을 붙잡고 있었던 듯 다음 순간 현율의 눈이 조용히 감겨졌다. 끝없이 눈이 날리는 겨울밤의 숲, 현율은 그 곳에서 비로소 긴 소임을 마치고 안식을 얻었다.

모처럼 하늘 맑은 날, 태양도 겨울답잖게 한껏 이글거리며 황성 곳곳의 한기를 몰아내고 있었다. 그러나 이글거리는 태양마저도 두려워 그만은 피하는가. 창호로 스며드는 햇볕 속에 앉아 있는데도 그 얼굴은 온기 하나 없이 차고 어둡기만 했다. 그린 듯 아름다운 얼굴인지라 진정 온기도 감정도 없는 그림은 아닐까, 잠시잠깐 의문을 느낄 정도였다.

'그 아이'가 돌아오지 않은 까닭인가. 식렴은 현운의 얼음 같은 얼굴을 바라보다 깊은 한숨을 내쉬었다. 그 한숨이 감추려던 제 뜻과는 달리 너무 컸던 모양이다. 내내 봉장(封章, 상소)들에 고정되어 있던 서늘한 눈이 그제야 식렴에게로 향했다.

어찌 저런 눈을 지니게 됐는지, 식렴은 백발의 자신조차 움츠러들게 하는 눈을 마주 보며 조심스레 말문을 열었다.

"폐하, 상소문을 보셔서 아시겠으나, 황후 책봉이 시급합니다. 황궁에는 안주인이 반드시 있어야 하는 법, 내궁을 비워두는 것은 모양새가 좋지 않습니다. 본디 이 사안은 내전에서 추진해야 하나, 태후도 아니 계시니 소신이 추진코자……."

"잊으셨습니까."

식렴은 지독하게 차디찬 현운의 목소리에 그저 두 눈만 깜빡일 뿐 대답하지 못했다. 무엇을 말입니까, 목까지 올라온 질문을 입 밖으로 뱉는 것조차 허락할 수 없다는 듯 그 목소리가 너무도 단호한 까닭이었다. 그 음성만큼이나 단호한 눈빛으로 현운이 말을 이었다.

"그 아이 말입니다. 어마마마께서 제게로 반드시 돌려보내리라 약조하신, 그 아이. 저는 그 아이를 기다리고 있습니다."

"폐하, 대체 그 아이가 뉘이기에……."

내내 품고 있던 의문을 토해냈지만 식렴은 채 말을 맺지 못했다. 순간 날카롭게 빛난 현운의 눈이 더는 묻지 말라, 경고한 까닭이었다. 알 수 없고 물을 수 없으니 궁금증은 물먹은 솜처럼 무거워져만 갔다. 그러나 이대로 물러설 순 없다. 어찌 그 잘난 몸으로 여인 한번 품지 않는가, 전대의 황제는 남색을 밝히더니 현 황제는 아예 불구가 아니냐, 벌써부터 호사객들이 입방아를 찧어댔다. 아무리 저 눈이 두려워도 황제가 저잣거리 잡소리에 오르내리는 것을 더는 방치할 수 없었다.

게다가 황후가 될 이는 귀하고 정숙해 높디높은 담장 깊은 곳에 고이 있는 이여야 하거늘, 어찌 전대 황제와 함께 한데로 떠난 '그 아이'만을 기다리고 있단 말인가.

식렴은 꿰뚫을 듯 날카로운 현운의 눈을 똑바로 응시하며 말했다.

"언제 돌아올지 모를 이가 아닙니까? 그리 아끼시면 훗날 들이면 될 터, 일단 황후궁 주인을 먼저 들이십시오. 황실의 번영을 위해서라도 많은 비를 맞이하셔야 하나, 우선은 황후를 세우셔야 합니다."

공명정대함과 정직한 성품으로 많은 이의 존경을 받는 식렴이었다. 해서, 그 외손자가 도주한 전대의 황제이고, 그 딸이 함께 도주한 태후인데도 벌은커녕 여전히 태사의 자리를 유지하고 있어도 그 누구도 불평치 않는 것이다. 그러니 진정 근심과 애정이 깃든 말임을 뉘라고 모를까. 그 마음이 전해졌는지, 현운에게서 문득 긴 한숨이 흘러나왔다.

그러나 그 한숨 끝에 식렴에게 맞춰진 현운의 눈은 생살을 베어낼 듯 예리하기만 했다.

"나는, 그 아이를 기다리고 있다 말했소. 그러니 두 번 다시 그 사안에 대해 거론치 마시오, 태사."

황좌에 앉고도 늘 할아비에 대한 예를 다하던 현운이었건만, 지금은 그 말투도 눈빛도 존엄하기 그지없었다.

'서정아, 네 데려간 그 아이가 뉘이기에 저 눈에 서릿발이 날리는 것이냐……'

식렴은 현운이 자신을 남겨둔 채로 훌쩍 일어나 정전을 비운 후에도 한동안 미동조차 하지 못했다.

덜컹덜컹, 들창에 바람 부딪는 소리가 유별났다. 저 창이 저리 흔들렸던 때가 있었던가, 기억에 없는지라 더욱 귀에 거슬렸다. 식렴은 애써 청하던 잠을 포기하고 부스스 일어나 앉았다. 딸과 손자를 떠나보낸 후 수없이 지새운 밤, 그래도 인간인지라 피로가 극에 달해 오늘은 쉬 잠들 줄 알았다. 한데 저 바람이 오늘마저도 편히 쉬지 말라 일어나 앉게 한 것이다.

어느 곳에서 어찌 지내고 있을까. 이 삭막한 계절에 온기 지닌 방에서 따뜻한 끼니와 함께이긴 한 걸까. 푹신한 비단 보료에 얹은 몸이 너무도 죄스러웠다. 비록 딸이 황실에 저지른 죄를 조금이라도 갚기 위해 아직도 관직에 있으나, 마음은 온전히 한데로 함께 나선 그였다.

'그 아이를 어서 돌려보내라, 서정아. 황제의 분노를 더 사서는 아니 된다. 그래야 네가 살고 율이가 산다. 서릿발치던 그 눈을 보니 이만큼 기다려주기도 고역이었을 터······.'

들려줄 수 없는 목소리로 애타게 외치고 있을 때, 문득 문밖에서 집사인 고왕의 목소리가 들려왔다.

"나리, 고왕입니다."

"무슨 일이냐?"

"나리를 뵙고자 청한 객인이 있사온데 어찌할까요?"

"이 시각에 어인 객인이란 말이냐?"

인경이 울린 지 몇 시진이 훌쩍 지난 터였다. 통행이 금해진 시각에 순찰병을 피해 찾아든 객인이라니, 왠지 꺼려졌다. 그때 고왕이 이전보다 은밀해진 목소리로 다시 고해왔다.

"태후폐하, 아니, 마마의 서신을 가져왔다 합니다."

내내 찡그려져 있던 식렴의 눈이 그 순간 번쩍 뜨였다.

"자네는 그 말을 듣고도 어찌 서두르지 않은 겐가! 당장 들이게, 당장!"

그리 명할 줄 알았다는 듯, 식렴의 타박이 끝나자마자 고왕이 연 문 사이로 누군가 들어섰다. 늘씬한 몸매에 방갓을 쓴 자였다.

"어서, 어서 서정의 서찰을 달라, 어서! 한데 네 어찌 서정의 서찰을, 어디에서 만났느냐?"

공손히 읍하는 객에게 식렴이 성마른 목소리로 두서없이 물었다. 황망히 떠나보낸 딸의 기별에 진중한 성품에도 경련이 일고 조급증이 이는 것이다. 그러니 발소리도 없이 다가와 서찰을 바치고는 방갓마저 벗으며 곱디곱게 정좌한 객의 모습은 식렴의 눈에 들어오지도 않았다. 식렴이 저답잖게 떨리는 손으로 서찰을 펼치고는 그 속에 딸의 얼굴이라도 있는 듯, 한 글자 한 글자 찬찬히 읽어갔다. 그리고 스쳐가는 글자들이 늘어갈수록 그 눈은 점점 더 어두워져만 갔다.

너른 뜰, 드높은 담장 안에 머물고 있을 거라는 기대는 애초에 없었으나, 깊은 산의 낡은 암자에 터를 잡았다니 그 신세가 애달파 저절로 눈시울이 붉어졌다. 날 때부터 병약해서 궁을 떠날 때도 저 몸으로 얼마나 버틸까 염려스러웠건만 현율이 기어이 숨을 놓았다니 가슴이 에이고 애가 끓었다.

그렇게 널뛰는 감정에 사로잡혀 있던 식렴의 눈이 문득 그림자인 듯 미동도 없이 앉아 있는 객인에게로 향했다. 등불도 필요 없다. 들창으로 스며드는 달빛 속에서 저 홀로 빛나고 있는 그 얼굴은 그린 듯 아름다웠다. 식렴은 그 얼굴을 바라보며 저도 모르게 깊은 한숨을 내쉬었다.

'내 저런 얼굴을 알지……. 그래서 서로만을 갈구했구나. 그 둘이 짝이

아니면 뉘와 짝이 되겠는가.'

딸이 저 대신 보낸 아이를 무거운 눈빛으로 응시하던 식렴의 눈이 어느 순간 천천히 감겨졌다. 이 또한 들창을 때리는 저 바람처럼 언젠가는 잦아질 일, 그래도 반드시 겪어야 할 운명이리라.

'아버님, 저는 율이의 정토왕생淨土往生만 기원하며 남은 생을 이리 살려 합니다.'

식렴은 딸의 유언과도 같은 말을 가슴 아프게 되새기고 또 아프게 곱씹었다.

30. 헌천화獻天花, 자연스레 가슴에 스며드는 체취

어디선가 밀려온 한기가 얼굴을 스치고 가슴에 스며들었다. 겹겹이 닫힌 문, 두툼한 야금夜衾 속에 누웠어도 심장까지 스며든 한기가 안 그래도 서늘한 얼굴을 더욱 차게 식혔다. 황제의 침전에 한기가 스며들 리는 없는 법. 그것이 홀로 잠들었다 홀로 맞이하는 여명 때문임을 누구보다 그 자신이 잘 알고 있었다.

현운은 애써 굳게 감고 있던 눈꺼풀을 결국 무거운 한숨과 함께 들어 올리며 일어나 앉았다. 그리고는 기어이 저를 일어나게 한 이가 밖에 서 있는 문에 시선을 던졌다. 아직 기침전이시니 돌아갔다 다시 오시라, 기침하실 때까지 예서 기다리겠다, 지밀상궁과 속살거리는 식렴의 목소리를 진즉 들은 까닭이었다.

며칠 동안 일신상의 이유라며 등청치 않더니 또 무슨 훈계를 하려고 아침 댓바람부터 들이닥쳤는가. 현운은 벌써부터 지끈거리는 이마를 짚으며 픽 웃고 말았다. 자는 척 무시할 수도 있으나, 식렴은 자신의 말처럼 끝까지 기다릴 게 분명했다. 아무리 껄끄러워도 백발의 외조부를 지밀상궁나인들과 함께 문밖에 번番 세울 수는 없었다.

현운은 이마에서 미끄러뜨린 긴 손가락으로 뺨을 쓸며 하명했다.

"태사를 안으로 모셔라."

"네, 폐하."

달리듯 잰걸음으로 들어온 지밀나인이 아직 어둠이 채 가시지 않은 침전에 등불을 밝히고 물러나자마자 식렴이 안으로 들어섰다. 혹여 큰 탈이라도 난 것은 아닌지 내심 걱정했건만, 식렴의 표정과 눈빛은 외려 이전보다 더 빛이 나고 더 평온했다.

분명 이유가 있을 것이다. 예리해진 눈으로 식렴을 한동안 응시하던 현운이 무심한 듯 물었다.

"어마마마께서는 탈 없이 잘 지내고 계신답니까."

흠칫 흔들리는 눈빛을 확인한 현운의 눈빛이 한층 더 날카로워졌다. 딸이 안부를 전해와 저리도 평온하구나, 넘겨짚었는데 당황하는 걸 보니 맞는 모양이다. 그렇다면 세류는 어찌 된 것인가. 세류는 어찌 아니 보내고 자신의 안부만 보낸 것인가. 그래, 어디 해명해보라는 듯 칼날 같은 시선에도 식렴은 어쩐지 흐무진 표정이었다.

"폐하, 일전에 아뢴 대로 비어 있는 황후궁으로 인해 온 백성이 근심하고 있습니다. 또한, 이미 소신이 황후책봉을 추진코자 한다고……."

"할아버님……."

화가 치밀면 의당 목이 터져라 고함을 지르는 게 당연할 터. 황제의 노성만큼 듣는 이를 움츠러들게 하는 것이 또 있을까. 그러나 현운의 음성은 높기는커녕 본래보다도 더 낮고 무거운데도 오히려 크나큰 두려움이었다. 살만큼 살았고 잃을 만큼 잃었으니 초연한 식렴조차도 그 음성에 절로 입을 다물었을 만큼.

어린 시절부터 자신을 지키고자 그리 애쓴 태후가 아니라면, 시시때때로 저를 찾아 친할아비가 그러듯 공정公正과 강직剛直을 가르쳐준 식렴이 아니라면, 예나 지금이나 이 악물어 참는 일은 없었을 것이다.

현운은 손가락 끝까지 뻗친 분노를 힘껏 쥔 주먹 안에 가두며 천천히 입을 뗐다.

"어머님께서, 그 누구도 찾아낼 수 없는 곳에 숨었으니 안심하라 하셨습니까. 그러니 어서 황후책봉을 서둘러 황제의 마음을 돌려라, 그리 기별하셨습니까. 혹, 어마마마께 연통할 방도가 있으시거든 전하십시오. 이제 더는 기다려드릴 수 없다고……. 그 아이를 찾기 위해서라면 이 현운이 못할 것이 없다고 말입니다."

"폐하……."

몸에 꽂히는 냉혹한 기운에 한숨처럼 속삭인 식렴이 문득 다부져진 눈빛으로 현운을 응시했다. 지독히도 견고하고 냉혹하나, 자신도 정인을 향한 정염에 들끓었던 시절이 있었거늘 어찌 저 눈빛을 모를까. 귀검이니 사신이니, 살인귀니, 세인들은 너나없이 황제를 죽은 자 취급했지만 이제 식렴의 눈에는 보였다. 저를 데워줄 유일한 온기, 그 귀하고 고운 아이 하나를 갖기 위한 사내로서의 뜨거운 갈망이 말이다.

식렴은 현운이 쏘아대는 따가운 기를 애써 무시하고 뒤로 살짝 고개 틀며 외쳤다.

"아가, 들어오너라!"

머리부터 발끝까지 늘어진 흑색 몽수蒙首 자락을 나풀거리며 안으로 들어서는 뉘인가는 현운의 시선조차 끌지 못했다. 이젠 그 눈이 검 그 자체인 듯 살벌한 현운의 눈은 오직 식렴에게만 고정되어 있었다. 아둔하지 않으니 자신이 바라는 것이 무엇인지 알 것이고, 탐욕스럽지 않은 이였으니 굳이 제 핏줄을 황후로 세우고자 욕심낼 리도 없다. 한데 어찌 저리 고집스럽고 대담하게 자신의 뜻을 거스르는지 도무지 이해할 수가 없었다. 그 역시도 결국 인간인지라 부질없는 야욕을 품게 된 것인가.

"폐하, 이 노부의 손녀아이입니다. 아무리 고심해 봐도 이 호륜에 폐하의 비우(妃偶, 배우자)로 이 아이만 한 이가 없어 폐하께 재가를 받을 겸, 문안드리라 동행했으니 부디 내치지 마십시오."

세상 가장 존귀하고 존엄한 이, 황제의 앞이다. 그러니 저를 낮추고 제 핏줄도 낮춰야 하건만, 식렴은 황후로 제 손녀만 한 이가 없다고 기세등등했다. 정녕 그마저도 부질없는 야욕에 사로잡혀버린 것인가. 현유홍과 제 홍이 저절로 떠올라 어두워진 현운의 눈이 문득 식렴 뒤의 여인에게로 향했다.

그리 잘났다면서 어찌 검은 몽수 속에 꼭꼭 감추었는지, 현운의 날카로운 눈으로도 들여다볼 수 없을 만큼 흑색 몽수는 두터웠다. 굳이 기력을 높여 저 여인을 느껴야겠는가, 무심히 고개 돌렸던 현운이 다음 순간 예리해진 눈빛과 함께 벌떡 몸을 일으켰다.

가린다고 가려질 기가 아니다. 맡으려 애쓰지 않아도 자연스레 가슴에 스며드는 체취다. 저절로 쫓게 되고 간절히 갈망하게 되는 온기였다.

"폐하, 이 아이는 귀하디귀하고 정순한 아이이니 낯을 보이는 것은 관례대로 대례 때……!"

그 순간, 현운이 손을 내뻗는 것과 동시에 느닷없는 바람이 들이닥쳤다. 그예 주르륵 미끄러진 식렴의 몸은 어느새 문밖의 낭하로 밀려나 있었다. 뒤이어 현운의 거친 목소리가 그 낭하에 울려 퍼지며 열려 있던 문들이 단호히 닫혀버렸다.

"물러가라! 명을 어기면 그 뉘라도 목이 잘릴 것이다!"

이제는 제 손녀인 세류가 삼켜진 문을 걱정스레 바라보던 식렴이 괜한 헛기침을 했다. 아닌 척 귀 세우고 있는 아랫것들 때문이었다.

"흠, 어지간히도 마음에 드시는 모양이야."

농처럼 말했지만 이 순간 식렴은 진정 흡족했다. 그간 가슴에 얹혀 있던 죄책감도 다 내려진 듯했다. 어쩌면, 일찍이 처자를 잃고 그나마 하나 남은 딸마저도 한데로 보내고도 삶을 이어온 것이 오늘 이 소임 때문이었는가 싶기도 했다.

굳게 닫힌 문을 바라보는 식렴의 입가에 느릿느릿 미소가 번졌다. 야차 같던 황제의 눈빛은 금세라도 세류를 집어삼킬 것 같았지만, 그를 능히 잠재울 수 있을 세류다. 너무도 존귀하고 명민한 태생이라 황후가 되기에 부족함이 없다고 전한 서정의 말처럼, 지난 며칠간 지켜본 세류는 더 가르칠 것도 바랄 것도 없는 아이였다. 그러니 그 뉘도 감당치 못할 현운을 다스릴 이, 세류 아니면 누구겠는가.

햇볕이 어둠을 야금야금 갉더니 어느새 방 안을 가득 채웠다. 그러나 우뚝 선 채로 세류를 꿰뚫을 듯 응시하고 있는 그의 얼굴만은 여전히 어둠이 짙었다.

돌아오면 그 몸 부서져라 힘껏 끌어안으리라 생각했다. 두껍게 쌓인 그리움의 더께만큼 제 몸에 쌓인 욕정을 안고 또 안아 다 쏟아 내리라 다짐도 했었다. 그러나 검은 몽수 안에 저를 숨긴 여인이 세류임을 깨달은 순간, 가슴 터질 듯 반가우면서도 그만큼의 노여움이 온몸을 사로잡았다. 너는 아니 그랬는가, 나와는 달랐는가. 그립고 그리워 잠 못 들고 지새웠던 수많은 밤들이, 그 몸서리 처지는 고독이 새삼 떠올라 환희보다 원망이 더 컸다.

그 속을 짐작하고 남을 텐데도 여전히 몽수 속에 숨어 제 얼굴 보여주지 않는 세류가 괘씸하고도 원망스러웠다. 이토록 기다리게 했으니 당장 달려와 품에 안겨도 모자랄 판에 지난 며칠간 태사의 집에 머문 것이 아닌가. 식렴이 일신상의 이유로 등청하지 않은 그 며칠은 분명 세류를 제 손녀로 만들기 위한 시간이었을 터. 어찌 황성에 발을 딛고도 자신을 먼저 찾지 않은 것인지, 세류로 인해 매 순간 애 끓인 그로서는 도무지 이해할 수 없는 일인 것이다.

"세류는 언제까지 그 속에 숨어 내 속을 태울 참이냐."

"할아버님께서 이르시기를 대례 전까지는……."

"오냐, 내 직접 벗겨주마!"

기가 응집된 손을 몽수로 뻗었던 현운은 이내 그 손을 내리고 훌쩍 날아 세류의 앞에 내려섰다. 아무리 원망이 깊어도 제 심장이나 다름없는 아이를 차마 거칠게 다룰 수 없는 까닭이었다. 그래도 위로받지 못한 마음은 감출 수 없어서, 길게 늘어진 몽수를 걷어내는 현운의 손길은 거칠고 단호했다.

그리할 줄 알았다는 듯, 드디어 저를 드러낸 세류는 눈을 내리깐 채 차하리(車下梨, 앵두)같은 입술에 희미한 미소마저 머금고 있었다. 늘 남복으로 똑바로 시선 맞췄던 때에도 가슴 떨리게 하더니, 옅은 분 냄새에 수줍게 내려진 긴 속눈썹은 그를 아예 살 맞은 야수처럼 만들었다.

왜 이리 늦었느냐, 원망도 서운함도 다 잊을 수 있다. 오롯이 자신만의 여인이 되려고 돌아왔으니 그것으로 충분했다. 두텁고 진한 그리움의 더께도 풀어낼 수 있다. 이 아이를 안고 안아, 그 체온을 넘치도록 느낀다면 지난 고통과 고독은 흔적 없이 사라지리라.

그러나 세류는 그의 다급한 마음을 모르는 듯 제게로 뻗어오는 뜨거운 손을 피해 한걸음 뒤로 물러섰다. 그리고는 날카로이 쏘아보는 현운에게 속삭이듯 말했다.

"밖에 눈과 귀가 많사옵니다. 대례도 전에 폐하께 안기면 정숙하지 못하다, 흠이 될 것이옵니다. 저의 흠은 곧 폐하의 흠이니 어찌 제 욕심대로 행동하겠사옵니까?"

"하……!"

분노 섞인 탄성이 막을 틈도 없이 입 밖으로 튀어나갔다. 자신의 이글거리는 눈빛에도 전혀 흔들림 없이 꽃처럼 고운 미소가 얄밉기까지 했다.

현운은 나는 황제다, 그러니 내 뜻대로 할 것이다, 목까지 차오른 고집을 꾹 눌러 삼켰다. 세류의 말이 옳다는 것을 인정할 수밖에 없는 까닭이었다. 천것들도 물 한 사발 사이에 두고 혼례를 올린 후에야 한 이불을 덮건만, 황후가 될 여인이 대례를 올리기도 전, 황제의 침전에 든 것부터가 속살거리기 좋은 꺼리인 것이다.

황제의 여인, 더구나 황후는 만인의 공경을 받지만 그만큼의 경계와 시새움도 받는 존재가 아닌가. 출신가문이 변변치 못해도, 궁중법도에 미숙해도 너나없이 헐뜯고 물어뜯는 그런 존재. 그를 누구보다 잘 아는 태후이기에 연 상궁을 시켜 궁중예법을 가르치고, 자신의 아비에게는 세류를 핏줄로 받아들이라 했을 것이다. 듣고 보지 않았어도 충분히 짐작이 됐다.

이미 내 여인인 것을, 그 하나 온전히 갖는 데에 저해沮害하는 것들이 뭐이리 많단 말인가. 이치에 맞는 말이라고 인정했다고 해서 온몸에 날뛰는 화마저 식은 것은 아니었다.

현운은 그 화를 닫힌 문에다 쏟아 부었다. 그리고는 요란하게 열린 문소리에 놀란 식렴에게 단호한 음성으로 외쳤다.

"일순(一旬, 열흘) 드리겠습니다."

"폐, 폐하!"

고고하던 식렴의 얼굴이 망령이라도 본 듯 어그러졌고, 미처 막지 못한 다급한 숨소리가 돌림병인 듯 환관들과 상궁나인들 사이를 떠돌았다. 들라 명받지 못했는데도 황급히 안으로 들어선 식렴이 그답지 않게 들썽대는 목소리로 말했다.

"황후를 책봉하는 막중한 행사입니다! 가례도감嘉禮都監을 세우는 데만도 일삭(一朔, 한 달) 가까이 걸릴 터, 일순이라니 불가합니다! 본디, 대례는 가례 도감을 세우고 수삭(數朔, 몇 달) 동안 채비하는 것이 관례이오니 부디, 그 명 은 거둬주십시오, 폐하!"

"나 또한 불가하오, 태사."

"폐하, 선대에도 대례를 서둘러 치르긴 했으나 당시 혼란한 정국 때문이 었습니다. 허나 지금은 그때와 다르지 않습니까? 이리하실 일이 아닙니다. 부디 재고해주십시오."

"이미 불가하다고 말했소."

"폐하……!"

빙벽처럼 차고 단단한 현운의 눈빛에 식렴의 입에서 탄식이 흘러나왔 다. 사내의 들끓는 마음에는 열흘도 길 것이 이해는 되지만 도무지 가능치 않은 명인 것을, 저 단호한 이를 어찌 설득해야 한단 말인가.

그때, 이제껏 그림인 듯 소리 없던 세류가 조용히 입을 열었다.

"폐하, 할아버님, 제가 한 말씀 올려도 될는지요?"

두 사람의 시선이 약속이라도 한 것처럼 동시에 세류에게로 향했지만, 그 눈에 담긴 감정은 전혀 달랐다. 또 무슨 말로 내 뜻을 거스르려 하느냐, 현운의 눈은 무겁게 침잠했고, 반대로 식렴은 세류가 자신 대신 황제를 설득해주리라, 기꺼워하고 있는 것이다.

세류는 두 사람의 빤한 시선에도 흔들림 없는 표정으로 천천히 입을 열었다.

황성 안 시가지가 오늘따라 소란스러웠다. 특히 황궁으로 이어진 대로 변은 발 디딜 틈 없이 인산인해였다. 책봉문과 황후의 인장을 받아 새로이 황후궁의 주인이 된 예화叡華황후가 대례를 치르기 위해 본가를 떠나 황궁으로 향하는 까닭이었다.

황제의 여인이니 감히 그 얼굴 똑바로 봐서는 안 되는 법. 그러나 단 한 번 이날만은 땅에 엎드리는 대신 읍하고 서서 슬쩍 곁눈질하는 게 허용되는지라 서사의 상인들도 장사를 파하고 나선 터였다. 보는 것만으로도 입이 쩍 벌어지는 고운 연이 시야에 들어오자 내내 목 빼고 기다리던 이들이 재빨리 허리를 굽혔다.

그래도 다들 눈만은 저러다 사팔뜨기가 되지 싶을 만큼 연의 주인을 찾아 바삐도 움직였다.

"자네, 그 소리 들었는가? 황후가 눈뜨고는 볼 수 없는 박색이라는 소문 말일세."

"그게 무슨 소린가?"

"태사의 손녀라 부득불 맞이하기는 하나, 둘도 없는 추녀라 이리 대충대충 대례를 치르는 거라 하더구먼."

그 말에 주변이들 눈이 더 사팔뜨기 되어 연으로 향했다. 안 그래도 어찌 마른하늘에 날벼락 치듯 대사를 치르는가 했더니 진정 그런 연유인가 싶은 것이다. 하기야 더 나은 혼사를 위해서라도 귀족가 여식의 그 외모와 학식, 인품에 대한 평이 떠도는 것은 당연하건만, 문식렴의 손녀에 대한 얘기는 들어본 적도 없으니 진정 추녀라 그동안 감춰둔 것이었나 싶기도 했다.

다들 연 주위에서 펄럭이는 의장기 너머로 보일 듯 말 듯 감질나게 하는 얼굴에 정신 팔려 있는 그때, 문득 꾸짖는 목소리가 들려왔다.

"알지도 못하면서 어찌 경박하게 입을 놀리는 게냐?"

목소리의 주인은 글 꽤나 읽었을 법한 고지식한 눈빛의 선비였다. 선비가 방금 전까지 속살거린 상인들을 엄히 쏘아보며 말을 이었다.

"대례 차비하는 데에만 수개월이 걸리는 것은 그 뜻이 위중해서가 아니라 호사를 누리기 위해서다. 전국에서 최상품으로 진상을 받아 상을 차리고, 이웃나라의 축하사절단을 불러 호화롭게 대접하니, 그 모두가 결국 백성들의 고혈을 짜내는 일. 그런 그릇된 허례허식은 금하겠다는 것이 황후폐하의 뜻인 것을!"

"아, 아니, 소인은 그저 다들 그리 말하기에……."

"황제폐하께서 유일하게 심중에 품으신 분이라고 했네. 황후의 자리가 어디 미색만으로 얻어질 자리던가? 그 빈틈없이 냉혹한 분의 마음을 얻으신 분이니 한낱 외양 가지고 함부로 입 놀리지 말게."

"아, 그리 깊은 뜻이……! 예, 나리. 송구스럽습니다요."

확 달라진 주변의 반응에 선비의 얼굴에 그제야 흡족한 표정이 번졌다. 사실 그도 황후의 얼굴은 본 적이 없어 급작스러운 책봉 소식에 저들처럼 온갖 의혹을 가졌던 터였다. 그래도 제가 오래전부터 존경하던 학자 문식렴의 손녀라기에 서둘러 동인同人 학도들을 만났는데 이 같은 말을 전해들은 것이다.

천하절색이 아니면 어떻고 박색이면 또 어떻겠는가. 그토록 올곧고 온화한 마음으로 백성들을 염려하니 강철의 황제 배필로 그만한 이가 또 있으랴.

그는 바람이, 그 바람에 펄럭이는 의장기가 기어이 방해해서 끝내 보지 못한 황후를 태운 연이 시야에서 사라질 때까지도 내내 흡족히 미소 지었다.

그런 미소는 세인들 틈에 섞여 있는 응룡의 얼굴에도 함께였다. 이제 드디어 주군이 맘 편히 잠들겠구나, 이제 그 차고 공허한 가슴에도 온기가 돌겠구나, 그것이 제 일인 것처럼 한없이 기꺼웠다.

그때 문득 어지러이 펄럭이던 바람이 일순간 잦아지면서 모두가 그토록 간절히 보고파 했던 황후의 얼굴이 온전히 드러났다.

"세상에나……! 사람이 맞는감?"

"선녀일세, 선녀야……! 어찌 저런 분이 박색이라 소문이 난 게야!"

너나없이 터트리는 탄성들에도 불구하고 응룡의 귀를 잡은 것은 심장이 멎은 듯 다급한 단말마의 신음이었다. 반드시 한번은 거쳐야 할 일이다. 응룡은 조막만 한 손으로 제 입을 틀어막은 채 연을 좇는 소희를 안타까이 바라보았다.

오래도록 가슴에 품어 몹쓸 병에 걸리게 한 이가 저와 같은 여인이니 그 충격이야 어찌 말로 표현할 수 있을까. 저도 이제 가슴에 품은 이가 있어서 소희의 상실감이 더더욱 뼈저리게 느껴졌다.

"괜찮으십니까?"

기어이 눈물마저 토해낸 눈에 안쓰러이 묻자, 그 눈물과는 어울리지 않는 평온한 미소가 소희의 얼굴에 자리 잡았다. 그 미소는 진정 평온하고 행복한 미소였다.

"이제야 알겠어요. 너무도 곱디곱고 귀하디귀한 이를 닮고 싶어 그 이를 제 가슴에 품었던 것을……. 이제 마음이 놓입니다. 우리 세류님, 이제는 해 감내 나는 세상에 내려오지 않으시고 꽃처럼, 아니, 꽃답게 사실 테니까요."

제 눈에는 그 뉘보다 꽃처럼, 꽃답게 어여쁜 이이거늘, 다른 이를 위해 눈물 흘리며 행복해하고 있는 그 얼굴이 너무도 고왔다. 응룡은 진즉부터 그 곁만 겉돌고 있던 손을 소희의 손에 부딪으며 질끈 눈감았다. 그 손을 작고 따스한 온기가 수줍은 듯 감싸올 때까지.

연례악宴禮樂이 울려 퍼지는 정전의 중앙, 화관을 쓴 교방창기들이 헌천화獻天花를 공연하고 있었다. 선녀가 황제에게 하늘의 꽃을 바쳐 만수무강을 축복한다는 내용의 궁중무였다. 남색 치마에 초록단의草綠丹衣 황초단삼黃綃單衫, 양손에는 오색 한삼汗衫을 낀 채로 느릿느릿 선보이는 춤사위는 우아하기까지 했다. 그 표정 또한 춤사위처럼 우아하고 정순했으나 눈빛은 어쩐지 활기 없이 침울해 보였다.

악공들이 연주를 멈추자, 선모와 좌우협무가 노래를 시작했다.

"상서로운 구름 금빛 전각을 둘렀고, 천화天花를 옥병에 받드네. 취화翠花에 신선 음악 들리고 관모와 패옥 찬 이들 별처럼 모였네."

실은, 공연을 위해 정전 중앙에 마련된 무대로 올랐을 때까지만 해도 저희가 입은 옷의 오방색만큼이나 생기 돌던 눈들이었다.

아무리 궁중의 온갖 연회와 행사에 참여하는 교방창기라고는 하나, 그에 속한 창기가 몇인가. 그러니 황제의 앞에 저를 내보이는 것은 살아생전 한번 올까 한 영광인 동시에 크나큰 요행이었다. 해서, 어쩌면 황제의 눈에 들어 성은을 입는 더 큰 행운도 불가능한 건 아니다, 주제 모르고 헛꿈을 품었다. 천과홍청天科興淸이라 했다. 그 말처럼 저도 황제의 은총을 받아서 하늘로 올라 흥청망청 살아보고 싶었던 것이다.

사내치고 미색을 탐하지 않을 이가 어디 있을까. 더구나 그 어떤 여인이라도 가질 수 있는 황제다. 그런 황제가 천하에 둘도 없는 박색을 황후로 맞이한다는 세간의 소문에 오늘따라 더 짙게 분대화장을 한 터였다. 진정 부득불 맞는 여인일까 싶었던 의구심은 지나치게 간소한 대례로 인해 눈 녹듯 사라졌었다.

문무백관이 전정을 가득 채우고, 그들이 한마음으로 축하의 표문表文을 올렸으나, 그것은 신하 된 자의 마땅한 도리요 의례 아닌가. 그러나 그뿐, 축하의 뜻을 올리는 지방호족들과 이웃나라들의 사절단도 없고 그들이 가져온 진귀한 선물들의 긴 행렬도 없으니 진정 부득불 맞는 황후구나 싶었던 것이다.

'헌천화라니, 이미 가진 것을 또 바쳐 무엇 할까?'

연회장의 가장 높은 자리에 앉아 있는 황제의 잘난 모습에 절로 눈이 홀렸다. 뉘가 저 이를 온전히 갖겠는가, 감탄했을 때 그 곁에 앉아 있는 황후의 모습이 눈을 가득 채웠다. 그 순간, 눈이 멀지 않았으니 하늘의 꽃이 이미 황제의 수중에 있음을 깨달았다.

족도(足蹈, 좌우 발을 떼어 옮기는 춤사위)하며 물러나는 창기들 입가에 문득 이전과는 달리 어쩐지 흐뭇한 미소가 번져갔다. 호륜 역사 이래 전례가 없는 간소하고 단출한 대례였으나, 호륜 사상 가장 빛나고 화려한 오늘이기도 했다. 그저 나란히 앉아 있는 것만으로도 눈이 부신 황제와 황후로 인해서. 그것이 왠지 헌천화를 공연한 자신들의 공功 같아서 욕심 많던 가슴이 어느새 평온해진 것이다.

여인을 향한 사내의 들끓는 정염 때문에 바람 한 점 통하지 않는데도 방안의 공기가 뜨겁게 휘돌았다. 그 탓인지 안 그래도 드러난 어깨부터 얼굴까지 발그레 달아오른 여인의 볼이 더욱더 붉어졌다. 그 모습마저 사내에게는 참기 힘들 만큼 고혹적이라 치마끈을 풀어내는 현운의 손은 거칠 것이 없었다.

그때 환관 도기의 목소리가 문을 넘어왔다.

"폐하, 관과 가채를 내리셨습니까? 허면 이제 적의의 하피霞帔와 패옥佩玉을 거두시고, 옥대玉帶와 대대大帶를 제하십시오."

그 순간, 사정없는 현운의 손에 의해 마지막 남은 가리개마저 잃은 세류가 뽀얀 나신을 드러냈다. 현운은 그 나신에 뜨거운 눈을 고정시킨 채 뜯어발기듯 거추장스러운 예복을 벗어냈다. 이 순간만큼은 황제가 아니다. 그저 제 여인을 향한 욕망에 사로잡힌 사내일 뿐이다. 그래서 다시금 문을 넘어 들어온 도기의 목소리에 현운은 울컥 역정이 치밀었다.

"폐하, 다 하셨습니까? 허면……."

"지밀至密들은 모두 보랑(步廊, 복도) 밖으로 물러가라!"

유례없는 대례를 치르더니 또 유례없는 명을 내리시는구나, 당혹스러운 숨소리들이 한숨인 듯 문을 넘어왔다.

"폐하, 불가하옵니다. 폐하의 곁을 지키는 것이 소인들……."

"저 밖에 호위들이 있다."

"허나 만약의 사태에 대비해야……."

고집스레 고하는 도기의 목소리에 이젠 아예 살벌해진 현운의 눈이 그가 번서고 있는 방 쪽으로 향했다.

"초야를 치르다 경을 칠 일은 없으니 염려치 말라."

황제의 교합은 황실의 후손을 보기 위한 중차대한 행사였다. 해서 침전의 사방을 둘러싼 쪽방에 환관과 상궁나인들이 번을 서며 조언도 하고 황제의 안위를 살피는 것이 당연한 일이었다. 그리 배웠다. 더구나 초야가 아닌가. 그러니 현운의 살벌한 목소리에도 도기는 쉬 물러설 수가 없었다.

"폐하의 건승함이야 물론 잘 압니다. 허나 무사히 초야를 치르시게 도와……."

"네가 말이냐."

기어이 도기가 대기하고 있는 쪽방의 문을 벌컥 연 현운이 마치 다른 지밀나인들도 들으라는 듯 소리 높여 말했다.

"환관인 네가 남녀의 운우지락을 알아 나를 가르치겠단 말이더냐."

점점 벌겋게 변해가는 도기의 얼굴을 무심히 응시하던 현운이 문을 확 닫으며 외쳤다.

"다들 물러가라!"

진즉부터 이불 속에 숨어 있던 세류가 제게로 다가오는 현운을 곱게 흘겼다. 찬 입가에 무심한 듯 걸린 미소를 본 까닭이었다.

아직 저물지 않은 달빛이 오늘따라 유독 밝았다. 황후의 신분에 얇디얇은 침의寢衣를 입고 침소밖에 나서는 것은 꿈도 못 꿀 일. 그러나 황제의 침전 옥개에 앉아 있는 세류는 침의를 입고도 너무도 평온한 표정이었다.

대례를 치르고 궁에 들어온 지 칠 삭이 지났다. 어린 날부터 무사로 살아온 세류로서는 시시때때로 황후라는 자리와 황궁이 갑갑한 마음이 드는 것은 당연한 일이었다. 게다가 복중에 태아를 품고 있어 몸마저 무거우니 갑갑증이 배가됐다. 그 마음을 어찌 알았는지, 현운이 세류를 번쩍 안아 들더니 옥개로 데려온 것이다. 물론 혹여 뉘가 볼세라 주변을 경계하는 것은 수하들의 몫이었다.

밝은 달을 우러르던 세류가 문득 근심어린 목소리로 입을 열었다.

"폐하, 뉘들 본다면 흠이 될 것이옵니다. 황제와 황후가 옥개에서 찬이슬 맞다니요……?"

"사형이다."

"네?"

동그랗게 뜨여진 보옥 같은 눈에 픽 웃은 현운이 제 품으로 세류를 더욱 꽉 끌어당기며 말했다.

"둘이 있을 때는 가끔씩 나를 사형이라 불러줬으면 좋겠구나. 너와의 긴 인연을, 그 오랜 운명을 단 한 순간도 잊고 싶지 않으니."

자신이라고 다를까. 돌아볼수록 더욱 소중하고, 매 순간이 보배로운 것을. 그때, 세류의 긴 머리칼에 얼굴을 묻고 있던 현운이 무심한 듯 물었다.

"오라비가 그립진 않느냐."

현율과의 인연을, 그 알 수 없던 그리움에 대한 답을 진즉 말한 터. 세류는 이제야 현운이 자신을 안고 이 옥개에 뛰어오른 연유가 짐작이 됐다. 그 인연의 뜻을 모르면서도 늘 찬이슬 맞으며 지켰던 밤, 오라비에 대한 추억이 예보다 더 깊은 곳이 또 있을까. 세류 나면서부터 혈혈단신, 그 외로움을 현운 자신이 누구보다 잘 알기에 이렇게라도 현율을 추억할 수 있도록 배려하는 것이리라.

"그 어느 때보다 평온히 지내실 것을 압니다. 해서, 그립지만 염려는 없사옵니다."

서정의 당부를 떠올린 세류가 조용히 미소 지으며 대답했다.

'율이 그리 떠났다 하면, 분명 운이는 나를 외면치 못해 환궁시키려 할 것이다. 나는, 예서, 이대로 율이의 어미로만 살다가 가고 싶구나. 그러니 율의 죽음은 부디 알리지 말아주길 바란다. 부탁하마.'

세류는 서정의 간절한 음성을 되뇌이며 현운의 서늘한 품으로 더 깊숙이 파고들었다. 비록 현율의 죽음은 숨겼으나 그가 그 어느 때보다 평온히 지낼 거라는 말은 거짓이 아니었다. 아니, 진정 그러길 바랐다.

소리 없는 웃음과 함께 강인한 팔로 세류를 안아 올린 현운이 다음 순간 서늘하게 빛나는 달빛 사이로 훌쩍 몸을 날렸다. 냉혹하나 늘 두려운 어둠을 몰아내주고, 가슴 시린 그리움을 주지만 늘 그곳에 머무는 달, 그 얼음 달氷月의 달빛 속으로.

세상이 푸르스름한 안개에 싸여 있는 새벽녘, 지축을 울리는 말발굽소리와 함께 거대한 검은 구름이 그 안개를 흩어놓으며 밀려왔다. 그 기세에 병사들이 꾸벅꾸벅 졸며 번서고 있던 해량성의 성벽에 소요가 일었다.

"어서 족장께 알려라!"

입가의 침도 닦지 못한 채 후다닥 달려가는 병사를 쫓던 수문장의 눈이 어느새 지척에 도달한 검은 구름으로 다시 향했다. 그 눈빛이 바르르 떨리고 검을 움켜쥔 주먹마저 부들거리는 것은 어쩌면 당연한 일이었다.

고작 해야 오백이나 될까. 성안에 머무는 아군의 병력이 수천에 달하니 겁먹을 일이 아니건만 벌써부터 등골이 서늘하고 다리가 후들거렸다. 검은 갑주와 흑마로 구름 같은 흙먼지를 일으키며 거침없이 달려오는 저들이 사신 혹은 귀검이라 불리는 호륜의 황제와 그 수하들만 아니라면 이리 떠는 일도 없으리라.

호륜의 현 황제가 황위 등극 직후부터 진무제 시절의 영토를 되찾고자 출병한 이후로 부소국은 부족간의 내분을 멈추고 저마다 국경방비에 힘써

온 터였다. 그러나 그 방비에도 불구하고 부족들은 권절평이 이끄는 호륜의 군대에 의해 차례로 맥없이 나가떨어졌다. 해서 특별히 방비하면서도 권절평의 부대가 수삭거리의 야호野虎족과 전투 중이라기에 내심 안도하고 있었건만, 어찌 그 방만함을 아는 듯 귀검이 직접 왔단 말인가.

그 순간, 서늘하고 고요하나 그래서 더 두려운 기를 머금은 두 자루의 환도가 푸르스름한 안개를 베어내며 날아왔다. 미처 피할 생각조차 하지 못한 채 그를 홀린 듯 바라보던 수문장은 제 목에 닿은 서늘한 기운에 애써 쥐고 있던 검을 툭 떨어뜨리고 말았다. 그리고 어느새 성벽 위로 훌쩍 뛰어 올라 제 앞에 선 환도의 주인을 경외심 가득한 눈으로 바라보았다.

환도의 주인, 현운이 이미 투지를 잃은 그를 냉정히 응시하다 슬쩍 입 끝을 올려 웃으며 말했다.

"내, 황후의 해복解腹이 멀지 않아 마음이 조급하다."

현운이 막 자신을 따라 성벽에 오른 분대장들에게로 슬쩍 고개 돌리고는 픽 웃었다. 셋째 아이의 출산일이 코앞인 웅룡과 곧 첫째 아이가 태어날 준경의 조급함도 자신과 다르지 않음을 익히 아는 까닭이었다.

"순순히 성문을 열겠느냐, 아니면 기어이 피를 봐야 하겠느냐. 나를 막을수록 내 검은 더 잔혹해질 것이다. 자, 어찌하겠느냐."

답은 이미 정해진 것을, 그 질문마저도 충분히 잔혹했다. 심장을 얼려버릴 듯 냉혹한 저 눈빛을 어찌 거역할 수 있겠는가. 수문장은 저처럼 이미 투지를 잃은 병사들을 훑어보고는 질끈 눈 감아버렸다.

야리야리하고 작은 몸에 따라붙은 꽁무니바람이 기어이 옷자락을 헤집더니 그예 발목까지 잡아챘다. 그 바람에 엉덩방아 찧으며 주저앉은 아이가 기어이 울음을 터트렸다.

"마마!"

세 살 남짓의 아이에게로 다가서던 상궁이 그대로 걸음을 멈췄다. 저를 막아선 근엄한 음성 때문이었다.

"유난 떨지 말게. 매번 그리 유난 떠는 것이 예랑이한테 도움이 되겠는 가?"

"네, 전하. 송구스럽사옵니다."

나이답지 않은 근엄함으로 상궁을 꾸짖은 이는 올해 일곱 살이 된 태자 율이었다. 같은 이름이라 그런가, 태자는 전대의 황제 현율의 어린 시절과 놀랄 만큼 닮아 있었다. 한데 더 묘한 것은 황후를 보면 황후를 쏙 빼닮았구나 싶은 것이다. 그림 같은 얼굴에 그 눈매는 깊고 냉철한 현 황제를 쏙 뺐으니 태자가 자라면 어떤 사내가 될 것인가 내심 기대도 높았다.

한 손엔 다섯 살 누이 서랑의 손을 잡은 채 막냇동생에게 다가선 율이 남은 손을 내밀며 다정히 말했다.

"오라비가 도와줄게. 일어날 수 있지? 어마마마께서 걱정하시잖아."

코를 훌쩍이며 울던 예랑이 얼마쯤 떨어진 교량 위에 서 있는 어미에게 로 고개 돌렸다. 근심어린 표정과 그래도 일어설 수 있다 응원하는 어미의 눈빛이 어린 눈에도 보인 것일까. 예랑이 조막만 한 손으로 코를 쓱 닦고는 오라비가 내민 손을 덥석 잡고 언제 울었냐는 듯 씩씩하게 일어섰다. 그 모 습을 세류와 함께 지켜보던 식렴의 입가에 흡족한 미소가 번졌다.

"태자도 서랑 공주도 유아 때부터 비범하더니 예랑 공주도 다르지 않은 듯합니다. 두 폐하께서 워낙 비범하시니 당연한 일이겠지요."

"할아버님께서 늘 염려하고 보살펴주신 덕이지요. 관직에서 물러나시고 도 저희들 걱정에 쉬지 못하시니 죄송할 따름입니다."

"관복은 벗었으나 만백성이 황제폐하와 황후폐하의 신하이니 당연한 소임인 것을, 그 무슨 말씀이십니까?"

온화하기 그지없는 식렴의 눈을 마주한 세류의 입가에 조용히 미소가 번졌다. 황후의 외조부요, 그를 추앙하고 따르는 이들도 많으니 황실의 어른입네 자만할 수도 있으련만 그는 관직을 떠난 지금도 그저 신하로서만 행동했다. 어쩌면 황제의 권위를 욕보인 현유홍과 제홍을 교훈삼아 스스로를 단속하는 것이리라. 식렴은 금렴 황자인 무명의 손자, 그런 이를 자신의 뒷배로 둔 것 또한 사부의 안배였는가, 새삼 신묘하고 감사하기만 했다.

문득 세류의 불룩한 배를 살짝 살핀 식렴이 염려스러운 표정으로 물었다.

"해산일이 지척이라 들었습니다. 이리 오래 산보하셔도 괜찮으십니까?"

"그보다 할아버님, 청이 있습니다."

"하명하십시오."

문득 진중해진 세류의 목소리에 식렴의 표정도 무게를 더했다. 한 번도 가벼이 입 떼는 황후가 아닌 탓이었다.

세류는 식렴의 무거운 얼굴을 애써 밝은 미소로 마주 보며 말했다.

"폐하께서 환궁하시면 부디 후궁들을 들이시라 간언해주세요."

"폐하, 아직도 포기하지 못하신 겝니까?"

그런 말이었는가, 그제야 비로소 가벼워진 표정의 식렴이 끝내 껄껄껄, 너털웃음을 흘렸다. 태자를 복중에 품은 이후로 시작된 세류의 청이었고 매번 황제에 의해 묵살된 청인 까닭이었다. 한때는 자신도 황실의 번영을 위해 마땅히 후궁들을 들여야 한다고 생각했으나, 이제 와서는 황제에게 황후 말고 또 뉘가 필요하겠는가 싶었다. 저리도 명민하고 건실한 태자가 있고 황제와 황후 흠 잡을 데 없으니 더 무엇이 필요할까.

그러나 황후라는 자리가 무겁고 무거워 세류의 짐은 다른 모양이었다.

"폐하, 혹여 저자에 떠도는 망언을 신경 쓰시는 것입니까?"

입방정 찧기 좋아하는 저자의 이들이 황후의 성정이 표독하고 투심이 깊어 황제가 후궁을 들이지 못한다고 떠들어댄다는 것은 식렴도 이미 들어 알고 있었다.

그러나 그것은 그저 말 짓기 좋아하는 자들의 언어유희, 호륜 사상 최고의 태평성대에 황후가 행하는 애민정책을 익히 아는 백성들이 태반이었다. 해서 그런 말은 저자에서도 그저 망언 취급을 받을 뿐이었다. 그 흔한 옥가락지 하나 갖지 않고 병들고 굶은 백성들을 구제하기 위해 애쓰는 것을 알 만한 이들은 아는 까닭이었다. 어찌 제 몸치장할 줄도 모르는 이가 투심에 사로잡힐 수 있겠는가 말이다.

황제가 공들여 꾸민 황후궁 정원에 만개한 꽃들에서, 양손에 여동생들의 손을 소중히 쥐고 그 꽃들 사이를 거니는 태자에게로 시선 던졌던 식렴이 조용히 미소 지었다.

"폐하, 저 뜰에 저마다 제 맵시와 향을 뽐내는 꽃들이 넘쳐난들 마음 가는 것은 따로 있지 않습니까?"

그 말에 저도 모르게 팔선화(八仙花, 수국)로 눈 돌렸던 세류가 한껏 정중해진 표정으로 식렴을 응시했다. 깊은 학식과 덕망으로 늘 깨우침을 주는 이라서 그 말 깊이 경청하려는 것이다. 그런 세류를 온화한 눈빛으로 바라보던 식렴이 정원의 꽃들을 훑듯 팔을 펼치며 말했다.

"그것 보십시오. 공명정대한 황후폐하께서도 특별히 아끼시는 꽃이 있지 않습니까? 허니, 황제폐하는 다르시겠습니까? 황후폐하 아니고는 많은 꽃들 중 그 무엇도 황제폐하의 눈을 잡는 것은 없을 것입니다. 그런 분께 굳이 다른 꽃을 바쳐, 그 꽃 시들게 해서야 되겠습니까?"

세류가 뭐라 항변하려는 그때 문득, 서늘하고 날카로우나 익숙한 기가 뜰의 꽃들을 바람인 듯 어루만지고 스러졌다.

"세류야."

환영인 듯 어느새 뜰에 들어선 현운을 흐뭇이 바라보던 식렴은 그저 조용히 읍하고 물러났다. 먼지 낀 갑주 그대로 서둘러 황후를 찾은 황제와, 그런 황제를 해사한 미소로 맞는 황후의 해후에 어찌 끼어들 수 있겠는가.

세류가 얼굴 가득 해사한 미소를 머금은 채 현운이 내민 손에 제 손을 얹으며 말했다.

"흙냄새가 짙습니다, 폐하."

어린 날부터 피 냄새에 절어 살아온 그이기에 또다시 피에 젖어 돌아오는 것은 아닐까, 전장으로 떠나보내면서 내내 염려했던 세류였다.

현운도 세류의 염려를 알고 있었던 듯 맑고 서늘한 기를 발하며 미소 지었다.

"그들이 그들의 땅으로 순순히 물러가더구나. 아마도 곧 태어날 아이에게 피 냄새를 맡게 하고 싶지 않은 아비의 마음을 이해한 탓이겠지."

똑같이 해사한 표정을 지은 채 손을 맞잡은 두 사람 사이로 문득 어디선가 날아든 나비가 고요히 날갯짓을 시작했다. 끝없이 펼쳐진 꽃밭, 그 가운데 선 남녀, 그리고 그들을 축복하듯 고요히 나니는 나비. 게다가 얼마쯤 떨어진 곳에서 다정히 손잡고 노니는 아이들. 참으로 그림 같은 광경이었다. 아니, 그 어떤 화공이 저처럼 아름다운 그림을 그릴 수 있을까 싶기도 했다.

그 그림 같은 광경을 홀린 듯 바라보다 돌아선 식렴의 얼굴에는 팔선화처럼 웃음이 만개해 있었다.

〈끝〉